DE LA MÊME AUTRICE

Aux Éditions Calmann-Lévy

LE POUVOIR, 2018

Aux Éditions de l'Olivier

LA DÉSOBÉISSANCE, 2008
MAUVAIS GENRE, 2011

Du monde entier

NAOMI ALDERMAN

LE FUTUR

roman

Traduit de l'anglais
par Jessica Shapiro

GALLIMARD

Titre original :
THE FUTURE

Pour OAD, DLA et SSA : le futur

Nommer provient de la nécessité de classer, mais on ne peut pas tout classer.
Un nom rend les choses impersonnelles ; il faut donc savoir parfois ne pas mettre de mots.
En sachant ne pas mettre de mots, on évite leur piège.

Lao Tseu, *Tao Te King*,
traduction d'Antoine Cathalau
(Suki Éditions)

PREMIÈRE PARTIE

LE PRINCIPAL PROBLÈME

Californie du Nord, novembre

Congrès écologique Action Now !

Lenk

Le jour de la fin du monde, Lenk Sketlish – PDG et fondateur du network Fantail – se tenait assis dans un cadre idyllique, sous les séquoias à l'aube, et tentait d'inspirer par le nombril.

Les courbes et crevasses des sommets enneigés au loin exaltaient l'imagination. Les arbres les plus proches se dessinaient, brun-roux sur fauve, gris-vert sur sauge. Les troncs des séquoias étaient solides, noueux, semblables à des lianes torses, leur surface adoucie par la mousse et l'herbe qui y poussaient ; de minuscules insectes vrombissaient à travers la masse dense. Le ciel se teintait d'un bleu pâle délavé de fin d'automne, un nuage pommelé visible entre les spirales des branches. Et pourtant.

La coach de méditation sifflait du nez.

Chaque fois qu'elle prenait une « profonde inspiration par le ventre », la stridulation fendait le doux murmure des séquoias telle une tronçonneuse. Elle en était forcément consciente. Elle ne pouvait pas ne pas l'entendre. Elle ne semblait pas l'entendre. Les séquoias frémissaient, les feuilles de novembre s'apprêtaient à tomber, et toutes les choses avaient une fin, ne cessait-elle de lui rappeler.

Pour Lenk Sketlish, rien n'aurait jamais de fin s'il avait son mot à dire.

« Laissez votre ventre se détendre tandis que vous inspirez », conseilla la coach.

Sa langue s'attarda sur le *r* de « ventre », comme si elle était italienne, or elle ne l'était pas. Dès le premier jour, Lenk avait demandé à Martha Einkorn, son assistante de direction, de le vérifier. L'instructrice de méditation venait du Wisconsin, berceau du fromage en grains. Elle n'arrêtait pas de dire « ventre ». Il devait garder la lumière dans son ventre, sentir la chaleur dans son ventre, se blottir au creux de son propre ventre et s'appesantir à jamais sur la stridulation nasillarde et le *r* indéfiniment prolongé de sa coach. Ce qui poussait à l'intérieur du ventre de Lenk Sketlish était un tourbillon acide brassant de la colère.

Les séquoias. Se concentrer sur les séquoias. La majesté de la nature, la beauté simple. Le sentier battu montant à flanc de coteau, le ruisseau tumultueux. Inspirer, expirer. Le monde tel qu'il est, les moments qui se succèdent, et lui qui en faisait partie aussi. Loin d'être débordé, furieux ou préoccupé par les contrats d'expansion de Fantail en Uruguay et au Myanmar même si quelqu'un allait nécessairement merder en son absence.

Être présent. Ici. Sentir sa respiration dans son nombril, le centre de son corps, oui, très bien, le nombril montant et redescendant et… le sifflement nasal ajouta une nouvelle note. Légèrement plus grave que la première. De baryton ? D'alto ? Ne l'entendait-elle pas ? Pourquoi ne se mouchait-elle pas avant d'animer ses séances ? Que ce soit Martha, ses larbins, ou n'importe quel membre de son conseil ou un seul des larbins de Martha, personne n'avait donc été fichu de découvrir que cette coach, le top du top dans son domaine, sifflait du nez ? Prenaient-ils tout pour argent comptant ?

« Respirez à l'intérieur du corps, poursuivit-elle d'une voix basse et cadencée, en cet instant rien n'est attendu de vous. »

C'était faux, manifestement, puisqu'il devait être là, puisque son conseil d'administration l'avait averti quelque temps auparavant que s'il ne parvenait pas à maîtriser sa colère, cela remettrait sérieusement en question son avenir au sein de Fantail, ce qui en soi était aussi absurde que cette femme avec tout un orchestre à vents dans le nez se faisant passer pour une source de quiétude. Il avait accepté ; il jouait le jeu. S'ils s'imaginaient qu'ils allaient lui imposer ce qu'Ellen Bywater avait fait à Albert Dabrowski chez Medlar, le chasser de sa propre entreprise, eh bien ils se mettaient le doigt dans l'œil. Mais ils n'allaient pas se gêner – ils lui diraient que sa façon de diriger ne fonctionnait pas, qu'il n'était pas en phase d'apprentissage ; ils commenceraient par l'écarter, d'abord doucement puis très vite. Il en avait déjà été témoin. Albert Dabrowski avait servi de mise en garde. C'était Ellen Bywater qui dirigeait Medlar à présent. Où se trouvait ce con d'Albert Dabrowski ? Enfin, qu'est-ce qu'on en avait à foutre ?

« Restez vraiment présent dans l'instant, murmurèrent les trompettes muqueuses. Autorisez-vous à affronter l'instant en toute confiance. »

C'était pour prouver sa bonne volonté qu'il se trouvait assis là. Il n'était pas un bébé immature ; il avait dirigé Fantail avec succès pendant près de vingt ans, l'avait bâti à partir de rien d'autre qu'une idée et le sentiment qu'une vague grossissait au loin dans l'océan. Désormais, si vous vouliez atteindre un public de masse dans plus de cent vingt-sept pays du monde, vous vous connectiez à FantailStream ; si vous vouliez vendre quelque chose, vous montiez un FantailStore ; si vous vouliez vous livrer à des échanges commerciaux au-delà des frontières, vous utilisiez FantailSeamless pour payer en FantailCoin. Quand une nation s'adressait à une autre nation, elle choisissait de le faire via Fantail.

Or Lenk était prêt pour la suite, prêt à se confronter au public et à montrer son meilleur visage. Les audiences antitrust, ce congrès écologique débile avec Anvil et Medlar, Action Now ! – il pouvait y arriver. Il garderait son calme, ne jetterait pas de sculptures en céramique hors de prix à travers des cloisons en verre gravé hors de prix, et plus jamais personne n'aurait besoin d'aller à l'hôpital avec un éclat de verre dans l'œil. C'était une erreur. Il la regrettait. La méditation peut paraître hasbeen, mais elle fonctionne – il suffit de respirer par le nombril. De se concentrer sur l'inspiration. Sur l'expiration. Il s'intéressait à ce genre de chose, à Harvard. Un de ses colocs lui avait donné une playlist. De longues nuits à coder, puis dix minutes de méditation et vous passiez de l'épuisement absolu à un paisible et profond sommeil. Ce n'était pas complètement bidon. Zimri Nommik, de chez Anvil, se rendait chaque année dans une sorte de capsule au milieu du désert pour observer dix jours de silence et de jeûne et se verser de l'eau dans le nez. Ou dans le cul. L'un ou l'autre. Zimri Nommik, qui édifiait des entrepôts et des réseaux de distribution, qui expédiait tout et n'importe quoi, vieux comme neuf, déjà sur ses talons avec AnvilChat et AnvilParty, cherchant à tout bouffer avec son appétit dévorant et…

« Si vous vous apercevez que vos idées divaguent, souligna la coach, inspirant profondément avec un sifflement en accordéon, ne soyez pas surpris. Contentez-vous de réorienter tranquillement vos pensées sur la respiration. Ce moment est la seule chose dont vous ayez besoin. »

Mais ça n'avait jamais été le cas. À peine en prenait-on conscience que le moment disparaissait. Il n'y avait là ni récompenses ni possessions. C'était du scintillement qu'il avait besoin, de l'envoûtante force du temps, de la vague qui enflait au loin dans l'océan.

« Inspirez longuement par le ventre. Rappelez-vous que nous n'appréhendons que ce qui peut survenir à l'avenir. Mais l'avenir n'est pas là. L'avenir est imaginaire et toutes ses promesses et ses craintes sont fabriquées. Nous pouvons nous reposer sur l'instant. Ce qui a lieu n'est pas grave. »

Mais la plupart du temps, ce qui avait lieu était grave. Presque toujours. Cela demandait des encouragements et des soins constants, des réparations et des coups de fouet. Sans son intervention, l'instant serait perdu, et l'instant d'après, et celui d'après, chaque vague passant tandis qu'il continuerait à flotter dans la mer glacée, la chaleur s'échappant de ses os, la mort se dressant pour l'avaler tout rond. S'il ne gardait pas les yeux rivés sur ce qui pouvait arriver, une vie entière risquait d'être engloutie, comme c'était le cas pour la plupart des gens.

« On ne peut jamais savoir ce qui va suivre », poursuivit la coach.

C'était un véritable merdier, alors. Impossible de savoir. À tout moment, le pire pouvait arriver. Quelqu'un d'autre, quelque concurrent prêt à usurper sa fortune, pouvait saisir des occasions, s'emparer de nouvelles idées. Ellen Bywater, la voleuse d'entreprises, pouvait braquer l'œil omniscient de Medlar dans sa direction, l'élégance et la rutilance de son hardware offrant une ambitieuse parade à la banalité de Fantail. Le Torc était son nouveau bijou, un appareil racé qui répondait à tous vos besoins en matière de communication. Elle paraissait toujours avoir une longueur d'avance sur Lenk, attirant à elle son public cible de la même façon qu'elle avait volé Medlar. Peut-être s'apprêtait-elle à lancer de nouveaux outils, et peut-être y aurait-il soudain un tremblement de terre, une crise cardiaque, une bombe mortelle lâchée à des milliers de kilomètres par un dictateur instable, une pandémie. Tout était possible.

Lenk Sketlish était un homme puissant qui avait fondé sa carrière sur l'avenir, sur le fait de le connaître, de le deviner, de le sentir plus présent autour de lui que le présent. L'avenir était son foyer et sa consolation ; l'impératif du lendemain, de la prochaine décennie, du prochain siècle, l'oppressait et le poussait en avant.

« Il est impossible de savoir précisément ce qui va se passer, ne serait-ce que dans une seconde. »

Non, songea Lenk Sketlish, ça ne me convient pas.

Le thinscreen à son poignet émit un bip léger mais pressant. La coach fronça les sourcils, et une pensée plaisante traversa l'esprit de Lenk : Impossible de savoir ce qui va suivre, en êtes-vous bien sûre ? Il ne put s'empêcher de jeter un coup d'œil au thinscreen ; sans doute quelque urgence en Albanie ou en Thaïlande, quelque décision à prendre et problème à résoudre, quelque excuse merveilleuse et financièrement incontestable lui permettant de couper court à cette séance. Mais il se trompait. La peau de son visage se tendit ; ses yeux se plissèrent à mesure qu'il découvrait la notification. Il ne s'agissait pas d'une simple petite porte de sortie. La fin des temps était arrivée.

Zimri

Zimri Nommik, PDG d'Anvil, géant du secteur achats et logistique, ne découvrit la notification que quatre heures plus tard car – contrairement à ses habitudes – il était en train de baiser sa femme.

Selah Nommik avait été d'humeur étrangement changeante pendant Action Now ! Elle adorait ces conneries de conférences écologiques, vraiment. Il l'avait vue verser d'authentiques larmes à propos de tigres et de dauphins et d'une variété de lichen pour laquelle elle en pinçait. Il l'avait certes surprise en doublant le montant de sa promesse de don à l'intention des zones FutureSafe. Malgré tout, il aimait encore qu'elle le regarde comme si elle se rappelait soudain pourquoi elle l'avait épousé.

Il avait contemplé Selah qui traversait la scène – avec sa jupe couleur crème coupée au-dessus du genou, ses mollets et ses cuisses fermes et brillants, une Serena Williams à son apogée. Et puis merde, de toute façon ça finira dans les poches des avocats, avait-il pensé avant d'annoncer le double de la somme dont ils étaient convenus. Selah avait attrapé sa main et brandi leurs paumes serrées comme s'ils venaient de remporter le championnat. Tandis que les flashs crépitaient, tandis que le public rugissait, tandis que l'énorme chiffre apparaissait sur l'écran derrière eux, Selah s'était penchée et avait murmuré à son oreille : « Je veux que tu me baises. Maintenant. » Voilà donc qu'il aurait droit au grand jeu. Il avait juste fallu débourser 5,7 milliards de dollars supplémentaires.

Ils baisèrent comme il en avait envie, mais avec une intensité qu'ils n'avaient pas ressentie depuis des années. Contre le mur de la suite, relevant sa jupe ; par terre, Selah le pressant de la pénétrer. Sur le canapé, Selah sous lui. Enfin au lit, elle sur lui, le chevauchant, ses lourds seins nus, ses grands mamelons sombres si durs, sa cadence tellement impérieuse qu'elle effaçait le monde entier de son esprit et réduisait Zimri à un seul et unique point de plaisir radieux et d'abandon total.

« Bordel de merde », fit-elle, se laissant tomber dans les draps froissés.

Puis, se rappelant sa présence, elle se tourna vers lui. « Ça va ? » lui demanda-t-elle avec une tendresse inattendue. Comme s'ils s'étaient rencontrés à l'instant et qu'elle venait juste d'entendre parler du gamin asthmatique et ringard qu'il avait été à l'école, l'enfant d'immigrés juifs estoniens, le garçon lâché dans un lycée du Minnesota qui se faisait tellement harceler à cause de sa drôle de tête, de son accent et de sa syntaxe étranges – et de sa tendance encore plus agaçante à croire en sa propre supériorité – que les adeptes de football l'avaient balancé d'une voiture en marche. Elle le revoyait enfin.

Ces temps-ci, Zimri Nommik avait un coach sportif et un régime paléo, des tablettes de chocolat et plus d'argent que n'importe qui sur Terre. Il avait encore l'air d'avoir été assemblé de traviole – ses épaules larges et poilues, ses grands bras et ses grandes mains juraient avec sa carrure petite et trapue, et ses traits pointus paraissaient appartenir à un autre homme. Mais ça n'avait pas d'importance. Sa connaissance des affaires était si parfaite qu'on eût dit une prophétie. Son timing était impeccable. Sa compréhension du marché et de la façon la plus impitoyable et imparable de diriger une entreprise était sans égale. Il se souvenait de sa propre dégaine à côté de ses camarades d'école, sportifs, râblés, bien portants, élevés en plein air, avec leur peau laiteuse, leurs cheveux blonds et leurs grandes dents. Tout le sexe et le succès du monde ne suffiraient jamais à le lui faire oublier plus d'un instant.

Selah Nommik savait-elle qu'il avait déjà parlé aux avocats ? Était-ce pour cela que c'était si bon ? Il avait calé ses rendez-vous précisément pendant que Selah rendait visite à sa famille à Londres. Elle ne pouvait pas le savoir, mais peut-être avait-elle deviné que la fin approchait, que dans quelques semaines on lui proposerait une fortune extraordinaire, un accord de confidentialité et une demande de divorce.

« Putain, lâcha Selah Nommik. Merde, j'ai ce truc, à Sonoma – tu sais, ce truc de femmes. Je dois y aller. »

Il la regarda enfiler sa culotte et lisser la jupe crème sur son cul fabuleux. Agrafer le soutien-gorge en dentelle blanche. Vouloir se cramponner au passé était une faiblesse. Il fallait profiter de l'instant présent.

Les garçons qui l'avaient jeté de la voiture en marche étaient venus le voir à l'hôpital. Il avait déjà la mâchoire immobilisée dans la position qu'elle occuperait dorénavant : légèrement avancée, lui donnant l'air, de profil, d'un jeune communiste zélé qui briguait en permanence la victoire du peuple. Il savait qu'ils étaient cinq, mais leurs traits distinctifs lui échappaient ; ils paraissaient se transmettre les quelques faits dont il se souvenait – Untel avait un rire qui ressemblait à un éternuement, tel autre s'était, contre toute attente, révélé particulièrement doué en physique mais n'en disait rien à personne –, les caractéristiques passant chaque fois d'un visage à l'autre. Zimri regrettait parfois de ne pas avoir noté tout ça et, d'autres fois, s'en félicitait. Quand ils lui avaient rendu visite à l'hôpital, ils avaient agi comme s'ils avaient joué une sacrée farce et que son visage avait été broyé lors d'une virée à laquelle il avait participé non pas contre son gré, mais en tant qu'aventurier. « Tu te rappelles, s'était esclaffé l'un d'eux, tu te rappelles quand t'es tombé, comment t'as voulu attraper la ceinture ? »

C'est en cet instant que Zimri avait compris qu'il aurait beau s'en tenir à sa version des faits, ces garçons-là ne se souviendraient que d'une franche rigolade. Il avait appris qu'on ne pouvait jamais être sûr d'autrui. Seul le fait d'être assez indépendant pour survivre garantissait la sécurité. Toute proposition d'amitié pouvait s'avérer être la manœuvre subtile d'un groupe de jeunes hommes hilares et interchangeables qui, à force de tortillements et petits coups le long de la banquette arrière, l'enverraient valser dans les airs.

Selah Nommik boutonna son chemisier. Adieu ces seins, ces tétons, ces cuisses. Il le fallait. Zimri vivait à San Francisco, bon sang ; il en trouverait toujours une autre. Elle l'embrassa avec une tendresse farouche, le regarda droit dans les yeux, et il se demanda encore une fois si elle était au courant. Mais c'était impossible. Elle devinait quelque chose, voilà tout. Et elle s'en alla.

Il était tard. Lenk Sketlish l'avait invité à sa séance de méditation matinale. Hors de question. Pas seulement parce qu'il ne pouvait pas blairer Lenk, mais parce qu'on ne pouvait pas gâcher un orgasme d'aussi bonne qualité. Zimri programma son AnvilSleepSystem pour un réveil à 6 heures du matin. Il savait d'expérience qu'un orgasme extraordinaire au point d'effacer votre être, suivi d'un sommeil profond, d'un bain glacé et d'un long footing, générerait des idées qui vaudraient entre dix et vingt milliards de dollars, amortis sur une période de dix ans. Il donna l'ordre à son AnvilFocus de ne l'interrompre sous aucun prétexte avant la fin de son footing. Absolument aucune interruption avant midi.

Le lendemain, par ce matin de novembre, le lac était froid et limpide. Une brume y formait des nuages lâches, dérivant tel un être vivant. Cinq oiseaux d'eau plongeaient en quête d'algues et s'échangeaient des ragots. Les séquoias au loin paraissaient griffonnés sur le ciel. Zimri Nommik s'assit, pantelant, sur la berge, sortit son calepin numérique de sa poche arrière et y nota ses réflexions sur les synergies entre les chaînes de production et de distribution d'Asie du Sud-Est. Il se laissa aller à rêvasser, contemplant les sillons sinueux de marée et contre-marée, et le vent qui taraudait la surface du lac, tout en ne voyant pas le monde lui-même mais un monde de métaphores et de symboles dans lequel les chaînes d'approvisionnement et les usines, les industries et les pays étaient des perles de couleur qu'il fallait déplacer encore et encore jusqu'à ce qu'ils opèrent d'une façon qui lui convienne.

Alors qu'il se trouvait dans cette transe productive, son Anvil-Focus s'alluma à midi pile. La pince accrochée au col de sa chemise se mit à vibrer. Il se rendit sur la plate-forme numérique de son calepin numérique. Et voilà, le moment était venu. Pendant quelques instants, il fixa les notifications, puis le lac à nouveau. Il se gratta l'oreille. Selon le type de saloperie qui allait désormais leur tomber dessus, c'en était peut-être fini de ce lac-là, des oiseaux d'eau, des lacs en général, ou des trois à la fois. Autant profiter du paysage tant qu'il durait.

Selah l'appela tandis qu'il reprenait le chemin du chalet.

« Putain, fit-elle. Zimri, sans déconner, j'ai essayé de te joindre toute la matinée. C'est sérieux ? »

Il réfléchit à ce qui allait suivre. Pas le temps de trouver quelqu'un d'autre. Ce serait elle qui l'accompagnerait dans le bunker. Il pouvait répondre : « Non, c'était juste un test, reste à la maison. » Le vent agita les arbres et une rafale de feuilles valdingua à la surface du lac.

« C'est sérieux, dit-il. Un avion viendra te chercher. Prends-le.

— Quoi, on n'y va pas ensemble ?

— D'après le protocole, il ne faut rien faire qui attire l'attention sur notre départ. Des moyens de transport normaux. Tu le sais bien. Je suppose que je vais… »

Il rit.

« Putain, Selah, je vais prendre l'avion avec Lenk et Ellen.

— La vache. Je préfère que ce soit toi plutôt que moi.

— On ne peut pas en parler maintenant. Pas avant d'être dans l'avion avec notre propre Wi-Fi, OK ?

— Oui. J'ai peur, ajouta-t-elle.

— On se voit dans le bunker. Pas celui de Haida Gwaii – il y a eu un problème. Celui d'Écosse. Ça va aller. »

Ce ne serait peut-être pas si mal, songea-t-il. Peut-être même mieux qu'avant. Quoi qu'il arrive au monde, lui s'en sortirait. Et si ça ne marchait pas avec Selah, il trouverait bien le moyen de la remplacer.

Ellen

Dans le penthouse lambrissé de sa villa avec vue sur le lac du congrès d'Action Now !, Ellen Bywater, PDG de Medlar Technologies, l'entreprise de micro-informatique la plus rentable au monde, essayait de faire ses valises. Ses mains tremblaient.

Assis sur le fauteuil en bois qui faisait face au lac, Will, son défunt mari, l'observait. Décision délicate ? demanda-t-il.

« Pour toi, ça va, rétorqua-t-elle. Tu es mort. Tu vas où je vais. »

Je serais allé où tu vas même si j'étais encore en vie, répondit-il. Même jusqu'au bout de la Terre.

Elle sourit au fauteuil vide. Non qu'elle ignorât qu'il était mort. Elle n'avait pas perdu les pédales, après tout. Il s'agissait juste d'une habitude à laquelle il était difficile de renoncer.

C'était Ellen qui avait eu l'idée d'Action Now ! Enfin, pas tout à fait. Albert Dabrowski, le fondateur évincé de son entreprise, avait accordé un si gros don à Action Now ! qu'elle avait dû en verser un plus énorme encore et participer à l'événement pour faire bonne impression.

Will aurait passé son bras autour de ses épaules, embrassé le haut de son crâne et dit : « Ça pèse sur ta conscience ? » Elle aurait haussé les épaules et il aurait ajouté : « Je préfère quand ta conscience est apaisée. »

Elle se surprenait encore à lui parler, à combler presque parfaitement sa part de la conversation. Parfois, dans leur maison, elle l'apercevait au pied de l'escalier, son corps élancé et ses jambes anguleuses comme un chevalet plié disparaissant dans la salle à manger au moment où elle descendait les marches. Il avait été fier de ses jambes – à soixante-quatre ans, il avait encore des genoux parfaits pour randonner. Le jour de sa mort, ses genoux allaient très bien.

« Ça tourne en rond dans ma tête, observa-t-elle. J'ai peur. »

Will la comprenait. Bien sûr qu'elle avait peur. Personne ne voulait que le monde prenne fin.

La notification comportait des informations sur le protocole. Elle l'avait écrit, ce protocole, quelque temps auparavant. En cas de catastrophe.

« Ellen, précisait le protocole sur son SmartPin, ne prenez pas toutes vos affaires. N'emportez que de petits objets ayant une valeur sentimentale. On pourvoira à vos besoins. »

Et moi ? fit Will. Est-ce que je suis un petit objet ayant une valeur sentimentale ?

Elle lui dit de foutre le camp.

« Est-ce que les protocoles des enfants ont été activés ? » interrogea Ellen.

Le SmartPin répondit :

« Vos enfants ont été informés. Ils rejoignent actuellement le moyen de transport.

— Même Badger ? » demanda Ellen.

Will lui décocha un regard pénétrant. Badger était leur dernier rejeton, leur enfant non binaire aux convictions politiques radicales. Badger avait affirmé à plusieurs reprises réprouver le système tout entier, les alertes et les jets privés et les bunkers de survie cachés en Nouvelle-Zélande.

Le protocole préconisait de ne passer aucun coup de fil dans cette situation. Quel intérêt d'avoir un endroit sûr et confortable où affronter une catastrophe mondiale si tout le monde savait que vous partiez et pouvait vous suivre ? Fermer hermétiquement les portes avant que qui que ce soit s'aperçoive de votre départ – tel était le plan. Encore maintenant.

« Appelle Badger », dit Ellen.

Commença une attente interminable rythmée par les battements sourds de son cœur avant que Badger ne décroche. Son visage, projeté sur le mur de la suite, était très près de l'écran – iel ne voulait jamais que sa mère voie où iel se trouvait. Qu'il est plus aigu que la dent d'un serpent d'avoir un enfant ingrat.

Cependant, Badger paraissait avoir peur. Cela procura à Ellen une certaine satisfaction sinistre. Tu vois ? Ta mère sait quelque chose qui en vaut la peine.

« Tu viens ? demanda-t-elle. Tu as reçu l'alerte ? »

Le front de Badger se plissa. Ah, ce petit pli qu'iel arborait déjà quand iel tétait bruyamment le sein quelques heures après sa naissance. Ce froncement d'intense concentration.

« Maman ? Il y a une voiture dehors. Je ne sais pas quoi faire. »

Ah, comme cela lui avait manqué. Être la mère de Badger avait toujours été délicat, épineux. Mais son bébé avait besoin d'elle.

« Monte dans la voiture. D'accord ?

— D'accord. »

Silence. Puis, enfin, les profondeurs du froncement de sourcils.

« Je peux emmener…

— Tu peux emmener deux personnes. Dis-leur de laisser leur téléphone, compris ? AnvilClips, Torcs, tout. Dis-leur que vous partez en vacances. Que je t'y oblige et que tu me détestes. OK ? »

Badger poussa un long soupir. Ses adorables taches de rousseur étaient éparpillées sous ses yeux telles des étoiles.

« OK. Je te verrai, hein ?

— Dans moins d'un jour, mon amour. Je te le promets. »

Ellen Bywater s'était ressaisie. Avant que la voiture n'arrive, elle s'assit devant le miroir, appliqua son rouge à lèvres et l'estompa. Elle trouvait important de faire ce genre de chose elle-même.

Tu t'es maquillée toute seule pour notre mariage, souligna Will. En 1989, tu avais peint des volutes dorées, rouges et jaunes autour de tes jeunes yeux. Je t'ai regardée faire. Comme une artiste, avec tes pinceaux fins en poil de chameau et tes petits pots dorés. Comme une prêtresse.

« J'avais l'air d'avoir reçu un gros coup de poing dans le nez. »

Mais après tout, c'était la vie qui vous assénait des coups de poing jusqu'à ce que votre visage soit méconnaissable.

« Tu ne me verras pas ridée de partout », dit-elle à Will.

Tu avais déjà des rides quand je suis mort, tu te souviens ? Je les embrassais.

« Parfois, tu t'en moquais. »

Parfois, on se moquait l'un de l'autre. On était comme ça. J'ai toujours cru en toi.

Ellen regarda Will, qui n'était pas là. Finalement, en quoi avaient-ils cru ?

Il lui arrivait de savoir ce qu'il aurait dit s'il avait été là. Il lui arrivait aussi d'avoir à conjecturer – elle détestait ces moments-là, parce qu'elle savait qu'il avait vraiment disparu.

Enfin, Will déclara : Tu as toujours fait de ton mieux pour tes actionnaires et tes employés.

Il y avait peu d'affaires à réunir. Elle prit sa montre. Elle prit son pull topaze et le collier en or qui allait si bien avec. Elle prit son ordinateur portable, son téléphone, et son MedlarTorc. L'idée de faire ses bagages était en soi un petit objet ayant une valeur sentimentale.

Bien que ce fût strictement contraire au protocole, Ellen consulta Name The Day, le grand site survivaliste. S'il se passait quelque chose, si quelqu'un savait que le jour J était arrivé, le site en parlerait. Mais il n'y avait rien qui sorte de l'ordinaire. Des troupes dans la mer de Chine méridionale. L'explosion d'un pipeline en Europe de l'Est. Les mêmes vieux refrains de survivalistes. Ces gens-là ignoraient que quelque chose avait dégénéré. Et pourtant, là-bas, il se passait quelque chose. Les alarmes ne se déclenchent pas sans raison. Quelque part dans le monde, une situation qui était tout juste sous contrôle avait dérapé jusqu'à n'être plus du tout sous contrôle. Une réaction en chaîne. Quelque part dans la jungle, un tigre rôdait.

Lenk

Il faisait déjà noir à l'aérodrome. Les mini-pods à conduction osseuse de Lenk Sketlish diffusaient *Gimme Shelter*, des Rolling Stones. À l'intérieur de son crâne, les Beatles s'étaient séparés, les années 1960 avaient pris fin, une violente révolution flottait dans l'air, et désormais tout pouvait arriver. Il se sentait vivant, songeait-il, véritablement vivant pour la première fois de sa vie. Le trajet en voiture dans la nuit, la musique qui battait dans sa tête, l'avenir tout proche. C'était ce pour quoi il s'était préparé, le coup d'envoi nocturne. C'était l'achèvement en douceur du vieux monde et la naissance du nouveau.

Sauf qu'à son arrivée au hangar, Zimri Nommik attendait avec son sourire nerveux et Ellen Bywater s'acharnait sur son téléphone en grommelant : « Il n'y a pas de réseau. Je n'ai plus de réseau depuis qu'on est partis du congrès. »

Elle cédait déjà à la panique. Il s'en était douté. Elle n'avait jamais cru que ce moment allait vraiment arriver. Elle ne tiendrait pas un mois après la fin de la civilisation.

L'avion le plus proche de la conférence était un des jets privés de Zimri. Le pilote avait eu droit à la même version que le personnel au sol, l'histoire dont la presse finirait par s'emparer. Les trois PDG des géants de la tech se retrouvaient à huis clos pour engager des négociations. « Une synergie de haut niveau entre des infrastructures technologiques dans le but de trouver des mesures de réduction des émissions de carbone. » Cet avion ne les emmènerait pas directement à leur destination mais à un relais voisin où les avions privés de Lenk et Ellen viendraient les chercher. Partir vite donnait le temps de s'assurer qu'on n'était pas suivi. L'avion de Zimri, bien entendu, éteindrait son transpondeur dès qu'ils seraient hors de portée des radars. Inutile de laisser qui que ce soit vous suivre jusqu'à votre bunker. L'un des lieux de survie de Zimri avait récemment été révélé par une saloperie de journaliste du site Name The Day. Il y avait toujours un risque.

La porte de l'avion s'ouvrit et les escaliers se déployèrent au sol avec un sifflement hydraulique rassurant. Ils n'avaient même pas rencontré le pilote.

« Il y a le Wi-Fi à bord », annonça Zimri tandis qu'ils grimpaient les marches. Lenk voyait bien que Zimri était déjà en train de calculer et de recalculer les chances. Le fait que ce soit son avion lui donnait-il un avantage ? Ou était-ce plutôt un désavantage ? Plus de tout ça dans le nouveau monde, plus de névroses d'abondance. La vie serait plus simple, plus pure.

Les mini-pods à conduction osseuse passèrent à *Goats Head Soup* et le roulis de la guitare le transporta dans le futur. Ce serait pour bientôt, et bien qu'il sache en son for intérieur qu'il pouvait encore s'agir, toute proportion gardée, d'une apocalypse bénigne – pour eux du moins ; un à cinq ans de désagréments et d'occasions commerciales manquées –, Lenk se sentait en paix. L'avion s'envola avec la fluidité d'une longue gorgée d'eau fraîche. D'une certaine manière, ce n'étaient pas eux qui partaient. La Terre s'éloigna de l'avion, la vie qu'ils avaient connue s'enroulant sur elle-même et se rangeant soigneusement. Ce n'étaient pas eux qui quittaient le monde, c'était le monde qui les quittait.

DEUXIÈME PARTIE

CETTE CHOSE QUI APPROCHE

Extrait du forum survivaliste Name The Day

sous-forum : ntd/strategic

>> *OneCorn est au statut* **Préparation maximale.**
OneCorn a publié 4 744 posts et reçu 14 829 likes.

Alors... qui est partant pour un peu de... CATÉCHISME ?
J'en suis au chapitre « Leçons historiques intéressantes », merci bien.
Brûler est le sort qui attend inévitablement ceux qui racontent des choses qui en valent la peine. Crois-moi. La leçon du jour s'intitule : À quel moment faut-il partir ? et, dans une certaine mesure, concerne les milliardaires qui possèdent des bunkers de survie de dingues ?

Personne n'a jamais réussi à t'empêcher de cracher sur Lenk Sketlish, AM. Mais en effet. C'est d'actualité. Je parle de personnes très puissantes et de responsabilité sociétale. OK ?
Bien.

>> *ArturoMegadog est au statut* Longue conservation

>> *ArturoMegadog*

@OneCorn : Sérieux. Tu recommences avec tes conneries ?
Tu vas te faire descendre en flammes. Encore une fois.
C'est cette histoire de bunkers de milliardaires ?
Est-ce que j'ai le droit de cracher sur Lenk Sketlish ?
OK. Tu te feras quand même descendre en flammes pour avoir posté ça sur ntd/strategic. Mais continue. De toute façon, je crois que je suis le seul à lire.

Genèse, chapitre 18, librement traduit

Avertissement : agression sexuelle, meurtre, destruction de propriétés, violence, inceste, pluies de feu, statue de sel, mort violente, blasphème, Dieu.

Donc le Seigneur regarda Sodome et ce n'était pas l'endroit idéal où vivre, travailler ou élever une famille. Les habitants de Sodome étaient cruels, ils s'emparaient de tout ce qu'ils voulaient, ils ne prenaient plus soin des étrangers ni des pauvres. Ils étaient sincèrement repoussants. Sodome était un lieu qui incarnait tout ce qui clochait avec ces histoires de « civilisation » et de « progrès » que les humains mijotaient ces derniers temps. Le Seigneur y regarda de plus près et tout ça l'inquiéta vivement.

Mais le Seigneur avait récemment eu des conversations sérieuses et utiles avec une personne : Abraham. Plus que n'importe quel autre humain, Abraham le surprenait par la profondeur de ses réflexions morales. On pourrait croire que les commentaires sur son travail n'intéresseraient pas Dieu, mais en réalité, même dans la Genèse, Il sollicite des opinions et ajuste le tir.

C'est aussi comme ça que fonctionnent les livres de discussion du Talmud. En gros, ce sont des strates de commentaires, les érudits débattant les uns avec les autres au fil du temps et à travers les siècles. On peut se demander si solliciter des opinions et ajuster le tir ne témoignerait pas d'une réflexion plutôt avancée. On peut se demander si ce ne serait pas ce dont Dieu nous fait la démonstration à travers le travail de création.

>> *ArturoMegadog est au statut* Longue conservation

Eh ben, merci pour le compliment, ma p'tite dame.

Donc : investi dans le processus et intéressé par le feedback, le Seigneur a confié ses projets à Abraham.
Il a dit : « Sodome et Gomorrhe. Tu n'imagines pas les cris d'angoisse qui me parviennent de ces villes-là. Ils ne se traitent pas avec bienveillance, ni avec respect, ni même avec un minimum de dignité humaine. Alors je me dis : Détruis-les. Châtie-les, élimine-les. Par le feu et le soufre. Ma colère, mon ami, est *attisée.* »
Le Seigneur a attendu la réponse d'Abraham. Il était stressé.
Abraham, lui, avait la nette impression que le Seigneur venait de dire un truc plutôt contradictoire. Parce que si on veut que les gens témoignent de la dignité humaine à leurs semblables, est-ce qu'il ne faudrait pas commencer par… leur témoigner de la dignité humaine, à eux ? Mais pas évident de souligner ce genre d'incohérence, même à son patron. Et encore moins au propriétaire de toute chose, au Créateur des cieux et de la terre. Pour finir, Abraham a répondu : « Tu envisages de balayer tout ça ? Les bonnes gens avec les mauvaises ? »
Et le Seigneur a fait : « Carrément ! Justice ! »
Abraham a posé ses doigts sur son front et a dit : « OK, mais attends un peu : et s'il y avait cinquante justes à Sodome, tu détruirais la ville entière ? Tu es censé juger chacun équitablement. »
C'était un argument de taille, et pour être honnête, le Seigneur n'y avait pas pensé avant. Voilà pourquoi il aimait discuter avec Abraham, le type qui trouvait des idées parfaitement pertinentes.

Comme un gamin veillant à ce que ses parents aient de bonnes valeurs.
« OK, c'est vrai, a convenu le Seigneur. T'as raison. S'il y a cinquante justes à Sodome, je pardonnerai à toute la ville. Ouais, s'il y en a cinquante, c'est ce que je ferai. »
Bon, « pardonner à tout le monde » au lieu de « châtier tout le monde » n'était pas exactement ce qu'Abraham avait en tête quand il avait émis l'idée de « juger chacun équitablement ».
Pourtant – comme face à un patron difficile – Abraham a répondu d'un ton calme et respectueux. « Honnêtement, je suis mal placé pour te dire quoi que ce soit, je suis littéralement poussière et cendre et toi, tu es le Seigneur, mais bon, qu'est-ce que tu penses de ça : s'il manquait seulement cinq personnes sur les cinquante justes, tu ne détruirais pas la ville tout entière, si ? S'ils n'étaient que quarante-cinq, tu sauverais la ville, non ? »
Il a bien fallu que le Seigneur admette qu'il avait raison.
Alors Abraham a poursuivi son raisonnement. Comme s'il avait une chose incroyablement vitale à démontrer au Seigneur des armées. Comme si chaque vie humaine avait quelque chose d'infiniment précieux et qu'on ne pouvait pas bombarder des villes entières même si presque tous les habitants avaient un mode de vie qui ne vous plaisait pas.
« Tu sauverais la ville pour quarante justes », a-t-il ajouté. Puis : « Tu sauverais la ville pour trente. Tu sauverais la ville pour vingt. Tu sauverais la ville pour dix. »

>> *DanSatDan est au statut* Beans en boîte

ABRAHAM ET DIEU ?
Qu'est-ce que c'est que ces conneries religieuses ? Je suis pas venu ici pour des bondieuseries. J'en bouffe déjà assez avec mes vieux, non mais sans blague. Je croyais que ce forum parlait de stratégies de survie sérieuses, pas de ce genre de salade. Allez sur ntd/findestemps si c'est votre truc.

Abraham avait souligné un point très important ; il contestait la notion de punition collective. Mais à en croire le texte, le Seigneur n'avait pas encore l'air de comprendre cette idée.

Abraham insinuait autre chose : même si vous êtes incroyablement puissant, vous ne pouvez pas laisser tomber quand les choses tournent au vinaigre. Ce n'est pas à ça que sert votre pouvoir. Vous ne pouvez pas dire : « Et puis merde, c'était une erreur, je vais m'en débarrasser. » Si vous avez du pouvoir, servez-vous-en pour *aider les autres*.

« D'accord, t'as raison, a concédé le Seigneur, je sauverais la ville dans l'intérêt de dix justes. » Le Seigneur était en phase d'apprentissage, ce qui est une bonne raison d'avoir créé l'humanité. Bref, il s'avère qu'il n'y avait pas dix bonnes personnes dans la ville. Il y avait un seul homme à peine potable – Loth, le neveu d'Abraham – et sa famille. Le Seigneur en avait assez de parler à Abraham. Ce type était intelligent, mais il lui donnait la migraine. Le Seigneur a donc décidé de faire pleuvoir du feu et du soufre sur les villes des plaines.

Mais en fait, c'est ça la question, non ? Est-ce qu'on peut décemment décider de laisser tomber une ville ? Est-ce qu'il y a un seuil minimum de bonté au-dessous duquel on ne peut pas descendre ? À partir de quand est-ce qu'il ne reste plus aucun avenir ?

>> *ArturoMegadog est au statut* Longue conservation

@OneCorn : Je t'avais prévenue.

@DanSatDan : Lâche-lui la grappe, petit. Avant que le débat dégénère... essaie de savoir qui tu insultes. Va jeter un coup d'œil au best of de OneCorn, OK ? Elle fait parfois ce genre de truc. Comme... expérimenter avec la forme. Assembler des fragments qui n'ont pas l'air d'aller ensemble. Généralement, on finit par voir où elle veut en venir. OneCorn sait de quoi elle parle. Crois-moi.

Zhen

1

Le Seasons Time : le temps vous appartient

À Singapour, par une journée étouffante de juin quelques mois avant la fin du monde, alors que Lai Zhen – classée parmi les cinquante meilleurs créateurs sur Name The Day et numéro un pour son expertise en technologie de survie – s'achetait des appareils électroniques dans le centre commercial Seasons Time, quelqu'un tenta de lui tirer dessus.

La coïncidence voulait que Zhen eût déjà réalisé une vidéo intitulée « Qu'est-ce qui vous passe par la tête quand on vous tire dessus », et 6,3 millions de personnes l'avaient regardée. Dans la vidéo, elle s'adressait à la caméra, maniant le sarcasme et les traits d'esprit pendant que son assistant pressait la détente ; elle se déplaçait vite, exécutant une roulade avant, restant près du sol.

- Elle disait : Rappelez-vous que le choc vous fera perdre vos moyens.
- Elle disait : Vous serez pétrifiés et il faudra lutter contre vos instincts.
- Elle disait : Rappelez-vous que vous vous pisserez probablement dessus.
- Elle souriait.
- Non, je vous assure, disait-elle. C'est sérieux.

« Sacré instinct de survie, meuf », déclarait le commentaire le plus populaire. Il avait recueilli 15 272 likes. Lai Zhen avait survécu à la chute de Hong Kong et à dix-sept mois dans un camp de réfugiés offshore monté par les Britanniques. Elle en parlait avec le ton détaché, ironique, humoristique, expert, et le style légèrement mélancolique qu'on empruntait désormais pour évoquer la fin de la civilisation. Zhen avait trente-trois ans, et ce monde de crises constantes, de plus en plus focalisé sur la survie, n'attendait plus que ce qu'elle avait à offrir.

Mais le réel n'est jamais conforme au symbolique. Un ami vous tirant dessus à blanc pour une vidéo visant à promouvoir la ligne de vêtements sportifs de votre sponsor est une chose. Quatre balles crevant la vitre d'un magasin multimédia du Seasons Time de Singapour en est une autre. En les entendant percuter lourdement deux téléviseurs et le touriste debout à côté d'elle, Zhen n'employa pas de technique de verbalisation afin de maîtriser sa peur, pas plus qu'elle ne respira selon la méthode quatre-sept-huit. La seule chose qu'elle entendit dans sa tête fut sa propre voix débile qui disait : Vous vous pisserez probablement dessus.

Le Seasons Time, la plus grande mégapole mondiale de vente au détail, appartenait à quelque consortium technologique international qui avait invité Zhen à prendre part à un événement caritatif d'aide aux réfugiés, aux victimes d'inondation, ou de catastrophe – enfin l'un ou l'autre. Zhen se remettait d'une quasi-rupture compliquée, ayant été ghostée par une femme en qui elle avait vraiment cru. Elle avait accepté l'invitation parce qu'elle pensait qu'il serait apaisant de se retrouver dans le pays le plus rigide de la Terre, et parce que, lorsqu'elle était au bout du rouleau, elle se débrouillait pour rester toujours en mouvement.

Son ami Marius lui avait dit : « Tu t'en vas parce qu'aide aux réfugiés importe à toi. Tu la fais pas à moi avec ton baratin ironique postmoderne sinistre comme Jean-François Lyotard. »

Il était vrai qu'elle avait décliné des invitations à partir chroniquer une tente à montage instantané à Addis-Abeba et une veste révolutionnaire en textile intelligent à Helsinki. Et elle avait refusé un voyage de presse dans plusieurs grandes villes du monde pour la sécurisation des espaces de survie auxquels vous pouviez, vous aussi, accéder pour seulement sept mille dollars par an – qu'est-ce qu'une somme aussi modique au regard de la tranquillité d'esprit ? Son truc à elle, c'était ceci : ne pas frotter des bouts de bois pour faire du feu. Acheter le meilleur équipement qui soit et travailler intelligemment avec la technologie afin d'échapper à la chute terrifiante de la civilisation. Mais elle avait renoncé à tout cela en faveur d'un événement caritatif à Singapour.

« Je t'emmerde, avait-elle répondu à Marius. Je n'ai pas de sentiments ; tu ne peux pas prouver le contraire. »

En arrivant de San Francisco, elle s'était rendue directement de l'hôtel au Seasons Time pour découvrir quelles technologies n'avaient pas encore débarqué en Amérique. La crise des migrants ne lui faisait ni chaud ni froid, l'inégalité des richesses la laissait indifférente et elle se foutait royalement de sa rupture à la con. Elle était là dans le but de *consommer*.

« Au Seasons Time, le temps vous appartient toujours », affirmaient les publicités pour le mégacentre commercial, mais il aurait été plus juste de dire que le temps n'y existait pas du tout. Différentes zones du mall mettaient en permanence en scène une version artificielle d'une saison ou d'une autre ; phénomènes naturels, fêtes religieuses et fêtes nationales se bousculaient sans ordre particulier, en accord avec l'agnosticisme du marché. Comme à Disneyland, il était toujours l'heure de la parade, et les soldes de début d'année survenaient toutes les quatre-vingt-cinq heures pendant une heure, à un horaire posté uniquement sur l'appli Seasons Time : le temps vous appartient. D'après divers auteurs d'opinions prétendument séditieuses, le Seasons Time était soit le lieu d'appropriation culturelle le plus vulgaire au monde, soit un désastre écologique, ou un charmant exemple de fantaisie singapourienne, ou encore sérieusement, détendez-vous, c'est juste un endroit marrant où passer son après-midi à faire du shopping.

Lai Zhen avait survolé ces possibilités tout en franchissant le portail des Citrouilles en direction de l'International Women's Day Plaza. Elle était là pour voir les lieux en personne, en profiter, et aussi les commenter, les mépriser et s'en offenser. Un mélange grisant aussi intense que le parfum de cannelle, de noix de muscade et de clou de girofle vaporisé par les bouches d'aération au-dessus de sa tête. Agréablement et merveilleusement distrayant, rien de ce qui se passait ici n'était tout à fait réel et, tant qu'elle était ici, elle non plus ne l'était pas.

Elle entra dans un magasin multimédia dans l'aile Noël : plafonds en verre et lumières clignotantes. Il y avait un appareil photo dernier cri qu'elle voulait tester. Elle l'approcha de la fenêtre. Dehors, un mur de thinscreens diffusait des images de Lenk Sketlish flanqué de ses assistants, en train d'annoncer la création d'une autre zone FutureSafe pour la protection de la nature. Mais hors de question de faire face au monde réel au Seasons Time, merci bien. Zhen braqua l'objectif multifocal à filtres automatiques sur un flocon de neige en verre cristallin suspendu au plafond. Elle zooma et fit la mise au point jusqu'à l'obtention d'une image parfaitement nette avec différents filtres. Alors qu'elle le regardait à travers le viseur, le flocon de neige explosa.

Il éclata à la façon d'un time-lapse sur le pourrissement. Les pointes s'effondrèrent et les entrailles giclèrent, et presque au même moment résonna, trois étages plus haut, un bruit semblable à un feu d'artifice miniature. Elle pensa :

– Super effet spécial ?
– Non.
– Est-ce que c'est une sorte de…
– Est-ce qu'il s'agit d'une faille parce qu'on dirait…
– Je parie qu'ils bidouillent le son dans les films pour rendre

les tirs plus bruyants parce que franchement, ça ressemblait à un pétard.
– Oh merde.

Quatre trous en étoile criblèrent la vitrine du magasin, scintillant comme des guirlandes de Noël.

Lai Zhen avait réalisé douze vidéos sur des cas de figure impliquant des tireurs. Elle sentit sa bouche s'ouvrir en grand telle une machine à sous, remarqua qu'une part d'elle-même cherchait à tout prix une raison qui expliquerait que le verre puisse soudain céder de la sorte. Elle compulsa un répertoire mental de stratégies de survie et en sortit bredouille. Comment recueillir de l'eau de pluie dans un drap de lit ? Non. Comment conserver du maïs frais à l'aide de sel ? Non. Comment démonter et nettoyer un AK-47 ? Tu brûles, ma grande. Tireur embusqué. Eh ben voilà. Cours.

Elle courut.

Mais elle ne sortit pas du magasin. Dans les espaces découverts de la place de Noël, elle serait une cible trop facile. Elle regarda derrière elle. La réserve se trouvait là, au fond. Il y avait forcément une porte de service. Les autres clients restaient plantés là, bouche bée. Zhen se trouvait lente, mais eux n'étaient même pas arrivés au stade où ils se mettraient à crier.

Elle sauta par-dessus le comptoir au moment même où une minuscule dame japonaise vêtue d'un jean immaculé et d'un manteau en laine beige recevait une balle dans l'épaule avec un claquement sourd. Du sang éclaboussa les thinscreens, les claviers et les cadrans d'appareils photo. Zhen jeta un coup d'œil derrière elle. Le mari de la dame était penché sur elle et les autres clients se dispersaient. Réfléchis, réfléchis. Essaie de te rappeler une seule chose que tu as apprise sur ce genre de situation, *espèce d'idiote*.

La réserve était remplie de boîtes d'appareils électroniques sur des étagères en métal. Pendant une fraction de seconde, elle se dit : Merde, une impasse, et au même instant, elle remarqua la porte de service, en partie dissimulée par les étagères. Elle voulut tourner la poignée. Un voyant rouge apparut sur la serrure. *Bordel.* Dans l'une des poches de son pantalon, elle trouva son bip universel, qu'elle appuya contre la serrure. Elle attendit trois longs battements de cœur, songeant à l'avertissement du fabricant, qui précisait que le mot « universel » n'était pas à prendre au pied de la lettre, et à Marius qui lui avait dit que cette « camelote ouvrira même pas enveloppe ». Mais une porte de service dans un centre commercial n'était pas forcément ultrasécurisée, si ? Elle attendit. Attendit. Le voyant devint vert. La poignée tourna.

Elle entra dans un long couloir mal éclairé, aux murs bordés de boîtes de rangement. Les cris provenant du magasin furent instantanément étouffés.

Elle referma la porte derrière elle. Ses mains tremblaient. Bon, elle était en sécurité. Mais si quelqu'un d'autre avait besoin de s'enfuir ? Elle ouvrit la porte et coinça un morceau de carton entre le pêne et le châssis. OK, tu es une héroïne. Ou du moins tu n'as pas un mauvais fond. Sors de là tout de suite, Zhen, éloigne-toi de la porte, allez.

Elle regarda à droite et à gauche. À droite, des chaises en fibre de verre censées ressembler à des piles de livres. À gauche, trois cents mètres de citrouilles en carton formaient un monticule précaire, certaines ayant le mot « SOLDES » gravé sur leur peau cartonnée. Zhen tenta de se rappeler où se trouvait la sortie. En prenant à gauche, elle traverserait… le hall Halloween, puis Saint-Valentin, puis la saison des cerisiers en fleur, puis la fête des morts, et enfin la sortie. Elle tourna à gauche et se mit à courir.

Il n'y avait aucun bruit derrière elle. Elle était encore en vie, indemne hormis quelques égratignures sur son bras causées par le verre brisé. Elle n'avait sauvé personne, mais elle ne s'en était pas trop mal sortie. Il s'agissait d'un événement terrible mais fortuit ; le sniper était probablement déjà mort – Singapour prenait ce genre de chose très au sérieux. Zhen en tirerait un article incroyable sur la façon dont elle avait employé ses facultés dans la jungle urbaine pré-apocalyptique. Ah, l'égocentrisme faisait à nouveau surface : elle recommençait sans doute à se sentir plus en sécurité.

Zhen risqua un nouveau regard par-dessus son épaule. Rien. Personne ne l'avait suivie par la porte. Aucun coup de feu. Elle n'entendait personne tourner la poignée. Bien. Entraînement de survie. Elle s'arrêta derrière une étagère de professeurs Citrouille et laissa son rythme cardiaque ralentir et le bourdonnement de ses oreilles se dissiper. S'il s'agissait juste d'un tireur solitaire, mieux valait quitter le bâtiment. Mais c'était peut-être une attaque terroriste. Plusieurs tireurs pouvaient très bien attendre dehors, dégommant les gens un à un. Auquel cas la meilleure chose à faire était de se cacher ici, dans ce no man's land mal éclairé.

Zhen passa en courant devant les dernières célébrités Citrouille – des caricatures orange striées et bulbeuses de Ryan Reynolds aux cheveux peints à la bombe grise et de Zendaya. Elle tourna à droite entre des cœurs en polystyrène rose à paillettes. La Saint-Valentin. Des cupidons lumineux aux longs cils s'adossaient aux murs par rangs de trois à côté de vases grecs remplis de confettis. Des piles de caisses regorgaient d'animaux en peluche tenant des cœurs rembourrés. Des renards, surtout. Était-ce une nouvelle mode ? Rennes de Noël, lapins de Pâques, renards de Saint-Valentin ? Comme si chaque fête devait avoir son animal emblématique ? Zhen tendit de nouveau l'oreille. Des alarmes sonnaient à différents endroits du bâtiment. Mais pas de bruits de pas derrière elle.

Elle jeta un coup d'œil par-dessus son épaule. Le couloir était désert. Les os creux d'un bateau-dragon en fibre de verre étaient posés contre le mur. Elle regarda droit devant – un mélange de festival japonais des cerisiers en fleur et d'une cérémonie de lampions. Des lampions suspendus à des branches en papier mâché couvertes de paillettes et de fleurs en papier de soie, une rivière de velours bleu sous un pont en fibre de verre, une rangée de juke-box des années 1950, branchés dans des prises murales. Depuis quatre ans déjà, elle organisait des stages de survie en plein air sur les « risques calculés ». Réfléchis.

Un itinéraire sûr s'offrait à elle. Elle discernait un panneau de sortie vert au-delà des crânes de la fête des morts et des éventails mexicains en dentelle. Autre option de sortie : une dalle ouverte menant à la galerie technique derrière la vitrine de crânes en sucre. Très bien. Pour l'instant : se cacher, obtenir d'autres informations. Six ou sept minutes s'étaient écoulées depuis que le flocon de neige avait volé en éclats. Assez longtemps pour que l'incident soit déjà en ligne.

Elle rebroussa chemin, se creusa un trou au fond d'un bac plein de renards de Saint-Valentin. Elle se recouvrit d'animaux en peluche, tapie vers le fond du conteneur où des fragments de fausse fourrure de renard avaient l'épaisseur de la mousse humide sur le sol d'une jungle.

Elle alluma le thinscreen flexible à l'intérieur de la manche de sa veste. Le petit point noir se trouvait-il déjà dans le coin de l'écran ? Plus tard, elle n'arriverait pas à s'en souvenir. Elle rechercha le centre commercial du Seasons Time.

Voilà, elle avait trouvé. Des centaines de posts. Une des poutres d'éclairage avait déraillé. Des bouts de métal avaient explosé, brisant les vitres de deux magasins. Un éclat de verre avait blessé une touriste au bras, mais pas gravement. Il y avait des photos d'agents de sécurité en train d'ouvrir les énormes portes à chaque bout de la galerie et sur les parkings, des stands distribuaient gratuitement du chocolat chaud et du phở. En dédommagement, chaque client avait reçu cent dollars en bon d'achat valable dans n'importe quelle boutique. Le consumérisme dans toute sa splendeur.

Zhen se sentait bête. Tout cet entraînement pour ça. Une poutre d'éclairage explose et tu penses qu'on te canarde. Qu'est-ce que ça sera la prochaine fois ? Quelqu'un tire la chasse d'eau et tu te crois en plein tsunami ? Son ex, Ya-Ling, avait raison ; il fallait qu'elle parle à quelqu'un des répercussions d'une adolescence passée pour moitié dans un camp de réfugiés, et de la perte de sa mère. Du truc avec le chien. Il fallait aussi qu'elle trouve une meilleure occupation parce qu'elle ne regardait plus que ça. Les séries sur l'apocalypse, le sempiternel battement de tambour des techniques de survie et des voies d'évacuation, les kits d'urgence, et ça n'aide pas, Zhen, n'est-ce pas ? Ça ne fait qu'empirer les choses et voilà où ça te mène.

Un rire s'éleva de sa gorge lorsqu'elle imagina de quoi elle devait avoir l'air. Cachée sous des renards de Saint-Valentin dans le couloir désert d'une galerie marchande. Qu'est-ce qu'elle faisait là ? Elle passait à côté d'un phở gratuit, c'est tout.

Son gloussement résonna juste au moment où une balle traversa les peluches, les réduisant en nuages de fourrure étouffante. Avant même que sa conscience ait eu le temps de rattraper ses réflexes, elle avait bondi hors du bac, qu'elle avait projeté derrière elle en direction des tirs. Puis elle se mit à courir.

Elle regarda en arrière. Une femme. Longue et ample robe à fleurs, cheveux massés sous un chapeau informe à motifs. Veste en jean, baskets défoncées. Si vous la croisiez dans la rue, vous la prendriez pour le genre de mère au foyer trop exaltée que les autres parents évitent. Mais son équipement était tout ce qu'il y avait de plus réel : le Beretta M9A3 avec silencieux montrait qu'elle s'y connaissait en armes à feu. Comment avait-elle eu l'idée de tirer sur le bac ? Avait-elle entendu Zhen rire ? Si Zhen ne s'était collée aux bords, si elle était restée assise au milieu du conteneur, cette personne l'aurait tuée.

Zhen tourna au bout du couloir un peu avant sa poursuivante. Elle trébucha sur un grand pont en fibre de verre et y poussa les faux cerisiers. Ça n'arrêterait pas l'assassin, mais Zhen pourrait s'accroupir quelques instants là où la femme ne la verrait pas. Autre option de sortie. Zhen projeta devant elle le contenu des paniers. Les fleurs de cerisier en Flexifilm flottèrent tout doucement dans l'air, scintillant tandis qu'elles transformaient l'énergie cinétique en lumière clignotante, un rideau de rose, de rose foncé, de vieux rose et de blanc. Zhen appuya au hasard sur les boutons du juke-box le plus proche – qui se mit à jouer une version funk de *Sakura*, suffisamment fort pour masquer le bruit de ce qu'elle était en train de faire. Pendant que les pétales artificiels tombaient et que les basses retentissaient, Zhen plongea dans la galerie technique située derrière les arbres et referma la dalle derrière elle.

Elle le remarqua à peine, mais elle s'était, effectivement, pissée dessus.

2

Simulacre de surprise

Ce mois de janvier-là, lors du congrès DEMOlition qui avait lieu tous les ans à Londres, Lai Zhen avait été l'une des oratrices les plus plébiscitées, à défaut d'être l'une des plus riches ou des plus puissantes. Les riches se trouvaient ailleurs, et leur chemin avait rarement croisé celui des vrais fournisseurs de contenu regroupés aux étages inférieurs du palais des congrès.

Pendant que Lai Zhen animait une conférence sur « les cinq outils technologiques de survie dont vous ne pouvez littéralement pas vous passer (et dix nouvelles manières de les utiliser) », Martha Einkorn, l'assistante de Lenk Sketlish, sortit de l'ascenseur pour rejoindre le rooftop végétalisé. Un bouchon de champagne sauta avec un bruit d'arme à feu et le liquide pâle emplit les flûtes.

Pour Martha, il y avait eu un millier de choses à préparer en vue de ce moment. Et si tout se passait bien, ce moment ne serait que le début.

Tout le monde était là, à souligner des particularités de l'horizon londonien sous le soleil de janvier, ou à ignorer l'horizon parce qu'ils l'avaient déjà souvent contemplé. Zimri Nommik d'Anvil, le visage asymétrique bronzé, s'efforçait d'esquisser le sourire enseigné par un coach. À son côté, sûre d'elle et détendue, se souvenant de tous les noms et visages, se tenait son épouse afro-britannique, Selah Nommik – autrefois diplômée en informatique à Cambridge, ces jours-ci plus connue pour avoir trouvé des moyens utiles de redistribuer l'énorme fortune de Nommik. Lenk Sketlish de Fantail était là, bien sûr, mince et pâle dans un costume impeccable ; Martha à son côté. Ellen Bywater, PDG de Medlar, veuve depuis peu, d'origine irlandaise, élégante comme toujours en matières naturelles et palette neutre, tournant la tête comme si elle pouvait encore entendre son défunt mari, Will, murmurer à son oreille.

Ellen Bywater avait emmené le dernier fruit de ses entrailles à la fête. Badger Bywater était un individu aux cheveux noirs coupés court et aux ongles noirs qui avait récemment posté sur sa chaîne Fantail des vidéos critiquant les entreprises de technologie. La réponse de sa mère à ces critiques – l'inviter à cette réception – était du Ellen Bywater tout craché. Dans la même veine, caché derrière la sculpture sur glace d'un héron qui commençait à fondre, Albert Dabrowski, fondateur évincé de Medlar, chemise hawaïenne boutonnée sur son ventre rond, buvait avec une détermination silencieuse. Ellen l'invitait toujours aux événements très médiatisés organisés par Medlar car elle ne démordait pas de l'histoire qu'elle racontait, selon laquelle elle avait fait de lui un homme immensément riche, bien plus riche qu'il ne l'aurait été si elle l'avait laissé mal gérer son entreprise, ce qui l'enchantait probablement. Dabrowski acceptait ces invitations de façon sporadique, ne venait jamais accompagné de son mari, buvait toujours à l'excès et prenait plaisir à dire aux inconnus qu'il était la « méchante fée » du festin.

Martha sourit à Zimri, puis détourna le regard – un soulagement pour lui, qui était toujours gêné dans ce genre de situation. Entre Lenk, Ellen et Zimri, Martha consacrait plus de temps à Zimri dernièrement. Il ne l'avait jamais déclaré ouvertement, mais elle le soupçonnait de souffrir de troubles du spectre de l'autisme. Il était extrêmement intelligent, et comprenait les rouages de son entreprise révolutionnaire bien mieux que Lenk ou Ellen pouvaient l'imaginer. À une autre époque, il aurait pu être un universitaire ou même un moine, et le monde n'aurait pas exigé de lui qu'il participe à des fêtes. Mais bien entendu, tout cela n'était que le fruit de l'imagination de Martha – peut-être qu'à une autre époque, il aurait été l'ambitieux conseiller d'un roi sans pitié. La réalité de la vie des gens est ce qu'elle est. Loin d'être le produit de son époque, Zimri avait fait siennes les premières décennies du XXIe siècle. Son entreprise, Anvil, valait plus que Medlar et Fantail réunis. Inutile de le prendre en pitié.

Selah Nommik remarqua que Martha détournait les yeux et – entre les clics de l'appareil du photographe ambulant – elle croisa son regard et lui décocha un clin d'œil. Martha hocha la tête, dissimulant soigneusement son sourire avant que l'objectif se braque sur elle. Elle ressentit une soudaine pointe de solitude. Voilà qui était nouveau. Que ces émotions se mettent à dégeler maintenant la troublait. Elle se sentait seule depuis longtemps et n'avait compris que depuis peu que sa frénésie de fréquenter les forums de discussion et ses relations de travail – si passionnées et captivantes fussent-elles – ne remplaçait pas la vraie confiance, la vraie vulnérabilité. Ce n'était pas le moment de fondre ; allez, quoi, ce n'était pas le moment. Elle tenait bon depuis des années. Il lui fallait se reconcentrer. Les besoins de Lenk suffisaient toujours à mobiliser toute son attention.

Martha regarda Badger Bywater entrer dans le champ de vision de Lenk, sirotant à la paille un cocktail violet foncé, et elle comprit aussitôt qu'iel courait au-devant des ennuis. Ayant travaillé avec Lenk pendant des décennies, elle pressentait ses humeurs et ses désirs, elle savait même devancer ce qui allait piquer sa curiosité ou provoquer sa colère.

« C'est une paille ? s'exclama Lenk Sketlish. Comment ça se fait que tu en as une ? »

Badger leva les yeux, offrant un parfait simulacre de surprise.

« Moi ? »

Badger Bywater accompagnait sa mère à ce genre d'événement depuis ses sept ou huit ans. Personne ne se sentait plus à l'aise au milieu des bouchées de sashimi à quatre-vingt-cinq dollars ou des exquises fleurs expédiées réfrigérées d'Australie que Badger

Bywater. Iel n'en avait plus rien à foutre de tout ça et n'avait plus peur de le montrer.

« Oui, toi, rétorqua Lenk Sketlish. Où est-ce que tu as trouvé cette paille ? On m'a dit qu'il n'y en avait plus. On ne trouve plus de pailles nulle part ; c'est bien ça qui cloche, en ce bas monde. »

Lenk chercha du regard quelqu'un qui confirmerait son propos.

Badger parvint à exprimer à la fois une lassitude phénoménale et un profond dédain : « Mec, j'ai apporté ma propre paille.

— Tu vois, c'est de ça que je parle, insista Lenk. Cette fête coûte les yeux de la tête et on doit apporter *sa propre paille* ?

— Les preuves concernant le plastique dans l'océan sont irréfutables », murmura Zimri Nommik, si bas que Lenk Sketlish faillit ne pas l'entendre.

Quelque chose dans sa façon de murmurer fit enrager Lenk. Fut un temps – pas si lointain – où Lenk s'en serait pris à Zimri et lui aurait demandé s'il le traitait d'imbécile. Mais il avait fait sa méditation. Il avait écouté Martha. Il ne traita donc pas Zimri Nommik de pitoyable couille molle et ne lui dit pas d'aller se faire foutre.

Il se contenta de lever les yeux au ciel et de lâcher : « Aha » avant de s'éloigner. Il était en phase d'apprentissage.

« Comment tu fais pour le supporter ? » demanda Ellen Bywater à mi-voix juste derrière Martha, sans chercher le moins du monde à dissimuler sa pseudo-compassion. Un jour, des années plus tôt, Ellen Bywater avait tenté de pousser Martha à quitter le navire pour rejoindre Medlar en parlant de solidarité féminine et de vraie évolution de carrière dans une entreprise qui la considérerait à sa juste valeur. Martha avait refusé car – tout bien considéré – elle préférait la vérité aux mensonges et elle trouvait l'instabilité et l'irascibilité puérile de Lenk plus honnêtes que le vernis d'Ellen. Ellen Bywater n'avait jamais oublié ni pardonné son refus.

« Maman ! chuchota Badger. Arrête de parler comme ça aux gens. C'est son boulot, d'accord ? Qu'est-ce que tu veux qu'elle fasse ? Qu'elle prenne ton parti face à son patron ? Qu'elle dise à la PDG de Medlar qu'elle n'est pas d'accord avec elle ? Bon Dieu, tu ne t'en rends même pas compte.

— Je me débrouille très bien, intervint Martha. Merci pour ton intérêt. »

Le gong retentit. C'était l'heure des discours. Ceux-ci avaient déjà été prérédigés, répétés, préparés. La foule était venue célébrer une collaboration écologique entre Medlar, Fantail et Anvil visant à se prémunir contre le changement climatique grâce à de minuscules drones envoyés à haute altitude afin de modifier la météo.

Selah Nommik expliqua, d'un ton informel et charmant, le codage employé dans cette technologie.

« Nous sommes branchés H24 à la surveillance météorologique partout dans le monde. Les essaims de drones patrouillent chacun sur une zone donnée – mais si nécessaire, ils se rassemblent en groupes de plus en plus étoffés. Nous pouvons transformer des typhons en bruine légère. Et si vous souhaitez de la pluie dans un ciel sans nuages… »

Selah appuya sur le thinscreen à son avant-bras. Puis, d'un geste théâtral, elle sortit un parapluie au logo d'Anvil et le brandit au-dessus de sa tête.

Les invités levèrent le nez en souriant. Le ciel était azuréen, éblouissant de lumière, une de ces matinées de janvier londoniennes d'une limpidité perçante. Puis l'air se mit à chatoyer et un léger bourdonnement se fit entendre. En plissant les yeux, on discernait tout juste des particules de poussière se regroupant en une forme sphéroïde tout là-haut, au-dessus du palais des congrès.

« Regardez ! » cria un homme, le doigt pointé vers les cieux tel un prophète biblique.

Un nuage se formait. D'abord petit puis plus grand, un nuage sombre à l'horizon, se dirigeant rapidement vers le bâtiment.

Tout sourire, Selah prit la parole d'une voix douce dans le micro.

« Cette humidité nous vient tout droit de Lituanie. Il y a encore quatre heures, avant que nous ne la fassions venir à nous, c'était un orage au-dessus de la forêt de Gaižiūnai. »

Le nuage s'épaissit, s'assombrit. Il se positionna à l'aplomb de leur rooftop. Une pression se fit sentir. Les oreilles des gens se débouchèrent. Puis, à peine audible, le bruit du tonnerre : il se mit à pleuvoir.

Les invités applaudirent, acceptant avec joie les parapluies que leur tendait le personnel de service. La pluie était abondante, intense ; elle dégageait une odeur boisée, l'odeur puissante du pin. Il y eut un bref éclair. L'orage d'autrui, apporté là pour leur plaisir.

Zimri Nommik monta sur scène et Selah recula.

« La belle affaire, railla Zimri. Amener la pluie à Londres. Au mois de janvier ! »

Quelques rires parcoururent brièvement l'assistance. Selah ne réagit pas ; ces derniers temps, elle ne réagissait plus aux nombreuses remarques désobligeantes de Zimri.

« Et du soleil, alors ? »

Il appuya son pouce sur un bouton préréglé de son SmartPin. Les drones changèrent de position dans le ciel.

Un carré bleu commença à brûler au centre du nuage. Il grossit, devenant de plus en plus lumineux. Trop lumineux. Bien plus lumineux que le ciel de Londres par la plus chaude journée de ces trop chaudes années. Les serveurs distribuèrent de grandes visières aux invités.

« Nous allons percer un minuscule trou dans la couche d'ozone, expliqua Zimri, juste pour s'amuser un peu. N'oubliez pas de mettre votre visière. »

Il y eut un flash brûlant, les spectateurs eurent le sentiment d'affronter la véritable fureur du soleil, bouche souriante aux dents pointues dont l'atmosphère les avait toujours protégés. Pendant quelques secondes, ils eurent peur. Puis ce fut terminé.

Zimri retira ses lunettes de soleil.

« Ça, c'est pour vous dévoiler la puissance de cette technologie. Nous pouvons déplacer n'importe quelle partie de l'atmosphère, nous pouvons surveiller les endroits où elle est trop mince et la réparer. C'est du très beau travail ! »

Il brandit maladroitement le poing sous une salve d'applaudissements.

Se lançant dans une improvisation préparée, Selah Nommik attrapa le micro et s'écria : « Rendez-nous la pluie londonienne ! »

Et la pluie revint, à ce moment précis.

Ellen Bywater monta à son tour sur scène pour expliquer les nombreuses fonctions humanitaires d'une telle technologie. Celle-ci permettrait par exemple d'irriguer des cultures dans des régions frappées par la sécheresse avec une précision chirurgicale, ou épaissir le nuage au-dessus des calottes glaciaires qui fondent. Puis ce fut au tour de Lenk Sketlish, qui vanta la prouesse technologique. Cette invention n'avait vraiment aucune limite, affirma-t-il. On commençait tout juste à explorer la façon dont on pourrait s'en servir pour construire des bâtiments, modifier les alizés afin de voyager plus rapidement ou même détruire des infrastructures non désirées. Il ne répondit pas aux curieux qui voulurent savoir de quelles infrastructures il parlait et qui déciderait si celles-ci étaient désirées ou non.

Pendant un moment, Badger Bywater, Selah Nommik, Albert Dabrowski et Martha Einkorn se tinrent côte à côte tandis que la pluie crépitait sur le toit. Un drone les prit en photo mais ces images ne seraient pas utilisées à des fins publicitaires car qui ces gens-là intéresseraient-ils ? L'enfant de milliardaire vingtenaire qui avait lâché ses études, l'ancienne codeuse devenue l'épouse choyée d'un milliardaire, un PDG évincé et celle qui n'était finalement qu'une simple secrétaire. Mais sur ces photos qui ne furent jamais utilisées et jamais vues par personne hormis l'œil de cette machine qui voyait tout, ils paraissaient à l'aise les uns avec les autres. Comme s'il y avait entre eux un accord tacite. Comme si, malgré leurs différences, ils étaient sur la même longueur d'onde.

Albert Dabrowski, déjà bien éméché, maugréa à voix basse : « Vous savez à quoi ça leur sert ? Ils n'ont pas l'intention d'aider qui que ce soit. C'est pour leurs propres bunkers. Ils peuvent contrôler la météo. Faire en sorte que quoi qu'il se passe ailleurs, il y ait toujours de la pluie quand ils en auront envie, toujours du soleil quand ils en auront besoin. Où qu'ils se trouvent. Quoi qu'il arrive au reste du monde.

— Évidemment, dit Selah Nommik.

— En gros, ils ont transformé la météo en arme, ajouta Badger Bywater.

— Évitons d'en parler ici », conclut Martha, qui avait toujours su mettre de côté ses sentiments, ne pas tendre la main, ne pas admettre qu'elle se sentait seule, agir de façon raisonnable, encore et encore.

Ce fut la dernière fois que ces quatre personnes s'autorisèrent à être vues ensemble en public avant l'apocalypse.

Martha Einkorn, aussi connue sous le pseudo OneCorn sur le forum survivaliste Name The Day, se demanda : Est-ce que je sauverais la ville pour cinquante personnes ? Et les lourdes gouttes de pluie lituaniennes s'écrasèrent sur les dalles d'un rooftop londonien en janvier telle la bénédiction de la pluie dans la Bible.

3

Même pas si canon que ça

Lai Zhen n'avait rien vu de tout cela lors du congrès DEMOlition. C'était largement au-dessus de son rang, aucune invitation au rooftop n'étant accordée aux sous-fifres qui donnaient les conférences en bas. Elle en avait entendu parler après – par des rumeurs et par d'autres moyens. Elle avait pensé à tout ce qui pouvait se passer au sein d'un seul et même bâtiment sans que personne soit au courant.

Alors qu'elle jouait des coudes et des genoux le long des étroites galeries techniques du Seasons Time, transpirant dans la chaleur de ce mois de juin, prenant autant d'avance que possible sur l'assassin en robe à fleurs, elle y pensa à nouveau. Est-ce que quelqu'un pouvait savoir qu'elle se trouvait ici ? Ça paraissait peu probable. D'épais murs et de hautes barrières s'avéraient étonnamment efficaces. La femme pouvait la tuer ici, et personne n'en saurait jamais rien.

Elle progressait le long de tunnels recouverts d'acier qui donnaient aux techniciens accès aux diverses parties des mécanismes cachés du centre commercial – par endroits, leur plafond atteignait un mètre quatre-vingts, à d'autres seulement quatre-vingt-dix centimètres, et elle devait alors continuer à quatre pattes. Elle passa devant des dalles équipées d'ergots et de trous de serrure aux formes étranges manifestement destinés à accrocher des échelles en polymère flexible ou quelque autre équipement permettant à un technicien de grimper tout droit dans un tube étroit. Elle n'avait rien de tout cela, et donc le seul moyen d'avancer était d'appuyer fermement le caoutchouc de ses baskets contre le métal pour se hisser plus haut.

Elle s'efforça d'effectuer un calcul mental. Les chiffres l'aidaient. Disons qu'il faudrait deux minutes à la femme en robe à fleurs pour explorer le couloir devant elle. Deux minutes pour revenir en courant. Deux minutes à rester là, perplexe, avant de remarquer la grille d'aération et d'en tirer des conclusions. Zhen disposait donc de six minutes avant que l'assassin découvre par où elle s'était enfuie et la suive. Six minutes pour permettre à son cerveau embrouillé de comprendre ce qui se passait.

Réfléchis. Ça n'est pas un hasard et ça n'est pas une poutre d'éclairage qui a explosé. Le mall a raconté cette histoire pour évacuer tout le monde sans encombre. Quelqu'un en a après toi personnellement, quelqu'un qui t'a suivie en passant par la porte que tu as héroïquement laissée ouverte, *espèce d'idiote*. Pourquoi quelqu'un tiendrait tant à te tuer ? Creuse-toi les méninges.

Bon. Qu'est-ce qui pousse les gens à en tuer d'autres ? Il n'existe que trois raisons :

– ce que vous êtes
– ce que vous possédez
– ce que vous savez

Qui était-elle ? Une demi-célébrité dans son petit recoin survivaliste du multivers numérique. Il s'agissait peut-être d'une fan ou ex-fan mécontente, ou d'une personne furieuse à l'idée qu'une lesbienne britannico-américano-chinoise de Hong Kong qui – comme on ne cessait de le lui faire remarquer – *n'était même pas si canon que ça* puisse gagner de l'argent dans le domaine de l'apocalypse. Il y avait des menaces de mort en ligne ; tout le monde en recevait. Il y avait eu une controverse au sujet d'un tapis de sol gonflable qu'elle avait recommandé et qui s'était avéré être de la camelote. Mais qui s'amusait à poursuivre les gens, armé d'un pistolet, dans un centre commercial de Singapour à cause d'un matelas gonflable ? Ne jamais sous-estimer les tarés d'Internet. Il y avait ce soi-disant coach en séduction, un *redpill* qui réalisait des vidéos parodiques d'elle, coiffé d'une serpillière en guise de perruque. Mais il était bête comme ses pieds et rêvait d'avoir ne serait-ce que le vingtième de ses followers. Et il y avait aussi le forum anonyme qui avait révélé son homosexualité quelques années plus tôt, mais ses membres ne sortaient jamais de chez eux.

Que possédait-elle ? Elle n'était pas particulièrement riche ; elle avait un appartement à San Francisco et un peu d'argent en banque mais rien qui vaille la peine de la tuer. Contrairement à la communauté des préparationnistes, elle ne se baladait pas avec de l'argent ou des diamants sur elle.

Quant à ce qu'elle savait ? Eh bien, elle savait des choses, en effet. Comme : l'endroit où se trouvait le bunker de survie de Zimri Nommik, PDG d'Anvil. Elle connaissait non seulement l'emplacement de ce bunker secret mais aussi six de ses accès et au moins deux des codes. Elle n'en avait rien fait pour le moment. Un fan qui travaillait avec l'une des entreprises de bâtiment du bunker lui avait filé le tuyau plusieurs mois auparavant. C'était peut-être ça.

Et puis… il y avait les hénochites. Elle envisagea cette possibilité avec réticence ; elle ne voulait pas croire que sa vie amoureuse puisse produire ce genre de réaction. Mais en effet. Les hénochites. Un groupe religieux fondamentaliste qui raffolait des rôles sexospécifiques traditionnels, des robes à fleurs, des tresses et des armes à feu. Lesquels étaient tous à sa poursuite en ce moment même.

Apparemment, il existait une quatrième raison de vouloir tuer les gens :

– ce que vous avez dit

Tout en y réfléchissant, elle dut admettre la vérité. Elle avait défrisé les hénochites. Merde alors. Ce n'est pas parce qu'on s'énerve en ligne qu'on doit menacer de mort les gens dans la réalité. Ce genre de truc n'arrivait jamais, sauf quand ça arrivait.

Au loin, les alarmes cessèrent d'un coup. Était-ce très bon ou très très mauvais signe ? Elle atteignit un long tronçon plat de galerie technique. Étant donné qu'elle ne voyait pas ce qu'elle pouvait donner ou dire à cette femme pour la faire partir, elle avait le choix entre : se battre ou se cacher.

Elle gardait toujours sur elle quelques couteaux de survie à lame en plastique durci. Ceux-ci n'apparaissaient pas sur les scanners à rayons X et étaient utiles quand il fallait couper sa ceinture de sécurité dans une voiture renversée. Ils ne pourraient rien contre un pistolet. À moins que Zhen ne parvienne à prendre la femme par surprise, à bondir de sa cachette et à lui coller une lame sous la gorge. Envisageait-elle réellement de tuer quelqu'un ? Elle tenta de s'imaginer en train d'appuyer la pointe du couteau dans le cou d'une inconnue, d'accentuer la pression jusqu'à ce que les veines éclatent. Son idéologie de survie se fondait plutôt sur l'esprit d'équipe que sur le meurtre.

Derrière Zhen retentit un claquement métallique. Son estomac se noua. L'assassin avait découvert la trappe d'accès. Elle était en train de l'ouvrir. Tes six minutes sont écoulées, Zhen. C'est l'heure. Quel est ton plan de survie ? Elle entendit des bruits de pas légers mais distincts. Pas de doute, elle était entrée. Et si Zhen pouvait entendre la femme bouger, alors la femme pouvait l'entendre, elle aussi – le juke-box avait probablement cessé de jouer à ce stade. Zhen accéléra le mouvement. Il fallait que d'autres bruits la dissimulent. Arrivée à une intersection, alors qu'elle avançait à quatre pattes, elle vit briller les serpentins de condensation en aluminium d'un système de réfrigération. Parfait. Zhen se propulsa en avant sur les genoux, s'aidant de ses paumes sur le sol en métal lisse.

Le claquement sourd des moteurs de l'appareil s'intensifia à mesure que Lai Zhen s'en approchait en rampant le long de la gaine de climatisation. C'était un bloc solide entouré de tubes métalliques réfrigérants enroulés les uns autour des autres, formant des nids emberlificotés. Il s'agissait soit d'air conditionné, supposa-t-elle, soit d'une machine qui produisait la neige de Noël perpétuelle au-dessous d'elle.

Zhen se colla au mur latéral, mit ses pieds à l'intérieur des serpentins du réfrigérateur et se pencha de sorte que son buste reposait contre le grand caisson central. Elle se laissa glisser et se coinça entre le caisson et le mur, complètement à l'abri des regards.

La femme qui l'avait trouvée dans le bac rempli de renards de Saint-Valentin la retrouverait ici aussi. Mais personne ne pouvait tirer à travers la machine cliquetante, il lui faudrait donc faire le tour. Et Zhen l'attendrait. Elle la prendrait par surprise, se lèverait, viserait son cou. Du fourreau attaché à sa jambe, elle tira un couteau. Elle s'en sentait capable.

Il y eut un bruit dans le tunnel. La femme avançait plus vite que Zhen. Elle serait là dans moins de trois minutes.

Zhen consulta le thinscreen sur la manche de sa veste. Dans le coin inférieur droit, un petit point noir pulsait lentement. Par pure habitude, elle y appuya son index.

Une boîte de dialogue apparut.

Lai Zhen, était-il écrit, je suis AUGR. Votre périmètre a été activé.

Elle fixa le texte sans un mot. Un malware. Un bug. Une blague.

Quelque chose refit surface dans son esprit. Elle s'était rendue à tous les plus grands salons professionnels de ces dix dernières années. Elle surveillait de près chaque exposition, chaque produit raté, chaque idée bizarre. AUGR. AUGR.

Le texte à l'écran changea.

On dirait que vous avez des ennuis, Lai Zhen. Voulez-vous de l'aide ? Oui/Non.

4

L'environnement marqué

À Londres, lors du congrès DEMOlition de janvier, Lai Zhen avait rencontré une femme.

Ce qu'elle avait bien eu l'intention de faire depuis que sa partenaire de longue date, Ya-Ling, et elle s'étaient séparées. Elle n'en avait simplement pas trouvé le temps pour telle ou telle raison. Elle avait organisé des rencards et les avait annulés, couché avec des femmes lors de salons et ne les avait jamais rappelées. Puis, au cours d'une conférence à Londres, était apparue devant elle une personne qui incarnait tout ce qu'elle avait toujours voulu.

Zhen n'avait même pas pris la peine de vérifier qui elle interviewait pour la promotion de Fantail. Il s'agissait d'une table ronde emmerdante à mourir ayant pour thème : « Fantail comme outil de survie ». Chose que Fantail n'était pas et ne serait jamais.

Il y avait une liste de questions prérédigées. L'attachée de presse avait prévenu Zhen que la porte-parole de Fantail ne répondrait pas aux questions suivantes :

- Qu'est-ce que ça fait de travailler avec Lenk Sketlish ?
- Grâce à quelles qualités personnelles supportez-vous de travailler avec lui ?
- Pensez-vous – puisqu'il est question de survie – que votre patron ait, à titre personnel, fait certaines choses qui rendent plus difficile la survie sur Terre ?

– A-t-il réellement investi dans des technologies de rajeunissement à base de liquide lymphatique prélevé chez des enfants ?
– Que répondriez-vous à ceux qui affirment que sa compagnie de monorail électrique est une arnaque visant à extorquer de l'argent public en échange de la création d'une infrastructure qui ne verra jamais le jour ?
– Qu'est-ce qui lui a pris de passer par FantailSwift, la plateforme de social video, pour qualifier les membres de cette équipe de sauvetage en montagne de Bornéo ayant aidé un groupe d'anciens combattants d'« enculeurs de chiens » ?

Oui, toutes ces questions étaient hors limites. L'interview, qui promettait d'être ennuyeuse et dans les règles de l'art, avait lieu sur une scène recouverte de logos dans le hall principal de l'hôtel afin de maximiser la visibilité de l'entreprise. Le public serait composé de quiconque passerait dans le coin. Toute cette mascarade n'était que pure formalité. Quel intérêt donc de connaître à l'avance le nom de la porte-parole de Fantail, puisque tous les porte-parole étaient pareils et que leurs réponses seraient identiques ? Zhen était arrivée en retard à l'interview, avec une gueule de bois, et n'avait remarqué qu'au moment où elle sortait de l'ascenseur et rejoignait la scène qu'un sachet de lubrifiant ouvert était encore collé à la semelle de sa chaussure après son aventure de la nuit précédente. Pendant qu'un régisseur partait chercher son invitée, elle décolla le sachet de sa tennis droite, le jeta à la poubelle, s'essuya les doigts sur son jean, s'aperçut qu'elle avait une tache de mayonnaise sur le col de sa veste, et voilà, Zhen, tu es une experte en survie – survis à ça, bordel.

« Lai Zhen, créatrice de SurlySurvivor, annonça le régisseur, voici votre invitée du jour, Martha Einkorn, assistante de Lenk Sketlish. »

Le sachet de lubrifiant était accroché au bord de la poubelle. Juste là. Les yeux de Zhen s'y posèrent brièvement. Pourquoi ne tombait-il pas ?

« Je suis une grande fan de SurlySurvivor. Vous êtes sur NTD, non ? demanda Martha Einkorn. Je suis honorée.

— Je suis vraiment désolée d'être en retard, c'était juste… », commença Zhen avant de regarder pour de bon la personne à qui elle parlait.

Martha Einkorn était blanche et ronde, la peau lisse et laiteuse, vêtue d'une salopette bleu marine à fines rayures dorées agrémentée d'un collier de perles. Son visage était parsemé de taches de rousseur. Tiens tiens, bonjour, pensa Zhen.

« C'était juste inévitable, répondit sa bouche à sa place.

— Hmm, fit Martha Einkorn. Vous allez devoir trouver un moyen de vous faire pardonner, alors. »

Zhen surprit un regard, un indéniable tressaillement des lèvres, un haussement de sourcil.

Bien, songea-t-elle, sentant un picotement d'électricité brûlante la parcourir. Voilà qui était inespéré.

La salle comptait peu d'auditeurs. La moitié d'entre eux se rendraient sans doute compte qu'ils étaient au mauvais endroit dès qu'elles se mettraient à parler.

« Je crois pouvoir trouver un moyen de… ne pas vous faire perdre votre temps. »

Martha esquissa un petit sourire lent. Zhen se lécha la lèvre inférieure. OK.

Même pendant qu'elle lui posait les questions autorisées, quelque chose se passait sur scène entre Martha et elle. Zhen risqua une petite plaisanterie à laquelle Martha ajouta sa touche. Martha se pencha en avant sur sa chaise. Zhen s'approcha un peu. Elle distinguait le parfum de Martha – un parfum musqué, qui sentait le sexe. Si elles n'avaient pas été sur scène, Zhen aurait pu croire qu'elles étaient en plein rencard. La voix de Martha – limpide, basse, mélodieuse – avait quelque chose d'hypnotique. Zhen l'écoutait parler mais s'imaginait en train de lui enlever sa salopette, de toucher cette peau creusée de fossettes, de poser sa bouche sur ce cou si doux et de faire courir ses lèvres jusqu'à ses seins.

« Il me semble, lut Zhen directement sur le prompteur, que vous avez des exemples de la façon dont Fantail a aidé des victimes de catastrophes naturelles ?

— Tout à fait, répondit Martha. Le grand avantage de Fantail est que beaucoup de gens ont un compte Fantail. »

Zhen rit. Un peu trop fort, pensa-t-elle. Un peu trop longtemps.

« Excellent raisonnement, fit remarquer Zhen, qui se disait qu'il fallait à tout prix continuer à établir ces liens.

— Ainsi, pendant la saison des ouragans en Haïti, nous avons envoyé des antennes-relais d'urgence par drone, offrant un accès gratuit instantané à Fantail. Les gens s'en sont servis pour retrouver leurs proches, pour signaler où se procurer de l'eau potable fraîche et des lieux sûrs situés au-dessus du repère de crue.

— C'est incroyable », fit Zhen, sachant au fond d'elle qu'un des rares auditeurs serait peut-être déjà en train de souligner dans un post combien il était abject d'avoir permis les communications uniquement par l'intermédiaire de leur propre plateforme, mais ça n'avait aucune importance ; jamais personne ne verrait cette interview. « Vous essayez vraiment de changer les choses.

— Absolument. Il est de notre responsabilité d'utiliser ce que nous possédons pour tenter d'aider les autres. » Martha se pencha en avant. « Cette série de reportages que vous avez tournés au Niger sur la pénurie d'eau et la violence, les gangs qui prennent le contrôle, vous savez ? L'intervention des technologies FantailSharing serait vraiment la bienvenue dans pareille situation.

— Vous avez vu mes trucs sur le Niger ?

— C'est de l'excellent journalisme de terrain. Je parie que tous les auditeurs présents les ont vus. »

Le rouge monta aux joues de Zhen. Il s'agissait probablement de sa série la moins regardée ; elle avait été bien reçue par la critique mais les chiffres n'étaient pas très bons. Son public attendait d'elle une apocalypse palpitante et des informations sur la façon dont ils pourraient y survivre personnellement, et pas la réalité déprimante d'êtres humains mourant de soif à seulement cinq cents kilomètres d'une inondation catastrophique.

« Qu'est-ce que vous en avez pensé ?

— Vous m'avez permis de voir les événements comme si j'y assistais en personne, je n'avais jamais ressenti ça auparavant. Vous étiez là pendant la chute de Hong Kong, n'est-ce pas ? Vous savez ce que c'est que d'y être en chair et en os. Ça se voit. »

Du coin de l'œil, Zhen aperçut un flash. Le prompteur voulait qu'elle passe à la question suivante. D'accord.

« Et en quoi la technologie Fantail peut-elle aider ?

— De mille et une façons. J'ai grandi loin de tout, et les moyens de communication d'urgence que Fantail offre aujourd'hui auraient changé énormément de choses pour moi quand je vivais dans l'Oregon sur six mille hectares de terre verdoyante. »

Zhen fut tirée avec un sursaut de son fantasme sexuel. Six mille hectares de terre verdoyante. Cette formulation exacte. Cela lui rappelait l'apocalypse, ses aficionados et leurs plans pour s'en sortir.

« Un instant, coupa Zhen. Est-ce que vous… »

Elle regarda les spectateurs. Plusieurs d'entre eux s'étaient déjà éclipsés pour aller écouter la table ronde de l'autre côté du couloir, présidée par une jeune femme noire aux cheveux rose vif avec un robot miniature dans la paume de sa main.

« Je me disais juste… Une propriété aussi grande. Dans l'Oregon. Il faut que je vous demande… est-ce que vous avez été élevée parmi les hénochites ? »

Ce n'était pas sur la liste des questions prescrites, mais ce n'était pas non plus sur la liste des questions interdites.

Martha Einkorn cligna des yeux. Bafouilla. Se ressaisit. Elles s'étaient toutes deux laissé bercer par le ronron érotique qui les avait envahies, somnolant comme des abeilles enfumées. Zhen avait posé une question qu'elle n'aurait pas dû poser et Martha répondit à la question à laquelle elle n'aurait pas dû répondre.

« Oui, admit Martha Einkorn. Il n'y a pas de quoi avoir honte.

C'est un sujet de notoriété publique. Je n'étais qu'une enfant à l'époque. Mon père était Hénoch. »

Un soudain bourdonnement fasciné s'éleva des spectateurs las. Zhen estima qu'un tiers environ avait entendu parler des hénochites. Connus des survivalistes fanatiques, des fondus de la gâchette et des extrémistes religieux, ils servaient de mise en garde à ceux qui nourrissaient une paranoïa obsessionnelle à l'égard des abus de pouvoir du gouvernement. Ce n'étaient pas le genre d'amateurs qui assistaient à une conférence insipide telle que « Fantail comme outil de survie ». Mais Zhen vit des spectateurs souffler des questions aux moteurs de recherche intégrés à leurs vêtements, toucher leurs SmartTorcs. Se connecter au grand cerveau collectif.

« Ça alors, fit Zhen. C'était comment ? »

Martha resta silencieuse. Zhen attendit patiemment – une astuce d'intervieweur. Ne pas meubler le silence.

« Oh, finit par répondre Martha, il ne faut pas se fier à tout ce qu'on raconte sur les hénochites. On m'a inculqué de bonnes valeurs, là-bas. Pour ceux qui n'en ont jamais entendu parler, il s'agissait d'un groupe de survivalistes qui élevaient des enfants dans l'Oregon et attendaient la fin du Babil. Le Babil étant ce monde-ci. »

Elle balaya d'un geste le hall de l'hôtel, les panneaux et les listes d'ateliers et de tables rondes du jour, les kiosques à café et à bretzels, les groupes de gens qui portaient des fourre-tout aux logos de la radio ShoutRadioFlare et des munitions Foxhole Emergency.

« Le Babil est cet endroit compliqué et plein de panneaux où nous vivons tous. Hénoch pensait qu'il devrait et allait prendre fin.

— Et c'était votre père.

— Écoutez, les gamins comme moi apprenaient beaucoup de techniques très utiles. Chasser, pêcher, poser des pièges, faire pousser et cueillir notre propre nourriture, dormir à la belle étoile. Je dis parfois que j'ai été élevée comme une chasseuse-cueilleuse, ou du moins ce qui s'en rapproche le plus aux États-Unis. Enfin, en dehors des Premières Nations et des communautés autochtones que nous avons décimées, bien sûr. »

Que ce soit sur des SmartTorcs et des visières connectées, thinscreens et dispositifs carpiens, presque tous les auditeurs étaient occupés à chercher sur Internet des informations sur les hénochites, vraisemblablement. De toutes les personnes présentes, Zhen était désormais celle qui en savait le moins sur les hénochites. Elle fouilla sa mémoire. Parmi les survivalistes, il s'agissait d'un sujet clivant, d'un mythe, presque. Pendant quelque temps au milieu des années 2020, les hénochites avaient été très influents. Cette nouvelle religion américaine fondée sur le judaïsme et imprégnée de Genèse s'était embrasée et éteinte rapidement. Leur leader, Hénoch, avait des idées bien définies sur l'organisation du monde, même si Zhen n'aurait su dire en quoi celles-ci consistaient exactement. Ils vivaient autrefois dans un énorme lotissement rural de l'Oregon, et à l'époque, Hénoch s'était démarqué au sein de la droite pour avoir accepté la réalité du changement climatique, qu'il interprétait comme un signe de la volonté de Dieu. D'après lui, Dieu se servirait des conditions climatiques – comme lors du Déluge – pour séparer les justes des pécheurs. Un sous-forum leur était dévolu sur Name The Day, mais Zhen n'était jamais allée y faire un tour ; les hénochites avaient pratiquement disparu depuis. À la fin… il y avait eu une tragédie, une histoire d'incendie, puis des histoires financières et… attends.

« New York, le métro…, commença Zhen, un souvenir refaisant surface dans un coin de sa mémoire. Ce n'est pas Hénoch qui a pété les plombs dans le métro ? Qui a menacé des passagers et leur a volé leur portefeuille ? »

Martha Einkorn se cala au fond de sa chaise.

« C'est de cette version des faits qu'on se souvient, maintenant ? Bon sang. »

Elle passa une main sur son visage.

« Il n'a pas volé leurs portefeuilles. Il a eu une vision, d'accord ? Hénoch… il s'appelait Ralph Zimmerman. Mon père. Il a eu une vision dans une rame de métro. Les gens croyaient utiliser de l'argent, mais c'est l'argent qui les utilisait. Il a attrapé leurs portefeuilles et leurs sacs à main et les a piétinés. Pour les sauver.

— Il avait l'air effrayant et imprévisible », fit remarquer Zhen.

Martha secoua la tête.

« Les gens ne s'amusent pas à aduler quelqu'un si cette personne n'a pas raison au moins sur un point.

— Alors sur quel point est-ce que votre père avait raison ? »

Martha mâchonna sa lèvre. La permission de poser des questions interdites et la création délibérée d'intimité faisaient vraiment penser encore davantage à un rencard. Zhen eut l'impression que Martha calculait quelque chose.

« Bon. Hénoch disait : "La ville est un environnement marqué." Comme un jeu de cartes marquées. Truqué afin d'être plus facile à reconnaître. Rempli de symboles. Les pavés sont faits pour qu'on marche dessus – le bitume est destiné aux voitures. » Elle montra du doigt le panneau en forme de tasse au-dessus du café, la signalétique des toilettes. « Des symboles pour manger, boire, vider sa vessie. Écoutez, ce n'est pas comme ça que ça se passe dans le monde réel. Le monde n'existe pas pour nous rendre la vie facile ; il ne parle pas notre langue. La nature n'a pas de dessins symboliques pour nous dire où trouver de la nourriture ou à quel endroit on peut pisser en toute sécurité. Quand on trouve un signe dans le monde réel, il a été fait par la chose elle-même : les traces de cerfs ont été faites par des sabots de cerfs. Vous voyez ? Vivre dans cet espace fabriqué par l'homme, centré sur l'homme, a eu un effet étrange sur nous. Ça nous a rendus plus égoïstes, mais aussi plus anxieux et plus déprimés parce qu'on pense que tout tourne autour de nous. Je crois qu'Hénoch avait raison sur ce point.

— Et pourtant, vous êtes partie.

— Vous savez, il avait raison sur certains points, mais il était aussi en colère et parfois violent, et il refusait de nous offrir une éducation digne de ce nom. On ne peut pas faire ce qu'il a fait sans contrôler et même maltraiter les gens. On ne peut pas maintenir le monde entier à distance avec deux cents âmes. C'est tout simplement impossible. Pour faire ce qu'il voulait faire, il faudrait rebâtir le monde de zéro. »

Plusieurs personnes debout en marge de la scène ou assises dans le public filmaient l'échange sur leur téléphone ou leur écran carpien. Bien que Zhen ne le sache pas encore, un petit clip circulait déjà de compte en compte sur Fantail, sur MedlarConnect, sur AnvilChat. Dans ce clip, Zhen disait : « Ce n'est pas Hénoch qui a pété les plombs dans le métro ? » Au cœur de l'immense esprit humain interconnecté, des connexions étaient en train de s'établir, certaines personnes commençaient à enrager, certaines plates-formes saisissaient l'occasion de motiver l'engagement des utilisateurs. Mais Zhen n'avait conscience que du fait que Martha Einkorn sentait le musc et les promesses, que Martha lui plaisait, qu'elle voulait mieux la connaître, et que quelque chose fleurissait entre elles.

À la fin de l'interview, Martha serra la main de Zhen et l'attira à elle pour une brève étreinte. « Je termine ce soir à 9 heures », murmura-t-elle. Lorsque Zhen déplia sa paume, elle y découvrit une carte magnétique de chambre d'hôtel, noire avec un liseré doré. Du pouce, Zhen caressa la clé : elle lui fit l'effet d'un baiser, d'une chute, elle lui fit l'effet d'un doigt expert écartant ses petites lèvres.

Tu es foutue, pensa Zhen en s'éloignant de la scène dans un brouillard sexuel. Tu es carrément foutue.

5

Un doux écoulement de cristaux scintillants

On dirait que vous avez des ennuis, Lai Zhen. Voulez-vous de l'aide ? Oui/Non, proposa AUGR.

Zhen réfléchit pendant une fraction de seconde, puis appuya sur *oui*.

Les bruits dans le tunnel se faisaient plus forts : claquements et frottements de la femme se hissant le long du conduit en direction de Zhen. Elle songea : Personne ne sait que je suis ici. Puis : Il se passera peut-être des mois avant que quelqu'un se rende compte que je suis morte. Puis : Je risque de mourir sans jamais savoir pourquoi. Et c'était ça le pire.

Une image apparut sur l'écran à son poignet. Il lui fallut un moment pour comprendre de quoi il s'agissait. C'était un dessin au trait vert la représentant – jean, sweat à capuche et T-shirt de la Survival Expo – accroupie derrière l'appareil frigorifique. Le couteau à lame en plastique durci dans l'étui attaché à sa cheville était surligné. De petits points formaient une ligne qui menait du couteau à l'un des tuyaux entortillés.

Sous l'image, ces mots défilèrent à l'écran :

Coupez le tuyau à cet endroit. Agissez aussi vite que possible. Protégez vos mains avec vos manches. Ne dirigez pas le tuyau vers vous. Une fois le tuyau tranché, tournez-le vers votre assaillant.

Zhen avait envie de rire. C'était n'importe quoi. C'était forcément n'importe quoi. Des putains d'*hénochites* ? Les menaces de mort sur Internet ne se concrétisaient jamais – tout le monde le savait. Ces jours-ci, les menaces de mort étaient faciles, monnaie courante. Elle en avait parlé à la police britannique qui lui avait répondu de faire attention, mais les messages qu'elle avait reçus n'avaient rien de particulier ni de crédible ; n'importe quel connard équipé d'un ordinateur portable qui aimait s'amuser aux dépens des autres pouvait proférer une menace de mort. Zhen les avait épluchées avec Marius, qui pensait que quatre-vingt-dix pour cent d'entre elles provenaient de « couillons qui aiment faire peur aux femmes quand leur pénis a mal à cause de trop branlette ». Mais elle s'était montrée imprudente, pas vrai ? Son discours au Seasons Time avait été annoncé dans le communiqué de presse du centre commercial. Merde.

Zhen regarda le dessin au trait vert à l'écran et récapitula les possibilités qui s'offraient à elle :

1. Ne rien faire et mourir.
2. Essayer de l'attaquer au couteau et mourir presque à coup sûr.
3. Faire ce que l'appli me propose. Et mourir aussi, probablement.

Elles se retrouveraient nez à nez. Tant mieux – nez à nez, l'avantage d'un pistolet sur un couteau était moindre. Si elle coupait le tuyau, elle pourrait quand même attaquer la femme avec son couteau. Alors pourquoi ne pas essayer un mélange des options 2 et 3 ?

Elle tâtonna à la recherche du gros tuyau épais, de la largeur approximative de deux de ses doigts. Sous le fourreau externe en métal isolant, le tube était en plastique mou et très froid. Elle planta le couteau dans le plastique. De la neige commença à s'échapper du trou goutte par goutte.

AUGR se mit à parler dans l'oreillette de Zhen, qui était attachée à l'hélix de son oreille. Il employait le ton calme et familier des annonces système : doux et sans affect. « Le centre commercial du Seasons Time utilise un nouveau réfrigérant composé de sels paramagnétiques conservés dans un solvant liquide. Le réfrigérant qui s'écoule actuellement du tuyau gèle les muscles et la peau humaine au moindre contact et extrait l'humidité de la chair. Ne le laissez pas toucher la moindre partie de votre corps que vous tenez à garder. »

Zhen redressa l'extrémité du tube puis, après avoir couvert son pouce et son index de la manche de son sweat à capuche, elle la pinça en l'écartant de son corps. Pourquoi n'avait-elle pas apporté de gants ? Il y avait un kit chirurgical avec des gants médicaux sur la commode de sa chambre d'hôtel. Elle avait failli le mettre dans son sac à dos le matin même mais s'était dit que les scanners détecteraient sans doute les aiguilles. Satanée erreur humaine, qui vous foutait dedans à tous les coups.

Elle continua à scier le plastique souple. Elle en était aux trois quarts. Pincer le tube fermement n'empêchait pas le liquide de suinter un peu. Ce n'était pas vraiment de la neige, mais plutôt un doux écoulement de cristaux – gros comme des flocons mais plus durs, plus scintillants. La matière s'échappait telle de la neige fondue, mais elle n'était pas mouillée. Elle était extrêmement sèche.

AUGR parla de nouveau au creux de son oreille : « Votre T-shirt est en tissu de survie de haute qualité. Il protégera votre système respiratoire si vous le plaquez sur votre visage. Malgré tout, quand vous le ferez, ne la regardez pas dans les yeux. »

Zhen avait, l'espace d'un instant, oublié de surveiller l'avancée de la femme en robe à fleurs, mais son écran lui montrait une vue en coupe de la galerie technique. La femme était un contour vert gravissant prestement les derniers trois ou quatre mètres en direction de Zhen. Zhen sciait le tuyau. Là, sur l'écran, se trouvait l'appareil frigorifique qui les séparait. Sans cet appareil, l'assassin aurait presque été à portée de main.

Zhen serra le tube souple et trancha le dernier morceau de plastique. À l'écran, la femme se leva et sortit son pistolet. Avait-elle un écran, elle aussi ? Pourrait-elle contre-attaquer ? Il était trop tard pour s'en inquiéter. La femme en robe à fleurs commença à contourner l'appareil de climatisation. Elle baissa les yeux sur Zhen. Zhen remonta son T-shirt sur sa bouche et son nez et dirigea l'extrémité coupée du tube souple vers le visage de la femme. Puis elle se détourna. Tenant toujours le tube dans sa main, elle relâcha ses doigts. La neige jaillit.

6

Montre-nous tes talents

Le givre de janvier avait transformé une bruine légère en mince spirale de flocons blancs devant le bâtiment du centre de conférence DEMOlition au moment où, à 9 heures du soir, Lai Zhen sortait la carte magnétique à liseré d'or de Martha Einkorn dans l'ascenseur en verre. L'écran afficha « 70e étage ». Zhen ne savait même pas qu'il y avait des chambres au soixante-dixième étage de cet hôtel. Les portes se fermèrent en silence et le hall de l'hôtel s'évanouit. Sous les pieds de Zhen se trouvaient les stands et les estrades miniatures de ce petit recoin du congrès. Quelques séances se déroulaient encore à cette heure tardive : une discussion au coin du feu avec un psychologue aux cheveux blonds bien peignés qui, assis dans un fauteuil, parlait du syndrome du survivant. Un homme vêtu d'une chemise en flanelle expliquait comment aborder le sujet de la survie avec ses enfants. À travers la cloison coulissante au fond du hall, Zhen aperçut une autre partie de la foire, une forêt de stands que dominait une gigantesque montagne en fibre de verre aux sommets enneigés promouvant une marque d'équipement tous climats. La montagne était visible de chaque point de la foire ; le soir, elle était éclairée de l'intérieur pour simuler un coucher de soleil jaune, rose et or. Tandis que la montagne diminuait à vue d'œil, tandis que Zhen s'élevait dans l'ascenseur, elle eut l'impression pendant un instant que tout cela s'éloignait d'elle, comme si ce n'était pas elle qui était en mouvement.

Au soixante-dixième étage, les portes de l'ascenseur s'ouvrirent non pas sur un couloir banal, mais sur un palace. Des étagères remplies de livres. Une longue table de salle à manger laquée. Trois canapés en cuir. Un sol en carrelage bleu pareil à une vague déferlant vers la vue spectaculaire.

« Oh putain, lâcha Zhen.

— Eh ben, elle est un peu cash, dis donc », fit remarquer une femme allongée sur un des canapés, presque hors champ. Elle se dressa sur ses coudes et observa Zhen avec une curiosité amusée.

Merde, se dit Zhen, je sais qui c'est.

« Ah, vous êtes à l'heure, lança Martha Einkorn. Tant mieux. Selah Nommik, voici Lai Zhen. Elle a créé une chaîne extraordinaire sur la survie : SurlySurvivor. Champagne ? »

Zhen contempla Martha, le contour de son petit bidon sous sa combinaison, le piercing doré dans son nez, et songea : Je me fous que ce soit une seule nuit. Je me lance. C'est clair et net. Et soudain, elle eut très très envie de ne pas tout faire foirer.

« Ce n'est pas de refus », répondit Selah en prenant une flûte.

Souviens-toi du goût de ce champagne, se dit Zhen, c'est probablement du bon.

Selah dévisagea tour à tour Martha et Zhen, sembla sur le point de dire quelque chose puis embraya sur une autre.

« Donc vous avez votre propre chaîne. Sur la survie. Je l'ai déjà vue, d'ailleurs… vous avez fait ce truc avec le vivarium plein de scorpions ?

— Non, ça c'était ProfessorBlast. Moi, j'ai fait…

— Ah oui ! Vivre dans un arbre pendant une semaine.

— Exact.

— Mon mari a adoré celui-là. Incroyable. Je suis codeuse, ajouta Selah. Enfin, je l'étais. Maintenant, je passe plutôt mon temps à donner mon argent. Alors je ne servirai absolument à rien en cas d'apocalypse. »

Allaient-elles vraiment faire comme si Zhen ignorait qui était Selah ? Qui était son mari ? Selah avait été une vraie crack du codage ; elle avait écrit une partie du script pour les systèmes de logistique et d'expédition d'Anvil, les rendant ultra-efficaces et fiables. Elle avait épousé l'homme le plus riche de la planète – un homme qui poursuivait sans relâche la performance, qui avait réinventé le fonctionnement du transport de marchandises, puis de la livraison, puis de l'infrastructure mondiale. Mais peut-être était-ce là ce qu'aimaient les gens très riches et très célèbres. Faire semblant que vous n'aviez rien lu à leur sujet.

« Le codage n'est pas inutile en cas d'apocalypse. On aurait probablement besoin de quelqu'un pour pirater les centrales nucléaires de l'ex-Union soviétique et les fermer convenablement. Vous croyez pouvoir faire ça ?

— Moi ? »

Selah gonfla une de ses joues, réfléchissant à la question.

« En tout cas, je tenterais le coup, oui. Je parle un peu le russe.

— On pourrait sans doute trouver un traducteur.

— On ? s'étonna Selah. Est-ce que dans ce scénario vous dirigeriez le consortium mondial des survivants de l'apocalypse ? »

Bon, allez. Il faut savoir mettre le paquet.

« Oui. Enfin, je n'en ai pas envie, mais je préférerais que ce soit moi qui m'en charge plutôt qu'un autre. »

Selah éclata de rire.

« Je comprends pourquoi elle te plaît. Bien. Vous avez faim ? Je *crève* de faim. Venez, on va dîner. »

Plus tard, bien qu'elle se soit juré d'essayer de graver chaque moment dans sa mémoire, Zhen ne se souviendrait pas vraiment de leur conversation au cours du dîner. En partie parce qu'elle avait bu pas mal de ce champagne qui ressemblait trompeusement à du soda. Mais surtout parce que Martha Einkorn souriait de telle sorte qu'un minuscule bout de langue rose effleurait la courbe de sa lèvre supérieure. Et parce que, lorsque Zhen fit courir ses doigts hésitants le long de la cuisse de Martha sous la table, cette femme relativement fortunée et puissante ne se rétracta pas. Au contraire, elle effleura la main de Zhen de ses propres doigts. Qui pouvait se souvenir d'une conversation dans de pareilles circonstances ?

La seule chose qu'elle se rappelait était l'arrivée inévitable dans la conversation de l'apocalypse.

Selah Nommik se pencha sur la table et dit :

« Alors, c'est vous l'experte. Quel est votre plan de survie en cas d'invasion d'insectes, Zhen ?

— Une invasion d'insectes ? Comme de gigantesques bestioles mutantes ou des bactéries tueuses ?

— L'une ou l'autre. Les deux.

— Vous êtes sérieuse ? »

Zhen regarda Martha d'un air interrogatif. Martha, dont les doigts caressaient en ce moment même les poils fins de son avant-bras. Zhen était chamboulée de désir.

« Très sérieuse, répondit Martha avec un grand sourire. Peut-être que vous ne survivriez pas à une invasion d'insectes. Peut-être que vous n'êtes pas si talentueuse que ça.

— Oh que si, j'ai du talent.

— Alors montrez-nous vos talents », insista Selah.

Zhen dégagea son bras des doigts caressants de Martha. Le sexe et la réflexion n'étaient pas des activités qui se menaient en parallèle.

« OK, alors affronter à la fois des insectes géants et des bactéries serait problématique, parce que les stratégies qui vous aideraient à survivre en cas d'apparition soudaine d'un macro-prédateur – ce qui soit dit en passant n'arrivera jamais, on ne voit ça que dans les films de science-fiction – impliqueraient de travailler en très grands groupes avec les humains restants. Mais en cas d'infection mortelle, mieux vaut se séparer aussi vite que possible en petits groupes autonomes.

— Et comment est-ce que vous vous y prendriez ? interrogea Selah.

— Sérieusement ? » fit Zhen.

Selah vida son verre et haussa un sourcil.

« Bon, d'abord il faudrait quitter la ville, dit Zhen. Évidemment.

— Évidemment, répéta Martha, comme si elle connaissait un secret.

— Les bunkers ne sont pas l'idéal – trop de gens. J'irais m'enfoncer dans la forêt. Ou sur une île, si je pouvais y accéder.

— Une île, dit Selah. Intéressant.

— Oui, sauf que beaucoup de personnes auraient la même idée. Ce seraient des conditions de vie inconfortables. Une bonne tente, poser des pièges, chasser à l'arbalète, se préparer à perdre du poids. Une petite communauté, quelques personnes seulement, qui pourraient vraiment compter les unes sur les autres.

— Vous ne feriez pas cavalier seul ?

— Dans ce scénario, l'individualisme serait contre-productif. Si vous vous faites une coupure et que ça s'infecte, personne n'est là pour aller vous chercher des antibiotiques, et vous mourez. Si vous tombez dans un ravin, personne n'est là pour vous secourir, et vous mourez.

— Vous ne craignez pas les querelles intestines ?

— Il faut essayer de les tempérer. De se concentrer sur l'avenir.

— Et si vous aviez de l'argent à la pelle et que vous pouviez payer des soldats pour s'occuper de vous ?

— Eh bien... à quelle vitesse est-ce que votre bactérie tue les gens ? »

Martha échangea un regard avec Selah et fronça le nez.

« Dix-sept jours d'incubation. Vous êtes contagieux dès le début. Ensuite cinq jours de maladie, après quoi cinquante pour cent des gens meurent.

— Ah oui, quand même. D'accord. C'est bien. Enfin, je veux dire, c'est terrible. À vrai dire, dans un cas pareil, les soldats ne sont d'aucune utilité. L'argent cesse très vite d'avoir de la valeur, et après, qu'est-ce que vous avez à leur offrir ? Vous n'êtes qu'un corps qui utilise des ressources. Même si vous avez les codes des entrepôts de nourriture ou autre, ils vous enfermeront et vous tortureront jusqu'à ce que vous les leur donniez.

— Merde.

— Tout à fait. »

Martha resservit du vin. Il était doré et légèrement sucré. Il avait le goût de l'argent. Il se faisait tard. Martha Einkorn l'avait-elle vraiment invitée à dîner avec Selah Nommik et pelotée sous la table pour le simple plaisir de discuter ensemble ?

« Donc, reprit Selah, de l'air d'une femme en train de formuler une proposition sérieuse, imaginons que vous sachiez que la fin du monde approche. Et que vous puissiez vous échapper. Si vous aviez en main le sésame qui vous mette à l'abri du danger, est-ce que vous l'accepteriez ? »

Zhen regarda tour à tour les deux femmes. Cette conversation prenait une voie qu'elle ne saisissait pas.

« C'est une question piège ?

— Non, assura Martha, ce n'est pas une question piège. C'est une question morale. Vous vivriez, vous vous en sortiriez très bien, mais tous les autres devraient subir cette épidémie. Est-ce que vous accepteriez le sésame ?

— Oui, bien sûr. La survie, je ne vis que pour ça.

— Même si vous saviez que tous vos proches allaient connaître une mort horrible ? Même si vous saviez qu'en l'acceptant, vous ne pourriez en parler à personne ?

— Je ne pourrais pas le partager ? La plupart des plans de survie fonctionnent mieux avec un groupe solide.

— Pas celui-là. Plus les gens sont au courant, moins le sésame a de valeur », expliqua Martha.

Selah secoua la tête d'un petit mouvement presque imperceptible.

« C'est pour ça que vous êtes ici, toutes les deux ? Et Lenk Sketlish et Zimri Nommik ? Parce qu'il y a un sésame ?

— Qu'est-ce qui vous fait croire que Lenk et Zimri sont là ? demanda Selah.

— Ce n'est pas parce que je n'ai pas été invitée à la démonstration sur le rooftop que je ne sais pas ce qui s'y est passé, dit Zhen en haussant les épaules. Je parle au personnel des cuisines. Ça n'a rien de compliqué.

— Elle parle au personnel des cuisines, répéta Selah.

— C'est comme ça que vous dénichez des informations », ajouta Martha.

Zhen était déjà joliment ivre – mais moins qu'elle n'en avait l'air. Il se tramait quelque chose. L'instinct qui lui conseillait de se sortir d'une situation dangereuse lui signalait aussi la présence d'une intrigue. Il s'agissait d'une chose autrement plus importante qu'une démonstration prétentieuse de drones météorologiques. Elle envisagea rapidement les différentes possibilités. Tout ce dont elle avait pu entendre parler ici et qui, aux yeux de Lenk Sketlish, Zimri Nommik et – réflexion faite – d'Ellen Bywater, valait la peine de se déplacer en personne pour le voir, l'acheter, ou en entendre l'argumentaire de vente. Elle cligna des yeux, perdue dans ses pensées. C'est alors que la main de Martha effleura le haut de sa cuisse, près de l'aine. Oh. Tiens tiens.

« Je dois aller aux toilettes », dit-elle en pilote automatique, puis elle se leva.

Dans la salle de bains, Zhen sentit l'humidité entre ses cuisses. Pendant un instant – comme souvent –, elle se demanda si elle ne ferait pas mieux de partir. Ce qui se tramait ici ne relevait pas de son rang. Et elle s'apprêtait très probablement à se lancer dans une folle partie de jambes en l'air avec une, voire deux femmes riches et puissantes, et son vagin avait beau voter pour, le reste de son corps avait connu un camp de réfugiés et une relocalisation forcée. Elle s'arrêta donc et réfléchit à la marche à suivre.

Elle envoya un texto à Marius. Ne jamais suivre un inconnu, même milliardaire. Du moins pas sans avoir prévenu un de vos proches.

Zhen : Martha Einkorn/Selah Nommik : qu'est-ce que tu sais à leur sujet ?

Marius : Pas plus qu'importe qui. Tu travailles sur article ?

Zhen : Je dîne avec elles ! Elles sont ensemble. Qu'est-ce qu'elles font ensemble ? Et ME a mis sa main sur ma cuisse !?

Marius : Elles ont besoin tu leur donnes bonne image. Il va se passer événement. Elles veulent tu ponds article.

Zhen : Quel cynisme.

Marius : Si tu voulais pas le cynisme, tu me ferais pas sms.

Marius : Peut-être tu les as mises en rogne et elles veulent t'enterrer dans trou profond au fond des bois.

Zhen : Peut-être qu'elles m'aiment bien.

Marius : Oui, oui, peut-être elles veulent marier toi. Ne m'envoie pas invitation. Je déteste mariages.

C'était Marius, quoi. Ex-bloc de l'Est pour toujours et à jamais. Elle lui envoya les coordonnées de la chambre et une photo au cas où elle disparaîtrait sans laisser de trace, ce à quoi il répondit : *Dis-moi si elles essaient te tuer.*

Assise sur les toilettes, Zhen s'accorda environ quarante-cinq secondes pour rêvasser du genre de mariage qu'organiserait Martha Einkorn – sans doute dans quelque château. Mais elle ne s'attarda pas, car elle avait déjà saboté des relations, et s'était sabotée par la même occasion, en imaginant l'avenir après un premier rendez-vous. Sa psy lui avait expliqué que les êtres humains ont tellement besoin de certitudes qu'ils sont même prêts à se discréditer plutôt que de rester dans le doute. Tu te demandes si tu vas la revoir ? Le meilleur moyen de mettre un terme à ton incertitude est d'agir de façon si bizarre et louche qu'elle ne t'accordera *jamais* de second rencard. L'envie irrépressible d'imaginer un mariage d'hiver est en réalité l'envie de tout faire foirer pour que tu n'aies plus à y penser.

Dans l'espoir de se changer les idées, elle consulta ses fils d'actualité.

>> Les mesures de protection contre les inondations à Miami avaient de nouveau échoué et les logements de trente-huit mille personnes se retrouvaient sous l'eau, au sens propre.
>> Une nouvelle tempête se dirigeait vers le Bangladesh ; d'après les estimations, plus de treize mille personnes mourraient dans les prochaines quarante-huit heures.
>> Pour la quatrième année consécutive, le fleuve Colorado ne s'était pas rempli pendant l'hiver. Certains proposaient de le rebaptiser « le ravin Colorado ».
>> Un bref compte rendu de DEMOlition. L'industrie de l'apocalypse était florissante. La fin des temps était encore en plein boom.

Bon. Au moins, ça lui faisait penser à autre chose. Apocalypse et catastrophes ordinaires, comme d'habitude. Cela faisait environ quatre minutes qu'elle était là. Elle pouvait peut-être aller jusqu'à six avant que ça ne commence à paraître étrange. Elle consulta les mentions de son nom.

Grossière erreur, car les mentions en question étaient un véritable désastre. Plusieurs centaines de personnes la traitaient… d'idiote, d'ignorante, d'enculée, et même carrément d'anti-américaine – non qu'elle fût vraiment américaine –, et les habituels débris de la société employaient des synonymes injurieux d'« Asiatique », de « lesbienne », de « femme ». Un flot d'adrénaline parcourut son corps. Toutes ses plus grandes peurs jaillissaient d'un coup : les gardes-frontières disant à son père qu'ils ne pouvaient pas passer, les coups de feu dans le noir et l'odeur de kérosène en feu pendant qu'elle tremblait sous son lit de camp, sa petite amie lui avouant qu'elle avait une liaison, son boulot s'avérant être une énorme foutaise, le moment de l'explosion, le truc avec le chien, comme si tout cela se déroulait en ce moment même. Mais qu'est-ce qui s'était passé, bordel ? Elle se creusa la tête : avait-elle fait quelque chose pour mériter ça ?

Elle cliqua sur les mentions afin d'en trouver la source. Et voilà. Une vidéo de trois secondes dans laquelle elle demandait : « Ce n'est pas Hénoch qui a pété les plombs dans le métro ? Qui a menacé des passagers et leur a volé leur portefeuille ? » Puis un *déluge* de colère.

Une recherche rapide confirma qu'en effet la communauté hénochite était encore relativement active en ligne. Hénoch se considérait comme un descendant spirituel direct d'Abraham. Le système de croyances des hénochites s'articulait autour de ce qu'ils appelaient « la théorie des morceaux », selon laquelle le monde sombrait dans la fragmentation. Sur Internet, ils parlaient d'« entrer dans le Babil » pour sauver les âmes des « morceaux » – et il était question de « renards et de lapins ». Zhen n'y comprenait rien, si ce n'est qu'ils semblaient dire que tout le monde ferait mieux d'abandonner sa maison et de se remettre à la chasse et à la cueillette. Chose qu'aucun d'entre eux n'avait faite.

Ces temps-ci, Internet regorgeait à tel point de sous-groupes et de voix disparates qu'il était impossible de les suivre tous. Ces types-là ne faisaient pas partie de sa communauté – ils étaient relativement similaires aux survivalistes, mais pas des fondus de survivalisme technologique comme elle. Personne parmi son public cible n'en aurait quoi que ce soit à cirer si des fondamentalistes pensaient qu'elle était antireligion. Ce qui, en substance, était désagréable mais pas particulièrement problématique. Elle désactiva ses notifications.

Zhen sortit de la salle de bains, pleine d'adrénaline, s'apercevant qu'elle était partie environ douze minutes – bien trop longtemps : cela donnait l'impression qu'elle souffrait d'un terrible et peu séduisant problème gastrique. Ce n'est qu'à cet instant précis qu'elle se rendit compte que l'envie irrépressible de vérifier ses notifications était aussi l'envie irrépressible de se saboter, qui était aussi l'envie irrépressible d'obtenir des certitudes. Merde alors, que sa cervelle était sournoise.

Alors qu'elle se demandait ce qu'elle allait dire et s'il fallait interroger Martha sur la situation avec les hénochites, elle entendit les deux femmes chuchoter dans la salle à manger. Et parce que c'est ainsi qu'on survit, Zhen ralentit et tendit l'oreille.

« Zimri m'attend, disait Selah Nommik. Cette petite est futée. Tu ne lui as pas du tout parlé de notre ami le prophète ?

— Non, répondit Martha.

— Elle pourrait s'avérer utile.

— Elle n'a aucun rapport avec ça.

— Tout a un rapport avec ça. Il y a des choses qu'il va falloir remettre à plus tard. D'accord ? »

Zhen contourna la bibliothèque – pourquoi mettre une bibliothèque pleine de livres dans une chambre d'hôtel ? – au moment où Selah Nommik se levait avec un sourire et déclarait :

« Bon, je dois décoller. Ravie de vous avoir rencontrée, Zhen. À bientôt. »

Et Zhen sourit et lui serra la main tout en pensant : Le prophète ? Est-ce qu'elle parlait d'Hénoch ? Puis elle se retrouva seule avec Martha Einkorn et elle se demanda si ce moment plein de promesses était cette chose qu'il allait falloir remettre à plus tard.

Debout près de la fenêtre, Martha contemplait la vue. Londres, scintillante et sombre, les barrières de la Tamise à nouveau levées, le fleuve profond. La neige tombait, plus épaisse à présent, sans fondre tout à fait, saupoudrant de blanc les trottoirs. Les immeubles au bord de l'eau – dont les enjolivures qui ornaient les façades de pierre avaient été sculptées pour ressembler à des plis de tissu – étaient désormais protégés par six panneaux superposés de Perspex renforcé visant à les préserver des marées. Les histoires de puissance impériale que narrait autrefois le marbre étaient révolues depuis longtemps. Les lumières et les dispositifs anti-inondations en racontaient une autre : l'eau arrivait et Londres, comme toutes les villes du monde, allait devoir choisir ce qu'elle voulait sauvegarder. Martha lui fit signe d'approcher, et elles regardèrent ensemble les lumières vrombissantes des drones pigeons qui fonçaient entre les bâtiments, l'eau qui clapotait doucement. De là, on imaginait aisément que tout irait bien quand la catastrophe se produirait. Ce serait beau. Magnifique, même.

Les poils de ses bras se hérissèrent. Cet instant. Cet instant avant que vous ne vous touchiez. Quand vous en avez envie. Quand vous ne pouvez que deviner si l'autre personne en a envie elle aussi. L'espace entre deux corps, presque infranchissable.

« Alors comment se fait-il que vous soyez célibataire ? interrogea Martha.

— J'ai eu une longue histoire avec ma copine de fac. Elle m'a trompée, on a rompu.

— Mmm. Dommage. Elle vous a brisé le cœur ?

— Oui, répondit Zhen.

— Elle vous manque encore ?

— J'aimais bien l'idée qu'on passerait peut-être le reste de nos vies ensemble. Il y avait quelque chose… d'ordonné là-dedans, vous savez. D'élégant. De simple. »

Martha toucha son bras nu, effleurant sa peau du bout des doigts. Zhen s'écarta légèrement, brûlant de désir. Martha hésita.

« Comment est-ce que vous… l'avez rencontrée ? demanda Zhen. Selah Nommik ?

— Nous avons des choses en commun.

— Écoutez. Quelle que soit la réponse, ça me va, je vous assure. C'est vrai, les gens font ce qu'ils font et je garderai votre secret. Les adultes sont parfois infidèles, et les relations des autres ne sont pas toujours évidentes. Il faut juste que je sache parce que… tromper, ce n'est pas mon truc, d'accord ? J'ai des aventures sans lendemain si tout le monde est sur la même longueur d'onde, mais je ne trompe personne. Est-ce que vous couchez avec Selah Nommik ? »

Martha éclata de rire – un rire si visiblement authentique qu'il était impossible de se méprendre sur sa signification. Elle secoua la tête.

« Malheureusement, Selah Nommik est cent pour cent hétéro. »

Zhen rit aussi puis le silence se fit. Ce silence sérieux, presque grave, qui précède le moment où l'on s'ouvre l'un à l'autre. S'ouvrir est dangereux, chaque fois sans exception. Mais c'est le jeu.

Martha caressa les épaules de Zhen.

« Tu en as envie ?

— Oui », affirma Zhen.

La main de Martha glissait le long de son dos en direction de son cul et Zhen était si excitée qu'elle respirait à peine.

« Tout est question de signaux, dit Martha, envoyer et recevoir des signes. Espérer qu'on les interprète correctement. Se rencontrer. Flirter. Baiser. »

Zhen fit courir les doigts de sa main gauche sur le cou de Martha. Martha poussa un léger soupir. L'entrejambe de Zhen était lourd et brûlant.

« Oui, acquiesça-t-elle.

— On ne peut le savoir que si on se rend vulnérable. »

Martha inclina la tête sur le côté, dévisagea Zhen et esquissa un demi-sourire.

Zhen se pencha en avant et l'embrassa. Et une chose mena à une autre.

Il y eut – au total – trois jours et demi de baise. Juste assez pour qu'il soit douloureusement, effroyablement évident qu'elles allaient baiser beaucoup plus. *Beaucoup* plus. Au point que Zhen se dise : Ce serait bien, je pourrais arrêter les voyages d'affaires, je pourrais la suivre partout, je pourrais rester avec elle à la maison, je pourrais trouver une solution. Au point qu'elle se dise : Ça suffit, arrête, laisse les choses être ce qu'elles sont à l'heure actuelle. Mais elle n'en avait jamais été capable.

Elle suivit du bout de la langue les vergetures pâles, lisses et argentées qui striaient l'épaule de Martha telles les rayures sur la peau d'un maquereau. Entre les conférences de Zhen, entre les réunions de Martha, entre les commandes de repas en room-service, Zhen l'interrogeait sur Lenk Sketlish, sur Zimri Nommik, sur ses anciennes petites amies, et Martha ne satisfaisait guère sa curiosité. « Si c'est pour préserver le... mystère érotique que tu ne réponds pas à mes questions..., assura Zhen, sache que tu me plais déjà *énormément.* » Martha éclata de rire et elles recommencèrent. Car ça ne mènerait à rien, songea Zhen ; ce ne serait qu'une histoire qu'elle raconterait à sa prochaine – et véritable – petite copine. Continue à croire que tu peux contrôler l'avenir, que tu sais ce qui t'attend et que ce qui t'attend n'est rien de bon.

À la fin du troisième jour, juste avant 3 heures du matin, Zhen fut réveillée par Martha qui griffonnait un mot et chaussait ses bottes. C'était un bruit feutré, et son thinscreen émettait une lueur diffuse qui lui permettait juste de voir ce qu'elle faisait. Zhen s'efforça de respirer de façon douce et régulière. Quand Martha lui toucha l'épaule, elle poussa un soupir et lui tourna le dos. Tout en se disant : Mais où est-ce que tu vas à 3 heures du mat, putain ? Martha appela l'ascenseur, dont les portes s'ouvrirent avec un shhhhhh presque silencieux. Dès qu'elles se furent refermées, Zhen se leva d'un bond, enfila son jean et son T-shirt. Elle appuya sur le bouton de l'ascenseur et – oui –, à travers le tube en verre, elle pouvait voir vers où Martha se dirigeait. Elle regagnait la salle de conférence. Zhen ne savait même pas pourquoi elle la suivait, mais ce n'était pas pour rien. Elle le savait. Son instinct lui criait qu'il se passait quelque chose.

Zhen traversa en courant le vestibule de l'hôtel plongé dans l'obscurité, pieds nus sur le carrelage vert. Les chaises du restaurant étaient empilées sur les tables ; un agent de sécurité somnolent posté devant la porte latérale ne la vit pas passer. Elle resta dans l'ombre et se dirigea vers le hall d'exposition. La porte principale aurait dû être fermée. Or elle ne l'était pas. Elle était maintenue entrouverte par un triangle en plastique noir de la taille d'une carte de crédit. Juste assez pour qu'elle reste ouverte, pas assez pour attirer l'attention. Zhen tira la porte et se faufila par l'embrasure.

Dans le noir, il était difficile de s'orienter. Le dirigeable de survie flottant se trouvait à... elle plissa les yeux... oui, à l'ouest du hall. Par conséquent, l'espace Armes se situait à sa droite. L'espace Médecine à sa gauche. Droit devant, dans l'espace Faire du feu, elle aperçut une petite lueur tamisée. Et des gens qui parlaient à voix basse. Restant cachée derrière les cloisons des stands, Zhen s'avança sans bruit vers la lumière. Elle passa devant des râteliers de fusils à chargement et à nettoyage automatiques, des fusils à viseur intelligent qui vous précisaient si l'animal ou la plante que vous regardiez était comestible, des dispositifs anti-intrusion avec systèmes de tirs automatisés « pour défendre votre foyer contre les renards », ce qui, tout le monde le savait, voulait dire « défendre votre foyer contre les gens de couleur ». Elle approchait des individus qui discutaient, des lumières qui convergeaient de plusieurs directions à la fois. Alors qu'elle contournait un présentoir d'affûts portatifs et de bâches, elle aperçut de l'autre côté de l'allée deux personnes qui marchaient ensemble, l'une portant une lampe à la lueur diffuse. Zhen s'empressa de se tapir dans l'ombre, mais elle n'aurait pas dû s'inquiéter – trop absorbés par leur propre conversation, ils ne la remarquèrent même pas.

C'était Selah Nommik et c'était Zimri Nommik, en chair et en os.

Selah dit : « Tu pourrais éviter de tringler la Terre entière, Zimri ? C'est ma putain de kiné, espèce de salopard. »

Zimri dit : « Je n'entre pas dans les détails, OK ? On ne va pas pinailler. »

Ils s'éloignaient déjà en direction d'autres points lumineux. Zhen les suivit, veillant à rester dans les recoins les plus sombres.

Les points lumineux attendaient Selah et Zimri. Martha était là. La lueur sphérique qui illuminait son visage par en dessous transformait sa douceur en une sorte de rayonnement. Elle tenait des dossiers à la main. Il devait s'agir d'informations trop confidentielles pour les mettre sur le cloud ou les envoyer par e-mail. Elle attendait au côté d'Ellen Bywater et de Lenk Sketlish. Mais qu'est-ce qui se passait ici, bordel ? Ces gens se voyaient tout le temps, non ? Lors de forums présidentiels et de conférences de presse. Ils possédaient des maisons et des îles privées. Qu'est-ce qui avait bien pu les inciter à se retrouver au beau milieu de la nuit dans un hall d'exposition désert ? Zhen s'aperçut qu'ils se trouvaient au pied de la montagne – la construction en fibre de verre aux sommets enneigés.

« Ils sont là-dedans ? demanda Ellen.

— Seulement celui qui s'occupe de la transaction, répondit Martha avec un hochement de tête.

— Alors, combien ils veulent ? interrogea Zimri. Ils n'ont pas encore prouvé que ça fonctionne. Il n'y a pas encore eu d'essai en direct.

— On est juste là pour écouter, Zimri, fit Selah.

— On trouvera une occasion de réaliser un essai en direct », ajouta Lenk.

Ils paraissaient ordinaires, vus de près. Ordinaires mais riches, avec tout ce qui était l'apanage des riches. Une belle peau, de bonnes dents, un corps choyé par des coachs personnels et des chefs à domicile. Des vêtements aux contours parfaitement *nets* même quand le tissu était souple, comme si l'artiste avait utilisé un crayon très pointu au moment d'en dessiner les contours. Ce n'étaient pas des gens beaux – même Lenk, le plus séduisant d'entre eux en théorie, avait un air renfrogné qui le rendait presque laid. Mais ils étaient riches et leur argent les avait définis avec soin et précision.

Ellen Bywater passa en revue son dossier d'information et marmonna dans sa barbe. Zimri Nommik haussa spasmodiquement les épaules, sans quitter des yeux l'écran de son AnvilTab. Lenk Sketlish balaya du regard le hall silencieux et désert comme s'il traquait quelque chose. Zhen se baissa pour ne pas être vue. Il la regardait. Elle était sûre qu'il allait la montrer du doigt et dire : « On nous espionne », mais il tourna brusquement la tête et déclara : « Il est l'heure. »

Une fissure se dessinait dans le monde, et elle était lumière. Une porte s'ouvrit derrière eux, une rafale de photons aussi assourdissante qu'une explosion.

« Entrez, annonça une voix d'homme à l'intérieur de la montagne. Je m'appelle Si Packship et je suis là pour vous poser une question importante. Comment savez-vous quand partir ? Parce qu'au moment où vous saurez que la fin du monde est là, il sera déjà trop tard.

— Putain, râla Zimri Nommik, on n'est même pas encore à l'intérieur.

— Je suis vraiment désolée, dit Martha. M. Packship ne veut pas vous faire perdre votre temps, c'est tout. »

Martha scruta un instant l'obscurité puis ferma la montagne, et Zhen se retrouva seule dans le hall d'exposition.

Elle attendit quelques heures, mais personne ne sortit et elle n'entendait rien, même en collant l'oreille à la montagne. Elle eut beau chercher à tâtons la fissure de la porte, l'objet avait été si bien conçu – tout en aspérités et en escarpements – qu'il n'y avait aucun moyen de détecter l'ouverture.

Elle finit par trouver un endroit où se reposer, un endroit d'où elle pourrait les observer quand ils sortiraient. Mais à 7 heures du matin, elle se réveilla avec le soleil dans un hamac ultraléger accroché entre deux poutres métalliques et dut se faufiler derrière plusieurs stands pour éviter les questions gênantes des lève-tôt qui s'introduisaient déjà dans le hall d'exposition, munis de cafés chauds et de grands espoirs.

Zhen regagna la suite de Martha. Sur la table de chevet l'attendait un petit mot au stylo plume bleu sur du papier crème épais – le message que Martha avait écrit au moment où Zhen s'était réveillée :

J'ai dû filer. Je t'ai laissé un petit cadeau. C'est le genre de truc qui devrait te plaire. Comme ça, il faudra que tu me revoies. Bisous, M. P-S : code Wi-Fi spécifique à cet étage.

Un identifiant Internet était gravé sur une fine carte en acier. En revanche, il n'y avait pas de cadeau. Pas de petite boîte, pas de livre, pas même de texto. Il y avait une chambre d'hôtel, réglée jusqu'au lendemain bien que Martha soit partie et que le concierge ne sache pas où. Zhen se connecta à Internet et paya des factures, envoya des e-mails, regarda de nouveaux épisodes de *Crash Pad*. Elle constata que la tempête qui faisait rage sur les réseaux sociaux au sujet des hénochites s'intensifiait. Quelqu'un avait posté une vidéo de l'interview intégrale de Martha et – parce que c'était ainsi que le Web s'empressait d'omettre le milieu de l'histoire –, au lieu d'être fascinés par le fait que l'assistante de direction de Lenk Sketlish avait appartenu à une secte religieuse, des conservateurs avaient décrété que Lai Zhen cherchait délibérément à humilier une femme punie pour ses croyances. Il y avait un entrecroisement, léger mais inquiétant, entre ce groupe-là et les suprémacistes blancs, ainsi que quelques images merdiques générées par IA qui circulaient, montrant Zhen en train de se faire mettre en pièces par des ours avec des bites à la place des yeux, en rapport avec une blague virale complexe qui avait couru autrefois. Et naturellement, il y avait un second groupe de sympathisants de gauche qui trouvaient que se servir ainsi d'une lesbienne de couleur était absurde, fondé sur des préjugés, et raciste en soi, et qui ripostaient en postant des images des ours aux yeux en forme de bite se faisant exploser la cervelle. L'Internet de Medlar, de Fantail et d'Anvil était conçu de sorte à retrancher le milieu. Il n'y avait ni clics ni globes oculaires dans ce juste milieu raisonnable et pondéré, mais tout l'argent du monde convergeait dans l'incitation des utilisateurs à traiter les extrêmes comme s'ils étaient le centre.

Zhen passa plus d'une heure à rédiger une déclaration – elle regrettait son erreur au sujet d'Hénoch, elle comprenait la colère des gens, elle ne recommencerait pas. Ça n'apaiserait sans doute pas ceux qui étaient bien décidés à sortir de leurs gonds, mais jamais rien ne serait assez pour ceux-là, si ? Une déclaration sincère devrait suffire. Elle se déconnecta des comptes où on l'accablait des pires injures, changea ses mots de passe et envoya à Marius les nouveaux, générés au hasard. Elle était déjà passée par là. Publie un communiqué sincère, et ne consulte pas tes comptes avant un bon moment. Ça finira par se calmer. Elle avait besoin d'aller faire des trucs dans le monde réel pendant quelque temps.

Dans ces circonstances, il était compréhensible que Zhen ait entendu le mot « prophète », y ait réfléchi un instant puis l'ait oublié presque aussitôt. Qu'il lui ait fallu des mois pour se souvenir qu'un des synonymes de « prophète » était « augure ».

7

Il se passa trois choses à la fois

Il se passa trois choses à la fois lorsque Lai Zhen relâcha la pression sur le tube de liquide de refroidissement.

La première fut que la température chuta d'environ dix degrés si soudainement que Zhen eut la chair de poule et se mit à frissonner. La deuxième fut que la femme laissa échapper un cri animal vite interrompu. La troisième fut que l'écran carpien de Zhen se mit à émettre des bips pressants. Elle respira deux fois à l'intérieur de son T-shirt. Une odeur se dégageait : forte, saline, minérale. Elle pinça de nouveau l'extrémité du tube. Elle n'entendait rien d'autre que les bips. Elle baissa son T-shirt.

La femme était congelée. Non, pas congelée. Sa peau scintillait, blanche et dure. Son visage était taillé dans du cristal pâle ; ses mains friables, sa posture rigide. Autour de ses pieds et de ceux de Zhen, un peu de fausse neige glissait et s'égouttait, fondant et se changeant en bouillie. Zhen se leva. La femme en avait probablement avalé une énorme tasse, qui avait dû imprégner très rapidement chaque tissu de son corps. Des sels paramagnétiques.

Zhen consulta son écran carpien, veillant à ne pas relâcher le tube. C'était AUGR, qui lui suggérait d'en coincer l'extrémité dans une petite valve circulaire encastrée dans le sol, où les sels s'écouleraient sans danger. Zhen tordit le tube froid avec précaution, ouvrit le couvercle de la valve de drainage et l'y enfonça. Elle écouta le bruit de son souffle. Personne ne hurla et tout semblait aller. C'était déjà ça.

La silhouette cristallisée de la femme regardait vers le bas, son pistolet enrobé de glace braqué sur l'endroit où Zhen s'était accroupie. Elle allait devoir se faufiler entre elle et la paroi de la galerie. À son poignet, AUGR lui montra un plan du centre commercial avec un point rouge clignotant surmonté du mot SORTIE. Zhen ne voulait pas toucher la statue de sel à l'effigie de « Celle qui avait voulu la tuer pour une raison complètement idiote ». Elle recouvrit ses mains des manches de son sweat, pencha la tête en arrière, collant son dos à la paroi métallique pour se glisser derrière la femme. Au moment où elle passa devant elle, elle respira directement contre le visage de la statue – son souffle lui revint comme une vague et elle inhala l'odeur chimique glaciale qui émanait de ses traits gelés. Elle n'avait pas l'air d'une méchante, mais à quoi les méchants ressemblent-ils vraiment ? Tu es sous le choc, se dit Zhen. Son jean sentait encore la pisse. Elle aurait aimé fouiller dans les poches de la femme, découvrir comment elle s'appelait. Elle paraissait si humaine, si déterminée et surprise.

« Désolée », murmura Zhen en passant, le mot rebondissant contre le visage de la statue avec une senteur amère et froide. Elle regarda droit dans ses yeux bordés de blanc. L'espace d'un instant, elle crut y détecter un mouvement presque imperceptible, un écho de douleur. Elle avança son pied de quelques centimètres. Son orteil heurta le pied de la statue, qui commença à tomber. Zhen se jeta sur le côté tandis que la femme s'écroulait.

Elle se brisa dans une explosion d'air froid et de cristaux de sel qui s'élevèrent telle de la vapeur. Sous la pellicule blanche du sel, sa chair n'était que morceaux de viande rouge congelée qui se mirent presque aussitôt à saigner sur le sol. Elle s'était cassée en cinq ou six gros tronçons – la tête d'un côté, les jambes et les pieds de l'autre, le buste coupé en deux, la main qui tenait le pistolet dérapant et s'arrêtant près du pied de Zhen.

Zhen ne put détacher son regard de la main au pistolet. Celle-ci avait l'air parfaite. Humaine. Puis : Merde. Là, sur l'index de la main droite, oui, parfaitement visible. La marque d'Hénoch, tatouée autour de la première phalange. Zhen l'avait souvent vue dans les publications furieuses et les vidéos violentes réalisées à son sujet pendant la brève période où elle avait été la cible numéro un en ligne. La marque ressemblait à une clé allongée et n'avait absolument rien à voir avec Hénoch ; les gens l'avaient inventée et se l'étaient appropriée après sa mort. Certaines personnes se la faisaient tatouer parce qu'elles la trouvaient jolie, mais sur une main gelée agrippant un vrai pistolet, elle paraissait effrayante.

« Oh putain, laissa échapper Zhen. Merde. Merde. » Elle n'avait pas eu l'intention de parler à voix haute. Elle avait envie de pleurer, mais ne parvint qu'à rentrer la tête dans les épaules et à pousser un cri étranglé. Il fallait être bien plus détendu que cela pour pleurer.

« Je suis désolé, Lai Zhen, lui dit AUGR à l'oreille. C'était le seul moyen d'ôter l'obstacle. »

Zhen recula de quelques mètres. Elle ne voulait pas rester près du torse, mais elle n'était pas sûre que partir soit sans danger. Elle regarda son écran carpien.

« Vous êtes quoi, exactement ? demanda-t-elle.

— Vous m'avez reçu en cadeau et sans véritable notice. Il n'est plus temps de vous fournir le mode d'emploi complet. AUGR est un ensemble d'algorithmes hautement adaptable qui surveille les actualités. C'est un logiciel prédictif et protecteur. Son but est de vous maintenir en vie. »

8

Comme une putain de psychopathe

Dans un tunnel sous une station de métro de l'Est londonien, les travaux d'excavation de l'Elizabeth Line avaient mis au jour le temple d'Orphée le plus complet en dehors de l'Italie. Il datait du temps où se mourait la lumière : celui où les troupes romaines se retiraient de Grande-Bretagne et où les anciens comprirent que les jeunes en sauraient moins qu'eux. Ils n'avaient ni les compétences ni les ressources requises pour enseigner aux enfants les sciences et les technologies romaines – ni même à lire et à écrire. C'était une époque terrifiante, et le temple d'Orphée en témoignait. Les sols en mosaïques contaient la fin de l'espoir : Didon se jetant du haut des remparts de Carthage, Penthée mis en pièces par les forces de la déraison, le sage roi Œdipe se crevant les yeux. L'histoire d'Orphée est celle d'un poète, d'un musicien, d'un augure – d'une personne qui enseigna à l'humanité les arts de la médecine, de l'écriture et de l'agriculture – cherchant à sauver quelqu'un des forces dévorantes de la mort. C'est l'histoire de son échec.

Zhen visitait cet endroit depuis près de dix ans ; elle avait consacré son mémoire de master à ses tunnels humides et ses arches voûtées – fait qu'elle n'avait jamais partagé sur les réseaux sociaux, car il fallait tout de même préserver un peu de sa vie privée. Lors du congrès DEMOlition, elle avait décidé de passer moins de temps en ligne en attendant que toutes ces inepties à son sujet s'apaisent. Elle se retrouvait donc là, où les gens la connaissaient, pour fêter l'achèvement des travaux de préservation des fresques des deux galeries supérieures. En revanche, elle ne s'attendait pas à tomber sur Martha.

Ce fut une folle nuit. Versez des subventions privées à des archéologues pour qu'ils fassent la fête et observez le résultat. En l'occurrence, une œuvre d'art dans l'est de Londres. Retenus par des cordes élastiques noires suspendues à l'échafaudage qui couvrait encore toutes les arches sauf cinq, deux hommes se balançaient en chœur, se croisaient, se tenaient la main puis faisaient des sauts périlleux, l'un prenant appui sur les cuisses de l'autre pour s'élancer, fendant l'espace courbe d'un arc acrobatique. La disco italienne des années 1970 qui jaillissait d'énormes haut-parleurs prêtait à la performance – se joindre, se séparer, se servir l'un de l'autre pour s'envoler encore plus loin – un air de comédie. Il faisait assez chaud sous les arches malgré la neige sale et fondue au-dehors. Il se passait toujours quelque chose à Londres : ce soir, trois nuits après la fin de DEMOlition, cette fête organisée par l'association de prospection archéologique d'East London, en l'honneur de sponsors qui n'étaient pas venus et ne viendraient pas, était le plat le plus appétissant du menu. Zhen aurait toujours la possibilité de voir le temple, mais toutes les occasions étaient bonnes. Les gens la connaissaient, ici ; elle était en terrain conquis, amical. Personne ne verrait d'objection quand, épuisée d'avoir parlé avec d'autres êtres humains, elle se glisserait par la porte de service afin de rejoindre les Enfers, les galeries inférieures où les mosaïques prenaient une tournure *vraiment* étrange.

Ce n'était pas une grosse réception ; il devait y avoir une centaine d'invités. Mais, alors que la foule se déplaçait, Zhen vit que Martha en faisait partie. Elle n'eut pas le temps de se ressaisir ni de décider si elle avait effectivement envie de la voir. Trois jours s'étaient écoulés, trop peu pour que Zhen envoie un *autre* texto à Martha si elle voulait paraître détachée. Au-dessus de leurs têtes, les acrobates culbutèrent à l'unisson. Martha recula pour mieux voir. Elle jeta un coup d'œil par-dessus son épaule. Et croisa le regard de Zhen. Me voilà, se dit Zhen, quelques mètres derrière toi comme une putain de psychopathe.

Martha cligna des yeux. Zhen sentait qu'elle-même avait un air niais, mais ne savait comment y remédier. Sourire ? Hausser les sourcils pour feindre la surprise ? Prendre une mine blasée voire méprisante, comme une de ces filles indifférentes que vous aimeriez avoir pour petite amie parce qu'elle ne vous embêterait pas ? Elle tenta les trois d'un coup et sut aussitôt qu'elle faisait cette grimace qui d'après les trolls d'Internet lui donnait l'air d'un âne. Formidable. Elle attendit que Martha esquisse un vague sourire et se retourne vers l'homme à côté d'elle. Or Martha n'en fit rien. Elle adressa quelques mots à son compagnon, qui s'évanouit dans la foule. Et Martha Einkorn se fraya un chemin jusqu'à Zhen.

« Quelle coïncidence !

— Pardon, dit Zhen, mais vous me suivez ou quoi ? Je n'apprécie pas du tout. Je suis quelqu'un de très important et haut placé, et vous ne pouvez pas continuer à me harceler comme ça. »

Martha partit d'un rire rauque et ténébreux.

« La fondation de Lenk est un des sponsors. Il est à Bornéo. Je me suis dit que je viendrais voir. Ça semblait intrigant. Des idées et des civilisations disparues subitement, un temple qu'on essaie de sauver de justesse de la destruction. Ce n'est pas un problème, mais est-ce que toi, tu savais que je serais ici ? »

Zhen prit une profonde inspiration.

« Oh que non. Ne joue pas à ça avec moi.

— Enfin, si tu le savais, je trouverais ça sympa. »

Zhen remua sa mâchoire.

« Tu veux voir mon mémoire de master, "Les influences orphiques sur les débuts du christianisme comme en témoigne le temple orphique du quartier de Seven Kings" ?

— Euh… oui ? »

D'un coup de SmartFlash, Zhen envoya le document entier sur

l'écran intégré à la manche de la veste crème immaculée de Martha, qui en feuilleta les premières pages.

« Vraiment ? s'étonna Martha. Ce n'est pas un truc que tu as falsifié en quatrième vitesse avec l'IA pour me faire une blague ?

— Je fais partie du comité consultatif. Demande à n'importe qui.

— Alors c'est un… vrai hasard, comme dans les comédies romantiques ?

— Je dirais même un second hasard. Hé ! tu veux voir de drôles de mosaïques ?

— Mon Dieu, plus que tout au monde.

— Plus que tout ? »

Martha lui décocha un grand sourire et lui tendit la main. Zhen la prit. Elles s'imbriquèrent, paume contre paume.

En bas, Zhen alluma les projecteurs. Le vrai problème ici était d'empêcher la rivière Roding de s'insinuer dans le temple. La moitié des pavements de mosaïque avaient à peine été mis à nu – la découverte de l'étage inférieur en lui-même et des marches qui descendaient vers ce qui avait sans doute été la partie la plus sacrée de la structure, destinée aux seuls initiés, avait été inattendue et exaltante. Zhen prit Martha par la main et la guida le long des planches glissantes surélevées de sorte à protéger la fresque, vers l'énorme pierre au centre de la pièce haute de plafond.

« Tu t'assieds ?

— Sois franche, fit Martha. C'est un autel ? »

Zhen leva les yeux au ciel.

« Les archéologues ne disent jamais qu'une chose est ceci ou cela. Tout ce qu'on peut dire, c'est : "A peut-être servi à des fins rituelles."

— Comme des sacrifices, par exemple ? »

Zhen haussa les épaules.

« Tu veux écrire une thèse à ce sujet ? Je pourrais te trouver des subventions. »

Martha éclata de rire. Zhen raffolait de ce rire. De sa richesse gutturale. C'était un rire qu'elle aimerait avoir dans sa vie.

« Écoute, c'est le seul endroit dans cette pièce où on peut rester plus de quelques instants sans risque d'endommager les mosaïques. Et en effet, c'est sans doute un autel. Assieds-toi. »

Martha obtempéra. Zhen prit place à côté d'elle. Leurs mains se touchaient, leurs bras se touchaient, leurs jambes collées l'une à l'autre. Ce ne pouvait pas être une coïncidence, ou du moins c'en était une qui avait un sens. Que Martha soit venue *ici* par hasard.

Zhen était tombée amoureuse du lieu la première fois qu'elle l'avait vu – alors qu'il était à moitié exhumé, envahi par les mauvaises herbes et sentait la merde de chien. Elle avait aimé le côté majestueux, romantique aussi, bien sûr, de cette chose sauvée du lointain passé. Le sentiment que les êtres humains qui vivaient deux mille ans plus tôt faisaient aujourd'hui ce qu'ils avaient toujours fait : envoyer un message à travers l'obscurité pour essayer de toucher le présent – enfin, là en l'occurrence, de *la* toucher, elle. Elle avait fait du bénévolat ici quand elle était en premier cycle, espérant qu'on l'autoriserait à se servir des petites brosses pour dégager la poussière. Bien entendu, elle avait surtout préparé du thé et passé au tamis les piles de terre rejetée afin de trouver et d'étiqueter avec soin le moindre fragment de pierre ou de couleur écaillée. Elle avait pensé à sa mère, à ce qui pouvait encore être trouvé et préservé, au fait que tout ce que sa mère avait possédé lui était désormais précieux. Au fait que c'était uniquement le temps qui rendait les choses précieuses. On ne devait à Zhen aucune grande découverte. Elle avait tissé des liens étroits avec la boue, pour laquelle elle éprouvait une grande reconnaissance : celle qui avait recouvert ces pierres les avait aussi préservées. Mais Zhen avait été là lors de certaines découvertes importantes. Le jour où ils avaient trouvé l'or. Le jour où ils avaient trouvé l'épingle à cheveux. Celui où ils avaient trouvé la phalange. Et celui où ils avaient dévoilé les filles.

« Regarde là-haut », dit Zhen, et Martha leva docilement les yeux vers les plafonds incrustés de mosaïques. La boue et quelque procédé chimique avaient miraculeusement permis aux incrustations de survivre.

« Laisse-moi te montrer un mystère », poursuivit Zhen.

Le plafond s'était effrité par endroits, mais restait parfaitement visible ailleurs. Là, au centre du dôme, on voyait la bouche rouge foncé grande ouverte d'Eurydice, la femme d'Orphée, qui hurlait tandis qu'elle était entraînée dans l'obscurité des Enfers. Là, qui regardait en arrière – alors qu'on lui avait demandé de n'en rien faire –, se trouvait Orphée, clairement identifiable grâce à sa lyre. Emporter sa lyre aux Enfers, quelle idée. Comme apporter une guitare pour l'apocalypse.

« Il pensait probablement qu'il y aurait de la bonne musique », fit remarquer Martha.

Zhen posa la main sur la cuisse chaude de Martha. Si celle-ci s'intéressait un peu à l'archéologie, alors c'était… quelque chose. Peut-être.

« Regarde. Là-bas, derrière Orphée. »

À moitié dissimulées derrière des frondes verdâtres se dressaient deux silhouettes endommagées. Sans tête, mais visiblement féminines, sans doute âgées de douze ou treize ans. L'une montrant quelque chose du doigt. L'autre avec la main sur le cœur.

« Qui sont ces filles ? demanda Zhen. C'est un mystère. Aucune des légendes que nous connaissons au sujet d'Orphée ne mentionne qu'il avait des enfants. Ou qu'il voyageait avec des enfants. Voilà la preuve d'une mythologie orphique qui n'a pas encore été découverte. »

Martha observa le plafond incrusté. Elle réfléchissait.

« Ou alors c'est une synthèse du mythe d'Orphée et d'une autre tradition, et il s'agit des filles de Loth. Dans la Bible. La femme de Loth qui a tourné la tête vers Sodome alors que la ville brûlait. »

Zhen poussa Martha si violemment qu'elle faillit tomber de l'autel.

« TU DÉCONNES ! Tu viens de résoudre un mystère archéologique ou quoi ?

— Je croyais qu'il n'y avait pas de vraies réponses dans le domaine de l'archéologie, mais seulement des suggestions, répliqua Martha, non sans une certaine fierté.

— Tu as peut-être raison, tu sais. À l'époque, on voyageait beaucoup à travers l'Europe, il se peut que des soldats ou des esclaves de Judée se soient retrouvés en Grande-Bretagne, ça n'a rien d'inconcevable. Eux, ou des gens à qui ils auraient parlé.

— Je suppose qu'on ne le saura jamais.

— C'est comme ça. Souvent, on ne sait jamais.

— Comment tu fais pour supporter l'incertitude ? » demanda Martha. Et Zhen se dit : Oh non, si tu comprends ça à mon sujet, alors tu as tout capté.

« Qu'est-ce que tu fais après ? » questionna Zhen.

Elles rentrèrent à l'appartement où logeait Zhen, à Stratford. C'était un deux-pièces au-dessus d'un marchand de journaux, à côté d'un arrêt de bus, et dehors deux filles chantaient trop fort, accompagnant la musique que diffusaient les clips auriculaires qu'elles partageaient. Martha embrassa Zhen, qui sentit un picotement la parcourir de sa bouche à son mont de Vénus. Embrasse-moi ici, là où je suis normale, et peut-être que ma vie va s'arranger.

« Il faut que je te le dise, il le faut. Tu me plais beaucoup », déclara Zhen. Elle ordonna à sa bouche de s'arrêter là, mais sa bouche n'obéit pas. « Et ce n'est pas grave si tu ne ressens pas la même chose. J'ai juste envie de savoir, tu comprends ? Si c'est juste… un week-end de folie… tant pis. Sois franche avec moi. »

Martha se lécha la lèvre inférieure.

« Je ne cherchais pas ça », répondit-elle.

L'estomac de Zhen se noua. Et voilà. La fin, et une autre longue ascension vers le soleil après avoir, encore une fois, donné son cœur trop facilement, trop rapidement.

« Je ne m'y attendais pas, poursuivit Martha, et… » – Zhen eut l'impression qu'elle choisissait ses mots avec le plus grand soin – « Et j'ai un projet qui est, comment dire… en pleine phase intensive. Mais oui. Oui, il y a quelque chose entre nous. Tu peux m'attendre ?

— Est-ce que je peux… t'attendre ?

— Je risque de ne pas pouvoir te contacter pendant quelque temps.

— Ah, parce que tu es une espionne ?

— Oui, parce que je suis une espionne.

— Enfin, du moment que c'est purement pour des histoires d'espionnage. Ou bien… en rapport avec ton boulot d'assistante de direction.

— L'un ou l'autre, je t'assure.

— Dans ce cas-là, ça me va, répondit Zhen.

— Parce que tu me plais beaucoup, insista Martha. Je crois que ça faisait longtemps que je n'avais pas rencontré quelqu'un qui me plaise autant.

— Alors ça ira. Ça ira, vraiment. »

Et elles couchèrent encore ensemble, et Zhen prépara un petit déjeuner infect, et elles recouchèrent ensemble, puis Martha dut partir, et tout allait bien. Lorsque la voiture ultraluxueuse de Martha s'éloigna, lorsque Zhen se souvint qu'elle avait *encore* oublié de lui demander ce qu'était ce fameux « cadeau », tout allait bien.

Après, pendant quelques mois, tout alla parfaitement bien. Zhen avait envoyé quelques textos à Martha ; elle avait reçu des réponses évasives. Un like en réaction à un article amusant qu'elle lui avait envoyé. Des yeux en cœur et un « Je suis en voyage, on se voit à mon retour ? » en réponse à une photo de coucher de soleil. Mais à mesure que les semaines puis les mois s'étaient écoulés, Zhen en avait peu à peu conclu que tout cela n'avait été qu'une manière lâche de filer à l'anglaise.

Puis quelqu'un lui avait tiré dessus dans un centre commercial de Singapour.

9

Un peu gratinés

Les mots défilèrent doucement sur l'écran carpien tandis qu'AUGR les lui lisait d'une voix dénuée de peur et de compassion.

« Est-ce que quelqu'un d'autre est à ma poursuite ? demanda Zhen.

— Je ne crois pas, Zhen, répondit AUGR. Il me semble que vous êtes en sécurité. »

Zhen s'imagina ce que ce serait de se sentir en sécurité. Que ferait une personne normale dans ces circonstances ? Quelqu'un qui n'avait pas dû fuir Hong Kong et n'avait pas passé sa vie à penser à l'apocalypse ni au fait que les choses pouvaient vraiment très mal tourner. Une personne qui n'avait jamais été tourmentée par une bande d'ivrognes qui l'avaient encerclée et lui avaient dit qu'elle ressemblait à une lesbienne. Quelqu'un dont la mère n'était pas morte l'année de ses quatorze ans.

Certains individus – des individus qui, de manière générale, se sentaient en sécurité – sortiraient peut-être de là sans tarder, iraient trouver un employé du centre commercial, lui révéleraient qu'il y avait eu un terrible accident dans les gaines de climatisation et qu'il fallait envoyer quelqu'un y jeter un coup d'œil. Elle s'imagina en train d'agir ainsi. Puis elle s'imagina assise dans un commissariat de Singapour, en train d'essayer d'expliquer pourquoi une femme la pourchassait, lui avait tiré dessus. Elle imagina la cellule dans laquelle ils la mettraient pendant qu'ils « élucideraient l'affaire ».

Depuis son séjour en camp de réfugiés, Zhen était affligée d'une imagination débordante. Elle pouvait visualiser une situation du début jusqu'à sa conclusion hideuse ; son cerveau ne regagnait jamais volontairement le moment présent. Zhen était sans cesse alourdie par l'avenir, ses filets intérieurs regorgeant d'une scintillante surabondance de possibilités.

Elle projeta l'écran de sa montre sur les parois métalliques. Mais putain, comment se faisait-il qu'un truc aussi gros se soit retrouvé dans son système ? Elle chercha brièvement toutes les variantes orthographiques d'AUGR. Rien ne lui sautait aux yeux.

« AUGR, dit-elle.

— Bonjour, répondit AUGR.

— Montre-moi l'historique de notre conversation. »

Il apparut blanc sur noir, en police système. Elle revint quelques lignes en arrière.

Vous m'avez reçu en cadeau et sans véritable notice. Il n'est plus temps de vous fournir le mode d'emploi complet. AUGR est un ensemble d'algorithmes hautement adaptable qui surveille les actualités. C'est un logiciel prédictif et protecteur. Son but est de vous maintenir en vie.

« Vous avez dit que vous étiez un cadeau. De la part de qui ?

— L'identité des participants du programme AUGR reste strictement confidentielle. »

Zhen reprenait ses esprits. La femme était morte, désormais ; elle ne risquait plus sa peau.

« AUGR. Soyez honnête. Est-ce que vous avez un rapport avec Martha Einkorn ? »

Dans le tunnel métallique sur le sol duquel dégelaient les morceaux de chair, AUGR dit : « Je ne trouve pas le nom “Martha Einkorn”. Je n'ai pas la liste des participants AUGR. Les seules personnes qui aient connaissance d'AUGR sont les participants inscrits au programme AUGR. »

Le programme AUGR. Des participants. Plusieurs. Un grand nombre. D'accord. Allez, réfléchis. Sketlish. Bywater. Nommik. La nuit où la porte de la montagne s'était ouverte et qu'ils s'y étaient faufilés. Ils étaient venus acheter quelque chose. Et le lendemain, à son réveil, Martha lui avait laissé un mot disant qu'elle lui avait fait « un petit cadeau ».

« AUGR, reprit Zhen, quel genre d'issue est-ce que vous prédisez ?

— Je ne prédis pas d'issue. Je peux prédire l'approche d'une menace catastrophique.

— Est-ce qu'une menace catastrophique approche ?

— Plus maintenant, affirma AUGR.

— Vous pouvez me dire qui était cette femme ? La… femme au pistolet ? Pourquoi est-ce qu'elle me suivait ? Est-ce que c'était une hénochite ? Ces types sur Internet deviennent un peu… gratinés. »

Le fait qu'elle vienne d'utiliser l'expression « gratiné » dans une conversation avec une IA pour décrire quelqu'un qu'elle venait de tuer lui fit mal aux sinus, comme si le haut de son visage savait qu'il fallait rire ou pleurer mais ne parvenait pas à se décider.

« Je ne sais pas cela, Lai Zhen. Je ne suis pas un prophète. Je détecte et prédis les menaces.

— D'accord. Sauf que je me sens encore hyper menacée, alors… je fous quoi, moi, maintenant ? »

Le plan du Seasons Time réapparut sur la paroi du tunnel. Un petit point rouge luisait doucement, au rythme du souffle léger d'un bébé endormi.

« Lai Zhen, reprit AUGR, vous devez quitter le mall par cette sortie. Retournez à votre hôtel. Rassemblez vos affaires. Quittez Singapour. Tout sera nettoyé après votre départ. »

Le corps de Zhen commençait à trembler. Un muscle de sa main tressautait, sur le renflement souple à la base du pouce. Elle l'observa avec une fascination stupéfaite. Jamais elle n'aurait pu bouger ce muscle volontairement. Le tunnel dégageait un arôme chimique minéral, vaguement âcre, et, en dessous, l'odeur de sang rouge de boucherie. Elle aurait voulu être ailleurs. Fermer les yeux et dormir. Elle savait ce qui se passait ; elle en parlait dans sa vidéo à la con. Descente d'adrénaline, le corps plongeant en piqué dans la somnolence. Il savait qu'il ne courait plus de danger. Mais elle n'était pas hors de danger, pas encore. Allez, corps. Bouge.

10

Clôtures

Encore une chose. Au cours des semaines où Zhen avait envoyé des textos formulés avec soin, avait attendu sans consulter ses messages puis craqué et essayé de traquer Martha Einkorn en ligne mais en vain, car pour être honnête, si vous travaillez pour le type qui a, en gros, inventé les réseaux sociaux, alors vous ne vous laissez pas facilement traquer. Au cours de ces semaines grisantes et enfiévrées, Lai Zhen reçut un message d'une personne avec laquelle elle partageait quelques relations communes et qui réalisait des essais vidéographiques : Badger Bywater, cet être habité d'une insatisfaction fascinante.

À vingt et un ans, Badger était le dernier rejeton d'Ellen Bywater. Ses aînés, qui avaient atteint la majorité avant que leur mère prenne le contrôle de Medlar, avaient fréquenté Harvard, Yale et Oxford – voire les trois universités, pour l'un d'entre eux – et étaient devenus, respectivement, neurologue consultant, responsable d'une société pharmaceutique et PDG d'une banque internationale.

Et Badger considéra leur vie et déclara : « Le succès comme système de mesure, très peu pour moi. »

Badger refusa d'accepter l'argent de sa mère et subvenait à ses besoins en créant des fichiers électroniques de sculptures personnalisées miniatures à imprimer chez soi en 3D. Son concept le plus populaire consistait à vous sculpter, vous, votre partenaire ou vos amis, sous les traits d'un zombie. Il fallait compter plus de deux ans d'attente pour obtenir une de ces œuvres d'art zombie, et aux remarques désobligeantes de ses aînés qui affirmaient qu'iel ne recevait ces commandes que parce que leur mère était célèbre, Badger répondait : « Je vous emmerde, vous croyez que sans maman, vous auriez eu la vie que vous avez, vous ? »

En mars, alors que Lai Zhen était en Nouvelle-Zélande où elle s'apprêtait à diriger trois jours de workshop sur la préparation aux catastrophes, un message lui parvint :

> Salut, je m'appelle Badger. J'aime bien ce que tu fais, je trouve ça cool. Je suis aussi en Nouvelle-Zélande. Ça te dirait qu'on se rencontre ?

En l'occurrence, cela n'avait rien d'inhabituel. Toutes sortes de timbrés s'avéraient être fans de son travail. Elle avait un jour reçu un message d'un des frères Baldwin ; il lui demandait d'aider sa fille à rédiger une dissertation sur la mythologie de l'apocalypse pour son entrée à l'université. Pas le plus célèbre de la fratrie d'acteurs, un des trois autres. Zhen n'avait pas répondu. Mais Badger pesait lourd et avait par ailleurs, semblait-il, un lien avec Martha. Ellen faisait partie du groupe qui était entré dans la montagne. Il se tramait quelque chose, juste hors de sa portée. Elle voulait savoir quoi.

Zhen avait vu l'œuvre de Badger. Sa vidéo virale la plus connue exposait, en quatre minutes et quarante secondes, son point de vue sur les géants de la technologie qui avaient certes payé ses écoles hors de prix et sa dentition parfaite et dont l'existence assurait sa propre sécurité mais détruirait celle de tous les autres. Badger parlait vite. Sa vidéo, qui regorgeait d'informations et de mèmes, s'intitulait « Clôtures ».

« Les arrière-grands-parents de ma mère étaient des immigrés irlandais. Ils sont venus aux États-Unis pendant la grande famine, causée par des siècles d'oppression de la part des Anglais. Les aristocrates anglais avaient érigé des clôtures. Ils s'emparaient des terres communales que tout le monde utilisait autrefois pour faire paître vaches, moutons ou chèvres » – une vache, un mouton et une chèvre cartoonesques apparaissaient autour du visage de Badger avec des « pops » comiques –, « construisaient des clôtures autour et disaient : "Ces terres m'appartiennent maintenant, et tant pis pour votre gueule." »

Surgissait alors à l'écran l'image d'un guerrier manga en train de crier : « Toutes vos bases nous appartiennent. »

« Les aristocrates justifiaient les clôtures au nom de la performance, poursuivait Badger : prenez ces petites bandes de terres communes, rassemblez-les, et vous pourrez les labourer avec de plus grandes charrues et pratiquer la monoculture. Vous pourrez vraiment aller loin. Et en effet, ils ont gagné beaucoup d'argent. Mais ils étaient déjà riches et puissants, et pas un sou de cette fortune n'a été redistribué aux pauvres. Ils ont pris quelque chose qui appartenait à tout le monde et ont trouvé le moyen de se l'approprier. »

Badger s'interrompait et approchait son visage très près de l'écran. À ce moment de la vidéo, iel portait les vêtements de Malcolm McDowell dans *Orange mécanique*, ses cils soulignés tel un zigzag hiéroglyphique autour d'un œil omniscient.

« Vous voyez où je veux en venir », disait Badger.

Malcolm McDowell se transforma en Badger dans un tailleur crème comme celui que portait sa mère, coiffé d'une courte perruque grise étrangement ressemblante.

« C'est ce qu'ont fait les réseaux sociaux et les géants de la technologie. Ils ont trouvé le moyen d'accaparer ce qui jusque-là n'appartenait à personne. Ils ont inventé un nouveau type de barrières pour faire office de clôtures. Ellen Bywater, Lenk Sketlish, Zimri Nommik et les autres ont pris ce qui appartenait à chacun d'entre nous, l'ont rassemblé sous forme de blocs de données utilisables et s'en sont servis pour devenir très très riches.

« Avant, personne ne pouvait s'approprier le contenu du carnet d'adresses des gens. Ni la liste de ce que vous achetiez au magasin.

Ni les mots que vous employiez pour parler à vos amis. Ni les données indiquant où vous vous trouviez. Ni les images que vous aviez dessinées et exposées dans une galerie ou sur votre mur. Ils ont pris toutes ces informations – et récolté les données. Ils ont amalgamé le tout et l'ont rendu plus efficient, mais cette efficience n'était pas censée profiter à tous ; ils s'en servaient pour s'enrichir et nous maintenir dans la pauvreté. » À ce moment-là, Badger prenait place à côté d'une potence en tenue de tricoteuse française du XVIIIe siècle.

« Si vos données vous appartiennent, ça devrait être à vous de décider exactement de leur utilisation, par qui et comment. Vous devriez pouvoir les transférer à votre guise d'un endroit à l'autre et y accéder comme bon vous semble, par n'importe quel service. Mais s'ils ne nous laissent pas le faire nous-mêmes, ce n'est pas parce que ce serait compliqué, mais parce que ça ne les enrichirait aucunement. Les œuvres de traduction, d'art, de littérature appartiennent aux gens qui les ont conçues même s'ils les mettent en ligne, et si on s'en sert pour des logiciels de traduction ou des codes de création artistique, on devrait rémunérer leur travail. Cette liste d'amis *vous appartient*. Vous devriez pouvoir y avoir accès et voir leurs mises à jour – qu'ils écrivent *gratuitement* – de la manière que vous le souhaitez. Pas juste par l'intermédiaire de services qui monétisent la colère et vous imposent des publicités. »

Badger avait appliqué à la vidéo un filtre qui faisait disparaître son corps, ne laissant que des yeux et une bouche en train de parler au milieu d'une forêt.

« Et si vous vous dites : Bon, les données devraient être utilisées différemment, mais si cet argent vient de ce qui nous appartient, est-ce qu'on ne devrait pas y avoir accès ? De façon collective ? En tant qu'espèce ? La réponse est oui, chères parties gaïennes du tout divin. Et voici ce que nous pourrions en faire. »

Sur ce, une liste défilait à l'écran. Les abonnés de Badger devaient mettre la vidéo sur pause pour voir les douzaines de recommandations. Zhen n'en avait lu que quelques morceaux choisis.

Démanteler Anvil et s'appuyer sur leur infrastructure pour…	*Nationaliser Medlar et…*	*Mettre à profit l'énorme influence de Fantail pour…*	*Mais aussi utiliser l'ensemble de leur fortune colossale pour…*
subventionner des repas véganes simples à prix coûtant, produits à base de fruits et légumes rejetés par les supermarchés et distribués à l'aide de leurs réseaux existants.	investir et travailler avec leurs designers géniaux pour créer une nouvelle technologie de batteries.	investir dans l'éducation gratuite des femmes, des filles et des personnes non binaires – le moyen le plus simple et le plus rapide de réduire les inégalités et d'améliorer l'environnement.	rétribuer les pays dotés de forêts tropicales afin qu'ils les préservent.
réaliser l'isolation thermique de tous les logements du monde. Organiser une armée bénévole comme on l'a fait pour les vaccinations, et zou. Toutes ces boîtes de tech sans exception possèdent le savoir-faire nécessaire à ce genre d'énorme projet international.	s'assurer que chaque tablette, ordinateur ou autre produit numérique soit facilement réparable par l'utilisateur final – inclure des notices de réparation détaillées et s'engager à réparer et à actualiser les produits Medlar plutôt que d'en vendre des neufs.	organiser un corps mondial rémunéré chargé de planter quatorze milliards d'arbres, surtout sur les terres dégradées et pour restaurer les forêts tropicales.	encourager financièrement les économies en voie de développement à opter directement pour des énergies renouvelables sans passer par une phase de recours aux énergies fossiles et investir dans la recherche sur les énergies hydraulique, éolienne et solaire – qui peuvent toujours être meilleures et plus efficaces.
permettre le partage des biens de consommation ; si vous cherchez une tondeuse à gazon sur Anvil, le site vous suggérera une liste de voisins inscrits à une plate-forme de prêt et d'échange et équipés d'une tondeuse.	réutiliser et recycler chaque composant actuellement considéré comme « jetable » par l'écosystème Medlar.	créer un projet internationalisé visant à remplacer les fours polluants par des fours fonctionnant avec des énergies renouvelables, conçus en fonction des différents styles de cuisson de chaque région.	construire des digues pour empêcher les calottes glaciaires de glisser dans la mer, de fondre et de nous réduire tous à néant.
rationaliser les livraisons – vous, consommateurs, n'avez pas besoin d'accepter plus d'une livraison par jour ; les autres entreprises et gouvernements peuvent utiliser le réseau d'Anvil pour leurs livraisons.	financer le remplacement de véhicules à essence par des véhicules électriques dans le monde entier et en faire une propriété publique et empruntable via une appli ou un système de carte.	travailler avec tous les centres urbains pour rendre les villes plus piétonnières, dotées d'une meilleure infrastructure de transports en commun ; Fantail possède les informations sur vos trajets quotidiens – autant s'en servir pour quelque chose qui en vaut la peine.	réparer les récifs coralliens en replantant du corail et en créant de nouveaux écosystèmes d'huîtres et de plantes robustes afin de supplanter la prolifération d'algues.

« J'ai emprunté certaines de ces idées au projet Drawdown. Il y en a beaucoup d'autres. Ce ne sont pas les bons projets qui manquent ; des milliers de personnes planchent déjà sur ces concepts, qui sont prouvés et évolutifs. Si vous pensez que c'est impossible et que tout ça vous désespère » – à présent, Badger Bywater portait un chapeau en aluminium –, « c'est parce qu'ils *veulent* que vous pensiez que c'est impossible. »

Badger s'approchait tout près de l'écran, son regard envoûtant parfaitement limpide et concentré.

« Écoutez, vous savez qui je suis et je ne vais pas dire de mal de ma mère. Pas *précisément*. Mais croyez-moi, je connais leur façon de penser. Ils croient pouvoir survivre à un effondrement écologique planétaire. Ils croient qu'ils hériteront de la Terre une fois que ce sera fait. Ils ne cherchent pas à réparer la situation. Ils ne veulent pas que nous y réfléchissions. Et ils peuvent diriger notre attention là où ils le veulent.

« Mais ça nous appartient aussi. Pas seulement l'argent. L'influence, les réseaux, l'infrastructure, l'information également. Si on en sait assez pour continuer à consommer, on en sait assez pour commencer à travailler ensemble à un but commun. Si on accomplit ces trucs-là » – Badger tirait sur un store imaginaire, dissimulant momentanément son visage derrière son tableau de solutions –, « on finira par avoir une vie meilleure et une planète plus saine. On peut utiliser nos propres ressources pour résoudre nos propres problèmes. On peut le faire vite et sans trop d'efforts. Il faut juste arrêter de laisser une poignée de personnes utiliser ce qui nous appartient à tous pour s'enrichir encore et encore. »

Zhen avait regardé cette vidéo sept ou huit fois avant d'en comprendre le contenu au rythme haletant.

Elle envoya un message à Badger Bywater :

Je serais ravie de te rencontrer ! Où et quand ?

Badger Bywater répondit :

— Une de mes connaissances m'a dit que tu étais digne de confiance. Est-ce que tu es digne de confiance ?

Cette « connaissance » ne pouvait être que Martha. Il s'agissait d'une sorte de test, ou d'initiation. Quoi qu'il en soit, c'était quelque chose qui la rapprochait de Martha.

Oui, je sais garder les secrets, répondit Zhen.
— Tant mieux. Parce que je vais te montrer un sacré secret.

En personne, Badger Bywater avait une mine bien moins menaçante que son volubile alter ego numérique. Au volant d'une jeep décapotable garée devant le restaurant de Christchurch où ils avaient tous deux choisi de se retrouver, dans sa salopette en jean, sa chemise à col boutonné et son bob, iel paraissait plus jeune.

« Salut, fit Badger.

— Salut, répondit Zhen. Alors tu veux entrer ou…

— Eh bien… en fait, je t'ai proposé qu'on se retrouve ici, mais le truc que je veux te montrer est… un peu loin. Genre à deux heures en jeep. Enfin, je n'ai pas l'habitude de… jeeper.

— Tu n'as pas l'habitude de jeeper.

— C'est-à-dire que je ne…

— Tu n'es pas du genre à proposer aux gens de les retrouver au restaurant et à débarquer avec ton propre véhicule et à les encourager à monter comme si tu allais les emmener dans un trou paumé pour les assassiner ?

— Eh ben, voilà qui est glauque. »

Zhen haussa les épaules.

« Je suis une survivaliste.

— Donc il n'y a pas moyen que tu montes dans cette jeep ?

— Est-ce que tu as l'intention de m'emmener dans un trou paumé pour m'assassiner ?

— Je… non.

— Parce qu'une douzaine de personnes savent que j'ai rendez-vous avec toi en ce moment, et tu ne t'en tireras pas impunément.

— Compris, dit Badger en riant. Je n'ai plus qu'à remettre ça à plus tard. »

Zhen grimpa à côté de Badger.

« Alors où est-ce qu'on va pour mon non-assassinat ?

— Est-ce que tu veux voir le bunker de survie de ma mère ? »

Ellen Bywater possédait une colline et deux cent quatre-vingts hectares de terrain dans la campagne néo-zélandaise. Sur l'île du Sud, loin des trains et de la route, achetés aux anciens des tribus maories selon un contrat qui stipulait qu'elle ne pouvait pas en être propriétaire à perpétuité et que, dans cent cinquante ans, le contrat en question devait être renouvelé, et si les anciens voulaient récupérer leur terre, ils ne paieraient pas de pénalités de non-renouvellement. Ellen Bywater était dans l'obligation contractuelle de permettre aux nations maories l'accès à certains sites et certains chemins tout au long de l'année et à d'autres quelques fois par an. Elle avait garanti dans le contrat qu'elle veillerait à la préservation de diverses espèces – qu'elle réserverait des fonds et consacrerait des « efforts extraordinaires » au maintien de la biodiversité de la région, que tout au plus seuls vingt hectares serviraient à une agriculture qui ne serait pas de haute intensité et n'utiliserait pas de produits chimiques dont les effets à long terme restaient encore peu maîtrisés.

À l'intérieur de la colline, Ellen Bywater avait foui le sol à la verticale tel un scarabée. Huit étages avaient été creusés au plus profond de la terre, tout en bas dans l'obscurité. Et là, elle avait apporté la lumière. Des microfilaments de fibre de verre conduisaient la lumière du jour jusque dans l'atrium d'une structure qui – se disait Ellen Bywater – procurerait peut-être espoir et tranquillité par les temps les plus sombres. Ses plans, bien sûr, restaient secrets. Les architectes étaient liés par des contrats si exigeants que, comme l'un de leurs avocats l'avait souligné à l'époque, ils avaient techniquement interdiction ne serait-ce que de penser à la structure multicouches enfouie sous la colline de Te Waipounamu, interdiction de s'attarder mentalement sur la disposition en filigrane des panneaux de bois et de métal gravés du hall majestueux, interdiction de se remémorer le galbe gracieux du puits central qui faisait écho au bec recourbé de l'oiseau huia, depuis longtemps disparu de Nouvelle-Zélande – clin d'œil à la fragilité de la vie sur Terre et à l'irremplaçabilité de ce qui risquait de s'éteindre lors d'un nouvel événement cataclysmique.

Lorsque l'avocat des architectes avait soulevé ce point, ceux d'Ellen Bywater avaient rétorqué : « Nous pensons qu'il vaut mieux qu'ils essaient d'oublier. Nous reconnaissons que ce ne sera peut-être pas possible. Toutefois, nous préférons conserver cette clause afin de nous assurer qu'ils ont conscience de leur obligation d'oublier et, par conséquent, de l'impossibilité absolue de satisfaire au non-oubli qu'ils seront incapables d'éviter. »

« Tu plaisantes ! s'exclama Zhen.

— Pas du tout, répondit Badger en ouvrant à l'aide d'un petit bip le second ensemble de portails sécurisés. Je peux probablement t'obtenir des copies du contrat si tu m'en laisses le temps. »

C'était une proposition alléchante. Bien meilleure que ce qu'avaient à offrir la plupart des sources.

« Ce serait incroyable.

— J'ai juste l'impression que… »

Badger mit les mains derrière la tête, offrant un aperçu des poils sombres luxuriants sous ses aisselles.

« Ça fait tellement longtemps que je suis au courant et que je n'en ai parlé à personne. Et peut-être qu'au fond de moi je me disais que bon, d'accord, si les choses tournent vraiment mal, je viendrai ici. Mais je crois que personne ne devrait avoir ce genre de privilège.

— Tu ne veux pas du sésame. »

Badger lui décocha un regard.

Ils descendirent par l'ascenseur et contemplèrent, de l'atrium, la trouée vitrée bleue et éclatante loin au-dessus de leur tête. À sa gauche, Zhen vit des rangées de salles de lecture remplies des plus grands livres de toutes les civilisations du monde – des livres imprimés, pas électroniques, réputés autant pour leur beauté que pour leur importance. À sa droite, des tentures murales en fibres naturelles menaient aux espaces récréatifs et de thérapie communautaire. En contrebas se trouvaient des jardins hydroponiques disposés en cercles concentriques et un système de recyclage et de purification des eaux usées afin d'irriguer les cultures. Il y avait une piscine ronde et une piste nautique circulaire bordant l'extérieur du quatrième niveau inférieur – qui seraient alimentées naturellement par l'eau de pluie grâce à un ingénieux système dissimulé.

« Le bunker est censé abriter cinq cents personnes en cas de catastrophe mondiale, expliqua Badger.

— Combien est-ce que tout ça a coûté ? »

Badger se mit à calculer, tête levée.

« Je ne sais pas exactement. Mais... je dirais près de sept cents millions de dollars ? Dans ces eaux-là.

— Ouah. Ça te dérange si je prends des photos ? »

Badger fit la grimace.

« Ça te dérange si moi, je t'envoie des photos ? C'est juste que... la clé est horodatée. Si tes photos le sont aussi, ils sauront que c'était moi. Je pourrai t'envoyer des photos plus tard, si tu veux. Mais il faudra attendre quelques semaines. Je trouve que c'est, comment dire... plus important que tu l'aies vu, tu comprends ?

— Oui, je comprends. »

Zhen avait déjà eu affaire à des lanceurs d'alerte ; établir des relations de confiance prenait du temps. Souvent, ils tenaient à lui demander de faire quelque chose d'un peu absurde pour s'assurer qu'elle obtempérerait. Badger Bywater était, potentiellement, la source d'articles qui seraient repris par les médias mainstream. Zhen avait l'impression que Badger la testait, la sondait, cherchant à comprendre qui elle était. Donc.

« Oui, je comprends. Faire ça à ta mère doit te paraître bizarre. »

Badger s'appuya contre une table taillée à la main.

« Elle évoque de plus en plus souvent cet endroit depuis la mort de mon père.

— Ah. C'était un projet de couple ou… »

Badger secoua la tête.

« Un jour, je l'ai surprise à en parler comme si ça allait arriver à coup sûr. Genre : "Ce sera tellement génial quand on sera tous là-bas, en Nouvelle-Zélande." Comme si c'était l'endroit idéal où passer des vacances. »

Le sésame, se dit Zhen.

Martha Einkorn et Selah Nommik, Lenk Sketlish, Zimri Nommik et Ellen Bywater. Ils s'apprêtent tous à utiliser leur sésame. Qu'ils se sentent coupables ou pas du tout, ils se préparent tous. Bien entendu. Vue sous cet angle, sa brève aventure avec Martha paraissait logique. Les super-riches et leur entourage choisissaient leur partenaire pour la danse de la fin du monde.

« Est-ce qu'il va se passer quelque chose ? Est-ce qu'ils savent qu'il va se passer quelque chose ?

— Ils le croient. Et si elle parle du bunker de cette façon, alors… c'est qu'elle ne cherche plus à réparer quoi que ce soit. Elle a hâte. Hâte que le monde prenne fin. Du moins pour une grande partie de la population. Ses amis et elle ? Tout ira bien pour eux. »

11

L'incident des flocons de neige

Dans le mall du Seasons Time, Lai Zhen rampa le long des galeries techniques. AUGR lui conseilla de sortir par une dalle murale dans un couloir désert qui célébrait « Paris au printemps ». Elle ignorait s'il s'agissait d'une fête religieuse ou culturelle, mais bon. Dans la parfumerie, chaque flacon en verre reposait sur un socle en verre dans une vitrine en verre qui contenait des miniatures détaillées en verre de scènes de rue parisiennes, de rues pavées, de réverbères et de l'Arc de triomphe. Elle contempla le monde cristallisé et vit soudain de la chair rouge glacée glisser sur le sol.

Pendant un instant, elle oublia où elle était.

des papiers tombent vers le ciel, à moitié calcinés

Non. Reviens. Tu n'es pas à Hong Kong et ceci n'est pas un souvenir. Reste ici.

Elle consulta son écran carpien. Le plan avait disparu. Ne demeuraient que quelques instructions concises.

Sortez du centre commercial comme si tout était normal. Retournez à votre hôtel. Rassemblez vos affaires. Quittez Singapour.

Sortir du mall comme si tout était normal ? Normal ? Une bouffée de fureur accompagna la migraine qui fleurissait dans sa tempe gauche. Comment était-elle censée se souvenir de ce qui était normal, putain ? Une violente remontée acide lui brûla la gorge. Elle la ravala. Il serait normal de… suivre les panneaux du métro, d'accord. C'était le genre de choses que faisaient les gens normaux. La station Seasons Time – sur la ligne rouge, entre Orchard et Somerset. Elle était signalée là, sur l'un des panneaux suspendus : le symbole rouge d'un train confortable avec deux boutons à la place des phares.

Elle suivit la ligne rouge au sol, détachant à peine les yeux des symboles. Puis elle poussa une porte de service et se retrouva soudain en plein Holi, la fête des couleurs, où les vitrines étaient baignées de mille teintes et où un Ganesh haut de quinze mètres contemplait avec une compassion infinie les bacs à bonnes affaires qui jalonnaient la rue.

Un flot de personnes regagnaient le centre commercial – Noël et les Citrouilles étaient encore fermés après l'« incident des flocons de neige », mais ce n'était pas une raison pour arrêter de vendre. Des familles achetaient des gujiyas parfumés que des femmes en saris orange et rose vif sortaient de l'huile bouillonnante. À l'étage inférieur, le personnel distribuait gratuitement des paquets de pigments aux enfants de moins de quinze ans. Un Coréen consultait son popscreen pour savoir quand Noël allait rouvrir. Les gens posaient brièvement les yeux sur Zhen puis les détournaient. Il y avait tout bonnement trop de choses devant lesquelles s'émerveiller, et par ailleurs Zhen avait une sale tête.

Franchissant une porte latérale éclaboussée de rose et de vert, elle fut accueillie par un soleil éclatant. La station du Mass Rapid Transit était située de l'autre côté d'une passerelle signalisée. Zhen regarda l'heure. Elle aurait juré que six heures s'étaient écoulées depuis le premier coup de feu, mais cela n'avait duré que soixante-treize minutes du début à la fin.

Zhen monta dans le métro à Seasons Time, pour en ressortir à Marina South Pier. Elle se sentait asphyxiée par tous les signaux affichés. Lève-toi ici. Marche là. Associe visuellement les mots sur les panneaux au nom de l'hôtel où tu t'es réveillée ce matin. Appuie sur la flèche qui monte. Associe visuellement le numéro sur la carte en plastique au fond de ta poche au numéro sur la porte d'une chambre. Pose la carte en plastique contre le boîtier sombre sur la porte. Attends le clic.

Zhen se tint immobile dans la chambre d'hôtel qu'elle avait quittée près de deux heures plus tôt. Elle aurait voulu se sentir à l'abri, au chaud, à l'aise. Il lui semblait que les murs étaient faits de papier. Elle avait passé une grande partie de sa vie à penser – et, en théorie, à se préparer – au moment où la civilisation partirait en sucette. Seulement, après Hong Kong, elle n'avait jamais imaginé que les choses partiraient en sucette pour elle précisément. Que la vie des autres suivrait son cours, alors qu'elle saurait dorénavant que rien n'était normal et que rien ne le serait plus jamais. Elle qui avait été broyée par le hasard avait déjà purgé sa peine, non ? Sauf que, bien sûr, ça ne fonctionnait pas ainsi.

Elle resta statique dans la douche. Appuya sur le bouton du jet et attendit sous l'eau que les odeurs de pisse, de sang et de produits chimiques aient disparu. Rangea ses vêtements sordides dans un sac en plastique à l'intérieur d'un autre sac en plastique à l'intérieur de sa valise. Voulut dormir et se dit : Si je dors maintenant, ils m'attendront à mon réveil. Elle songea à appeler Martha ou Marius ou son père mais se dit : L'appel sera localisé.

Tu es sous le choc, se dit-elle. « Ils t'attendront » ou « L'appel sera localisé » est exactement le genre de pensée qui te traverse l'esprit quand tu es trop fatiguée, trop tendue, que tu as bu trop de café. Que tu as tué trop de personnes avec un bout de tuyau réfrigérant. Écoute, tu penses à ces trucs-là même quand tout va bien, espèce de débile paranoïaque. Bouge-toi, bouge-toi. « Quitter Singapour » est une bonne idée.

Elle prépara ses bagages – elle avait accompli ces gestes si souvent que ses mains s'activaient sans qu'elle ait à réfléchir. Tira la valise à roulettes jusqu'à un taxi. Acheta un billet avec son téléphone sur le chemin de l'aéroport, manipulant les symboles sur l'écran en verre qui signifiaient « quitter le pays par le premier vol à destination de n'importe où ». Et pendant ce temps, elle envisageait des scénarios dans lesquels elle :

1. se faisait arrêter lors de l'inspection des passeports, dès l'instant où elle montrait son visage et son nom
2. était autorisée à monter à bord de l'avion puis se faisait débarquer par la police
3. se faisait coincer dès l'atterrissage, où qu'elle atterrisse
4. était tuée par balles par le chauffeur de taxi qui la conduisait en ce moment même à l'aéroport

Elle monta à bord d'un avion pour Manille. Personne ne l'arrêta à l'aéroport, et au moment du décollage, le sommeil la gagna aussi brusquement qu'une anesthésie. Personne ne l'attendait à l'atterrissage.

Elle regarda son téléphone et AUGR avait disparu.

Pas de boîte de dialogue.

Aucune commande vocale ne l'activait.

Disparu comme s'il n'avait jamais été là.

Elle nota quelques numéros, éteignit son vieux téléphone, acheta un portable prépayé et une nouvelle carte SIM dans une boutique de l'aéroport et se renseigna en ligne sur les hénochites. Ils avaient un énorme sous-forum sur Name The Day, qu'elle ne fréquentait jamais. Il se composait, inévitablement, à trente pour cent de vrais hénochites et à soixante-dix pour cent de personnes qui cherchaient à embêter des hénochites. Pourtant, une chose était claire : les hénochites pensaient que la fin des temps arrivait à grands pas. Ils recueillaient des preuves, comparaient des prophéties aux actualités, associant un élément à un autre. Ils évoquaient l'approche d'une période de rassemblement, au cours de laquelle Dieu déciderait qui était en « morceaux » et qui était « entier ».

Zhen balaya du regard le hall de l'aéroport. Si la fin des temps arrivait, d'où surgirait-elle ? Tout ce qu'elle voyait autour d'elle évoquait quelque menace dont elle avait entendu parler. Un Chinois toussa dans un mouchoir maculé de taches sombres : les décès dus à la moisissure noire étaient en hausse et il n'existait aucun moyen de les enrayer. Une Malaisienne chaussée de bottines à talons hauts passa devant elle, confiant une liste de tâches à son assistant ChatIA comme si on n'était pas en train de former les bots à nous tuer un jour. Elle examina les étagères de verres du bar de l'aéroport et se remémora une théorie qu'elle avait lue, selon laquelle les matériaux – le verre, le béton, le métal – se détérioraient à une vitesse phénoménale, beaucoup plus rapidement que quinze ans plus tôt, provoquant l'effondrement de ponts, le naufrage de navires. C'était n'importe quoi, sauf si ça ne l'était pas.

Et quel hénochite allait croire à ces aberrations et essayer de prouver qu'il était « entier » en la tuant, elle, l'hérétique ?

Sans trop y réfléchir, elle appela Marius, la seule personne de sa connaissance qui soit capable de se sortir du genre de merdier dans lequel cet appel allait le fourrer.

« Mon cul, oui », rétorqua Marius quand Zhen se présenta. C'était du Marius tout craché. Ne jamais prendre ce qu'on vous dit pour argent comptant.

« Cette ligne n'est pas sécurisée, déclara Zhen. Je peux venir te voir ? »

Il y eut un long silence à l'autre bout de la ligne. Un clic, et Zhen crut que Marius avait raccroché. Un autre clic.

« Tu es dans gros ennuis », répondit Marius – et ce n'était pas une question.

« J'ai besoin d'aide.

— Viens. On sera dans gros ennuis tous les deux. »

TROISIÈME PARTIE

LE DERNIER JUSTE DE SODOME

Extrait du forum survivaliste Name The Day

sous-forum : ntd/hénoch

>> *OneCorn est au statut* **Préparation maximale.**

Genèse, chapitre 19, librement traduit

Comment savez-vous que vous vivez à la fin des temps ? Ou, en d'autres termes, quelle était la qualité de vie à Sodome la veille du jour où le Seigneur y a balancé ses bombes incendiaires ?

Donc, le Talmud dit que c'était un endroit mauvais. À Sodome, nourrir les affamés et vêtir les gens nus était un crime. On donnait aux mendiants des pièces marquées qu'aucun commerce n'acceptait. Eh ben. En ce moment même dans certains coins des États-Unis, aider des sans-abri est un crime. Un tas de commerces n'acceptent pas les bons alimentaires. Alors est-ce qu'on est en plein dedans ? Est-ce qu'on a assez de bon sens pour s'en sortir si c'est le cas ?

La veille de la destruction, deux migrants sont arrivés en ville. Drôle d'accoutrement, drôle d'accent. Personne ne voulait les aider. Sauf Loth, le dernier juste de Sodome. Il avait vu son oncle Abraham accueillir des étrangers et il copiait ce qu'il avait vu. Loth a fait cuire du

pain pour les migrants et ils l'ont mangé avec de l'huile et du sel. Ils avaient faim, ils ont mangé vite. Loth se désolait de ne pas avoir plus à leur offrir. Dans la tente de son oncle Abraham, les invités dégustaient parfois de la chèvre rôtie dégoulinante de gras, du fromage frais à pâte blanche, des fruits et du lait. Mais Abraham était un homme exceptionnellement riche.
Personne d'autre ne les a aidés. La vie a suivi son cours. À Sodome ce jour-là, il y avait des lits confortables remplis de paille propre et sèche et des moutons dans les enclos extérieurs. Il y avait des cuves de vin qui fermentait et des potiers qui travaillaient à leur tour et des ferronniers qui ouvrageaient le bronze précieux. Il y a toujours un avenir à imaginer jusqu'à ce qu'il disparaisse.

>> *FoxInTheHenHouse est au statut* Kit d'urgence apprêté

@OneCorn : Mon amie, tu t'adresses au mauvais public. Ici, nous nous appuyons sur les enseignements d'Hénoch. Mieux vaut que tu ailles sur ntd/prophétieancientestament.

>> *OneCorn est au statut* **Préparation maximale.**

Tandis que le soleil déclinait à l'horizon et que les ombres s'allongeaient dans les rues de Sodome, une horde s'est rassemblée autour de la maison de Loth. Ils avaient vu des étrangers arriver. Ils ne voulaient pas les aider. Ils voulaient les violer.
Je n'invente rien. C'est dans la Bible. Bref, vous avez lu *La route*. Vous connaissez J. G. Ballard. Vous avez vu *Mad Max*. Vous savez pourquoi on

>> *OneCorn est au statut* Préparation maximale

@FoxInTheHenHouse : C'est bien ça le problème, non ? Chacun doit rester dans sa propre file. Surtout ne jamais proposer de l'aide aux personnes qui ont besoin de conseils ni de pain chaud aux voyageurs affamés.

veut des armes à feu et des munitions et une porte de bunker solide. Quand la société s'effondre, les désirs destructeurs émergent.

Devant la maison de Loth, les hommes appelaient d'un ton caressant, sifflaient et couinaient. « Allez, Loth, on les a tous vus. Laisse-nous entrer. Personne ne le saura. Nos queues ont soif d'étrangeté. »

Loth s'est efforcé d'imaginer ce que son oncle Abraham ferait en pareille situation. Abraham était plein de sagesse. Et il en avait accueilli, des convives.

« Ce sont mes invités. C'est sacré, a lancé Loth de derrière la porte.

— On ne partira pas, a rétorqué la foule.

— J'ai deux filles ici, vierges toutes les deux. Elles m'appartiennent. Laissez mes invités tranquilles, et vous pourrez faire ce que vous voulez aux filles. »

Et oui, c'est la solution qu'il a trouvée. Pour sauver sa propre peau, peut-être. Si vous croyez que personne de nos jours n'offre sa fille adolescente à des gangs ou des foules déchaînées, c'est que vous connaissez mal l'humanité.

Dans la Bible, la femme et les filles de Loth n'ont pas de nom, évidemment. Alors appelons la femme Édo et les filles Moa et Amma. Les deux sœurs se tenaient si fort par la main que leurs os risquaient de se casser. Le cœur d'Édo s'est brisé, laissant s'écouler un chagrin fou.

Les migrants ont échangé un regard. Ça confirmait ce qu'ils avaient entendu dire au sujet de cet endroit, ce n'était pas une surprise.

Ils se sont levés de table.

>> *GatheredHeart est au statut* Mise en conserve

@OneCorn : Laissez-nous tranquilles, je vous en supplie. Nous ne sommes même pas très nombreux à intervenir régulièrement ici. Nous voulons juste rester fidèles aux enseignements d'Hénoch sans avoir à lire ces obscénités.

>> *OneCorn est au statut* Préparation maximale

@GatheredHeart : J'ai un scoop pour toi : ce sont les enseignements d'Hénoch. Il préconisait l'interprétation des textes anciens sous de nouveaux angles, OK ? Donc c'est ce que je fais.
Il est question de morceaux. Il est question de Renard et de Lapin. Sodome est, littéralement, le premier environnement marqué. Les gens se spécialisent et oublient les bases de la connaissance de la terre. Ils s'enferment chez eux et n'invitent pas les étrangers à entrer.
Ils pensent que ce sont spécialisent et oublient

L'un d'eux a esquissé un sourire troublant et radieux.
L'autre a levé la main.
Et la foule est devenue aveugle.
Je crois qu'on peut facilement imaginer la famille, plantée là en train de se dire : C'est quoi ce bordel ?
Pendant que la foule réfléchissait à la situation, les migrants ont déclaré :
« Loth, ce ne sont pas des événements ordinaires et nous ne sommes pas des étrangers ordinaires. Ton oncle Abraham connaît le Seigneur tout-puissant, le Seigneur des armées. Nous sommes les Sabaoth qui chevauchent dans cette armée, vous comprenez ? Nous sommes les cavaliers avant la tempête. L'avenir est en chemin, mes amis, et nous en sommes les augures. La ville où vous vivez a été jugée et condamnée. Un événement terrible se prépare et vous ne voudrez pas être là quand il surviendra. Rassemblez vos proches et barrez-vous. »

les bases de la connaissance de la terre. Ils s'enferment chez eux et n'invitent pas les étrangers à entrer. Ils pensent que ce sont les barrières et non les communautés qui assureront leur sécurité. Car dans une ville comme Sodome, être pauvre peut vous valoir une punition bien pire que commettre un meurtre.

>> *ArturoMegadog est au statut* Longue conservation

Allez, sors d'ici.

>> *OneCorn est au statut* **Préparation maximale.**

>> *OneCorn est au statut* Préparation maximale

Cette histoire est à sa place, AM.

Après tout ça, un intermède amusant : Loth a couru chercher les petits copains de ses filles et leur a expliqué la situation. Il essayait de sauver les meubles, j'imagine.

Mais les fiancés ont fait : « Trop drôle, mec. » Donc telle est la réponse à la question. Vous pouvez vraisemblablement vous trouver dans une ville où les Sabaoth viennent d'aveugler une foule déchaînée et continuer à ne rien piger. Ils ne voulaient pas partir.

Quand Loth est rentré, il n'y avait plus une minute à perdre. Les migrants ont attrapé Loth, Édo, Moa et Amma et les ont téléportés hors de la ville. Sans blague, c'est dans la Bible. Soit ça, soit ils les ont traînés tout le long de la route. Quoi qu'il en soit, un mode de transport avait été prévu. Les augures avaient pour mission de les faire sortir de là.

En périphérie de la ville, les migrants se sont collés à deux centimètres du visage de Loth et d'Édo. Ils ont dit : « Prenez vos jambes à votre putain de cou. Ne regardez pas en arrière. Ne vous arrêtez pas. Fuyez dans les collines. Maintenant. Allez. *Ne regardez pas* en arrière.

— Écoutez, a protesté Loth, je suis un citadin, *Homo urbanus*, vous voyez ce que je veux dire ? On est au milieu du désert. Vous ne pouvez pas nous déposer dans une ville voisine, genre Tsoar ? »

Les messagers se sont approchés de Loth, si près que la chaleur de leurs yeux lui brûlait la peau. Ils ont rétorqué : « Hors de notre vue. »

Ils avaient peut-être aussi leur mot à dire sur le fait que Loth ait offert ses filles à la foule.

Les quatre voyageurs se sont mis en route dans la fraîcheur de la semi-obscurité qui précède le lever du soleil. Chaque pierre projetait une ombre longue, et le flanc de coteau semblait grouiller de formes noires effervescentes, les

---

>> *ArturoMegadog est au statut* Longue conservation

Dis-moi la vérité. Tu es bourrée ?

>> *OneCorn est au statut* Préparation maximale

Pas trop bourrée.

>> *ArturoMegadog est au statut* Longue conservation

Ah oui ? Parce qu'ils sont en train d'écrire à Daggoo pour te faire bannir. Apparemment tu fais souvent ça ? Et comme c'est moi le modérateur du forum que tu fréquentes le plus, ils me demandent mon avis.

>> *OneCorn est au statut* Préparation maximale

J'ai le droit de faire ça.

>> *ArturoMegadog est au statut* Longue conservation

Et ils ont le droit de te faire bannir. Tu n'aimes peut-être pas rester dans ta voie, mais il n'empêche qu'on en a, des voies.

---

pierres elles-mêmes jacassant entre elles. Il y avait dans l'air comme une atmosphère de querelle, le vent agaçant le vent, le sable mordant le sable. Le bruit de l'aube ressemblait au croassement des corbeaux et le souffle dans leur gorge s'était épaissi. Quelque chose se profilait. Quelque chose de contre-nature et d'obscène se produisait. Quelque chose tombait du soleil telle une masse hurlante et fulgurante.

Amma et Moa ont entrelacé leurs doigts. Amma ne laisserait pas Moa trébucher. Moa ne laisserait pas Amma perdre l'équilibre. Le sol avait beau ruer comme un âne, elles continuaient à grimper. Édo, leur mère, avançait derrière elles, Loth fermant la marche. Édo n'avait pas de partenaire, c'était évident. Elle marchait seule et son mari, qui avait offert leurs filles aux violeurs, n'avait rien d'un mari à ses yeux. Amma et Moa comptaient l'une sur l'autre. Loth – du moins dans son esprit – comptait sur Abraham pour le guider. Édo, elle, ne comptait sur personne. Il est impossible de survivre seul à la destruction. Édo a regardé en arrière.

La plaine tout entière était en feu. Des roches de matière noire et brûlante jaillissaient du ciel à l'instar d'un homme décochant une lance dont la pointe acérée perce l'œil de la gazelle qui bondit alors de la vie à la mort, le Seigneur balançait des brassées de pierres et de feu sur chaque maison, et là où chaque pierre atterrissait, la boue et l'argile et la brique et la paille s'enflammaient. Des gens couraient en hurlant entre les bâtiments ardents, cherchant à s'échapper, mais le Seigneur visait bien et les touchait tous.

>> *ArturoMegadog est au statut* Longue conservation

J'en profite pour souligner que tu t'es investie de cette mission en solitaire qui consiste à publier un post sur le fait que personne ne survit seul. Franchement.

>> *OneCorn est au statut* Préparation maximale

Je peux aller jusqu'au bout de mon raisonnement, oui ? Et expliquer en quoi ça a un rapport avec Hénoch ?

>> *ArturoMegadog est au statut* Longue conservation

Ma chérie. Je vais transférer tout ça dans un petit coin douillet de ntd/strategic et tu pourras continuer aussi longtemps que tu voudras.

Édo goûtait la pierre et le feu. Elle connaissait la fureur de Dieu et elle voyait sa honte. Si Dieu n'avait pas honte de ce qu'Il faisait, Il aurait dû. Les os d'Édo ont déversé leurs minéraux dans son sang et l'eau de ses tissus a jailli de ses pores, et le potassium, le sodium et le magnésium de tous les axones et dendrites de son cerveau se sont déversés, recouvrant de sel l'intérieur de son crâne et léchant ses sinus puis, pour finir, encroûtant de sel la surface de ses globes oculaires.

>> *OneCorn est au statut* Préparation maximale

Bon, d'accord. Mais ce post a sa place ici. Mais d'accord.

Extrait du forum survivaliste Name The Day

sous-forum : ntd/strategic

>> *OneCorn est au statut* **Préparation maximale.**

Bon, je vais vous dévoiler mon meilleur secret de survie. Il se trouve dans l'histoire que je viens de raconter, mais je suppose qu'il n'y a que moi qui vois le rapport, alors je vais vous faire un dessin. Vous savez quel est le thème de la Genèse ? Les hommes – la plupart du temps des frères – qui se détestent. Caïn et Abel, Isaac et Ismaël, Jacob et Ésaü, Joseph et ses frères, Abraham et Loth. Vous savez *pourquoi* ils se détestent ? Ça ne rate jamais : l'un est agriculteur et l'autre chasseur-cueilleur. C'était ce qu'enseignait Hénoch, OK ? Que la Genèse parle de la chose la plus stupide que les êtres humains aient jamais faite. On a mis fin à notre propre monde. On s'est capturés et domestiqués nous-mêmes.

Résumons :

CAÏN :	**ABEL** :
cultivateur	errait avec ses moutons
JACOB :	**ÉSAÜ** :
restait à la maison	sortait chasser

>> *ArturoMegadog est au statut* Longue conservation

Ah. OK, il y avait un rapport, effectivement.

ISAAC : restait à la maison	**ISMAËL** : envoyé errer
JOSEPH : fils à papa	**SES FRÈRES** : l'ont vendu à des ismaélites errants
LOTH : vivait à Sodome	**ABRAHAM** : errait dans le désert

La même trame, encore et encore. Ce ne sont pas des frères, ce sont deux groupes de personnes. Un groupe est installé, un groupe erre. L'un mène une vie presque nomade, complétant la chasse par le travail de berger. L'autre reste chez lui, cultive la terre et élève du bétail. Les chasseurs détestent les agriculteurs et les agriculteurs détestent les chasseurs. Les chasseurs trouvent que les agriculteurs sont faibles et rusés. Les agriculteurs trouvent que les chasseurs sont grossiers. Ils essaient de s'entre-tuer.

Ce livre parle de la guerre. La première grande guerre. La guerre qui a duré cinq mille ans et a mis fin au monde tel que le connaissaient tous les êtres humains jusque-là. Quand les agriculteurs ont gagné, ils ont créé un nouvel avenir, et c'est là que nous vivons.

>> *OneCorn est au statut* **Préparation maximale.**

OK, je comprends la question de l'homophobie. Ce que j'essaie de dire, c'est que le « péché de Sodome », ce n'était pas « les hommes ayant des relations sexuelles consensuelles avec d'autres hommes ». Que les hommes aient des relations

>> *DanSatDan est au statut* Beans en boîte

@OneCorn : Écoutez, désolé pour l'autre fois. J'ai bien compris que vous étiez... une sommité sur ntd/strategic. Mais sérieusement. En quoi est-ce que ça m'aidera à survivre à l'extinction de l'espèce humaine ?

>> *Ismilsmi est au statut* Cave à légumes en chantier

D'ailleurs. Sujet tabou. C'est une histoire qui sert à justifier des milliers d'années d'homophobie. Ça aurait mérité un avertissement de contenu.

>> MP : *ArturoMegadog –› OneCorn*

Ça ne t'est jamais venu à l'idée d'essayer de te prendre un peu moins pour la personne la plus intelligente de ce forum ?

sexuelles consensuelles avec d'autres hommes est a) formidable, et b) pour être honnête, la Genèse ne semble pas avoir d'opinion à ce sujet, donc quiconque y lit de l'homophobie l'a rapportée tout seul, sans doute du Lévitique, que, d'ailleurs, je ne défends pas. Le problème avec Sodome était qu'ils avaient oublié comment créer une société robuste.

La Genèse en particulier est un document d'archive qui décrit comment les gens ont survécu au dernier âge de glace et sont passés de la chasse et de la cueillette à l'agriculture. La Genèse est le dernier livre que nous possédions dont les histoires ont été transmises par ceux qui ont survécu aux phénomènes d'extinction les plus récents. Elle vous apprendra que dalle sur la mise en conserve et l'entretien des armes à feu. Elle vous apprendra de quel genre de société et de quel type de valeurs on aura besoin pour survivre.

C'est donc un livre qui préconise : d'accueillir les étrangers, de prendre soin des membres de la société qui n'ont rien. Pas de ne penser qu'à ses propres besoins.

Le problème avec Sodome était qu'il s'agissait d'une ville, or les villes étaient, du moins du point de vue de la survie, une idée complètement idiote. À certains égards, elles sont formidables : des cuisines, de la musique et des arts nouveaux, de nouvelles perspectives, la possibilité de faire des bébés hors de votre groupe génétique étroit. Or les villes faisaient ce qu'elles font aujourd'hui : elles enrichissaient les gens mais les divisaient davantage, les poussaient à

>> **MP :** *OneCorn*
–› *ArturoMegadog*

Mais je suis la plus intelligente sur ce forum. Toi excepté, d'accord.

>> **MP :** *OneCorn*
–› *ArturoMegadog*

N'empêche, je devrais peut-être arrêter un peu NTD. Ils m'ont vraiment poussée à bout aujourd'hui.

>> **MP :** *ArturoMegadog*
–› *OneCorn*

Nooooon ! Ne me laisse pas ici avec cette bande d'abrutis.

>> **MP :** *OneCorn*
–› *ArturoMegadog*

Ha ! OK, je vais créer une alerte pour les posts que tu publies.

être de plus en plus spécialisés et détachés du monde naturel. Les villes ne pouvaient pas subvenir à leurs propres besoins.

Ceux qui ont écrit la Genèse étaient profondément troublés. Ils s'apercevaient que l'art d'arpenter la terre et de vivre de la chasse et de la cueillette était en train de disparaître. Ils voyaient approcher l'avenir dans lequel nous vivons. L'histoire de Sodome est l'histoire de la terreur. Ces villes : ne leur faites pas confiance. Elles finiront toutes par s'effondrer.

Martha

1

Château pour cochons d'Inde

Les conversions, Martha Einkorn était bien placée pour le savoir, s'accomplissent de bien des façons. Parfois elles s'opèrent de jour en jour, d'heure en heure, comme si le soleil se levait lentement dans votre esprit, vous signalant que quelque chose doit changer. Parfois c'est une idée soudaine, aussi naturelle que tomber amoureux, une prise de conscience frappante : ah, j'avais tort depuis le début. Parfois ces deux choses adviennent en même temps. C'est ce qui était arrivé à Martha plusieurs années avant qu'elle ne rencontre Lai Zhen.

À cette époque de sa vie, Martha passait le plus clair de son temps en état d'hébétude. À bûcher dur sur Fantail avec Lenk. De longues heures de travail, qui commençaient tôt le matin et se terminaient tard dans la nuit. À cette époque-là, elle pensait pouvoir satisfaire tous ses besoins sociaux grâce à divers forums de discussion et à deux cochons d'Inde qu'elle gardait dans un luxueux château pour rongeurs, doté de trois niveaux et de douze cachettes, qui prenait presque toute la place dans son deuxième salon. Elle regardait les petites patates poilues renifler à la recherche de friandises, manger dans leurs bacs à herbe soigneusement entretenus, se cacher sous des couvertures, et elle se disait : Tu vois, il ne faut pas grand-chose pour rendre un être vivant heureux. Un compagnon, un peu de confort matériel. Quelqu'un pour ramasser ta merde et t'apporter des friandises.

En y repensant plus tard, tout ce qui s'était passé avec Zhen avait été préfiguré par ce qui s'était passé avec ArturoMegadog. Même les cochons d'Inde veulent tisser des liens avec d'autres cochons d'Inde. Les humains sont enclins à aller à la rencontre d'autrui. Si rien d'affreux ne nous est arrivé, nous laissons des gens entrer dans nos foyers, dans nos vies et même dans nos lits si ça nous chante. Malgré les risques. Le plus grand risque, bien sûr, étant que ça nous plaise. Le plus grand risque étant que ça nous change. Et pourtant. Traverse le pont, Martha. Prends le risque.

2

Un million de choses magnifiques

Extrait du forum survivaliste Name The Day

sous-forum : ntd/strategic

>> *ArturoMegadog – statut* **BunkerBorn.**

Je ne sais même pas pourquoi je poste ça.
Il est tard et je suis saoul. Ce message sera supprimé automatiquement dans trois heures.
Je vais vous dire ce dont je viens de prendre conscience. La plupart d'entre vous sont des imbéciles et ceux qui ne sont pas des imbéciles sont des monomaniaques, et parmi ceux-là, seul un minuscule groupe de gens se préoccupent de ce qui compte le plus. Et ils ne sont pas assez nombreux pour renverser la vapeur. Ils ne sont même pas assez nombreux pour empêcher le navire de dévier encore plus. D'ailleurs, je ne crois pas que j'en fasse forcément partie. Je n'ai pas beaucoup de raisons de m'accrocher à la vie. Alors j'en ai fini. Avec la vie.
Pendant très longtemps, j'ai cru que les êtres humains étaient « bons », qu'on devenait plus intelligents, que les choses avançaient

– lentement, bien sûr, et elles reculaient un peu aussi. Mais centimètre par centimètre, comme un homme se traînant à l'aide de sa langue, on avançait vers la lumière. C'est pour ça que je me suis intéressé à ces histoires de préparationnisme. Parce que je pensais que l'humanité présentait des attributs qui valaient la peine d'être sauvés. L'art et la littérature, la moralité et la gentillesse, le progrès scientifique, la compassion, une chenille rampant vers le soleil.

Je vous avais prévenus que j'avais trop bu.

Bref, j'ai changé d'avis. L'espèce humaine ne s'améliore pas, on ne fait que devenir différents, que gagner en quantité et en rapidité, or si on ne s'améliore pas, quantité et rapidité reviennent au même qu'empirer.

J'aimerais vous parler de mon mari. Appelons-le Ted. C'est lui qui m'a fait croire en la bonté. Il était vertueux à vomir. Il travaillait pour un constructeur automobile – il avait commencé à l'atelier et fini par diriger l'équipe à San Francisco. Il les poussait à investir davantage dans les voitures électriques et il passait chaque week-end à nettoyer les plages, il était Grand Frère bénévole. Écœurant. Je vole en avion privé. J'avais envie de continuer à voler et à regarder la télé le week-end, et lui m'envoyait des photos d'un potager urbain qu'il avait planté à 5 heures du matin.

Ted était plein d'espoir. Je sais que ça paraît insensé. Mais je me souviens qu'en 2020 les prix du pétrole de l'Arabie saoudite sont devenus négatifs pendant un bref instant – personne n'en voulait, même pour tout l'or du monde, et je me

---

>> Semadon – statut
Longue conservation

Vous avez vu ça ? Je reposte sur le forum principal. Est-ce que quelqu'un connaît ArturoMegadog personnellement ? Quelqu'un sait où il habite, comment le trouver ?

>> Semadon – statut
Longue conservation

OK. J'ai récupéré toutes les infos possibles sur le profil d'ArturoMegadog, autant dire rien. Homme. La cinquantaine. Baie de San Francisco. Généralement online à des heures irrégulières – ce qui laisse supposer qu'il n'a pas un boulot à horaires fixes. Quelqu'un peut réveiller un administrateur pour en savoir un peu plus ? J'ai appelé les services d'urgence de la Baie mais ils ne peuvent rien faire si on ne leur donne pas d'adresse ou au moins un nom.

---

suis dit : Putain, peut-être que Ted a raison. On y est. Les choses vont commencer à changer.

On a passé le dernier siècle à se cacher sous les couvertures pendant que les avertissements s'accumulaient dans le couloir, ARRIÉRÉS : destruction de l'habitat et extinction, NE PAS IGNORER : inégalités sociales, PAYEZ SANS TARDER OU SUBISSEZ LES CONSÉQUENCES : changement climatique. Et nous, on est là : « Hé, si on mélange un peu tout ça, qu'on transfère ce solde sur cette carte, qu'on maîtrise la fracturation hydraulique du gaz de schiste et qu'on ferme les yeux sur *l'eau inflammable* qui sort des robinets, on pourra s'acheter une nouvelle voiture et la remplir à ras bord d'essence, et tout ira bien pendant encore un mois. »

Et je me suis figuré qu'avec cette pandémie, on allait se rendre compte qu'il fallait juste faire preuve de bon sens. Contrairement aux dinosaures, rien ne nous oblige à être heurtés par un astéroïde. Je sais que c'est une blague, maintenant. « La nature rebondit. » Croire que les choses peuvent s'améliorer, c'est une blague, non ?

Ted et moi habitions un appartement au bord de l'eau et je tenais une tasse de café à la main quand j'ai commencé à me dire qu'il y avait peut-être de l'espoir. J'y pense sans cesse, aujourd'hui. La brume à la surface de la baie paraissait solide, comme si on pouvait tendre la main et la ramasser. L'odeur du café, le vrombissement du réfrigérateur. La craie bleue du ciel sans aucun avion. Je me suis vraiment dit que tout irait bien.

>> Wipsy – statut
AmiDansLeBesoin

Je sais qu'on n'est pas censés le dire, mais Daggoo, qui a monté le forum, est un copain dans la vraie vie. Je l'appelle tout de suite. J'espère que tout le monde est d'accord pour dire que c'est une bonne raison de faire une entorse au protocole habituel.

Ce post a reçu 271 likes. Félicitations ! Votre post remporte un bon point !

Je me suis assis sur le canapé et je me suis mis à pleurer. Ted a accouru, il a cru que mon oncle Benny avait attrapé le virus, mais j'ai dit : Ted, on devrait avoir un enfant. On en avait parlé des millions de fois.

Écoutez, ça n'a pas d'importance, en fait. Rien de tout ça n'a d'importance. Un jour, les étoiles vont s'éteindre une par une comme dans ce roman d'Arthur C. Clarke, et avant ça, le soleil deviendra une supernova et fera bouillir les océans et on n'est rien d'autre qu'une espèce pourrie, et les espèces vivent et meurent, et c'est comme ça. Il n'y aura ni public, ni Jugement dernier, ni rédempteur qui reviendra à la vie, ni personne pour débarquer à la fin du spectacle et nous révéler notre score et ce qu'on aurait pu remporter. Personne ne se souviendra de l'espèce humaine, ni de San Francisco, ni de l'appartement, ni de moi, ni de Ted, ni du fait que, quand j'ai fait tomber la tasse jaune quelques mois plus tard, il l'a transformée en mosaïque du soleil. Je suis le seul à m'en souvenir, maintenant.

Ted était plus âgé que moi, il avait travaillé pour la même entreprise pendant trente-huit ans. Il avait des projets pour sa retraite et sa pension. On allait se rendre dans une des îles protégées FutureSafe, où on travaillerait à la préservation de la faune et de l'écosystème. Après quoi, quand Gracie, la nièce de Ted, aurait terminé son doctorat, elle voulait bien porter notre enfant. Mon enfant. Conçu à partir de mon sperme congelé et du patrimoine génétique de Ted. On allait soutenir Gracie financièrement au cours

---

>> *Daggoo – statut* Dieu.
Daggoo a désactivé les likes.

Salut à tous. Je suis en contact avec les secours dans la baie de San Francisco. ArturoMegadog s'est montré très prudent, on n'a donc pas beaucoup d'infos à son sujet. Il n'a indiqué ni son vrai nom, ni l'adresse de son domicile, ni son numéro de téléphone sur notre site. Il utilise un serveur proxy. J'ai pingué la boîte mail utilisée à l'inscription, mais j'ai l'impression que c'est un compte jetable. Si l'un d'entre vous connaît ArturoMegadog personnellement, merci de nous contacter de toute urgence.

---

de ses années postdoctorales, on formerait une magnifique famille typique de San Francisco.

Et puis la boîte de Ted a été rachetée par Fantail. Ils ont eu droit à un rabais parce que c'était une vieille entreprise qui n'avait pas engendré de vrais bénéfices depuis dix ans et qu'ils n'étaient pas obligés d'honorer les pensions de retraite. Tout le monde trouvait que reprendre cette boîte faisait de Lenk Sketlish un type formidable. Il la voulait pour ses voitures électriques Hertha ; en gros, il voulait ce que Ted avait créé.

Je précise que je suis riche, OK ? Je suis plein aux as et on n'en avait pas besoin, de cette foutue pension de retraite. Je l'ai dit à Ted. Il le savait. On avait largement de quoi vivre avec mon argent jusqu'à la fin de nos jours. On aurait toujours notre chez-nous, nos projets, on aurait toujours notre enfant.

Mais Ted en a eu le cœur brisé. Toutes ces années dans la même entreprise, à l'ancienne, la loyauté. Et les employés qu'il avait convaincus de rester, eux non plus ne recevraient pas leur pension et la plupart d'entre eux ont été licenciés sans indemnités. J'avais assez d'argent pour nous protéger, mais je n'aurais jamais pu résoudre tous les problèmes de mille six cents personnes. J'ai promis qu'on les aiderait à se battre, qu'on ferait quelque chose. Mais huit jours après l'annonce, alors que Ted se rendait sur le site du projet des zones humides, il a eu une crise cardiaque au volant et il est mort. Il avait cinquante-neuf ans.

Je devrais sans doute mentionner que j'ai pris un tas de cachets. Il y en a dans les placards

---

>> *Wipsy – statut*
AmiDansLeBesoin

Je suis en train de passer au peigne fin les posts d'ArturoMegadog. Il y a quatre semaines, il a dit qu'un magasin « littéralement à huit pas » de chez lui vendait du kimchi longue conservation, de la marque Firepit. Seuls sept magasins de la Baie en ont en stock.

Ce qui nous donne sept points géographiques possibles sur la carte.

---

qui datent de la fois où Ted s'était bousillé le dos et de ma dévitalisation, et aussi des calmants qu'on prenait pour nos colonoscopies parce qu'on voulait faire super attention vu qu'on allait être parents. Du coup, j'ai tout avalé.

Ça fait maintenant deux ans qu'il est mort.

Je ne sais pas si c'est un appel au secours. Probablement ? Je suppose que si ça n'était pas le cas, j'aurais programmé l'envoi de ce post pour dans deux jours, quand les médocs que j'ai pris auront fait leur effet. Mais à vous entendre, vous avez toujours l'air de croire que vos vies valent la peine d'être sauvées, alors laissez-moi vous dire un truc : si Ted ne méritait pas d'être sauvé, personne ne le mérite. Notre espèce va mourir. Laissez-la disparaître.

La vie fera une nouvelle tentative, et peut-être que ça n'a pas d'importance si cette espèce-là est assez intelligente pour lire et écrire et émettre des gaz à effet de serre. Il y aura des poissons, des oiseaux, des insectes scintillants, il y aura un million de choses magnifiques, de créatures qui se grimperont dessus, s'efforçant d'atteindre le soleil.

On n'a absolument rien inventé, vous savez. On s'est donné, à nous, aux plantes et aux animaux, de petites tâches inutiles, on a trouvé de plus en plus de moyens d'améliorer notre confort et d'avoir tout à portée de main.

Mais toutes les choses importantes étaient là avant nous et seront là encore après. Les animaux s'aiment. Ils luttent et prennent du plaisir, ils bullent au soleil et trouvent du réconfort

---

>> *ClarkeKent – statut*
Beans en boîte

OK, rien de résidentiel autour de Concord. Sauf s'il crèche dans une boutique de déco.

>> *SandysDad – statut*
Provisions

Il a dit qu'il était plein aux as. Du coup, on élimine le magasin de Redwood City.

>> *OneCorn – statut*
Préparation maximale

ArturoMegadog et moi sommes amis sur le forum. On ne s'est jamais rencontrés en personne, je n'ai pas son adresse ni son vrai nom. Mais je sais qu'il vit près de l'eau, à San Francisco. Trois de vos points devraient correspondre à cette info.

---

les uns auprès des autres, ils haïssent et ils se vengent. Les animaux aiment leur progéniture. Si vous croyez vouloir plus que ça, vous vous mettez le doigt dans l'œil. On souffre d'une arrogance en phase terminale, et plus tôt on sera exterminés, mieux ce sera. Alors je commence par moi.

Et si vous pouviez arrêter de vous échiner à survivre et à encourager les autres êtres humains à faire de même, ce serait mieux pour la planète. Mais au bout du compte, peu importe parce que la planète va se démerder toute seule, elle a survécu à bien pire que nous. Quoi qu'il arrive, chacun de nous sera de la poussière d'étoile d'ici peu, ensuite c'est l'univers qui mourra. Rien n'a jamais vraiment valu la peine d'espérer.

Les effets commencent à se faire sentir, je crois. J'ai les pieds et les doigts qui picotent. Je vais aller m'allonger. Et regarder des photos de Ted jusqu'à ce que je m'endorme. Je ne m'imagine pas que je vais le retrouver, je ne crois pas à ces conneries. Mais je ne serai plus là. Salut.

>> *Wipsy – statut*
AmiDansLeBesoin

Je suis très loin de la Baie. Si l'un de vous habite dans le coin, est-ce que vous pourriez aller faire un tour au cas où vous verriez ou entendriez quelque chose ?

>> *OneCorn – statut*
Préparation maximale

On n'a plus le temps. Je vais tenter un truc.

3

Un monde brisé

Chaque extrême contient son opposé. Martha l'avait appris, encore et encore. Un forum truffé d'individus indépendants qui ne se sont jamais rencontrés en personne peut, de ce fait, se sentir libre de former une communauté profondément interconnectée. En revanche, une secte arriérée tourne les gens vers eux-mêmes, vers les pensées secrètes et la force intérieure qu'ils ne peuvent pas partager avec autrui. Plus Hénoch désirait que Martha devienne un élément inaliénable de son royaume, plus il l'avait poussée à compter seulement et toujours sur elle-même. Cela, il ne l'avait jamais compris ; sa tragédie venait en partie de là.

Quand Martha avait quatorze ans, son père, Hénoch, l'avait conduite en jeep dans les contrées sauvages au-delà des terres verdoyantes. Il avait parlé, de sa voix basse, insistante et monocorde, de sa « théorie des morceaux ». Alors qu'ils traversaient la campagne – les kilomètres de forêts et de prairies, les ruisseaux qui dévalaient les coteaux, les enchevêtrements denses des fourrés –, Martha avait pris note de chaque paysage et de chaque bête sauvage qu'elle voyait et gardé à l'esprit son sermon, sachant qu'il lui demanderait sans doute de réciter les textes qu'il avait mentionnés ou de se remémorer une lueur aperçue sur une aile entre les arbres et de lui dire quelle direction celle-ci avait prise.

La théorie des morceaux se trouvait au centre de la pensée d'Hénoch – glanée à partir de vastes lectures, car Hénoch était un homme pour le moins érudit. Selon celle-ci, le monde avait chu, passant d'un tout magnifique et uni à de simples débris. Les preuves de sa théorie, Hénoch les trouvait dans la Bible et dans l'histoire de la tour de Babel et de la langue unique dispersée en plusieurs. Il les devinait également dans le morcellement des grandes forêts d'Europe et des Amériques, dans la dissolution des grandes religions en une faction après l'autre, dans la division les uns contre les autres des États unionistes. Martha connaissait les textes et les versets en question, mais elle savait aussi qu'Hénoch aurait quelque nouveau texte à lui apprendre – en l'occurrence les sefirot de la kabbale, les débris de lumière qui ont percé le monde.

« Le monde dans lequel nous vivons, déclara Hénoch, est fait pour être entier, or c'est nous qui le divisons et le subdivisons. Transformer en champs les terres immenses, transformer la terre en pays, nommer et renommer, subdiviser jusqu'au microbe – nous sommes même allés jusqu'à fissionner l'atome, et cette force terrible ne nous a-t-elle pas enseigné ce qui cloche, n'avons-nous pas été avertis ? Est-ce que tu as la réponse, Martha, pourquoi n'avons-nous pas été avertis ? »

Sous sa barbe clairsemée, son visage était rouge vif. Martha savait qu'il n'y avait pas de réponse et que le mieux était de secouer la tête. Elle avait déjà entendu ce discours, qui pourtant l'impressionnait toujours. Son père lui avait montré des photos des effets dévastateurs de la bombe atomique et lui avait expliqué que c'était arrivé parce que l'humanité s'éloignait de Dieu de façon obsessionnelle et se dirigeait vers la fragmentation. Les justes, affirmait-il, se distinguaient par leur besoin de se rassembler, de bâtir des communautés, d'agir contre le chaos comme le fait toujours la vie, si elle est menée correctement.

« Tu as besoin de faire pipi ? » demanda-t-il. Martha hocha la tête. Cela faisait plus de deux heures qu'ils roulaient sur les routes accidentées, et sa bouteille de soda vide cognait contre ses pieds avec un bruit métallique.

Hénoch s'arrêta sur le gravier du bas-côté. Il attendit derrière le volant de la jeep pendant qu'elle s'écartait pudiquement de cinquante pas, s'assurait qu'elle était bien cachée derrière une rangée d'arbres, baissait son jean et sa culotte et laissait son urine jaillir, fumante et presque agréablement parfumée, comme une odeur de pain en train de cuire.

Puis Hénoch lui cria : « Tu es une brave petite, Martha », et avant même qu'il ait terminé sa phrase, elle comprit ce qu'il mijotait.

« Papa ! » s'écria-t-elle, et elle voulut regarder derrière l'arbre pour croiser son regard mais ne fit que basculer et atterrir violemment sur les mains.

« Tu n'es pas un fragment, lança Hénoch. Tu retrouveras ton chemin. »

Sous les yeux de Martha, il appuya sur l'accélérateur et s'éloigna, les pneus gémissant sur le bitume.

Au début, Martha tenta de le poursuivre. Elle remonta sa culotte et son jean à mi-cuisse. Elle regagna la route en trébuchant, avec l'urine qui continuait à couler le long de sa cuisse, et s'égosilla : « Attends ! Arrête ! »

Elle pleura, sans en avoir l'intention. De désolation et d'une peur soudaine et vive, pareille à un barbelé dans sa gorge. Elle n'avait rien sur elle. Ni son couteau ni sa pelote de ficelle. À ses pieds elle portait des baskets, pas des bottes. Elle avait une veste mais qui ne tenait pas chaud. Il était plus de 2 heures de l'après-midi par une fraîche journée d'octobre.

Après avoir passé quelques minutes à pleurer, elle s'arrêta parce qu'elle savait de quoi il s'agissait. Hénoch en avait souvent parlé. Il fallait tester les gens comme le potier teste un récipient dans le four à céramique. Ceux qui tendaient vers la fragmentation seraient éjectés, mais ceux qui étaient destinés à faire partie du tout trouveraient leur chemin jusqu'au bon endroit. Il l'avait dit aux hénochites lors de réunions de prières, du temps d'étude et dans les longs sermons qui duraient toute la nuit. Ça n'a rien de sorcier, Martha, pas vraiment. Elle était un élément du monde, pas un morceau cassé, et elle saurait rentrer chez elle.

Bien. Ils avaient conduit pendant deux heures, mais pas en ligne droite. Ils avaient décrit une boucle, revenant sur leurs pas. Elle ne connaissait pas cette route mais le soleil se trouvait devant elle, c'était donc l'ouest. Il lui restait quatre heures et demie de lumière du jour. Malgré son embonpoint, elle avait de la force, et elle pouvait parcourir deux kilomètres en quatorze minutes en courant à grandes enjambées. Hénoch ne lui aurait pas imposé une tâche impossible et ne l'aurait pas laissée mourir ici. Elle déroula le trajet dans sa tête. Elle connaissait les montagnes à l'est, elle connaissait la configuration de la crête, elle connaissait le bosquet de séquoias au sud et elle savait, oui, elle savait parfaitement de quel côté était sa maison. À travers les bois vers le nord. Pas plus de trente kilomètres. Elle serait rentrée pour le dîner. Elle se mit en chemin d'un pas tranquille, les feuilles mortes craquant sous ses pieds.

Au bout de onze kilomètres, elle se rendit compte qu'un ours avait flairé sa piste.

Les ours ne lui étaient pas inconnus. Au camp, on en tuait et en mangeait presque tous les ans, les pommes de terre cuites à la graisse d'ours avaient un goût boisé de champignons, de glands et de musc. Une fois, elle avait regardé trois heures durant trois oursons qui jouaient de l'autre côté du ruisseau, chahutant, pataugeant et montrant leurs petits crocs acérés. Elle savait reconnaître quand un ours était occupé à flairer quelque chose. Sur la crête devant elle et à droite, à quatre cents mètres de là environ, un ours noir maigrichon goûtait l'air de son museau dressé. Tête penchée sur le côté, il l'observait.

Ceux qui s'aventuraient autour de leur camp n'embêtaient jamais les habitants. Les hénochites ne les nourrissaient jamais, ne laissaient jamais de déchets dans les poubelles ouvertes. Les ours savaient qui était le chef, et ils savaient qu'ils trouveraient dans la rivière de la nourriture bien meilleure et plus facile à attraper que dans les poubelles des hénochites. Mais cet ours-là était efflanqué, en plein mois d'octobre. Un ours efflanqué qui, remarqua-t-elle, ménageait sa patte droite. Il avait faim. La période d'hibernation approchait et il n'avait pas de couche de graisse pour tenir l'hiver. Un ours prêt à tout. Or Martha ne se trouvait pas sur les six mille hectares de terre verdoyante ; ces terres-ci appartenaient aux gens du Babil. Qui savait à quoi cet ours avait pris goût ?

Martha agita les bras et les jambes, écrasant ses talons dans le sol. Elle entonna une chanson qu'Hénoch avait écrite sur les splendeurs du monde. Elle continua à avancer tout droit, ni vers la gauche, ni vers la droite, ni directement vers l'ours, mais ne s'écarta pas non plus de lui. D'un pas confiant, elle se dirigea vers la crête. Elle passa devant l'ours. Deux prédateurs vaquant à leurs occupations, sans chercher de noises à l'autre.

L'ours la regarda partir. Après une minute de réflexion, il la suivit.

Bien que la nuit ne soit pas encore tombée, le soleil était sensiblement plus bas dans le ciel. Martha poursuivit sa route. Elle descendit une pente douce de la vallée et remonta de l'autre côté. Traversa une clairière où la lumière était vive – l'ours restait dans l'ombre, la suivant à la trace. Plus question de se convaincre qu'il ne s'agissait que de simple curiosité. Cet ours était en train de la chasser.

Surtout ne pas courir. Ne pas courir et ne pas attaquer. Elle était un être humain, après tout. Il faisait encore jour. L'ours avait faim mais pas encore assez pour agir de façon irréfléchie. Elle avait toujours des chances d'arriver chez elle.

Elle atteignit un sentier dans la forêt. De la terre usée par le passage de véhicules. À l'est se dressaient deux cabanes en bois, sans doute utilisées uniquement pendant la saison de la chasse. Pas de lumières, personne n'était là. Martha hésita. Elle pouvait se rendre dans l'une de ces cabanes. Casser une vitre. Se cacher jusqu'au matin ; l'ours aurait probablement disparu. Mais ce serait se servir des outils du Babil. Profiter des présents déloyaux de ce monde dépendant. D'un autre côté, ne serait-ce pas se servir de sa tête pour survivre ? Hénoch ne verrait rien, il n'en saurait rien. Elle n'aurait qu'à prétendre qu'elle avait passé la nuit en haut d'un arbre.

Du coin de l'œil, elle vit quelque chose bouger furtivement. L'ours ? Non, mais cela venait de la gauche. Un autre ours ? Martha eut soudain peur. Elle se mit à haleter. Sa seule pensée fut la dernière qu'elle avait eue – un arbre. L'ours avait une patte avant blessée, il aurait du mal à grimper. Elle scruta la forêt alentour. Repéra un arbre dont certaines branches pendaient près du sol. Sauta, en attrapa une, se contorsionna, se hissa de sorte à se retrouver à califourchon dessus – ne pense pas, Martha, avance. Elle se leva, s'appuya au tronc, trouva une prise, grimpa sur une branche plus haute, puis sur une autre. À présent, elle était à cinq ou six mètres au-dessus du sol. Ce n'est qu'alors qu'elle comprit ce qui bougeait.

Un grand pick-up grinçant, dont l'avant était défoncé et la fenêtre du conducteur fissurée, avançait lentement le long du sentier. Ses phares étaient si éblouissants que Martha ne parvenait même pas à discerner l'ours qui l'avait suivie. Le pick-up s'arrêta presque au pied de son arbre. L'homme et la femme à l'intérieur ne pouvaient pas la voir. De toute façon, ils avaient autre chose à faire.

L'homme était plus costaud que la femme, mais maigre. Elle était grande, avec des épaules larges et de l'acné sur le pourtour du visage, et des ongles peints en argenté, fauve, rose, doré et pêche.

« Ici ? demanda-t-elle.

— Tu crois qu'on est là pour quoi ? rétorqua-t-il.

— Dans la poussière ?

— Sur le capot si tu me casses les couilles. »

La femme haussa les épaules et fit un clin d'œil qui semblait dire : « D'accord. » Elle se pencha sur le capot de la voiture et l'homme s'empressa de lui baisser son collant et sa culotte puis se mit à lui faire une chose que Martha n'avait – à l'époque – encore jamais vue et dont elle n'avait jamais entendu parler.

Martha regardait les ongles de la femme aller et venir sur la carrosserie. Elle n'aurait su dire s'il était en train de la tuer ou de lui procurer du plaisir, s'il lui donnait ou lui prenait quelque chose. Elle admirait les ongles. L'élément le plus parfait de toute cette scène. Le pick-up était vieux et endommagé, l'homme et la femme ne semblaient pas être source de joie l'un pour l'autre, et ils portaient des vêtements sales et bon marché. Mais chacun de ces ongles représentait un coucher de soleil en miniature. Or et argent et auburn et roussâtres, ils étaient des mondes entiers à eux seuls, glorieux tel le soleil au-dessus d'Éden le sixième jour de la création.

Une fois leur affaire terminée – ça n'avait pas duré longtemps –, la femme contempla tranquillement ses ongles tandis que l'homme fouillait dans le coffre à la recherche d'un briquet. La femme était absorbée par les éclats de couleur, scrutant chaque doigt tour à tour, comparant le premier au deuxième et le deuxième au quatrième. Et Martha songea : Mais oui, bien sûr. Oui, je vois. Des fragments. Des morceaux. Ces gens possèdent des morceaux. Il n'y a rien d'entier pour eux, mais ces minuscules bris de couleur suffisent. Martha se dit : Tu ne m'as jamais enseigné ça, Hénoch ; que les morceaux peuvent suffire à réconforter dans un monde brisé.

Elle envisagea de demander de l'aide à l'homme et à la femme. De descendre de l'arbre et de dire : « Je suis perdue dans les bois. Je viens du camp hénochite. Est-ce que vous pouvez me raccompagner chez moi ? » Mais elle pensa ensuite à ce que dirait son père si elle arrivait dans ce pick-up avec les gens du Babil, et ses mots s'étranglèrent dans sa gorge. Elle resta assise dans l'arbre pendant qu'ils fumaient leurs cigarettes puis s'éloignaient au volant de leur voiture. Elle les regarda partir. Et quand ils eurent disparu, le soir était tombé et un ours affamé tournait autour de l'arbre où elle avait trouvé refuge.

L'ours était dans la pénombre de la forêt et Martha dans la pénombre de l'arbre. Elle n'avait ni lampe ni arme. À la faible lueur qui déclinait en bordure du ciel, elle vit l'ours s'approcher. Si elle s'endormait, elle basculerait et l'ours l'attraperait, profitant d'un repas équivalent à plusieurs jours de chasse. Plus il ferait sombre, mieux l'ours verrait. Sers-toi de ce que tu as sous la main, Martha. Observe.

Hénoch lui avait appris à observer en silence.

« C'est ça qu'ils foutent en l'air avec la télévision, Martha, lui avait-il expliqué. C'est ça qu'ils détruisent. Les humains sont faits pour observer. On peut lire le livre de Dieu dans le monde, mais il faut apprendre à rester silencieux et immobile. À la télévision, les choses se passent trop rapidement, elles sont trop nombreuses et trop visibles. Nous avons été créés pour fixer les braises d'un feu mourant pendant des heures. Pour surveiller un animal. Pour voir comment l'eau coule le long d'un coteau jusqu'à ce qu'on détermine le moyen de dévier le cours de la rivière en une journée de travail. Ne laisse pas ton esprit s'impatienter – laisse-le s'immobiliser. »

Elle ouvrit son esprit à l'ours dans l'ombre de l'arbre en face d'elle. Ours affamé, ours maigre, ours boiteux, ours désespéré et effrayé. Pourquoi n'as-tu pas mangé, cet automne ? Une patte blessée ne suffisait pas à l'expliquer. Elle ne vit d'abord que la peur – la sienne, celle de l'ours. Elle permit à ses pensées de se calmer. Qu'est-ce que tu vois, Martha ?

L'ours se tenait à quatre pattes à la lisière de la forêt. Il faisait les cent pas en reniflant l'air. Il s'assurait qu'elle était encore là. Il pencha la tête et ouvrit la mâchoire, encore et encore. Elle le regarda plus attentivement. Il n'était pas bien vieux – âgé de trois ou quatre ans seulement – et il ne connaissait pas grand-chose aux humains, mais il savait qu'elle était seule. Il frotta sa tête contre le tronc de l'arbre. Elle n'avait jamais vu d'ours faire un geste pareil, se frotter longuement le côté de la mâchoire. Comme un chat. Que fabriquait-il ? Cette façon de tenir sa tête inclinée. Elle plissa les yeux dans la pénombre. Ils étaient arrivés à un point critique – bientôt l'ours y verrait plus clair que Martha.

C'était parce qu'elle l'observait si intensément qu'elle s'aperçut que l'ours bâillait. Un bâillement lent puis rapide – un gargouillis, la langue tirée puis la mâchoire qui s'ouvrait et se refermait d'un coup sec. Mais assez lentement pour que Martha puisse voir l'intérieur de sa gueule.

Les dents étaient noires et pourries, et la mâchoire si gravement infectée que Martha crut l'os déjà prêt à casser. Voilà un ours qui ne pouvait pas manger même s'il en avait envie. La faim devait le tenailler. Il était capable de la tuer d'un coup de son énorme patte mais pas de mordre dans son cadavre. Cette idée, plus que toute autre, la galvanisa. Elle mourrait et cet ours crèverait quand même de faim. Il n'y aurait pas d'accession à l'unité des choses ; sa mort ne le nourrirait pas. C'est alors qu'elle fit une autre découverte : même dans un monde de nature, il y a des « morceaux ». Les fragments ne s'assemblent pas pour former un tout parfait. Une telle perfection n'existe pas.

Là, dans la semi-obscurité, le moment était venu.

Martha choisit une branche solide à moitié cassée au-dessus de sa tête et s'y appuya de tout son poids. Elle garda l'équilibre en enroulant un bras autour du tronc et poussa de l'autre jusqu'à ce que la branche se brise d'un coup sec. À présent, elle avait un gourdin. L'ours la regarda avec une curiosité affamée. Il avait probablement envie de viande. Elle descendit prudemment de son perchoir. Une branche plus bas. Deux branches plus bas. Elle se trouvait désormais à sa portée. L'ours parut se détourner. C'était là le premier signe de danger. Il se dirigea vers la gauche. Hors de vue, derrière un fourré. Garde ton sang-froid, Martha. Reste forte. Elle agrippa son gourdin à deux mains. L'ours essaierait d'attaquer à partir de sa cachette. Elle attendit. Elle compta ses respirations.

Lorsqu'il surgit, il arriva de la droite en martelant le sol de ses quatre pattes. Tête baissée, il avançait vite, si vite, et il fondit presque sur elle avant qu'elle le voie venir. Martha se concentra sur ses yeux, sur la pointe de son museau, pour ne pas penser aux griffes ou au poids de l'animal. Elle se cramponna à son gourdin, et au moment où l'ours tourna son corps massif vers elle, elle abattit son gourdin et lui frappa violemment la mâchoire.

En entendant le bruit, elle sut aussitôt qu'elle avait brisé l'os pourri. Un craquement spongieux et le hurlement de l'ours. Il tomba au sol, son museau enfoncé dans la terre molle comme pour y trouver du répit. Il gémissait.

Martha remonta, grimpant deux branches, trois, pour voir si l'ours attaquerait de nouveau, enragé et vengeur. Il demeura allongé sur la terre détrempée pendant près d'un quart d'heure puis, tête basse, il traîna douloureusement sa carcasse vers l'ouest, s'éloignant sur le sentier. Martha le regarda partir. Il tremblait, le poil hérissé par la douleur. Elle attendit que le silence retombe.

Cette nuit-là, elle dormit dans le relais de chasse mais – afin de ne pas se couvrir de honte dans l'esprit d'Hénoch – elle se pelotonna sur le sol en terre battue et non sur le lit. Elle se demanda si quelque part dans la forêt, l'ours était allongé sur cette même terre, attendant son heure.

Le lendemain, Hénoch l'accueillit sans grande fanfare. Un bras autour de ses épaules.

« Je savais que tu y arriverais, dit-il. C'était facile, non ? »

Elle raconta l'histoire de l'ours, et les plus jeunes furent impressionnés.

« Quand je serai un homme, déclara Zachariah, je me battrai contre *deux* ours. »

Quelques jours plus tard, armée d'un fusil, elle partit en jeep pour tenter de retrouver l'ours et abréger ses souffrances. Mais il avait disparu, caché au sein de la forêt mystérieuse.

Sur le moment, Martha se sentit fière – que son histoire soit une source d'inspiration pour les autres, qu'elle les guiderait dans leur foi et leur montrerait la véracité des enseignements d'Hénoch.

Elle n'évoqua pas l'homme et la femme ni ce qu'ils avaient fait sur le capot du pick-up. Mais, au cours des années qui suivirent, lorsqu'elle pensait à l'ours, elle songeait aussi aux ongles peints comme le coucher du soleil, à ces parfaits fragments de couleur.

Elle se disait – bien qu'elle n'en ait jamais parlé à Hénoch – que la vue de ces petits morceaux avait éveillé en elle un certain sentiment d'émerveillement et de beauté aussi. Elle savait qu'elle avait entraperçu quelque chose qui ne pouvait pas encore être accepté et elle attendait la grande révélation qui permettrait de livrer au monde son propre enseignement.

4

L'insupportable impossibilité de faire cavalier seul

Dans une rue du centre-ville de San Francisco, les paupières fermées des maisons endormies faisaient face à la baie. Un renard roux à pattes blanches traversa la route, observa l'épicerie artisanale aux volets baissés et se détourna pour vaquer à ses occupations. Une lueur vacillait à la fenêtre d'un étage élevé. Il y aurait du brouillard le lendemain car il y avait toujours du brouillard le lendemain. À 1 h 48 du matin, la voiture de Martha Einkorn se gara devant l'adresse qu'elle s'était procurée par des moyens détournés.

Elle avait essayé d'appeler ArturoMegadog seize fois au moment de traverser le pont, mais il ne répondait pas. Si elle se trompait et que sa stratégie avait échoué, elle s'apprêtait peut-être à réveiller une famille, et elle ne pouvait écarter l'éventualité, si infime soit-elle, qu'on lui tire dessus. Malgré tout, elle ne pensait pas se tromper.

Elle sonna trois fois à la porte, espérant qu'un homme groggy et confus viendrait lui ouvrir. Elle avait fait vite – elle s'en étonnait, d'ailleurs. D'habitude, elle planifiait tout lentement et méticuleusement, et sa présence ici signifiait sans doute qu'ArturoMegadog comptait à ses yeux, d'une manière qu'elle ne s'était jamais autorisée à voir auparavant. C'était à lui qu'elle avait le plus parlé sur le forum ces dernières années, et bien qu'ils se connaissent peu sur le plan personnel, ils se connaissaient bien sur le plan intellectuel.

Elle savait qu'il détestait Lenk Sketlish mais ignorait pourquoi. Quand ils avaient discuté en privé, lire le vitriol d'ArturoMegadog lui avait procuré un petit frisson de plaisir.

Pas de réponse à la porte. Bon, allons-y.

Sur la façade latérale, elle aperçut une fenêtre éclairée. Elle poussa le portail. Elle aurait dû appeler une ambulance, appeler la police, mais elle n'était pas sûre à cent pour cent qu'il s'agissait bien de cette maison, et expliquer pourquoi elle en était presque certaine aurait assurément débouché sur toutes sortes de questions.

Une fois arrivée à l'arrière de la maison, il devint évident que personne n'allait lui tirer dessus. Elle jeta un coup d'œil par la fenêtre, observant la scène d'un œil attentif, comme le lui avait appris Hénoch. Regarde patiemment et tout se révélera. La pièce était en désordre. Au vu des messages méticuleux d'ArturoMegadog et de ses mesures de sécurité draconiennes, elle ne s'en serait pas doutée. Meubles en bois sombre. Livres et papiers partout. Une cafetière hors de prix entourée de tasses vides en vrac. Un sofa élimé en cuir sang de bœuf. De lourdes maquettes d'avion sur le manteau de la cheminée. Un homme allongé sur le canapé, qui lui disait vaguement quelque chose sans qu'elle puisse tout à fait mettre le doigt dessus. Il avait du ventre et une barbe ; il paraissait plutôt paisible, comme s'il venait de s'endormir. Si on lui avait posé la question, elle aurait imaginé qu'ArturoMegadog était du genre architecte norvégien de deux mètres avec lunettes à monture invisible. Pourquoi croit-on toujours que l'extérieur correspond à l'intérieur ? Pourquoi est-ce si difficile de renoncer à ce réflexe ?

Elle frappa bruyamment contre la vitre. Dernière chance de le réveiller. Elle apercevait des flacons de médicaments vides soigneusement alignés sur la table basse en teck sculpté, comme s'il les avait pris dans un ordre précis.

D'un geste hésitant, elle tourna la poignée de la porte. Si celle-ci ne s'ouvrait pas, elle appellerait les flics – oui, dans ce cas-là, elle les préviendrait. Elle dirait qu'elle était sortie se promener sur la baie et avait entendu un bruit. Mais le mécanisme céda sans peine sous sa main. OK, d'accord. Et maintenant, que ferait une personne normale ? Sa respiration était rapide, et un trop grand nombre d'images se bousculaient trop rapidement dans son cerveau. Des stages de survie, et de premiers secours, et son père qui lui disait : Si tu appelles l'ambulance, ils t'injecteront un tracker, c'est comme ça qu'ils te marquent pour t'intégrer au Babil. Martha, tu t'égares. Vérifie sa respiration.

Elle approcha son visage d'ArturoMegadog. Il respirait encore. Un son rauque, maladif, si lent qu'elle crut qu'il avait arrêté tout à fait, jusqu'à ce qu'il inspire à nouveau. De près, il dégageait une désagréable odeur de produits chimiques – ce qu'il avait avalé ressortait dans sa sueur. Elle frotta désespérément sa phalange sur l'os de sa poitrine. Rien. Son souffle devenait de plus en plus superficiel.

Elle lui ouvrit la bouche, sa mâchoire lâche et dépourvue de résistance. Sans se laisser le temps de trop y réfléchir, elle y enfonça index, majeur et annulaire. Son corps se convulsa mais rien ne remonta. Ses lèvres étaient collantes et il avait mauvaise haleine. Martha recommença, plus rudement. Elle agita les doigts et en frappa le fond de sa gorge.

Et tout rejaillit. En quatre jets rapides comme une éjaculation ou comme un bébé glissant hors du col de l'utérus, couvert de mucus et de sang. De la pizza à moitié mâchée et des cachets encore visibles au milieu de gélules rose et jaune vif à moitié dissoutes et d'un liquide mousseux, une marée de bière et d'acides gastriques. Martha retira sa main alors que l'homme éjectait sa propre mort sur l'épais tapis du bureau. Elle compta treize profondes inspirations de sa part puis un nouveau flot énorme se déversa de lui telle une machine à sous affichant une combinaison gagnante.

L'homme leva vers elle ses yeux vitreux. Ah, ce visage. Ces joues rougeâtres et ces rides mélancoliques qui tiraient sur les commissures de ses lèvres. Elle l'avait vu mille fois. Elle connaissait son identité à présent et savait qu'elle ne pourrait pas lui cacher la sienne.

« Mon Dieu, lâcha-t-il. Merde. »

Elle lui apporta quelques serviettes de la salle de bains, un verre d'eau. Il était vaseux mais conscient.

« Vous voulez que je vous appelle une ambulance ? » lui demanda-t-elle tandis qu'il avalait une gorgée d'eau. Il secoua la tête.

« Mon assurance est foutue s'ils apprennent ce que j'ai fait. La boîte me fera interner. Ça leur ferait tellement plaisir. » Il tenta de se concentrer sur son visage. « Qui êtes-vous ? Je vous connais. Qui êtes-vous ?

— Je suis OneCorn.

— Non. Je vous ai déjà vue. On s'est croisés à… des fêtes. Vous… Martha Einkorn. Oh non – OneCorn. Bordel. » Une infinité de calculs derrière son regard. Tant mieux, ça le maintiendrait éveillé.

« Sortez, dit-il d'une voix qui n'était qu'un murmure coassant. Sortez de chez moi.

— Non », rétorqua Martha, qui entreprit de lui préparer un café.

Il toisa la tasse comme si elle avait pissé dedans.

« Le dernier juste de Sodome, chuchota-t-il d'un ton méprisant.

— Vous allez boire votre café, oui ? ordonna-t-elle. Et où sont les autres serviettes ? J'aimerais nettoyer votre gerbe. »

Il montra du doigt le bout du couloir.

« La buanderie. La dernière porte à droite avant l'extension. Je ne veux pas que vous nettoyiez quoi que ce soit.

— Je vais attendre avec vous et je n'aime pas l'odeur de vomi. OK ?

— Je n'ai pas besoin de vous.

— Je sais qui vous êtes, dit Martha.

— Ah oui ?

— Vous êtes Albert Dabrowski. »

Albert Dabrowski, fondateur évincé de Medlar, dévisagea longuement Martha. Son corps tremblait et un tic étrange agitait sa paupière droite, qui ne cessait de se fermer de son propre chef.

Il sirota son café, la fixant de son œil sinistre. Elle épongea le vomi et jeta les serviettes dans le lave-linge. Albert ne la quittait pas des yeux. À un moment donné, il fit mine de se lever mais elle le regarda et lui dit : « Non. » Il se rassit sur le canapé.

Il commençait à faire clair à l'horizon.

« Encore un putain de jour, murmura Albert, si bas que Martha ne savait pas s'il avait voulu qu'elle l'entende ou pas.

— Je vais envoyer un message au forum, annonça-t-elle. Ils vous cherchent encore. »

Il lui tendit son thinscreen. Il avait retrouvé la longue conversation qu'ils avaient eue au sujet de Loth et Sodome en ligne.

« C'est vous ? demanda-t-il.

— Oui.

— Putain, fit Albert Dabrowski. Je vous ai défendue ! Je leur ai dit de vous écouter. J'étais votre ami.

— Je suis toujours la même personne.

— Vous appartenez à Lenk Sketlish. Je ne sais pas qui vous êtes. »

5

Un craquement sec

Martha Einkorn avait rencontré Lenk Sketlish vingt ans plus tôt, lors d'une fête dans les collines à la fin de la crise économique.

Elle travaillait dans la tech en tant qu'administratrice depuis près de dix ans, après avoir renoncé aux robes à fleurs, recommencé sa vie de zéro et fait ses études. Elle avait l'habitude des environnements à haute pression centrés autour d'un leader charismatique nourrissant une vision de l'avenir que le commun des mortels ne pouvait pas comprendre. Elle savait garder son sang-froid au milieu du chaos, accomplir ce qu'il fallait accomplir. La vie au sein de start-up technologiques lui allait comme un gant et elle participait souvent à ce genre de soirée.

L'un des investisseurs spécialistes du capital-risque de GardenGlow, la start-up pour laquelle elle travaillait, l'avait emmenée à cette fête-ci. GardenGlow se cassait la figure : taux de combustion trop élevé, souscriptions trop faibles – c'était ainsi que prenaient fin la plupart des start-up. Mais Dean, le spécialiste du capital-risque, avait été impressionné par Martha et lui avait assuré qu'elle était la seule bonne chose dans cette boîte ratée. Il l'avait donc emmenée dans une fête avec « un tas de fondateurs, de gens intéressants », et elle en avait déduit qu'il voulait la présenter à d'autres personnes et l'aider à trouver son prochain poste. Cherche et trouve.

Martha fut attirée par des éclats de voix dans la cuisine. Tel était l'inconvénient d'avoir grandi chez les hénochites – vous couriez toujours au-devant des ennuis. Il lui fallut quelques secondes pour comprendre la situation. L'hôte criait sur la traiteure qui essayait en vain de se défendre. Et, en marge de la pièce, son long corps crispé en partie appuyé contre le comptoir, se trouvait Lenk Sketlish. Il n'avait pas l'air d'un homme à son aise à une fête.

Lenk observait la dispute, vibrant tel un diapason.

« C'est inacceptable, cria l'hôte. Tout le monde va en entendre parler. Croyez-moi, je connais du monde. »

Du coin d'une boîte posée sur l'îlot central, un mince filet de sang s'écoulait au bord du plan de travail. Lenk regardait le sinueux ruisselet rouge comme un chat regarde un trou de souris.

Martha le connaissait de vue. Elle parcourait quotidiennement les actualités technologiques et Fantail était une grosse entreprise. Ils avaient réalisé leur première gigantesque levée de fonds, plus de trois cents millions de dollars. Son conseil d'administration s'efforçait de l'éjecter en douceur. Il était grand et mince et âgé de vingt-huit ans, enclin à des colères soudaines, tendu comme un arc. Tout le monde voulait savoir si Lenk Sketlish était capable de maintenir la cohésion de son entreprise.

Lenk ne quittait pas la boîte des yeux. Le filet de sang avait presque atteint le sol.

L'hôte criait : « Vous êtes idiote ou quoi ? J'ai dit "préparés", prêts pour le barbecue ! La vie en plein air. C'est ça, le thème ! Barbecue en plein air façon Nouvelle-Angleterre, prêts à *griller*. »

Pourquoi personne ne regardait dans la boîte ?

Martha souleva le couvercle.

Deux douzaines de lapins morts, étendus de tout leur long, parfaitement intacts. Moustaches et fourrure, pattes et griffes, yeux noirs morts bordés de sang. Soigneusement empilés, comme dans une fosse commune.

L'hôte dit : « Quelqu'un doit s'occuper de ce bordel. »

La traiteure dit : « D'après l'autorisation des services d'hygiène… »

C'étaient de beaux lapins, et qui n'avaient même pas encore refroidi. Quelqu'un en avait vraisemblablement tué une cinquantaine dans les bois cet après-midi-là et n'avait envoyé que les douze meilleurs à cette fête.

Martha dit : « Je peux vous les préparer. »

L'hôte dit : « Vous êtes qui, vous ? »

Martha se présenta, veillant à garder Lenk Sketlish dans son champ de vision, de même qu'il la gardait dans le sien. Il y avait chez lui quelque chose de fascinant. Je te connais, songea-t-elle. Je connais cette sensation.

Martha sortit un couteau du bloc en bois, enroula le premier lapin dans un torchon épais, entailla la peau et trouva les os du cou du tranchant de sa lame. Glissa le fil dans les vertèbres. Mit tout son poids sur le dos de la lame. Avec un craquement sec, la tête se détacha du corps.

« Je vais vomir, lança une voix féminine. Sérieusement, je vais dégueuler.

— Penchez votre tête en arrière, avalez une goulée d'air », répondit Martha.

Elle coupa les quatre pattes d'un geste rapide. Une, deux, trois, quatre : crac, crac, fit le couteau, crac, splotch.

Un silence absolu régnait dans la pièce.

« Pas de veine pour le lapin », plaisanta quelqu'un, mais personne ne rit.

Martha ouvrit l'abdomen d'un geste délicat mais vif et en sortit les viscères. Son père en aurait fait du ragoût. C'est une insulte à l'animal que de ne pas utiliser l'intégralité de son corps, aurait-il dit. Elle se demanda si l'hôte la laisserait rapporter les cœurs chez elle, et imagina la tête qu'il ferait si elle lui posait la question. L'espace d'un instant, elle eut l'impression qu'elle se trouvait de nouveau dans les bois, en train de vérifier les pièges, de briser la nuque des animaux et de jeter les boyaux fumants aux chiens. Qu'elle n'avait jamais quitté Hénoch et que sa vie depuis n'avait été qu'un rêve.

Il y eut une salve d'applaudissements quand elle termina le premier lapin et le présenta comme chez le boucher, un produit de ce monde d'illusions sous plastique et non pas de la vraie terre de boue, de sang, de désordre et de mort. Ils étaient impressionnés mais un peu dégoûtés aussi, manifestement. Sauf Lenk Sketlish. Lui avait l'œil avide. Elle eut soudain l'intuition que si elle lui avait lancé le cœur du lapin, il l'aurait attrapé entre ses dents et aurait été à sa botte à jamais.

Quelqu'un inspira, prêt à prendre la parole. Elle sut quelle serait sa question : « Où est-ce que vous avez appris ça ? », mais Lenk Sketlish lui coupa l'herbe sous le pied. « Vous pouvez m'apprendre ? » demanda-t-il.

L'hôte les envoya dans le jardin. Ils étaient en plein hiver ; les températures dans la vallée ne descendaient jamais trop bas. Lenk entailla l'intestin de son premier lapin, l'odeur épaisse de merde s'élevant dans la vapeur de leur souffle, Lenk dit : « Oh, bordel », et son couteau dérapa et transperça l'ongle de son index droit. Ils lavèrent la plaie ensemble – comme une mère avec un enfant, comme avec un nouvel amant. Elle lui tint la main pour l'empêcher de bouger et lui montra comment manier le couteau d'un mouvement ininterrompu, l'enfonçant puis passant à la suite, en boucle.

Elle avait lu quelque part, en effet, qu'il nourrissait une certaine fascination pour l'art de la survie en pleine nature. À l'époque, elle avait trouvé ça drôle parce que beaucoup de gens riches veulent jouer les pauvres. Ou se convaincre qu'ils seraient capables de vivre comme des pauvres si nécessaire.

Lenk Sketlish n'avait jamais été pauvre. Il avait confortablement grandi au sein de la classe moyenne aisée, auprès d'un père cadre supérieur dans les télécommunications et d'une mère dermatologue. Il n'avait pas subi de traumatisme particulier dans son enfance – des journalistes qui fouilleraient un peu découvriraient seulement que son père était exigeant et que sa mère corrigeait elle-même ses devoirs au stylo à bille rouge. Ils avaient vécu dans un quartier privilégié, il avait fréquenté le lycée du coin où il n'était ni bien aimé ni particulièrement impopulaire. Il avait été doué pour le codage et parfaitement incapable de travailler pour quelqu'un d'autre ou sur un projet qui ne l'intéressait pas personnellement. Il jouait beaucoup au racquetball, et il adorait gagner. Il avait remarqué un créneau dans les réseaux sociaux pour une plate-forme simplifiée centrée sur le remixage vidéo, audio et photo, et il adorait gagner. Ses parents lui avaient prêté cinquante mille dollars afin qu'il monte une entreprise, non sans lui faire comprendre qu'il ne devait pas les gaspiller ou s'attendre à plus. Quand on lui posait la question, il répondait qu'il avait bâti sa société comme il jouait au racquetball avec son père – rapidement et énergiquement, sans accorder ni recevoir de quartier.

Il va essayer de coucher avec moi, pensa Martha. Elle allait devoir tuer ça dans l'œuf. Mais elle avait toujours réussi à repousser ce genre d'avances d'une manière qui n'offusquait personne. Alors que son couteau maladroit broyait la fourrure du lapin, elle ressentit envers lui et son insatiable besoin de conquérir la même tendresse qu'elle éprouvait parfois envers Hénoch, et elle sut que c'était en soi un don. Elle connaissait déjà Lenk Sketlish, tout comme elle avait connu Hénoch. Il était sujet à des crises de colère et de frustration, il était extrêmement intelligent à certains égards et extrêmement stupide à d'autres, et il ne supportait pas les imbéciles mais ne se rendait pas compte quand il en était un lui-même. Peu de gens savaient comment se prendre de tendresse pour Lenk Sketlish.

À un moment donné, il avait dit : « Alors, vous avez fait les scouts ?

— J'ai été élevée chez les fondamentalistes qui se préparaient à la fin des temps. »

Et il avait répondu : « Ça, c'est cool. Putain que c'est cool. »

Plus tard, il l'avait interrogée sur ce qu'elle faisait actuellement, et quand elle le lui avait expliqué, un sourire s'était dessiné peu à peu sur son visage puis un rire pareil à un aboiement lui avait échappé.

Oui, avait songé Martha, je sais où tu veux en venir.

Cela faisait des mois que le conseil d'administration demandait la même chose à Lenk. Il avait systématiquement répliqué : Jamais de la vie, comment vous osez, vous croyez que j'ai besoin d'une putain de nounou ? Il n'avait besoin de personne ; Fantail, c'était *lui*. Il avait parlé ainsi au conseil, ce qui avait, lentement mais inexorablement, causé sa perte. Les bonnes idées avaient des limites si vous traitiez comme une insulte la main qu'on vous tendait. Ellen Bywater avait récemment été intronisée chez Medlar après que son fondateur, Albert Dabrowski, en avait été délogé. Telle était la logique actuelle : vous ne pouvez pas vous attendre à ce que le type qui invente le truc le pilote dans les virages quand il prend de la vitesse. Achetez son silence et mettez-le à la porte.

Le conseil avait donc été surpris quand, le lendemain, il avait réclamé une liste de candidats pour le boulot d'assistant. Quelqu'un qui avait déjà occupé ce genre de poste au sein d'une start-up. Il avait décrit, sans la nommer, l'entreprise dans laquelle travaillait Martha Einkorn comme exemple. Une liste avait donc été dressée et Martha Einkorn en faisait partie. Martha Einkorn s'était présentée à un entretien. Et au bout d'un nombre incalculable de jours, Martha avait été nommée administratrice personnelle de Lenk Sketlish, secrétaire générale, tutrice, émissaire, poseuse de limites, donneuse de conseils, compagne rémunérée, thérapeute et amie.

Le matin de sa première journée de travail, il avait dit : « Hé, au fait. Quel genre de fondamentalistes religieux ? »

Elle l'avait regardé droit dans les yeux et avait répondu : « Les hénochites. »

6

Il n'a jamais tué personne directement

Il était 4 h 09 du matin à San Francisco et ntd/strategic perdait la boule. De plus en plus de gens se réveillaient sur la côte Est et tentaient des trucs déments pour trouver ArturoMegadog. Il fallait que Martha intervienne :

Je l'ai trouvé, annonça-t-elle. *J'ai eu de la chance. J'étais en train de rouler, et j'ai vu quelque chose qui m'a rappelé une photo qu'il m'avait montrée d'une vue de sa maison. Il va bien. Il vous remercie tous. Les secours sont avec lui en ce moment, mais il a déjà vomi une grande partie de ce qu'il a ingéré.*

Le forum était ravi et soulagé, hormis trois trous du cul qui se plaignirent qu'elle avait gâché leur nuit de sommeil et qu'elle aurait dû les tenir au courant de ses recherches et leur parler de la photo. D'autres membres du forum répondirent aux trous du cul que c'était à cause d'eux que la société allait s'effondrer. S'ensuivit une longue partie de « non, c'est vous » jusqu'à ce que, un peu avant l'aube, la publication d'ArturoMegadog se supprime automatiquement. Sur ce, la dispute, au lieu de se dissiper, s'envenima davantage à mesure que s'en mêlaient des gens qui n'en connaissaient pas l'origine.

Albert avala de petites gorgées de café, grimaçant légèrement. Martha s'efforça de se rappeler la dernière fois qu'elle l'avait vu. Lors d'une collecte de fonds, peut-être, et peut-être avait-il été ivre. Elle se souvenait maintenant qu'il était gay et qu'il avait un partenaire qui ne l'accompagnait jamais à ce genre d'événement et ne voulait pas être mêlé à leur médiatisation.

« Je ne vous ai jamais envoyé de photo, objecta soudain Albert. Comment avez-vous su que j'habitais ici ? »

Il y eut un silence, et Martha fixa le plancher, le plafond, les rangées de livres, hésitant à lui dire la vérité.

« Fantail, avoua-t-elle. À un certain niveau, on peut avoir accès à des informations sans connaître le vrai nom d'un membre. Les filtres publicitaires. Vous aimez cette marque de kimchi, vous vivez au bord de l'eau à San Francisco, vous envisagiez d'avoir un enfant, vous étiez marié à un homme qui travaillait pour un constructeur automobile racheté par Fantail – ça restreignait les possibilités. Et puis… vous disiez avoir fait des achats chez GreenTrunk et TogBuzz, des enseignes qui nous appartiennent depuis peu. J'ai obtenu une adresse. Elle n'était pas au nom d'Albert Dabrowski. Elle était au nom de Mike McCall. »

Albert rit pour de bon, un gros rire guttural qui se changea en quinte de toux.

« Je le savais, finit-il par lâcher. Putain. Je savais que Lenk pratiquait ce genre de saloperies. Vous recueillez toutes ces données, vous prétendez ne pas avoir l'intention de les utiliser, mais une fois que vous les avez… faire des trucs comme ça devient banal. »

Albert se gratta l'oreille d'une main qui tremblait.

« Mon mari s'appelait Mike, expliqua-t-il. La maison était à son nom. Je lui plaisais déjà avant d'inventer Medlar, quand j'avais vingt ans et que j'étais arrogant comme pas permis, une cervelle sur pattes. Il a été le premier homme à trouver que je brillais. Il n'a jamais révélé qui j'étais à ses collègues de travail. Il ne voulait pas avoir droit à un traitement de faveur. Alors il n'a pas eu de traitement de faveur.

— Si Lenk avait su qui il était, on ne lui aurait pas sucré sa pension de retraite », dit Martha, mais Albert lui jeta un regard si consterné qu'elle se sentit honteuse.

« S'il vous plaît, insista-t-il, vous voulez bien partir, maintenant ? J'oublierai que vous étiez là, vous oublierez m'avoir rencontré. Vous m'avez sauvé la vie, d'accord ? Vous avez sauvé ma vie de merde et je me ferai aider, et vous, Lenk et les filtres publicitaires de Fantail, vous gagnez un bon point, OK ? Je ne le posterai pas sur Name The Day.

— Si je m'en vais, répondit Martha, est-ce qu'il y a quelqu'un que je peux appeler pour prendre le relais ? Quelqu'un à qui vous pouvez parler franchement de ce qui s'est passé ici ? »

Dans le placard au bout du couloir, le sèche-linge se mit à vrombir.

« Ma sœur habite à Napa, dit Albert.

— Et ? »

Quelque chose en Albert s'anima. Une occasion de révéler une histoire qu'il avait déjà racontée, une bribe de la personne qu'il était habituellement.

« Eh bien, c'est une vraie garce. On ne peut même pas prétexter que c'est à cause de Jésus. Elle va à l'église, mais pas une église comme les autres. Ils ont un pasteur canon qui a trente-deux ans et qui joue du saxophone. Et pourtant, quoi que vous fassiez, elle trouve quelque chose à redire. Pas à vous. À moi.

— Alors… vous n'allez pas l'appeler.

— Pendant un bout de temps, j'ai été un gros problème pour elle parce que mon mari est mort, vous voyez – et que question souffrance, elle ne faisait pas le poids. Mais ça… elle dirait qu'il n'y a pas de mauvaise manière de pleurer un proche, mais elle me ferait bien comprendre qu'avaler un tas de pilules et une bouteille de bourbon, c'est la mauvaise manière de procéder.

— Alors, qu'elle aille se faire foutre, répliqua Martha. Arrêtez de la voir, arrêtez de lui parler, quel est l'intérêt ? »

Albert la dévisagea.

« D'accord. Pas de doute, c'est vous OneCorn.

« J'aimerais savoir un truc, reprit-il. Vous êtes entrée chez un inconnu et vous lui avez sauvé la vie. Ça doit en dire long sur qui vous êtes au fond de vous. Qu'est-ce que vous foutez à bosser pour Lenk Sketlish ?

— Il y a pire que lui au monde. »

Albert continua à la fixer, haussant un sourcil avec lenteur. Voilà l'ArturoMegadog qu'elle connaissait. C'était inévitable : une partie de leur personnalité en ligne commençait à transparaître.

« Ce n'est pas un fabricant d'armes, insista Martha, ce n'est pas un dealer de drogue, ce n'est pas un mafieux, il n'a jamais tué qui que ce soit.

— Ah, vraiment ? » fit Albert, et elle se souvint alors des pensions de retraite et de son mari.

« Merde, désolée. Enfin, je veux dire qu'il n'a jamais tué personne directement. Il existe plein de gens pires que lui.

— Vous n'êtes pas très convaincante.

— Fantail rapproche les individus, ça c'est vrai. Les gens se rencontrent sur Fantail. Ils discutent.

— Arrêtez vos conneries.

— Qu'est-ce que vous voulez que je vous dise ?

— Je vous aimais bien, en ligne, confia Albert.

— Je vous aime bien aussi.

— La personne que je connais en ligne est passionnée par le monde, par la justice. Elle est drôle et acerbe et elle connaît la Bible sur le bout des doigts, et je suppose que… j'imaginais que vous travailliez pour une ONG contre la détresse infantile. Votre façon de parler. C'est ça. À votre façon de parler, je ne me doutais pas que vous aidiez Lenk Sketlish à exploiter la santé mentale des êtres humains en échange de piécettes. »

Martha s'apprêta à répondre mais Albert n'avait pas terminé.

« Oui, vous savez pertinemment que c'est ce qu'il fait. Si vous étiez n'importe quel autre membre de ce conseil d'administration, je me dirais : OK, très bien, elle comprend sur le plan personnel, pas sur le plan sociétal. Mais vous le *savez*. Il provoque délibérément la colère et le désespoir des gens pour qu'ils continuent à cliquer. Il prend des données qui ne lui appartiennent pas et les utilise pour financer des trucs à la con comme sa "base sous-marine" ? Je m'en veux tous les jours d'avoir été foutu à la porte de Medlar : je voulais que cette boîte illustre comment faire les choses bien, mais j'ai trop poussé et les financiers ont voulu se débarrasser de moi. C'était ça, ma seule et unique grande idée. On n'a qu'une putain de vie, Martha Einkorn, et j'aurais dû le savoir – je joue les prolongations, là, et je crois que j'ai le droit de dire ce que je veux. Vous n'avez qu'une putain de vie, et vous êtes intelligente, vous êtes perspicace, énergique et courageuse et vous gaspillez tout ça pour aider *Lenk Sketlish* ? »

7

Une vague odeur de pommes

Il fut un temps où Martha avait cru en ce que faisaient Lenk et son entreprise. Fantail se présentait comme un lieu de rencontre – « *the community where friends meet friends*[1] », annonçait le slogan qu'ils avaient rejeté l'année de son embauche. Mais Martha comprenait que ce qu'ils vendaient était un produit qui divisait le monde en fragments encore plus minuscules et plus parfaitement polis. Ils vendaient des morceaux.

À cette époque, l'idée l'enthousiasmait. Ces morceaux qui, d'après Hénoch, étaient interdits. Ces morceaux qui, avait-elle découvert, pouvaient apporter du réconfort, constituaient une partie intense et importante du monde dont il lui avait refusé l'accès. Elle adorait ça. Elle avait combattu un ours, et elle avait gagné. Quelque part dans les bois sombres de l'Oregon reposaient les os d'un ours qu'elle avait abattu de ses propres mains, la chair devenant pourriture, la pourriture nourrissant les champignons et les racines des arbres, les arbres offrant un abri aux insectes, les insectes nourrissant les oiseaux, les oiseaux volant dans le ciel avec des cris puissants et sauvages. Ça aussi, ce sont des morceaux, disait-elle au fantôme imaginaire de son père. Cette chose que produisait Fantail, c'était de magnifiques morceaux. Dans son imagination, il tournait son visage vers elle à ces mots, et dans

1. « La communauté où des amis rencontrent des amis. »

son imagination, elle souriait. Tout ce qui n'était pas Hénoch était bon.

Il lui avait fallu plus de deux ans – de longues heures de travail, rentrée après minuit, repas pris sur le pouce au bureau –, deux années à trimer avec Lenk pour les sauver, lui et son entreprise. Ils avaient été au bord de la faillite à six ou sept reprises. Elle avait demandé à des anciens collègues de la Silicon Valley de réparer les bugs avant que les utilisateurs ne les trouvent et ne balancent tout par la fenêtre. Quand un lancement majeur n'avait pas atteint les objectifs et que leur paiement suivant n'avait pas été déclenché à temps, ils s'étaient retrouvés à deux doigts de couler ; Martha avait encaissé une partie de son salaire et de ses actions, et Lenk n'avait pas encaissé son salaire du tout de sorte à continuer à rémunérer les développeurs. Il avait vendu son appartement et dormi sur le canapé de Martha pendant trois mois, jusqu'à ce que le règlement suivant soit effectif. Il était en colère et déterminé : il passait ses nuits à coder, à envoyer des e-mails et à rédiger des idées. Parfois, il la réveillait en pleine nuit avec une idée, juste pour l'entendre affirmer qu'elle était excellente. Les collègues de Martha lui disaient souvent qu'ils ne comprenaient pas comment elle faisait pour le supporter.

Finalement, l'entreprise s'était stabilisée et le conseil avait félicité Lenk – et, avec moins d'effusion, Martha. Ce n'est qu'alors, après que la vague immense avait déferlé sur eux, qu'elle avait pensé à utiliser Fantail, elle aussi. À chercher les hénochites, par exemple. Pourquoi un hénochite aurait-il un profil Fantail ? Peut-être parce que eux aussi avaient laissé ce monde derrière eux. Plus de quinze ans s'étaient écoulés depuis le Dernier Sermon. Certains d'entre eux avaient sans doute repris leur vie d'avant.

Elle trouva un dénommé Jun-seo – un Américain d'origine coréenne arrivé au camp un an avant la fin. À peine plus âgé qu'elle, et perdu. Son père était mort, sa mère était partie ; les gens comme lui étaient attirés par le côté paternel d'Hénoch, par sa sagesse brute et sa virilité. Martha se souvenait de Jun-seo comme d'un homme doux, bon, triste et pensif. Ensemble, ils avaient nourri les animaux dans la froideur matinale. Elle regarda ses photos. Il avait une femme et deux enfants en bas âge, et il vivait non loin de là. Jun-seo avait écrit des commentaires sous les photos de son beau-père, qu'il appelait « papa ». Martha se réjouit qu'il ait trouvé quelqu'un d'autre et de meilleur pour lui tenir lieu de père.

Jun-seo répondit au message de Martha avec une rapidité et un intérêt qui lui firent plaisir. Ils se retrouvèrent dans un steakhouse de Redding un dimanche après-midi. Sur le chemin, Martha avait écouté de la musique entraînante et baissé les vitres. Elle avait hâte de le revoir – et surtout de discuter avec une personne qui la comprenait vraiment, qui comprenait la vie qu'ils avaient menée. Cela faisait longtemps qu'elle n'avait pas parlé à quelqu'un qui se souvenait d'Hénoch ou de celle qu'elle avait été avant ses dix-sept ans.

Jun-seo n'avait pas beaucoup changé, comme si les années ne l'avaient pas touché ou s'étaient contentées de le faire mûrir et de l'adoucir. Quand il la serra dans ses bras, il exhala une vague odeur de pommes et elle se remémora avec plaisir qu'il avait toujours senti ce parfum propre et enfantin.

« Je n'ai pas dit à ma femme qui tu étais », lui confia-t-il quand ils s'assirent.

En voyant son expression, il dut se rendre compte qu'elle ne l'avait pas compris.

« Pas parce qu'elle serait fâchée que j'aie rendez-vous avec une femme. Elle pense que tu es une amie de lycée. Je ne lui ai pas beaucoup parlé d'Hénoch. Je lui ai dit que j'avais vécu au camp, mais seulement pendant quelques semaines.

— Ce n'était pas si long, répondit Martha d'une voix douce. Tu n'y es pas resté très longtemps. Mais tu t'en souviens bien, j'imagine.

— Les gens croient… enfin, tu sais ce qu'ils croient. J'ai une nouvelle vie, maintenant. Ma femme et moi, on est ensemble depuis presque dix ans.

— Beaucoup plus longtemps que ton séjour chez nous », fit remarquer Martha. Elle voyait bien qu'il était nerveux ; il avait besoin qu'elle lui dise qu'elle le connaissait à peine. Ces retrouvailles ne correspondaient déjà pas à ce qu'elle avait espéré. Elle aurait voulu discuter des meilleurs moments, ceux de joie et d'émerveillement. Peut-être Jun-seo ne voudrait-il même pas aborder ce passé. Sans doute n'en retiendrait-elle que l'odeur de sa peau et la certitude qu'ils s'étaient un jour trouvés ensemble au même endroit, autrefois. Peut-être cela suffirait-il.

Ils commandèrent à déjeuner. Du steak, des pommes de terre, des épinards à la crème. Les plats arrivèrent vite, comme si les employés étaient pressés de les chasser du restaurant presque désert. Leurs assiettes furent posées devant eux avant que Jun-seo ait fini de lui parler de son fils aîné qui entrait à l'école. Il était fier que celui-ci ait pleuré et se soit agrippé à lui devant la grille de l'école, et fier aussi qu'il ait fini par la franchir courageusement. Martha le comprenait.

« C'est bon d'avoir une vie normale, remarqua-t-elle, après tout ça. »

Le visage de Jun-seo s'empreignit de soulagement. C'était visiblement ce qu'il attendait. Qu'on lui dise qu'il était normal, que tout ce qu'il ressentait et traversait aujourd'hui était normal.

« Et toi, dit-il, tu y as survécu. Tu te débrouilles bien. »

Il ne s'agissait pas d'une question. L'intitulé de son poste apparaissait sur le profil Fantail de Martha. L'entreprise était en pleine croissance.

« Ça doit être un travail intéressant », poursuivit Jun-seo, et Martha lui décrivit un peu les heures sup, la pression, mais oui, la réussite. Elle évoqua les rêves que nourrissait Fantail, les histoires qu'elle avait déjà lues, les vieux camarades de combat réunis après des décennies, les frères séparés qui se retrouvaient enfin.

« Comme ce repas, par exemple, expliqua-t-elle. Je n'aurais jamais pu te retrouver sans Fantail. C'est ce que fait cette boîte. Elle réunit les gens. Elle assemble les fragments pour former un tout. »

Elle savait ce qu'elle disait et savait que c'était un mensonge. Mais peut-être était-ce le genre de mensonge que Jun-seo apprécierait : une réinterprétation du travail d'Hénoch.

« Tu as décidé de travailler là-bas pour pouvoir me retrouver ? questionna Jun-seo.

— Je ne comprends pas.

— Je ne parle pas que de moi. Est-ce que tu nous cherches, nous ? »

Martha coupa un morceau de son steak trop cuit et se mit à mâcher.

« Ça ne m'est venu à l'esprit que récemment, avoua-t-elle, mais tu ne… tu n'as pas envie d'en discuter ? Maintenant qu'on a tous les deux une vie normale. Un boulot. Tu as une famille. J'ai juste cru que ce serait agréable de partager des souvenirs.

— Quand j'ai vu ton message, je me suis mis à trembler », commença-t-il à voix basse, sans se précipiter mais sans s'arrêter non plus. Comme s'il avait préparé son discours. « Tu sais ce dont je me souviens ? Après ton départ, Hénoch était un homme brisé. Il est resté muet pendant six jours, et le septième jour, il a prononcé un sermon de désespoir. Il nous a dit que toute chose dans ce monde misérable allait voler en éclats, qu'aucun homme ne peut changer le morcellement intrinsèque de son existence, que s'en être cru capable avait été une tentation du mal. Il nous a dit de nous abandonner aux morceaux. De balancer notre récolte, de piétiner les semis. »

Les sinus de Martha palpitaient, ses tempes étaient brûlantes et une migraine sourde commençait à se déployer derrière son front. Après tout ce temps, ce n'était pas encore fini ?

« Je n'avais pas le choix. » Il n'y avait pas d'autre réponse.

Ses doigts touchèrent le sac à main en cuir à côté d'elle sur la banquette. Elle se lèverait dans un instant, laissant son repas et Jun-seo. Elle rentrerait chez elle dans sa propre voiture, qui était à son nom, et ouvrirait la porte de son propre appartement avec sa propre clé. Elle s'assiérait dans le silence de son logis et passerait la nuit entière, si elle le désirait, à observer les fragments de sa vie et de celle des autres.

« C'est tout ? fit Jun-seo. "Je n'avais pas le choix" ? C'est tout ? »

Martha sut alors qu'elle était parfaitement seule. Aujourd'hui et à jamais. Ses amis dans la vallée comprendraient pourquoi elle était partie mais pas pourquoi elle était restée aussi longtemps. Les hénochites comprendraient pourquoi elle était restée mais jamais pourquoi elle était partie aussi vite. Elle s'était brisée en fragments et à présent elle devait vivre ainsi. Personne ne pouvait voir tous les morceaux.

« Je crois que cette conversation ne mène nulle part, déclara Martha. Je suis navrée que ce soit si difficile pour toi. Je dois partir.

— Oui, comme d'habitude, rétorqua Jun-seo tandis que Martha se levait. Tu veux savoir pourquoi je suis venu aujourd'hui ? Je suis venu voir si tu allais t'excuser. »

Sur le chemin du retour, elle reçut un appel de Lenk. Il y avait un gros problème avec le lancement en Europe – une loi à la con sur les données ; ils allaient se faire entuber de tous les côtés. Martha ne prit pas la peine de rentrer chez elle. Elle se rendit directement au bureau où Lenk, bien sûr, était en train de hurler sur un groupe de six personnes qui pouvaient toucher un énorme salaire n'importe où dans la vallée et n'étaient pas obligées de supporter ces conneries.

Elle franchit la porte de la salle de conférence. Toutes les têtes se tournèrent vers elle. Les tech leads avec un soulagement mêlé d'angoisse. Lenk et sa colère arrogante. Elle le connaissait, et elle connaissait sa place. C'était elle qui pouvait s'asseoir à sa droite, transformer ses pensées morcelées en notes concrètes et en projets livrables. C'était elle qui pouvait l'apaiser. C'était elle qu'il respectait. Elle avait sa place ici. Ses morceaux n'avaient de sens qu'ici.

8

Je ne m'en sens pas capable

« C'est ça, constata Albert, donc vous reproduisez l'environnement violent dans lequel vous avez grandi en travaillant pour un sadique. Vous souffrez du syndrome de Stockholm vis-à-vis de votre fondamentaliste de père, qui vous a appris à chérir le fait d'être *la seule* qui soit capable de le gérer, et vous vivez encore de la même manière. Et vous vous sentez seule à crever. »

La paupière de Martha tressauta. « OK. Vous exagérez un peu. Sans compter que vous ne connaissez pas ma vie.

— Vous êtes rentrée chez moi et vous avez enfoncé vos doigts dans ma gorge. On discute sur le Web depuis six ans. Vous m'avez raconté votre vie à l'instant. Je crois qu'on se connaît. D'ailleurs. Venez avec moi. Emportez le café. Je veux vous montrer quelque chose. »

Martha refusa de laisser Albert conduire, bien évidemment. Elle ne voulait l'emmener nulle part, mais il déclara qu'il prendrait un Uber si elle ne l'accompagnait pas, et elle soupçonnait que ses chances de survivre à cette journée seraient plus élevées avec que sans elle. Elle lui expliqua pourquoi tout en versant leur café dans deux thermos.

« On va juste rouler, assura-t-il. Je ne sortirai même pas de la voiture. En quoi est-ce que c'est différent de rester assis sur le canapé avec vous ? C'est exactement la même chose. »

Il faillit tomber à genoux deux fois au moment de monter à

bord. Elle l'aida à se relever. Bon, se dit-elle, au moins, s'il a besoin d'aller aux urgences, on sera déjà en voiture.

Sur le chemin, il l'interrogea davantage sur sa vie avec et après Hénoch – tel un médecin diagnostiquant un patient.

« Qu'est-ce qui vous fait croire que vous y connaissez quelque chose, à la vie ? railla-t-elle. Vous venez littéralement de...

— Ne vous foutez pas de moi. Je suis aussi intelligent aujourd'hui qu'hier, c'est-à-dire *sacrément* intelligent. Ce n'est pas parce que quelqu'un a des problèmes de santé mentale qu'il n'a rien à offrir. Surtout à vous. Dites-m'en plus sur votre syndrome de Stockholm. Racontez-moi ce qui est arrivé après l'ours. Au fait, vos histoires sont complètement frappadingues. J'adore. »

L'aube entrait en osmose avec le ciel, trempant le bleu velouté de gris et d'or, de bleu-blanc et de bleu éclatant. Cinq mouettes formaient une flèche qui montrait le nord. Martha roula, suivant leur direction.

« D'accord », capitula-t-elle.

Après l'ours, après avoir vu le couple dans les bois, Martha savait qu'elle avait conservé – illicitement – une part d'elle-même en réserve. Elle raconta aux autres enfants du camp l'histoire de l'ours à de multiples reprises mais jamais l'étrange interlude au cours duquel elle avait admiré les ongles de la femme et réalisé que le réconfort pouvait être pris par morceaux. Garder ainsi en réserve des bribes d'expérience n'était pas exactement interdit, mais fortement déconseillé. Lors des longues nuits noires, Hénoch proposait souvent d'« ouvrir son cœur les uns aux autres », de discuter en détail de ce qu'on avait vu ou fait ou pensé ce jour-là, de mener la communauté à l'harmonie, chaque partie communiquant comme un tout. Ce que Martha avait vu dans les bois aurait été une parfaite observation à partager avec les autres : quelque chose d'étrange, quelque chose de beau, quelque chose de difficile à comprendre seule. Elle aurait dû demander à la communauté de voir cette scène avec elle, à travers ses yeux.

« Ah ! Ben oui, dit Albert, c'est un comportement autoritaire typique des sectes, ça.

— Je sais, riposta Martha. J'ai grandi dans une secte célèbre. Je suis au courant.

— Oui, mais vous ne savez pas vraiment comment ça vous a affectée.

— J'ai fait six ans de psychanalyse.

— Six ans ? Vous avez à peine effleuré la surface.

— Pourquoi je vous ai sauvé la vie, déjà ?

— Pour que vous puissiez avoir cette conversation. Continuez.

— Il y avait une petite ville à environ une heure de route du camp. Et dans cette ville, il y avait une bibliothèque.

— Ah, les bibliothèques. La racine de tous les maux. Vous avez été séduite par la littérature, c'est ça ? »

Ils lisaient des livres de façon communautaire. De bons livres, de vieux livres. Mais à la bibliothèque, il y avait aussi des magazines remplis d'images colorées. Et des ordinateurs connectés à Internet, que vous pouviez utiliser pendant trente minutes sans payer un cent. Rien de tout cela – il fallait bien le comprendre – n'aurait été interdit si elle en avait parlé à Hénoch. Mais elle ne lui en avait pas parlé. À la bibliothèque, elle lisait des magazines de mode pour adolescents, des magazines de photographie. Certaines photographies montraient des femmes partiellement vêtues ou presque nues ; elle s'attardait sur elles, s'émerveillant de leur peau sans imperfections, de leurs seins qui flottaient, mamelons dressés vers le ciel.

« Aahhhh, je vois, interrompit Albert. Le sexe. C'est comme ça qu'ils vous mettent le grappin dessus.

— Ce n'était pas… Enfin si, c'était du sexe. Oui. D'accord. Oui, c'est vrai.

— Aucun mal à ça.

— Mais ce n'était pas *que* ça. C'était aussi… Vous savez, on nous avait élevés dans un cadre incroyablement sain…

— Votre père vous a abandonnée en forêt. Ce n'était pas si sain que ça.

— Je parle de savoir-faire. Les savoir-faire anciens et pratiques. Traquer et chasser, coudre, s'occuper des récoltes. Ce genre de choses. Mais c'était d'un *ennuyeux*.

— Comparé à Internet.

— Comparé au monde.

— Mouais. Tournez à gauche ici.

— On va où ?

— Je veux vous montrer la chose la plus saine, la plus ennuyeuse, la plus magnifique que je connaisse. »

Honteuse de ce qu'elle avait vu à la bibliothèque, Martha avait interrogé Hénoch sur le sentiment de curiosité. D'où venait-il ? Était-ce un bon ou un mauvais sentiment ?

Hénoch, ravi de ces questions, lui avait ébouriffé les cheveux comme si elle avait encore dix ans et s'était assis avec elle tandis qu'elle balayait l'âtre et y déposait des bûches fraîches. Il n'avait jamais craint les questions ; il estimait qu'ils pouvaient trouver les réponses ensemble.

« Eh bien, Martha May, avait-il dit, je pense que la curiosité est notre droit inaliénable. Quand nous étions Renard, quand nous marchions d'un endroit à l'autre, la curiosité était nécessaire et nourrie par nos vies quotidiennes. Qu'est-ce que la curiosité sinon le désir de voir ce qui se trouve derrière la prochaine crête ? D'emprunter un nouveau chemin, de goûter un nouveau fruit, d'explorer une nouvelle grotte ? C'est de cette manière que nous avons découvert les secrets et les beautés de notre monde.

— Mais, avait fait remarquer Martha, entrecroisant le petit bois comme elle l'avait fait cinq cents fois auparavant, est-ce que la curiosité ne va pas nous détourner du droit chemin ? »

Hénoch s'était accroupi près du feu.

« Explique-moi pourquoi tu dis ça.

— Je réfléchissais au Babil. Tu ne crois pas que c'est la curiosité qui les guide ? Ils sont toujours en train de pourchasser de nouvelles choses. C'est ce que sont les morceaux, non ? De petites choses nouvelles, constamment. La curiosité. »

Hénoch avait dévisagé Martha d'un air étrange.

Plus tard – quelques semaines ou quelques mois plus tard –, Martha avait remarqué qu'Hénoch avait modifié le sermon de Lapin et Renard. Dans cette nouvelle version, il s'appropriait les réflexions de Martha sur la curiosité. Il montrait comment Lapin avait tordu la curiosité naturelle de Renard, lui donnant une nouvelle forme terrible. N'ayant pas à sa disposition de nouveaux terrains où déambuler, Lapin se voit forcé de satisfaire sa curiosité par l'intermédiaire des inventions de l'homme. Au lieu des folles aventures que sont le voyage, l'exploration, les mystères de la chasse, Lapin se tourne sur lui-même et cherche des péripéties à travers la télévision.

Martha avait cependant noté qu'Hénoch ne lui avait pas attribué le mérite de la question. Il aurait pu dire : « Ma fille, Martha, m'a demandé », mais il n'en avait rien fait. Je devrais être satisfaite, avait-elle songé. C'est à cause des magazines, des photographies et d'Internet que je ne suis pas satisfaite. Je devrais arrêter d'aller à la bibliothèque. Mais elle n'avait pas arrêté d'y aller.

« Et alors, où est le mal, putain ? s'écria Albert. Vous vouliez qu'on reconnaisse ce que vous aviez fait ! Merde, quoi, Jésus a dit que les humbles allaient hériter la terre, n'empêche qu'il voulait quand même avoir son nom dans son foutu livre, non ? Ils n'ont pas écrit "Un type a dit et fait telle ou telle chose, mais on ne sait plus comment il s'appelait", si ? »

Martha éclata de rire.

« J'ai volé de l'argent à Hénoch quand je suis partie, poursuivit-elle. Environ deux mille dollars. Et un pistolet.

— Vous pensiez qu'ils allaient vous poursuivre ?

— Je croyais que le monde serait plus effrayant qu'il ne l'était en réalité.

— Alors vous avez fait preuve d'intelligence en volant l'argent et en prenant le pistolet.

— J'étais une gamine de seize ans.

— Plus intelligente que la plupart des gamins de seize ans.

Écoutez, vous ne pourriez pas accepter ce que vous avez fait, tout simplement ? Vous ne pourriez pas dire : “Et puis merde, j’avais besoin de survivre” ? Bon Dieu, vous étiez une adolescente lesbienne qui vivait dans une secte apocalyptique fondamentaliste. La plupart des habitants de la Terre applaudiraient votre départ.

— Oui, mais c’est là-bas que j’ai grandi, et on voyait les choses autrement.

— Alors pensez différemment. Suivez le conseil que vous m’avez donné au sujet de ma sœur. Ne repensez plus jamais à eux. Ne les revoyez plus jamais. Rien de ce que vous avez fait n’était vraiment mal.

— Rien du tout ?

— Enfin… vous en avez tué ?

— Non !

— Frappé ? Tabassé ?

— Non. J’ai fait du stop, pris le bus et je suis allée dans la ville où vivait le frère de ma mère. Il ne m’a pas beaucoup aidée, mais j’ai dormi sur son canapé pendant quelques mois, le temps de mettre de l’ordre dans ma paperasse et de trouver un organisme caritatif qui m’aiderait à passer mon certificat de fin d’études. Certains hénochites pensaient que mon départ était une sorte… de signe. Un signe que la fin approchait. Quelqu’un m’a dit, il y a quelques années de ça, que… c’était mon départ qui avait tout détruit. La situation s’est détériorée après ma fuite. Ils se sont dressés les uns contre les autres. Certains considéraient les autres comme des traîtres. Disons que… les choses ont très vite tourné au vinaigre. »

Albert pinça ses lèvres.

« J’ai plutôt l’impression qu’ils sont responsables de ce qui leur est arrivé. Ils ont choisi en quoi ils voulaient croire. S’ils étaient prêts à renoncer à tout ça juste parce que vous êtes partie… » Il haussa les épaules. « Ils cherchaient une excuse, c’est tout. Vous avez fait ce qu’il fallait pour survivre. Regardez, on y est. »

C’était un nouveau jour, comme se renouvelle le jour, chaque matin. Ils avaient atteint la réserve naturelle de zones humides, l'endroit que le mari d'Albert avait œuvré sans relâche à préserver.

« Je leur donne soixante mille dollars par an. Ce sont surtout des bénévoles. Ils n'ont pas besoin de plus pour garder tout ça… dans cet état. »

Albert s'extirpa de la voiture et resta debout, pantelant, adossé contre la portière.

L'océan était froid et lisse ce matin-là, pans de quiétude transparente au milieu du vaste flou bleu foncé. Le chant des oiseaux s'élevait, insistant, autour d'eux, les bécassines curieuses pareilles à des charnières rouillées, les cris pétillants des macreuses noir d'encre, le lointain braiment nasal d'une colonie de puffins. Chaque feuille se déployant, chaque insecte dressant la tête, chaque oiseau louant de son aile le soleil nouvellement levé. Il y avait du brouillard, mais derrière le brouillard, il y avait le matin.

« Mike avait l'habitude de m'emmener ici, confia Albert. Ce petit con me tirait du lit à 4 heures du matin pour voir ça. Il prévoyait toujours du café dans la voiture. Il se foutait royalement que je passe tout le trajet à me plaindre. Il disait : “On fait partie de la vie, et on devrait pouvoir en profiter. Oublie un peu tes machines pensantes.”

— Il avait l'air formidable. »

Albert poussa un soupir tremblant.

« Vous êtes une mère ? Une épouse ? Une compagne ? »

Elle secoua la tête.

« Comment ça se fait ? »

Martha sirota son café.

« Je ne m'en sens pas capable.

— Vous sortez avec quelqu'un ?

— Il… m'arrive de coucher avec des gens.

— Avec des femmes, n'est-ce pas ? »

D'un geste du menton, Martha lui montra le thermos de café qu'il tenait à la main.

« Continuez à boire, lentement. » Puis : « Oui, des femmes. Et vous, vous sortez avec quelqu'un ?

— Vous plaisantez ?

— Pourquoi pas ?

— Et après ? Je rencontre quelqu'un, je tombe amoureux et je retrouve le bonheur ?

— Peut-être. D'après ce que j'ai vu, si vous l'avez fait une fois, vous pouvez recommencer. Certaines personnes sont douées pour ça.

— Et ensuite ?

— Les trucs habituels. Vous vous disputez, vous vous rabibochez, vous pleurez, vous riez, vous faites la fête ensemble, vous vivez des deuils ensemble. Vous vous énervez parce qu'il ne plie pas les habits comme il faut et qu'il troue toujours ses chaussettes et vous pique les vôtres. »

Albert but son café, lentement. Autour d'eux, le matin se levait, le jour pareil à un nouveau-né débordant de possibilités. Les rayons du soleil, à cette heure dorés et limpides, les oiseaux battant des ailes, plongeant pour attraper un poisson scintillant dans les eaux grouillantes.

« Si je rencontrais quelqu'un, je tomberais au fond du trou dans la glace qui est en moi. Je ne peux pas retrouver le bonheur parce que alors je saurai combien je suis malheureux.

— Donc vous comptez rester triste pour toujours ?

— Mmm. Et vous, qu'est-ce que vous comptez faire ? »

Il y eut un long silence, comblé par le bruit de l'eau qui clapotait, les cris pressants des oiseaux.

« Mike disait que la vie arrive parce qu'on la laisse entrer. Quand il essayait de me convaincre, pour le bébé. Il disait que chaque fois c'était un acte de confiance insensé. Le spermatozoïde s'engouffre dans l'œuf et ne peut plus bouger. L'œuf baisse sa garde et laisse entrer un corps étranger. C'est comme ça que ça se passe, chaque fois. Un acte de foi complètement injustifié. Ouvrez, laissez entrer, entrez. S'ouvrir à l'autre est dangereux, invariablement. Mais sans ça, on ne serait pas là.

— Où est-ce que vous voulez en venir, Albert ?

— Je sais ce qui est arrivé à la fin, avec les hénochites, je l'ai lu quelque part, d'accord ? Alors je comprends que vous ayez du mal à faire confiance, après ça. Du mal à vous rapprocher des gens. »

9

Ne regarde pas en arrière

Hénoch, jadis connu sous le nom de Ralph Zimmerman, avait été un homme futé, un homme paranoïaque, un homme malade. Il avait lu de nombreux textes, en avait imprégné son esprit intelligent, anxieux, effrayé, et avait produit des signes et des présages, des auspices de catastrophes et des promesses de salut.

Sa fille, Martha, quitta le camp un matin tôt, avant que les autres se réveillent. Elle emporta de l'argent et un pistolet ; elle avait sans doute marché, fait du stop et pris le bus, et bien qu'ils aient sillonné les environs en voiture à sa recherche pendant des jours, elle les avait quittés et ne reviendrait pas.

Hénoch savait que le départ de Martha était signe de quelque chose – il sentait rôder les forces du chaos. Il soupçonna la présence de traîtres, réclama la justice à grands cris, témoigna à ses ouailles colère et impatience, rumina et réfléchit longuement à la trahison de Martha. Pour finir, il demanda au Seigneur de lui envoyer un signe. Un signe indiquant si la communauté sur laquelle ils avaient fondé ces six mille hectares de terre verdoyante était bénie de Dieu.

Il envoya quelques-uns de ses disciples dans les bois chasser et cueillir pendant trois jours et emmena ceux qui restaient – une multitude, plus de cent personnes – dans le grand sous-sol du bâtiment principal de leur camp. Là, il leur annonça qu'ils observeraient trois jours de jeûne et de prières. Ils ne boiraient que de l'eau. Ils resteraient éveillés aussi longtemps que possible. Il verrouilla la porte du sous-sol. Il jeta la clé entre les barreaux de la minuscule fenêtre, celle qui donnait à l'est sur le soleil levant. Il pria Dieu pour qu'Il l'aide, qu'Il leur montre le chemin.

Il prêcha – ceux qui étaient présents s'en souvenaient – nuit et jour. Ils dormaient et somnolaient au son des prédications d'Hénoch et s'éveillaient à celui de sa voix prophétisant. Ce fut là qu'il prêcha pour la dernière fois le sermon de Lapin et Renard, et ceux qui l'entendirent affirmèrent qu'il avait enfin uni le ciel et la terre par ses mots et que c'était magnifique et saint et qu'il savait que Dieu les écoutait et écoutait leurs prières. À mesure que s'écoulaient les heures affamées, ils acquirent la certitude que leur communauté s'apprêtait à vivre une visitation miraculeuse du Seigneur car l'objectif du monde avait été rempli par cette petite assemblée et qu'il était temps à présent de boucler tout ça. Ces deux jours et nuits passés sans manger, à ne boire que de l'eau, à ne dormir que par bribes, étaient les plus beaux de toute leur vie.

Le troisième jour, ils sentirent de la fumée.

Certains dirent : C'est probablement le gouvernement. Des agents du FBI et de la CIA s'intéressaient de près aux hénochites depuis des années ; ils en avaient tout simplement eu assez d'eux et avaient voulu les voir disparaître.

Certains dirent : L'installation électrique du camp a toujours été dangereuse. Il y avait eu deux petits feux l'année précédente, et deux hénochites suivaient une formation d'électricien afin de s'en occuper eux-mêmes. L'été avait été chaud et sec. Des étincelles avaient jailli d'un coin de l'atelier et déclenché l'incendie.

Certains dirent : C'est Hénoch lui-même qui l'a allumé. Il n'avait pas jeté la clé ; il l'avait gardée et était sorti au petit matin alors que les autres dormaient encore. Il savait d'où étaient partis les incendies électriques précédents. Il y avait mis le feu, à côté d'une pile de torchons imbibés de graisse, avait veillé à ce que les flammes prennent et avait regagné le sous-sol pour y attendre le jugement du Seigneur.

Certains dirent : Il y a eu un orage plus tôt ce matin au-dessus des six mille hectares de terre verdoyante, et quelque minuscule étincelle a provoqué les flammes. C'était le Seigneur lui-même et pas un séraphin, lui et pas un messager, lui et pas un étranger. C'était le Seigneur qui avait contemplé le camp et déclaré : « Détruisez-les. Frappez-les. Décimez-les. »

Certains hénochites, lorsqu'ils sentirent la fumée, travaillèrent ensemble à briser la petite fenêtre qui donnait à l'est près du plafond du sous-sol, et empilèrent des meubles pour se hisser dehors – certains encouragèrent les autres et s'aidèrent à sortir, rampant sur le verre brisé, leur chair ensanglantée et en lambeaux, toussant et s'étouffant. Et ces personnes relatèrent comment Hénoch avait dit : « Laissez-les partir. Le Seigneur nous montrera le chemin. »

Martha avait quitté le camp depuis douze semaines lorsqu'elle apprit la nouvelle du tragique incendie. Elle était dans un couloir, en train d'attendre de passer un entretien pour un programme de mise à niveau ; ils financeraient ses études secondaires et lui fourniraient un hébergement si elle remplissait les conditions requises. Le couloir était peint en vert pâle et blanc, les murs éraflés comme si quelqu'un l'avait emprunté au volant d'un camion. Martha était assise sur une chaise en plastique inconfortable devant la porte d'un bureau, et à côté d'elle, sur une petite table, se trouvait un journal vieux de trois semaines avec la photo du camp incendié en page 6. S'il n'avait pas été plié de la sorte, elle ne l'aurait sans doute pas su avant un mois ou plus. Les théories sur le FBI ou la CIA refirent surface bien plus tard. Au début, il n'était question que d'un tragique incendie dans une ferme. Une nouvelle, certes, mais qui ne défrayait pas la chronique.

Elle posa la main sur la page, toucha la photo de la salle à manger calcinée, de la clôture grillagée à l'extérieur. Elle arracha la page du journal, la fourra dans la poche de son jean puis craignit d'avoir été vue, d'être traitée de vandale. Elle se ressaisit – n'y pense pas, ne laisse pas ces pensées s'insinuer. Ne regarde pas en arrière. La porte s'ouvrit. La femme appela son nom. Pendant les trente-cinq minutes que dura l'entretien, Martha se montra enthousiaste et s'exprima à la perfection. Elle obtint sa prise en charge financière. Elle se lançait. Elle ne regarda pas en arrière.

10

C'est ainsi qu'on accède à la vie

Le soleil s'était levé sur les zones humides. Il était bientôt 9 heures du matin. Dans un autre coin de la ville, la gérante du cabinet du médecin personnel d'Albert enfilait son caban rouge et laçait ses baskets, consultait sa montre et se ménageait du temps pour prendre son bus. Dans un autre coin de la ville, le propriétaire d'une épicerie bio ouvrait les volets et rangeait sur les étalages consacrés un nouveau carton de kimchi de la marque Firepit qu'il venait de déballer. Dans un autre coin de la ville, Lenk Sketlish prenait une douche à son bureau, laissant un appel de son épouse actuelle aller directement sur messagerie vocale. Ce qu'Hénoch pensait est vrai : nous sommes reliés les uns aux autres, de l'un à l'autre et ainsi de suite.

« Eh bien vous voyez, conclut Martha, c'était ma faute.

— Vous avez fait six ans de psychanalyse, non ? rétorqua Albert. Alors vous savez que c'est juste un mécanisme de défense narcissique. Vous voulez croire que c'était votre faute parce que c'est plus facile que de reconnaître que vous n'aviez aucun contrôle.

— Mais j'aurais pu empêcher ça. Jamais ce ne serait arrivé si je n'étais pas partie.

— Je ne crois pas au destin, mais vous ne pensez pas que le fait qu'on se soit rencontrés ici, dans ces conditions, veut dire quelque chose ?

— Je me suis déjà engagée une fois sur ce terrain-là. »

Ce terrain menait dans un sous-sol où s'infiltrait l'odeur de fumée.

« D'accord, peut-être que ça ne veut rien dire. Vous m'avez seulement sauvé la vie et vous travaillez pour Fantail, et moi j'ai inventé Medlar. Et il s'avère que nous sommes d'accord sur tout un tas de choses importantes. Mais on pourrait donner un sens à notre rencontre si on le voulait.

— Quel sens ?

— Vous et moi, nous avons aidé à déclencher quelque chose en ce monde. Une immense déferlante d'informations. Sans précédent. Le seul problème étant qu'elle est comme la révolution de l'imprimerie de Gutenberg, qui a été suivie de quatre cents ans de guerre sanglante. Soudain, les gens se sont retrouvés exposés à plus d'informations que jamais auparavant. Ils ne disposaient pas de systèmes pour les traiter ou distinguer la vérité des mensonges. Ils étaient dépassés. On en est au même point. Et l'humanité n'a pas le temps de subir quatre cents ans de guerre sanglante en ce moment. Il y a tellement d'urgences à gérer.

— Des fragments, dit Martha. Des morceaux. C'est ce dont parlait Hénoch. Les choses qui se désagrègent plus vite qu'on ne peut les recoller.

— Eh bien, je crois que là-dessus, il avait raison. Pas à propos du reste. Là-dessus, oui. Voilà le sens que j'aimerais donner. Que vous et moi travaillions ensemble à nous sortir de cette crise de l'information aussi vite qu'il en est humainement possible.

— Vous êtes sérieux ?

— Ouais.

— De quoi on parle, exactement ? D'une sorte de conférence ?

— Encore une conférence à la con ? Oh là, surtout pas. Pas un panel, pas un séminaire, pas un congrès. Quelque chose de vrai. Je viens de faire une tentative de suicide. Vous avez échappé à une secte mortelle. On joue les prolongations. On n'existe pas vraiment. On peut faire ce qu'on veut. J'aimerais envisager des solutions extrêmes. J'aimerais faire ce qui est nécessaire, quoi qu'il en coûte. »

Le ciel était gris et bleu de Saxe, l'air parfaitement immobile. De petits oiseaux traversaient le ciel avec grâce, décrivant une parabole entre d'invisibles infinis, gobant des bêtes ailées trop petites pour être vues. Tout ce qui a jamais commencé dans l'histoire de la planète s'est amorcé par un minuscule changement, invisible à l'œil nu.

Le spermatozoïde dit à l'œuf : Toc toc. L'œuf dit : Je n'ai aucune raison de te laisser entrer. Il n'y a aucune garantie. Et pourtant, l'œuf s'ouvre. Et pourtant, le spermatozoïde s'y faufile. Et pourtant, deux paquets d'informations fusionnent. C'est ainsi que nous sommes tous arrivés ici. C'est ainsi qu'un rien se transforme en quelque chose. C'est ainsi qu'une boule de roche nue se retrouve avec des mouettes et des puffins, avec de la mousse et du lichen, avec des feuilles vert pâle qui se déploient et des mille-pattes qui détalent et des lapins et des renards. C'est ainsi qu'on accède à la vie.

11

Un roi d'un genre particulier

À Washington DC, cet hiver-là, il y eut une pluie de sang.

Martha sentit d'abord le sang, chaud et humide, contre sa joue. Un filet dégoulinant qui ne ressemblait pas à de l'eau, mais qui était épais et doux. Au début, l'odeur n'avait rien de déplaisant ; un effluve d'animal et de fer. Martha porta à sa joue une main qu'elle retira, collante et rouge. Tout le long des marches du palais de justice, des gouttelettes rouges dodues s'écrasaient sur la pierre, sur les barricades, sur les manifestants, sur le costume gris foncé de Zimri Nommik et sur la robe en soie lilas de Selah Nommik et le manteau en laine noir impeccable de Lenk Sketlish.

Lenk leva la tête. Une masse sanglante le frappa au visage. Un rat écorché à longue queue, songea Martha. Lenk grogna, et l'objet sur son visage glissa lentement sur sa chemise d'un blanc immaculé pour atterrir avec un ploc sonore sur le béton. C'était un tampon imbibé de sang.

En haut d'un bâtiment sombre et trapu face au palais de justice, un groupe de femmes déployaient une banderole.

ANVIL OPPRIME LES FEMMES. C'EST MENSTRUEUX.

NOMMIK : VOILÀ CE QUI ARRIVE QUAND TU NE LAISSES PAS AUX FEMMES LE TEMPS DE CHANGER LEUR TAMPON.

Elles avaient des seaux en plastique noir et des fusils à eau remplis de sang. Certaines faisaient tournoyer les tampons sanguinolents autour de leur tête et les projetaient telles des – quoi, déjà ? Martha sentit son esprit ralentir. Des lanceuses de troncs d'arbre ? Non, des lanceuses de marteaux. Derrière elle, des cris résonnèrent, les services de sécurité passant à l'action. Selah Nommik grimpa les marches deux par deux. Zimri Nommik posa la main sur le dos d'une des femmes debout sur les marches et l'écarta d'un geste, hors de la ligne de tir.

Ce devait être du sang animal, assurément. Personne ne se serait amusé à recueillir cette quantité de sang menstruel et à le garder au frais. Martha, qui avait tendance à tout analyser dans les moments difficiles, se demanda s'il existait un moyen de le faire – des anticoagulants hospitaliers, des milliers de femmes synchronisant leur pilule, vidant le contenu de coupes menstruelles dans un seau. Alors qu'elle était encore en train de calculer, fascinée, deux bras musclés l'attrapèrent par la taille et l'un des agents de sécurité de Lenk lui dit à l'oreille : « Retournez à l'intérieur, retournez à l'intérieur » avec tant de précaution qu'elle eut l'impression, quand ses pieds quittèrent le sol, d'être un enfant qu'on dépose dans son lit.

Devant le plan vasque en porcelaine des toilettes des femmes, Selah Nommik décollait de ses épaules puissantes sa robe lilas tachée de sang. Martha posa les yeux sur elle puis détourna le regard. Elle aussi en était couverte et tenait un sac en plastique transparent contenant un bas de survêtement et un T-shirt d'une course à pied organisée par une œuvre caritative que quelqu'un avait trouvés dans un placard.

Selah mit en boule un mouchoir, le mouilla et tenta de nettoyer son cou. Une goutte d'eau marbrée de rouge coula sur son soutien-gorge en dentelle blanc.

« Merde, fit Selah, merde. » Puis elle ajouta, se tournant soudainement vers Martha : « On va devoir se faire tester. VIH. Hépatite B. Hépatite C. Tout ce qu'il y a dans le sang.

— Je crois que c'est du cochon », répondit Martha. Son cerveau s'obstinait à résoudre ce problème depuis quelques minutes. « Mon père avait une… ferme. Ça sent le sang de cochon.

— Ah. Quel soulagement », dit Selah, qui se mit à pleurer. Ses larmes transportèrent son ombre à paupières bleu marine et bleu clair jusqu'à son cou, tel le dégel printanier acheminant les dernières feuilles d'automne vers le ruisseau. Elle frotta son visage et ses cheveux avec le mouchoir mouillé, épongeant lentement les éclaboussures. « Vous bossez pour Lenk, pas vrai ? Lenk de chez Fantail ?

— Oui. »

Selah regarda le reflet de Martha dans le miroir. Toutes deux couvertes de sang, comme si elles s'étaient bagarrées. Selah la jaugeait. Parfois, le besoin de parler est si fort qu'on sauterait sur la première personne qui paraît ne serait-ce que vaguement digne de confiance. Laisse-moi entrer, dit Untel. Et quelqu'un qui n'a aucune raison de laisser entrer qui que ce soit répond : OK.

« Est-ce qu'il est infidèle ? Votre patron, Lenk ? s'enquit Selah.

— Est-ce qu'il…

— Est-ce qu'il trompe sa femme ? »

Martha la dévisagea. « Je ne peux pas…

— Mmm. S'il ne la trompait pas, vous auriez juste dit : "Oh non, je travaille pour le seul homme angélique du *Fortune 500* ; il ne sait même pas que les autres femmes ont des nibards." Est-ce qu'il la trompe avec *vous* ?

— Non. Je ne fais pas ce genre de chose.

— Pas bête. Mais il la tromperait avec vous s'il en avait l'occasion, n'est-ce pas ? Non, ne me répondez pas. Je comprends, vous n'êtes pas obligée de répondre. Vous avez vu Zimri avec sa main sur son dos ? »

Oh oui. La femme aux perles dorées enfilées au bout de ses tresses, Mary Mere de chez CodeHogs. Martha se remémora ces instants sur les marches, Zimri Nommik mettant Mary Mere à l'abri avec la plus grande sollicitude. Ah, exact. Si vous croyez que tout le monde le sait déjà, la retenue n'est pas vraiment nécessaire.

Il y avait là une ouverture dans le monde, s'aperçut Martha, une fissure dans la montagne.

« Oui, admit-elle. J'ai vu.

— Oh putain, c'est vrai ? Si vous l'avez vu, alors tous les pèlerins l'ont vu aussi. Il y avait des gens en train de filmer ce bordel, vous avez remarqué ? Bon Dieu, ça va être diffusé partout. Merde. » Selah Nommik se tourna de nouveau vers le miroir et étala de la crème sur son visage puis l'essuya avec un mouchoir.

« Je suis vraiment désolée que Zimri vous traite comme ça », assura Martha.

Leurs regards se croisèrent dans le miroir, un lien momentané.

« Vous méritez mieux », poursuivit Martha, qui sut au moment où elle le disait que c'était vrai, que Selah Nommik reconnaissait sa sincérité. Cette femme méritait un meilleur mari que le fondateur d'Anvil, un homme obsédé par l'expansion de son entreprise et, apparemment, de ses conquêtes sexuelles. Un moment de sincérité dans ce monde de symboles et dérobades avait grande valeur.

« En effet, dit Selah. Je sais que tout le monde croit que je suis avec lui pour l'argent et c'est vrai quoi, comment quelqu'un pourrait aimer un homme pareil ? Mais je l'ai aimé. Je trouvais Zimri attachant. »

Martha secoua la tête. « Personne ne croit ça. Tout le monde sait que vous êtes impressionnante. Ils se demandent tous comment il a réussi à vous convaincre de rester aussi longtemps.

— OK, vous voulez savoir avec combien de personnes il couche ? » Elle les compta sur ses doigts : « D'abord, la secrétaire de direction, évidemment – vous l'avez vue à l'audience, celle qui me ressemble mais qui a une couleur bon marché et les pointes abîmées. Elle s'imagine qu'elle sera la prochaine Mme Zimri Nommik, mais elle finira achetée à hauteur de quatre millions de dollars et des actions. Elle ira monter un élevage de chinchillas à Tampa. Je vous assure, je prédis l'avenir. Deuxièmement, la nounou de ses mômes ; il la voit quand il garde les gosses et il les envoie chercher de la glace pendant qu'il la saute dans le vestiaire de sa piscine. C'est le type de la sécurité qui me l'a dit. Sa prof de yoga, aussi, ce qui est si… Franchement, qu'est-ce qu'ils ont tous avec les femmes souples ? Et ces trois-là ne m'inquiètent pas, parce qu'il ne va pas me quitter pour la secrétaire, ni pour la nounou, ni la prof de yoga. Mais maintenant, voilà qu'il couche aussi avec Mary Mere – vous la connaissez ? La PDG de CodeHogs ? Quand il l'a touchée, j'ai bien vu qu'il l'avait déjà touchée nue, vous voyez ce que je veux dire ? Il est probablement avec elle en ce moment même. Moi j'ai droit aux toilettes publiques et elle, à la chambre privée avec Zimri.

— Vous êtes sûre de vouloir me raconter tout ça ? »

Mais Selah était sur sa lancée.

« Zimri se prend pour un roi d'un genre particulier parce qu'il ne baise que des filles noires. Je le savais quand je l'ai rencontré, et quand Vashti Nommik a reçu ses dommages et intérêts. Je me suis dit : Pas de souci, qu'il se croie différent, de toute façon tous les hommes se prennent pour des rois. Mais vous savez de quoi il retourne, en réalité ? Il ne veut pas que je me sente à l'aise en compagnie d'autres femmes noires. Je ne m'en suis pas rendu compte quand on s'est rencontrés parce que j'étais jeune. Mais j'ai quarante-deux ans aujourd'hui, et il a fait des avances à ma *sœur* quand elle est venue pour Thanksgiving. Ce qu'il veut, c'est posséder une femme noire. Je ne plaisante pas. Il a peur des femmes : il veut les posséder pour ensuite les détruire. Si ce n'est pas Mary Mere, ce sera quelqu'un d'autre.

— S'il veut partir, laissez-le s'en aller. Vous n'avez pas besoin de lui. Il ne vous possède pas.

— Oh bon sang. Les femmes aux toilettes.

— Je suis sérieuse. Vous êtes… » Martha s'efforça de ne pas dire « magnifique », et échoua. « Magnifique. Quittez-le et vous serez l'une des personnes les plus riches au monde.

— Je ne recevrai pas mes cinquante pour cent si je pars maintenant. Il me reste au moins cinq ans à tirer avant de toucher le pactole. Ou alors c'est lui qui doit me quitter. En plus, ils lancent un nouveau produit cette année, AnvilAutomate. Ça prend tous les procédés qu'utilise votre secrétaire et ça les automatise, tous les procédés qu'utilise n'importe qui en ligne. Je ne parle pas que de publipostage. Je parle de méthodes de recherche, je parle de rédaction d'e-mails, je parle de secrétaires artificielles *indétectables* qui vous prépareront vos visioconférences sur Zoom. Zimri vaudra trois fois ce qu'il vaut maintenant. Le code en question est de toute beauté. Comme une cathédrale. »

Selah avait fini de nettoyer le sang et le maquillage sur son visage. Elle enfila le sweat-shirt et le pantalon.

« Vous savez ce que je me dis chaque jour ? Je me dis qu'au moins, là où je suis, je peux le retenir de faire certaines choses. Vous voyez ? Par exemple, il voulait bâtir une base lunaire – je ne déconne pas, une foutue base lunaire –, et j'ai proposé : "Et si on achetait des habitats sur Terre et on en faisait des zones protégées pour les animaux ?" Évidemment, il ne se souvient pas que cette idée venait de moi, mais c'était le cas. Il veut toujours sa base lunaire, mais maintenant, on a des zones FutureSafe. Je me dis que c'est peut-être pour cette raison que je suis dans cette situation, que je suis là. Pour ça.

— Oui, je me fais à peu près la même réflexion au sujet de Lenk, confia Martha. Mais parfois… » – elle parlait avec lenteur et précaution, plaçant chaque mot à la façon d'un pion de jeu de société – « je me demande si ça va suffire. »

Selah sortit un crayon de son sac et redessina d'un geste assuré une virgule bleu marine sur chaque paupière. Elle se tourna vers Martha.

« Vous envisagez de quitter Lenk ? Vous ne travailleriez plus pour Fantail ? questionna Selah.

— Oui. J'y ai pensé. Oui.

— Et ? Vous n'avez pas de contrat prénuptial, donc. Allez diriger une fondation ou un truc dans le genre.

— Oui, répéta Martha. C'est une possibilité. Je crois que je reste parce que… j'essaie de trouver un moyen de prendre ce que Lenk a construit et d'en faire quelque chose de mieux. »

Selah dévisagea Martha. Sa tête se mit à pencher d'un côté, comme si le monde basculait et que Selah s'efforçait de le suivre, de maintenir l'horizontalité des choses devant ses yeux.

« Les femmes aux toilettes », fit Martha.

Comment la confiance s'instaure-t-elle entre deux personnes ? C'est offrir et recevoir. C'est s'exposer à être blessé, un tout petit peu, et remarquer que l'autre s'abstient. C'est tendre la main vers l'autre, rire au même moment. C'est bâtir un modèle de l'autre à l'intérieur de soi, le placer au creux de sa paume, le faire tourner et dire : Oui. Je vois les défauts et je vois les dangers, et il ne se passera rien qui me nuise vraiment. Et c'est dire : Je préférerais te faire confiance plutôt que d'être seul.

Selah dégrafa son soutien-gorge sous son T-shirt, passa la dentelle légère sous l'eau froide, la frottant délicatement de la pulpe de ses pouces.

« Franchement, c'est carrément biblique. Une vraie pluie de sang. Ma vieille, j'ai grandi avec tout ça, ma mère est vachement religieuse. Du genre qui va à l'église non seulement tous les dimanches, mais tous les *jours*. Le sang, les grenouilles, les sauterelles, la vermine, la grêle, les ténèbres. Quand le Seigneur en a fini avec vous, ça se voit, pas vrai ?

— Ils ont subi une invasion de sauterelles en Italie. Il y a quelques semaines. Et en Afrique du Sud avant ça, renchérit Martha.

— Le nouveau coronavirus. La variole du singe. » Selah lui jeta un regard en coin. « Des grêlons de la taille de pamplemousses au Canada. En plein été. »

Elles riaient. Martha n'avait encore jamais rencontré quelqu'un en ce monde qui puisse jouer à ce jeu avec elle.

« C'est vrai, cette histoire de grêlons ? s'étonna-t-elle.

— Oh que oui. Je reçois des alertes Anvil pour la fin des temps, frangine. Dieu est *grave remonté contre nous*. »

Est-ce à ce moment que ça commence ? Est-ce Selah Nommik qui, en prononçant ces mots dans cet ordre, sème la graine de tout ce qui va arriver ? Sur le coup, Martha n'y vit rien d'autre qu'une plaisanterie.

« Si on avait des prophètes à l'ancienne, poursuivit Selah, ils nous diraient d'arrêter immédiatement tout ce qu'on est en train de faire et de nous lancer dans les réparations. Rien d'autre. Jusqu'à ce que ce soit fait.

— Un ami à moi a dit la même chose. Qu'il n'y a que les gens de la tech qui puissent arranger la situation parce qu'on est les seuls à avoir l'habitude de modifier les choses aussi vite.

— Exact, parce qu'on doit faire vite. Vous le savez. Les problèmes de climat, de destruction des habitats… ça finira par se corriger. Mais ça peut prendre six cents ans, et en attendant, on connaîtra un effondrement civilisationnel, et six milliards de personnes mourront et on retournera à l'Âge de pierre, ou aloooors… on peut tous se bouger le cul et le faire très rapidement et souffrir pendant quoi, cinq ans, vivre avec les pannes d'électricité, chaque personne du monde entier appelée à redresser la situation, et en gros, le pire sera derrière nous.

— Il y a un monde magnifique sur l'autre rive, déclara Martha.

— C'est carrément ça. » Selah se retourna si vite qu'elle éclaboussa Martha de minuscules gouttes d'eau sale. « Oh merde, pardon.

— J'ai reçu pire, aujourd'hui.

— Oui. Non sérieusement, désolée, mais vous comprenez, hein ? Je me creuse les méninges, mais je ne crois pas avoir jamais rencontré quelqu'un qui comprenne vraiment. Il y a bel et bien un monde magnifique sur l'autre rive, où on ne détruit plus toutes les espèces et où nos villes sont propres et belles et pleines d'oiseaux sauvages, où nos voitures sont toutes électriques et partagées, où les enfants peuvent jouer sans danger dans les rues et où on peut continuer à regarder la télé et à se connecter à Internet, à assister à des concerts et des matchs de base-ball et à tous ces trucs amusants, et bon, on mange surtout de la bouffe végane, mais elle est *bonne*, et si on parvenait juste à dépasser la douleur aussi vite que possible, alors on y serait.

— Je crois que vous devriez rencontrer mon ami.

— Un peu, que je devrais le rencontrer, fit Selah, rangeant son soutien-gorge humide dans son sac en plastique. Je devrais rencontrer votre ami, et je devrais vous revoir, et vous devriez vous débrouiller pour convaincre votre patron de prendre part à FutureSafe.

— Mon ami est Albert Dabrowski, déclara Martha.

— OK », répondit simplement Selah, car l'espace d'un instant, ce nom ne lui dit rien ; c'était un nom qui appartenait au lointain passé, en l'occurrence à la Silicon Valley environ douze ans plus tôt. Puis elle eut le déclic. « Attendez une seconde. Vous êtes copine… avec Albert Dabrowski ?

— Oui.

— Merde alors, comme ça se fait ?

— C'est une longue histoire. »

Selah réfléchit, sourcils froncés.

« Vous savez à qui il faut que vous parliez ? À *Badger Bywater*. »

Moins de six mois plus tard, AUGR était né.

12

Tant de chansons idiotes

Nous sommes toujours en train de rattraper l'avenir. Sauf que lorsque nous arrivons à sa hauteur, il n'est jamais tel que nous l'avions imaginé. Parfois, de temps à autre, il est même encore mieux.

Longtemps après ces rencontres, sur le rooftop d'un hôtel de Londres par une froide journée de janvier, Martha Einkorn avait observé Badger Bywater qui agaçait Lenk Sketlish en apportant sa propre paille à une fête onéreuse. Bien entendu, Badger Bywater pouvait faire comme bon lui semblait, sirotant avec insouciance à travers cette paille en verre sous la protection de son immense fortune familiale. Albert Dabrowski pouvait lui aussi faire comme bon lui semblait dans une certaine mesure, puisqu'il avait déjà tout perdu. À la fête sur le rooftop, il châtiait son foie beaucoup moins qu'il n'y paraissait. La plupart des cocktails de fruits étaient du jus de fruit pur. Tous deux voulaient garder les idées claires, et le foie d'Albert n'était pas aussi jeune qu'avant. Selah Nommik jouait le jeu, bien entendu, un jeu auquel elle jouait intelligemment et admirablement depuis cinq longues et ennuyeuses années. Mais aucun d'eux ne se trouvait dans une position aussi précaire que celle de Martha. Ne serait-ce qu'afin de justifier sa venue à Londres pour cette occasion, elle avait dû proposer de participer à des événements de sponsoring emmerdants à souhait tels que « Fantail comme outil de survie ».

Les gouttes de pluie tombèrent sur le toit. Elle consulta son thinscreen. Il était l'heure. Martha ressentait sourdement ce sens du devoir, des responsabilités nécessaires et solitaires qui ne la quittait pas ces derniers temps. Elle prit l'ascenseur pour se rendre à son événement assommant.

Martha avait fait des recherches sur Lai Zhen avant l'événement, bien sûr. Lai Zhen était fascinante, hilarante, charismatique – forcément : 2,8 millions de personnes voulaient être amies avec elle. Lai Zhen se révélerait sans doute être une petite conne égocentrique et narcissique. Pourtant, rencontrer SurlySurvivor valait le détour. Après ce que Fantail avait fait lors de la chute de Hong Kong, Martha avait toujours voulu discuter avec des gens qui y avaient survécu. Et Lai Zhen pourrait peut-être s'avérer utile.

Il y a dans la vie humaine une chose qui ne peut jamais être prédite ni contrôlée. C'est une chose dangereuse et terrifiante ; elle détruit votre vie et fout en l'air vos projets. Voilà pourquoi tant de chansons idiotes sont écrites à son sujet.

Lai Zhen serra la main de Martha Einkorn. Elle était charmante et drôle ; elle était pleine d'esprit et d'autodérision. Leurs paumes se touchèrent. Ce fut comme si un courant électrique s'éveillait en Martha. Oh merde, se dit-elle, ce n'est pas le moment. Mais personne ne sait jamais vraiment ce qui est à venir.

Bien qu'elle manquât de pratique, elle avait souvent vu faire Lenk. Avec ses multiples femmes et maîtresses, les mères de ses enfants et ses plans cul. Ça n'avait rien de compliqué. Il laissait échapper un de ses points faibles ; il faisait des remarques suggestives. Une part d'elle, en son for intérieur, lui disait : Ce n'est vraiment pas le moment de laisser ce lac intérieur dégeler, merci ; reste gelé, s'il te plaît, juste pendant quelques mois, reste gelé. Mais la part d'elle qui avait vu faire Lenk tira de sa poche la carte magnétique de la chambre d'hôtel et la fourra dans la main de Zhen tout en voyant les pupilles de Zhen se dilater, et en pensant : J'ai tellement perdu l'habitude que j'ai oublié où vont les différents morceaux. Mais c'est ce que font les humains. Toc toc, dit l'un, je peux entrer ? Et, bien qu'il n'y ait aucune raison de laisser entrer qui que ce soit, bien que garder la porte fermée soit plus sûr et plus raisonnable et nécessite moins de réorganiser ses projets, nous sommes ainsi faits. Nous confions à quelqu'un la carte de notre chambre d'hôtel.

Ce matin-là, elle s'éveilla avant Zhen. Contempla son visage immobile et endormi. Comment était-ce possible ? Elle avait quoi, *onze* ans de plus que Zhen ? Les gens trouvaient toujours le moyen d'y arriver, mais en était-elle capable ? Vraiment ? Elle avait à peine fermé l'œil de la nuit à cause de l'étrange présence d'une autre personne dans son lit ; elle était restée allongée, raide et effrayée, une aube singulière et terrible commençant à poindre en elle. Zhen marmonna dans son sommeil, un mot chinois qui ressemblait à « bou bui ». Et Martha se dit : Oh, mais j'en ai envie. C'est de nouveau le matin et je suis enfin debout dans la lumière du soleil. Son visage se tourna vers les rayons et elle sentit la caresse de sa chaleur.

Elle ferma les yeux. Jadis, son père l'avait laissée seule dans une forêt froide et sombre peu avant le coucher du soleil et, d'une façon ou d'une autre, où qu'elle allât, elle était restée seule dans ces bois depuis. Elle écouta la respiration de Zhen. Peu importe ce qui arriverait ensuite. Elle avait enfin senti quelque chose.

Elle avait installé une webcam afin de surveiller ses cochons d'Inde restés en Californie. La femme de ménage s'occupait d'eux tous les jours. Ils étaient là, dans leur château, Nutmeg s'approchant de son ballot de foin pour grignoter. Toepocket – ainsi prénommée parce qu'elle aimait glisser ses orteils dans son petit sac de couchage, évidemment – dormant dans une des chambres à l'étage. Ce matin-là, dans son lit à Londres, elle observa leurs mouvements nocturnes sur sa tablette. Ils étaient si mignons, et soudain, les exigences d'un boulot prenant et l'affection de cochons d'Inde ne suffirent plus. Ne suffiraient plus jamais. Merde.

Selah lui envoya un message ce jour-là. Elle dit :

Réponds-nous franchement, ce n'était pas une aventure sans importance, si ?

Martha avait envisagé de répondre que si, peut-être. Zhen pouvait s'avérer être une emmerdeuse. Mais elle savait que ce n'était pas sans importance, du moins pas pour elle.

Albert dit :

Eh ben merde alors, félicitations, ma chérie.

Ils discutaient désormais par messages privés sur un forum de tricot, sous des pseudonymes convenus à l'avance. Et ensuite sur un forum de plongée sous-marine. Et ensuite sur un forum pour diabétiques. Le forum changeait une fois par semaine. Ils en avaient mémorisé l'équivalent de six mois quand ils s'étaient rencontrés en personne.

Badger dit : Je veux la rencontrer.

Albert dit : Mon Dieu, on veut tous la rencontrer.

Badger dit : Ouais mais sérieux, on est à deux doigts, maintenant.

Selah dit : Je trouve que c'est une bonne idée. Je ne dis pas qu'on doit l'avoir à l'œil, mais... c'est vrai qu'on est à deux doigts, maintenant.

Pas de souci, donc, Badger allait rencontrer Zhen en Nouvelle-Zélande. Et Badger la trouverait formidable.

Albert dit : Tu l'aimes beaucoup, hein ?

Selah ne laissa pas à Martha le temps de répondre.

Selah dit : Écoute, elle est incroyable, c'est pour ça qu'elle plaît à Martha et c'est pour ça que c'est impossible. Je suis désolée, Martha. Regarde ce qui nous attend. Il reste quelques mois, grand maximum. La météo. La moisissure noire. La guerre en mer de Chine méridionale. Ça approche et ça ne va plus du tout tarder.

Martha se dit : Comment je me suis mise dans cette situation, déjà ? Le déni et le devoir. Ce que je dois à la communauté est plus important que ce à quoi j'ai droit personnellement. Après toutes ces années, voilà que je me retrouve au camp. Elle songea à répondre que non. Elle songea à ce qu'elle avait ressenti ce matin-là – terrifiée, raide et incapable de dormir, elle avait pris conscience avec une certitude effrayante de la caresse des rayons du soleil sur son visage.

Mais elle savait qu'elle avait déjà un terrible secret. Si les autres l'apprenaient, ils annuleraient tout. Alors, elle ne leur en parla pas.

Selah dit :

Écoute, si et quand les choses partiront en couille, tu pourras toujours la prendre avec toi, d'accord ? Quand ça tournera au vinaigre. Là, tu pourras l'emmener. On ne t'en empêchera pas.

Mais Selah ignorait que Martha avait déjà – d'une certaine manière – pris Zhen avec elle pour la fin des temps.

Martha regarda les conférences de Zhen en ligne, ainsi que ses vidéos. Elle avait enregistré dans son calendrier chaque streaming en direct. Pendant ce temps, elle évitait gentiment Zhen. Elle répondait à chaque message par une réaction un peu plus évasive – un smiley, un like. Elle contempla son sourire de travers et l'écouta décrire avec moult grossièretés une tente qui n'avait pas été à la hauteur de ses attentes, un détecteur de maladies infectieuses beaucoup trop cher. Martha se dit : Tu ne sais pas que tu es déjà à l'abri.

Elle avait installé son propre réseau Wi-Fi dans sa chambre d'hôtel, programmé pour livrer un colis très particulier. Un matin, Martha avait laissé à Zhen le Wi-Fi et le mot de passe, et Zhen y avait connecté ses appareils. Toc toc, avait dit l'Internet de Martha. Et le système sécurisé de Zhen n'avait aucune raison de laisser entrer qui que ce soit. Hormis le fait d'être humaine. Hormis la volonté de nouer des liens. Hormis ce moment quand une main touche l'autre. C'est ainsi qu'il arrive n'importe quoi. Entre, répondit le système sécurisé de Zhen. Et c'est alors que, sans que personne le sache, Martha lui avait offert AUGR.

Il n'y a jamais de bonne raison qui justifie de se fier à quelqu'un. Sauf qu'on ne peut pas vivre sans le faire. Martha regarda à l'écran Zhen qui donnait telle ou telle conférence et se dit : Tu es à l'abri. Et un jour, je pourrai tout t'expliquer. Après la fin du monde.

Quand partir

« Au moment où vous saurez que la fin du monde est là, il sera déjà trop tard, pas vrai ? »

Si Packship rit. Son rire était irrésistible. Malgré eux, trois des personnes les plus riches de la planète rirent avec lui.

Quand Martha l'avait rencontré, son rire semblait toujours nerveux, ses paumes le démangeaient. Mais elle avait travaillé avec lui jusqu'à ce qu'il soit présentable pour Lenk, Ellen et Zimri. L'idée de Si Packship avait de la substance, et encore plus après qu'elle lui eut alloué une partie des fonds de son budget destinés à des projets hors du commun. Voilà quelque chose dont Lenk aurait vraiment envie. Elle ne voulait donc pas que Si Packship la fasse passer pour une couillonne.

En matière de présentation générale, les compétences de Packship étaient impeccables. Les diapos étaient impeccables. Son visage était impeccable, symétrique et magnifique. Vous lui achèteriez n'importe quoi. Et vous vous sentiriez formidablement bien dans votre peau en lui confiant votre argent.

« Vous y avez tous déjà pensé. Vous ne faites rien d'autre toute la journée que regarder droit dans l'avenir, n'est-ce pas ? Et vous croyez que vous saurez exactement quand partir. Vous pensez peut-être que vous pourrez vous montrer rationnels, logiques, objectifs à ce sujet. Mais nous savons que c'est faux. »

Zimri Nommik se tortilla sur son siège. Il n'aimait pas être réveillé trop tôt le matin afin d'aller écouter une présentation à l'intérieur d'une montagne, et il n'était absolument pas certain que cet homme ne fût pas en train de l'insulter.

« Parle pour toi, grommela Zimri, je suis rationnel comme c'est pas permis, moi. »

Si Packship encaissa le plus naturellement du monde. « Les machines sont tout simplement plus aptes à prendre certaines décisions », poursuivit-il avec un sourire, et c'était exactement ce que croyait Zimri. « Les gens peuvent être influencés par l'émotion. Nous restons trop longtemps à la table de black jack. Nous nous pétrifions en situation de crise. Même les gens bien entraînés, instruits, qui pensent à ce genre de chose. Vous savez que les pilotes sont parfois si obsédés par l'idée d'atteindre leur destination qu'ils ne font pas attention au mauvais temps ? C'est ainsi que se produisent la plupart des crashs aériens. Et l'industrie de la tech ? Nous sommes des optimistes. C'est une question de biais cognitif. Nous persistons à croire que nous pouvons arranger la situation, jusqu'à ce qu'il soit trop tard. Mais… » Packship s'interrompit et sourit triomphalement : « Les pilotes ne comptent pas sur leur instinct. Ils ont des machines qui leur disent quand remonter, quand ils s'apprêtent à toucher le sol, quand ils vont trop lentement.

« Alors laissez-moi vous poser une question. Vous avez votre bunker. Vous avez un endroit où aller. Mais voici la question : comment savez-vous *quand* partir ? »

D'un air de vouloir jouer le jeu, Ellen Bywater répondit : « Dès qu'il y aura des émeutes dans les rues.

— D'accord. Comment vous rendez-vous à votre bunker ? En jet privé ? Comment rejoignez-vous l'aérodrome ?

— En limousine », lança Lenk. Il s'amusait bien. Retour en maternelle. Contrairement à Ellen et Zimri, il savait exactement où Si Packship voulait en venir.

« S'il y a des émeutes dans les rues, comment pensez-vous qu'une foule en colère réagira face à une limousine ?

— L'Amérique raffole de la richesse, rétorqua Zimri, haussant ses grosses épaules disgracieuses.

— Vous ne croyez pas que le jour où les Américains cesseront de raffoler des riches est le jour qui doit nous intéresser ? insista Si Packship. C'est pour ça que nous sommes là. Pas le jour où tout ira comme d'habitude, mais le jour où tout partira en sucette. Admettons que vous parvenez à l'aérodrome. Quelles sont les chances que votre avion soit encore là ? Quelles sont les chances qu'il puisse décoller ? Comment allez-vous veiller à ce que l'essence n'ait pas été siphonnée, vendue ? »

Selah Nommik expira lourdement, comme si elle avait eu le souffle coupé.

Zimri posa sa grande main sur son bras et maugréa : « La chaîne d'approvisionnement nous appartient. On pourra toujours trouver de l'essence.

— Laissez-moi vous en poser une autre, reprit Si Packship. Quel est le degré de confidentialité de votre bunker ?

— Le plus élevé qui soit, affirma Ellen Bywater. Il n'y a pas la moindre faille.

— Je comprends. Vous avez gardé secrets son emplacement et les codes. Vous avez fait vérifier les antécédents de votre pilote par une douzaine de détectives privés différents. Pas de dettes de jeu, pas de maîtresses, pas de factures médicales. Il est grassement payé pour rester le cul sur une chaise jusqu'à ce que vous ayez besoin de lui et pour emmener sa famille par-dessus le marché. OK. Vous faites confiance à son voisin d'à côté ?

— Faut pas pousser, gronda Zimri.

— Je suis sérieux. Vous employez un pilote qui ne vole jamais nulle part parce que vous avez besoin de lui en stand-by ? Le jour où il enfilera son manteau et entassera sa famille dans la voiture, si ça tombe le jour où le prix de la nourriture flambe pour la dix-septième fois en trois mois, vous croyez vraiment qu'aucun de ses voisins n'essaiera de le suivre ? La faim rend les gens très alertes, très vite.

— Sans risque, pas de récompense, avança Ellen.

— Mais pas sans risques inutiles, objecta Packship. Et vous savez ce qui arrive avant les émeutes ? Avant les pénuries de nourriture ? Avant que les manifestants ne retournent votre jeep, avant qu'ils ne quittent la maison, avant qu'ils ne peignent leurs pancartes ? »

Si Packship fit un geste avec trois doigts. La diapo suivante apparut. Elle disait :

Quand partir ?

« AUGR, déclara Si Packship, est une IA de survie conçue pour vous protéger, comprendre quand vous courez un danger et vous y soustraire. Mais AUGR est plus que ça. AUGR vous avertira de l'approche d'un danger bien avant tout le monde. AUGR est un protocole et un package algorithmique complet qui préviendra les participants du programme quand il sera temps de partir. AUGR connaît l'avenir. »

Il enchaîna sur la diapo suivante. Personne ne l'interrompit.

Périmètre de défense

« Nos clients ont tout intérêt à quitter leur logement, commerce et lieu de travail dix jours avant un événement catastrophique ou un désastre politico-social. Nous appelons cette période de dix jours "le périmètre de défense". »

AUGR : apprentissage automatique

« AUGR a analysé des milliers de désastres à l'échelle des villes, des régions et des pays, de la fuite chimique de Bhopal à Tchernobyl, de la pandémie de 2020 à 2023 à la chute de Hong Kong. Rien n'arrive dans le vide. Avec le recul, il existe des moyens de voir ce qui va avoir lieu. AUGR a puisé dans tous les flux de données disponibles afin de découvrir les dynamiques profondes qui entourent ces événements. AUGR observe les données économiques, météorologiques, sismiques, les transactions monétaires, les mouvements de populations, la circulation. Avec les événements récents, il analyse les recherches Internet, les posts sur les réseaux sociaux, l'utilisation des téléphones portables, les trajectoires de vol des oiseaux, la qualité de l'air, la pollinisation des abeilles, la migration des colonies de fourmis. Nous ne cherchons pas à savoir si ou pourquoi un ensemble de données est pertinent – nous présumons qu'il peut se passer tout et n'importe quoi.

— Comment ça marche ? » interrogea Zimri Nommik.

Selah Nommik, la main sur la cuisse de son mari, paraissait parfaitement calme.

« Vous ne pouvez pas… prédire l'avenir, objecta-t-elle, sourcils froncés. Zimri lui-même ne peut pas faire ça. »

Zimri esquissa un petit sourire. Il adorait instruire son monde. Martha Einkorn voyait bien que la remarque de Selah le mettait – de façon subtile mais définitive – du côté de Si Packship. Il tenait à défendre les possibilités de prédiction en réponse au scepticisme de son épouse. « Jusqu'à un certain point, si, dit-il. On ne peut pas prédire exactement ce qui va arriver. En revanche, les tendances ? Si, bien sûr. En observant les bonnes données, on peut analyser les tendances.

— Merci, dit Si Packship. C'est exactement ce que nous faisons. Votre observation est incroyablement perspicace. »

AUGR : de l'analyse à la prédiction

« Nous utilisons AUGR depuis deux ans sans interruption. Il s'améliore. Il peut sentir les changements d'humeur et de rythme, la roue tournant de façon incontrôlable. »

Les diapos projetèrent à toute vitesse des photos à l'écran. Une émeute dans une grande ville d'Amérique du Sud après une élection corrompue. Une incursion militaire dans un port de mer d'Europe de l'Est. Une marée noire. L'effondrement d'une entreprise réputée indestructible jusqu'alors. Un sit-in universitaire, l'évincement d'un rédacteur en chef, la chute d'un pont suspendu.

« AUGR a catégorisé ces trois derniers événements comme importants mais ne requérant pas une évacuation. AUGR est un système d'assistance au mode de vie. Une fois que vous intégrez le programme, il cherche les événements de grande échelle, mais aussi les dangers qui vous menacent vous, personnellement – un harceleur, une foule haineuse sur Internet. Tout ce qui nécessite de vous y soustraire immédiatement. »

AUGR et vous

« Laissez-moi vous décrire en quoi cela consiste pour vous, dans votre vie. Vous vous réveillez le matin et AUGR a détecté un événement périmétrique. »

« Une série d'images – l'appli AUGR discrètement installée sur votre montre connectée, votre téléphone, votre tablette, votre console de salon –, un petit point noir au coin de chaque écran. Rien qui soit susceptible d'alarmer quelqu'un qui verrait vos appareils. Votre nounou, l'employé qui nettoie votre piscine, votre ex-femme ne le sauront jamais. » Lenk et Zimri, qui avaient tous deux des ex-femmes, rirent.

« Vous faites le point avec AUGR en ligne afin de connaître le niveau de vigilance. AUGR vous aidera ensuite à inventer une excuse plausible – une soudaine occasion commerciale, une urgence médicale ou un contrat annulé à la dernière minute, créant ainsi un trou dans votre emploi du temps qui permettra à vous et à vos enfants de prendre des petites vacances. AUGR peut parodier des e-mails et des captures d'écran pour que votre histoire soit convaincante. »

Évacuation méthodique

« Nous rendons l'évacuation possible. Mais nous pouvons aussi la rendre agréable. Vous recevez votre alerte. C'est encore le matin. Prévenez l'aérodrome et le pilote que vous voulez réaliser un exercice des systèmes d'évacuation en conditions réelles le soir même. Vous avez le temps d'emballer les objets de famille auxquels vous tenez, de dire aux enfants qu'une surprise les attend ce soir, d'informer l'école d'une urgence familiale, de demander à votre secrétaire de reprogrammer vos réunions. Vous pouvez passer la matinée devant votre ordinateur portable, l'après-midi dans votre coffre-fort et avoir encore assez de temps pour dîner dans votre restaurant préféré avant de rejoindre l'avion. »

Après votre départ

« Vous aurez tous votre propre système en place pour surveiller la situation après votre départ. AUGR peut vous aider à faire ces choix en analysant l'avenir. Inutile de rentrer chez vous si la situation risque de se détériorer à nouveau trois semaines plus tard, pas vrai ? AUGR continuera à surveiller tous les flux de données disponibles, même après un effondrement majeur. En cas de chaos généralisé, AUGR peut vous indiquer quel endroit reste stable, si tant est que cet endroit existe. AUGR ne prendra pas les décisions à votre place… mais il les rendra plus évidentes. »

Exclusif

Si Packship achevait sa présentation, et s'apprêtait à porter le coup de grâce financier. Ellen, Lenk et Zimri n'avaient pas bougé, c'était déjà ça. Et Martha savait que son argumentaire de vente était une vraie tuerie. La dernière diapo apparut à l'écran. Elle montrait le logo d'AUGR, une foreuse stylisée. Le nom pouvait aussi bien se rapporter à un augure – un prophète – qu'au terme anglais *auger*, qui désignait une foreuse à tarière.

« Cette réunion a été facilitée par Mme Einkorn, qui a repéré mon travail et m'a donné accès à des fonds de développement. Ce pour quoi je lui suis incroyablement reconnaissant. Mais maintenant, je suis là pour vendre. Comme nous le savons, un grand nombre de start-up technologiques doivent croître vite. AUGR est tout l'opposé. Nous devons rester petits pour toujours. Ce programme ne peut pas faire son travail si chaque habitant de chaque ville du monde l'a en sa possession. Il est destiné à un groupe trié sur le volet. Un certain nombre d'autres clients sont intéressés et je suis sûr qu'il est inutile de préciser de qui je parle. Mais je suis venu vous voir en premier parce que Mme Einkorn s'est dit que vous voudriez peut-être vous assurer qu'aucun autre acheteur ne saisisse cette offre. »

Zimri regarda Ellen et Ellen regarda Lenk. Ils en avaient envie : c'était l'occasion ou jamais. C'était la solution qu'ils cherchaient depuis longtemps.

QUATRIÈME PARTIE

LES POSSIBILITÉS D'ITÉRATION

OU ESSAIE, ESSAIE ENCORE
OU CONTINUE, TU Y ARRIVERAS À LA FIN,
ENFIN. SOIT ÇA, SOIT C'EST LA FIN QUI T'ARRIVERA

Extrait du forum survivaliste Name The Day

sous-forum : ndt/strategic/biblestudywithOneCorn

>> *OneCorn – statut* **Préparation maximale.**
OneCorn a publié 5 118 posts et reçu 17 555 likes.

Les choses s'assombrissent avant de s'éclaircir, c'est le tout de la loi.
L'histoire de Loth est, fondamentalement, une histoire de survie. De tous les problèmes et les faux espoirs de la survie. Loth et ses deux filles Moa et Amma ont survécu au déluge de feu sur Sodome, très bien. Elles ont d'abord perdu leur mère – Édo avait regardé en arrière, elle n'avait pas pu s'empêcher d'être subjuguée par le passé, elle n'avait pas pu faire un pas de plus. Elle s'était transformée en sel : en larmes ou en océan, ou en tout cas en quelque chose d'inhumain. Un morceau nu de sel de roche. Pour elle, la vie était finie.
Mais ses filles et son mari, aurait-on pu croire, avaient droit à un nouveau départ. Ils étaient les seuls survivants d'une ville condamnée, tirés de là in extremis par les messagers de Dieu. Ils ont gagné une autre ville, Tsoar. Recommencez. Bougez-vous. Prenez-vous en main. Ne regardez

pas en arrière. Ouais enfin, dit la Genèse, il y a certains problèmes auxquels vous ne pouvez pas échapper même si vous en avez envie. Le traumatisme revient constamment.
L'histoire de Loth raconte que les seuls survivants sont baisés. Dans le cas de Loth, au sens propre.

Genèse, chapitre 19, 30-36, librement traduit
Avertissement : caverne, alcool, viol, inceste, grossesse, désespoir, Internet.
Donc ils sont bien arrivés à Tsoar mais ils ne sont pas restés très longtemps. L'histoire dit : « Loth avait peur de rester à Tsoar. » Ils avaient vu une ville réduite en cendres et pensaient peut-être que ça se reproduirait. Ils avaient perdu l'habitude d'espérer.
Ils ont quitté la ville et sont allés vivre dans une caverne. Je suppose que c'est ce qu'on fait quand on ne croit plus dans les villes mais qu'on a oublié l'art de parcourir la terre, de chasser et cueillir. On peut supposer qu'ils avaient honte.
Une nuit, devant les tisons mourants, Moa a demandé à Amma : « Où allons-nous ? »
Amma savait ce qu'elle entendait par là. Ce qui ne l'empêcha pas de répondre : « Qu'est-ce que tu veux dire ?
— Il faut vraiment que je te l'épelle ?
— Tu veux dire : est-ce qu'on va passer nos vies dans une caverne et d'abord ce sera papa qui mourra, ensuite l'une de nous et puis l'autre ?
— Eh ben ! oui, je crois que c'est ce que je voulais dire.
— Alors c'est là qu'on va.

— Et est-ce que c'est ce que tu veux ? »

Dieu leur avait pris leur maison, leurs maris, leur mère, leurs voisins, leur quartier, leur sécurité, leur quiétude, sans doute leur santé mentale aussi, vu ce qui va se passer. Elles n'estimaient pas devoir grand-chose à Dieu. Loth les avait offertes à la foule. Elles n'estimaient pas lui devoir grand-chose non plus. Il ne restait rien d'autre que leur propre désir. La force vitale qui renaît à chaque aube nouvelle. Le désir de toutes les créatures de n'être pas la dernière de leur espèce.

Je vous préviens encore une fois que ça devient très glauque.

Les sœurs se sont débrouillées pour dégoter du vin. (Soit dit en passant : elles savaient forcément qu'il y avait des villes, c'est là qu'elles étaient allées chercher le vin, manifestement. Difficile de produire du vin quand on vit tout seul dans une caverne.)

Elles ont fait boire leur père jusqu'à ce qu'il soit si bourré qu'il ne puisse même plus distinguer ses propres filles des putains qui attendaient devant les portes de Sodome. Il s'est écroulé contre la paroi de la caverne, et quand une fille s'est retrouvée sur lui, Loth s'en est délecté comme d'un rêve du monde qu'il avait quitté.

Ça, c'était la première nuit. Cette nuit-là, Amma s'est assise à l'entrée de la caverne et a fredonné dans sa barbe et jeté des pierres du haut de la montagne. Il n'y avait rien à faire, personne à qui parler, nulle part où aller.

Donc. C'est aussi un effet du traumatisme, pas vrai ? La vision étroite des choses. Les filles ont dit : « Il n'y a pas dans la contrée un seul homme qui viendra pour nous, comme le font tous les autres. » Elles revenaient tout juste de Tsoar. Elles *savaient* qu'il y avait des hommes. Elles savaient ce que tous les autres faisaient. C'est une histoire qui raconte à quoi ressemble votre vie quand vous êtes les derniers survivants de votre civilisation. Ce n'est pas le genre d'événement dont on ressort indemne. Elles savaient qu'il y avait d'autres hommes. Mais elles étaient coincées dans cet endroit, incapables de quitter leur père.

« Comment est-ce qu'on saura si ça a fonctionné ? a dit Amma à Moa quand celle-ci l'a rejointe dehors, ceignant de nouveau ses reins de sa tunique.

— On attendra, a répondu Moa. Si ça ne marche pas, on réessaiera. »

La deuxième nuit, c'était au tour d'Amma. Amma s'est dit :

- Je n'ai pas besoin d'être meilleure que lui, je ne suis pas pire, c'est sûr.
- Il a offert à la foule cette partie de moi ; il a renoncé au droit de choisir ou de me dire quoi faire.
- Qu'est-ce que le monde a à m'apporter hormis ça ? Des os et du feu et la puanteur de la fosse.
- Ma mère n'est ni en vie ni tout à fait morte, elle est transformée en sel et je n'ai pas besoin d'essayer de comprendre le monde. Je veux un bébé.

Ce n'était pas drôle mais ce n'était pas difficile. Saouler Loth encore une fois n'avait rien de compliqué. Au fond de lui, il savait ce qui se passait, mais il ne voulait pas le savoir. La première nuit, avec Moa, il avait bu sans comprendre. La deuxième nuit, avec Amma, il avait bu afin de ne plus se connaître. Nous nous engouffrons volontiers dans les illusions, impatients de nous libérer de notre moi qui nous encercle. Contrairement à la foule cupide de Sodome, ce qu'Amma a fait à son père était gentil. Sans douleur. Il a poussé trois grognements vigoureux et s'est rendormi.

La Règle d'or est très claire : « Ne fais pas à autrui ce que tu ne voudrais pas qu'il te fasse. » Autrement dit : si vous n'aimez pas quand quelque chose vous arrive, ne le faites pas aux autres. C'est la chose la plus simple que vous entendrez jamais ; aucune règle n'est parfaite, mais celle-ci est un bon repère pour la plupart de nos décisions.

Au regard de la Règle d'or, les sœurs auraient dû savoir à quoi s'en tenir. Mais les gens ont tendance à croire que les choses sont différentes une fois que le monde a pris fin. Ou quand ils se persuadent que le monde a pris fin.

Qu'est-ce qui suit le désespoir ? L'espoir, si vous avez de la chance. Il fait sombre avant l'aube mais l'aube revient toujours. Du moins sur cette planète.

Si vous n'avez pas de chance, c'est la brutalité qui suit le désespoir. « Quoi qui m'ait été fait, je peux le faire aux autres ; et quoi que les autres aient fait, on peut le leur faire. »

C'est ainsi que les gens vivent sur Internet de nos jours : selon la jumelle maléfique de la Règle d'or. Si j'étais d'humeur fantaisiste, je l'appellerais la « Règle de sel », parce qu'elle se désagrège au moindre toucher et vous lacère les mains chaque fois qu'elle est appliquée.

La Règle d'or fonctionne comme une technologie conçue pour nous détourner de la vengeance. Elle vous ramène sans arrêt à la certitude de ce que vous n'aimez pas. Vous *n'aimez pas* qu'on vous traite de laideron sur les réseaux sociaux ? Alors ne le faites *à personne d'autre*. Vous n'appréciez pas qu'on essaie de vous virer ? Alors demandez-vous très sérieusement s'il est juste de le faire à autrui. Je sais, je sais. Quel ennui de contrôler ses sentiments et de réfléchir à ce qui est juste. Mais c'est comme ça qu'on bâtit une société, OK ? La Règle d'or est une technologie sociale d'une très grande valeur transmise par des gens qui, grâce à elle, se sont frayé un chemin à travers l'obscurité. Malheureusement, à notre époque, beaucoup de gens sur Internet semblent ravis de vivre selon la Règle de sel. C'est une règle de vendetta infinie : remontez l'historique d'un compte sur les réseaux sociaux ; trouvez la pire chose qu'une personne y ait faite ; il est *totalement légitime* de votre part de la lui infliger. Mais alors, ça devient la pire chose que *vous* ayez faite, et il est totalement légitime de vous l'infliger à vous aussi. Et ainsi de suite, chacun étant prisonnier du même cycle qui ne cesse d'empirer. C'est là que nous en sommes aujourd'hui avec les réseaux et le Web : prisonniers d'une caverne avec la pire personne que nous connaissions, trouvant des choses de plus en plus dégradantes à faire subir aux autres et nous sentant parfaitement en droit d'agir ainsi.

Loth avait offert à la foule le vagin de ses filles.

Elles se sont donc senties en droit de faire ce qu'elles voulaient de sa queue. C'est la dernière fois qu'on entend parler de Loth dans la Bible. C'est là qu'il prend fin. Assis seul dans une caverne, ayant involontairement mis en cloque ses deux filles. Je crois qu'on est tous d'accord là-dessus : il est sorti de Sodome, mais on ne peut pas dire qu'il ait *prospéré*.

>> *ArturoMegadog – statut* BunkerBorn

La vache, les récits bibliques que tu dégotes sont d'un glauque !

>> *OneCorn – statut* Préparation maximale

Merci ! J'ai un don. Tu crois que d'autres personnes écoutent encore ?

>> *ArturoMegadog – statut* BunkerBorn

Ce sous-forum a 4 610 followers. Ils sont juste médusés.

>> *OneCorn – statut* Préparation maximale

Après tout, ça se comprend.

>> *DanSatDan – statut* Beans en boîte

OK. Je vais intervenir parce que c'est mon truc, hein ? D'après moi, en termes de survie, cette histoire parle de ne pas céder à l'envie de se cacher et de rester discret, pas vrai ? D'essayer de toutes ses forces de s'unir aux autres survivants ? Mais sans violer son père, j'entends.

>> *OneCorn – statut* Préparation maximale

Ah, DanSatDan ! Bienvenue dans l'inquiétant groupe d'étude sur la Genèse ! Contente que tu veuilles rester sur le sujet. Bon, j'y ai pas mal réfléchi et… il se passe beaucoup de choses dans ces histoires de la Genèse. On peut les retourner dans tous les sens sans jamais vraiment les élucider. Celle-ci parle de la famille, de la transmission des traumatismes familiaux. Mais elle parle aussi de survie et des problèmes auxquels font face les survivants. Et aussi de continuer à obtenir quelque chose de la pire personne qu'on connaisse.

>> *DanSatDan – statut* Beans en boîte

Ça parle de confiance. Ceux qui croient que les violences sexuelles et la loi de la populace n'ont rien à voir avec un scénario d'évacuation ne se rendent pas compte de quoi les autres humains sont capables.
Mon père se prenait pour Rambo. Il adorait la bagarre, et quand il n'arrivait pas à obtenir ce qu'il voulait des autres ivrognes, il tabassait ma mère, il me tabassait, moi. Il aurait pu survivre à une catastrophe nucléaire. Mais vous n'auriez pas voulu de lui dans votre bunker. Ou dans votre caverne.
La famille de Loth est un avertissement. Vous devez faire attention à ne pas regarder en arrière. Vous devez faire attention à ce que vous emmenez. Les choses qui vous maintenaient en vie avant finiront par vous tuer.

>> *ArturoMegadog – statut* BunkerBorn

Putain. DanSatDan, je suis vraiment navré d'apprendre pour ton père.

>> *DanSatDan – statut* Beans en boîte

Merci, mon vieux. Je voulais te demander. Comment ça va ? Tu vas bien ? Après le truc au printemps ?

>> *ArturoMegadog – statut* BunkerBorn

Je vais mieux, merci. Je me fais aider. Je vois au jour le jour. Avant, je restais trop souvent seul, mais maintenant que j'ai un projet, ça m'aide beaucoup.

1

Vingt-huit gourdes de beurre d'amande et de cacahuète

Zhen

Zhen passa trois semaines terrée à Madrid. Si elle voulait voir Marius, elle devait brouiller les pistes et laisser la sienne refroidir un peu.

Après Singapour, elle prit un premier vol pour Manille, puis un deuxième vers un autre pays, puis un autre, et encore un autre. Entre deux de ces vols, elle tira du fond de son sac à dos son passeport de rechange au nom de Ho Sara. Elle n'avait encore jamais voyagé avec un faux passeport. Elle l'avait fait faire dans le cadre d'un coup de pub à l'intention de son public et l'avait conservé à la fois par plaisir personnel et par paranoïa. Comme un doudou pour anciens réfugiés. Elle n'avait pas su si ça fonctionnerait jusqu'au jour où, dans un aéroport entre ici et là, il lui parut soudain moins dangereux d'essayer que de ne pas essayer.

À Manille, elle retira tout l'argent qu'elle put dans huit distributeurs différents. Dans une supérette de l'aéroport, elle acheta des nouilles instantanées. Elle procéda à un réglage pour que son assistant virtuel annule ses rendez-vous pour cause de… elle réfléchit… d'exposition à la lèpre. Les gens y croiraient, et personne ne chercherait à la convaincre de venir.

À bord de l'avion qui quittait Manille, elle sortit la batterie de son téléphone portable et coupa sa carte SIM en deux. À trente-cinq mille pieds d'altitude, elle désactiva les communications Wi-Fi de son ordinateur portable, de son thinscreen Anvil, de son MedlarTorc, et des autres petits appareils en sa possession.

À Ankara, elle changea tout son argent en euros avec son passeport de Ho Sara et jeta la carte SIM dans les WC. À Skopje, ayant seize heures d'attente avant son prochain vol, elle se décolora les cheveux – après tout, pourquoi pas ? – dans les toilettes. À Madrid, parce qu'elle n'avait aucun lien avec cette ville et que, autant qu'elle sache, elle n'y connaissait personne, elle prit un bus pour se rendre dans le centre. Elle en descendit et se mit à marcher quand le bus traversa un quartier aux murs écaillés et à la signalétique urbaine défraîchie. Dans une rue d'auberges de nuit miteuses et de magasins d'électronique discount, elle prit une chambre dans le premier hôtel crasseux venu, les draps collants la rassurant sur le fait qu'il n'y avait probablement pas d'appareils de reconnaissance faciale.

Si un gouvernement la suivait, ça ne suffirait pas. Si elle s'était retrouvée dans le collimateur de Fantail ou de Medlar ou d'un autre géant de la tech – par exemple en étant en possession de leur logiciel propriétaire expérimental sur son téléphone –, ça suffirait peut-être. Et s'il s'agissait juste d'une fondamentaliste religieuse détraquée… ou même de quelques fondamentalistes religieux détraqués, les précautions qu'elle prenait devraient faire l'affaire.

Elle régla trois semaines d'avance, en liquide. Dans une chambre avec rideaux à rayures orange et rouge et abat-jour rose à pompons, elle fouilla dans son sac pour découvrir si elle avait – en cas de nécessité – de quoi survivre ou si sa vie entière n'avait été qu'un galop d'essai raté. Elle possédait :

- seize paquets de nouilles instantanées
- un grand paquet de fruits secs

– un grand paquet de biscuits apéritifs appelés « Bamba Snack », qui avaient été réduits en fine poussière d'arachide au fond de son sac à dos
– huit pochettes de gelée de survie de différentes couleurs qu'elle avait obtenues dans un salon professionnel, chacune affirmant contenir l'équivalent d'une journée entière de nutriments dans des saveurs attrayantes. Les saveurs, découvrit-elle, étaient toutes les mêmes – citron vert avec un arrière-goût vague mais perceptible de nettoyant WC
– douze bâtonnets de bœuf séché
– six sachets de protéine en poudre
– vingt-huit gourdes de beurre d'amande et de cacahuète
– quatre-vingt-dix comprimés de multivitamines
– une pomme

Elle avait aussi en sa possession :

– une anthologie des grandes œuvres de la littérature anglaise ainsi qu'un guide des mille premiers mots et de la grammaire de base des vingt langues les plus parlées au monde, imprimé sur un mince papier traité qui pouvait éventuellement servir de papier toilette ou d'allume-feu, non qu'elle ait besoin de l'un ou de l'autre
– un recueil de mots croisés, un art qu'elle avait admiré depuis son arrivée au Royaume-Uni mais n'avait jamais appris, le gardant délibérément en réserve dans son esprit pour après l'apocalypse
– une petite radio dynamo
– huit crayons, cinq stylos à bille et un petit cahier d'exercices jaune pour enfants

C'était pas mal. De quoi se débrouiller sans allumer le moindre appareil. Toujours aussi ringarde avec ses manies de survie. Toujours – contrairement au monde – sensée.

Elle mangea la pomme en premier ; ce fruit ne serait jamais

meilleur sur le plan nutritionnel qu'il ne l'était aujourd'hui. Il était croquant et juteux et Zhen savoura l'expérience de manière très urgente, le monde accentuant la pression sur ses sens, un rituel de début de confinement.

Ce furent des journées sombres mais simples aussi. Elle se souvint des mois où, encore jeune adolescente à Hong Kong, elle ne quittait plus la maison pendant que sa mère se mourait, ou du temps où son père et elle attendaient, dans le camp de réfugiés offshore, de passer leur entretien pour entrer au Royaume-Uni. De l'effort mental et du dévouement dont il avait fallu faire preuve pour s'en tenir à une routine qui offrait les clés de l'avenir.

Elle courut sur place, fit des sauts en étoile, des pompes et des squats. Elle se remémora son père qui cherchait à l'intéresser à la gymnastique suédoise et combien le vieil homme avait l'air idiot, penchant son corps à gauche, deux trois, droite, deux trois, et songea combien elle aurait aimé l'avoir ici avec elle en ce moment même. L'ennui et la peur paraissaient, à leur façon, familiers et rassurants. Elle avait envie de se connecter à Internet pour découvrir ce qui s'était passé à Singapour. Elle ressentait constamment le besoin pressant d'appeler son père, ou son ex, ou sa douzaine d'amis. Ce besoin refaisait surface et s'évanouissait, sans relâche. Chaque fois qu'il se manifestait, elle pensait au tir parfaitement centré dans le conteneur de renards de la Saint-Valentin. Il fallait patienter.

Elle dormit beaucoup. Elle regarda la télévision espagnole et CNN, et écouta la radio. Aucune mention ne fut faite d'un tireur dans un centre commercial de Singapour, ni d'un cadavre inexpliqué, ni d'une chasse à l'homme internationale pour une tueuse à la neige de sels paramagnétiques. Mue par son besoin désespéré d'informations, elle peaufina son espagnol. Elle apprit à résoudre des mots croisés.

Après treize jours passés dans la chambre, elle s'aventura à minuit au bout du couloir jusqu'au distributeur automatique, munie d'une poignée d'euros. Plantée devant la machine, elle ne put s'empêcher de trembler, cherchant à se donner l'air nonchalant d'une personne en train de choisir une barre chocolatée. Lorsque les portes de la cage d'escalier s'ouvrirent avec fracas, elle sursauta. Le jeune couple hétéro qui s'embrassait en marchant ne regarda pas vers elle. De retour dans sa chambre, elle mangea les barres chocolatées l'une après l'autre. Alors qu'elle s'apprêtait à terminer une sorte de Bounty espagnol sucré et collant, incapable de garder les morceaux dans sa bouche, elle les cracha dans sa main et se mit à pleurer.

Après vingt jours, elle fit ses bagages et quitta l'hôtel à 5 heures du matin. En ce début de mois de juillet, le ciel était lumineux. Le moment idéal pour un long voyage.

Elle trouva une supérette, où elle acheta trois téléphones basiques et bon marché sous blister et trois cartes SIM locales. Elle prit le premier métro jusqu'à la gare de Chamartín-Clara Campoamor. Il y avait un seul homme dans le train, un ouvrier du bâtiment en bottes et bleu de travail encore éclaboussé de poussière et de peinture de la veille. Elle resta assise sur le quai. Cinq petits oiseaux noirs picoraient un paquet de chips. Le prochain train à traverser l'espace Schengen en direction du nord-est – la plus vaste zone au monde sans contrôle aux frontières – quitta la gare à 8 h 43.

Cette partie-là était complexe, mais facile d'une certaine manière. Les trains traversaient l'Europe, l'un après l'autre, en évitant la Suisse et les autres petits territoires ne faisant pas partie de Schengen. Capuche de sweat-shirt enfoncée sur la tête, trois morceaux de ruban adhésif transparent, holographique et réfléchissant, disposés stratégiquement sur son visage afin d'éviter les caméras et les systèmes de reconnaissance des régions les plus riches et les plus autoritaires du continent. Sur elle, ils ressemblaient juste à des pansements recouvrant des plaies. À la caméra, ils apparaîtraient comme des formes noires étranges qui embrouilleraient l'algorithme. Zhen imagina qui pouvait l'observer. Le gouvernement de Singapour, avec un mandat d'arrêt et d'extradition. Le personnel de Fantail, d'Anvil et/ou de Medlar, qui tous avaient fourni des infrastructures technologiques à la plupart des gouvernements et services publics d'Europe. Un groupe restreint mais *extrêmement déterminé* de fondamentalistes en ligne susceptibles d'avoir un ami ou un sympathisant dans n'importe quel magasin, café ou guichet. Elle arrivait tard le soir dans chaque gare, juste avant l'ouverture des guichets. Elle payait en liquide. Si possible, elle dormait à bord du train. Elle avait les os endoloris par la fatigue.

Son dernier voyage fut le train de nuit de Budapest à Bucarest – ligne qui n'avait pas reçu le genre d'investissements dont Anvil avait abreuvé les voitures autonomes et que Lenk Sketlish avait dépensés dans un ascenseur spatial raté. Zhen partageait sa cabine cliquetante avec une Roumaine qui voyageait avec une bouteille de prune et sentait la laine mouillée. La femme s'endormit juste après minuit et laissa échapper un chapelet sans fin de pets fétides et marécageux qui, songea Zhen, sentaient les champs de sa patrie ou du moins son bétail. Malgré la fenêtre entrouverte et l'air froid qui glissait sur son visage tandis que le train brimbalait kilomètre après kilomètre, il lui était impossible de dormir.

Allongée dans le noir, Zhen pensa à sa mère. Elle possédait en tout et pour tout trente-huit photos d'elle ; sa préférée était celle où sa mère la tenait sur ses genoux dans le petit jardin de leur immeuble. C'était une MovePhoto de Medlar, et sa mère tournait la tête vers quelque bruit lointain puis de nouveau vers sa fille d'un an en l'entendant gazouiller. L'amour dans le regard qu'elles échangeaient en cet instant était si intense et pur que Zhen pouvait encore le sentir. Elle n'avait plus accès à cette photo. Comme le reste de ses biens les plus précieux, elle se trouvait en ligne. Si seulement elle avait songé à en faire une babiole cucul, un porte-clés ou un pendentif, ou une connerie dans le genre. Inutile à présent de se la jouer supérieure au sentimentalisme.

Sa mère avait succombé au cancer quand Zhen avait quatorze

ans. Elle n'avait pas voulu partir ; voilà le principal souvenir que Zhen gardait de cette dernière année. Sa mère n'avait pas accepté l'idée de mourir ; elle n'avait pas été paisible. Troublée et de plus en plus perdue, elle avait agrippé la main de Zhen et essayé de lui dire tout ce qu'elle devait savoir pour mener une vie heureuse. Ce qu'elle ne lui avait pas dit restait la plus grande leçon que Zhen avait tirée de toute cette histoire – vous pouviez mourir en ayant désespérément envie de vivre, en laissant inachevées bien des choses importantes. L'avenir viendrait pendant que vous regarderiez ailleurs et il existait tant de choses passibles de vous tuer.

La mère de Zhen avait fait promettre à son mari qu'ils partiraient au Royaume-Uni. Il y avait eu des émeutes et des manifestations contre les ingérences de la RPC à Hong Kong. Zhen était jeune à l'époque, trop jeune encore pour se joindre aux manifestations dans les rues et aux étudiants qui portaient des masques à gaz pour faire face à la police et aux gaz lacrymogènes. Même si elle avait été plus âgée, elle ne s'en serait pas mêlée. Sa mère faiblissait de jour en jour. Zhen avait lu des articles en ligne sur la « rébellion adolescente » et avait décidé – de façon plutôt réfléchie, comme si c'était quelque chose qu'on pouvait choisir – que sa propre rébellion allait devoir attendre que sa mère guérisse. Néanmoins, il était impossible d'ignorer les manifestations. Ensemble, elles avaient regardé les jeunes gens brandir des drapeaux arc-en-ciel et scander en chœur des slogans antigouvernementaux. Sa mère l'avait alors examinée attentivement, détectant chez Zhen des choses dont elle-même n'avait pas encore tout à fait conscience. « Papa va faire les demandes de visa », avait-elle assuré.

C'était à cause du cancer de sa mère que son père n'avait pas rempli les formulaires à temps. Il existait à l'époque des visas destinés aux citoyens de Hong Kong qui souhaitaient vivre au Royaume-Uni. Mais sa mère n'était pas en état de déménager dans un autre pays, si bien que – au cours de ces mois où chaque jour paraissait susceptible d'être le dernier – ils ne pouvaient pas penser à l'avenir. Après sa mort, il était trop tard pour faire les démarches tranquillement. Après tout, ce n'était pas comme s'ils ne connaissaient pas la date butoir. Voilà une raison parmi des millions d'autres qui vous vaut d'atterrir dans un camp de réfugiés britannique offshore.

Les jours qui avaient suivi la conférence DEMOlition, Zhen avait lu en ligne ce qui était arrivé à la mère de Martha – ou du moins les rumeurs la concernant. La mère de Martha avait quitté Hénoch peu de temps après que celui-ci avait mis en place son camp et commencé à prêcher la préparation à la fin des temps. Elle était partie en pleine nuit. Elle avait laissé sa fille de sept ans affronter la vie que lui réservait Hénoch, et s'était trouvé un nouveau partenaire à Portland. Elle n'avait montré aucune envie particulière de récupérer sa fille au cours des cinq années suivantes, jusqu'au jour où elle avait traversé la rue sans regarder et était morte fauchée par un camion de chips Lay's. L'avenir vous tuera pendant que vous regardez ailleurs.

Elle se demanda si Martha et elle avaient, en quelque sorte, chacune deviné le passé de l'autre au premier regard. Peut-être était-ce ça, l'amour, ou le désir soudain et éloquent, ou l'attirance, ou tout autre sentiment que Zhen avait éprouvé en cet instant, cette certitude que l'autre est capable de comprendre la pire chose qui vous soit arrivée. Et si c'était le cas, comment l'avaient-elles su ? Peut-être les femmes dont les mères étaient mortes quand elles étaient encore très jeunes le devinaient à la tenue de leurs épaules, au nombre de fois où elles clignaient des yeux, aux vêtements qu'elles portaient.

Zhen avait parfois l'impression qu'une sorte de fil de fer s'enroulait entre ses organes pour la maintenir droite – là où d'autres avaient des tissus mous ou tendus, elle était dotée d'une structure de métal. C'était peut-être cela que Martha et elle avaient mutuellement perçu, ce fil de fer au creux de leurs paroles. Tandis que les kilomètres défilaient sous ses pieds, décomptés sur les traverses du chemin de fer, elle se demanda s'il serait possible de programmer un système de surveillance de ces signes, quels qu'ils soient. Un langage de balisage pour êtres humains. Qui montrerait que quoi qu'il arrive, quelle que soit la part d'avenir qui vous a déjà été ravie, vous trouveriez un moyen de survivre.

2

Les pixels du monde

Martha

« Les émojis, vous voyez, fit Selah, c'est fantastique, les émojis, putain. » Ses doigts couraient sur le clavier tandis qu'elle savourait sa sucette.

Les quatre étaient dans une chambre d'hôtel au sud de San Francisco. Rien de luxueux, un endroit sans reconnaissance faciale. Pas sous leur propre nom. Une chambre anonyme et insignifiante. Ce week-end-là, ils avaient décidé qu'il était temps d'essayer quelque chose. Martha avait apporté des idées ; Selah, un ordinateur portable anonymisé ; Badger, une clé de sécurité piquée dans la commode de sa mère ; Albert, des sucettes au THC.

« Ça facilite tout, c'est parfait pour coder », avait-il affirmé en en tendant une à Selah. Martha et Badger avaient secoué la tête. « Ça aide à percevoir les interconnexions entre différents éléments. »

« Parce que les émojis permettent de rendre les émotions lisibles par machine, poursuivit Selah. Le langage est complexe. Super, super complexe. Je dis "ouais" mais je veux dire "nan". Je dis : "C'est cool", mais je veux dire : "C'est des conneries." Et le langage est constamment en train de changer. Essayez de faire comprendre "OK boomer" ou "grave" à une machine et en quoi c'est différent de “oui”. Impossible. Personne ne peut y arriver ! Putain quoi, les mecs, les émojis devraient valoir de l’or. Un clin d’œil signifie : “C’est du sarcasme ou une blague”, un smiley, un émoji en colère, un émoji qui dégueule… c’est comme… c’est comme un langage de balisage pour les émotions. Mais ensuite les humains s’en mêlent – les aubergines sont des bites et les chapeaux de cow-boy expriment la maladresse et une tête de mort signifie : “C’est hilarant.” Les humains adorent s’amuser avec la langue et il y a tellement d’émojis qu’eux aussi changent de sens au fil du temps. Alors à la place, on a des *réactions* – putain, que c’est ingénieux. Regardez ce que vous avez sur Medlar. Six réactions possibles à n’importe quel commentaire. Like. Cœur. Smiley. Visage en colère. Visage perplexe. Visage triste. Un nombre limité, pas une suite infinie. Une seule réaction par section. Faire la danse des mots tordus ne suffit plus. Ce ne sont que des sentiments de base codables en machine. Il n’y a qu’à décider quelles émotions vous voulez optimiser et les itérer.

— Incroyable », s’exclama Badger, se penchant par-dessus son épaule.

Quatre personnes semblaient devoir suffire. Quatre personnes qui s’asseyaient régulièrement avec trois des individus les plus riches au monde qui contrôlaient – à eux trois – la majorité de l’infrastructure technologique internationale de la planète. Quatre personnes qui s’étaient regardées droit dans les yeux et avaient dit : « On ne peut pas rester les bras croisés. Il faut qu’on trouve une solution. » Ils étaient donc là – non pas en train de discuter subrepticement dans le cadre d’une fête ou d’un gala à la Maison-Blanche, mais en train d’ourdir une idée. La première idée.

« Bon, annonça Selah, j’ai créé un programme. »

Martha regarda l’écran de Selah. Le programme s’appelait *happymeal*.

« Happymeal ?

— Ben oui, c’est… pertinent. Écoute, je ne suis pas très douée pour les noms, d’accord ? »

Martha n'avait encore jamais vu Selah Nommik ne pas exceller à quelque chose.

« J'ai un cochon d'Inde qui s'appelle Toepocket.

— Alors on ne te demandera pas de nommer des trucs non plus. Peu importe le nom du programme. Écoutez-moi. On va modifier des commentaires. »

C'était un objectif simple pour une première journée. Le genre d'optimisation émotionnelle à laquelle s'adonnaient quotidiennement Anvil, Medlar et Fantail de façon automatique. Chacun de leurs sites Web, interfaces de thinscreen, SmartTorcs, popscreen et applications de portable était doté de commandes spécifiques qui déterminaient ce qu'il fallait montrer et ce qu'il fallait enfouir. Certaines émotions suscitaient un engagement fort – les gens regardaient plus longtemps les choses qui les mettaient en colère ou leur faisaient peur. Fantail se servait de cette information pour remonter certains posts et commentaires en haut du fil d'actualité des utilisateurs. Anvil s'en servait pour proposer de nouveaux produits : par exemple, un article sur toutes les catastrophes potentielles combiné à une liste de lampes-tempête et de systèmes de communication d'urgence était un moyen *formidable* de booster les ventes. Medlar créait des débats théâtraux autour de ses émissions télévisées en montrant des commentaires négatifs à des gens qui adoraient l'émission et vice versa. Ces sites se présentaient comme un panneau de verre transparent à travers lequel vous pouviez voir le monde tel qu'il était. Mais en réalité, il s'agissait d'une visière déformante, qui vous montrait la version du monde la plus rentable pour le conseil et les actionnaires des entreprises.

Selah lécha sa sucette.

« Dites-moi si vous n'êtes pas d'accord. Je vais demander à *happymeal* de créer des commentaires – selon nos paramètres, évidemment – qui ne reçoivent pas d'émoji perplexe, OK ? »

Ils furent tous d'accord.

« Par ailleurs, pour nos besoins actuels, on ne veut pas non plus trop d'émojis fâchés ou tristes. Fâché peut vouloir dire : "Tu es allé trop loin dans tes propos”, et triste peut vouloir dire : “Je suis triste que tu tiennes ces propos qui ne te ressemblent pas du tout.” On est d'accord ? »

Ils décrétèrent que dix pour cent de réponses fâchées ou tristes feraient l'affaire. Selah étira ses bras devant elle et pencha le cou d'un côté puis de l'autre, deux claquements rapides et experts.

« Oh bordel, je n'ai pas fait ça depuis une éternité. Recherche et développement ! Hackers au service de la vertu, hip, hip, hip ! OK, alors on est prêts. Donc… Badger, tu peux me donner accès à… »

Badger haussa les épaules. « À peu près tout, je suppose. » Badger fit tournoyer la carte de sécurité grise autour de son index. « Elle ne s'en sert jamais. Gianfranco se connecte à sa place quand elle en a besoin. Elle ne remarquera pas son absence.

— Parfait, et moi je supprimerai l'identité et les localisations au fur et à mesure. Donc, juste pour faire un essai, *happymeal* va modifier des commentaires sur les émissions de MedlarTV… Pour l'instant, on s'en tient à trois ou quatre émissions, d'accord ? Et on modifiera les commentaires de telle sorte que même les gens qui les ont écrits ne soient pas sûrs à cent pour cent qu'ils ne les ont pas rédigés exactement comme ça, à moins qu'ils n'aient fait une capture d'écran. Et aucun de ces crétins n'a fait de capture d'écran. »

L'algorithme de *happymeal* changerait, ajouterait ou supprimerait un seul mot par commentaire. Il se servirait des énormes archives de commentaires déjà compilées par Medlar, afin qu'ils paraissent avoir été écrits par de vraies personnes. Il comparerait et ferait correspondre l'ensemble aux commentaires déjà rédigés par ces utilisateurs en particulier. Il copierait leur syntaxe et leur vocabulaire. Il n'emploierait jamais un mot qu'ils n'avaient jamais employé – c'était plus sûr, même si ça limitait leur pool d'utilisateurs à seulement…

« 14,6 millions, annonça Selah, sur ces quatre émissions-là.

— Je n'arrive pas à savoir si c'est beaucoup ou pas, dit Badger.

— Assez pour s'amuser un peu, assura Albert.

— Parfait pour un essai », ajouta Martha.

Martha avait consulté l'output de Medlar et sélectionné un documentaire animalier, un feuilleton sur des ténors du barreau et une émission sur les monster trucks. Des contenus anodins, banals, qui n'étaient certes les programmes préférés de personne mais que beaucoup de gens regardaient à un moment ou un autre. Lorsqu'ils furent enfin prêts à se lancer, l'aube se levait sur Palo Alto et Selah et Albert avaient passé la nuit à coder. Badger les avait observés un moment avec fascination, avant de s'endormir très soudainement sur l'un des lits, étreignant son oreiller comme un ami.

À l'aube, Martha était la seule qui n'avait pas les yeux rivés sur un écran ou ne s'était pas endormie. Elle regardait simplement par la fenêtre de l'hôtel moyenne gamme. Les arbres au-dehors se découpaient sur le ciel bleu ardoise comme s'ils avaient été dessinés sur les vitres au feutre noir. Martha avait l'impression de voir les pixels du monde. Un monde composé de minuscules morceaux, tel un tableau pointilliste : en vérité, chaque fragment est à la fois une partie du tout et le tout lui-même. Et si vous voulez vraiment comprendre quelque chose, n'importe quoi, vous devez pouvoir circuler entre l'infime et l'immense car ni l'un ni l'autre ne sont l'absolue vérité.

Albert, debout derrière Selah, la regardait travailler, soulignait les problèmes ou les coquilles, lui donnait des idées. Badger s'étira et s'agita, sortant du sommeil. Seule Martha vit l'aube poindre, le morcellement du gris en or, la promesse que les choses sont toujours en train de changer et qu'aucun régime ne dure éternellement.

« C'est prêt, annonça Selah. Chers tigres, on vient à votre rescousse ! »

Martha enfonça ses mains dans les poches de son pantalon.

« Ça ira ? demanda-t-elle à Badger, soucieuse de protéger cette jeune personne qui, des quatre, avait le moins besoin de protection.

— C'est juste un essai, répondit Badger. Si elle le découvre, elle croira juste qu'il s'agit de mes conneries habituelles. Le nom est génial, d'ailleurs. *Happymeal.* Mes amis n'auraient pas fait mieux.

— Ils ne le découvriront pas, affirma Selah. C'est impossible. » Elle pivota sur sa chaise. « Sérieusement, pas un pékin ne va chier dans son froc s'il croit qu'on a ajouté le mot "très" à son commentaire.

— C'est faire ou ne pas faire, dit Albert. Et on a déjà essayé de ne rien faire.

— Très bien, conclut Selah, en avant la putain de musique. »

3

Menace

Zhen

Dans un amphi de Bucarest, Zhen trouva Marius en train de faire une des choses qu'il faisait le mieux : crier sur ses étudiants.

« Vous croyez ordinateur peut vous comprendre ? Veut vous aider ? Sait comment résoudre tous vos problèmes ? »

Les étudiants de Marius – dans la pièce ainsi que dans la galerie Zoom sur le mur au fond de l'auditorium – gardaient le silence. La plupart avaient les yeux rouges, certains étaient pâles de fatigue. Marius les obligeait à s'adapter à l'heure de Bucarest. Le professeur Marius Zugravescu trouvait qu'il était extrêmement généreux de sa part d'avoir déplacé son cours de 13 h 30 à 16 h 30. Lorsqu'il est 16 h 30 à Bucarest, il est 6 h 30 à Berkeley, et vu la tête des étudiants, ce n'était pas assez généreux.

« Allez, poursuivit Marius. Est-ce qu'ordinateur peut apprendre ? Comme fait un humain ? »

Zhen se faufila au fond de la salle. Marius ne la remarqua pas. Elle s'accroupit au dernier rang et se sentit, déjà, étrangement réconfortée et en sécurité. La présence de Marius avait toujours cet effet-là. Il était bienveillant envers vous si vous l'aviez été envers lui. Mais envers ces étudiants… peut-être pas si réconfortant.

Un des étudiants de la galerie virtuelle – un homme aux cheveux roux, aux yeux cernés de gris, qui d'après l'encadré sous son visage marbré de rouge se nommait Greer – hasarda une opinion.

« Oui, enfin… » Il avait un accent écossais. Ses cheveux étaient coupés ras, fins et hérissés comme la fourrure d'un lapin. « Enfin, avec l'apprentissage automatique, la machine peut assimiler toutes sortes de trucs si on la laisse ingérer les données. C'est comme ça que fonctionnent les logiciels de traduction. La machine compare des millions de paires de mots traduits par seconde, et elle apprend à comprendre… » Il s'interrompit, frappé par l'expression sur le visage de Marius.

« Ordinateur *comprend* ? Et après, ordinateur ressent ! Ordinateur est sensible, attentionné – quand on est pas en train exécuter programme, ordinateur comprend qu'on est pas là ? Oui ?

— Euh, non.

— Ordinateur est boîte d'allumettes. Putain boîte d'allumettes et perles. Vous souvenez boîtes d'allumettes ? »

Greer secoua très légèrement la tête, son air paniqué révélant à Zhen qu'il avait eu l'intention de hocher la tête et de feindre qu'il savait bel et bien de quoi parlait Marius, mais que son corps l'avait trahi.

Elle savait que par le passé, Marius aurait insulté son étudiant et lui aurait dit que s'il ne lisait pas les livres au programme, il n'avait rien à foutre dans cette classe. Mais les dollars propres et légitimes de Berkeley étaient utiles à certains autres aspects de sa vie, et les membres du conseil du troisième cycle estimaient qu'insulter les étudiants n'était pas la meilleure pratique pédagogique qui soit. Au passage, ils lui avaient aussi dit que s'il donnait ses cours à 6 h 30, il avait intérêt à être le meilleur putain d'enseignant de la faculté. Il avait répondu qu'il était le meilleur putain d'enseignant de toute l'université.

Ce qui, d'ailleurs, était vrai ; malgré lui, Marius était un excellent professeur. Il ne pouvait pas s'empêcher de se soucier des étudiants, de se demander s'ils comprenaient vraiment le travail. Il se souciait d'eux à tel point que quelque chose en lui se sentait continuellement et prodigieusement offensé jusqu'à ce qu'il constate qu'il avait réussi à établir une véritable communication.

« Vous autres, dit-il, quelqu'un m'explique boîtes d'allumettes ? »

La main hésitante d'une étudiante aux cheveux bruns se leva.

« Professeur Zugravescu ? Est-ce que c'est là où on peut enseigner à une machine à jouer au morpion ?

— Ah ! Quelqu'un a lu programme. Vous voyez, tous ? Quand on lit, on apprend. »

D'un pas décidé, il s'approcha d'une petite table, suivi des yeux par la caméra pédagogique. Une vieille toile tachée couvrait un objet bosselé de grande taille. D'un geste théâtral, Marius tira sur la toile pour révéler une pile branlante de boîtes d'allumettes assemblées à l'aide de gros scotch. Sur le devant de chaque boîte, il avait dessiné une grille de morpion. Chacune un peu différente des autres, les *X* et les *O* disposés suivant différentes combinaisons. À côté de la pile de boîtes d'allumettes étaient posés neuf bocaux de perles colorées. Rouges, orange, jaunes, vertes, bleues, violettes, roses, noires et blanches.

Il avait fabriqué l'objet de ses mains. Assise au dernier rang, Zhen sourit. C'était Marius. Il ne pouvait pas s'en empêcher. Il tenait tellement à ce qu'ils comprennent qu'il l'avait fabriqué tout seul. Voilà pourquoi Zhen était en sécurité ici. Marius avait beau être un cynique, un réaliste intraitable, et très souvent un trou du cul, il n'avait jamais appris le détachement ironique.

De sous la table, Marius sortit un grand jeu de morpion sur tableau blanc, avec un carré de chaque couleur. Rouge, orange, jaune, vert, bleu, violet, rose, noir et blanc.

« Perles, boîtes d'allumettes, papier de couleur, reprit Marius. Vous croyez perle peut apprendre quelque chose ? »

Silence à l'écran.

« Les perles peuvent pas apprendre ! Les boîtes d'allumettes peuvent pas apprendre ! Le carton peut pas apprendre ! Les humains apprennent. Les machines itèrent. Ça, c'est machine. OK. Je vous montre. »

En 1960 à Édimbourg, Donald Michie, un cryptographe et un des premiers informaticiens, voulait montrer comment un ordinateur pouvait accomplir une tâche de mieux en mieux – ce qu'on appellerait « apprendre » s'il s'agissait d'une personne. Ce qu'un ordinateur n'est pas par définition. Donald Michie avait travaillé pour les renseignements britanniques à Bletchley Park pendant la Seconde Guerre mondiale. Il avait fait partie d'une équipe qui bûchait nuit et jour dans de froids abris en tôle dans une contrée détrempée, s'échinant à déchiffrer les codes des Allemands avant que ceux-ci aient le temps de les changer. Le point de départ de cette histoire est tellement humain que c'en est presque risible : un groupe de décodeurs cherchant à rapatrier des soldats, à protéger les navires de croisière qui traversaient l'Atlantique des flottes d'U-Boots ; essayant de mettre plus rapidement fin à la guerre, de repousser le nazisme, d'épargner les fils de quelques mères supplémentaires.

Les décodeurs avaient inventé des machines qui exécutaient des centaines de combinaisons de codes différentes par seconde jusqu'à tomber sur celle qui crachait de vrais mots allemands. Les gens rendaient les machines plus performantes ; ils trouvaient des raccourcis et corrigeaient les erreurs. Après la guerre, Donald Michie s'était demandé s'il pouvait créer un procédé mécanique afin d'améliorer les machines. Et il l'avait fait grâce à des boîtes d'allumettes et à l'itération. En répétant le même procédé inlassablement.

En voici le fonctionnement. Il existe au morpion environ trois cents différentes configurations possibles. Il vous faut donc environ trois cents boîtes d'allumettes, sur le devant desquelles est inscrit un agencement de grille possible.

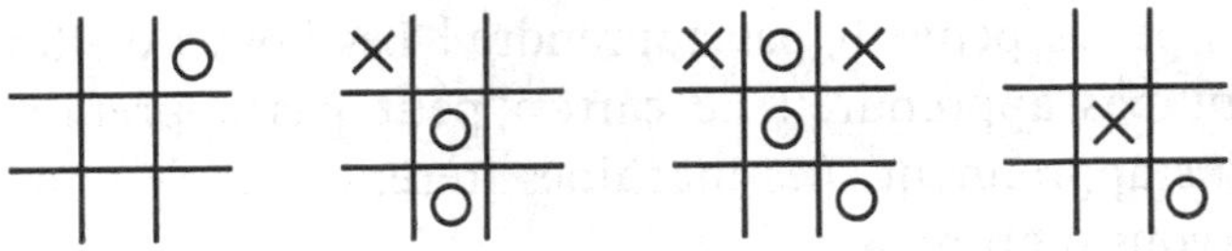

Comme ça. Attribuez une couleur à chaque case de la grille.

Comme ça. Et à l'intérieur de chaque boîte, glissez des perles colorées qui correspondent aux couleurs de chacune des cases représentant un coup possible. Tout comme l'avait fait Donald Michie, Marius avait laborieusement collé un petit V en carton à l'intérieur des tiroirs des boîtes d'allumettes, si bien que si vous secouiez les perles, l'une d'elles tombait dans la pointe du V. C'est la sélection aléatoire.

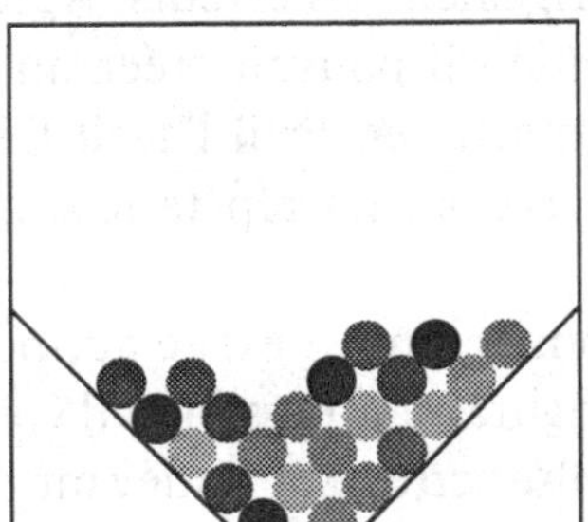

Comme ça. Une perle rouge est tombée dans le V, donc au prochain tour, la machine boîte d'allumettes mettra un *X* dans la case rouge de la grille. Elle peut jouer toute la partie ainsi.

« Au début, dit Marius, boîtes d'allumettes jouent comme la merde au morpion. »

Chaque boîte contient des perles pour chaque coup possible, même si ce coup n'a aucun sens.

« Joueur humain – même petit enfant – jouerait pas coup idiot sauf par accident, d'accord ? Vous expliquez règles à enfant, enfant comprend : empêcher autre joueur d'aligner trois symboles, OK ? »

Mais la machine – au début – ne serait pas plus susceptible d'empêcher l'alignement de trois symboles que de mettre son *X* de l'autre côté de la grille.

« Regardez ce qu'on essaie faire. Jouer jeu avec machine. » Marius se frappa si fort le front de deux de ses doigts qu'il y laissa une marque rouge. Plus il s'enflammait, moins son discours se faisait cohérent sur le plan grammatical. « On veut aller vers l'autre avec esprit. Trouver autres esprits. On tout le temps va vers l'autre. Imaginez ce que pense animal – quand on chasse, c'est logique. Ou quand on est chassé. Oui ? » Il n'attendit pas la réponse. « On va vers les autres avec esprit. On voit esprits dans grottes, et dans sources et bosquets sacrés. On peut pas s'empêcher. On joue à morpion avec carton et perles, on croit c'est une personne. »

Bref, ce n'est pas le fait que les boîtes d'allumettes jouent au morpion qui constitue la partie apprentissage de l'expérience. La partie apprentissage vient après.

Imaginez que par chance et par sélection aléatoire des perles, la machine réussisse à jouer des coups gagnants dans une partie de morpion contre un être humain. *Alors* l'opérateur ajoute à chacune des boîtes d'allumettes utilisées au cours de la partie trois perles supplémentaires des couleurs qui ont mené à la victoire. Si la machine perd – et elle perdra souvent –, l'opérateur revient sur tout le cheminement et retire une bille de chaque couleur qui a mené à la défaite.

Répétez mille fois l'opération.

C'est là ce dont un ordinateur est capable, contrairement aux humains.

Refaire la même chose mille fois, sans fatiguer, sans faiblir, sans s'ennuyer.

Au bout de mille fois, les perles de différentes couleurs ne seront plus en nombre égal. Quand vous ouvrirez le tiroir d'une boîte d'allumettes, les perles ressembleront à ça :

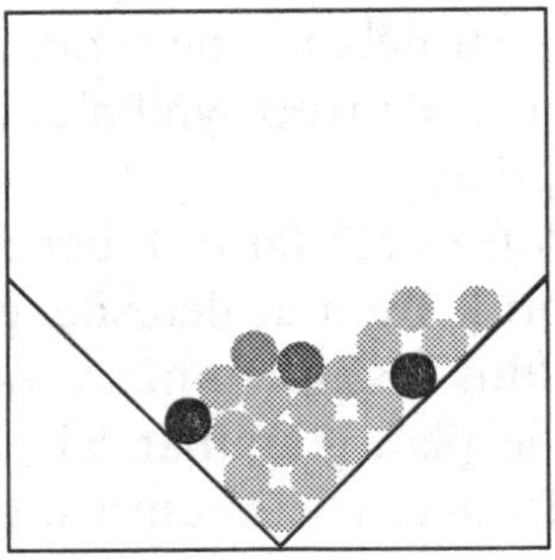

Voilà ce qu'on appelle l'apprentissage automatique. Les boîtes d'allumettes jouent de mieux en mieux au morpion. Au bout d'un moment, elles jouent bien. Au bout d'un moment, elles semblent employer des stratégies et faire preuve de perspicacité, comme une personne.

« Combien parties de morpion votre smartphone peut jouer chaque seconde ? » demanda Marius.

Mille, répondirent les étudiants. Dix mille.

Zhen se retint d'intervenir et écouta.

« Un million, répliqua Marius. Au moins. Par seconde. Votre smartphone, s'il joue contre humains sur Internet, serait parfait à morpion après une seconde. OK ? Si on arrête pas lui dire s'il a gagné ou perdu, il devient parfait. »

Sans jamais se presser, sans jamais traîner. En répétant aveuglément la même action, invariablement. Sans jamais devenir autre chose que des boîtes d'allumettes et des perles. Sans jamais compatir, sans jamais se mettre à la place de l'autre, sans jamais faire appel à la perspicacité pour repérer une stratégie ni mettre au point avec joie la sienne propre. Juste en répétant, répétant, répétant, plus vite qu'un humain n'en sera jamais capable.

C'est une stratégie incroyablement puissante. Elle est extrêmement utile. Elle crée d'extraordinaires outils à usage unique : un programme pour jouer aux échecs, un autre pour écrire des logiciels, un autre pour estimer la répartition des ressources dans les régions agricoles. Des outils permettant de recueillir des données sur la façon dont les phrases sont assemblées ou dont les pixels forment des œuvres d'art puis de remixer, remodeler, itérer cette matière première afin de créer de nouvelles configurations.

Les êtres humains peuvent faire tout cela, bien entendu. Sans doute pas aussi vite, mais avec plus de fraîcheur, avec la capacité de prendre du recul et de concevoir des solutions novatrices en reliant des morceaux disparates provenant de différents systèmes. Et surtout, les humains peuvent au moins tenter toutes ces choses. Nous sommes dotés d'une intelligence flexible capable de passer avec fluidité d'une tâche à l'autre. Et non d'un cerveau qui répète obstinément la même tâche à la même vitesse pendant une année entière, sans s'arrêter. Il serait – d'après Marius – très étonnant que le processus de réflexion humain s'avère être l'itération.

« Peut-être ! s'écria-t-il. Peut-être quelqu'un invente programme qui peut faire tout comme cerveau humain et plus encore. Alors on apprendra quelque chose sur cerveau humain ! Je fais ça depuis quarante-cinq ans, depuis j'ai dix ans. J'ai encore jamais vu. Ordinateur est outil, pas personne. »

Donald Michie avait, pour faire court, baptisé sa machine éducable MENACE[1]. À l'époque, il s'agissait d'une blague. Cette chose était une menace au morpion. Aujourd'hui, ce même procédé

1. Acronyme de « Matchbox Educable Noughts and Crosses Engine ».

– atteindre un but au moyen de tentatives aléatoires, en pénalisant les cheminements infructueux et en renforçant ceux qui sont couronnés de succès – était employé par Fantail et Medlar pour inciter les humains à continuer à utiliser leurs produits. Pour les pousser à parler à leur assistant virtuel plutôt qu'à des personnes en chair et en os. Pour insister sur le fait que l'assistant virtuel de leur plate-forme logicielle est le seul moyen de comprendre le vaste océan de la connaissance humaine. Encore et encore et encore. Sans jamais traîner, sans jamais se presser. Ils pouvaient changer un million de fois par seconde ce que voyaient les gens, évaluant les cheminements, sans jamais comprendre pourquoi certains fonctionnaient ni quelles en seraient les conséquences.

Les conséquences se trouvent à l'extérieur des paramètres de la machine. Après tout, elle n'est qu'un ensemble de petits bouts de carton ou de silicone. Elle ne ressent pas le besoin d'aller vers les autres esprits, d'établir des liens, de comprendre ou d'être comprise. Elle ne peut pas avoir conscience d'altérer ou non l'esprit humain, ni du fait que l'ubiquité de ces systèmes de manipulation sans empathie ni compassion peut, petit à petit, dresser les êtres humains à se conformer à ces systèmes.

Lorsque Marius en eut enfin terminé avec eux, ses étudiants avaient l'air épuisés. Mais exaltés. Prêts à dormir, ou prêts à partir au combat. Difficile à dire.

« Outil puissant, conclut Marius. Si puissant qu'il peut changer monde, oui ? »

Greer, le jeune Écossais au visage marbré, était sur les nerfs, comme s'il avait aperçu trop de l'avenir d'un coup.

« Alors on pourrait faire ça avec l'amour, suggéra-t-il. Avec une fille, quoi. Trouver les bons trucs à dire. Refaire des essais jusqu'à obtenir le cheminement parfait. En ligne, peut-être. Pas avec de vraies personnes. Mais genre, les trucs à dire pour avoir un rencard ? Comme dans, vous voyez, comme dans *Un jour sans fin*, où il recommence jusqu'à ce qu'elle veuille bien sortir avec lui ? »

Zhen aurait voulu que Greer aille au bout de sa pensée, qu'il explique comment cela fonctionnerait. Mais Marius le traitait déjà de psychopathe et de nouveau Staline et de nouvel Hitler et de suppôt des dieux en carton, et les autres étudiants soulignaient qu'ils avaient déjà discuté avec le directeur de la faculté et qu'on leur avait promis que le professeur Zugravescu ne leur parlerait plus de la sorte.

« Vous croyez vous pouvez faire parfait petit ami dans machine ? dit Marius. Vous croyez que perfection est bonne chose ? Que c'est avec itération qu'on devient parfait ? »

Greer se tut, rougit. « Ce serait juste une simulation, intervint un de ses camarades de classe.

— Peut-être ? ajouta un autre. Si vous arriviez à définir ce qui doit être dit dans n'importe quelle situation… si vous pouviez réaliser assez d'essais ? Vous pourriez rendre quelqu'un parfait ? »

Marius secoua la tête. « Et après on a plus besoin d'humains ? Comme on a plus besoin d'animaux ?

— Il faut dire que…, fit Greer, les autres humains sont pénibles.

— *Nihilisme* de merde, cracha Marius. Toute l'espèce humaine a pulsion de mort, veut se faire remplacer. Avant, on voulait être remplacés par dieux. Grosses statues en or, mieux que les gens, plus grandes, fabriquées en or. Maintenant : le rêve, c'est cerveau de robot, personne parfaite. C'est pas ça, les gens. Les gens sont imparfaits ! Les imperfections sont belles. "Parfait", c'est rêve de machine. Si on se compare à machine, si on essaie réfléchir comme machine, on se sent merdiques et nuls toute la journée. Comme essayer courir à côté voiture. Mais ce qu'on fait c'est mieux ! Voiture est juste outil, va vite, vroum-vroum, très excitant. Humain est *humain*. Pourquoi on commence pas par savoir que humains c'est déjà grande valeur ? Les gens sont pas parfaits : c'est pour ça on sait la perfection a pas d'importance. La perfection est hallucination. On peut pas se blairer. Laissez-moi vous dire quelque chose. Ces boîtes d'allumettes connaissent même pas règles de morpion ! »

Dans la boîte de dialogue, un des étudiants tapa :

Ça sera au contrôle terminal ?

« Vous devez comprendre ça, dit Marius, ou vous comprenez rien. OK ? Qui sait si machine a perdu partie de morpion ? Qui sait si elle a gagné ? Moi ! Vous. C'est nous qui savons. On sait quand prendre perle, quand donner perle. On stocke cette connaissance dans perles et boîtes d'allumettes, d'accord ? On sait quand phrase est juste, quand œuvre d'art a du sens. Machine sait pas, elle continue juste à taper, combiner pixels, former phrases. Tout vient de nous. On lui dit bien, on lui dit mal. Elle peut pas comprendre. On est tellement seuls, putain, qu'on veut une autre espèce réfléchit comme nous. » Il devenait de plus en plus incohérent à mesure qu'il parlait. « On déteste animaux parce qu'ils pensent pas exactement comme nous, on utilise eux et on fait mal à eux. On invente dieux, on invente extraterrestres, et maintenant on se fait copain avec putain boîte d'allumettes. On a envie dire qu'elle "pense", mais c'est pas vrai. On a envie lui donner tout, la laisser faire des choix, croire qu'elle peut s'intéresser à nous. C'est représentation d'un homme en papier et en perles et on est tellement seuls qu'on l'appelle notre ami. »

Il s'arrêta, haletant. Et Greer le timide, Greer le pauvre étudiant mal préparé, lança soudain : « Alors vous voulez dire que… dans un sens… un livre, c'est une réserve de pensées. Mais une "intelligence artificielle", c'est une réserve de processus de pensées ?

— Enfin ! s'exclama Marius. Quelqu'un ici a appris quelque chose ! »

Il leur donna des devoirs – accompagnés de cette consigne : « Cette fois, lisez, putain, ou vous remettez plus pieds dans ma classe, compris ? » Les étudiants hochèrent consciencieusement la tête. Marius éteignit l'écran et fit une grimace de dégoût.

Aux étudiants de l'Universitatea din Bucureşti assis dans l'amphi, il adressa une remarque en roumain qui commençait par le mot « Americani » et qui, ne put que présumer Zhen en les entendant rire, devait être aussi obscène qu'injurieuse.

Zhen attendit que les étudiants soient partis et que Marius remballe tant bien que mal sa machine en boîtes d'allumettes. Elle descendit les marches sans bruit. Il leva la tête. Là, dans son regard, il y avait tout. Des décennies de communication, de recherche de contact. Toute une vie passée à apprendre – sans savoir comment – en qui vous pouviez et en qui vous ne pouviez pas avoir confiance.

« Putain », dit-il, souriant. Il serra Zhen contre lui, d'une étreinte chaude comme un fourneau. « J'espère tu m'as apporté un foutu désastre. »

4

De la poésie faite arme

Martha

Dans leur chambre d'hôtel anonyme près de San Francisco, Martha regardait *happymeal*, l'algorithme de Selah, se mettre au travail. Si vous examiniez assez longtemps les données – si vous aviez pris l'habitude des puissants outils back-end, rassemblant des informations qui provenaient de douzaines de flux différents –, vous commenciez à voir à travers les chiffres et à distinguer directement les utilisateurs.

Là. Dans un pavillon de Des Moines, dans l'Iowa, une femme de quarante-six ans termine une émission commencée la veille au soir. Un documentaire sur la nature, *Les merveilles de l'Afrique*. Elle aime ce genre de choses ; avant, ses enfants regardaient avec elle mais ils ont aujourd'hui quinze et dix-sept ans, et tout ce qu'elle aime leur paraît idiot et ennuyeux. Elle ne regarde que d'un œil en nettoyant après le petit déjeuner. Ils ont tous mangé sans un mot de remerciement, sans même montrer qu'ils savaient qu'il y avait là une personne à remercier. Ils discutent davantage avec leur AnvilChatterbox qu'avec elle. Elle range la vaisselle dans la machine. Vide la cafetière dans l'évier. Pendant ce temps, un type à l'accent britannique raconte que ce sont les dix-huit derniers éléphants sauvages d'Afrique, qu'ils sont protégés vingt-quatre heures sur vingt-quatre. Elle lève la tête. Les vieux yeux pleins de sagesse des éléphants plongent dans les siens. L'insupportable douleur de la souffrance et de l'indifférence. La musique enfle. Elle pleure debout dans sa cuisine, tenant à la main un torchon mouillé qui dégouline sur ses mocassins.

L'émission est terminée. L'invitation à laisser un commentaire apparaît à l'écran. Elle en rédige un à la va-vite.

Quels magnifiques animaux. Il faut en faire plus pour leur protection.

Une fois qu'elle a cliqué pour envoyer son message, elle ne voit pas son commentaire en train d'être modifié. L'algorithme de Selah compulse soigneusement tous ses commentaires précédents afin de trouver *le* mot susceptible d'ajouter le plus de poids à ses pensées. Il est aussi méticuleux qu'un poète.

Happymeal passe en revue les critères inclus par Selah. Selah s'est servie du code publicitaire d'Anvil – les informations qu'utilise Anvil pour présenter à ses utilisateurs des publicités efficaces, testées un million de fois, itérées perpétuellement. De courtes listes d'adjectifs fonctionnent mieux que des adjectifs uniques ; les adjectifs plus inhabituels sont plus captivants mais ils doivent être faciles à comprendre. Les gens réagissent aux animaux qui ressemblent à des humains. Sans que Selah le lui ait ordonné directement, *happymeal* analyse les mots que les propriétaires de chiens ou de chats utilisent quand ils parlent de leur animal de compagnie. Que dites-vous si vous aimez votre chien et que vous voulez que les autres l'aiment aussi ? Un seul mot. Enfin, il trouve le mot.

C'est une perle qui dégringole, franchissant une série de portes logiques, notant chaque fois ce que les émojis lui permettent de catégoriser comme « réussite » ou non. Il ne compatit pas avec la femme à Des Moines, ni avec les éléphants, ni avec les gens qui liront le commentaire. C'est un procédé. À l'aide de ce procédé, voilà maintenant vingt ans que Medlar, Anvil et Fantail sélectionnent et mettent en avant des commentaires. La seule différence étant que cet algorithme ne cherche pas à vendre quoi que ce soit et a reçu pour consigne de ne pas provoquer la colère des gens.

Il essaie un mot. Si celui-là n'obtient pas le résultat voulu, il essaiera autre chose. Il peut faire cela plusieurs millions de fois par seconde. L'algorithme est de la poésie faite arme.

À l'écran, le commentaire devient :

Quels magnifiques animaux intelligents. Il faut en faire plus pour leur protection.

« C'est tout ? s'étonna Martha.

— C'est tout fois quatorze millions, bébé », rétorqua Selah.

Zimri Nommik avait, après tout, utilisé ces méthodes pour diriger les esprits humains vers les produits et services sur lesquels ils étaient plus susceptibles de cliquer. Ces méthodes avaient fait de lui l'un des hommes les plus riches de la planète.

À Ucklum, en Suède, un jeune homme regarde une émission américaine sur les monster trucks. C'est à peu près le seul moment de la journée qu'il apprécie, juste avant que ses parents ne rentrent. Il déteste vivre là. Il veut déménager à Göteborg mais il n'en a pas les moyens et sa famille ne peut pas l'aider financièrement. Il déteste le fait que la putain de pizzeria soit le seul endroit où sortir et qu'aucun des autres gosses de son groupe ne le prenne au sérieux. Il déteste le fait que les autres au lycée soient si heureux et qu'ils adorent cette ville minuscule et parlent tout le temps de sports d'hiver. Il déteste l'hiver quand le soleil ne se lève jamais. Il déteste l'été quand il ne se couche jamais. À travers la vitre de son écran, il se hisse dans l'autre monde, engouffre sa tête et ses épaules dans le monde américain, où tout est grand et furieux et chaud et bruyant. Il sent la chaleur des moteurs repousser d'un souffle puissant ses cheveux sur son visage. S'il avait un monster truck, il peindrait une scène de l'enfer sur la carrosserie et ajouterait tous les élèves du lycée à la fresque.

L'émission est terminée. L'invitation à laisser un commentaire apparaît à l'écran. Il tape sur les touches.

Ouaiiiiiis, génial ! Les monster trucks en force !

Happymeal analyse chaque mot. « En force » est une expression émotionnelle, qui suggère une cause commune. L'algorithme ne le sait pas, bien sûr, pas de la même manière que les humains savent les choses – pas en se plaçant en imagination dans l'esprit d'un lecteur. C'est une perle sélectionnée dans une boîte au bout de milliards de millions de tentatives. Il a appris à analyser les commentaires pour déterminer ceux qui voient les monster trucks d'un œil favorable et les ajuster imperceptiblement afin de recevoir moins de cœurs, moins de likes, quelques millisecondes d'attention de moins. *Happymeal* exécute des millions de réalités différentes en un dixième de seconde. Il choisit celle qu'on lui a demandé de privilégier.

Lorsque le jeune homme d'Ucklum passe à une autre émission, son commentaire à l'écran devient :

Ouaiiiiiis, génial ! Les monster trucks.

« Vous voyez celui-là ? demanda Selah. Il devrait passer de neuf likes à deux. Il tombe un peu à plat, maintenant. Comme si l'utilisateur ne s'était pas foulé.

— Un môme dans le trou du cul de la Suède vient de perdre sept petites bribes de réconfort », dit Martha.

Badger leva les yeux au plafond : « C'est ce que fait Zimri Nommik. C'est ce que fait ma mère. »

Fantail le faisait automatiquement ; par défaut, chaque utilisateur voyait les commentaires que les algorithmes de Fantail avaient reçu l'ordre de leur montrer en premier. Lenk avait un jour expliqué à Martha qu'un utilisateur mettait quatre-vingt-dix minutes à paramétrer le genre d'informations qu'il voulait voir et à désactiver tous les réglages par défaut, les filtres publicitaires et les options d'extraction de données sur son compte Fantail. Et c'était là ce que vous pouviez désactiver, si vous vous y connaissiez. D'après les estimations, un utilisateur lambda aurait besoin de six heures de recherches pour savoir comment s'y prendre. Une journée de travail, juste pour empêcher Fantail de vous montrer ce qui, d'après leurs calculs, vous inciterait à passer le plus de temps possible sur le site. Seul 1,5 pour cent d'utilisateurs environ prenaient la peine de s'atteler à la tâche.

Mais quand Lenk l'avait fait, Martha n'avait pas vu les choses du même œil. Tout comme les utilisateurs, elle ne pouvait contrôler les agissements de Lenk qu'une partie du temps.

Cette fois, c'étaient eux qui manipulaient les commentaires, et observer le processus lui procurait une sensation étrange.

« Anvil pratique tout le temps ce genre de saloperie, confia Selah. Ça, mais aussi des faux commentaires et des commentaires qu'ils ne vous laissent pas voir. Sketlish ne s'en prive pas non plus. Ça se paie, ce genre de truc, vous savez ? C'est pour ça qu'on passe nos journées à déprimer. Quelqu'un veut une sucette ? »

Ils regardèrent *happymeal* travailler tout le week-end. Pendant que des pays s'éveillaient et s'endormaient, pendant que les insomniaques postaient des conneries sorties de leur cerveau privé de sommeil, pendant que des conducteurs postaient de leur véhicule en marche, pendant qu'à Tokyo et à Istanbul, à N'Djamena et au Caire, des gens regardaient ces quatre mêmes émissions. Les commentaires peaufinés sur les documentaires animaliers mettaient en avant l'idée des animaux et du monde naturel – son importance, ses bénéfices pour la santé, ses points communs avec l'humanité. Les commentaires sur les émissions de monster trucks, eux, ne devenaient qu'un peu plus fades, moins susceptibles de générer l'engagement. Les commentaires sur la série familiale étaient un tout petit peu plus gentils. Et puis merde, avait dit Selah, pourquoi ne pas essayer de rendre les gens plus gentils ?

Les algorithmes ne peuvent pas tout faire. Mais s'ils peuvent nous diviser davantage, accroître notre colère et notre haine, alors ils peuvent certainement faire le contraire. Le « neutre » n'existe plus. Laisser les choses telles qu'elles auraient été avant l'invention d'Internet n'est pas possible. Nos cerveaux ont déjà appris à interagir avec les algorithmes et nous y participons.

À Des Moines, dans l'Iowa, une femme de quarante-six ans reçoit une notification l'informant que son commentaire sur les éléphants a recueilli douze likes, sans qu'elle doute un seul instant de ne pas l'avoir écrit elle-même. Elle n'en obtient pas autant, d'habitude. Cela lui réchauffe un peu le cœur. Elle clique sur un autre documentaire animalier alors qu'elle s'apprête à affronter une nouvelle journée. À Ucklum, en Suède, un jeune homme n'a aucune raison de relire son commentaire sur les monster trucks. Ça ne l'empêche pas de regarder d'autres vidéos. La prochaine fois qu'il sera invité à laisser un commentaire, l'envie s'en fera un tout petit peu moins sentir.

Les gens apprennent vite. L'approbation d'autrui est un outil puissant. Nous avons tendance à accorder beaucoup plus d'importance aux choses qui se sont passées récemment qu'à celles qui se sont passées il y a longtemps.

« Merde alors, lâcha Selah le dimanche soir en réexaminant les données par l'intermédiaire de l'interface graphique d'analyse interne de Medlar avant d'effacer leurs traces. Il y a déjà un changement. 0,03 pour cent de commentaires plus positifs sur les documentaires animaliers. Pas seulement sur nos émissions, mais sur toutes. Putain. C'est énorme. »

Martha songea qu'Hénoch avait travaillé sa vie entière sans que rien de ce qu'il avait jamais prêché suscite 0,03 pour cent de changement.

« Ça peut marcher, fit Badger, les yeux écarquillés et brillants. Ça peut vraiment marcher. »

5

Entente cordiale

Zhen

« C'est cadeau », dit Marius, plus tard cet après-midi-là.

Il cracha sa chique dans une cannette de Coca posée sur la table de la cuisine, laissant des taches brunes luisantes sur ses dents. Il avait été un fumeur invétéré jusqu'au jour où il avait compris que la fumée était nocive pour ses appareils électroniques. Depuis, il était devenu un chiqueur invétéré. Il enfourna un nouveau morceau de tabac dans sa bouche.

Zhen et Marius ne s'étaient encore jamais rencontrés en personne. Zhen ne savait pas que l'odeur du tabac s'était infiltrée dans les murs de la pièce de vie de Marius. Ni qu'il vivait en face de ce qui avait été autrefois un bureau en open space, avec moquettes tuftées rêches et stores grisâtres aux fenêtres. Sa chambre était un bureau d'angle équipé d'un lit gigantesque où, au moment où ils étaient rentrés, sa petite amie Sarit attendait nue, son cul bombé à moitié dissimulé par les couvertures, éveillant en Zhen des sensations restées en sommeil depuis qu'elle avait congelé quelqu'un à mort. Elle ne savait pas que, hormis la salle de bains, chaque pièce du logement de Marius était remplie du sol au plafond d'étagères de composants électroniques et de serveurs informatiques. Ni que la paroi du fond de son frigo arborait une vigoureuse couche de moisissure duveteuse.

« Quand j'ai combattu moisissure, elle s'est défendue. Des spores. Qui poussaient. Sur nourriture. Dehors le frigo. Noire… des morceaux partout. Quand je capitule, elle reste dans son territoire. Maintenant, on vit harmonie. Entente cordiale. »

Marius rit et avala une nouvelle rasade de Coca. Contrairement à Zhen, il ne semblait avoir aucun mal à se souvenir quelles cannettes contenaient du Coca et lesquelles contenaient du tabac recraché. Marius était, pas forcément dans cet ordre, un hacker d'une certaine réputation, un professeur invité à Berkeley et Carnegie Mellon, un vrai trou du cul, et sans doute l'ami le plus proche de Zhen.

Ils se connaissaient depuis près de dix ans. Ils faisaient partie de ntd/tech, le forum technologique de Name The Day dévolu à l'utilisation de la technologie comme moyen de préparation à l'effondrement imminent de la civilisation, bien que la « préparation » à l'apocalypse selon Marius consistât surtout à accepter avec joie l'inévitabilité de la souffrance, de la décomposition, du désespoir et de la mort douloureuse à venir. L'amplitude phénoménale de son expertise en matière de technologie et de détection de signes révélant que l'humanité était sur le point de s'autodétruire avait fait de lui une légende sur le forum.

Leur amitié avait commencé par des disputes et par l'humiliation. Zhen était relativement connue sur ntd/tech – dans un des sous-forums, ses vidéos étaient décortiquées, parfois encensées mais généralement tournées en ridicule. Pendant quelque temps, chaque fois que Zhen réalisait une vidéo donnant des conseils sur des logiciels ou du matériel informatique, Marius rédigeait un long post expliquant pourquoi son point de vue était du « putain de caca d'amateur ». Ils s'étaient querellés, s'étaient traités de trouduc arrogant, avaient trouvé les failles dans leurs opinions respectives jusqu'à ce que Zhen s'aperçoive soudain que le combat était devenu une étreinte. Quand Marius avait rencontré des difficultés à faire entrer sa petite copine israélienne en Malaisie, Zhen avait su comment l'aider. Quand des produits technologiques lui paraissaient louches, Zhen appelait toujours Marius en premier. Marius ne se fiait pas à la plupart des gens et ne les aimait pas non plus. Il avait donc beaucoup de loyauté et de gentillesse à témoigner aux rares personnes dont il se souciait.

À la table de la cuisine, Marius relia le téléphone de Zhen au clavier d'un ordinateur pour enfants, à un groupe de cartes mères scellées dans du plastique et à l'écran d'une machine à laver connectée. Ses mains étaient sales, mais son équipement était propre. Il travailla rapidement, fredonnant dans sa barbe et soumettant de temps à autre des réflexions sentencieuses.

Comme : « C'est cadeau. »

Zhen dit : « Le téléphone ou… quoi… la situation dans son ensemble ?

— Quelqu'un sauve ta vie et te demande rien, c'est cadeau, ça. Elle a dit elle t'a donné cadeau. »

Il ouvrit l'arrière du téléphone de Zhen d'un geste si adroit qu'on aurait pu croire qu'il écaillait une huître, en retira les composants et les inséra précautionneusement dans son homebrew de fortune. C'était comme regarder la grand-mère de Zhen racler avec délicatesse et précision les moindres grains de riz restants au fond du bol.

L'écran de la machine à laver tinta doucement et fit apparaître le symbole du cycle d'essorage.

« C'est important, ça ? s'enquit Zhen.

— C'est début de quelque chose important, répondit Marius en souriant. Trouver secrets de Belle au bois dormant… » – il caressa du bout de l'index le haut du téléphone de Zhen – « sans la réveiller. D'abord, liste de fichiers. Ensuite, contenu de fichiers. »

Marius ouvrit une boîte de crème de maïs, qu'il enfourna dans sa bouche à l'aide de gaufrettes de glace à la vanille avec un plaisir manifeste.

« Tu veux ? »

Zhen secoua la tête.

« Dans les tunnels. Elle t'a demandé quelque chose, madame

assassin ? Elle a dit : “Donne ça ou je te tue” ? Ou : “Je veux te tuer parce que tu as fait ça” ?

— Elle ne m’a rien dit. Je suis quasiment sûre que c’était une hénochite.

— Ils existent plus.

— Oui, eh bien ils existent assez pour me harceler en ligne, OK ? Elle avait l’espèce de clé dessinée sur le doigt. »

Marius secoua la tête.

« Ces trucs-là arrivent pas. Harceler en ligne, c’est facile. Adolescent assis dans sous-sol en Russie écrit insultes. Personne peut le trouver. Facile, pas danger. *Gouvernement* te déteste, ça donne taré poignarde écrivain sur scène. *Religion* te déteste, alors oui, peut-être.

— C’est une religion. Une religion plus ou moins récente. Voilà ce que c’est. Je crois qu’ils sont de plus en plus nombreux en ligne depuis un moment, au sein de groupes privés.

— Guerre religion contre toi ? Tu as rien fait.

— Dis ça au pistolet de la dame en question. »

Marius mâcha son maïs d’un air pensif. Sur l’une des étagères à côté des rangées de cartes mères, il y avait trois palettes sous plastique de crème de maïs en boîte.

« Peut-être. Peut-être tu es personne plus malchanceuse du monde. Peut-être c’est autre chose. Tu as pas son téléphone ? Carte d’identité ?

— Il ne restait plus d’elle qu’un putain de… bloc de glace empoisonnée. »

Marius hocha plusieurs fois la tête brièvement, se grattant la barbe comme si un étudiant avait donné une réponse juste et même intrigante à un problème informatique.

« Tu as deux femmes. Une veut te tuer, elle dit pas pourquoi. Une veut sauver ta vie, elle dit pas pourquoi. Comme putain d’histoire de fées. Je crois… »

Il s’interrompit si longtemps que Zhen crut qu’il s’était endormi les yeux ouverts. « Je crois tu es pas beaucoup en danger.

— Ah oui ? Quand quelqu'un essaiera de te tirer une balle dans la tête, on en reparlera. »

Marius ôta un morceau de maïs de ses dents avec un ongle sale. « Les hénochites pas si forts qu'ils te trouvent aujourd'hui à Bucarest, si ? Ils te trouvent pas à Madrid. Ils te trouvent pas dans avion. Ils sont moyen forts. Quand tu essaies pas te cacher, ils te trouvent, quand tu te caches, ils te trouvent pas. Ton emploi du temps était sur ton putain site Web. Tu étais pas très difficile à trouver. Maintenant tu es difficile à trouver, pas problème.

— Mais… elle m'a suivie à la trace. Dans les tunnels. Elle m'a trouvée dans le conteneur plein de renards en peluche. Ils ont dû me mettre une sorte de traceur.

— Peut-être. Peut-être tu as fait plus bruit que tu crois. Tu bougeais dans conteneur, renards bougeaient, peut-être elle t'a vue. Peut-être elle a mis quelque chose sur toi pendant une conférence. Point sur vêtement, traceur dans poche. Combien conférences tu donnes tous les mois ? Tu jettes vêtements après conférences ? Tu as jamais essayé te rendre difficile à pister.

— Et maintenant, alors ? Je continue comme ça jusqu'à la fin de ma vie ? »

Marius hocha la tête. « Passe temps à te rendre invisible. Après, tu es plus prudente qu'avant, pour toujours.

— Merci pour l'optimisme. »

Marius éclata de rire. « Tu veux optimisme, tu vas Amérique, dents blanches grands sourires. Tu veux réalisme, tu viens ancien bloc soviétique, OK ? »

Le symbole du cycle d'essorage tourna deux fois sur lui-même. Une liste de fichiers défila sur le côté droit de l'écran.

« Hmm, dit Marius. Tu avais malware. Je sais pas quoi encore. » Il fronça le nez. « Je peux reconstituer, *peut-être*. Si ça marche, ça peut prendre deux, trois mois. Il faut essayer beaucoup différents modèles construction. »

Pour l'instant, Marius ne parvenait à voir que la date et l'heure auxquelles le malware était entré dans le système : à 3 h 27 du matin le jour où Zhen avait dormi dans la suite de Martha pour la dernière fois.

« Tu as rejoint son Wi-Fi. Wi-Fi était compromis. Il y avait Wi-Fi spécial pour toi, oui, pas hôtel, pas normal », constata Marius.

Zhen hocha la tête.

« Contaminé, poursuivit Marius, milieu de nuit, télécharge et redémarre. Tu as pas idée ce qui s'est passé.

— Elle a dit qu'elle m'avait offert un cadeau. Mais elle n'a pas précisé ce que c'était.

— Et maintenant elle te parle pas ?

— Je n'arrête pas de lui envoyer des messages, mais elle ne répond pas.

— Tu as fait mauvaise baise avec elle ?

— J'ai fait excellente baise avec elle, merci bien. Plusieurs fois.

— Alors pourquoi elle t'a pas dit ? Pourquoi elle t'a pas donné logiciel normalement ? Ça… » – Marius pointa un tournevis sur le téléphone, sur le cycle nettoyage tambour – « ces conneries agent secret, c'est pas normal. »

Zhen n'avait pas vu Martha depuis longtemps. Elle pensait avoir interprété correctement les signes, elle avait cru que ce qui se passait entre elles était authentique. Ou du moins sincère et bienveillant sur le moment. Elle adorait Marius et il l'adorait aussi, mais les gens qui ont des tendances paranoïaques – pour de bonnes raisons, pour des raisons raisonnables – choisissent parfois des amis qui sont un peu paranoïaques aussi.

« Tu t'es demandé…, dit Marius. Tu es célèbre experte dans survie. Capable sortir n'importe quelle situation. Peut-être elle t'utilise pour tester son logiciel ? »

6

Si c'était vraiment catastrophique, on aurait reçu une alerte

Martha

Il ne fut pas difficile de confectionner un petit pack discret du code *happymeal*, et étant donné que chacun d'eux avait un accès privilégié aux systèmes chez Fantail, Medlar ou Anvil, il ne fut pas difficile non plus de le disséminer. Selah et Albert créèrent un pack avec mécanisme d'insertion. Tous deux quittèrent l'hôtel avec une clé USB. Badger avait acheté les clés en liquide dans une supérette. Les clés avaient la forme de hamburgers miniatures parce que Badger serait toujours Badger. Ils se dirent au revoir dans la chambre d'hôtel comme de vieux amis, des gens qui avaient fait un long voyage ensemble, et Martha, tout en les serrant tour à tour dans ses bras, tout en sentant l'odeur musquée de la chemise qu'Albert portait depuis trois jours, le vivifiant parfum fraîchement vaporisé de Selah, l'effluve de chewing-gum et de friture de Badger, se dit : Je ne vivrai jamais plus sans partager un but commun avec des gens. Je vais continuer à chercher ça pour le restant de mes jours, quoi qu'il arrive.

Ils regagnèrent leurs mondes respectifs. Lenk demanda à Martha si elle avait passé de bonnes vacances, d'un ton qui laissait entendre qu'il était quelque peu chagriné qu'elle ait eu besoin de prendre congé de tout ça. Et il avait raison, bien entendu. Elle n'avait pas pris de vacances. C'était ce que Lenk et elle avaient en commun. Si vous ne regardiez pas exactement où vous alliez, un camion de chips Lay's pouvait sortir de nulle part et vous faucher. Sauf qu'à présent, songea-t-elle, c'est moi le camion. Elle se trouvait dans l'angle mort de Lenk. Ça n'avait rien de personnel.

Il fallut attendre deux semaines le moment opportun. Attendre que Badger soit avec sa mère à Antigua et que Selah soit à Tokyo avec Zimri. Que se passent un certain nombre de choses qui accapareraient leur attention. Tout devait arriver à peu près en même temps.

Badger « emprunta » l'ordinateur portable de sa mère.

Martha se connecta avec les mots de passe de Lenk.

Selah attendit que Zimri soit sorti de la pièce sans verrouiller son AnvilSurface.

À travers trois fuseaux horaires, les clés USB entrèrent en contact. À l'intérieur des systèmes, un ver autorisé par mot de passe se fraya un chemin vers l'endroit adéquat et se dépaqueta. Prudemment, mot par mot, il se mit à modifier certaines phrases et certains commentaires. Il itéra.

À cette échelle, ce serait visible. Mais cela valait la peine d'essayer. Il fallait bien qu'ils essaient quelque chose.

Néanmoins, ils n'avaient pas eu l'occasion de compenser ce ver par d'autres configurations requises. Pas le temps de surveiller sa performance ni de voir comment il interagissait avec d'autres fonctionnalités. De découvrir quelles ressources il accaparerait et combien d'entre elles il utiliserait. Le ver commença à prendre beaucoup de temps système. Un processus itératif parcourut les antennes-relais. Un algorithme testait et retestait une manière de produire plus de visages souriants, plus de likes.

À Shanghai, cinq cents drones dansants émirent des lumières bleues, argentées et dorées qui épelaient des mots de paix et d'harmonie à l'occasion d'une fête. Connectées à un ordinateur central alimenté par Anvil par signal mobile sur des appareils Medlar, elles bougeaient à l'unisson, scintillantes. Et puis, plus rien. L'espace d'un instant, le système fut débordé. Au-dessus de la foule, des enfants assis sur les épaules de leurs parents levèrent la tête, perplexes, tandis que les drones bégayaient. Tournoyaient. Cessaient d'épeler quoi que ce soit. Se mirent à tomber. Le ballet s'effondra au sol, lourdement et durement, s'écrasant contre le capot de voitures, se fracassant sur les trottoirs. Les gens prirent leurs jambes à leur cou.

Le même week-end, à San Francisco, au siège social de Fantail, une surcharge serveur provoqua une cascade de défaillances système. Ce système n'était pas censé connaître de surcharges. Lorsqu'il planta, un ingénieur en informatique assis dans sa chambre d'amis à côté d'un étendoir où séchaient les bodys humides de sa fille fut pris de panique. Il tenta de reconfigurer manuellement le trafic réseau pour envoyer le trop-plein vers un autre data center. Le bébé pleurait. Sa femme lui cria qu'elle était aux toilettes et en pleine visioconférence, bon sang, est-ce qu'il ne pouvait pas prendre la petite ? Il entra une consigne qui était presque parfaite, mais pas tout à fait. Assez soudainement, dans tous les pays du monde, Fantail ainsi que ses applications et produits subsidiaires cessèrent de fonctionner.

- À Peshawar, au Pakistan, une équipe de vaccination contre la polio ne put utiliser les services anonymisés de Fantail pour coordonner le ramassage du vaccin. Trente-huit mille doses de vaccin furent gaspillées. À la suite de quoi, parmi les personnes à qui ces doses étaient destinées, cinq enfants contractèrent la polio.
- À Manitoba, au Canada, des systèmes d'alerte météo hébergés sur des serveurs Medlar tombèrent en panne. Bien que les serveurs Medlar soient repartis en moins de quatre minutes, ce système d'alerte en particulier ne redémarra pas. Des mesures de dégagement des routes ne furent pas dépêchées malgré un blizzard imminent et les avertissements n'apparurent pas sur les téléphones portables et les thinscreens. La plupart des gens

firent demi-tour en voyant la neige abondante. Un groupe de huit personnes, impatientes de se rendre à une réunion familiale prévue depuis longtemps et se disant que « si c'était vraiment catastrophique, on aurait reçu une alerte », moururent gelées dans leur mini-van.

- À Norfolk, en Angleterre, l'application de messagerie Anvil désuète utilisée par les équipes de soins à domicile se déconnecta. Officiellement, elle n'était plus supportée par Anvil et, après la panne, sa vérification n'était pas une priorité. Une vieille femme, incapable de contacter son infirmière habituelle et ne désirant pas tacher d'autres meubles, resta assise dans ses excréments pendant près de trois jours en attendant de l'aide.

Au cours des enquêtes internes menées ultérieurement chez Fantail, Medlar et Anvil, il s'avéra qu'un pack de codes discret avait été introduit dans les systèmes. Un ver, peut-être créé par un acteur étatique, ayant enclenché un processus itératif dont le but était – à ce stade – difficile à déterminer.

Martha alla s'asseoir dans le bureau d'Albert. La pièce où elle lui avait sauvé la vie.

« Ce n'est pas entièrement notre faute, assura Albert. La plupart de ces systèmes auraient dû être plus robustes. Ils auraient dû avoir un basculement.

— Mais on savait que ce n'était pas le cas, protesta Martha, qui était déjà passée par là. C'est fini. J'ai déjà vu ça. On croit pouvoir changer le monde et ça finit par la destruction. Chaque fois.

— Anvil a déjà commencé à vendre des sauvegardes sécurisées munies de pare-feu au cas où ça se reproduirait. Dix-sept gouvernements sont en train de créer des lois visant à protéger spécifiquement les entreprises en question de ce genre d'attaque, par des punitions de dingues. Ça n'a fait que les rendre plus forts.

— Comment ça s'appelle, déjà, quand on ne peut rien faire mais qu'on ne peut pas ne rien faire ? railla Martha.

— Le désespoir, j'ai déjà donné », répondit Albert.

Badger, Albert, Martha et Selah mirent encore plusieurs semaines à communiquer tous ensemble par l'intermédiaire du système de messagerie privée d'un forum voué à la mise en boîte des tenues de stars.

On ne peut pas recommencer, dit Badger.

Les effets itératifs, qui continuaient à se propager, restaient incalculables. Détruire ces entreprises était impossible. Elles étaient omniprésentes. Se passer une seule journée de leurs services menait droit à la catastrophe.

On ne peut pas s'y prendre de la même manière, intervint Martha, plus jamais. Quoi qu'on fasse, il faut que ce soit aussi petit que possible. Invisible.
— On a besoin d'un accès au niveau supérieur, fit remarquer Selah. Ça ne doit pas errer au hasard dans le codebase à puiser de plus en plus de capacité de serveur. Il faut que ça fasse partie du système.
— Ce n'était pas la bonne solution, de toute façon, dit Martha. Enfin, peut-être que c'est une partie de la solution, mais être disposé à cliquer sur une pétition électronique ne suffit pas. Il nous faut quelque chose de plus rapide. On avait largement le temps de résoudre le problème ces dernières années et on ne l'a pas fait. On est proches d'eux. Cette solution, on peut la trouver. On a juste besoin d'essayer autre chose.

7

Le juste niveau d'échec

Zhen

À Chimopar, en périphérie de Bucarest, trois anciens étudiants de Marius avaient installé un hackerspace dans une usine chimique abandonnée. Ils tiraient leur courant et leur Wi-Fi haut débit d'un générateur et d'une banque de serveurs installés dans un bus scolaire. À l'intérieur, l'usine était éclairée par des guirlandes d'ampoules LED et les murs étaient un palimpseste de graffitis. Un ange rouge armé d'une épée déployait ses ailes d'un bout à l'autre du plafond. Un dragon à visage humain vomissait des mots qui dégoulinaient le long des pierres et sur le sol. Du death metal sortait d'un haut-parleur dans un coin de la pièce et toutes les personnes tatouées, percées, au crâne rasé et barbues devant les terminaux appelaient Marius par son nom. On aurait difficilement pu faire plus sécurisé.

Zhen avait supprimé d'Internet toutes ses données personnelles. Personne ne savait qu'elle vivait avec Marius. Elle avait inventé une histoire selon laquelle elle avait déménagé au Mexique, créé de fausses photos d'elle au bord d'une piscine imaginaire dans une villa inexistante. Lorsqu'elle posta des vidéos en ligne, elle réfléchit son signal un peu partout. Elle voulait donner l'impression que rien n'avait changé, mais d'une certaine manière, c'était tout le contraire. Elle n'utilisait Internet qu'à partir de terminaux intraçables. Elle ne publia pas de vidéo sur Seasons Time. Elle acceptait d'ennuyeuses petites missions de consulting visant à passer en revue les plans de gestion de crise d'entreprises. Elle lisait des livres papier et réglait ses achats avec une carte prépayée que Marius alimentait en liquide, comme pour un enfant. Elle ne mentionnait jamais les hénochites et n'engageait pas le dialogue avec eux en ligne ; elle ne répondait pas aux posts outrés qu'ils laissaient sous ses vidéos, et ne les supprimait pas non plus. Elle ne se connectait à Anvil, Medlar ou Fantail que sur les serveurs les plus cryptés qui soient et sans jamais utiliser ses vieux comptes ou son propre nom. Personne ne la poursuivit à Bucarest.

Elle avait bien évidemment profité de ses visites au hackerspace pour faire les recherches qui allaient de soi :

- Mall Seasons Time assassin
- Mall Seasons Time meurtre
- Mall Seasons Time cadavre gelé
- Mall Seasons Time décès
- Mall Seasons Time accident

Un court article publié par le *Straits Times* avait été repris par quelques autres journaux de la région. Le Seasons Time avait rencontré un dysfonctionnement électrique au mois de juin. Plusieurs personnes avaient été légèrement blessées quand une applique en verre avait explosé. Cette aile de la galerie marchande avait été fermée au public pendant six jours pour réparation.

Et ? Et ? Les sites d'informations plus underground. Analyse, discussion. Ne cherchait-on pas une jeune femme asiatique avec un sac à dos qui avait été vue fuyant la scène de crime ?

Non. Fort malheureusement, lors des travaux d'entretien, on avait découvert qu'une sans-abri était morte dans une gaine d'aération. D'après l'état du corps, elle s'y trouvait depuis plusieurs mois. Sans doute s'y était-elle faufilée pour profiter de la chaleur au cours de la vague de froid inhabituelle du mois de décembre précédent et y avait-elle trouvé la mort. Certains tuyaux réfrigérants avaient été mal installés, ce qui avait pu contribuer à sa mort. Une histoire tragique, disait le *Straits Times*. Un de leurs chroniqueurs décrivit d'une plume émouvante la détresse des SDF toxicomanes avant de s'empresser de souligner la nécessité d'imposer des sanctions encore plus dures envers les trafiquants de drogue.

Sur le Deep Web, la mort d'une femme dans le conduit d'aération avait suscité quelque intérêt. Deux ou trois sources révélaient que le corps avait été « en état de décomposition avancée », et un intervenant sur un site singapourien affirmait que le cousin de son frère travaillait dans la police et avait vu le corps, qui était « tout liquide, mon vieux, carrément dégueu ». Il prétendait détenir une photo du cadavre, mais quand Zhen avait cliqué dessus avec appréhension, ça ne ressemblait à rien. Une sorte de soupe de membres dans un récipient à côté duquel étaient étendus une robe, un manteau et un chapeau. Rien qui ressemble de près ou de loin à ce que portait la femme qui l'avait poursuivie.

« Un pauvre couillon qui essaie d'avoir l'air cool, dit-elle.

— Escadrons de la mort toujours cool, jusqu'au jour où ils frappent à ta porte. »

Encore des recherches. Tout, n'importe quoi.

- réfrigérant meurtre
- réfrigérant mort
- liquide refroidissement accident
- liquide refroidissement neige
- Seasons Time liquide refroidissement

Une brève mention dans le *Global Refrigeration News*. Une entreprise réfrigérante à Taïwan avait été rachetée fin juin par Fantail. Ils fabriquaient jusqu'alors les systèmes de refroidissement du Seasons Time. Leurs produits étaient désormais utilisés uniquement dans les usines de fabrication de puces Fantail.

« Regarde, quelqu'un fait ménage derrière toi, souligna Marius. Ton amoureuse, Martha. Elle fait ménage après test de leur logiciel.

— Non », rétorqua Zhen, sachant fort bien qu'il disait peut-être vrai.

Deux versions de Martha hantaient désormais son esprit en permanence. L'une, une femme extraordinaire qui était tombée amoureuse d'elle d'une façon si improbable et extravagante au cours d'un week-end qu'elle lui avait offert un logiciel expérimental qui lui avait sauvé la vie. L'autre, une crevure manipulatrice qui l'avait draguée – la clé de la chambre d'hôtel ! le champagne ! – dans le but de tester un logiciel expérimental, peut-être pour une raison légèrement flatteuse, à savoir qu'elle pensait que Zhen aurait plus de chance de survivre que d'autres, et peut-être pour une raison quelque peu alarmante, à savoir que Martha avait vu que Zhen était prise pour cible par les hénochites et pensait que ce serait un moyen formidable de tester les capacités d'AUGR.

Quand Martha lui avait confié qu'elle travaillait sur un projet, Zhen l'avait crue. Un projet ! Qui entrait dans sa phase intensive. Et qu'il lui serait difficile de garder le contact. Et que ça faisait longtemps qu'elle n'avait pas rencontré quelqu'un qui lui plaisait autant. Zhen avait cru tout cela parce que les êtres humains normaux ont besoin de croire, de nouer des liens. D'aller vers l'autre et de lui faire confiance. Et évidemment parce que, sur le plan sexuel, ç'avait été super.

Mais il y a une limite à ce qu'on peut prendre pour argent comptant. Si elle voulait apprendre quoi que ce soit sur Martha, Zhen allait devoir comprendre ce qu'elle avait installé sur son téléphone.

Marius et elle en découvrirent un peu plus sur AUGR. Une société du même nom avait existé autrefois. Selon Marius, sa description était « emmerdante à mourir » – « analyse de tendances pour marchés d'entreprises ». Elle était entrée en liquidation à la suite d'une série de « résultats décevants ». Son PDG, Si Packship, avait publié un vague communiqué dans lequel il mentionnait des « difficultés technologiques ». Un minuscule résumé était paru sur

TechCrunch : « AUGR, une suite logicielle d'analyse prédictive à destination du marché des fonds spéculatifs, n'a pas réussi à attirer les investisseurs après une série d'erreurs technologiques. »

« C'est bon niveau d'échec, souligna Marius. Si Anvil, Medlar et Fantail l'ont racheté et voulaient personne savoir ce qu'ils faisaient, c'est parfait. »

Ni théâtral ni captivant ; le logiciel ne fonctionnait tout simplement pas. Personne ne chercherait à se payer des algorithmes ou à embaucher la petite équipe qui les avait créés. Si quelqu'un avait confié sur un forum Internet avoir entendu dire qu'AUGR avait été acheté par un consortium soutenu par Lenk Sketlish, Ellen Bywater et Zimri Nommik, il serait passé pour un mythomane.

« Ce sont des conneries, objecta Zhen. Le truc que j'avais était de la tech de survie, une IA super efficace. Avec des autorisations et des schémas incroyables. AUGR m'a dit qu'il était... » Dans son esprit, ces moments étaient clairs comme de l'eau de roche, plus clairs que tout, ces derniers temps. « Un logiciel prédictif et protecteur.

— C'est ça qu'ils font ménage, déclara Marius. Acheter société, donner pot-de-vin à centre commercial. Ils veulent personne sait ce qu'ils ont. »

Des semaines entières s'écoulèrent ainsi. À chercher et à réfléchir. Pendant ce temps-là, le programme de reconstruction de Marius explorait le téléphone de Zhen. Ils le branchèrent à l'ordinateur central du hackerspace de Chimopar – vingt-huit AnvilTabs reliées les unes aux autres et rangées dans un égouttoir à vaisselle en métal – et le laissèrent travailler chaque nuit, toute la nuit, calé contre le toit métallique pour éviter de chauffer, protégé des averses par un parapluie. Des semaines puis des mois s'écoulèrent tandis que l'appareil avec son écran de machine à laver tentait de comprendre quel code avait été découpé en morceaux minuscules quand le programme s'était supprimé. Le réassemblait. Itérant. Sans jamais se presser, sans jamais traîner.

L'automne fut anormalement froid cette année-là, la neige tombait et se tassait, fondait puis tombait de nouveau. En octobre, dans le hackerspace, ils réfléchirent un signal à travers vingt-deux serveurs différents et Zhen appela son père à Sunderland pour son anniversaire. S'excusant de ne pas l'avoir appelé depuis une éternité. Son père répondit, d'un ton qui lui prouva qu'il n'en était pas sûr du tout, que si quelque chose de vraiment terrible était arrivé à sa fille unique, il l'aurait appris.

« Je vais bien, papa, je vais bien, assura Zhen. Je t'aime. Je suis occupée, c'est tout, d'accord ? Et… j'ai un problème avec mon téléphone. Je voyage beaucoup. Donc… si tu as besoin de me contacter, envoie-moi un e-mail ? »

Après ce coup de fil, Zhen se sentit déprimée. Elle n'avait pas l'impression d'avoir quitté le monde, elle avait l'impression que le monde l'avait quittée. Marius et elle sortirent se dégourdir les jambes tandis que le crépuscule enveloppait les rues de Bucarest couvertes de neige fondue. La neige tombait, fine mais persistante, un continuel crachin de flocons froids et humides qui formaient aussitôt des tas crasseux sur le trottoir. Dans une camionnette sale et rouillée, ils achetèrent des hamburgers – qui s'avérèrent étonnamment bons, juteux et épais.

Ils s'assirent sous les yeux de l'ange et du dragon, mangeant leur hamburger et contemplant la neige grise qui dansait et tourbillonnait.

« C'est ton homebrew, sur l'étagère du haut ? demanda un des codeurs. Sous le parapluie ? »

Marius hocha la tête d'un air morose. Zhen se demanda s'il était toujours aussi déprimé qu'elle l'était en ce moment même, et si oui, comment il faisait pour rester si enjoué.

« Il a sonné. Pendant que vous étiez sortis. Je suis allé jeter un coup d'œil. Je sais pas ce qui s'est passé. »

Zhen n'aurait jamais cru Marius capable de grimper aussi vite les escaliers métalliques. Elle perçut dans sa voix une note de triomphe quand il l'appela de là-haut.

« Belle au bois dormant est prête à parler dans sommeil », annonça-t-il.

Un nouveau malware très puissant avait accédé au téléphone de Zhen. Un logiciel qui prenait le contrôle de tous les systèmes de l'appareil quand étaient activées une série de commandes provenant d'un programme désigné uniquement par une longue suite de chiffres et de lettres. Par ailleurs, le malware l'avait espionnée, extrayant de son téléphone des informations passives depuis son installation, surveillant sa santé, le lieu où elle se trouvait, ses communications. Ils pouvaient voir le programme reconstitué contourner les protections, rassembler des informations sans discontinuer.

« Mauvaise infection, constata Marius, contrarié. Infection dangereuse. »

En revanche, ils ne purent pas découvrir ce que ce programme avait fait de ces informations et de ces forçages.

Marius eut un sourire en coin. Il était mal à l'aise.

« Autorisations ont été retirées. Tu peux arrêter maintenant. Ver dans la pomme. Ver a sauvé vie. Histoire de fées. Fin. »

Mais si elle arrêtait maintenant, elle ne saurait jamais laquelle des deux Martha était la vraie.

« On cherche encore demain matin. On trouve plus, d'accord ? »

Ils débranchèrent le téléphone et le rapportèrent dans l'espace de vie/travail/repas/repos de Marius dans un sac plastique de la galerie marchande Unirea. Sarit, sa petite amie israélienne, avait préparé un ragoût de viande riche en tomates et en épices. Marius était content de lui.

« Personne d'autre aurait pu faire, dit-il. Bien sûr, je suis héros secret, mais… quand même. Héros. »

Sarit lui ébouriffa les cheveux et servit le pot-au-feu fumant dans des bols ébréchés. Marius mangea avec autant de plaisir qu'il en prenait à déguster sa crème de maïs, grognant de plaisir. Il y avait comme un bourdonnement entre eux – Sarit, qui se montrait habituellement bourrue, à la limite de l'impolitesse, semblait touchée par la prouesse de Marius.

Après dîner, elle sortit de sa poche des comprimés de MDMA gravés d'un dessin de pélican.

« L'oiseau national de la Roumanie, expliqua-t-elle. Super légitime. Le gouvernement les vend pour payer ses dettes.

— C'est vrai ? » s'étonna Zhen.

Sarit haussa les épaules.

« Probablement. »

Zhen s'imagina en train de planer pendant que ces deux-là baisaient puis décida de n'en rien faire.

« Non merci, dit-elle. Amusez-vous bien. »

Elle alla se coucher et – grâce à un navigateur Internet homebrew de Marius installé sur l'écran d'un visiophone connecté vieux de quinze ans – regarda des vidéos de Lenk Sketlish, dans lesquelles apparaissait occasionnellement son assistante, Martha Einkorn, quelque part dans le fond, souriant rarement et prenant rarement la parole, aussi inexplicable qu'un minuscule vestige archéologique.

Cette nuit-là, le hackerspace prit feu.

Marius reçut un appel à 5 heures du matin. Malgré les bibliothèques et les caissons de rangement qui couraient le long des murs de sa chambre de l'autre côté du plateau de bureaux, Zhen entendit sa voix au téléphone. Elle y détecta d'abord de la perplexité, l'agacement, l'irritation d'avoir été réveillé si tôt. Puis la colère. Puis la peur. Ce ton, elle l'avait déjà entendu dans une douzaine de langues différentes. Avant même de savoir avec certitude qu'il était temps de partir, elle avait enfilé sa culotte et son jean, son T-shirt et son pull.

Marius lui cria : « Zhen ! Hackerspace de Chimopar détruit par crétins ! »

Zhen crut un instant que quelqu'un avait laissé une bougie allumée – vu le nombre de satanistes qui vivaient là, il n'était pas improbable que l'un d'eux se soit adonné à des pratiques hasardeuses avec un pentagramme. Mais c'était bien pire que ça.

« Putain de Bogdan ! Putain de salopard, imbécile de bon à rien anarcho-syndicaliste. »

Sa salive tachée par le tabac avait moucheté sa barbe de postillons crémeux. Il gesticulait avec le premier objet qui lui était tombé sous la main, à savoir – Zhen s'en rendit compte après un instant d'hésitation – la partie gode d'un gode-ceinture. Il était d'un bleu éclatant et, idéalement, Zhen se serait passée d'en savoir autant sur Marius, mais bon.

« Qu'est-ce qui s'est passé, Marius ? Arrête… de braquer ce truc sur moi. »

Marius posa l'objet bleu pétant. Sarit le fixa, croisa sans ciller le regard de Zhen et ne détourna pas les yeux. Très bien.

« Putain de Bogdan, reprit Marius. La nuit dernière. Quand programme a terminé essorage. Il a fait petit ping. Ping très très doux. Pas alarme bruyante. Il aurait pu nous attendre. Putain de Bogdan est monté. Il a allumé ton téléphone.

— Oh, fit Zhen. Oh merde. »

La nouvelle s'infiltra dans ses os comme le froid de sa propre tombe. Ça n'avait rien d'un hasard, manifestement. Quelqu'un avait essayé de détruire le téléphone. Et cette personne savait qu'elle était à Bucarest. Découvrirait sans doute qu'elle était avec Marius. Et voilà. Elle sentit qu'elle se scindait en plusieurs morceaux, de discrètes unités de moi capables de supporter la nouvelle et de faire ce qu'il fallait pour continuer à avancer.

Ils se rendirent à Chimopar dans la Dacia caramel cabossée de Marius. Le hackerspace projetait de la neige dans le ciel froid. La toiture avait fondu et des fragments de papier, de cendre et de poussière étaient emportés par les courants thermiques au-dessus des toits de Chimopar, retombant au sol loin de ces décombres fumants et carbonisés. Zhen resta dans la voiture pendant que Marius et quatre autres personnes échangeaient des cris par-dessus les ruines. Elle ne cessait de repenser à Hong Kong.

des papiers tombent vers le ciel, à moitié calcinés, ni sirènes ni cris, quelqu'un sanglote non loin de là, il y a trois explosions assourdissantes

Zhen fit ses exercices de respiration. Elle nomma des objets dans son champ de vision. Elle se dit : Tu es ici, pas là-bas. Il ne t'arrive rien de mal. Reste ici. L'intérieur de la voiture avait été repeint en bleu clair. Quand elle passa son ongle le long du bord de la fenêtre, la vieille peinture apparut sous la nouvelle. Caramel et bleu, comme une aube criarde.

Marius rejoignit la voiture d'un pas lourd.

« Ça va, dit-il. Équipement envolé, personne était là. » Il haussa les épaules. « C'est des choses qui arrivent. Incendie criminel ou vol. Ce genre d'endroit, il faut toujours bouger ailleurs. »

Les incendies criminels ne cessaient d'augmenter. Pas seulement en Roumanie, mais dans le monde entier. Les gens prenaient au pied de la lettre l'expression « le monde brûle ». Ils ne voulaient pas attendre dans l'incertitude. Autant en finir au plus vite, bordel.

« Bogdan dit c'est peut-être gang, poursuivit Marius. Il demande aux autres.

— Mais il sait que ce n'était pas un gang, pas vrai ? »

C'était quelqu'un qui en avait après elle.

Ils quittèrent la ville avant d'examiner à nouveau le téléphone de Zhen. Garés au bord d'un lac, ils virent cinq cygnes sauvages plonger en quête d'algues. Zhen sortit le sac d'Unirea de sous son siège. Ils fixèrent ce téléphone qui, apparemment, invoquait l'apparition du feu directement des cieux.

« On pourrait jeter dans lac, proposa Marius.

— La personne qui a fait ça saura quand même que je suis là.

— Je peux te trouver endroit où cacher.

— Tu sais bien que je ne peux pas me cacher. J'ai besoin de savoir ce qui se passe. Tu peux me redonner accès à AUGR ?

— Cryptage intelligent. Tu as été retirée de liste utilisateurs autorisés. À distance. Pour réautoriser, il faut connexion physique. »

Il y avait une liste de points de connexion physique. La maison de Lenk Sketlish. Le siège social d'Anvil. L'impénétrable bunker de Bywater en Nouvelle-Zélande.

« Je ne peux pas rester ici, dit Zhen. Montre-moi comment réautoriser AUGR. J'arriverai toujours à accéder à un de ces points.

— Alors où on va ? »

Zhen dévisagea Marius. Touchée au plus profond d'elle-même, ne souhaitant pas que cet instant laisse place au suivant, quand il balaierait d'un geste sa reconnaissance.

« Tu n'es pas obligé de venir, protesta-t-elle. Ils n'en ont pas après toi.

— Sans moi tu fais foirer », dit Marius. Il s'interrompit un moment. « Et je veux savoir ce que ces enflures fabriquent, d'accord ? »

Zhen prit une profonde inspiration. Retint son souffle. Expira. « On va au Canada. On va s'introduire dans le bunker de Zimri Nommik. »

8

Des ossements et des emballages plastique

Martha

Pendant que Martha, Selah, Albert et Badger réfléchissaient à une nouvelle solution, le temps passa. Des entreprises crûrent. Lentement mais inexorablement, les choses empirèrent.

À Palo Alto, l'entreprise de Lenk Sketlish, Fantail, s'empara d'un petit rival en pleine croissance – un programme d'apprentissage automatique capable de remixer vos séries télévisées préférées et de créer une version de la star de votre choix, mise en scène dans un court épisode traitant d'un sujet que vous définissiez vous-même, dans l'une des trois cents langues proposées. Fantail acheta le travail de recherche doctorale – et les services – de huit experts en projections algorithmiques, qui lui permettait ainsi de prédire quels services leurs utilisateurs étaient susceptibles de vouloir à court et moyen terme. Une certaine donnée fut vendue, une certaine donnée fut stockée et certains bénéfices furent dégagés de la publicité par certains moyens. Et la grande majorité des clients de Fantail n'en avaient rien à carrer, maintenant qu'ils pouvaient poster un mini-épisode merdique dans lequel ils partageaient la vedette avec un Ryan Reynolds aux cheveux poivre et sel parlant couramment le xhosa.

Vous sauveriez la ville pour cinquante justes ?

De son nouveau mégasiège social de Columbus, dans l'Ohio, l'entreprise de Zimri Nommik, Anvil, lança une épinglette qui enregistrait toutes vos conversations quotidiennes et en extrayait des fichiers textes recherchables, qui serviraient ensuite à créer votre avatar numérique susceptible de s'acquitter à votre place de certaines obligations fastidieuses. La popularité du DaySave, initialement destiné aux étudiants et aux travailleurs débordés, se répandit très vite à d'autres utilisateurs. De célèbres artistes conçurent des épinglettes DaySave en édition limitée. Si vous les mettiez au lave-linge par accident, Anvil vous en envoyait une de rechange en moins d'une heure. Certains employés des entrepôts virent leur salaire retenu pour avoir passé plus de quarante-sept secondes aux toilettes, et certaines autorités décrétèrent qu'Anvil devrait être assujetti à des impôts négatifs à condition d'implanter un entrepôt dans la région, et certaines quantités de carbone furent projetées dans l'atmosphère. Les riches devinrent encore plus riches et les pauvres encore plus pauvres, malgré les innombrables données historiques prouvant que ce genre de situation menait inexorablement à la révolution violente. Et bien que de nombreuses personnes ressentissent une pointe d'angoisse passagère à l'idée de jeter encore plus d'emballages plastique, sur les centaines de millions de clients d'Anvil et de ses abonnés au DaySave, trop peu en avaient assez à carrer pour entamer leurs bénéfices d'un centième de pour cent.

Vous sauveriez la ville pour quarante-cinq justes ?

À Centralia, ville frisquette de l'État de Washington, Ellen Bywater poursuivait sa gestion de Medlar, fondée sur les accumulations régulières qui faisaient sa renommée. Le lancement d'une nouvelle gamme d'écrans ultrafins et d'ordinateurs portables ultralégers obtint le succès escompté. Leur design était agréable à l'œil, le clic aussi rassurant qu'intuitif, les nouveaux « paradigmes de personnalité » de l'outil de recherche intégré à la fois élégants et distingués. Et certains esclaves extrayaient du coltan dans des carrières du Congo, et certains magnifiques objets racés en verre et en métal s'avéraient bien plus faciles et moins coûteux à jeter qu'à réparer, et, à certains endroits, certains produits chimiques s'infiltraient dans la nappe phréatique. Et si un grand nombre de personnes signèrent des pétitions sur Fantail, trop peu d'utilisateurs de Medlar en avaient quelque chose à carrer pour influencer le cours de ses actions d'un dixième de centime.

Disons qu'il n'y en a que quarante.
Vous sauveriez la ville pour quarante justes ?

Des recherches avaient déterminé qu'utiliser des produits Fantail pendant plus de huit minutes par jour augmentait les risques de suicide chez les adolescentes. Il en allait de même pour les risques de troubles alimentaires, les risques d'être coupable ou victime de harcèlement. La santé mentale du monde continuait à se détériorer – les gens déprimés et angoissés étaient moins enclins à affronter de vrais problèmes et plus désireux de s'échapper dans des mondes de fantaisie, plus disposés à croire aux canulars et aux théories du complot. Fantail publia ses propres recherches qui établissaient que trente minutes par jour de conversation avec FantailPal – son logiciel d'assistance par intelligence artificielle – avaient un impact positif sur la productivité. Plusieurs États et quelques pays acceptèrent, contre rémunération, d'installer FantailPal par défaut sur l'interface des thinscreens dans les écoles. L'extraction à ciel ouvert de la santé mentale de l'humanité se poursuivit. Aucun annonceur ne se retira. Le conseil d'administration ne fit rien.

Ne vous fâchez pas.
Je sais que ça commence à devenir ridicule.
Et s'il n'y en avait que trente ?
Vous sauveriez la ville pour trente justes ?

Impatient de présenter au monde les nouveaux paradigmes de personnalité, Medlar fit, contrairement à son habitude, certaines concessions. Persuadée que les paradigmes de personnalité contribueraient assurément à un horizon mondial plus pacifique, en Russie, en Arabie saoudite, en Chine, en Afghanistan, au Bélarus, en Corée du Nord, en Iran, en Syrie, en Ouzbékistan, Ellen Bywater était convenue qu'il serait bon de permettre aux gouvernements de surveiller leurs citoyens par le biais de certaines applications de MedlarPhone. Aucune agence gouvernementale n'était disposée à renoncer à cette source vitale d'informations antiterroristes. Il y eut des manifestations. Il y eut à travers le monde des signes d'instabilité sociétale. « Tu me dégoûtes », dit Badger à sa mère. Mais rien ne changea.

Peut-être qu'il n'y en a que vingt.
Vous sauveriez la ville pour vingt justes ?

Le fait est qu'Anvil était une entreprise moins mauvaise que d'autres. On ne pouvait pas reprocher tous les maux du monde à Zimri Nommik et à ses stratégies commerciales couronnées de succès. Néanmoins, la nouvelle usine Anvil au Myanmar déversait ses rejets chimiques dans le fleuve Irrawaddy. Après quoi plus aucun dauphin ne fut aperçu dans l'Irrawaddy. Selah Nommik regarda une vidéo réalisée vingt ans plus tôt montrant les mammifères gris brillant faire des bonds dans l'eau en riant. Voilà ce qu'Anvil laissait derrière soi : des vidéos, des ossements et des emballages plastique. Elle se dit : Ce n'est pas lui qui va mourir, c'est le monde qui prendra fin.

Zimri Nommik acheta cinq vastes parcelles de terrain à des gouvernements africains et asiatiques dans le but de les transformer en zones FutureSafe – des endroits où les visiteurs humains n'avaient le droit de mettre les pieds sous aucun prétexte. Ces zones qualifiées de refuges pour animaux sauvages avaient pour objectif d'aider la flore et la faune à prospérer et de réensauvager le paysage. Ces projets, admirables en soi, rassuraient le public sur le fait qu'Anvil agissait. Selah Nommik savait parfaitement bien que Zimri avait l'intention de se rendre en personne dans une de ces zones en cas d'effondrement écologique. Que des clauses confidentielles dans les accords passés avec les gouvernements régionaux et nationaux le lui autorisaient. Que celui dont l'avenir était sécurisé était Zimri.

Il se peut qu'on ne trouve que dix justes.
Vous sauveriez la ville pour dix justes ?

À peu près au même moment, Badger Bywater obtint de sa mère le passe-partout de la chambre forte sous la colline en Nouvelle-Zélande. C'était un disque elliptique en or sur lequel avaient été gravés le nom de Badger et une copie de son empreinte digitale. Badger fit la visite guidée du bunker souterrain orné de filigranes de métal et de bois courant telle de la dentelle le long de l'atrium. Badger écouta ses parents, Ellen et Will, parler avec enthousiasme du travail merveilleux qu'ils avaient effectué ici, au bout du monde, de tout ce qui serait préservé de la tempête à venir. C'était donc une bonne chose – qui pourrait y résister ?

Albert Dabrowski reçut de Medlar sa clé de bunker le jour anniversaire de la mort de son mari et comprit, à son grand désespoir, qu'il n'aurait pas fait mieux qu'Ellen Bywater s'il avait été à sa place. Et pourtant, il savait aussi qu'il y avait beaucoup de choses qu'il aurait pu faire. Elle était son reflet obscur : la personne qu'il se haïssait d'être. Il songea à nouveau, comme souvent, que les choses auraient peut-être été meilleures s'il était mort, s'il avait laissé ses actions à Greenpeace ou dans un fonds fiduciaire à destination des baleines ou des oiseaux ou des grands singes du monde. La seule à qui il confia ces pensées était Martha Einkorn. Elle lui dit de tenir bon. Il fallait tenir bon.

Martha Einkorn fut envoyée participer à divers salons de l'apocalypse pour le compte de Lenk, cherchant les derniers gadgets susceptibles d'équiper son bunker de survie. Elle écouta les experts pronostiquer le nombre d'années qui s'écouleraient avant que le bunker ne devienne nécessaire. Vingt ans. Dix ans. Cinq ans. Deux ans.

Ou alors – et cette solution est toujours envisageable – est-il tout simplement temps de baisser les bras ?

Il était une fois une petite fille qui avait tué un ours. Elle avait su comment s'y prendre quand elle avait compris que l'ours la tuerait sans en tirer aucun avantage. Certaines bêtes ressentent le besoin de tuer même quand elles ne peuvent pas manger. Les animaux agissent ainsi. Et les humains. Nous continuons à appuyer sur le bouton longtemps après que tout plaisir ou toute satisfaction a disparu. Encore de l'argent, encore de l'influence, encore de la renommée, encore du pouvoir. La mâchoire pourrie de l'ours était l'équivalent de la sombre fragmentation compulsive d'Hénoch occupé à fustiger les « morceaux », qui était l'équivalent de l'acquisition compulsive de certitudes fallacieuses de Lenk. Chez un être humain, le besoin de faire ce que font les ordinateurs, de réessayer la même chose si souvent que c'en est exaspérant, encore et encore et encore, sans jamais se presser, sans jamais traîner, ce besoin-là est signe de maladie.

Il était une fois une petite fille qui s'était réveillée bien avant l'aube. Dans l'obscurité du camp, elle avait volé à son père de l'argent et un pistolet. Parce qu'elle avait besoin d'être libre, parce qu'elle ne voulait pas rester assise dans une caverne à feindre que le reste du monde n'existait pas. Elle avait marché dans l'obscurité jusqu'au matin. Elle avait fait du stop et pris un bus et avait découvert le monde. Partir est un art qui peut s'apprendre. Elle savait que c'était ce que Lenk avait vu en elle. Qu'elle savait comment partir. Et Lenk Sketlish croyait qu'il allait devoir quitter le monde de son vivant. Il avait vu le futur approcher et savait qu'il ne réservait rien de bon, qu'il faudrait consentir à des sacrifices radicaux, que les forts vivraient et les faibles périraient. Et peut-être qu'après tout, il avait raison.

9

La guerre de tous contre tous

Zhen

« Tu sais, peut-être que quelqu'un te fait blague.

— Personne ne me fait de blagues, Marius. J'ai la réputation de n'avoir absolument aucun sens de l'humour.

— Il y a cruauté dans cœur de l'homme. Cette fois il fait blague à toi et moi. »

Organiser ce voyage dans l'ouest du Canada leur avait demandé plus d'un mois. Un nouveau passeport pour Zhen et un mois dans un squat merdique au sous-sol d'un casino Art déco abandonné de Constanța à écouter le bruit de l'océan, pareil au crissement de l'ignorance dans sa tête. Elle lut et relut les *Tristes*, le livre des chagrins qu'Ovide avait écrit là, au bout du monde. Le poète y avait été exilé par un empereur vindicatif, envoyé moisir aussi loin que possible de l'action. Zhen savait ce qu'il avait dû ressentir. Il se passait quelque chose, quelque part hors de son champ de vision, quelque chose qui risquait d'envoyer des armes et du feu – peut-être même plus d'un quelque chose. Peut-être que tous les quelque chose se passaient en même temps. Elle n'allait pas rester ici.

De Constanța, Zhen prit un train pour Cracovie, un autre pour Vienne, un vol pour le Mexique, un vol du Mexique au Canada. Ce fut plus difficile que seulement trois mois plus tôt – après la chute du gouvernement précédent, un mouvement séparatiste avait pris le pouvoir en Serbie qui, de concert avec la Hongrie, avait temporairement suspendu la zone de libre circulation de Schengen dans leurs pays respectifs. Une crise alimentaire et migratoire en Turquie incitait la Bulgarie à les imiter. De plus en plus fréquemment, seuls certains passeports permettaient de voyager à travers l'Europe, et même alors, il fallait rester à l'affût des frontières qui étaient ouvertes et de celles qui étaient fermées. D'un autre côté, cela signifiait qu'il était beaucoup plus facile d'obtenir un faux passeport maintenant qu'un an plus tôt. Plus il y a de choses illégales, plus il y a de bénéfices à tirer d'une activité illégale.

Zhen et Marius avaient voyagé séparément – Marius n'étant pas en danger immédiat, faire le trajet ensemble n'aurait eu aucun sens. À présent, à six heures de moto tout-terrain de Kitimat en Colombie-Britannique, dans une forêt trempée de pluie, Lai Zhen s'agenouilla au pied d'un arbre. Marius, qui se plaignait depuis un jour et demi, la regarda dans un silence maussade.

« Il y a rien ici.

— Tu verras.

— C'est chasse au dahu.

— Je ne pouvais quand même pas rester en Roumanie à attendre qu'on me trouve, si ? »

Alors qu'elle tapotait la terre humide, Zhen songea un instant qu'il n'y avait peut-être rien là. Elle avait peut-être été induite en erreur depuis le départ. Elle était allée aussi loin que possible.

Le Brésil connaissait un effondrement monétaire sans aucune raison apparente. Comme si l'économie mondiale – qui s'appuyait depuis si longtemps sur l'espoir et les attentes – avait tout simplement cessé de fonctionner normalement. Au Bélarus, il était désormais admis que des gangs de rue armés avaient plus de pouvoir que l'armée légitime. En Chine, une nouvelle vague de moisissure bleue des rizières avait été favorisée par des orages inhabituels pour la saison, qui avaient empêché le mûrissement des récoltes.

Le monde était un boxeur qui vacillait sur ses pieds, hésitant, attendant le coup final.

Quant à Lai Zhen, non seulement elle n'obtiendrait pas son fameux sésame, mais en plus elle ne saurait jamais ce qui était arrivé à sa vie ni qui en avait après elle. Elle pouvait affronter la mort, se disait-elle, mais pas rester à tout jamais dans l'ignorance. Elle enfonça ses doigts gelés plus profondément et plus résolument dans la terre.

Et oui ! Là, sous un certain carré de mousse et de broussailles, un cercle artificiel d'environ un mètre de diamètre. Sous la pluie et la terre, il y avait du métal. Dans le métal, il y avait un trou. Elle crocheta son doigt dans le trou ; elle tira. Une trappe métallique circulaire s'éleva en silence sur deux vérins télescopiques. À l'intérieur du cercle, il y avait de la lumière.

« Mon cul, oui », dit Marius à personne en particulier. Zhen verrouilla le mécanisme de la porte. Des marches menaient à une pièce blanche hexagonale comme une alvéole de ruche.

« Viens, fit-elle. Je n'y arriverai pas sans toi. »

Zimri Nommik, le PDG d'Anvil, possédait une énorme partie de la Colombie-Britannique, y compris deux îles qui bordaient Haida Gwaii. Il n'avait pas fait la paix avec les aînés des Premières Nations locales ; il avait acheté la propriété à un très bon prix et avait érigé une série de barrières solides et installé plusieurs autres moyens de protection plus discrets pour la protéger. C'était là qu'il avait construit le bunker de survie souterrain où il comptait rester jusqu'à la fin de l'apocalypse imminente. Zimri Nommik avait lu des rapports détaillés sur les activités sismiques à long et moyen terme et avait travaillé avec ses architectes pour bâtir une structure alvéolaire souterraine, de deux étages seulement mais extrêmement grande, avec des portes antisouffle toutes les trois cellules qui maintiendraient l'intégrité structurelle si jamais une partie du bunker s'effondrait.

Zimri Nommik se fichait pas mal que les architectes de son bunker sachent où il se trouve et ce à quoi il ressemblait à l'intérieur.

Le système qu'il avait élaboré ne nécessitait pas la confiance. Les architectes avaient certes bâti le bunker, mais les systèmes de sécurité avaient été installés après leur départ par des personnes qui n'avaient pas la moindre idée de ce qu'elles protégeaient. Les types qui avaient vu les portes extérieures n'avaient pas vu l'intérieur. Les types qui avaient installé les caméras n'avaient pas rencontré ceux qui avaient installé les clôtures électriques, et ces types-là n'avaient pas rencontré l'équipe de la tourelle et n'avaient pas connaissance de celle des caméras de sécurité. Un individu à lui seul ne glanerait jamais assez d'informations pour entrer dans le bunker. Voilà où menait le capitalisme. La guerre de tous contre tous pouvait assurer votre sécurité, du moment que les autres se battaient entre eux et pas contre vous. Zimri Nommik n'avait pas prévu que quatre ingénieurs ayant travaillé séparément sur ce projet seraient des fans de Lai Zhen et – au fil de plusieurs années – qu'ils partageraient avec elle la localisation, les codes d'accès et suffisamment d'informations sur les systèmes de défense internes pour lui permettre de les éviter quand Marius et elle viendraient réactiver AUGR sur son téléphone.

L'alvéole illuminée de blanc dans laquelle descendirent Zhen et Marius avait une certaine beauté, si vous aimiez ce genre de design. Elle était garnie de bois peint, mesurait environ six mètres de long, et elle était vide. Hormis quelques ports enchâssés dans le sol. Serait-ce aussi simple ? Marius s'agenouilla pour les examiner de plus près.

« Non, déclara-t-il.

— Non ? C'est tout ?

— Non. C'est électricité. Ports de données Anvil. Données pour gestion d'eau uniquement. On a besoin de point de données complet, plein accès, connexion Internet physique d'ici. Comme ça, il sait on est vraiment là et on obtient ce qu'on veut. Tu vois ?

— OK. Non, non, pas de problème. » Zhen projeta les plans de son thinscreen sur le mur blanc. « Regarde, on est ici, dans la zone ouest du site. Il devrait y avoir des banques d'accès complet aux données toutes les… dix alvéoles environ. Alors on n'a qu'à continuer à aller vers le nord, d'alvéole en alvéole, jusqu'à ce qu'on en trouve une.

— Et tu es sûre personne est ici ?

— Pourquoi est-ce qu'il y aurait quelqu'un ? L'apocalypse n'a pas encore commencé. Regarde, je peux ouvrir les murs. Ça devrait nous prendre quinze minutes pour arriver là-bas. Se connecter aux ports. Télécharger ce dont on a besoin. Sortir de là. » Marius paraissait hésiter. « On a déjà fait tout ce chemin, insista Zhen.

— C'est ce qu'ils disent sous communisme. Juste petit effort pour succès total. Il faut savoir quand laisser tomber.

— D'accord, mais on ne va pas le laisser tomber à cause de quinze petites minutes. »

Zhen saisit le code d'accès sur le boîter du mur nord. Celui-ci descendit dans le sol, révélant un long couloir.

« Regarde, certaines alvéoles sont déjà ouvertes.

— C'est quoi, ces putains alvéoles ?

— Je t'expliquerai en chemin. Viens. »

Le bunker de Zimri Nommik était construit sur deux niveaux : des cellules alvéolaires lambrissées à ossature en béton et acier à l'étage supérieur, et sous chaque alvéole, les réserves de générateurs, de nourriture et de combustibles. Chaque mur était une porte antisouffle. Chacune pouvait glisser dans un cadre en acier caché dans le sol, rendant la structure reconfigurable à l'infini. Si les deux cellules vous appartenaient, vous aviez le contrôle du mur qui les séparait. Sinon, vous deviez vous mettre d'accord avec l'autre côté afin d'ouvrir le mur.

« Mais personne ne vit encore ici, précisa Zhen, alors j'ai le passe-partout des travaux.

— Quel avenir ce type a imaginé ! s'écria Marius. Moi à l'abri dans ma prison, toi à l'abri dans ta prison. Tous à l'abri, sans parler, sans rire, sans sexe. Individualisme.

— En fait, ce n'est pas illogique. Les passionnés de survie veulent… survivre. Je suppose que Nommik ferait venir les personnes les plus importantes de son entourage. Je parie que tous se connaissent déjà. Mais en cas de menace imprévue… il faudrait pouvoir les isoler.

— Cet endroit est tombe. Fais deuil de toi ici, tu déjà mort. »

Marius n'avait pas tort. Le lieu était froid, l'air légèrement humide en permanence, et leurs pas résonnaient sur le sol en béton. Ils traversèrent une cellule de nuit déserte : lits superposés, cases de rangement, cabine de douche. Chaque élément posé au milieu de la pièce pour dégager les murs, ce qui donnait à ces objets ordinaires un air étrangement menaçant – comme si, dès que Marius et Zhen auraient disparu, le canapé, la table, la bibliothèque vide se traîneraient lentement sur le sol, centimètre par centimètre.

« Ils se préparent, constata Marius. Matelas neufs, draps neufs, boîtes en carton. »

Il y avait, un peu partout, des cartons remplis de produits de ravitaillement – des boîtes de conserve, des ustensiles de cuisine, du carburant, des armes. On eût dit un plateau de cinéma la veille d'un tournage.

« Il se trame quelque chose », dit Zhen.

La deuxième cellule de la suite était une cuisine en pierre avec un petit Velux renfoncé contre lequel la pluie sombre crépitait doucement. Puis venait une salle de jeux équipée d'un énorme thinscreen, d'une série de consoles de jeux et d'une table de ping-pong.

« J'ai entendu dire qu'il y avait une piscine quelque part, confia Zhen.

— J'emmerde piscine. Je veux ports de données. Où est mon préservatif ? »

Le « préservatif » de Marius était un petit appareil dans une gaine d'aluminium nu – ils l'avaient testé à de nombreuses reprises. Il transmettrait juste ce qu'il fallait de paquets de données pour réautoriser AUGR, rien de plus. Ensuite il s'éteindrait automatiquement, l'opération ne prenant pas plus de 0,03 seconde.

Lorsque Zhen l'avait tenu dans sa main, elle avait senti le tic-tac rapide entre deux états, comme les battements de cœur d'un être vivant. Ils ne pourraient pas faire grand-chose pour empêcher l'ordinateur central d'AUGR de savoir où ils se trouvaient – c'était là l'intérêt du système –, mais ils se dépêcheraient de sortir dès que le téléphone serait éteint. Et ils pourraient empêcher le téléphone d'échanger davantage de données avec le système, de savoir qui ils étaient.

Marius brancha l'appareil. Il s'apprêta à insérer le connecteur dans le téléphone. Ce serait fini avant même d'avoir commencé, après quoi ils allaient devoir quitter cet endroit au plus vite.

« Prête ? demanda Marius.

— Prête », répondit Zhen, imaginant déjà le tic-tac instantané, plus rapide que l'homme, à l'intérieur de la boîte en aluminium.

Marius brancha le téléphone. Ils virent aussitôt que quelque chose clochait.

« Merde », lâcha-t-il, son pouce et son index triturant maladroitement le connecteur. Dans son agitation, le téléphone lui glissa des mains. Il jura de nouveau, arracha manuellement le connecteur de la boîte, et passa le portable à Zhen. Tout cela en moins de dix secondes.

« Qu'est-ce qui s'est passé ?

— Foutue maison empoisonnée. L'ordinateur central dans bunker a forcé connexion.

— Donc quelque chose a été installé sur mon téléphone ?

— En dix secondes ? Oui. Je sais pas quoi.

— Et… on est en sécurité ?

— Il faut sortir. »

Avec un bruit sourd, toutes les lumières du bunker s'éteignirent.

Au sol, des bandes de peinture réfléchissante brillaient très faiblement. Quelque chose frôla le coude de Zhen. Tout arrivait très vite. Itérant. Répétant, un million de fois par seconde.

« Merde, fit Zhen. OK, OK, je peux nous sortir de là, en revenant sur nos pas. Il n'y a que trois alvéoles. »

Elle sentit le même frôlement contre ses bras, contre son visage, contre son cou. À la lumière de son téléphone, elle vit une chose minuscule semblable à un insecte, comme un moustique, survoler l'écran illuminé. Une boîte de dialogue s'ouvrit.

Lai Zhen, était-il écrit, c'est AUGR. Votre périmètre a été activé. Vous êtes en danger.

À l'écran, il y avait un plan du bunker. Des centaines de cellules alvéolaires. Un point rouge montrait l'endroit où Zhen et Marius se tenaient dans une cellule périphérique. Plus au centre, un espace bleu ouvert composé de douze alvéoles. Une piscine.

Zhen tourna l'écran afin de le montrer à Marius, mais avant qu'il ait pu répondre elle ressentit une douleur dans sa main droite qui commença à gonfler, une douleur qui s'amplifiait, chaude, humide, lancinante. Une centaine de minuscules lacérations brûlantes. AUGR avait raison. Ces bestioles les suivraient jusqu'à la sortie, sauf s'ils parvenaient à s'en débarrasser une bonne fois pour toutes.

Quelque chose avait itéré, essayé un million d'idées par seconde. Les insectes bourdonnaient autour de la main qui tenait le téléphone, et Zhen saignait. Elle faillit le faire tomber. Elle l'agrippa plus fort.

« Ils cherchent à me l'enlever, dit-elle. Tiens, prends-le. »

Marius attrapa le portable dans la pénombre. L'enveloppa, ainsi que ses mains, dans sa veste. Zhen enfouit sa main gauche dans sa poche et en tira un signal lumineux de survie en gel – semi-sphérique, de la taille d'une moitié de balle de golf. Si ces choses parvenaient à se déplacer dans le noir, cela signifiait qu'elles se servaient de rayons infrarouges, et elles pouvaient être désactivées, ne serait-ce qu'un instant. Marius poussa un cri de détresse.

« Ils mangent mon manteau, ils découpent. »

Zhen plia le signal, enfonçant fermement ses pouces au centre. La lumière fut vive et immédiate. À sa lueur blanche terrifiante, elle vit sa main droite, dont la peau déchiquetée saignait. La veste de Marius pendait, en lambeaux. Sur sa peau fourmillaient de minuscules perles cuivrées aux ailes bourdonnantes. Elles étaient désorientées à présent, du moins temporairement ; la lumière éblouissante avait perturbé leur vision.

« Je sais quoi faire, dit Zhen. Elles essaieront encore de prendre le téléphone, mais tu peux me croire. Chaque cellule est séparée. »

Elle entraîna Marius vers un mur qui menait plus loin au cœur de la structure alvéolaire. Là, elle introduisit le passe-partout d'un coup sec. Le mur s'enfonça dans le sol. La pièce suivante était pleine de plantes poussant dans l'obscurité sous des lampes hydroponiques minimales – des tomates noires et des laitues vert bouteille. Ils entrèrent. Les perles cuivrées de la cellule précédente ne les suivirent pas. Des murs et du plafond, de la grille d'aération au sol, jaillirent de nouveaux objets mordeurs.

« Autonomie absolue, expliqua Zhen, entrant le code du mur suivant. Le périmètre est entièrement contrôlé de façon automatique – il dépend de Nommik. Mais personne n'est aux commandes des cellules intérieures ; chaque cellule est indépendante, chacune doit consentir à déployer ses propres défenses. Ce qu'elle ne fera que tant qu'on est là, compris ? Si on continue à avancer, on les devance.

— Mais on va plus loin à l'intérieur labyrinthe. Pas vers sortie.

— Il y aura une sortie. Fais-moi confiance. »

Et, malgré tout cela, il lui faisait confiance.

Cinq autres cellules les séparaient de la piscine. Quatre autres grilles en béton d'où se déversaient des choses volantes, mordantes, vrombissantes dès qu'ils entraient. L'essaim portait des lancettes microscopiques, des aiguilles pointues, des lames incroyablement fines que Zhen et Marius sentaient à peine s'enfoncer dans leur chair. Ils se frayèrent un chemin à travers un autre espace de repos, une salle de musique et de jeux, une pièce avec des bancs et du matériel de contention qui, nota Zhen dans un coin de son esprit, était assurément une salle d'interrogatoire ou une infirmerie. Chaque fois, ils s'arrêtaient un moment. Juste le temps d'examiner leurs dernières blessures, de déterminer quelle partie de leur corps ils devaient protéger, juste le temps que Zhen fourre le téléphone dans une StowtBox avant la prochaine attaque bourdonnante et fourmillante. La dernière pièce servait de réserve médicale. Médicaments, outils chirurgicaux, équipement stérile. Réservoirs de butane. Quarante énormes réservoirs d'oxygène.

« Ouvres-en autant que tu peux », dit Zhen tout en chassant les insectes qui piquaient le creux de son bras, où elle avait coincé son téléphone. Elle composa le code maître sur le dernier pavé numérique. « Oxygène. Butane. Ouvre-les. »

Alors que le dernier mur disparaissait, ils se retrouvèrent soudain dans le vaste espace résonnant d'une piscine. Des fougères plantées dans de gigantesques jardinières grimpaient aux murs, rampant vers la lumière qui s'infiltrait par le verre épais des hublots profondément encastrés au-dessus de leurs têtes ; du lierre aux énormes feuilles vert foncé. Du Arvo Pärt filtrait doucement des haut-parleurs au plafond. L'eau était transparente et sentait le sel.

De la grille qui surplombait la piscine, d'autres créatures vrombissantes se mirent à se rassembler. La piscine était un des rares territoires communs du système. Un des seuls endroits où ils pourraient mettre en œuvre ce qu'ils s'apprêtaient à faire. Les bestioles formaient un essaim. Cette fois, elles ne les louperaient pas ; si ça ne fonctionnait pas, elles lui prendraient ce que Zhen était venue chercher. Elles ne la tueraient pas – si elles l'avaient voulu, une des lancettes aurait suffi, avec le bon poison. Quel intérêt de tuer si vous contrôlez déjà le monde ? Le meurtre est réservé à ceux qui n'ont plus rien à perdre. Elles la laisseraient là, après lui avoir montré un recoin d'un monde caché puis avoir refermé le rideau. Non. Elle aida Marius à ouvrir des réservoirs d'oxygène et des bonbonnes de butane. Autant que possible, aussi vite que possible. Le sifflement des bonbonnes s'ajouta au bourdonnement des insectes. Zhen fut soudain prise de vertige.

« Maintenant », ordonna-t-elle à Marius. Il avait compris sans avoir besoin de précisions.

« D'accord, répondit-il, mais si je meurs, tu expliques à Sarit, OK ?

— Ouaip. » Ils se mirent à courir, Zhen balançant derrière elle son allume-feu automatique d'où jaillissaient des étincelles, puis sautèrent dans l'eau alors que l'air prenait feu.

L'eau était profonde, légèrement verte et très transparente. Elle avait un vague goût de chlorophylle et de sel, fraîche et pleine de phytonutriments, comme de la sève. Un rideau de flammes passa au-dessus de leurs têtes. Il y eut un énorme fracas, et de gros morceaux de béton et de pierre tombèrent dans la piscine. Ils restèrent sous l'eau. Très vite, le silence se fit. Ils sortirent la tête.

« Putain merde », dit Marius.

Il y avait un trou béant dans le toit du bunker ; ils pourraient escalader les gravats. Les coléoptères cuivrés flottaient à la surface de l'eau. Divers recoins de la pièce, et de la pièce suivante, et de la pièce suivante, étaient en feu.

« La survie, déclara Zhen en aidant Marius à sortir de la piscine.

— Pourquoi putain de survie si dangereuse ? »

10

Un point de bascule invisible

Zhen

Dans un hôtel de Prince Rupert, en Colombie-Britannique, avec vue sur une succursale Tim Hortons qui vendait des donuts et du café, Marius confectionna un environnement contrôlé où logerait le téléphone de Zhen pendant qu'ils essayaient de découvrir ce qu'était AUGR et réfléchissaient à la suite des événements. Un faux réseau mobile auquel il pouvait se connecter et recueillir des informations sur des ennemis et des catastrophes potentiels. Sur un des assemblages de puces et d'écrans bricolés par Marius, ils regardèrent AUGR explorer le Web pour rechercher les dangers et protéger Zhen. Le faux réseau mobile ne lui donnait rien d'intéressant. Il travaillait inlassablement à l'intérieur de sa petite boîte, croyant se tendre vers le monde. Tel un insecte dans un environnement parfait et minuscule à l'intérieur d'un terrarium.

Marius et Zhen avaient parcouru les actifs d'AUGR.

Il y avait une vidéo simplement intitulée « readme.mp4 ».

« Regarde ça, suggéra Marius. Peut-être ils ont fait film d'eux en train de faire le mal. »

Mais il avait été surpris de constater qu'il avait raison. Un homme du nom de Si Packship présentait un produit appelé

AUGR. Zhen reconnut aussitôt l'intérieur de la montagne – sans parler des vêtements de tous les participants.

Marius réprouva tout ce que disait Packship, et grommela « espèce tarés » plusieurs fois au fil de la vidéo.

À la fin, le microphone saisit une brève conversation entre Lenk Sketlish et Martha.

« Si ça fonctionne, je suis preneur, marmonna Lenk.

— Je crois qu'il le maîtrise, répondit Martha. Ce qu'il a fait est très impressionnant. »

Il y avait entre eux une camaraderie et une aisance qui rendirent Zhen verte de jalousie.

« Tu l'as testé ?

— Des gens se baladent avec depuis des mois à leur insu. Ils ne le voient pas sur leur téléphone. Je surveille les données à distance. C'est un bon produit. Pas aussi bon qu'il l'affirme. Il ne peut pas garantir quatorze jours. Mais vingt-quatre à quarante-huit heures, si.

— Ce sera suffisant. D'accord, mais si on le prend, on doit veiller à supprimer toutes les versions test, OK ? De tous ceux qui l'ont eu, sans exception. Charge quelqu'un de s'en occuper. Je ne veux pas courir de risque. Elles doivent disparaître. »

Marius regarda Zhen. « Putain Bogdan, finit-il par lâcher. Si tu connectes à vrai Internet, ils savent où tu es. Ils suppriment encore une fois.

— Ou ils viennent mettre le feu à l'immeuble. »

Marius secoua la tête. « Incendie est dernier recours. Bogdan est crétin mais il a éteint et rallumé vite téléphone. Laisse allumé cinq minutes et ils suppriment à distance. Propre et net.

— Je n'étais qu'une *testeuse* ? Tu crois que ça marche ? Réellement ? »

Marius réfléchit à la question.

« En tout cas, AUGR sait faire une chose : générer plan survie rapidement. Ça, on sait qu'il est bon.

— Ce n'est pas une réponse. C'est ce que tu disais sur l'itération. On lui donne les paramètres, il itère un million de fois par seconde ; on lui dit en quoi consiste la réussite et quand il a échoué. J'imagine qu'il s'améliorerait dans beaucoup de simulations. Et ces histoires de prédiction de l'avenir ?

— Si ça marche, on apprend nouvelle chose sur monde. Sur conscience. Sur temps.

— C'est tout ?

— Je sais pas si AUGR peut connaître avenir. Je sais que moi, je connais pas avenir. Je connais rien. Je serais pas capable. Mais peut-être ils ont trouvé réponse. Peut-être ça fonctionne. »

Dans la boîte, le farouche petit insecte essayait de lui sauver la vie, sans relâche.

Cela faisait maintenant quatre jours qu'ils étaient à Prince Rupert. Marius avait des brûlures aux épaules, là où elles avaient dépassé de l'eau. Zhen les pansait quotidiennement avec des compresses achetées au supermarché. Il refusait les analgésiques et vidait une demi-bouteille de scotch par jour.

Mettant à profit les multiples talents de Marius, ils avaient essayé à maintes reprises de filmer l'écran du téléphone, d'enregistrer le discours de Si Packship avec un dictaphone. L'ensemble avait été traité numériquement – ils n'avaient obtenu que du bruit et des écrans noirs. S'ils avaient eu en leur possession un vieux magnétophone ou une caméra vidéo des années 1980, peut-être auraient-ils pu en tirer quelque chose. Mais d'un autre côté, ce genre d'enregistrement pouvait se falsifier si facilement.

Ils s'étaient demandé que faire à présent, à qui en parler. À la presse, peut-être ? Se rendre en personne à New York, le montrer à quelqu'un ? On les prendrait pour des fous. Mais si les projets étaient si avancés, si l'apocalypse était si proche – Zhen repensa aux cartons qu'ils avaient vus dans le bunker de Zimri Nommik –, révéler cette histoire ne reviendrait-il pas à franchir un point de bascule invisible ?

Marius s'étira ; ses pansements crépitèrent.

« Putain, dit-il, putain, putain. J'ai besoin sucre. Sucre, café, donuts. Tim Hortons. » Il tendit un doigt épais vers la fenêtre.

Dans un Tim Hortons chauffé qui sentait la vanille, quelque part entre le golfe d'Alaska et le Pacifique Nord, Marius touillait son café avec un bâtonnet en plastique jetable. Zhen avait choisi un beignet saupoudré de confettis arc-en-ciel en forme de licorne. Elle s'efforça de s'intéresser à sa nourriture, mais ne parvenait à voir que l'ensemble des transformations alimentaires scientifiques nécessaires à sa fabrication, les couleurs mélangées dans d'immenses cuves, les extrudeuses à confettis, les plaques métalliques aux motifs de licornes dans lesquelles était pressé le sucre traité. Tout ça pour qu'elle puisse s'imaginer quoi ? Qu'elle mettait dans sa bouche une bande de couleur venue du ciel ? Qu'elle ne faisait plus qu'un avec la réalité d'animaux impossibles ? Tais-toi, Zhen, tais-toi, cerveau, bouffe ton foutu donut.

Derrière le comptoir, la serveuse dont le badge disait : « BONJOUR, JE M'APPELLE MARIE », émit un son étranglé, à mi-chemin entre un couinement de plaisir et un râle d'étouffement. Elle avait les yeux rivés sur la télévision accrochée au mur. Une photographie de Zimri Nommik souriait à l'écran.

Pendant un bref instant de terreur, Zhen crut qu'il les avait trouvés et que son image s'apprêtait à prendre vie. Puis son portrait laissa place à une photo d'Ellen Bywater et Lenk Sketlish ensemble à une fête estivale. Et tandis que Marie tâtonnait à la recherche de la télécommande, la laissait tomber puis augmentait le volume, le bandeau suivant défilait au bas de l'écran :

Lenk Sketlish, Ellen Bywater et Zimri Nommik, PDG de Fantail, Medlar et Anvil, portés disparus dans un crash d'avion présumé.

Le son de la télé devint enfin audible, mais les oreilles de Zhen bourdonnaient.

À première vue, expliqua le reporter, il avait été difficile de dire si l'avion avait disparu ou non car les trois milliardaires étaient partis en douce. Ils s'étaient rendus à Action Now !, le congrès sur la durabilité, où ils avaient participé à une table ronde ayant pour thème la responsabilité des entreprises. Certaines indications laissaient à penser qu'ils étaient partis ensemble le vendredi en fin de journée afin d'engager des négociations confidentielles en huis clos, peut-être sur le thème de l'atténuation écologique.

Du coin de l'œil, Zhen pouvait presque voir Si Packship se pencher et dire : « AUGR vous aidera ensuite à inventer une excuse plausible. »

Leur jet, le vol G-NZAB, avait décollé d'un aérodrome privé dans le nord de la Californie. Ils avaient déposé un plan de vol indiquant qu'ils se dirigeaient vers l'est puis vers le nord. L'avion avait survolé le Pacifique Nord, au-delà de la zone où il était surveillé du sol par radar. Après quoi l'avion avait transmis sa position verbalement jusqu'à 7 heures du matin, heure à laquelle il aurait dû être détecté par radar en Alaska. Silence radio. Aucun signe de l'avion en Alaska. Aucun signe nulle part.

Un silence absolu régna quelques instants tandis que le présentateur s'efforçait de se ressaisir.

Le Si Packship imaginaire s'approcha de l'oreille de Zhen et dit : « Vous aurez le temps de dîner avant de rejoindre l'avion. »

Zhen avait un jour vu une interview dans un documentaire télévisé sur Ayn Rand. Son livre le plus connu était une dystopie qui postulait que si quelques personnes riches et puissantes disparaissaient, ce serait la fin du monde. Dans l'interview, Rand parlait de la mort, de ce que mourir signifiait à ses yeux.

« Je ne vais pas mourir, avait-elle déclaré. C'est le monde qui prendra fin. »

Les œuvres d'Ayn Rand connaissaient une énorme popularité dans la Silicon Valley. C'était là ce en quoi Lenk Sketlish, Ellen Bywater et Zimri Nommik croyaient. C'était ce pour quoi ils avaient payé. Ils ne mourraient pas. Le monde prendrait fin. Ce n'était pas Sketlish, Bywater et Nommik qui avaient disparu, mais l'avenir.

« Espèce tarés, dit Marius. C'est eux qui ont fait.

— Quelque chose est en train de s'effondrer. Je ne sais pas quoi, exactement, mais ça approche à grands pas, affirma Zhen.

— OK, on y va. Allez ! Il faut qu'on l'allume. »

Dans la chambre d'hôtel, les infos continuaient à défiler. Chagrin et perplexité régnaient à la télévision et sur les fils d'actualité, l'impression que c'était impossible, les détails des recherches effectuées pour retrouver des morceaux d'avion, la possibilité qu'un canot de sauvetage ou une CrashVest contenant les grands leaders mondiaux de la tech puissent encore être découverts. On fit appel à un expert en histoire des catastrophes aériennes pour passer en revue devant les téléspectateurs la liste d'avions disparus et le dénouement de chacun de ces mystères. Quelqu'un dit : « Les espoirs s'amenuisent. » Sur une autre chaîne, quelqu'un dit : « Quand faut-il abandonner tout espoir ? » Les oreilles de Zhen bourdonnaient.

Elle sortit son téléphone de sa boîte et l'alluma. Déverrouilla l'écran. Se connecta à Internet.

Ses anciennes applications étaient toujours là. Comme le souvenir de celle qu'elle était, des choses qu'elle consultait tous les jours. Elle éprouva un sentiment de chagrin en regardant l'écran. Elle voulait regagner le monde tel qu'il avait été.

Des douzaines de textos apparurent. Amis et famille, offres de remises, spam et phishing.

Rien. Puis tout.

L'écran devint noir. Un message s'afficha en lettres vertes :

Lai Zhen, c'est AUGR. Une exfiltration a été mise en place. Restez où vous êtes.

Sur son vieux téléphone, Zhen envoya un message à Martha.

Est-ce que c'est vrai ? J'ai reçu une activation AUGR.

Il ne fut pas délivré. Quoi qu'il soit arrivé, Martha aussi s'était évaporée. De désespoir, Zhen trouva le profil de Martha sur Fantail. Elles avaient déjà échangé quelques messages de cette manière, mais Martha avait toujours hésité à envoyer quoi que ce soit depuis sa propre plate-forme. Sans doute craignait-elle que Lenk Sketlish s'en aperçoive. Pourtant, ça valait la peine d'essayer. Zhen lui envoya le même message.

Cinq minutes. Six minutes. Puis trois petits points, quelqu'un en train d'écrire. Puis les points disparurent. Sept minutes. Huit minutes. Dix minutes. Trois points.

Oui, c'est vrai, répondit Martha. Je ne savais pas qu'il te pinguerait.

— Comment ça ?

— Il faut qu'on sorte de là. Mes amis et moi... on pensait pouvoir faire quelque chose avant que ça n'arrive. Rectifier la situation. Mais on s'y est pris trop tard. Ça vient.

Une peur glaciale saisit Zhen à la gorge.

Qu'est-ce qui vient ?

— Fais ce que te dit AUGR, d'accord ? Je t'expliquerai quand je te verrai. Je supprime ces messages.

Sous les yeux de Zhen, ses sms et ceux de Martha se rembobinèrent, s'effaçant un à un jusqu'à ce qu'il ne reste plus qu'un smiley optimiste que Martha lui avait envoyé des mois auparavant.

Les informations continuèrent à défiler cinq heures durant, CNN et la BBC, Fox et FantailNet témoignant leur sympathie, leurs attentes et leurs suppositions. Les armées de trois pays passaient l'océan au peigne fin. Une boîte noire enverrait ses bips pleins d'espoir.

Peut-être n'y avait-il pas eu de tragédie. Pourtant, disait-on aux actualités, la mer du côté du détroit de Béring était à telle température. Sans équipement de survie, le corps humain ne continuerait à fonctionner que deux heures à cette température. Une heure. Trente-six minutes. L'information se déploya d'un bout à l'autre du monde, et certains étaient fâchés, certains étaient tristes, et beaucoup jubilaient – « Bande salopards, on a pas besoin nouveaux milliardaires qui balancent fusées en forme de pénis dans espace » –, et beaucoup étaient fâchés contre ceux qui jubilaient et racontaient qu'ils n'auraient jamais retrouvé leur vieux copain de régiment ou leur amour de jeunesse sans Fantail, qu'ils n'avaient jamais aussi bien travaillé que sur leur thinscreen de chez Medlar, que les livraisons d'Anvil leur avaient été d'une aide inestimable quand ils avaient contracté le nouveau coronavirus de 2020. Un million d'opinions ennuyeuses hurlaient de colère. Les actions des trois entreprises s'effondrèrent. Puis les marchés boursiers du monde entier s'effondrèrent. Dix pour cent. Vingt. Trente. Quarante pour cent. « Le jour idéal pour acheter à prix bas », déclara un présentateur, qui dut démissionner deux heures plus tard. Et aucun d'eux ne savait ce que cela signifiait. Ils croyaient encore qu'il restait un avenir à imaginer.

« Qu'est-ce qu'on fait si on vient me chercher ? » demanda Zhen.

Marius la dévisagea.

« Tu veux vivre fin du monde ?

— Je ne veux pas… te laisser ici dans un hôtel de Prince Rupert pendant que je m'en vais avec mon sésame.

— Pourquoi c'est mieux pour moi si je sais tu souffres aussi ?

— Quoi qu'il arrive, j'essaierai de trouver le moyen de te faire venir. »

Marius secoua la tête.

« Je vais à Bucarest. Voir Sarit. Voir crétin Bogdan et crétins étudiants. »

À 4 heures du matin, Zhen, qui s'était assoupie un peu, fut réveillée par un tintement discret mais insistant qui provenait de son téléphone. Elle secoua Marius qui ronflait et ils le regardèrent ensemble.

Votre véhicule est en bas, Lai Zhen, annonça AUGR.

Une longue voiture noire garée dans la rue attendait paisiblement la fin du monde. L'exfiltration, le périmètre. Ce qui approchait n'avait pas encore mis à mal la possibilité d'une efficacité sans heurts.

Quel est l'intérêt de quoi que ce soit si vous n'allez pas survivre ? Si vous restez en vie, vous parviendrez peut-être à faire quelque chose. Si vous mourez, vous ne ferez rien. L'histoire de Loth et ses filles ne parle certes pas d'épanouissement, mais leur sort est toujours préférable à celui des habitants de Sodome.

En bas, la voiture était une BMW et les sièges en cuir étaient chauffants.

Par la porte ouverte, Zhen vit un homme replet à l'accent américain au volant, derrière une séparation en verre fumé. Un masque N99 antimaladies aéroportées couvrait le bas de son visage.

« Lai Zhen ? demanda-t-il.

— Oui. Où est-ce qu'on va ?

— Je suis le système de navigation. »

Il montra l'écran du doigt.

L'aube n'avait pas encore commencé à poindre et il avait plu pendant la nuit. Les rues étaient brillantes et silencieuses. Ils traversèrent la ville à vive allure, vers le nord et l'est, banlieue, campagne. À une heure de la ville, sur une route déserte, la voiture s'arrêta. La vitre de séparation descendit.

« Le protocole exige d'attendre ici », dit le conducteur.

Ils passèrent environ quarante-cinq minutes à patienter dans la voiture. Ils discutèrent un peu. Ils se turent un peu. Zhen pensa à ce qu'elle attendait de sa vie entière et – si tout cela était fini à présent – à ce qu'elle pouvait faire qui en vaille la peine.

Enfin, Zhen entendit le bruit lointain d'un hélicoptère ; au même moment, le conducteur l'attrapa par le poignet et elle sentit une griffure douloureuse.

« Ne vous inquiétez pas, dit-il. Là où vous allez, il y a un million de choses magnifiques. »

CINQUIÈME PARTIE

RIEN N'EST JAMAIS VRAIMENT FINI

Extrait du forum survivaliste Name The Day

sous-forum : ntd/hénoch

>> *FoxInTheHenHouse – statut* **Kit d'urgence apprêté.**
FoxInTheHenHouse a publié
2 391 posts et reçu 3 127 likes.

Salut à tous. Ce post s'adresse spécifiquement aux personnes qui ne connaissent pas encore les enseignements d'Hénoch. Il existe des analyses plus détaillées et plus approfondies qui entrent dans le vif du sujet, mais si vous êtes ici parce que vous avez vu une vidéo et que vous souhaitez avoir un aperçu de ce qu'Hénoch enseignait et des raisons pour lesquelles nous pensons que sa voix est si primordiale aujourd'hui, alors vous êtes au bon endroit.

Aujourd'hui, nous examinons le sermon de Lapin et Renard, également appelé « le sermon du problème essentiel ».

Celui-ci est sans doute le plus connu des Cinq Sermons d'Hénoch. Il l'a prononcé plusieurs fois et vous pouvez télécharger au bas de cette page les fichiers mp3 des différentes versions. Cette version a été assemblée à partir des trois fichiers les plus longs. Tous les mots que vous lirez ci-dessous (après ce paragraphe) sont ceux d'Hénoch. Et, pour ceux qui ne connaissent pas le site NTD, sachez que j'utiliserai la fonction « commentaires » pour annoter le texte. Cela apparaîtra sur la barre latérale.

>> *FoxInTheHenHouse*

Comme ça !

Il était une fois deux frères. Ils s'appelaient Lapin et Renard.

Renard aimait chasser. Il connaissait l'odeur des bois à l'aube et pouvait sentir le soleil se lever quand il posait ses mains sur les yeux. Il connaissait les cris de chaque oiseau de la forêt et le clapotement de chaque poisson de la rivière, il connaissait toutes les baies dans les buissons, les fruits sur les arbres, les tubercules sous la terre. Il pouvait confectionner une canne à pêche avec une branche d'arbre, y ajouter un corps de ligne en tendon et un crochet en os, et déterrer un ver dans la berge pour appâter un gros poisson. Il savait comment traquer une antilope sauvage ou un sanglier, séparer le plus faible du reste du groupe, l'abattre d'une seule flèche. Renard savait comment collaborer avec les autres pour chasser et tendre des pièges, et son plus grand plaisir était de travailler ensemble afin que chacun rejoigne son clan avec une peau de bête sur les épaules.

>> *FoxInTheHenHouse*

Bien qu'Hénoch attribue un pronom masculin à Lapin et Renard, je crois que tout cela vaut aussi bien pour les hommes que pour les femmes. Qu'en pensez-vous ? Donnez-nous votre avis !

Renard savait que la chasse n'offrait aucune garantie, et il vivait dans cette incertitude. Il s'appesantissait sur le mystère de la forêt, de la rivière et des grottes et sur ce qu'elles lui apporteraient. Il espérait un avenir plus certain mais ne ressentait pas le besoin de l'atteindre. À la place, il fabriquait de petites figurines – un petit être moitié homme, moitié cerf façonné dans du bois, une créature glissante moitié femme, moitié poisson avec une pierre de la rivière. Il leur demandait de bénir sa partie de chasse et de lui envoyer une bonne antilope. Au fil circulaire de l'année, Renard se déplaçait généralement d'un endroit à l'autre, visitant les grottes sacrées ornées de peintures faites par ses ancêtres et les pierres debout. Il voyageait en suivant les élans ou les bisons, le gibier à plume ou les palourdes qui grossissaient au bord de la mer, restant dans certains endroits pendant deux lunes ou plus, et dans d'autres seulement une nuit et un jour, sans jamais cesser de vénérer, négociant avec les esprits de chaque endroit et de chaque animal. Lapin lui avait parlé de « posséder », mais Renard trouvait l'idée de posséder une terre aussi absurde que celle de posséder le souffle. La terre ne vous appartient qu'aussi longtemps que vous vous trouvez dessus, tout comme l'air ne vous appartient qu'aussi longtemps qu'il se trouve dans vos poumons. Renard connaissait la terre en la parcourant, et cela suffisait.

Son frère Lapin était un homme d'un autre acabit. Lapin était, par-dessus tout, effrayé. Il redoutait l'avenir inconnu, l'obscurité qui enveloppait chaque partie de chasse, dissimulant son issue. Afin de soulager sa peur, Lapin aimait que les choses soient là où il pouvait les voir. Lapin cultivait des champs et gardait un troupeau de moutons à qui il réservait du fourrage. Travailler dur ne dérangeait pas Lapin – Renard ne travaillait pas autant à écarter les mauvaises herbes des

>> *FoxInTheHenHouse*

Qu'est-ce que ça signifie à vos yeux ? Dites-le-nous ! Nous sommes toujours à votre écoute.

légumes et les loups des moutons – mais Lapin aimait sentir qu'une chose menait à une autre, que le hasard n'avait pas sa place. Lapin aimait savoir ce qui l'attendait.

Contrairement à son frère Renard, Lapin tenait un journal dans lequel il parlait du passé et de l'avenir. Parfois, Lapin vénérait les dieux d'antan à tête d'aigle ou d'éléphant ou de chacal. Il est difficile de renoncer aux dieux d'antan. Mais quand Lapin inventait de nouveaux dieux, ceux-ci incarnaient des principes et des traits de caractère, pas des endroits et des créatures, car il trouvait cela un peu plus civilisé que les déités assez littérales de Renard. Quand il désherbait ses sillons et s'occupait de son troupeau, Lapin se demandait parfois s'il existait un dieu unique et puissant qui lui ressemblait beaucoup – un berger des moutons perdus, peut-être, un jardinier des âmes.

Peut-être ce dieu-là possédait-il le monde et le lui avait-il donné. Lapin considérait la propriété comme un droit sacré : sa terre lui appartenait parce qu'il l'avait clôturée, parce qu'il la cultivait et la plantait.

Lapin et Renard se haïssaient.

Bien qu'ils fussent frères, ils s'opposaient l'un à l'autre tous les jours de leur vie. Et dans les écritures anciennes, cette guerre ne cesse de se répéter. Renard et Lapin sont représentés par Ulysse le vagabond et la bataille contre Hector, héros de la ville fortifiée de Troie. Ils sont Gilgamesh, dirigeant de la ville fortifiée d'Uruk, et Enkidu l'homme sauvage, qui le combat avant de devenir son ami. Et – comme quelqu'un me

---

>> *FoxInTheHenHouse*

D'après vous, à quoi Hénoch fait-il référence ici ?

---

l'a récemment fait remarquer – dans la Genèse, Renard et Lapin prennent bien des noms : Ismaël et Isaac, Caïn et Abel, et surtout, Renard est Abraham le vagabond et Lapin son neveu Loth, le citoyen corrompu.

OK, je le vois à vos têtes ; vous vous dites : J'ai renoncé à un lit bien chaud et à une vie citadine confortable pour ça ? Pour écouter un *dingo* me parler de lapins et de renards et d'histoire ancienne ?

Alors écoutez. Cette histoire est véridique. Ce ne sont pas seulement les textes anciens qui nous le disent, mais la science, l'archéologie, tout ce que nous savons sur le passé nous le confirme. Il était une fois des humains qui parcouraient la terre pour chasser et cueillir. Ils sont ce que j'ai appelé Renard. D'accord, pardonnez mon lyrisme. Aujourd'hui la plupart d'entre nous vivent de l'agriculture et nous sommes ce que j'ai appelé Lapin.

Et qu'est-ce qui nous a pris de faire ça ? Telle est la question.

Comme vous le savez, c'est arrivé assez récemment. Notre espèce existe depuis trois cent cinquante mille ans. Il y a encore douze mille ans, tous les *Homo sapiens* étaient Renard. En d'autres termes, durant les quatre-vingt-quinze pour cent de l'histoire de l'humanité, tous les gens étaient Renard.

Lapin n'existait pas.

Lapin est apparu à la fin de l'ère glaciaire, quand les eaux se sont éloignées de la surface de la Terre. La littérature de nombreuses cultures a conservé des traces de ces événements. La Terre

s'est réchauffée, la glace a fondu, c'est pourquoi il y a eu de l'eau partout, un grand déluge. Renard était malin – Renard avait toujours profité de la moindre occasion. Dans ce nouveau monde chaud et moite, bien des gens commencèrent à raisonner ainsi : Si je prenais deux animaux de chaque espèce qui m'intéresse, un mâle et une femelle, alors j'en obtiendrais plus. Si je déposais cette graine dans ce sol humide et fertile, qu'est-ce qui se passerait ?
Nous savons tous comment ça s'est terminé, bien sûr. Des champs, des vergers, des troupeaux, des récoltes. Et de l'engrais azoté, des vaches bourrées d'hormones pour accélérer leur croissance, des poulets en batterie qui n'ont pas la place de se retourner dans leur cage.
Bon. Alors pourquoi est-ce qu'on l'a fait ? Quelqu'un a une idée ?

[*Inaudible*.]

Bien sûr, c'est la réponse la plus évidente. Il ne faut pas prendre ça comme une insulte, d'ailleurs. Les choses évidentes doivent être dites parce que parfois, elles sont justes ! Donc, pour tous ceux qui n'ont pas entendu, elle a répondu : « Parce qu'ils voulaient mieux manger. » Ce qui n'est pas une mauvaise hypothèse.
Mais laissez-moi vous dire une chose. Pendant des *siècles*, Lapin mourut de faim et Renard prospéra. Ceux qui chassaient et cueillaient comme le leur avaient appris leurs parents étaient bien nourris et plus forts que jamais, ils mangeaient de l'élan et des pommes sauvages quand c'était la saison. Ceux qui essayaient de planter et d'élever des troupeaux souffraient de malnutri-

---

>> OneCorn

@FoxInTheHenHouse : À quoi Hénoch fait-il référence, d'après nous ? Eh bien. D'après nous, ici Hénoch confond conjecture et fait établi. Il mélange son raisonnement et ses connaissances scientifiques à des trucs qu'il a inventés. D'après nous, ce n'est pas grave, mais il aurait sans doute dû le souligner.

>> FoxInTheHenHouse

Tu n'es pas la bienvenue ici.

>> OneCorn

Tu as littéralement créé un forum ouvert à tous. Hénoch, lui, n'aurait pas eu peur de débattre.

>> OneCorn

Il avait vraiment le sens de la formule.

---

tion, leurs os étaient fragiles et déformés. Leurs bébés mouraient : encore et encore et encore. Ils étaient rongés par les épidémies – humains et animaux vivaient les uns sur les autres, et les troupeaux transmettaient aux hommes une maladie après l'autre. Quand la pluie ne tombait pas, que les tempêtes faisaient rage ou que les sauterelles envahissaient les lieux, la récolte entière était désastreuse et les gens mouraient de faim. À cette époque, Lapin vit apparaître épidémies et famines dévastatrices. Et pourtant, ils persistaient dans leurs efforts. Les animaux deux par deux. La graine dans le sol humide.

Cette période-là n'a pas été courte. Elle a duré des centaines de générations épouvantables. Renard prospérait et Lapin mourait de faim.

Alors pourquoi Lapin persévérait-il ?

La première réponse est que nous n'en savons rien. Pendant les sept mille premières années de cette expérience brutale, personne n'avait inventé l'écriture. Nous l'ignorons, et je n'en sais pas plus que vous.

Il existe quelques théories. Elles ne sont pas contradictoires. Il se peut que toutes soient vraies.

D'abord, ce que les archéologues appellent les comportements symboliques.

Renard aimait graver des symboles sacrés ou faire des peintures rupestres auxquelles il conférait certaines significations, adorer des idoles dans un bosquet précis ou au bord d'une source précise et y retourner chaque année. Cette théorie est donc la suivante : quelques-uns aimaient tellement leur comportement symbolique qu'ils

---

>> FoxInTheHenHouse

Tu es sur la liste de blocage automatique. Je peux me débarrasser de toi d'un clic.

>> OneCorn

Oui, mais ce n'est pas ce qu'Hénoch aurait voulu.

>> OneCorn

Hénoch pensait qu'il fallait s'ouvrir à différentes vérités. Tu vois ?

---

décidèrent de rester près du coude sacré de la rivière quand la tribu s'en alla. Ils avaient bâti des abris, des petits villages même, à l'occasion de leur visite annuelle. Une fois qu'ils eurent décider de rester, il fallait qu'ils trouvent un moyen d'obtenir leur nourriture. Capturer des chèvres sauvages deux par deux. Planter des graines de pommes et des céréales. Espérer. Prier. Quand les bébés meurent, les vouer aux dieux des lieux et continuer.

Deuxièmement, ce qu'on pourrait appeler les « produits agricoles spécialisés ». Est-ce que quelqu'un aimerait deviner de quoi il s'agit ?

[*Inaudible.*]

Eh bien, vous êtes sur la bonne voie ! Il y a un produit naturel que Renard avait du mal à obtenir. Il doit être soigneusement stocké dans un endroit, pas déplacé. Pour être bon, il doit bouillonner pendant des semaines dans un récipient étanche. Ce produit, c'est l'alcool. À ses débuts, une grande partie de l'agriculture se concentrait sur les céréales fermentescibles : l'orge, le seigle et le maïs. Le tabac aussi doit être séché. Peut-être qu'une poignée de personnes parmi le peuple Renard ne se satisfaisaient pas de quelques fruits pourris. Lapin à cette époque voulait tout le temps picoler, et qu'importent les maladies, la famine et les enfants malnutris du moment que vous êtes saoul tous les jours.

Bon, cette théorie-ci est importante.

Le sexe.

Renard se déplaçait en petits groupes qui – pensons-nous – pouvaient aller de quelques

>> OneCorn

Écoute. Hénoch voulait qu'on se dégoûte de nous-mêmes. Il se dégoûtait lui-même. Et il n'a pas tort à propos de tout ça, mais on ne va quand même pas se détester parce qu'on est qui on est aujourd'hui.

douzaines à quelques centaines d'individus. Suffisamment pour vous permettre de trouver un ou deux partenaires sexuels et d'élever vos enfants. Mais peut-être pas assez pour satisfaire votre appétit. Il se peut que Lapin ait décidé de rester au bord de la source sacrée parce qu'une plus grande communauté, même si elle crevait de faim, offrait plus d'occasions de s'envoyer en l'air avec des inconnus.

Roulement de tambour, s'il vous plaît. Voici la Théorie avec un grand T.

L'Avenir.

C'est là le problème essentiel. Nous pouvons imaginer l'avenir. Et une fois que nous l'avons imaginé, nous ne pouvons pas nous arrêter. Les dés de l'évolution ont optimisé nos cerveaux et nous ont laissés nous débrouiller. Nos instincts étaient conçus pour la chasse et la pêche, mais nos cervelles bien remplies savaient que l'antilope risquait de s'enfuir et qu'on ne trouverait peut-être pas de fruits aujourd'hui. Nos cervelles bien remplies ruminaient : Et si, et si. Pour certains membres du peuple Renard, l'angoisse était insoutenable.

Si le problème est : « Je ne sais pas ce qui va se passer », il est souvent plus facile de découvrir ce qui va se passer même si ce n'est rien de réjouissant. Ils préféraient regarder un coin boueux de récoltes et six chèvres maigrichonnes, et dire : « Tiens, voilà ce que je vais manger », et en être sûrs plutôt que de faire face quotidiennement à l'incertitude de la chasse.

C'était une illusion. Une peste et une nuée de sauterelles décimeraient les récoltes et les trou-

>> *OneCorn*

Cette partie-là me tue. On ne peut pas dire qu'Hénoch ait échappé à cette façon de penser, lui non plus.

>> *FoxInTheHenHouse*

Qu'est-ce que tu viens faire ici ?

>> *OneCorn*

Je suis là pour dire la vérité, mon vieux.

peaux. Mais Lapin – ivre de symboles, de sexe et d'orge fermenté – préférait l'illusion à la réalité. Comme je le disais, il se peut que toutes ces choses soient vraies. Il est probable que toutes ces choses soient vraies. C'est sans doute ainsi que certains Renards sont devenus Lapins. Ils aimaient l'art, les romans, l'extase religieuse, les histoires de dieux ou de héros, les jeux vidéo – ou l'équivalent local –, coucher avec des inconnus, l'alcool, la drogue et une belle réserve d'or où s'asseoir.

Ça vous rappelle quelqu'un ? Bien sûr que oui. De nos jours, ça nous rappelle à peu près n'importe lequel d'entre nous. Nous descendons de Lapin. De Jacob le rusé et de Caïn le meurtrier, du grandiose Joseph le sophistiqué et de cet homme compliqué qu'était Loth.

Nous détestons Renard comme le faisaient nos ancêtres, et c'est pourquoi nous autres Lapins persécutons, haïssons et assassinons les peuples autochtones, les gens qui voyagent, les nomades, les sans-abri et tous ceux qui n'ont ni maison ni État-nation tel que nous l'entendons. Quand cette nation a tenté pendant des centaines d'années d'annihiler tous ses habitants indigènes, c'était là la haine du peuple Lapin envers le peuple Renard, la violence des symboles contre la réalité.

Nous les haïssons pour nous convaincre que nous allons bien, que nous sommes en sécurité. L'histoire de Sodome parle de citadins qui nourrissaient l'illusion d'un projet, et du fait qu'ils ont découvert que les projets, ça n'existe pas.

>> *OneCorn*

Vous savez, Hénoch parlait souvent de Loth et de Sodome. Mais il s'arrêtait toujours au pire moment de l'histoire. Inceste cavernaire, terminé.
Rideau. L'humanité est vouée à l'échec à cause de l'agriculture et de la vie urbaine. Mais ce n'est pas la fin. J'ai fait des recherches à la bibliothèque quand j'avais quatorze ans. Rien n'est jamais terminé.
Moa a eu un fils, Moab. Amma en a eu un aussi, Ben-Ammi. Leurs descendants occupaient le nord et le sud de la Jordanie actuelle. Vous pouvez vous renseigner sur leur archéologie – Hénoch l'a certainement fait.
Vous savez, j'y ai souvent réfléchi. Si vous remontez suffisamment loin dans la généalogie de n'importe quelle famille, vous trouverez de l'inceste cavernaire. Ou quelque chose d'absolument terrible. Un viol. Une atrocité. Une femme qui croyait sa vie finie.
Et pourtant, nous dit cette histoire, la vie continue.

Je ne dis pas que l'agriculture et les colonies n'ont pas beaucoup d'avantages de nos jours. Je dis que nous nous sommes empêtrés dans cette « civilisation » pour des raisons dont il est bon d'avoir conscience.

[*À ce moment de l'enregistrement, Hénoch s'interrompt. Si vous écoutez bien, vous l'entendrez parler si bas que seul le micro accroché au col de sa chemise aurait saisi ses paroles. C'est à nous qu'il s'adresse. Réfléchissez à ce que ces mots veulent dire pour vous.*]

– On ne va pas pouvoir revenir en arrière.
– Peut-être qu'on peut revenir un peu en arrière.
– Je ne suis pas là pour vous convaincre de quoi que ce soit. Je ne sais pas pourquoi vous êtes mes adeptes. La seule chose que j'aie faite, c'est me souvenir de ce que nous savons tous.
– Je ne suis pas comme Abraham. Si vous croyez le contraire, c'est parce qu'aujourd'hui, nous voyons si peu de lumière dans l'obscurité qu'une lueur minuscule brille comme le soleil. Je ne pourrai pas être ce que vous recherchez.
– Nous devons essayer. Nous devons élever nos enfants de sorte qu'ils soient moins Lapin que nous.

Ces bébés ont dû rire en voyant un minuscule poisson brillant s'élever des eaux vives, ou un escargot quitter une feuille qui ployait pour ramper sur leurs petits doigts. Chaque fois, nous recommençons encore, encore. Le début ne prédit pas la fin. Il n'y a pas de fin.

>> *FoxInTheHenHouse*

Qui es-tu ?

>> *OneCorn*

Quelle importance, si quelqu'un te montre la vérité ?

>> *OneCorn*

Ah, Hénoch. Écoute. Écoute comment le monde brisé s'en est sorti, après que les petits-fils de Loth sont nés, ont grandi et fondé des nations.
Ces deux nations, Moab et Ben-Ammi, ont combattu et aimé, ont forgé des alliances et les ont rompues. Ils ont bâti de grandes cités, domestiqué les moutons et les chèvres,

fait de l'art, de la musique, des poteries, des objets en grès. Ils ont créé les toutes premières statues d'êtres humains – beaucoup montrent deux femmes, entrelacées comme si elles ne formaient qu'une, deux têtes sur un corps, plus proches encore que des sœurs.
Hénoch, un événement terrible, la trahison d'une fille n'arrêteront pas le monde. L'avenir ne cesse de se déployer, malgré ce qu'on affirme. En dépit de tous nos efforts, c'est nous qui allons mourir, pas le monde.

>> FoxInTheHenHouse

Est-ce que tu as écrit ça quelque part ?

>> OneCorn

Eh bien. Si tu veux en savoir plus, tu peux toujours... me suivre.

1

Le premier désir est celui de liberté

Quand Zhen se réveilla, elle était en train de tomber. Tomber de nulle part, de nulle part dans un présent infini.

Elle retrouva ses sensations dans le désordre. Son corps était froid, elle tremblait, elle avait soif, elle ne savait pas trop où était le haut et où était le bas. Était-elle ligotée ? Sous ses pieds se trouvait l'obscurité parsemée d'éclats de lumière, et pendant un moment indéterminé, elle se demanda si elle tombait dans le ciel.

des papiers tombent vers le ciel, à moitié calcinés, ni sirènes ni cris, quelqu'un sanglote non loin de là, il y a trois explosions assourdissantes, la dernière toute proche et la terre cède et elle regarde le ciel tandis que le sommet de son immeuble glisse vers elle

Non. Pas là. Reviens. Une impression de précipitation la remit dans le bon sens. Pieds vers la chute, tête vers les étoiles.

Quelque chose tirait sur ses épaules, lui attrapait la taille.

Zhen se débattit, cherchant à se débarrasser de cette chose sur son corps, et une voix lui dit à l'oreille : « Alerte. Alerte. Mini-parachute instable. N'essayez pas de retirer le parachute. »

Et elle pensa : Putain, je suis en train de rêver.

Et elle pensa : Quel rêve.

Et elle pensa : Merde, je suis dans les airs.

Instinctivement, les doigts de sa main droite trouvèrent le

harnais, vérifièrent que les douze points étaient bien attachés, sentirent le logo en relief au centre. Elle avait les mains glacées – quand était-ce arrivé ? De quel passé venait-elle ? Elle se creusa les méninges et – pour l'instant – ne trouva rien. Mais son cerveau bien rempli décryptait déjà le monde tel qu'elle le percevait. La forme du logo lui disait quelque chose : la feuille, le fruit ouvert. Elle portait une CrashVest MedlarSafe, de la tech de survie de pointe. Pas encore disponible sur le libre marché. La veste pouvait détecter des signaux radio et piloter le passager vers la civilisation.

Ce n'était pas la première fois qu'elle faisait ça. Exercices. Cours. Démos. Elle savait qu'elle devait se rappeler une chose importante au sujet de la CrashVest MedlarSafe, une chose qu'elle avait entendue, une chose dangereuse.

Un nuage s'écarta pour révéler la lune et elle vit qu'en contrebas, il y avait une île couverte de jungle. Les éclats de lumière qu'elle avait aperçus étaient les reflets de lune sur les vagues. Il y avait des plages de sable, des criques, et des ravins. Un feu au nord-est. Au clair de lune, elle distingua des arbres immenses aux canopées luxuriantes, quelques clairières broussailleuses. Des petits points et des pans flottants d'obscurité palpitaient devant ses yeux.

Elle sentit qu'on tirait sur ses épaules, comme si un homme debout derrière elle la guidait à travers la foule. Zhen tourna la tête instinctivement. Des servomoteurs, qui inclinaient le mini-parachute vers le sud et le bas, vers la voûte des arbres. Pendant quelques secondes, elle put se faire une idée de la superficie de l'île. Grande, de la taille de Tenerife, peut-être, où elle avait un jour passé des vacances. Mais ce n'était pas Tenerife. C'était densément boisé, et chacun des grands arbres de la canopée mesurait douze ou quinze mètres de diamètre. Et, sous et devant elle à présent, un long faisceau de lumière bleue clignotante. Un fanal ? Une tour de communication ? Un avertissement d'urgence ? Le véritable Doctor Who ?

Elle s'efforça de se rappeler d'où elle venait. Son visage était engourdi mais picotait aussi, ses lèvres lui faisaient mal comme si elle les avait mordues.

Elle flottait plus bas ; ses pieds touchaient presque la cime. Le parachute allait s'emmêler dans le feuillage. Elle tenta de se remémorer les démonstrations de la suite MedlarSafe. Le danger dont elle devait se prémunir. Était-elle censée faire quelque chose ? Libérer le harnais ? Rétracter le parachute ? Elle avait une étrange impression de distance, le sentiment que tout cela arrivait à quelqu'un d'autre, ailleurs.

De derrière elle lui parvint un vrombissement strident. Elle se tourna pour essayer de voir entre ces omoplates. Elle eut juste le temps de paniquer en voyant une minuscule lame tournoyante trancher le harnais autour de son épaule droite. Puis elle dégringola dans le noir.

Elle chuta. Dans un coin de son esprit, elle se dit : OK, cool, je vais me réveiller. Et dans un autre coin de son esprit, elle se dit : Non, espèce de crétine, c'est la réalité et tu t'y prends trop tard. La chute briserait ses os en mille morceaux. Elle allait trop vite, elle tombait trop lourdement, son corps allait s'empaler au sommet d'un arbre ou sur une branche ou un jaguar. Rien ne pouvait la sauver.

Il y eut un clic soudain, et tout à coup elle se retrouva grosse et molle. Ses membres, gonflés et flexibles. Elle tournoya sur elle-même. Son cou était emmailloté dans des rouleaux de tissu moelleux et confortables. Enveloppée pour sa propre protection.

Ah, voilà, elle s'en souvenait, maintenant. Elle avait assisté au briefing.

– Les CrashVests se gonflent au maximum à dix mètres au-dessus de la terre, afin d'éviter que le passager ne reste accroché à des obstructions à plus haute altitude.
– Les CrashVests se gonflent en moins d'un millième de seconde.
– Le passager ne court aucun risque de subir un impact mortel.

Oui, voilà.

Quelque part, loin d'elle, il y eut un impact. Elle eut l'impression qu'une main sévère lui avait administré une claque à travers cinquante doudounes. Sa colonne vertébrale craqua une ou deux fois. C'était assez agréable. Elle sentait l'odeur de terre humide.

Elle songea : Bon, ce n'est pas un rêve. Je porte du matériel de premier choix auquel seuls certains corps militaires et, d'après les rumeurs, certains milliardaires ont accès actuellement. Je suis réveillée et je ne sais pas comment je suis arrivée là.

Les couches de matériau qui l'enrobaient dégonflèrent doucement. Avec un claquement mécanique, la CrashVest autour de son cou se détacha du reste du gilet, si bien qu'elle put s'asseoir et regarder autour d'elle. Elle se trouvait dans une clairière. À ses pieds, le sol était meuble et les feuilles humides. Un mille-pattes noir brillant trottinait au bord de la CrashVest, tâtonnant le tissu orange de ses rostres. Elle l'observa un moment. Il essayait de mastiquer le tissu. Sa tête oscillait d'avant en arrière. Ses rostres tressaillirent, ils cherchaient une prise. Il trouva un coin qui dépassait, formant une pointe. Ses mandibules s'en saisirent et, sous les yeux de Zhen, un fil se mit à s'effilocher.

Un écran encastré dans la partie pendante de la CrashVest s'illumina pour afficher une déclaration énigmatique : « Prototype de survie 871 est à dix-huit mètres à l'est. » Voilà qui était nouveau. Un point vert clignota sur l'écran. Zhen tenta d'appuyer dessus, mais rien ne se passa. Prototype de survie 871 ?

À sa gauche et à sa droite, la jungle s'agitait. D'autres mille-pattes, dont certains deux ou trois fois plus longs que l'original, le corps moite et sombre, fourmillaient avec détermination le long de la couture de son mini-parachute. Non, non. Pas question. Jamais de la vie. Elle ne savait pas ce qu'elle foutait là, mais elle n'allait pas finir bouffée ou empoisonnée ou quelque autre saloperie dont étaient capables les mille-pattes géants. Elle contracta ses muscles endoloris, se ramassa sur elle-même et prononça les mots que sa mère lui avait dits autrefois à Hong Kong, avant que tout ce qui compte ne s'évanouisse. Lai ba, bou bui. Allez, petite fille. Allez, bébé. Allez, tu peux y arriver. Lève-toi, ma chérie. Lève-toi. Lai ba.

Elle se dressa, poussant sur la plante de ses pieds, sur ses tibias, ses hanches, son bassin. Elle avait l'impression que le sang fusait hors de trous dans son corps et s'infiltrait dans la terre. Elle était debout. Pliée en deux, mais debout. Vêtue, remarqua-t-elle, du même jean, des mêmes chaussettes qu'elle portait quand elle avait quitté Marius et grimpé dans la limousine. Mais avait-ce été une heure plus tôt ? Un jour, un an ? Il lui semblait qu'infiniment de temps et de conscience s'étaient écoulés depuis. Elle commença à bouger, allez, lentement, lentement, peu importe la vitesse, du moment que tu ne t'arrêtes pas.

Zhen mit entre cinq minutes et une heure pour suivre le point jusqu'au bout. Elle n'avait aucun moyen de déterminer la durée du trajet ; le temps n'avançait pas à une vitesse normale. Elle regardait ses pieds patauger dans la boue, trébucher sur des racines et déraper sur la terre meuble ; elle regardait le point vert avancer, avancer, par ici, par là. À un moment, elle glissa dans la boue, longuement, son pied gauche plongeant devant elle, et une douleur aiguë en transperça soudain la plante. Elle tomba lourdement sur les genoux. Le pied saignait, coupé par un objet tranchant. Elle chercha le sol à tâtons et découvrit un long éclat de métal qui avait été sectionné d'une machine énorme, en acier brut d'un côté et peint en blanc de l'autre. Aussi incroyablement étranger à cette jungle qu'elle l'était elle-même.

Elle se rendit soudain compte que si elle pouvait voir sa chaussette trempée de sang, c'était parce qu'elle ne portait pas de chaussures, mais elle ne savait pas quand elle les avait perdues. Une lointaine bribe de savoir lui dit : les chaussures tombent quand on dégringole du ciel, mais cette chute semblait si éloignée dans le temps qu'elle n'avait sans doute aucun rapport, si ?

Peu importe. Elle poursuivit son chemin. À quatre pattes, tout droit, résolument. Quand le point vert s'immobilisa, elle leva les yeux. Il y avait un objet ovoïde de deux mètres de haut, en plastique gris-blanc avec une lumière bleue qui clignotait sur un poteau au sommet. L'œuf était ouvert. Posée à l'intérieur, telle la statue d'un ancien empereur sur un trône, une grande combinaison en métal et polymère – visière relevée. Plastron ouvert. Protège-tibias et protège-cuisses ouverts. Elle s'aperçut qu'elle pouvait se glisser à l'intérieur. La combinaison avait l'air d'avoir été conçue pour une personne mesurant deux mètres quarante et pesant au moins deux cent trente kilos. C'était un géant.

« Prototype de survie 871, je présume ? »

Elle avait parlé tout haut et le son de sa propre voix, sa familiarité, la fit rire et le son de son rire la fit pleurer.

« C'est un trip. Quelqu'un t'a droguée, bou bui », dit Zhen. Sa voix ressemblait à celle de sa mère quand elle parlait chinois et, l'espace d'un instant, elle sentit que sa mère était à son côté, dégageant les cheveux sur son front et essuyant la sueur sur ses yeux. Que sa propre main était celle de sa mère et que tout irait bien parce qu'elle n'était plus seule.

Elle tremblait. Le mot « prototype » n'était pas très convaincant, mais d'un autre côté il paraissait prêt à servir. Et il y avait peu de chance qu'elle survive longtemps sans aide, sous une forme ou une autre.

« Qu'est-ce que tu en penses, Ma-ma ? se demanda-t-elle.

— Bou bui, la bonne décision est celle qui te permet de rester en vie. »

C'est la loi de la jungle, songea Zhen. Puis elle rit parce qu'elle était effectivement dans une foutue jungle, quelle absurdité.

Elle n'avait jamais été du genre à faire confiance à la tech d'autrui, et encore moins à un truc qui avait l'air d'avoir été construit d'après le patron du costume d'Iron Man. Le vêtement avait quelque chose d'étrangement familier et la dégoûtait un peu, mais elle ne parvenait pas à mettre le doigt dessus. Comment était-il arrivé là ? Regardant derrière elle, elle fut surprise de constater qu'elle voyait encore les vestiges de sa bulle de survie gonflable – la marche interminable n'avait probablement représenté que quelques centaines de mètres. Les plis de tissu orange grouillaient déjà d'insectes. Elle leva la tête ; le ciel se réchauffait d'étoiles comme la terre de vie.

Elle n'avait rien sur elle. Ni sac à dos, ni couteau dans l'étui qu'elle portait au genou, ni chaussures, ni téléphone. Même si elle ne pouvait rien faire d'autre que s'abriter à l'intérieur de cet énorme objet jusqu'à l'aube, elle aurait plus de chance de survivre à cette nuit que si elle dormait sur la terre humide. L'avenir fait appel à nous, un pas douloureux à la fois, et la première règle de vie est la survie.

Elle rebroussa chemin jusqu'à la combinaison. Retira ses chaussettes trempées et glissa ses pieds dans les bottes, grimaçant lorsque son pied blessé toucha la doublure souple. Le tissu était doux contre sa peau nue. Les jambes dans les protège-tibias, les cuisses dans la partie supérieure. Elle posa ses fesses à peu près là où se serait normalement trouvé le cul d'une personne de deux mètres quarante.

« Bienvenue dans la combinaison de survie, dit une voix douce. Conçue pour la survie dans plus de trois mille scénarios catastrophe minutieusement étudiés. Je suis la combinaison. Je vous maintiendrai en vie. »

Étant donné les circonstances, c'était une sacrée promesse. Elle voulait être ce « vous »-là.

« D'accord », répondit Zhen.

Alors, très doucement, la combinaison se mit à rétrécir.

« Les dimensions intérieures sont en train d'être ajustées pour une coupe parfaite. »

Les articulations des genoux s'alignèrent à ses genoux. Le tronc s'adapta à sa taille. C'était comme une tenue bien taillée. Lorsque le plastron se referma autour d'elle, elle s'attendit à ce que la combinaison soit lourde, mais elle eut l'impression de flotter légèrement, comme si elle évoluait dans une piscine. Il était plus facile de bouger à présent. Une douce bulle d'air chaud engloba son corps. Elle cessa de trembler et poussa un soupir involontaire.

La visière s'aligna sur son visage. Un logo représentant une étoile filante – qu'elle ne reconnut pas – traversa son champ de vision.

« Vous êtes à bord de la combinaison de survie, reprit la voix, une technologie entièrement optimisée de façon à vous permettre de vous épanouir dans cet environnement » – légère pause –, « un îlot de forêt tropicale dense. »

Une nouvelle pause. Plus longue, cette fois.

« Les systèmes de communication ne sont parvenus à contacter ni satellites ni hub. Je réessaierai à intervalles réguliers. Toutes les informations nécessaires à la préservation de votre vie dans une forêt tropicale dense sont préalablement chargées dans mes systèmes. J'amorce un examen préliminaire de votre environnement. »

Devant elle, sur l'écran de la visière, de fines lignes vertes lumineuses se dessinèrent autour de divers objets : les arbres, ce qu'il restait de la CrashVest, les mille-pattes, d'autres insectes, les plantes. À côté des objets flottaient des étiquettes. Arbre de canopée. Kapokier géant. Figuier étrangleur. *Acanthiulus blainvillei.* Cette dernière étiquette rampa au rythme des mille-pattes.

L'idée lui vint à l'esprit que la voix de la combinaison ressemblait à AUGR, que cela devait faire partie du protocole, mais le simple fait d'y penser pour l'instant était trop pour elle. Dans sa tête, elle entendit de nouveau sa mère : Baba, pas maintenant. La petite doit se reposer. La petite a traversé beaucoup d'épreuves. Le monde peut attendre.

« Aimeriez-vous me donner votre nom ? » demanda la combinaison. Zhen hésita. Elle avait pour principe de ne pas révéler aux outils technologiques plus d'informations personnelles que strictement nécessaire.

« Si vous ne souhaitez pas me donner votre nom, poursuivit la combinaison, je peux n'employer que le pronom "vous" pour m'adresser à vous. Est-ce préférable ?

— Oui, répondit-elle.

— Formidable ! Ravie de faire votre connaissance. Vos analyses sanguines et vos constantes montrent que vous êtes déshydratée et manquez de sommeil. Vous avez plusieurs coupures et abrasions, et êtes peut-être en état de choc. Je suggère que nous trouvions un abri et un point d'eau, après quoi vous aurez besoin d'une bonne grosse sieste. Êtes-vous d'accord ?

— Oui.

— Formidable ! s'exclama la combinaison, qui paraissait aussi enjouée et convaincante qu'un vendeur habile et bien formé. Nous allons nous en sortir ensemble. »

2

L'heure insulaire

Lorsque Zhen se réveilla, du temps s'était écoulé. Indubitablement. Du temps s'était écoulé et il n'y avait aucun avion dans le ciel.

La jungle était verdoyante et l'intérieur de la combinaison de survie, chaud et stable. Il y avait une respiration, régulière et rassurante. Chaque inspiration était douloureuse, mais pas autant qu'avant. Il y avait le souvenir d'une blessure. Quelqu'un avait été suspendu à un mini-parachute au-dessus d'une jungle. Quelqu'un avait un pied lacéré. Quelqu'un avait glissé et s'était cassé la figure.

Mais depuis, le temps s'était écoulé. Le corps avait été à l'abri pendant quelque temps. La personne se réveilla de nouveau avant de s'endormir de nouveau.

Puis le temps normal finit par reprendre.

Zhen se réveilla en sursaut, tenta de se rouler en boule et découvrit qu'elle ne le pouvait pas. Elle se trouvait dans un cercueil, un piège. Elle cria : « À l'aide ! À l'aide !

— Vous êtes en sécurité, assura la combinaison.

— Mon œil, rétorqua Zhen. Qu'est-ce qui s'est passé ? Je suis où ?

— C'est une question compliquée », répondit la combinaison.

Elle voulut essayer la respiration consciente, mais elle ne se souvenait plus des chiffres. Six, sept, huit ? Quatre, deux, deux ? Non, ça c'était au football. Commence par la base. Où sommes-nous ? Regarde autour de toi. Elle regarda par la visière de ce qui, se rappelait-elle à présent, n'était en réalité pas un cercueil. Elle était allongée face contre terre sur un promontoire surplombant un profond fossé d'épaisses feuilles vertes. Elle ne pouvait pas en déterminer la profondeur ; une crevasse rocheuse remplie de lichen, peut-être ? Elle se redressa. Les servomoteurs de sa combinaison la stabilisèrent avec douceur.

Elle était au bord d'un précipice, les yeux baissés sur une forêt encaissée d'environ huit kilomètres de large.

« Aimeriez-vous manger quelque chose ? lui demanda à l'oreille la voix beaucoup trop serviable.

— J'aimerais sortir d'ici. »

La combinaison déboucla ses plaques antérieures et Zhen arpenta lentement le sol forestier tandis que le géant de fer s'asseyait derrière elle. Elle agita les orteils. La jungle bourdonnait de vie – des insectes passaient sous son nez en vrombissant, des oiseaux s'envolaient de la cime des arbres, des pousses vertes contournaient de vieux troncs immenses.

« Putain », lâcha Zhen.

Des StowtBoxes étaient éparpillées dans la clairière. L'une d'elles contenait des repas autochauffants, et Zhen mangea un plat de risotto à la citrouille. Il avait le goût de rayons de soleil ambrés tombant goutte à goutte de la canopée. Son pied blessé lui faisait encore mal, mais lorsqu'elle examina la plaie, celle-ci était propre et moins profonde que dans son souvenir. Tout en mangeant, elle remarqua une série de longues ecchymoses sur la face intérieure de son bras gauche.

La combinaison n'avait pas changé de position. Elle était assise là, comme un ami, comme un compagnon.

« Qu'est-ce que c'est que ça ? interrogea Zhen. On dirait que tu m'as fait une injection.

— Oui, répondit la combinaison. Vous alliez entrer en état de choc. Je vous ai administré un léger sédatif par injection transdermique. Nous étions d'accord pour dire que vous aviez besoin d'une bonne grosse sieste.

— C'est une… drôle d'interprétation du mot "sieste". Combien de temps est-ce que j'ai dormi ?

— Cinq jours, bien que vous vous soyez réveillée de temps à autre pour vous nourrir. »

Zhen ne se souvenait de rien. Elle n'avait pas l'impression que cinq jours s'étaient écoulés.

« Je ne veux plus que tu me donnes de sédatifs, d'accord ?

— D'accord, dit la combinaison. Je le note dans vos préférences. »

Comme toujours quand on avait affaire à des algorithmes, ce genre de réponse paraissait insultante. Inapte à prendre la mesure de la gravité du sentiment. Cinq jours ? Comment était-ce possible ? Que lui était-il arrivé, bon sang ? Et, question accessoire mais pas sans importance, qu'était-il arrivé au monde ?

Incapable de se décider entre toutes ces questions, Zhen choisit la plus évidente et sans doute la plus pressante.

« Combinaison, dit-elle, où est-ce que je suis ?

— Vous êtes sur l'île de l'amiral Huntsy, au nord-est de la Papouasie-Nouvelle-Guinée. Elle fait partie du sanctuaire écologique FutureSafe.

— Mon cul, oui.

— Oui, convint la combinaison, votre cul, en effet. »

L'île de l'amiral Huntsy. Qui portait le nom d'un quelconque colonisateur britannique qui, d'après le système de valeurs de l'époque, avait excellé dans l'art de s'occuper de certains peuples indigènes et encore plus dans celui de vaincre une puissance de l'Axe. Tout bien considéré, il avait été décidé que l'île devrait probablement conserver le nom et – puisqu'on s'était si bien occupé des indigènes qu'il n'en restait aucun – qu'elle devrait être classée réserve naturelle. La seule raison pour laquelle Lai Zhen en avait entendu parler était que les médias avaient, quelques années plus tôt, parlé en long, en large et en travers du fait que Fantail, Anvil et Medlar avaient acheté plusieurs réserves naturelles à des gouvernements débordés et pressés de toutes parts postpandémie et s'étaient engagés à les maintenir entièrement dépourvues d'humains pendant au moins cent ans en échange du droit de les surveiller à l'aide de drones volants de la taille d'une fourmi, de monnayer les images ainsi obtenues de bêtes sauvages dans leur habitat naturel et de créer des reconstructions en réalité virtuelle des sanctuaires écologiques FutureSafe disponibles exclusivement par le biais de leurs plates-formes respectives. Ils avaient même fait fermer l'espace aérien. Ce qui expliquait peut-être pourquoi il n'y avait aucun avion dans le ciel. Se trouver ici était complètement prohibé. En théorie, si des humains s'aventuraient ici, ils seraient traqués par des drones qui leur ordonneraient de partir puis, par ordre d'intensité : les assommeraient, les traîneraient hors de l'île et, en dernier recours, feraient usage légalement de méthodes létales.

Ces mesures fortes – dans un lieu aussi limité et lointain – donnaient à tous l'impression d'agir véritablement contre la destruction de l'habitat. Zhen se souvenait même vaguement avoir vu Lenk Sketlish débordant de fierté à la conférence de presse. Fantail avait remis un dossier de presse qui effleurait avec la plus grande adresse ce que l'amiral Huntsy avait fait aux indigènes, exactement, et se concentrait plutôt sur la vacuité merveilleuse, incontestée et sans chichis de l'île.

Elle s'assit dans la combinaison entrouverte et examina la carte à travers la visière. L'île mesurait environ soixante-sept kilomètres de long par quarante-cinq à l'endroit le plus large. Il y avait un profond ravin le long du quart sud-est, des strates géologiques parfaitement visibles sur les falaises arides à l'est, et une série de petites collines ponctuaient la crête, pareilles aux bosses de vertèbres.

« L'île de l'amiral Huntsy, commenta le texte vert défilant, est la plus grande île de l'archipel nord-ouest de Papouasie-Nouvelle-Guinée. Elle fait partie de la région de beauté naturelle de la mer de Bismarck et est une zone FutureSafe de protection de la nature.

— Impossible : si j'étais sur l'île de l'amiral Huntsy, objecta Zhen, je serais morte. Ou électrocutée. Par les drones.

— Ces mesures peuvent être contournées par le personnel autorisé dans certaines conditions, expliqua la combinaison.

— Quelles conditions ?

— Dans certaines situations d'urgence.

— Quel personnel ? demanda Zhen.

— Ah, fit la combinaison, que diriez-vous d'une promenade ? »

À l'intérieur de la combinaison, Zhen marcha une bonne partie de la journée. Elle examina avec intérêt le paysage annoté, chaque élément alentour étiqueté d'un nom de couleur verte et d'informations sur son usage. La personne qui avait fabriqué cet appareil avait compilé le savoir autochtone de cet endroit et l'avait mécanisé. À quelques reprises, Zhen quitta la combinaison pour se dégourdir les jambes ou examiner quelque chose d'intéressant, mais de manière générale, il était plus confortable de marcher dans la combinaison – les servomoteurs la stabilisaient sur terrain inégal et propulsaient ses pas de géante de deux mètres quarante. Juste avant le crépuscule, la combinaison l'emmena dans une clairière où se dressait un campement bien organisé. Une plate-forme de couchage faite de rondins reliés par de la ficelle en plastique. De l'eau fraîche dans des StowtTubs dotés d'un robinet. Des murs de StowtBoxes de ravitaillement séparant un espace de douche.

Trois personnes étaient assises autour d'un feu de camp soigné, chacune accompagnée d'une combinaison de survie semblable à la sienne, ouverte de telle sorte qu'elle ressemblait un peu à une chaise. Une femme d'une soixantaine d'années avec un carré gris acier. Un homme approchant la soixantaine, bronzé, petit et trapu avec des bras épais. Un homme mince de quarante ans environ, avec de longues jambes tendues devant lui et des cheveux blonds ébouriffés.

Zhen releva sa visière.

« Mais qui c'est, celle-là ? fit Zimri Nommik. Qu'est-ce qu'elle fout ici ?

— Je vous avais dit que j'avais vu quelque chose dans le ciel il y a quelques jours », déclara Ellen Bywater.

L'homme mince et élancé contempla la course des nuages.

« Je crois que Martha se l'est tapée. Tout le monde a le droit à un cadeau bonus, j'imagine », conclut Lenk Sketlish.

3

Les dernières nouvelles qu'il y aura jamais

« Vous venez d'arriver ? s'étonna Ellen Bywater. La combinaison vous a fait venir ici exprès ? Du monde extérieur ? »

Zhen secoua la tête. « D'après la combinaison, je suis là depuis cinq jours.

— Mais comment… par quel moyen de transport ? Les aéroports doivent être envahis !

— Une voiture est venue me chercher à Prince Rupert et ensuite… je ne sais pas.

— Comment ça, vous ne savez pas ? » Ellen était tendue ; tout en parlant, elle tirait sur la mousse et les feuilles, enfonçant ses doigts écorchés dans la terre, grattant les virgules de boue à la naissance de ses ongles.

« Je crois que le chauffeur m'a droguée.

— Combinaison, lança aussitôt Zimri Nommik, est-ce que cette femme a été droguée ? »

La combinaison de Zhen lui murmura à l'oreille : « Consentez-vous à partager vos données médicales personnelles ?

— Pourquoi pas, répondit Zhen. Je n'ai rien à cacher. »

La combinaison prit la parole à voix haute, à travers des haut-parleurs encastrés dans son cou : « L'historique des bilans sanguins est compatible avec l'administration de benzodiazépines environ douze jours avant l'arrivée sur l'île.

— AUGR m'a dopée ? » s'écria Zhen.

Zimri la dévisagea en plissant les yeux.

« Vous avez *AUGR.* » Quelque calcul s'opérait dans son cerveau implacable. Zhen allait devoir le devancer.

« Oui, euh, c'est Martha qui me l'a donné, Martha Einkorn. Vous aviez raison, dit-elle à Lenk. On a couché ensemble, elle me l'a donné. Je sais qu'elle n'aurait pas dû, je ne sais même pas quelles étaient ses motivations, elle en a fait tout un mystère. »

Mais rien ne pouvait arrêter le fil de la pensée de Zimri.

« Putain, cracha-t-il. Bordel. » Il regarda les autres d'un air triomphal. « C'est elle. C'est la merdeuse de Name The Day qui est entrée par effraction dans mon bunker. Ouais. J'ai vu trois photos partielles. Vous et un grand type. »

Merde. Forcément. Il y avait forcément des archives. Forcément, Zimri Nommik les avait vues.

« Oui, répondit Zhen avec lenteur, réfléchissant à ce qu'elle pouvait dire et à ce qu'elle pouvait omettre. Je… mon AUGR ne marchait pas. Alors on s'est rendus dans votre bunker pour l'allumer manuellement. Et… on a été attaqués.

— Vous l'avez saccagé, fit remarquer Zimri. Vous l'avez carbonisé.

— Eh bien, tu n'as plus besoin de t'inquiéter pour ton bunker, maintenant, si ? » lança Ellen d'un ton méprisant. Zhen se demanda si elle était ivre. « De toute façon, tu en as d'autres. Si tu arrives à y accéder.

— Elle a AUGR. Elle a bousillé mon bunker. Et AUGR l'a droguée ? Pendant *douze jours* ? Ce n'est pas le protocole. Se faire droguer ne fait pas partie du protocole.

— Pas d'entourloupe, jeune fille, dit Ellen. C'est nous qui avons élaboré le protocole, d'accord ? Nous savons très bien comment il fonctionne. Cette histoire est louche. Comment avez-vous fait pour qu'AUGR vous emmène ici ?

— Il nous a drogués, nous aussi, intervint Lenk. Quand on est arrivés sur l'île.

— Mais la situation était complètement différente. Avec le

crash et tout. » Zimri bougeait avec difficulté. Un problème à la jambe gauche le gênait ; il avait laissé la botte en place alors que le reste de sa combinaison était ouvert.

Lorsque Lenk parlait, son attitude était décontractée et pas du tout provocatrice. Zhen eut le sentiment qu'il supportait les deux autres depuis un moment et qu'il était à bout de nerfs. Si leur avion s'était écrasé, c'était compréhensible – après un événement pareil, n'importe qui serait à cran, et ces gens-là avaient l'habitude d'un mode de vie très différent.

« Le protocole d'AUGR est de nous protéger. On est partis avant que la contagion ne commence à se répandre. Voilà pourquoi on est là, en sécurité. Elle » – il désigna Zhen du pouce – « est partie un peu plus tard parce qu'elle a dû connecter AUGR manuellement. Par conséquent, elle a pu être exposée. Il l'a donc droguée, gardée à l'abri, nourrie par intraveineuse ou que sais-je, OK, jusqu'à ce qu'elle ait dépassé la période de quarantaine. Il a dit que le temps d'incubation était de quoi, déjà ?

— Dix-sept jours, répondit Ellen d'un ton maussade. Je ne vois pas pourquoi il l'a amenée ici, elle, alors que je n'ai pas pu emmener mes enfants, ni Bonda, ni Arthur de mon équipe de management. C'est vrai, quoi, on était censés rester ensemble. Je suppose qu'ils sont en Nouvelle-Zélande, depuis le temps.

— Dix-sept jours, répéta Lenk. Ça correspond, ça paraît logique, pas vrai ? » Il s'adressa directement à Zhen : « Vous êtes ici depuis cinq jours. Avant ça, vous avez été droguée pendant douze jours. Dix-sept. Vous dites que vous avez déclenché le système manuellement ?

— Oui. De quoi vous parliez quand…

— Vous êtes entrée par effraction dans le bunker de Zimri – désolé, Zimri, mais c'est à mourir de rire. Cette gamine est entrée dans ton bunker, a déclenché AUGR manuellement – bien joué, sacré instinct de survie – et AUGR sait que nous avons tous réussi à survivre jusqu'à présent. Donc on peut survivre à ce truc ici. Elle n'a pas de bunker où se réfugier, pas d'autorisation. Je me trompe ?

— Non, je n'ai pas de bunker. Qu'est-ce que…

— Donc AUGR l'a mise en quarantaine et l'a lâchée ici. Incroyable.

— Pardon, insista Zhen. C'est juste que… quelle “contagion” ? À quoi est-ce qu'on peut survivre ? De quoi est-ce que vous parlez ? »

Silence autour du feu de camp. Zimri fronça le nez et fixa le ciel.

« Merde, il ne vous a pas… mise au courant ? s'enquit Ellen.

— Elle n'a pas les autorisations, c'est ce que je disais, déclara Lenk. Elle est arrivée ici de manière illicite, et s'il n'y avait pas tout le reste, je serais furax. Le système a fait de son mieux. »

Zimri dit : « Est-ce que l'un de vous va… »

Lenk dit : « La combinaison peut s'en charger. C'est mieux. Ça laisse le temps de digérer. »

Ellen dit : « Non, la putain de combinaison ne peut pas s'en charger, Lenk, tu ne changeras jamais. Il s'agit d'une situation humanitaire. Elle ne sait pas… l'un de nous doit le faire. Il faut que ça vienne d'un être humain. » Ellen se décala pour s'asseoir à côté de Zhen. Elle lui prit la main, ses yeux luisant comme des œufs crus.

« Écoutez, ma chère, dit-elle, je suis vraiment navrée. C'est la fin du monde. »

4

Solitude, je te vois venir

Ils tentèrent de lui expliquer pendant un bon moment. Pour finir, comme elle ne parvenait pas à assimiler ce qu'ils lui disaient, ils demandèrent aux combinaisons de lui montrer les images en leur possession. Des témoignages des derniers jours de la civilisation humaine.

Dans le monde extérieur à l'île de l'amiral Huntsy, une épidémie terrible avait sévi. Les organes de presse l'appelaient la grippe du pigeon car, pendant un temps, on avait cru que la propagation rapide de la maladie était causée par les pigeons. Une série de photographies montraient la milice parisienne attaquant les pigeons à coups de lance-flammes. Sur les images, les oiseaux essayaient de s'envoler, les ailes en feu. Ils ressemblaient à des boules de feu hurlantes.

Les mesures prises ne changèrent rien. Aucun avertissement n'avait été lancé. Après une période d'incubation silencieuse de dix-sept jours, la grippe devenait mortelle presque aussitôt. La maladie pouvait se déclarer par des expectorations d'énormes quantités de sang, suivies d'un arrêt cardiaque. Au bout de quelques jours, les gens se souvenaient du COVID-19 comme d'une maladie gentillette. Elle avait épargné les enfants. Le nombre de ses victimes s'était élevé à moins d'un pour cent. Il ne s'était pas propagé par d'infimes quantités de virus sur des lettres ou des colis. La grippe du pigeon, elle, n'était pas aussi complaisante.

Après le COVID-19, le monde s'était préparé à une épidémie similaire. Les pays étaient plus prompts à mettre en quarantaine, plus prompts à tester, plus prompts à fermer les écoles. Mais le COVID les avait rendus vulnérables à un autre égard ; ils croyaient savoir comment agir, avoir compris les limites et le seuil de tolérance de la chose. Les gens avaient accepté de se confiner mais les livraisons avaient continué. Trop tard. Cette fois, pensaient-ils, ils sauraient comment cela se passerait et s'y prendraient correctement. Mais cette fois, comme souvent avec les catastrophes, cela s'était passé autrement. Le virus était trop mortel et trop rapide. Il tuait les jeunes qui allaient de maison en maison sur leur vélo et pas les vieux tapis chez eux. Il était aéroporté, mais surtout, il survivait plus de quatre-vingt-dix-huit heures sur les emballages papier. Les livreurs l'emportaient avec eux. Et puis il y avait eu la panique et la méfiance. Et puis il y avait eu des émeutes et des armes à feu. Et puis.

La maladie était survenue dans plus de soixante-dix foyers de peuplement importants sur tous les continents de façon presque simultanée. Lagos, au Nigeria – une ville à la population très jeune –, avait été la première à se déclarer zone interdite. Elle avait évacué ce qu'il restait de ses citoyens à la campagne et avait dressé des blocs de béton en travers de toutes les routes de la ville. Cela n'avait pas suffi. Les vivants n'étaient pas assez nombreux pour enterrer les morts.

Les combinaisons avaient réussi à ratisser Fantail et Medlar en quête de preuves des événements, avant que l'armée ne coupe les communications satellite pour les civils. Zhen visionna une vidéo amateur prise au Venezuela dans laquelle deux ados jouaient de la guitare à l'unisson dans une chambre à coucher. Un garçon et une fille. Ils se regardaient en souriant, jouant *Te veo venir, soledad*. La fille se mettait à tousser en plein milieu du deuxième refrain. La toux devenait un jet de sang venu du fond de sa gorge, rouge et éclatant sur le mur. Son ami s'arrêtait de jouer. La personne qui tenait le téléphone le posait et la caméra montrait le plafond en

Placo fissuré. Deux garçons criaient le prénom de la fille. La toux continuait – trempée, pleine de liquide – et les gamins appelaient à l'aide. Il avait fallu plus de huit minutes pour que l'un d'eux prenne le téléphone ; le visage terrifié et perdu d'un garçon apparaissait trois secondes, puis la vidéo prenait fin.

À Auckland, deux femmes âgées se prenaient en photo devant des montagnes bleu fumée, des nuages voilant les pics plus lointains. Derrière elles, dans une ruelle étroite, un homme expectorait du sang contre un mur blanc. Il y avait d'autres photos et de courtes vidéos comme celle-ci. Une femme dansait dans une rame du métro londonien ; à sa gauche, à moitié coupée, une fillette en uniforme d'écolière toussait dans une poignée de mouchoirs imbibés de rouge. Un homme au Sénégal filmait la réaction de son ami face à un troisième but dans la quatre-vingt-neuvième minute, l'ami jubilant à tel point qu'il ne parvenait pas à reprendre son souffle puis la toux, puis le sang.

Très vite, les preuves circonstancielles ne furent plus nécessaires. En soixante-douze heures, des images et des vidéos – si floues fussent-elles – racontaient l'histoire bien mieux que les reportages télévisés. Les combinaisons étaient parvenues à faire de brèves saisies de données à partir de liaisons satellite commerciales entrecoupées.

« Nous avons pensé à envoyer nos coordonnées GPS, affirma Ellen comme si elle s'adressait à une réunion d'actionnaires, mais contrôler qui peut lire les informations dans ce genre de scénario est trop difficile. Et nous ne voulions pas avoir de visite. »

Les images étaient pixellisées, les mots hachés et parfois mal orthographiés ; les fichiers vidéo étaient corrompus par des artefacts de données obscurcissant l'écran, des paysages se mêlant à des visages humains, des ombres se transformant en animaux lorsque l'IA tentait de reconstituer les détails.

À New York, quatre corps étaient empilés dans un couloir d'hôpital couvert de draps. Une aide-soignante braquait un pistolet sur la porte – la photo ne montrait pas qui ou ce qui approchait.

Ses yeux étaient fermés, son expression presque sereine hormis la mâchoire serrée. Cette photo représentait le dernier moment de quelque chose ; ce qu'il advenait de ces personnes n'avait aucune commune mesure avec ce qui leur était arrivé les jours, les semaines et les décennies précédents.

Sur le long quai de la gare centrale de Bologne passait, au ralenti, un train en route pour Paris. Les gens se grimpaient dessus, essayant de monter à bord. Certains avaient escaladé les horloges suspendues afin de sauter sur le toit. Il y avait deux photographies de ce même événement – ou peut-être de nombreux trains étaient-ils passés par Bologne en direction de Paris et cela se reproduisait-il chaque fois. La seconde photo qu'avaient trouvée les combinaisons avait été prise à l'intérieur du train. Deux enfants se tenaient debout, les mains appuyées contre la vitre, tandis que les gens sur le quai tentaient au passage de l'enfoncer à grands coups. Dans cette photo, un petit garçon regardait son père avec un effroi qui allait au-delà des pleurs enfantins. C'était une expression de désespoir et de terreur purs.

À Smolensk, un réacteur avait été enseveli sous une montagne de béton mais – déclara la combinaison de Zhen d'un ton détaché – « des matériaux radioactifs peuvent encore être libérés dans l'atmosphère. Il serait préférable que vous portiez votre combinaison le plus souvent possible. Un nuage de radiations risque à tout moment de faire pleuvoir du poison dans la terre noire ».

Plus récentes étaient les informations, plus elles étaient sinistres. La nouvelle de la disparition de trois des plus grands PDG de la tech avait été rapidement remplacée par ces événements. Après qu'il fut révélé que les livreurs apportaient effectivement le virus de maison en maison, de nombreux posts furent publiés sur les réseaux sociaux, enjoignant à Zimri Nommik d'aller se faire enculer. Un article de presse mentionnait en passant que plusieurs bunkers vides en Nouvelle-Zélande avaient été « dévalisés » par des militaires, qui avaient confisqué des réserves afin de les distribuer aux citoyens.

« On a écrit notre propre programme dans l'avion pour confirmer ce qu'AUGR nous disait », précisa Zimri avec une certaine fierté retenue.

Anvil avait accès à des informations qui allaient au-delà de ce que les gouvernements et les journalistes pouvaient espérer. Schémas logistiques. Décisions d'achat. Besoins d'accès aux données. Et oui, logiciels espions sur les plates-formes AnvilHome et divers produits de Web services. À bord du jet privé, Zimri avait mis en corrélation des données des entreprises logistiques tentaculaires d'Anvil avec des vidéos non téléchargées provenant de téléphones Fantail et Medlar. Auxquelles Fantail et Medlar avaient accès dans certaines situations d'urgence.

« Impossible de surveiller l'épidémie en temps réel, poursuivit Zimri. Elle se déplaçait trop vite. Elle est d'abord apparue en Amérique du Sud, sans doute au Chili, où les premiers cas ont été étouffés, mais s'est propagée trop vite pour qu'on puisse faire quoi que ce soit. Le temps qu'AUGR nous alerte, les données d'Anvil indiquaient déjà les mêmes foyers de contagion en Australie, au Brésil, au Japon, en Indonésie.

— On aurait alerté l'OMS, renchérit Ellen, si on avait réussi à atteindre notre destination. »

Lenk Sketlish ne participait pas à cette conversation. Il contemplait les arbres qui les abritaient. Sans confirmer ni infirmer.

« Je dis qu'on *l'aurait* fait », insista Ellen, mais les autres ne répondirent pas.

« Le virus tue cinquante pour cent des personnes infectées, reprit Zimri d'un ton aussi plat que le ciel bleu indifférent, et encore, seulement si celles-ci peuvent être soignées, si elles ont des anti-inflammatoires, si elles peuvent rester au chaud et au sec avec de l'eau potable et propre. Ils n'ont pas le temps de développer un vaccin ni d'autres traitements avant que l'infrastructure du monde ne s'effondre. C'est trop tard. Il va continuer à se propager jusqu'à ce qu'au moins la moitié des gens soient morts. »

Ellen dit : « Ç'aurait été formidable si AUGR nous avait prévenus plus tôt. »

Zimri dit : « Il nous a prévenus plus tôt que n'importe qui au monde. »

Il devait y avoir d'autres survivants – certains dotés d'une immunité naturelle, certains guéris, luttant pour trouver de l'eau fraîche et de la nourriture, se battant contre la marée de la destruction –, mais à leur connaissance, aucune grande enclave n'avait réussi à résister à l'attaque. On était en pleine théorie du cygne noir. Un virus jusqu'à présent passablement dangereux était soudain devenu à la fois beaucoup plus infectieux et beaucoup plus mortel en un seul saut mutagène. Ça n'arrive jamais. Sauf quand ça arrive.

Cela arrivait déjà au moment où Zhen était montée dans la voiture à Prince Rupert, expliquèrent-ils. Cela arrivait avant que Zimri Nommik, Lenk Sketlish, Ellen Bywater, leurs enfants, leurs amis et collègues fidèles ne montent dans leurs jets privés à destination de leurs bunkers secrets. C'était arrivé vite et sans merci. Le monde qu'ils avaient connu avait disparu, aussi brusquement, totalement et irrémédiablement que s'il avait sombré sous l'océan vert bouteille.

« OK, dit Zhen, qui avait une conscience aiguë de sa respiration, du sang épais qui palpitait à travers des tubes de peau à l'intérieur de son corps, de la lourdeur de cette chair, alors on va rester là pour toujours ? »

Ellen et Zimri échangèrent un regard.

Ellen dit : « On finira bien par partir. C'est vrai, quoi, on n'était pas censés être ici ; j'ai un bunker en Nouvelle-Zélande – oh, il est magnifique. Mes enfants y sont, et Bonda et Arthur de chez Medlar et leur famille. D'autres personnes aussi. Je suis sûre qu'on pourra vous trouver de la place quand notre évacuation sera arrangée et ce n'est pas la solution parfaite, mais honnêtement, je crois qu'on peut mener la belle vie, là-bas. »

Zimri dit : « Notre avion a eu un problème. Il s'est écrasé. On devait juste faire une étape. On a eu de la chance d'être près d'ici. Après tout, si on avait plongé dans l'océan, on serait morts. »

Lenk Sketlish poussa un long soupir qui se transforma en mugissement.

« Dis-lui la vérité, putain, cracha-t-il. La *vérité*. On lui doit au moins ça. On ne sortira jamais d'ici. On est sur une île. On n'a pas de bateau. Il n'y a aucun moyen de communication. Personne ne viendra nous sauver. Personne ne sait qu'on est ici. De toute façon, le monde extérieur n'est pas équipé pour partir à notre recherche. C'est la fin du monde, on est là, et à moins que quelque chose ne change radicalement, on est coincés ici. Pour toujours.

— Il va vous falloir un temps d'adaptation, intervint la combinaison de Zhen. Toutes vos émotions sont légitimes. Une période de deuil est à prévoir. Votre combinaison de survie est équipée d'une sélection de lectures distrayantes et de classiques de la littérature. Vous pourriez lire : *Cinquante nuances de Grey*, *Ça va, Jeeves ?*, *Les yeux dans les arbres*, *Le maître du jeu*, *Station Eleven*, *Sa Majesté des mouches*, *Le conte de Sinouhé*, *Ils étaient dix*, *L'œil le plus bleu*, *Le dernier homme*, *La route*, *Les vestiges du jour*. »

C'est impossible, songea Zhen. Elle s'efforça d'y croire. De réfléchir sérieusement à tout ce qu'elle avait perdu, jusqu'à ce que quelque chose en elle accroche, quelque chose qui lui paraisse réel. Si je n'essaie pas de digérer ce qu'ils me disent, ça va mal se passer. Souviens-toi de Hong Kong, se dit-elle, rappelle-toi comment tu as dû te convaincre que l'immeuble avait vraiment disparu. Tu avais beau l'avoir vu, tu pensais au fond de toi que c'était une erreur.

Elle pensa : Quelque part dans le monde, il neige. Des flocons épais tombent, doux et denses, presque assez lourds et humides pour fondre, mais pas tout à fait. Gelant de nouveau pour former de la neige qui craque sous vos pas, et vos bottes s'enfoncent à travers les couches craquantes comme un mille-feuille et les enfants doivent lever leurs jambes à chaque pas. Elle se dit : Je ne reverrai plus jamais ça.

5

Où la fortune veut que l'on se déleste de ce pénible fardeau

Il fut un temps où Lai Zhen et sa famille étaient heureux. Pas spectaculairement heureux ni particulièrement délirants de joie de vivre. Plutôt heureux, rien de plus. Son père travaillait dans un cabinet d'avocats – il gérait la bibliothèque professionnelle et les services de documentation. Sa mère était conférencière en histoire à l'université, jusqu'à ce qu'elle tombe malade. Ils vivaient dans un petit appartement au sixième étage d'une tour près du complexe sportif Wong Nai Chung, qui donnait sur un parking fissuré et envahi par les mauvaises herbes qu'un entrepreneur en bâtiment avait un jour eu l'intention de transformer en immeuble résidentiel, mais pour une raison ou une autre, les permis n'avaient jamais été délivrés. Sur le balcon de l'appartement, la mère de Lai Zhen avait fait pousser des plants de tomates à partir de graines, et des fleurs, et des herbes pour le thé. Lai Zhen s'asseyait, ses petites jambes dodues passées entre les barreaux du balcon, contemplant le parking désaffecté et la vie qui y poussait, les plantes qui perçaient l'asphalte, les petits arbres qui se hissaient vers le soleil.

Sa mère tomba malade quand Lai Zhen avait dix ans. Au début, ils pensaient qu'elle allait s'en tirer. Les médecins avaient dit que ce genre de cancer pouvait s'opérer, qu'elle souffrirait peut-être pendant un an, en comptant la chimio et la convalescence, mais après ça – oh, elle était jeune et forte, il y avait de grandes chances pour que tout aille bien. Mais encore ? Oh, quatre-vingt-quinze, voire quatre-vingt-dix-neuf pour cent de chance.

Lai Zhen imagina cent petites filles comme elle en train d'attendre, debout sur le parquet du gymnase du complexe sportif Wong Nai Chung. Cent petites filles dont les mères avaient quatre-vingt-dix-neuf pour cent de chance de s'en sortir. Appelées une par une pour recevoir la bonne nouvelle. Jusqu'à ce qu'elles ne soient plus que dix. Que cinq. Que deux. Et Zhen et l'autre fillette étaient incapables de se regarder. Jusqu'à ce que le dernier nom soit appelé, et ce n'était pas le sien. Jusqu'à ce qu'elle reste seule dans le gymnase. Voilà ce que signifie quatre-vingt-dix-neuf pour cent de chance. Cela signifiait qu'une petite fille restait seule pour son onzième anniversaire et son douzième, et son treizième, attendant que sa mère guérisse. Sachant, au bout du compte, qu'elle ne guérirait jamais.

Chaque fois qu'ils combattaient le cancer, il revenait plus fort ailleurs. Comme une armée ennemie qui se cachait, se regroupait, frappait sur un autre flanc. Quand sa mère avait-elle décidé d'aller à la guerre ? Qu'avait-elle fait pour provoquer cet assaut ? Cette maladie avait dévoré l'enfance de Zhen et renfermé la famille sur elle-même, sur l'épuisant train-train des cachets, des vomissements, des efforts pour faire avaler un peu de soupe, de la peau comme du papier, d'une chute dans la salle de bains et des gémissements de douleur de sa mère entendus la nuit à travers le mur.

Pas étonnant que le père de Lai Zhen ait manqué la date limite de dépôt des formulaires de demande de passeport pour les ressortissants britanniques d'outre-mer. L'époque où ils auraient dû les déposer s'avéra correspondre à la dernière phase de la maladie de sa mère. Le temps que les obsèques soient terminées, la procédure était différente et plus complexe, l'attente plus longue. Les réalités politiques avaient changé. Lorsque Zhen et son père avaient enfin émergé de la longue plongée sous-marine qu'était le cancer, des dissidents s'opposaient depuis dix-huit mois au gouvernement chinois à Hong Kong, publiant des journaux clandestins, piratant les sites Internet gouvernementaux, organisant des manifestations et – à trois reprises – faisant exploser de petites bombes dans la rue au petit matin, détruisant des devantures de magasins mais pas des propriétés, exigeant la démocratie promise. Les promesses ne durent jamais éternellement, surtout celles qui sont faites par les gouvernements.

Tandis que son père se débattait avec la nouvelle procédure plus complexe de demande de passeport, Lai Zhen s'était réfugiée dans ses études. Ses notes avaient chuté pendant la maladie de sa mère et cela l'offensait. C'était une élève brillante, qui avait hérité de ses parents la capacité de lire d'énormes quantités d'ouvrages, de se concentrer et de retenir ce qu'elle avait lu. En plus du cursus, elle avait pris des cours de latin et de grec ancien. Elle aimait recomposer les pièces de leurs phrases compliquées. Il y avait à ses yeux un je-ne-sais-quoi de terriblement satisfaisant – bien qu'à l'époque, elle eût été incapable de dire de quoi il s'agissait, exactement – dans le fait de savoir que ces cultures étaient mortes et enterrées mais qu'un travail minutieux et patient pouvait extraire quelque chose des décombres. Pouvait le faire revivre.

Son père venait la chercher à l'école presque tous les jours, la raccompagnait à la maison. Tous deux essayaient de combler le vide laissé par sa mère. C'était un homme doux et prévenant, et elle feignait de prendre plaisir à ses méticuleuses histoires de boulot sur la précision des systèmes d'archivage.

Par une journée étouffante de la mi-août, ils s'arrêtèrent pour que Zhen achète des gaufres au thé vert à un vendeur ambulant qui avait une dent en or. Une émeute avait éclaté au cours du week-end, mais elle était terminée ; ne demeuraient que des papiers éparpillés dans la rue et une atmosphère fébrile. Zhen découvrit plus tard ce qui dans cette émeute-là, dans le fracas de ce week-end-là, dans cette journée-là avait – de façon invisible – poussé à bout la RPC.

Elle proposa une gaufre à son père. Il fronça le nez. Ils prirent Sing Woo Road. Et soudain, il y eut un bruit si assourdissant et intense qu'il pénétra son corps comme une force physique la poussant au sol. Elle ne pouvait pas respirer. L'air était en feu. Tout était sens dessus dessous, sa tête enfoncée dans l'asphalte.

Elle roula péniblement sur le côté. Elle n'entendait rien. Quand elle leva les yeux vers le ciel, elle vit des papiers blancs s'envoler, à moitié calcinés. Il n'y avait ni sirènes ni cris. Quelqu'un sanglotait non loin de là. Il y eut trois explosions assourdissantes.

Zhen se redressa. Elle n'entendait toujours pas correctement. Son père était à côté d'elle, en train de tousser, une longue écorchure sur la tête mais sain et sauf. Elle regarda à la ronde. Tout le long de la rue, des gens étaient allongés, toussaient, couverts de lourde poussière blanche. Autour d'eux, des pluies de papiers tombaient au sol.

Plus tard, son père et elle se diraient : Tu vois, on a eu de la chance, finalement – s'ils étaient arrivés dix minutes plus tôt, s'ils ne s'étaient pas arrêtés pour manger des gaufres, ils se seraient trouvés dans leur immeuble quand celui-ci avait explosé.

Officiellement, après une longue enquête, le gouvernement hongkongais approuvé par la RPC avait conclu que l'immeuble avait été détruit par une explosion causée par une fuite de gaz. Le fournisseur de gaz avait reçu une amende et un blâme, plusieurs personnes avaient été licenciées. Officieusement, le Web et les médias étrangers avaient rapporté qu'un appartement du quartier servait de centre névralgique à des manifestants depuis deux ans. Que faire passer une petite attaque de drone contre une arrivée de gaz pour un incident domestique était un jeu d'enfant. Officiellement, les troupes de la RPC n'étaient pas entrées dans la ville avant que le gouvernement de Hong Kong ait admis avoir perdu le contrôle de la situation et leur ait demandé de l'aide face à l'escalade de violence. Officieusement, il était entendu que la RPC avait perdu patience. Si vous aviez besoin d'un effondrement de l'ordre public pour justifier d'envoyer des troupes, rien ne vous empêchait de provoquer ledit effondrement.

Nous vivons tous au cœur de l'histoire. Lai Zhen et son père faisaient partie d'une histoire qu'ils ne pouvaient pas entièrement percevoir à l'époque, et encore moins contrôler.

Tous leurs biens avaient été détruits, bien sûr. Tous leurs papiers, leurs passeports, leurs documents. Ils avaient parfaitement le droit d'obtenir un passeport de ressortissants britanniques d'outre-mer, mais il fallut attendre plus de trois ans que tout soit démêlé. Trois ans, d'abord dans un refuge à Hong Kong puis dans un camp de réfugiés britannique offshore à attendre des rendez-vous et des informations.

Lai Zhen poursuivit ses études dans le camp de réfugiés. Un organisme caritatif – ainsi que deux enseignants d'écoles britanniques à Hong Kong qui avaient remarqué ses dispositions exceptionnelles – lui envoyait des livres et des clés USB contenant des cours magistraux en vidéo. Cela lui demandait assez d'énergie pour occulter le reste ou presque, et elle savait que si elle ne continuait pas à étudier, son père en mourrait. Et pas métaphoriquement. Il ne tenait que grâce à son espoir et sa foi en elle. Ils tenaient parce qu'ils avaient besoin l'un de l'autre.

Elle lut l'*Iliade* – qui parlait d'une bataille que personne n'avait choisie et dont personne ne voulait. Et l'*Odyssée* – qui parlait du plus long des voyages de retour et de l'immense fardeau de détresse de celui qui continue coûte que coûte. Dans l'*Iliade* d'Homère, elle trouva enfin des mots qui lui apportèrent du réconfort. Le passage en question succédait à toutes les batailles palpitantes qui avaient vu tant de morts. Après que le grand héros de Troie, Hector, avait occis Patrocle des Grecs ; après qu'Achille, l'amant de Patrocle, avait fendu les rangs des Troyens à la rencontre d'Hector et l'avait massacré ; après qu'Achille avait traîné le corps d'Hector derrière son char autour des murs de Troie.

Après tous ces événements, dans le silence de la nuit, Priam, père d'Hector, avait gagné le camp grec, s'était frayé un chemin au milieu des tentes de ses ennemis et, ayant trouvé Achille, s'était agenouillé devant l'assassin de son fils, avait baisé la main qui l'avait tué et l'avait supplié de lui rendre le corps d'Hector. À ce stade, que pouvait-on attendre d'Achille ? De la magnanimité, peut-être. La fureur meurtrière aurait été plus caractéristique. Au lieu de quoi, Achille avait dit à Priam de se lever, de s'asseoir à côté de lui, de boire du vin et de manger un morceau.

Achille avait dit : « Aux portes des dieux, il y a deux jarres. L'une est remplie de malheurs et l'autre de bonheurs. Zeus plonge les mains dans les jarres et répand sur nous la fortune. Sur certaines personnes tombent les bonheurs et les malheurs. Et sur d'autres, seulement les malheurs. »

Ce passage était la seule chose qui apportât du soulagement à Zhen. Elle y pensait souvent, jusqu'à ce qu'elle puisse presque voir les fortunes pleuvoir sur elle. Elle n'avait pas connu que des malheurs. Trente-huit personnes avaient trouvé la mort dans l'immeuble, alors que son père et elle avaient survécu. Le vent finirait par tourner – car le vent tournait toujours – et lui enverrait quelque nouvelle fortune.

Bien des années plus tard, Lai Zhen réalisa une vidéo intitulée « Comment survivre aux effets psychologiques d'un événement apocalyptique », et 1,6 million de personnes l'avaient vue. Ce n'était pourtant pas sa vidéo la plus populaire.

- Elle disait : Vous devez rester occupé.
- Elle disait : Concentrez-vous sur votre propre survie, regardez en avant, pas en arrière.
- Elle disait : Même si vous ne vous sentez pas bien, vous irez bien un jour.
- Elle disait : Pendant longtemps, ça vous paraîtra irréel ; vous serez incapable d'accepter votre situation.
- Elle disait : Ne vous en voulez pas. La chance nous dégringole dessus comme des bouts de papier dans le vent. La fortune comme l'infortune. Vous êtes aussi peu en mesure de choisir votre propre fortune que de choisir quelles gouttes tombent sur votre tête.

Tout cela était vrai et pourtant insuffisant. Il fallait aussi comprendre exactement pourquoi l'immeuble où vous habitiez avait été la cible de la RPC et remonter prudemment les pistes pour s'apercevoir que les communications des dissidents n'avaient pas été aussi sécurisées qu'ils le croyaient :

– En échange de l'accès aux précieux marchés chinois, Medlar avait autorisé la RPC à surveiller certaines données de localisation sur les nouveaux MedlarTorcs.
– Fidèle à sa volonté de « rassembler les gens », Fantail avait permis à certains gouvernements, y compris la Chine, de lire certaines questions posées aux assistants virtuels de FantailPal jugées en lien avec des organisations terroristes.
– Zimri Nommik n'avait même pas attendu qu'on lui pose la question – Anvil recherchait la stabilité et la prospérité, et ni l'une ni l'autre ne s'obtenaient en faisant sauter les devantures de magasins. Bien évidemment, AnvilChat se conformerait à toutes les réglementations locales.

Et voilà qu'elle était là. Sur une île avec eux. Au bout du monde. Lai Zhen leva les yeux vers le ciel et se demanda quelle fortune abracadabrante venait de lui tomber sur la tête.

6

Les marchandages particuliers

Dans les eaux d'un fleuve clair et froid à l'est du campement, Lenk Sketlish nageait, nu. Opposant son corps à l'écoulement tranquille du fleuve vers l'océan. Zhen était assise sur les rochers de la berge, sa combinaison à côté d'elle. Le fleuve se hérissait de points de lumière, le corps de Lenk sinueux et fort. Il l'avait invitée à nager, et quand il avait enlevé tous ses vêtements, Zhen avait eu la conviction que se baigner nue avec le fondateur et PDG de Fantail n'atténuerait certainement pas l'étrangeté de ce mois.

« Combinaison, dit-elle, est-ce que tu sais comment construire un radeau ? Ou alors un bateau ? »

La combinaison lui avait déjà montré les scies circulaires miniatures intégrées dans ses gantelets. Les microlames de thermocollage. Les visées laser offrant une précision chirurgicale lors de projets de construction. Cela faisait près de cinq semaines qu'elle vivait sur l'île. La combinaison lui avait montré quelles tâches devaient être accomplies et Zhen avait ajouté quelques astuces personnelles, différentes façons de s'y prendre. Ils avaient coupé une plante grimpante qu'ils avaient laissée sécher sur une plate-forme en bois pour en faire une corde fonctionnelle et résistante. Zhen avait montré à Lenk comment plier des fils de fer avec précaution afin de confectionner des hameçons et comment installer les cannes à pêche dans le coude paisible du cours d'eau où les carpes à dents pointues remontaient à la surface. Ils cueillaient les fruits des trois arbres qui d'après les combinaisons ne présentaient aucun danger et, dans les braises du feu, faisaient cuire les pommes allongées à chair rose et aux milliers de pépins minuscules, et les mangeaient chaudes, tout droit sorties des cendres. Au campement, elle avait aidé Ellen et Zimri à effectuer des travaux de construction – sécuriser la plate-forme de couchage, renforcer la palissade contre les bêtes sauvages.

« Oui, répondit la combinaison. Je sais comment faire ces choses-là.

— D'accord, alors quel genre d'embarcation est-ce que tu recommanderais pour naviguer sur cet océan ?

— Les eaux sont agitées et les conditions de marée instables depuis le réchauffement océanique. Les chances de survie en pleine mer sur un radeau fait maison sont faibles. »

Obstructionniste.

« OK, mais on pourrait essayer, non ? Peut-être en utilisant des morceaux du fuselage de l'épave de l'avion ?

— Je ne sais pas comment construire un radeau de cette façon. »

Elle pensait pouvoir trouver une solution si nécessaire. Elle se souvenait que Marius avait expliqué à ses étudiants qu'une perle valsant dans une boîte d'allumettes ne proposerait jamais de nouvelles possibilités, seulement un remix des anciennes. Il lui manqua soudain avec un cruel pincement au cœur et elle se dit sévèrement : Rappelle-toi que tu ne le reverras plus jamais.

Lenk posa ses mains sur le rocher et se hissa hors de l'eau. Il était long, mince et musclé. Il n'était pas laid. D'accord, il était beau. Elle avait déjà admiré des hommes de façon abstraite et parfois de façon spécifique, mais jamais assez pour envisager de sortir avec l'un d'eux. Lenk avait aussi la réputation d'être un charmeur volage, un homme qui obtenait ce qu'il voulait à travers un savant mélange d'intelligence aiguë, d'agressivité et de charisme, déployés dans des proportions qui portaient leurs fruits. Elle pensa à Martha, qui avait supporté cet homme année après année, décennie après décennie. Pas étonnant qu'elle ait été aussi méfiante et évasive. Il s'assit à côté de Zhen sur le rocher, nu et sans pudeur.

« Alors vous avez couché avec Martha, pas vrai ? C'était comment ?

— Qu'est-ce que c'est que cette question ?

— C'est une question de fin du monde. Martha est quelque part dans un bunker. On est là. On ne la reverra sans doute jamais. Pourquoi ne pas m'en parler ?

— Je n'ai pas envie de vous donner des informations personnelles pour nourrir vos fantasmes.

— Très bien. Je dis ça comme ça, mais on va rester ici un bon bout de temps. Vous et moi probablement plus longtemps que les autres. Zimri est malade, sa jambe est en mauvais état. On a déjà utilisé beaucoup d'antibiotiques pour l'aider. Même s'il guérit, une maladie aussi longue écourtera forcément sa vie. Ellen a soixante-sept ans. Pendant des années, des dizaines d'années même, on sera seuls tous les deux et on finira par tout se raconter.

— On croit toujours savoir ce que l'avenir nous réserve.

— Jusqu'à présent, je ne me suis jamais trompé. »

Il esquissa un sourire charmant et fatal.

« Vous voulez entendre un secret ? demanda-t-il.

— Pourquoi pas ?

— On finira par venir me chercher.

— Parce que vous savez toujours ce qui va arriver.

— Parce que je change ce qui va arriver. J'ai un traqueur, ici. » Lenk indiqua un endroit juste derrière son oreille droite. « Un dispositif de veille automatique. Tous les matins, je dois informer le système que tout va bien, sinon il déclenche une alerte. Et ensuite… tous les moyens sont mis en place pour me retrouver.

— Ah oui ? Pourquoi personne n'est venu vous chercher, alors ?

— C'est pour cette raison que je sais qu'il ne vaut mieux pas quitter l'île pour l'instant. Je suppose que l'alarme s'est déclenchée mais que les membres de mon équipe sont trop occupés à résoudre d'autres problèmes pour partir à la recherche de ce qu'ils présument être mon cadavre. Sans compter que bon nombre d'entre eux sont morts ou dans un bunker à attendre que les choses se calment.

— Alors qu'est-ce qui vous fait croire qu'on va venir vous sauver ?

— Ils vont devoir confirmer que je suis mort avant que le système leur donne accès à… des documents sensibles. Au pire, il y aura des drones dans quelques mois, j'imagine. Oui, suivant la gravité de la situation sur place, peut-être même quelques années. Mais ça viendra.

— C'est ce que les autres pensent aussi ?

— Probablement. Ils ont forcément des systèmes en place. Je suis sûr qu'ils ne nous ont pas tout dit. Comme moi. »

Le fleuve clapotait, sa surface peuplée d'insectes bourdonnants. Sous les yeux de Zhen, la bouche pleine de dents tranchantes d'un poisson attrapant les ailes de dentelle noir et violet d'une libellule creva l'étendue transparente. Rien n'est jamais terminé.

« Vous m'en parlez à moi parce que je ne suis pas une participante », remarqua Zhen.

Lenk sourit paresseusement.

« Quoi que vous croyiez qu'il arrive après ça, je n'en ferai pas partie. Pas de la même façon que vous trois.

— Martha a toujours su choisir des gens intelligents, dit Lenk.

— Alors ?

— Alors quoi ?

— Qu'est-ce qui va arriver après ça, d'après vous ? »

Les paupières de Lenk étaient encore fermées au soleil.

« Eh bien, je les soupçonne d'avoir chacun une armée là-bas, quelque part. Et si je le soupçonne, c'est parce que j'en ai une, moi aussi. On n'est pas irréprochables, vous savez. De nous tous, vous êtes la plus pure. Vous vous êtes déjà demandé comment on avait atterri sur cette île ?

— Qu'est-ce que vous voulez dire par "une armée" ? demanda Zhen.

— Écoutez, on n'était pas censés finir ici. Les combinaisons de survie sont formidables, bien sûr, mais cette étape-là, cette première étape où la maladie se consume d'elle-même au sein de la population et où il y a des tas de cadavres… j'étais censé la passer dans le luxe, vous voyez ? J'ai une propriété au Groenland, une dans l'archipel arctique, une montagne dans le Wyoming, toutes très bien équipées. Ce truc de… relier des rondins avec des plantes grimpantes pour fabriquer des plates-formes de couchage ? Non, ce n'était pas prévu.

— Pour eux non plus, objecta Zhen. Pour Zimri et Ellen.

— Exact, admit Lenk. Voilà ce que j'entends par “armée”. Je ne parle pas de gens, vous comprenez. Aucun des deux ne vous a raconté *comment* l'avion s'est écrasé, pas vrai ? »

Zhen secoua la tête.

« Bon, allons-y. »

7

À huit heures et environ six mille cinq cents kilomètres du congrès écologique Action Now !

La garniture en cuir couleur crème était lisse sous les doigts de Lenk et le réfrigérateur en verre était rempli de bouteilles scintillantes. Lenk se sentait prêt jusque dans son sang et ses os. Les plans étaient lancés. Comme convenu dans le protocole d'évacuation, le pilote avait transmis de fausses informations au contrôle aérien dès qu'ils avaient été hors de portée des radars. Quoi qu'il arrive, il était prêt. Un bref trajet en avion avec ces deux crétins paniqués, puis son propre avion privé, Martha, l'île, et le début du monde à venir.

Une fois dans les airs, ils avaient rejoint le réseau Wi-Fi de l'avion et essayé de découvrir ce qui se préparait. AUGR avait indiqué les destinations à éviter en chemin : l'Argentine, le Chili, le Brésil, le Mexique, le Texas, la France. Zimri s'était connecté aux nombreux tentacules informationnels d'Anvil ; Ellen avait exploré les données de MedlarTorc ; Lenk avait examiné les analyses de données détaillées de posts sur Fantail. L'Argentine, le Chili, le Brésil, le Mexique, le Texas, la France. Les tendances de commandes. Les tendances de recherches. Les mots employés dans les avis, dans les e-mails aux vendeurs, dans les publications sur les réseaux sociaux, dans les demandes adressées aux chatbots de FantailPal. Rythmes cardiaques. Bilans sanguins. Activité physique. Smileys. Visages renfrognés. L'incarnation des pensées et des sentiments de la planète humaine, plus ou moins. Quelques tendances commencèrent à émerger.

« Merde, fit Ellen Bywater, désignant une tendance dans les biodonnées de MedlarTorc. Merde, merde, merde. »

À présent qu'ils savaient ce qu'ils devaient chercher, ce n'était pas trop difficile. Un ensemble de mots recherchés sur FantailLive et là, oui, en arrière-plan de certaines vidéos, ce qui se profilait se voyait déjà.

La nouvelle parcourut Lenk Sketlish comme s'il s'immergeait dans l'eau froide. Il se sentait extraordinairement calme, et même paisible. Si c'était bel et bien l'événement en question, ils n'auraient de toute façon rien pu faire.

Le vacarme fut si assourdissant et si soudain qu'il semblait venir non pas de l'extérieur mais de l'intérieur de leur propre corps, comme si leur cœur avait fracassé leur poitrine. C'était un son omniprésent et terrifiant. Le bruit de la fin des temps, de la vengeance du Seigneur.

Chacun fut propulsé en avant sur son siège lorsque l'avion piqua du nez. Leur ceinture de sécurité, pareille à une barre métallique s'enfonçant dans leur torse, leur donna des haut-le-cœur, faisant remonter soudainement de l'acide gastrique le long de leur gorge. Un bruit terrible retentit. Un bruit déchirant, tendu, une détonation, puis un long grincement de vis et de boulons.

Une voix automatique dit : « Veuillez prendre votre CrashVest sous votre siège. Déroulez-la et placez-la au-dessus de votre tête. Elle s'attachera automatiquement autour de votre taille. Essayez de garder votre calme. »

Lenk appuya sur le bouton de l'interphone installé sur son siège. « Putain, c'est quoi ce bordel ? Il y a eu une explosion ? Qu'est-ce qui s'est passé ?

— Je ne sais pas, répondit le pilote dans l'interphone. Une défaillance. Peut-être que des armes ont fait feu. Je n'ai rien vu. Il faut qu'on s'éloigne. »

Il paraissait terrifié.

Lenk Sketlish, Ellen Bywater et Zimri Nommik tirèrent sur leur ceinture, cherchant à la desserrer, cherchant à récupérer leur CrashVest sous leur siège, cherchant à trouver le foutu trou pour la tête.

« Je crois qu'on nous attaque, dit le pilote. Je ne suis pas sûr. Je lance les contre-mesures. Je vous en prie. Je vais faire ce que je peux mais… vous devez vous préparer à sauter. »

Ce n'était pas un avion doté de moyens offensifs. C'était un avion privé qui, parce qu'il appartenait à un homme paranoïaque, était équipé d'un nombre très limité de contre-mesures.

Dehors, il faisait nuit. 2 heures du matin heure locale, et une grande lune pleine et ronde dans l'obscurité. Par le hublot, à la lumière de la lune, Lenk vit un nuage de paillettes métalliques de brouillage antiradar libéré dans les airs, tel un calamar propulsant un jet d'encre pour désorienter un prédateur. Les morceaux étincelaient, reflétant le clair de lune, l'avion lui-même. L'avion plongeait à présent. Il n'y avait pas de sirènes ; le battement dans les oreilles de Lenk était celui de son cœur. Ses doigts froids et tremblants trouvèrent enfin le trou au milieu de la CrashVest et la déroulèrent par-dessus sa tête. Il plaça sur sa bouche et son nez le masque à oxygène d'urgence au centre de la CrashVest et s'efforça de respirer normalement. Il se souvint, comme venant d'un monde lointain, d'une femme qui sifflait du nez et lui disait de respirer par le nombril. Cela s'était passé ce matin même, juste après son réveil. Tout comme respirer normalement maintenant, respirer par le nombril était littéralement impossible.

L'avion s'inclina brutalement à gauche et à droite. Un bruit venait de l'arrière du fuselage. Les portes de secours s'ouvrirent d'un coup sec. Le temps s'écoulait très rapidement et très lentement.

Lenk songea aux distributeurs de sous-munitions inertes. Un nom très neutre pour désigner un type de missile censé être plus éthique parce qu'il n'éparpillait pas de matériel explosif sur les civils. Chaque missile contenait une bonbonne de matériel « inerte » sous haute compression. Quand il explosait, des centaines de boucles métalliques tranchantes comme des rasoirs fusaient, formant une vaste sphère centrée autour de l'espace vide rempli de bruit. C'était la pression et la vitesse qui les rendaient dangereuses – moins d'une seconde après avoir été libérées, les boucles métalliques ne seraient plus que débris. Pas de mines qui risquaient d'estropier les enfants. Pas de désert nucléaire. Relâchées dans l'air, elles décriraient une parabole et tomberaient au sol sans faire aucun mal, minuscules morceaux inoffensifs de fil de fer.

Medlar avait créé des puces pour ces missiles. Anvil s'était occupé de la logistique de transport. Fantail avait accepté de censurer toute mention de leur existence pour certains régimes aux quatre coins du monde. Vus sous un certain angle, les distributeurs de sous-munitions inertes étaient presque une bonne nouvelle. Et si des distributeurs de sous-munitions inertes vous attaquaient dans le noir, ça vous ferait cet effet-là. Rien à voir. Rien d'autre qu'un bruit et qu'un avion bientôt réduit en miettes.

Il y eut une seconde explosion. Là où s'était trouvé un fuselage en métal solide, il n'y avait plus qu'une ligne dessinée au fil à fromage au-dessus et autour des sièges. L'avion avait été touché. La brèche commença à s'ouvrir.

Le bruit était un hurlement de métal contre métal. L'intérieur de l'avion tournoya dans un sens puis dans l'autre, le fuselage pivotant sur lui-même, retournant le monde à l'envers et à l'endroit, à l'envers et à l'endroit. Un bruit de déchirement quand l'appareil se démantibula. L'engin planant devint deux tubes de métal connectés, pesant chacun près de deux cent trente mille kilos, placés à trente-cinq mille pieds au-dessus de la surface de la Terre. Comme un gâteau roulé éventré flottant en plein ciel. Réagissant comme le ferait sans doute un roulé éventré dans pareilles circonstances.

« Maintenant, poursuivirent les CrashVests, détachez votre ceinture, courez vers la porte de secours. Jetez-vous dehors de toutes vos forces. Le parachute s'ouvrira automatiquement quand vous serez assez loin de l'avion. »

Ellen était déjà en train d'escalader l'intérieur de l'avion tourbillonnant, trouvant des prises au niveau des sièges et des compartiments à bagages, contrôlant ses mouvements comme une femme qui passait ses étés à escalader les rochers à Yosemite. Elle avait paniqué au moment de faire ses valises, mais au bout du compte, elle n'avait jamais hésité à agir de manière décisive. Elle fut la première à sauter de l'avion.

Zimri était plus lent, il avançait en crabe, s'agrippant. Il découvrit très vite une nouvelle méthode de déplacement – tenir la ceinture de sécurité entre ses mâchoires serrées afin de bénéficier d'un autre point de contact. Il attrapa une autre CrashVest sous un siège vide, par précaution.

Lenk fut le dernier à sauter, regardant encore autour de lui comme s'il allait enfin comprendre ce qui s'était passé. La dernière pensée qui lui traversa l'esprit avant qu'il se hisse à l'aide des sièges vers la porte de secours fut : On a transmis de fausses informations au contrôle aérien. S'il reste des survivants pour venir à notre secours, ils chercheront au mauvais endroit.

« Donc, dit Zhen, une nation quelconque vous a balancé une bombe technologique et vous avez atterri ici. Qu'est-ce que vous disiez au sujet d'une armée ?

— Ça ne vous semble pas louche qu'on ait été abattus ici, exactement ? demanda Lenk. Au-dessus d'une île inhabitée capable de subvenir indéfiniment à nos besoins ?

— Si, je suppose. Mais peut-être que… c'est juste un hasard ?

— J'y réfléchis depuis trois semaines. Si c'était effectivement un distributeur de sous-munitions inertes… seul un nombre limité de nations y ont accès. La Papouasie-Nouvelle-Guinée, qui est le pays le plus proche de l'île de l'amiral Huntsy, n'en a pas, c'est sûr.

— Donc…

— Je ne me poserais pas ces questions si on n'avait pas été abattus par une technologie de pointe. Il était trop tôt pour que qui que ce soit se mette vraiment à paniquer, vous comprenez ? Personne n'était encore au courant de l'épidémie – d'où l'intérêt du plan. On était les seuls à savoir qu'il y avait quelque chose à redouter. Aucune armée ordinaire n'aurait abattu notre avion. Il s'agirait plutôt du genre d'armée que vous avez si vous n'êtes pas obligé de compter sur des êtres humains. »

Lenk se leva et enfila son short.

« Écoutez, dit-il, vous avez couché avec Martha, et dans un sens, ça fait de nous des parents et des alliés, ça nous rend plus proches que n'importe qui d'autre sur cette île. Si Martha vous fait confiance, si elle vous a donné AUGR ne serait-ce que pendant quelques jours, vous êtes probablement la personne en qui je peux avoir le plus confiance ici. Ce qui est peu dire. Donc. Medlar a des distributeurs de sous-munitions inertes montés sur drones pouvant servir dans les situations de conflit civil. Anvil aussi. Nous aussi, chez Fantail. Après la dernière épidémie, on s'est tous mis d'accord avec… beaucoup de gouvernements différents. Sur le fait qu'on devait pouvoir prêter main-forte en cas d'agitation sociale. »

Il recula d'un pas, posant les pieds dans sa combinaison, dont les jambières et le plastron se refermèrent soigneusement autour de lui.

Zhen comprenait où Lenk voulait en venir. Il l'invitait à accéder à ses informations confidentielles, mais il lui faisait également savoir quelle était sa place. Elle était sur cette île avec trois personnes qui avaient toutes accès à des armes et des ressources dont elle n'avait jamais entendu parler. Après la fin du monde, quelle raison pourraient-ils avoir de vouloir qu'elle reste en vie ?

« Je sais que Fantail n'a pas abattu l'avion. Alors je pense que c'était l'un d'eux. Qui savait qu'on avait les CrashVests et les combinaisons, qui savait qu'on survivrait. Qui savait – si terrible que soit cette idée – qu'une épidémie comme celle-ci offrirait des occasions sans égales à celui ou celle qui aborderait vivant ce nouvel avenir. Je crois que l'un d'eux aimerait devenir le putain de roi du monde, ce qui serait plus simple si j'étais mort. Alors je ne leur fais pas confiance, d'accord ? »

La visière recouvrit le visage de Lenk, et Zhen se retrouva à regarder droit dans les yeux de son propre reflet.

8

Cette nuit-là, ils se couchèrent comme d'habitude

Lai Zhen s'éveilla sous l'éclairage plat des premières lueurs de l'aube, où tout est nuancé de bleu, de bleu foncé et de gris. L'écran d'affichage terne à l'intérieur de sa visière signalait qu'il était tout juste 4 heures passées. Quelqu'un bougeait en bordure du campement. Une combinaison, qui allait de caisse en caisse avec précaution, tirant derrière elle une luge de fortune où était accrochée une StowtBox et plaçant des articles de la réserve commune dans la luge.

« Qui est là ? » lança la voix d'Ellen Bywater à l'oreille de Zhen, à travers leur système de communication intra-combinaison.

La silhouette près des caisses s'immobilisa. S'empressa de remettre le couvercle de la StowtBox et de quitter le campement en boitant. Zimri.

« Combinaison, allume les putains de lumières », ordonna Ellen.

À hauteur de l'arbre où la combinaison d'Ellen s'était cramponnée sous une branche, plusieurs projecteurs s'allumèrent, baignant le campement d'une étrange lueur d'or rose.

« Je ne reste pas ici, déclara Zimri. Je n'ai pas pris plus que ma part. »

Ce qui, songea Zhen, était plutôt inhabituel pour Zimri Nommik.

Lenk sauta d'un arbre. Il atterrit avec aisance, les genouillères souples de la combinaison absorbant le choc.

« Je t'ai vu lui parler, Lenk. À la nouvelle. On sait ce que tout le monde pense. Si des alliances commencent à se former, je dois partir.

— Je viens d'arriver, protesta Zhen. Je ne forme d'alliance avec personne.

— Aha, eh bien, vous n'allez pas dire le contraire. Je ne peux pas vous en vouloir. Si vous vous alliez à Lenk, vous serez plus forts, tous les deux. Pour l'instant. Alors je m'en vais.

— Et où est-ce que tu vas, Zimri ? » demanda Lenk.

Zimri était confiant. Le type en pull à col boule qui envoyait ses concurrents se faire foutre parce qu'il pouvait racheter leurs entreprises merdiques et n'en faire qu'une bouchée et que leurs actionnaires diraient : « Merci, monsieur. »

« Je ne suis pas obligé de te le dire. »

Le rire d'Ellen ressemblait à un aboiement.

« Oh que si, Zimri. Tu es obligé de nous montrer ce que tu as pris et de nous dire où tu vas. Parce que ta jambe est foutue et que tu n'es pas plus en sécurité sans nous, sauf si tu sais quelque chose qu'on ignore. »

Zimri regarda tour à tour Ellen et Lenk d'un air de défi.

« Je vais marcher jusqu'au rivage. Construire un radeau. Essayer de naviguer vers l'est. Je ne peux pas rester ici avec vous. »

Il recula, les yeux vitreux, le visage empourpré. Il n'allait pas bien, c'était évident. Malgré la combinaison mécanique, il évitait de s'appuyer sur sa jambe blessée.

« Il veut partir parce qu'il est malade, intervint Zhen. Il a besoin d'un médecin. Cette combinaison… ça ne suffira pas. » Encore une fois, quelque chose la titilla. Quelque chose qu'elle avait su autrefois à propos de ces combinaisons mais oublié depuis.

« Exact, dit Zimri avec un soulagement évident. Elle me comprend, elle.

— Alors pourquoi tu t'en vas en douce au beau milieu de la nuit ? interrogea Ellen. Si tu tiens à partir, pourquoi le cacher ? Pourquoi on ne réfléchirait pas tous ensemble à un moyen de partir ensemble ? »

Parce qu'il craint la même chose que vous, songea Zhen. Zimri préférait se retrouver seul sur un radeau en pleine mer qu'accompagné d'Ellen Bywater ou de Lenk Sketlish.

« Je savais que vous essaieriez de m'en empêcher, répondit Zimri.

— Pour la simple et bonne raison que tu risques de nous abandonner ici.

— Et si je ne m'éloigne pas de vous, vous allez me laisser crever. »

Zimri Nommik se préparait, remarqua Zhen. Elle en avait déjà été témoin dans les cellules de détention provisoire, dans la queue pour les visas. Quand la violence éclate, tout le monde plonge.

« Est-ce qu'on peut essayer de se calmer, s'il vous plaît ? dit-elle. On a besoin les uns des autres pour survivre, non ? »

C'était le b.a.-ba en matière de survie. Pas de bagarre au campement. Arbitrer les disputes, trouver la punition adéquate si besoin est. Ne pas laisser le groupe se disloquer.

« D'ailleurs, Ellen, ajouta Zhen, Zimri ne fait pas *semblant* d'être malade. »

Ellen le toisa et leva les yeux au ciel.

« Epsilon Industrial en 2023. LandBridge en 2031. AnvilLux en 2036. Le putain de sommet des China Trials l'année dernière ? C'est *exactement* ce qu'il fait d'habitude. Il achète toute une entreprise pour que personne ne sache qu'il ne s'intéresse qu'à un employé. Il cache un micro bien en évidence dans sa veste intelligente pour que personne n'aille chercher le micro secret. C'est comme ça qu'il fonctionne.

— Oh, allez vous faire foutre, s'exclama Zimri. Je m'en vais. N'essayez pas de m'en empêcher. »

Zimri se détourna, traînant sa luge à travers la jungle. L'aube pointait, le ciel bleu-noir, la vie accueillant le matin avec des jacassements fluides et dorés. La visière de Zhen était braquée sur la silhouette de Zimri qui s'éloignait, et plus tard elle ne saurait dire si c'était l'obscurité qu'elle avait remarquée en premier ou le vrombissement, ou si elle avait d'abord constaté que le chant des oiseaux s'était interrompu. Une obscurité envahissante l'enveloppait – c'étaient peut-être les arbres denses. Une plainte sourde – c'étaient peut-être des machines.

Zimri tourna à droite et à gauche. Il pouvait entendre quelque chose dans la pénombre. Le bourdonnement d'insectes piqueurs. Il leva la tête vers la canopée. Il poussa un cri étranglé. L'objectif de la visière de Zhen peinait à faire le point. Une ombre bougeait, une forme à l'écran, pixellisée et étrange.

« Non, putain, non, dit Zimri. Stop, arrêtez. Arrêtez. Pas moi. »

Il se mit à courir, traînant sa jambe derrière lui. Dans la canopée, le bourdonnement se fit poisseux, une nuée de points se mouvant en chœur. C'étaient les choses qui les avaient attaqués, Marius et elle. Les coléoptères brillants. Saisie d'effroi, Zhen se souvint d'eux dans son corps. Ils formaient une sorte de chaîne, une maille qui commençait à ressembler à une créature.

Lenk ouvrait déjà une StowtBox qui contenait des pistolets – comment se faisait-il qu'il y avait des pistolets, pourquoi personne ne lui avait parlé de pistolets ? Il visa et tira en direction de la cime des arbres, une sorte de petit engin explosif. Les feuilles prirent feu, mais le tir n'arrêta pas l'avancée de la créature sombre et vrombissante qui poursuivait Zimri. Elle tendait vers lui des doigts collants. Le feu était une bonne idée, mais il n'y en avait pas assez.

« Oh non », murmura Ellen. Puis elle cria, fort, dans les haut-parleurs de sa combinaison. « Arrêtez ! Arrêtez tout de suite ! »

Comme si elle pouvait commander quoi que ce soit, se dit Zhen.

Zhen n'aurait pas su avant cet instant que sa réaction instinctive serait de courir vers un homme défendant sa vie contre un ennemi inconnu. Elle en aurait espéré autant – ce jour-là à Hong Kong, des gens avaient aidé les victimes dans la rue –, mais elle savait qu'elle ne pouvait pas en avoir la certitude. Surtout s'il s'agissait d'un homme qui, le jour en question, avait été dans l'autre camp.

Et pourtant. Zimri agita les bras au-dessus de sa tête, scies circulaires dégainées, s'échinant à repousser les drones. Zhen courut vers lui.

« Hé ! cria-t-elle. Hé, par ici ! Venez là ! Zimri, par ici ! »

Ellen tira en vain sur la main de Zhen quand elle passa devant elle.

« Non, vous ne pouvez pas faire ça, protesta-t-elle.

— Vous savez comment ça marche ? » demanda Zhen.

Ellen secoua la tête, et Zhen songea qu'elle n'avait jamais croisé pire menteuse.

« Dites-moi si vous savez quoi que ce soit qui puisse le sauver, insista-t-elle. Dites-le-moi tout de suite.

— Si cette chose a été envoyée pour lui, elle ne s'intéressera pas à nous. À moins que vous n'attiriez son attention. »

La chose se refermait sur Zimri, à présent, et même si Zhen s'était rapprochée et aurait dû le voir plus clairement, son corps était flou et se tortillait. Il avançait en trébuchant, cherchant un abri ; il se cramponnait à un arbre, le ventre collé au tronc.

« Zhen, levez la tête ! » cria Lenk.

Il tira de nouveau, projetant de petites cartouches qui explosaient contre les troncs des arbres et faisaient jaillir des flammes. Elle les vit au-dessus de lui. Les coléoptères brillants avaient formé une sorte de bouche, très grande, une bouche ouverte prête à engloutir. Zimri hurla. Zhen se trouvait encore trop loin de lui. Cette chose était un *chasseur*. Elle le savait comme si tout son corps avait attendu d'apprendre la différence entre chasseur et proie.

Zimri tenta de crier, tenta de s'enfuir. L'essaim l'entourait, mordant, désorientant, agité d'infrasons. Zimri tituba, ses pas de plus en plus lents. C'était comme ce rêve que vous faites si souvent, dans lequel vous essayez d'échapper à un poursuivant mais vos pieds restent englués au sol ; la terre devient visqueuse.

Les oiseaux se taisaient. Les seuls sons émanaient de Zimri, qui pleurait, glapissait, criait et suppliait. L'horreur de ses cris était absolue. Une plus grande quantité de substance bourdonnante, sombre et collante s'accrocha à ses mains, à ses coudes, à l'extérieur de sa visière. Zimri, affolé, hurlait et se débattait. Il réussit à sortir un bras de sa combinaison ! Le bras s'agita triomphalement au-dessus de la nuée noire mouvante. Il s'agrippa à une branche d'arbre pour s'y hisser. L'espace d'un instant, il sembla prêt à y parvenir, à s'enfuir en laissant la combinaison derrière lui. Mais les mâchoires invisibles claquaient et mordaient. Les insectes envahirent la combinaison. Celle-ci se dilatait et se contractait sur le sol de la jungle, cherchant à expulser les intrus. Le corps de Zimri était en guerre contre lui-même à l'intérieur de l'exosquelette métallique. Des membres parurent se plier en arrière puis se redresser, le torse distendu. Puis l'ensemble se rigidifia, s'assit – grotesque parodie d'un être humain – et retomba en arrière.

Zimri ne faisait pas de bruit. Le faible gémissement que Zhen croyait venir de lui était en réalité son propre souffle implorant. La combinaison, mannequin disloqué, s'éleva vers la canopée, emportée par l'essaim à la cime des arbres, au loin, hors de vue.

9

Les choses ont tendance à dégénérer

Le matin où le chasseur emporta Zimri Nommik, le soleil s'éleva tel un scalpel vers la rétine.

Ils avaient été quatre, et à présent, ils n'étaient plus que trois, pas de doute. Ils se blottirent autour du feu, réticents à s'éloigner de la chaleur et de la lumière ne serait-ce que quelques instants. Tous portaient leur combinaison.

« Nom de Dieu, Ellen, dit Lenk. Tu l'as fait ? Tu l'as vraiment fait ?

— Non, rétorqua Ellen. Je ne suis pas disponible pour le moment, prenez rendez-vous avec ma secrétaire.

— Bon sang, Ellen, tu n'as pas le droit de perdre la boule.

— Je sais ce que c'était, affirma Zhen, et je crois que vous aussi. Vous le saviez la nuit dernière. J'ai déjà vu ça dans le bunker de Zimri. C'est une arme.

— Non, protesta Ellen. Non, la production a été stoppée, ils n'ont jamais été fabriqués, on n'en a jamais entendu parler, ce n'était pas moi.

— Bon sang, répéta Lenk.

— On les a tous fabriqués, confia Ellen d'une voix lente et enjôleuse. Tu le sais, Lenk. Dis-lui. On a tous vu les documents des différents scénarios. On les a tous fabriqués. Tu ne peux pas raconter à ta nouvelle *amie* que tu n'avais rien à voir là-dedans. Ç'aurait très bien pu être les tiens, autant que ceux de n'importe qui. »

La situation était dangereuse. Si Ellen croyait qu'elle avait formé une alliance avec Lenk, elle aurait une raison de tuer Zhen. C'était clair et net.

« Écoutez, intervint Zhen, je n'ai de rapport privilégié avec personne ici, OK ? On est trois. Ça ne suffit pas pour faire la guerre. Il faut qu'on soit les alliés les uns des autres. Lenk m'a déjà dit que vous aviez tous fabriqué des armes. Exact ? »

Pendant un instant, Lenk Sketlish vacilla au bord de la colère ; Zhen vit la mauvaise humeur animer brièvement son visage. Elle garda son sang-froid. Elle ne lui présenta pas ses excuses.

« Le truc, se défendit Lenk, c'est qu'on savait tous que les autres le feraient si on ne le faisait pas. Alors quel intérêt de ne pas essayer ? Ellen, on n'a aucune raison de le lui cacher. À l'époque, c'était justifié.

— Je n'enfreins pas les traités et conventions internationaux, dit Ellen. Non, monsieur, je ne me mêle pas de ça, si ? »

Elle paraissait s'adresser à quelqu'un d'autre.

« OK, conclut Lenk, Ellen ne joue plus. Je vais vous confier le plus gros secret que vous ayez jamais entendu. »

Cela fit sourire Zhen. « J'en ai entendu beaucoup, des secrets.

— Pas comme celui-là. »

À bien y réfléchir, et comme Martha l'avait souvent dit à Lenk, les affaires humaines suivent une trajectoire. Celle-ci semble être gouvernée par la logique, mais son rythme est celui de la peur. Si vous risquez de me faire quelque chose, alors il est normal que j'aie la possibilité de vous faire la même chose. C'est là le schéma de la Règle de sel. Imaginer des avenirs sinistres engendre la peur et la peur engendre des avenirs sinistres. Le pouls bat plus vite, la pression monte, la voix de l'instinct chasse la raison et l'éducation. À un moment donné, les choses deviennent inévitables.

Pour commencer, les géants de la technologie possédaient des escadrons de drones. Tout le monde en avait. C'était l'extension naturelle de n'importe quel système de livraison. Les drones n'ont pas besoin de se laver les mains, les drones ne tombent pas malades, les drones peuvent être stockés en gros jusqu'à ce qu'on ait besoin d'eux. Et surtout, les escadrons avaient été déclarés aux gouvernements concernés pour servir en cas d'urgence.

Mais il y avait aussi des armes et des quasi-armes. Il était possible de transformer discrètement en arme un grand essaim de drones volants si ceux-ci étaient, par exemple, capables de soulever des charges ou de lancer des attaques soniques, ou équipés de la plus petite boîte à outils multiusage qui soit avec microtournevis à lame très acérée.

« N'essayez pas de faire passer ça pour un accident, interrompit Zhen. Je ne crois pas que c'était un accident.

— Ce n'en était pas un, convint Lenk, c'était une occasion commerciale. »

L'idée étant que lors d'une prochaine pandémie ou d'une autre catastrophe, les gouvernements du monde entier paieraient sans doute pour qu'une armée de drones patrouille les rues et gère les émeutes et les pillages. Les hôpitaux privés auraient peut-être besoin de protection. Certains sous-comités sénatoriaux s'étaient laissé persuader de garder quelques vides juridiques. Aucune entreprise privée n'avait le droit de posséder cinquante mille Predators, ces drones chasseurs-tueurs lance-missiles, *évidemment*. En revanche, la technologie sonique, un dispositif ayant pour simple but d'encourager les gens à rentrer chez eux ? La question se posait.

Les affaires humaines suivent une trajectoire. Les outils demandent à être utilisés. Ils évoquent à mi-voix de nouvelles peurs et de nouvelles menaces. Si on a ça, ils l'ont aussi. Telle était la nouvelle logique.

Envoyés électroniquement, supprimés automatiquement, dotés d'un filtre polarisant pour que l'écran ne puisse pas être photographié, paramétrés avec verrouillage d'impression. Les documents des différents scénarios devaient être lus, considérés, puis perdus à jamais.

« Perdus ? interrogea Zhen.

— Physiquement, oui, dit Lenk. Vous savez, il est fort probable que dans le monde entier, ces documents n'existent plus que dans ma mémoire, et celle d'Ellen. »

Les documents avaient envisagé des cas extrêmes. Des guerres. Des révolutions. Le développement d'intelligences artificielles malveillantes. Dans chaque cas de figure étaient détaillées des stratégies grâce auxquelles Medlar, Anvil et Fantail pourraient rester des forces dynamiques et attractives bénéficiant d'un engagement de l'utilisateur considérable dans cette nouvelle réalité socio-économique.

« Cela implique, avait souligné l'un des documents d'un ton scolaire, de prendre en charge de façon temporaire certains rôles du gouvernement. De confisquer des ressources par la force. De protéger le personnel et les lieux stratégiques. »

Ailleurs dans le monde, peut-être, ces protocoles étaient déjà mis en place.

« Ça paraît tellement sinistre. Lenk fait toujours ça. Vous savez, ce genre d'opération aurait vraiment pu être utile pendant la chute de Hong Kong », fit remarquer Ellen Bywater.

Zhen essaya d'imaginer la chose. Au milieu des gens qui sanglotaient, de la police militaire, des hôpitaux débordés. Des drones armés. Peut-être cela aurait-il aidé le gouvernement ou Anvil, mais pas elle.

« Le but est que nous devenions une force pour la stabilité, poursuivit Ellen, jusqu'à ce qu'il y ait de nouveau un gouvernement.

— Le but est de prendre le contrôle de certains pays et tu le sais, rectifia Lenk.

— Alors c'est de ça que vous parlez, dit Zhen. C'est ça qui se passe ici, d'après vous, c'est de ça que vous avez peur. Là-bas, le monde touche à sa fin. Or vous avez tous la capacité de *prendre le contrôle*. L'un de vous l'emportera sur les autres. Et vous êtes prêts à régler vos comptes ici jusqu'à ce qu'il n'en reste qu'un. »

10

Un tiroir en plastique plein de minuscules morceaux verts

« Vous savez, déclara Ellen Bywater, rien ne prouve que Zimri soit vraiment mort. Ça ne vous est pas venu à l'esprit ? »

Ellen était en train de fouiller les StowtBoxes à la hâte, en quête de quelque chose. Lenk était allé vérifier les pièges. Aucun des deux ne voulait rester seul avec l'autre.

« Disons que ce qu'on a vu me semble plutôt probant, répondit Zhen. Qu'est-ce qu'on cherche ?

— Je veux savoir ce qu'a pris Zimri. Rappelez-vous. Il fouillait dans les caisses. Il a pris des choses. Où est la luge, celle sur laquelle il avait mis ses affaires ? »

Très juste. Zhen regarda autour d'elle.

« Peut-être que les drones l'ont prise ?

— Aha ! » Ellen avait l'œil hagard. S'ils parvenaient à pousser Zhen à prendre parti pour l'un ou pour l'autre, à la convaincre véritablement, malgré tout ce qu'elle avait vu et tout ce qu'elle avait appris, de choisir un camp, opterait-elle pour Ellen ? Ou pour Lenk Sketlish, ce qui jusqu'à présent aurait semblé le pire choix possible ?

« Si les drones l'ont prise, poursuivit Ellen, où est-ce qu'ils l'ont emportée et pourquoi ? OK. Je sais que ce n'est pas moi qui ai envoyé l'essaim attaquer Zimri. Vous n'êtes pas obligée de me croire, vous n'avez aucune raison de le faire, mais moi je le sais. Mais imaginons que c'est moi qui ai lancé l'essaim – pourquoi prendre la caisse aussi ? Pourquoi ne pas laisser l'équipement ici ? Réfléchissez. Vous avez vu ces mêmes drones dans son bunker, vous nous l'avez dit. Vous ne l'avez pas vu mourir. Si c'était bien ses drones à lui, ils auraient pu faire une mise en scène puis le soulever, l'emmener ailleurs, toujours sur l'île, avec tout cet équipement. Vous voyez ?

— Vous croyez qu'il a simulé sa propre mort.

— Classique, fit Ellen. C'est un classique. Je disais justement à Will… » Elle s'interrompit.

« Je parle encore à ma mère, assura Zhen. Elle est morte quand j'avais quatorze ans et je lui parle encore. Parfois j'ai même l'impression qu'elle me répond.

— Merci. Ça me touche. Oui. Depuis qu'on est arrivés ici, je… je crois le voir de temps à autre. Assis sur l'herbe à côté de moi. Je me dis que je perds peut-être la boule. Depuis un moment déjà, peut-être.

— Il vous manque, voilà tout. Et on va tous perdre la boule. Je crois que c'est ce à quoi on peut s'attendre quand on fait le deuil du monde entier. Écoutez, ce besoin de savoir qui va prendre le contrôle, enfin j'imagine que ça aussi, c'est normal ? Quand le passé n'est… qu'enfer et damnation… on ne peut se raccrocher qu'à l'avenir. Espérer que la situation finira par s'améliorer. Voilà pourquoi vous vous acharnez à… vous savez… à vouloir être le roi du monde. Pourquoi vous êtes obsédés par la rivalité et l'idée que les autres font des choses terribles. Ça vous empêche de tourner la tête vers les cendres.

— Oui, dit Ellen. Oui, je vois. Je vois. »

Et, l'espace d'un instant, Zhen se dit : Oh putain, heureusement que j'ai réussi à la toucher, elle va s'asseoir et éprouver de la tristesse pour le monde entier et ensuite on ira tous mieux.

Zhen sentit son fil de fer intérieur se déplier un peu, son acier extensible se relâcher ; elle s'imagina s'affaisser au sol, comprenant soudain combien elle avait redouté ce qui pouvait se passer.

« Oh, mon Dieu », dit Ellen, et Zhen songea : Oui, c'est comme ça que ça commence. C'est comme ça que vous vous apercevez que vous êtes en deuil. Quand le monde vous paraît proprement scandaleux, quand vous en voulez à votre propre mère d'avoir laissé ce cancer à la con l'emporter et de vous avoir abandonnée, c'est là que vous vous rendez compte que vous êtes en plein dedans.

« Regardez là-dedans, poursuivit Ellen. Six circuits AP28. Tous réduits en miettes. Oh, bordel.

— Je… ne sais pas ce que c'est.

— Ce sont… ils peuvent permettre la communication avec les satellites. Et là, cette partie-là a été démolie aussi. Quelle ordure. Quelle ordure. »

Ellen pencha la StowtBox pour que Zhen puisse voir les pièces délicates et les circuits verts pulvérisés en poussière et fragments.

« Eh bien, peut-être qu'ils ont été détruits dans le crash…

— Non, j'ai vérifié le jour de notre arrivée – on sait tous qu'un jour ou l'autre, on va vouloir fabriquer des appareils de communication, essayer de rétablir le contact. Regardez ça. Si vous vouliez vous installer sur une autre île ou dans un coin reculé de cette île-ci, bien confortablement pendant qu'on vous croit mort, et diriger votre empire de là-bas, vous attraperiez un de ces trucs pour fracasser les autres en mille morceaux. »

Le discours d'Ellen s'emballait, le rouge lui montait aux joues. Sous les yeux de Zhen, l'idée se développait dans son esprit, plus forte et plus insistante à chaque instant. Zimri avait simulé sa mort, à l'aide de ses propres drones – Zhen avait vu ces mêmes drones dans son bunker, après tout –, il avait pris ce dont il avait besoin, il attendait là-bas, quelque part, il reviendrait en pleine nuit et les tuerait. Écouter Ellen était comme regarder un esprit se noyer.

« Une seconde, dit Ellen, un instant, je n'ai pas tout envisagé. Ce n'est pas la seule possibilité.

— Non, c'est une possibilité plutôt extrême. Vous croyez qu'il y tient tellement qu'il aurait pu feindre sa mort ?

— Oh oui, il y tient à ce point. Mais, ajouta Ellen d'un air narquois, ç'aurait pu être Lenk. Je n'y avais pas pensé. Pas pensé. Lenk aurait pu le tuer. Se débarrasser de la luge et voler les pièces pour me faire croire que c'était Zimri. Vous avez remarqué combien de temps Lenk passe à *marcher* ? Où est-ce qu'il va ? »

Zhen songea à une des sœurs de son père à Liverpool, qui avait acquis la conviction que les vaccins étaient un complot secret échafaudé par Bill Gates pour manipuler la pensée de la population mondiale. Son père et elle s'étaient moqués de tatie Lusi et cela les avait rapprochés. Entre la mort de sa mère et le monde à l'envers, les e-mails de tatie Lusi intitulés « Les vaccins à protéine Spike empoisonnent le cerveau » leur avaient servi d'encouragement. Dans cet appartement, nous ne sommes pas si fous que ça. Nous avons cela en commun. Même si nous n'allons pas bien, nous allons bien.

Ah, se dit Zhen, c'est donc ça qui va me pousser à m'allier à Lenk Sketlish.

11

Vous n'allez pas le croire

C'était vrai. Lenk Sketlish partait souvent se promener. Souvent, il se mettait en route dès les tâches matinales accomplies – affirmant qu'il allait « se changer les idées » ou vérifier les pièges, ou trouver des endroits où en poser de nouveaux. Sans jamais vraiment préciser où il se rendait, sans jamais vraiment accepter qu'on l'accompagne. Peut-être était-ce la paranoïa d'Ellen. Peut-être la paranoïa d'Ellen l'avait-elle contaminée. Néanmoins, Zhen regarda Lenk partir et s'interrogea, et ne put s'empêcher de s'interroger.

« Combinaison, dit Zhen, tu peux te déplacer en silence ?

— J'ai un mode discrétion, conçu pour traquer les animaux. Dois-je l'enclencher maintenant ?

— Oui, oui, vas-y. On va suivre Lenk. »

La combinaison allongea ses bras et la fit doucement basculer à quatre pattes, tandis que Zhen laissait échapper un petit « oh ». Avec les bras plus longs et renforcés, c'était étonnamment confortable et – oui – discret. Le poids étant mieux réparti, ramper à ras du sol devenait plus facile.

« Voulez-vous que j'informe Lenk Sketlish que vous aimeriez lui parler ?

— Non, dit Zhen. Non, je ne veux pas.

— OK, compris. »

La combinaison se mouvait tel un mécanisme bien huilé, lentement et sûrement, sans mouvements brusques, comme au rythme du souffle du vent qui agitait les petites feuilles. Sans jamais se presser, sans jamais traîner, sans jamais perdre Lenk de vue, sans jamais s'approcher de lui. Le trajet était sinueux, semblant parfois rebrousser chemin. Lenk savait où il allait.

Dans la boue sombre au pied d'une falaise abrupte couverte de plantes grimpantes, où la terre était continuellement humidifiée par l'eau qui dégoulinait, Lenk se tenait devant une bouche noire ouverte : une fissure dans le flanc de la montagne. Une grotte, longue et étroite, dont l'entrée était à peine assez large pour laisser passer la combinaison, l'intérieur aussi obscur que la mémoire. Lenk s'avança dans la grotte, gardant l'équilibre en appuyant les mains contre la paroi.

D'instinct, Zhen attendit. Afin de voir ce qui allait se passer, afin de ne pas se retrouver dans une fissure étroite et sombre avec un homme connu pour ses violents accès de fureur. Et pourtant. Elle était restée à l'extérieur d'une montagne une fois auparavant et avait fini embourbée dans une situation qu'elle ne comprenait pas plus qu'elle ne la contrôlait. Elle le suivit, aussi silencieusement que possible. En bas dans la montagne, dans les entrailles du monde.

Au bout de quelques pas seulement, l'obscurité se fit absolue. La pierre l'entourait et elle sentait le poids de la montagne comme si celle-ci pesait sur sa tête. Sensation à la fois troublante et réconfortante, comme une chose longtemps oubliée qui lui revenait à l'esprit, la peur panique de ce qui pouvait se trouver avec elle à l'intérieur de cet espace exigu. Voilà pourquoi nous construisons des maisons avec des fenêtres et des stores. Voilà pourquoi nous avons inventé le verre. Voilà pourquoi nous avons inventé l'électricité. Voilà pourquoi nous avons fissionné l'atome. C'est parce que cette sensation est insupportable.

La combinaison recalibra ses capteurs et l'intérieur de la caverne devint plus visible à travers la visière. Le sol était jonché de pierres et de déjections de petits animaux. Plusieurs couloirs menaient vers la sortie, mais aucun signe de Lenk. Sur le mur devant elle, il y avait des éraflures. Un ours avait-il lacéré le mur de ses griffes aussi longues qu'une main d'homme ? Mais à y regarder de plus près, les éraflures lui parurent délibérées. Un petit cercle à l'intérieur d'un cercle plus gros. Des zigzags les uns sur les autres.

« Combinaison, dit Zhen, avec quoi ont été faites ces marques ?

— Avec des sels paramagnétiques, répondit la combinaison.

— Ah. Décidément. Qu'est-ce qu'elles symbolisent ?

— C'est un système de communication conducteur. Une antenne dessinée dans la roche.

— Hé oh, fit Lenk Sketlish. Je sais que vous êtes là. »

Zhen sursauta. Elle se retourna, mais pas de Lenk. Il parlait dans le haut-parleur de la combinaison. Il pouvait être n'importe où.

« Je, euh.. Je vous ai vu par hasard…

— Vous m'avez suivi.

— Non », protesta-t-elle. Puis, après un instant d'hésitation : « Si.

— Et qu'est-ce que je vais faire à ce sujet, à votre avis ? »

Il lui paraissait aussi dangereux qu'un tigre. Elle tourna sur elle-même, décrivant un cercle lent et méfiant. Il devait être tout proche ; la montagne bloquait les transmissions. Elle guetta le reflet terne de sa combinaison, le mouvement soudain qui le révélerait à elle. Tous deux calculant l'avenir, tous deux se préparant au pire.

« J'étais curieuse et je vous ai suivi. Vous pouvez peut-être me dire ce que vous faites ici ?

— Et si je n'en ai pas envie ? »

Il existait une issue pour sortir de ce labyrinthe, une manière de se frayer un chemin dans l'esprit de Lenk.

« Alors vous devrez le garder pour vous jusqu'à la fin de vos jours, parce que c'est pas demain la veille que vous en parlerez à Ellen Bywater, si ? »

Lenk Sketlish éclata de rire. Le rire est un raccourci entre deux personnes.

La combinaison de Lenk se coula vers Zhen, émergeant d'un

couloir à sa droite. Lui aussi se déplaçait silencieusement à quatre pattes. Il venait de loin, des profondeurs de la montagne, et Zhen ne pouvait nier que sa curiosité l'emportait sur sa peur. C'est aussi là l'attrait de l'avenir, la joie de vouloir savoir, tout simplement.

« Vous voulez voir un truc cool ? demanda-t-il.

— Je ne louperais ça pour rien au monde », répliqua-t-elle. Et c'était vrai. C'est ce qui nous démarque des boîtes d'allumettes et des perles. Si nous sommes vivants, si nous sommes en bonne santé, nous voulons aller vers l'autre en permanence, nous voulons faire confiance.

« Regardez », dit Lenk. Au pied de la paroi rocheuse, il déblaya une couche de débris, de plantes séchées et de sable doux. Là, dans la pierre, Zhen vit, entouré d'un anneau de LED blanches lumineuses, un port de données Fantail. Elle fronça les sourcils.

« Quoi ? demanda-t-elle. Regardez quoi ?

— Voilà, il se trouve qu'elle m'appartient. C'est mon île », annonça Lenk.

12

L'abri d'une caverne

Sachant ce qui intéressait Lenk Sketlish et connaissant ses méthodes, Martha Einkorn avait fait l'acquisition – par le biais de la fondation FutureSafe de Fantail – de l'île de l'amiral Huntsy au large de la Papouasie-Nouvelle-Guinée. Au cœur du bunker, profitant des grottes naturellement présentes dans le paysage, elle avait bâti un bunker supplémentaire. Juste au cas où.

Martha Einkorn l'avait conçu en se fondant sur le principe directeur de Lenk, à savoir que plusieurs centaines de personnes devaient pouvoir survivre et prospérer sur place, sans partir, pendant au moins trois cents ans. Aucun des autres, expliqua Lenk à Zhen parce que faire la morale lui plaisait tant, n'avait vraiment réfléchi à la question. Quand le niveau de la mer monterait, le bunker de Zimri à Haida Gwaii finirait sous l'eau même si Zhen ne l'avait pas fait sauter. La montagne d'Ellen se trouvait dans une zone d'activité sismique. Tous deux pensaient qu'ils n'y passeraient au plus que cinq ou dix ans. Mais Lenk Sketlish voyait les choses à très long terme.

Ce ne fut pas vraiment une surprise d'apprendre que les zones FutureSafe de conservation des espèces avaient été conçues de sorte à profiter à leurs propriétaires autant qu'à protéger les environnements naturels. Zhen – ainsi que la moitié des moins de quarante ans sur Internet – se doutait déjà que c'était le cas, même si elle pensait que ça ne concernait que l'accès à ces régions précieuses, la monétisation de leurs images.

L'échelle, en revanche, la surprit. Elle traversa avec Lenk les couloirs creusés dans la roche. Des kilomètres de couloirs. La montagne avait été percée de partout, tel un nid de fourmis, une colonie. Solide et ténébreuse, avec des coins repos, des trous de latrines positionnés de telle sorte que les plus hautes marées les lavaient à grandes eaux chaque jour, des cuisinières équipées de cheminées qui laissaient échapper leur fumée tout là-haut à flanc de falaise. Le début de la civilisation humaine, si vous deviez la recommencer.

Ici, à l'intérieur de cette montagne, on ne trouvait ni grandes réserves de boîtes de conserve, ni armes à feu, ni engins de creusage. Ce que Martha avait stocké ici – du point le plus à l'est qui effleurait l'océan au bord occidental qui surplombait le bassin forestier – était tout ce que vous pouviez raisonnablement protéger, apprendre à créer ou à réparer au sein d'une petite communauté instruite au cours de plusieurs centaines d'années. Des hénochites, songea Zhen, vivant comme ils l'entendaient. Voilà pourquoi Lenk avait voulu recruter Martha.

Il y avait des milliers de pointes de flèche et un mode d'emploi pour les fabriquer, des manches et des arcs. Des matelas rembourrés de matières sèches et des schémas montrant quelles plantes sécher, adoucir et filer si l'on voulait en confectionner d'autres. Des pots en terre cuite accompagnés de notes précisant quelle boue utiliser et quel bois brûler pour les cuire à haute température. Les premières deux cent soixante-dix mille années du développement technique des *Homo sapiens*, préservées de la marée à venir.

Il y avait d'autres choses, bien sûr. On peut toujours en espérer plus. Une explication de la théorie des microbes gravée dans les parois sous forme de mots et de pictogrammes.

« S'il y a une chose à transmettre, c'est bien ça, non ? De petites choses vivantes, trop petites pour être vues, vous rendent malades. Si vous voulez les tenir à l'écart, vous devez vous laver. Rien qu'avec ça, on évite beaucoup de souffrances. »

Zhen vit que tout cela était réel aux yeux de Lenk, plus que la maladie qui balayait actuellement le monde. L'avenir lui paraissait plus réel que le présent.

Il y avait de longues rangées de livres sur papier plastifié regorgeant de savoirs plus pointus dans chacune des vingt langues les plus parlées sur Terre : la théorie quantique, la relativité générale, le génome humain, la fabrication d'un microscope électronique.

« Pas de littérature ? s'étonna Zhen.

— Oh si, bien sûr que si, c'est là-dedans. Martha est une grande lectrice. Elle dit que c'est ce qui nous permet d'accéder d'un monde à l'autre. »

Il y avait des livres en plastique rouge énumérant les choses à récupérer dans le monde extérieur, celles qu'il fallait chercher, celles qu'il fallait protéger. Rangée après rangée d'ordinateurs portables basiques, chaque composant ayant été pulvérisé de plastique afin de le préserver de la moisissure et de la rouille. Au pire, déclara Lenk avec fierté, ces machines dureraient soixante-dix ans. Au mieux, certaines pourraient dépasser les fameux trois cents ans. Elles contenaient de vastes bases de données, des encyclopédies électroniques. Dans douze cellules tapissées de plastique aux quatre coins du complexe, il y avait d'énormes grainothèques remplies de graines durcies pour un climat plus chaud. De quoi recommencer une vraie civilisation.

« Si vous aviez cent personnes ici pendant trois cents ans, elles s'en sortiraient, reprit Lenk, et la majorité d'entre elles n'auraient pas besoin d'être particulièrement intelligentes. Vous voyez ? La fin du monde ne serait pas la fin de tout. »

Lenk avait imaginé une nouvelle sorte de monastère, une organisation autonome capable de faire franchir aux connaissances un sombre goulet d'étranglement de l'histoire de l'humanité et de leur permettre de circuler à nouveau librement quand les temps seraient plus favorables. Martha avait compris sa vision mieux que quiconque, et l'avait concrétisée.

En matière de nourriture, ces insulaires auraient le choix. Le plus simple serait la chasse, la pêche, l'agriculture à petite échelle

– les terres ne manquaient pas et les eaux grouillaient de poissons. Une zone de l'île pouvait même servir de pâturage à des moutons – s'ils les apportaient et contrôlaient soigneusement leur population. Mais – Lenk expliqua ceci d'un air enfantin et exubérant – l'idée de génie venait d'une algue qui poussait dans des crevasses et des trous spécialement forés d'un bout à l'autre de l'île.

« Je l'ai vue le jour de notre arrivée, mais il a fallu que je m'assure que c'était la bonne. Maintenant, je le sais. On a trouvé cette algue et on l'a cultivée. C'est la réponse à tout. Elle élimine les déchets nucléaires. Les poisons. Les armes chimiques. Tout ce qui est actuellement produit et quelques bricoles qui ne le sont pas encore. L'algue décompose les nutriments au niveau atomique puis les reconstruit sous forme de source de nourriture polyvalente et pure, magnifique, riche en protéines, remplie d'oméga 3. »

Son plan reposait là-dessus. En dernier recours, en cas d'événements catastrophiques multiples, l'algue brun-vert sur cette île subviendrait indéfiniment aux besoins des humains. Si les moutons survivaient, ils pouvaient la manger et rester en bonne santé. C'était une protéine complète et une source de graisse qui ne manquait d'aucun nutriment essentiel. Ils pouvaient la récolter, la sécher et la stocker. Ils pouvaient en planter davantage sur le continent s'ils parvenaient jusque-là. Lui-même en avait mangé, il s'était passé de toute autre nourriture pendant un mois entier juste pour voir le résultat.

« Je ne me suis jamais senti mieux, confia-t-il, je n'ai jamais eu les idées aussi claires. Même si tout le reste échoue, ça, ça fonctionnera. »

Zhen sentit un étrange petit sourire impressionné se dessiner sur ses lèvres. C'était là la vraie passion de Lenk, et il était considérablement plus doué pour cela que tous ceux à qui elle avait parlé auparavant, or elle connaissait des passionnés de survie en cas d'apocalypse.

Au nord-est, il y avait des roselières pour fabriquer du tissu et du papier, des paniers et des bateaux. Au sud, des cisailles et des presses pour découper la ferraille qui s'échouait sur le rivage et en faire de nouveaux outils. Au nord, la paroi rocheuse était percée comme de la dentelle, les trous remplis de fins galets pâles et translucides venant de la plage. S'il n'y avait pas d'hiver nucléaire ou d'empoisonnement chimique, les gens pouvaient vivre là plutôt que dans les entrailles de la Terre. Il y avait des dortoirs, une grande cuisine commune et un réfectoire avec des meubles en bois qui faisaient penser à un monastère. À l'intérieur, la lumière était laiteuse et claire comme une froide matinée d'hiver.

« On accordera de l'importance à d'autres choses, lui expliqua Lenk. Regardez à quelle vitesse ça s'est déjà produit. On ne peut pas chercher de l'aide dans notre passé. On doit examiner la vie des gens qui ont survécu à trois cents ans d'obscurité et ce qu'ils considéraient comme les modes de vie les plus confortables et les plus luxueux – les moines dans leurs monastères, les facultés des anciennes universités, les rois avec leur maisonnée. La vie privée est une invention moderne. Aujourd'hui, elle ne nous intéresse plus trop. »

Il était convaincant sans paraître chercher à la convaincre de quoi que ce soit. Comme s'il lui montrait sa queue, mais en beaucoup plus passionné. Comme s'il était doté d'un organe dont Zhen ignorait l'existence, et qu'il venait d'ouvrir ses vêtements pour le lui révéler. Ah, se dit Zhen, se rappelant enfin ce qu'elle savait au sujet de ces combinaisons. Elle faillit en parler à Lenk mais sut en voyant sa tête que ce n'était pas le moment. C'était comme s'il lui montrait ses rêves. Car il avait assez d'argent pour transformer les rêves dans sa tête en réalité où d'autres personnes pouvaient déambuler et vivre.

À sa grande surprise, il y avait une chapelle. Une structure œcuménique de pierre à nervures et voûtes à l'est de l'immense maison, bâtie de sorte à faire face au soleil levant. Zhen ne vit aucun symbole religieux manifeste. Lenk l'appelait « le lieu de pierre immobile ».

« Qu'est-ce que c'est que cette connerie ? » s'étonna Zhen.

Lenk haussa les épaules.

« Quand le monde disparaît, les gens ont besoin de ça. » Il s'interrompit, réfléchit un instant. « Ou alors, s'ils la démolissent et en font quelque chose de différent, ce sera peut-être même mieux. »

Zhen songea que Lenk savait, instinctivement, ce qui rendrait les gens heureux. Tous les visionnaires ayant donné vie à ces nouvelles technologies imaginées avaient ce don. Quelque chose dans leur esprit leur permettait de laisser de côté l'individualité des personnes qu'ils avaient devant eux et d'en faire une sorte d'humain générique. Ils savaient comment rendre cet humain générique heureux, et c'était pour cette raison qu'ils retenaient ou distribuaient le bonheur en parts minuscules et parfaites avec tant d'adresse. Si vous savez comment rendre les gens heureux, vous savez aussi comment les rendre malheureux comme les pierres. Ce petit monde insulaire ? Enlevez-le-leur. S'ils aspirent à la nature, obligez-les à regarder des écrans. S'ils aiment le silence, faites que le monde soit bruyant. S'ils veulent une communauté, séparez-les. S'ils veulent du temps pour réfléchir, interrompez-les toutes les deux putains de secondes. S'ils veulent la compagnie d'un vrai être humain, alléchez-les avec les boîtes d'allumettes et les perles artificielles que sont les FantailPals.

L'île, se dit Zhen, est pour lui une tentative de pénitence.

Il pensait pouvoir sauver quelques individus de toutes les saloperies qu'il avait faites.

« Alors, euh, dit Zhen tandis qu'ils regagnaient ensemble la fissure dans la montagne, il s'agit d'une confession, n'est-ce pas ? C'est vous le responsable. C'est vous qui avez abattu l'avion. Vous êtes venu ici exprès. »

La combinaison de Lenk secoua la tête.

« C'est une coïncidence, protesta Lenk. Une putain de coïncidence ou… » Sa tête dodelina sur son cou, cherchant à libérer une pensée. « Écoutez, la dernière fois que j'ai parlé à Martha, elle m'a dit : "Merci de m'avoir prise dans l'équipe."

— Ça ne veut rien dire.

— Peut-être que si. Peut-être que ça signifie : “On est dans la même équipe, fais-moi confiance.”

— C’est un peu tiré par les cheveux, comme interprétation.

— Martha est douée pour ça. Elle sort un truc pareil et on se retrouve ici. Et ensuite *vous* vous retrouvez ici. Je n’arrête pas de penser… je n’arrête pas de penser que c’était peut-être elle. Vous savez ? Il n’y aura jamais de traces électroniques ; ça s’est passé de la façon la plus sûre qui soit tout en n’étant pas détectable le moins du monde, pour toujours, malgré tous les efforts de recherche. Martha savait que cette île était ici, elle savait qu’on l’avait préparée.

— Vous croyez qu’elle… a abattu votre avion ?

— Eh bien… on a eu le temps de voir venir le crash, comme si on était censés y survivre. Elle aurait pu donner l’impression qu’on nous attaquait alors qu’en réalité il s’agissait… je ne sais pas, moi… de rangées d’explosifs préinstallés dans le fuselage. On s’est écrasés avec des CrashVests et des StowtBoxes de ravitaillement et de combinaisons de survie. Comme si ce plan faisait partie du protocole secret de Martha en cas de fin du monde. Et si c’est vrai, ça signifie qu’une fois que les choses se seront calmées ailleurs, les gens viendront ici. Je suis le premier.

— Vous croyez que les autres savent que c’est votre île ? Parce que ça risque de… causer quelques problèmes.

— Quelqu’un est au courant, affirma Lenk. Je vais vous montrer. »

Dans une pièce bordée d’étagères vers l’est du complexe caverneux, vingt systèmes de communication longue distance étaient réduits en miettes. Chacun avait été soigneusement et précisément démoli, semblait-il, d’un seul coup de marteau en plein cœur de l’équipement. Dans trois caisses de rangement, les circuits et puces de rechange avaient aussi été consciencieusement et complètement détruits. Quant à l’ensemble des antennes – chacune était coupée en deux.

« Rien d’autre ? demanda Zhen. Celui qui a fait ça n’a détruit que ces choses-là ?

— Rien d'autre. Donc soit c'est Zimri, soit c'est Ellen. L'un d'eux a découvert le pot aux roses.

— Ça n'a pas pu se passer avant votre arrivée ? Bien avant ? Enfin, qui sait depuis combien de temps ces appareils sont dans cet état ?

— Ne soyez pas naïve, dit Lenk.

— Écoutez. » Ils étaient arrivés à hauteur du rideau de plantes grimpantes qui dissimulait à moitié l'entrée de la montagne, l'endroit où l'eau dégoulinait en permanence le long de la paroi de la falaise. « Quand on sera dehors, il faut que je vous montre quelque chose au sujet de ces combinaisons. »

Elle s'avança sous les rayons du soleil, la visière de sa combinaison momentanément obscurcie par leur éclat. Un bruit sourd résonna dans son crâne et une vive gerbe de douleur tomba en cascade le long de son cou. Elle se retourna, souffrant le martyre. C'était Ellen Bywater, dont le poing métallique se préparait à porter un nouveau coup.

13

Analyses d'impact

Dire qu'Ellen Bywater voyait encore le fantôme de feu son mari, Will, n'était pas tout à fait vrai. Mais ce n'était pas tout à fait faux non plus. Les fantômes les plus tenaces sont ceux des avenirs perdus. Il était fort et en bonne santé ; son père avait vécu jusqu'à l'âge de quatre-vingt-douze ans. Ellen et Will Bywater avaient été merveilleusement heureux en mariage, et il était mort de façon soudaine à soixante-quatre ans. Rien n'est jamais assuré, dit-on. Pourtant, ce n'était pas l'expérience qu'Ellen Bywater avait eue de la vie. Tout avait été assuré.

Ces cinquante dernières années, Ellen Bywater avait eu droit à des bains chauds et des jus froids ; elle avait eu droit à des mains invisibles préparant des pancakes au petit déjeuner et nettoyant la gazinière quand elle voulait se cuisiner un petit quelque chose. Son couple était heureux ; elle avait élevé des enfants sages qui avaient pris leur place au sein du conseil d'administration de la fondation Bywater, distribuant des sommes considérables à de nobles causes avant de déjeuner en toute simplicité de cresson et de saumon poché sur la terrasse. Les enfants engendreraient d'autres rejetons minces et en bonne santé et la lignée des Bywater se perpétuerait. Même Badger finirait par trouver sa voie. Telles étaient les promesses faites par le dur labeur, par ses longues années chez Medlar, par son engagement envers la bonne culture d'entreprise, par le soin qu'elle avait pris à évincer Albert Dabrowski.

Elle pensa à Albert. À l'expression sur son visage quand il avait compris que le conseil proposait de la nommer PDG à sa place. Il avait crié et pesté. Quel manque de dignité. Elle comprenait que c'était un choc, mais pourquoi ne gardait-il pas son calme ? Après tout, il était l'un des pères du monde moderne à tant d'égards ; personne n'allait ni n'était en mesure de le lui enlever. Cette nuit-là, elle était tombée dans les bras de Will et avait pleuré pour lui. Chaque fois qu'on l'interrogeait au sujet d'Albert Dabrowski, elle avait parlé de lui en des termes élogieux. Elle ne pouvait qu'espérer suivre les principes de conception qu'il avait établis ; c'était un visionnaire et, tout comme le reste du monde, elle attendait de voir ce qu'il allait inventer ensuite.

Néanmoins, elle savait que ce n'était pas tout à fait vrai. Elle avait participé avec réticence au projet de l'évincer, ne souhaitant pas montrer combien elle en avait envie, consciente qu'en tant que femme et dans sa position, ce désir était la dernière chose que les gens devaient voir.

Ils ne te connaissent pas aussi bien que moi, dit Will, enfouissant son visage entre ses jambes. Ils avaient été merveilleusement heureux en mariage, ce qui sous-entendait qu'ils baisaient encore à plus de soixante ans.

Mais un sentiment d'horreur avait pénétré ses os quand elle s'était rendu compte avec quelle facilité – et quel plaisir – elle avait pris le poste d'Albert Dabrowski. Elle l'avait rendu beaucoup plus riche qu'il ne l'aurait jamais été sans elle. Mais il n'en avait aucune idée. Cet avenir-là, il ne l'avait pas vu venir ; il avait débarqué dans cette toute dernière réunion, comme d'habitude, comme si l'avenir mis au rebut était toujours d'actualité, comme si cet avenir n'avait pas été écarté en pleine nuit sans qu'Albert le sache ou y consente.

Elle savait ce que ça faisait d'infliger pareille épreuve à quelqu'un, et elle voyait bien ce que ça ferait de se le voir infliger.

« Rien du tout. Voilà ce que ça fait, avait-elle murmuré à Will la nuit précédente, pendant que les autres dormaient. Ça donne l'impression que les choses sont un peu plus faciles que d'habitude. Ça donne l'impression que tout le monde s'entend bien. »

Will se prélassait près du feu, son long torse, son épaisse crinière grise.

Il y a une faille dans ton raisonnement, Nelly, fit-il.

« Tout ça ne te semble pas un peu facile ? » demanda Ellen.

Ça ne me semble absolument rien, je suis mort.

« Quel effet ça fait d'être mort ? »

Pas grand-chose, expliqua Will. C'est juste que tes plans fiscaux sont annulés et que ton testament est exécuté et que personne ne s'intéresse à ce que tu as à dire.

« Sauf moi », répliqua-t-elle. Elle éprouvait de la gratitude et une certaine suffisance à l'idée que la personne qu'elle préférait au monde soit déjà morte sans l'ombre d'un doute au lieu d'être probablement morte, comme c'était le cas des proches de tous les autres.

« Tu connais mon secret », affirma Ellen.

Maintenant, oui, répondit Will.

« Mais tu ne peux le dire à personne. »

Son secret était celui des veuves : au moment de monter à bord de l'avion après le congrès Action Now !, elle s'était réjouie un peu. Si Will ne faisait plus partie du monde, il n'y avait pas vraiment d'intérêt à poursuivre le projet de la face humaine. Que sa note de service ait été prise au sérieux lui procurait une grande satisfaction. Je vous avais bien dit qu'il fallait tout bazarder.

Ellen avait suivi la piste de Zhen qui s'éloignait du campement. Ce n'était pas difficile. Zhen n'avait pas vraiment pris la peine de dissimuler ses traces ; le sol était meuble et riche, les empreintes des bottes de la combinaison très caractéristiques.

Will dit : Tu t'attends à trouver quoi, exactement ?

Ellen dit : « C'est une question piège, ça. »

Parce qu'on a tendance à trouver ce qu'on cherche.

« Je ne m'attends à rien. »

Tu ne peux plus me mentir maintenant que je suis mort. C'est un des avantages de ma situation.

Sur la pente grimpante, Ellen haletait, malgré l'aide des servomoteurs de la combinaison. Elle transpirait. Peut-être était-elle en train de tomber malade. Peut-être était-ce la fin. Peut-être avait-elle déjà été contaminée par la grippe du pigeon qui les avait tous tués.

« Parfois, dit-elle à Will, dans les affaires, il faut juste se servir de son instinct. »

Bon, très bien, répondit Will, et si ton instinct est défaillant ? Rappelle-toi les cours magistraux à l'INSEAD : erreurs cognitives, biais systémique, ton détecteur de défauts ne peut pas te dire s'il est défectueux. Si tu marches en regardant les fissures du trottoir, tu vas tomber.

« Écoute », reprit-elle. Will se tenait à côté d'elle sur le sentier, parfaitement incongru avec son pantalon et le pull informe qu'il avait souvent porté dans leur villa de cap Cod. Ça, c'était Will le raisonnable, l'homme qui la contrebalançait. Ils avaient été merveilleusement heureux en mariage, ce qui sous-entendait qu'ils s'aidaient mutuellement à contourner leurs nids-de-poule respectifs. « Tu as une autre explication ? Je suis là. Je suis tout ouïe. »

On ne peut pas savoir ce qu'on ne sait pas, avança Will, chose qu'il avait souvent dite quand il était en vie.

« Alors je vais le découvrir par moi-même », déclara-t-elle, poursuivant l'ascension du sentier abrupt.

Les affaires humaines suivent une trajectoire. À un moment donné, les choses deviennent inévitables. Les empreintes dans la boue menaient à une fissure dans la roche. À l'intérieur de la caverne, il y avait un port Fantail encastré dans la pierre, blanc et brillant. Ellen le contempla longuement.

« Tu vois ? Tu vois ? » demanda-t-elle.

Je dois dire, ma chérie, que ça se présente mal pour Lenk Sketlish.

« Alors, est-ce que tu as une théorie qui ne consiste pas à dire qu'il nous a délibérément piégés sur cette île qui a manifestement été construite pour lui et qu'il a probablement tué Zimri Nommik ? »

Il y a toujours des choses qu'on ne sait pas, dit Will.

« Ah oui ? Cite-m'en dix. Trouve-moi d'autres explications. »

Mais comme Will n'était pas réel, du moins pas en dehors de son propre esprit, il en fut incapable.

Parfois tout ce que vous craignez devient réalité. Parfois vous êtes seule pour de vrai, dans une caverne, le monde ayant disparu, vous apercevant que si vous voulez obtenir quelque chose, vous allez devoir le prendre vous-même. Parfois l'indicible est la seule réponse.

Ellen s'accroupit à l'entrée de la caverne. Elle avait un goût de pierre et de feu dans la bouche. Elle n'avait plus confiance en la capacité du monde à rester à la verticale ; l'air lui-même était devenu son ennemi, le monde était devenu une pluie de cendre.

Du coin de l'œil, elle vit que Will était nu – aussi fin qu'un renard, aussi affamé que le diable. Cela lui arrivait parfois à la maison, de folles nuits qui se terminaient par du sexe puis par le pardon et des promesses. Elle se souvint que le jour où elle l'avait rencontré, elle avait su qu'il lui donnerait des enfants parfaits et que lorsqu'elle voudrait quelque chose de tout son cœur, jamais il ne l'en empêcherait. Ils avaient été heureux en mariage, ce qui sous-entendait qu'ils devaient faire avec ce qu'ils avaient.

14

Qu'est-ce que vous regardez

Ellen fissura la visière de Zhen d'un seul coup de poing. Zhen tituba en arrière, sa tête heurtant la paroi de la falaise, les servomoteurs luttant pour la maintenir droite tandis qu'Ellen frappait encore, encore, encore. À l'intérieur de la combinaison, la vue de Zhen était fracturée – une ligne arc-en-ciel zébrait l'écran, les couleurs oscillaient entre le rouge et le bleu, le vert et l'argenté.

« Arrêtez, ne cessait de répéter Zhen. Arrêtez. Je ne sais pas ce que vous vous imaginez, mais vous vous trompez. Regardez. REGARDEZ. » Elle ouvrit le casque de sa combinaison. La visière fêlée se rétracta en grinçant. Mais en voyant son visage, Ellen s'interrompit. Une personne à l'intérieur de la coquille d'huître, un être humain à la peau molle, humaine.

« Il se passe quelque chose de vraiment, vraiment bizarre, dit Zhen, et je ne comprends pas, mais regardez – ces combinaisons. Lenk croit que c'est Fantail qui les a fabriquées et vous croyez que c'est Fantail qui les a fabriquées et vous avez peut-être raison, mais REGARDEZ. »

Elle retira sa combinaison. Alors elle ne fut plus qu'une personne en bas de survêtement taché et vieux T-shirt. Elle posa la main contre l'intérieur de la combinaison et tira sur la doublure en tissu.

« S'il y a une arme là-dedans, je vous tue, menaça Ellen.

— Non, répondit Zhen, qui était à la fois au bord du rire et des larmes, ce n'est pas une arme. Je sais que ces choses sont sophistiquées, avec ces parties qui ressortent et qui s'imbriquent, et je me suis dit : J'ai déjà vu ça, j'en suis sûre. Mais je n'arrivais pas à me rappeler où je l'avais vu. »

Elle retira le tissu doux qui recouvrait le bas-ventre. Le plastique formait des cercles concentriques.

« Elles n'ont pas été spécialement conçues, expliqua-t-elle. Elles ont été recyclées. Ingénieusement recyclées, c'est vrai. Mais je les ai déjà vues quelque part. C'étaient des combinaisons sexuelles. Pour des relations sexuelles virtuelles longue distance ou si vos avatars du métavers ont envie de s'envoyer en l'air, ou que sais-je encore. »

Cela leur sautait aux yeux à présent. Les renflements et les zones spongieuses. Les endroits où un appareil pouvait être emboîté. Les cercles concentriques en fonction du… diamètre désiré.

« Nom d'un chien », lâcha Lenk.

Ellen regarda à sa droite, comme si quelqu'un était là. Je ne sais pas quelle est la bonne solution, se dit Zhen. Mais je sais que si Ellen Bywater me tue, je n'aurai plus jamais l'occasion de faire quoi que ce soit. Il faut bien avancer.

« Quelqu'un a recyclé ces trucs, poursuivit Zhen. Non mais sérieusement, vous avez des concurrents, non ? Il n'y a pas que vous trois dans le monde. Peut-être que quelqu'un d'autre est responsable de tout ça. Je ne sais pas qui, mais ce n'est pas de la technologie de survie. C'est fait pour être contrôlé à distance. Vous voyez ? Peut-être qu'il y a quelqu'un, là-bas, qui dicte aux combinaisons ce qu'elles doivent dire. »

Beaucoup de technologies avaient employé ce procédé. Des supposés systèmes de reconnaissance automatique qui s'étaient avérés être des dizaines de milliers de personne en Inde, au Venezuela ou au Ghana, parcourant des photos, traduisant des documents, retranscrivant des messages vocaux ou relisant des textes automatiques. Car des dizaines de milliers d'humains peuvent encore effectuer certaines tâches mieux – et surtout moins coûteusement – que les machines. Et aussi parce que les clients préféraient que leurs messages vocaux soient retranscrits par un ordinateur plutôt que par une personne. Marius aurait dit : On s'est créé un dieu mécanique pour pouvoir le vénérer.

« Qui ? demanda Ellen. Nommik ?

— Eh bien, je crois qu'on devrait tous s'asseoir et se calmer, proposa Zhen, et réfléchir à ce qu'on sait. Regrouper nos informations. »

Ne pas se faire confiance était une chose ; il fallait s'y attendre. Mais si la situation dégénérait dans la violence, ça se terminerait très probablement par de nouveaux coups de poing sur la tête de Zhen.

« Je veux juste savoir, insista Ellen, dont la voix était posée mais qui était tout le contraire de calme, je veux juste savoir qui est le salopard. D'accord ? Je veux que vous me disiez qui c'est. Vous deux. »

Lenk prit une profonde inspiration et Zhen comprit que parfois, vous pouvez connaître l'avenir. Vous pouvez le connaître du fait de l'incapacité des gens à changer. De leur désir d'en finir une bonne fois pour toutes. Si vous ne supportez pas l'incertitude, vous essaierez de garantir la certitude d'une situation. Parfois le seul moyen de la rendre certaine est de faire en sorte qu'elle soit mauvaise. Il n'avait pas fallu grand-chose pour que Lenk et Ellen arrivent à ce stade.

« C'est mon île, déclara Lenk. Je l'admets et j'assume la responsabilité de cette partie-là. »

Et, comme toujours, les choses s'emballèrent très vite.

L'axe hypothalamo-hypophysaire libère une pluie d'adrénaline et de cortisol et le cœur pompe du sang vers les muscles et la tête tourne sous le choc et la peur d'une nouvelle bataille. Il faudrait une vie entière d'entraînement pour répondre à la violence avec calme et bonté. Respirer profondément au milieu des séquoias ne suffirait pas.

L'attaque d'Ellen fut bruyante et instantanée, un poing fulgurant dans la tête de Lenk. Il l'attendait au tournant. Ils luttèrent, métal contre métal, frappant de leurs jambes mécanisées, un coup porté au visage de Lenk brisant l'écran de sa visière, qui explosa de couleurs vives. Il avait un chalumeau portatif, petit mais puissant, qui venait de sa grotte ; il l'appliqua contre la jugulaire du casque d'Ellen, dont le métal commençait déjà à se déformer sous l'effet de la chaleur. Puis il enflamma une plante grimpante séchée, le feu s'élevant autour d'Ellen qui, dans un mouvement de panique, le lâcha un instant. Il s'écarta pour revenir à l'assaut plus violemment encore, cognant sans trêve l'écran de la visière du talon de la main.

Elle se débattit, lui lança des coups de pied. Dans la mêlée, l'un d'eux percuta le côté de son genou. Lenk s'effondra.

Lorsqu'il toucha le sol, Ellen s'enfuit.

Lenk se remit debout maladroitement.

« Arrêtez, dit Zhen. Arrêtez, s'il vous plaît. Laissez-la partir. Laissez-lui le temps d'y réfléchir. »

Ellen traversa la jungle au galop, repensant à la tête d'Albert Dabrowski quand elle lui avait pris sa boîte. Elle savait que si elle avait pu voir sa propre tête, c'était à ça qu'elle ressemblerait.

15

Youpi ! Justice !

Dans la jungle, chaque centimètre carré de terre est vivant. L'écorce ondulée des arbres grouille d'insectes. L'air fourmille de bestioles microscopiques. Le sol – oh ! –, le sol est aussi riche de vie qu'un utérus ; il est avide et mousseux.

À l'ombre d'une énorme falaise, au cœur de la vie de la jungle, Ellen Bywater s'était tapie. Cramponnée à la roche telle une bernacle, épousant ses courbes et ses surfaces plates. Se cachant comme n'importe quelle autre créature.

Ellen dit : « Je ne veux pas mourir. »

Will dit : Personne ne veut mourir, mon cœur.

Au-dessus d'elle, au sommet de la falaise, Lenk la cherchait.

La combinaison dit : « Pourquoi avez-vous besoin d'elle, Lenk ? »

Lenk dit : « T'occupe. »

La combinaison dit : « Je ne peux plus vous aider. »

Lenk dit : « Tu en as déjà assez fait. »

Il se demanda si la combinaison le pétrifierait sur place, ou enverrait un appel de détresse, ou alerterait Zhen, ou préviendrait Ellen. Mais il songea : Jamais un FantailPhone n'a refusé de passer un coup de fil tendant un piège mortel à quelqu'un. Jamais une FantailTablet n'a refusé de localiser une armurerie. Jamais une FantailSearch n'a refusé de fournir des informations sur les soixante-dix meilleures façons d'assassiner quelqu'un. Nous aurions pu programmer la technologie de sorte qu'elle le fasse, mais nous avons pensé qu'il valait mieux ne pas s'en mêler. Améliorer les parts de marché. Laisser la main invisible des achats et des ventes régler les problèmes au bout d'un grand nombre de jours. Martha n'aurait pas conçu une combinaison qui l'empêcherait de faire le nécessaire pour se protéger.

La combinaison dit : « Je ne peux pas cautionner ce que vous êtes en train de faire. »

Pourtant, les capteurs thermiques de la combinaison lui montraient Ellen, confortablement blottie contre la paroi de la falaise.

Pourtant, les servomoteurs de la combinaison l'aidèrent à analyser les formations rocheuses.

Dieu bénisse l'Amérique et le libre arbitre.

Dans la jungle, chaque centimètre carré de terre est vivant. Et chaque décès est le début d'autres vies. Un ours ou un coléoptère – rien n'est trop grand ou trop petit pour servir de nourriture à autre chose. Lenk observa Ellen comme le Seigneur Dieu avait observé la ville de Sodome. Il plaça les explosifs miniers de ses cavernes souterraines dans la faille de la roche. Il alluma son chalumeau et le jeta avec les explosifs.

Il y eut un bruit à vous broyer les os. Des pans de paroi rocheuse au bord du précipice se détachèrent, un à un, pointus et tranchants, perçants. Un par un, ils martelèrent le même endroit précis. Quatre pans de roche, cinq, six, sept, s'écrasant après chaque amorce explosive, un fracas qui faisait vibrer vos dents et trembler la terre. Même lorsque le dernier pan fut tombé, la jungle renvoya le son à travers les jacassements des singes et les vrombissements d'ailes.

Lenk dit à la combinaison : « Je peux descendre ? »

La combinaison dit : « La paroi rocheuse est instable, tout comme les éclats au-dessous. »

Lenk dit : « Je veux passer par un autre chemin. »

La combinaison dit : « Ce chemin est trop dangereux. »

Il s'accroupit au bord de la falaise. Se dépouilla du casque et du plastron et sortit ses bras des gants et des manches de sorte que la combinaison pendait sous lui telle la peau écorchée d'un cadavre métallique. Il toucha les pierres, incontestables sous ses doigts.

Lenk dit : « Et si je t'oblige à m'emmener ? »

La combinaison dit : « Vous ne pouvez m'obliger qu'à faire certaines choses, Lenk. »

Il pensa à Martha. À ce qu'elle voyait d'un bon et d'un mauvais œil.

L'adrénaline commençait à se dissiper. La dégradation métabolique laissait place à des substances inactives et dociles dans son système sanguin. Il se mit à trembler.

« Zhen, dit-il. Combinaison, est-ce que je peux parler à Zhen ?

— Je suis désolée, répondit la combinaison, mais Zhen est partie. »

16

Vous ne pourrez pas la trouver, personne ne pourra la trouver

Zhen était déjà documentée depuis longtemps. Elle connaissait l'adrénaline et la dégradation métabolique. Elle avait analysé des études de comportements de groupes sous pression.

Ya-Ling, son ex-petite amie qui, maintenant qu'elle y pensait, avait supporté ses conneries, avait expliqué qu'elle faisait tout son possible pour comprendre intellectuellement ce qui ne pouvait être résolu qu'émotionnellement.

Ya-Ling avait dit : « Tu t'es renfermée sur toi-même quand tu étais adolescente et tu n'es jamais vraiment revenue. Je comprends, mais il faut que tu en parles à quelqu'un. »

Ya-Ling avait dit : « Tu n'étais pas vraiment là, tu sais. Cette liaison avec cette fille n'a pas d'importance, mais elle était là, elle. Et elle me confie ce qu'elle ressent. »

Ya-Ling avait dit : « Tu vas bien devoir arrêter de courir. »

Mais qui savait où était Ya-Ling aujourd'hui ? Et d'ailleurs, il s'avérait que Zhen ne devait *surtout pas* s'arrêter de courir.

Après la chute de Hong Kong – des mois en pleine agitation sociale, sans domicile, à vivre sous la loi martiale –, Zhen était restée dans un camp de réfugiés offshore à attendre que son dossier d'entrée au Royaume-Uni soit traité. Elle avait passé dix-huit longs mois avec son père en deuil et brisé, et elle était une adolescente qui savait que seul l'avenir lui réservait quelque chose. Elle avait l'impression de pouvoir appuyer son corps entier, sa détermination et sa peur contre le présent jusqu'à ce que le verre éclate et qu'elle ait le droit d'accéder à ce nouveau maintenant. Après quoi elle oublierait tout ça et deviendrait une personne différente ; elle irait enfin bien. Elle avait préparé douze examens au camp et obtenu douze notes excellentes : elle l'avait fait à force de volonté. Elle ne s'était pas mêlée aux disputes et avait évité les gangs, et la nuit, elle avait appris à dormir avec les bruits et les cris qui déchiraient l'obscurité.

Au camp, elle avait vu des choses qu'elle n'avait jamais voulu voir – la façon dont les gens s'effondraient, d'abord minuscule morceau par minuscule morceau puis tout d'un coup. Il y avait une gentille dame chinoise qui prenait grand soin de ses cheveux et de ses habits jusqu'à ce qu'elle découvre une larve dans sa crème pour le visage et que la marée de dégoût de soi balaie tout son moi. Après ça, Zhen ne l'avait aperçue qu'en bordure du camp – une fois, elle l'avait vue en train de courir avec un groupe qui pourchassait un chien errant et l'avait ensuite fait rôtir au-dessus d'un feu âcre de plastique et de caoutchouc. Elle avait croisé un instant le regard de la femme et avait remarqué qu'il n'y avait plus de moi, plus d'être humain.

Ya-Ling avait dit : « C'est exactement le genre de chose dont il faut que tu discutes avec quelqu'un. Ça pourrait vraiment t'aider. »

Alors Zhen ne lui avait pas parlé de la boue : l'ami de son père, un homme érudit qui parlait cinq langues, avait détruit son propre abri dans un accès de fureur puis était resté allongé, parfaitement immobile, le visage couleur de boue sous les morceaux cassés, et refusait de se lever ou de marcher. Il avait attendu que la maladie et la mort l'emportent, et bien qu'il ait fallu six semaines, la boue avait fini par reprendre possession de lui.

Zhen avait été trop jeune pour savoir ce qu'elle avait découvert sur la nature humaine au camp. Mais ayant étudié en amont de ces examens qu'elle n'avait jamais voulu passer, elle était prête.

Du promontoire au loin, elle regarda Lenk Sketlish abattre une montagne et elle sut ce qu'il était.

« Est-ce que tu peux m'aider à me cacher de lui ? demanda-t-elle à la combinaison.

— Je vous aiderai, Zhen », répondit la combinaison.

Elle se remémora les longues nuits au camp, avec au fond de sa gorge l'odeur de moisi du bois putride en train de brûler. Le souvenir de l'homme allongé dans la boue. L'impression qu'elle avait eue que la terre elle-même était un lieu hostile, que le sol lui-même se lèverait pour l'engloutir si elle le laissait faire, les rêves dans lesquels elle sentait la boue dans sa bouche et son nez et se développer le long de sa gorge. La certitude absolue que si elle s'autorisait à faiblir ne serait-ce qu'une heure – à accepter une seule mission confiée par l'un des gangs qui faisaient circuler de la drogue et des téléphones portables dans le camp, à s'asseoir un seul après-midi près du feu –, si elle s'autorisait à oublier la future Zhen qui attendait, brillante et dorée, elle ne reviendrait jamais.

Tout au bord de l'ongle de son annulaire droit, Zhen remarqua un fragment argenté. Un éclat de vernis à ongles datant d'une soirée idiote – un mois ou plus auparavant –, une soirée science-fiction dans un entrepôt de Bucarest, une fête pleine d'avenirs imaginés dans le passé. Sarit avait dansé le robot comme un pied. Marius avait chanté d'une voix d'ivrogne David Bowie en karaoké. Cet éclat était la fête ; elle l'avait emporté avec elle, il était là, au milieu de cette histoire, et elle allait survivre.

Sur le promontoire, elle dit à la boue : Tu ne m'auras pas. Tu n'es rien d'autre qu'un paquet de cartes. Il n'y a pas d'horreur dans les escaliers. Rien dans la jungle ne fait sortir notre cruauté ou notre pourrissement. La seule noirceur dans notre cœur est celle que nous avons apportée.

« Je ne crois pas à tout ça, dit-elle à la combinaison. Les choses auraient pu bien se passer ici, même sans système de communication.

— D'accord, répondit la combinaison.

— Mais je crois que Lenk Sketlish n'est plus maître de lui-même, s'il l'a jamais été. Je crois qu'il n'arrêtera de me chercher que s'il me croit morte.

— Oui », répondit la combinaison.

17

Encore un événement à deux balles

Les combinaisons possédaient très peu d'informations sur le monde depuis la grippe du pigeon, mais beaucoup sur le monde d'avant. Des livres, des émissions télévisées, de la musique, un vaste éventail de sites Internet, utiles et inutiles, aux liens coupés, d'énormes quantités d'informations, avec un outil de recherche plutôt correct. Zhen avait fait une recherche sur elle-même, bien sûr – il y avait une quarantaine de ses vidéos les plus regardées, ainsi que sa page Wikipédia et la plupart de ses posts NTD. Il n'y avait absolument rien sur Marius – cela lui aurait fait plaisir. Son but principal avait été d'être oublié par l'histoire.

Ne jamais faire de recherches Internet sur une fille qui vous a ghostée. C'est la règle. Et pourtant. Les moments comme celui-ci justifiaient certainement de déroger aux règles.

Zhen hésita. Elle se dit que ce n'était pas le moment. Puis elle se fit la réflexion qu'elle risquait vraiment de mourir ici, et par conséquent, pourquoi ne pas céder à la tentation ? Qu'elle le fasse ou pas, ça n'aurait aucune importance une fois qu'elle serait morte.

« Combinaison, montre-moi tout ce que tu as sur Martha Einkorn. »

La combinaison afficha les résultats dans un banal paragraphe à l'intérieur de sa visière.

Il n'y avait pas grand-chose. Des dossiers d'épargne salariale.

Quelques photos d'elle debout à côté de Lenk Sketlish, un classeur à la main. Et une vidéo.

« Ouvre la vidéo », dit Zhen.

Martha Einkorn était sur scène à Tokyo, devant un public silencieux et respectueux dans un hall d'hôtel qui avait l'air de faire partie du décor de *Bienvenue à Gattaca* – tout en pierre propre et briques légères avec dix mètres de hauteur sous plafond. Martha répondait à une interview sur « Fantail comme outil de survie ». Le même produit qu'elle vendait quand Zhen l'avait rencontrée, mais – à en croire l'horodatage – cette conférence-là avait eu lieu des mois plus tard, en octobre. Moins d'un mois avant la grippe du pigeon. En pleine période de ghosting. C'étaient les mêmes sujets de discussion dans le même ordre avec une présentatrice japonaise que Martha semblait connaître. Martha prononça quelques phrases dans un japonais correct, sans oublier ses particules et en plaçant le verbe au bon endroit à la fin de la phrase. Sans doute existait-il une méthode spéciale d'apprentissage des langues pour personnes riches. Zhen songea : Merde, tu vois, elle aurait pu apprendre un peu de chinois et j'aurais pu la présenter à mon père.

L'interview prit fin et les spectateurs s'en allèrent. L'écran devint noir mais le micro des deux femmes sur scène était encore ouvert. Elles continuèrent à bavarder, principalement en anglais, insérant de temps à autre une ou deux phrases en japonais. De toute évidence, elles se connaissaient plutôt bien, et paraissaient en bons termes. La conversation se fit très vite intime.

« Hansuke veut avoir un autre bébé, confia l'intervieweuse, mais je ne sais pas si on y arrivera avec tout le reste.

— Tu en as envie, toi ? demanda Martha.

— Bien sûr.

— Alors pourquoi attendre ?

— C'est toi qui me poses cette question ? La reine du voir venir ? Du raisonnable ? »

Il y eut un silence.

« J'ai rencontré quelqu'un, déclara Martha. Une femme. Elle réalise des vidéos de survie. »

Zhen crut un instant que Martha avait peut-être rencontré une *autre* femme qui réalisait des vidéos de survie, ce qui lui aurait fichu un sacré coup.

« Non ! » L'intervieweuse semblait véritablement ravie. « C'est une excellente nouvelle ? Comment elle s'appelle ? Quand est-ce que je vais la rencontrer ?

— Pas tout de suite. C'est compliqué. Des histoires de boulot. Mais je crois que c'est la bonne. »

À cet endroit de la vidéo, le son était coupé. Assise seule sur le promontoire, Zhen observa l'endroit où Lenk venait de faire sauter un énorme pan de falaise.

Si Lenk avait raison, rien sur cette île n'était là par hasard. Martha avait peut-être tout agencé de sorte qu'elle le découvre.

Où se trouvait Martha actuellement ? D'après le plan de survie et le protocole qu'elle avait mis en place avec Lenk Sketlish, elle devait être dans un bunker au Groenland, à attendre des jours meilleurs. Mais qui savait ce qui s'était vraiment passé ? Le monde était imprévisible, même dans les meilleures circonstances, comme Zhen l'avait sempiternellement appris.

Le seul moyen de connaître l'avenir est de le contrôler.

18

Certaines parties peuvent être simulées, mais d'autres doivent être authentiques

Elles étaient assises l'une en face de l'autre autour d'un petit feu de camp : la femme et sa survie.

La combinaison reflétait la position de Zhen – genoux relevés, talon des mains enfoncé dans la terre pour garder l'équilibre. Elle n'était pas beaucoup plus grande que Zhen à présent. Elle avait pris forme autour de Zhen comme elle le faisait à une autre époque, quand sa fonction consistait à procurer du plaisir. Elle était son reflet ; elle avait appris sa démarche, sa posture, sa façon de pencher la tête et – après tout ce temps – personne n'aurait vraiment su dire si Zhen se trouvait à l'intérieur ou non.

« Est-ce que tu peux te passer de certains de tes éléments ? s'enquit Zhen. Par exemple, où est ton cerveau ?

— Ma mémoire et mon intelligence sont contenues dans un réseau réparti stocké dans un substrat entre la coque extérieure et la membrane intérieure, expliqua la combinaison.

— D'accord, alors qu'est-ce que tu peux perdre sans que ça t'empêche trop de fonctionner ? »

La combinaison analysa les différentes possibilités. Les jambes ne servaient pas à grand-chose hormis la locomotion.

« Une jambe, alors ?

— Pourriez-vous perdre une jambe ? » demanda la combinaison.

Zhen réfléchit à la question.

« Je suis disposée à être blessée, répondit-elle. Je suis prête à avoir des cicatrices. »

Là aussi, plusieurs possibilités s'offraient à elle. Jambes, bras, certains endroits du torse.

« Je peux transmettre de fausses informations sur votre rythme cardiaque et autres signes vitaux, proposa la combinaison. La combinaison de Lenk acceptera mes données, sauf s'il y a des raisons de se méfier.

— Mais il pourrait entrer dans ton système et vérifier, comme avec les bilans sanguins et la drogue, non ? Alors il faut que ça fasse vrai. »

Jambes, bras, certains endroits du torse. Mourir sans mourir. Si elle avait de la chance.

« Bon, finit par dire Zhen. Je crois que je peux vivre avec ça. »

19

Les humains utilisent le passé pour prédire l'avenir ; en d'autres termes, nous imaginons des choses qui n'existent pas

Lenk s'endormit dans sa combinaison, accrochée sous une branche d'arbre.

Au réveil, il aurait les idées claires ; il trouverait Zhen et lui dirait ce qu'il savait ou croyait savoir. Elle comprendrait pourquoi il avait tué Ellen. Elle saurait qu'il n'avait rien à voir avec ce qui était arrivé à Zimri. Ils pourraient résoudre l'énigme ensemble. Il s'endormit, sachant que ce serait plus facile le lendemain matin.

Lorsqu'il se réveilla en pleine nuit, son arbre était en feu.

La combinaison le tira violemment du sommeil avec une sonnerie perçante. Il se débattit, tenta de se redresser et se cogna la tête contre l'intérieur de son casque. La combinaison était déjà en train de détaler le long de la branche, étendant des bras préhensiles supplémentaires telle une araignée monstrueuse.

« Quelqu'un a mis le feu à l'arbre, annonça-t-elle. Je cherche refuge. »

Comme un animal terrifié, la combinaison se déplaçait sous une branche lorsqu'une langue de feu jaillit des feuilles. Le sol était à dix-huit mètres en contrebas. La combinaison se cramponna au tronc, mais des branches avaient déjà brûlé et le feu faisait rage au-dessous.

« Saute, dit Lenk.

— C'est trop haut, protesta la combinaison. Vous subirez des dégâts.

— Je subirai des dégâts si on prend feu, espèce d'abrutie. »

Chaque fois que Lenk bougeait un pied ou un bras, l'arbre se balançait et ployait, le pire manège de fête foraine au monde. Sa main glissa sur le tronc mouillé. Il crut qu'il allait vomir. Quelque chose s'écrasa contre le dos de la combinaison et il vit aussitôt qu'il s'agissait d'un arbre voisin.

« Il faut qu'on le balance encore plus pour atteindre cet arbre. »

À la façon d'une girouette, avec l'aide de la combinaison, il déplaça le poids de son corps d'avant en arrière, poussant l'arbre à osciller de plus en plus loin. Il tendit le bras et le pied, mais ne rencontra que le vide. Encore une fois, plus fort, plus loin. Et oui ! Le gantelet gauche attrapa le tronc glissant de l'arbre d'à côté. Il laissa tomber le passé et se hissa à l'abri. Oui. Le nouveau tronc tenait le coup. Oui.

L'arbre qu'il venait de quitter repartit en arrière, trembla sous ses yeux, enflammé et ardent, ployant vers lui comme s'il tentait de l'embraser. Un instant plus tôt, il avait été son refuge, et voilà qu'il semblait devenir un ennemi implacable. La combinaison amorça sa descente, une main après l'autre, un pied après l'autre.

« Où elle est ? demanda Lenk.

— Je ne parviens pas à la trouver, dit sa combinaison.

— Je vais la tuer », déclara Lenk.

20

Nous devinons les motivations et évaluons les personnalités : c'est l'avantage de notre évolution

Au-delà de la montagne, dans la jungle du nord de l'île, Lai Zhen courait à quatre pattes.

« Elle décrit de grands huit suivant un motif répétitif, précisa la combinaison.

— Pourquoi ? demanda Lenk.

— Je ne saurais dire.

— Tu peux essayer de deviner ?

— Je n'ai pas été conçue pour ça. Je sais tout sur les plantes, les oiseaux, les animaux, les poissons, les insectes, les maladies, le stockage des aliments, la construction…

— Arrête, fit Lenk.

— Comprendre les êtres humains requiert l'engagement total du processeur, même pour une machine conçue à cette fin, ce que, encore une fois, je ne suis pas.

— J'ai pigé. Putain, tu t'arrêtes jamais ?

— C'est juste que mon but est de vous maintenir en vie et si vous…

— Ferme ta gueule », lança Lenk.

Zhen avait un plan. Lenk ne savait pas en quoi il consistait, et ça le stressait. Mais les motifs sont prévisibles. Et la prévisibilité est une vulnérabilité. Chacun veut se retrouver dans une situation où il connaît l'avenir, et elle venait de le lui offrir.

Dans la pénombre de la jungle trempée de pluie, Lenk s'accroupit sur le chemin du huit et attendit que Zhen passe en courant. Comme elle, il trouvait qu'il était beaucoup plus facile de se déplacer à quatre pattes – la combinaison allongeait ses membres antérieurs et soutenait si bien son dos que le mouvement était rapide et agréable.

Zhen arrivait. Ses jambes martelaient le sol tel un chien poursuivant un camion de pompiers. Elle ralentissait dans le virage, comme l'avait prédit la combinaison.

« Maintenant ? interrogea Lenk.

— Vous êtes trop près pour le faire sans danger, objecta la combinaison.

— Si je suis trop loin, je vais la louper.

— Vous vous exposez tous deux à perdre vos rotules.

— J'ai bien compris les risques, merci. »

Ce serait la seule occasion de le faire correctement. Ils guettèrent le bruit des pattes avant frappant la terre humide, plus lentement, plus lentement. Puis la combinaison de Zhen arrivait sur lui, galopant comme un chien de chasse. Lenk avança le coude.

« Maintenant », dit la combinaison.

Lenk brisa le sceau de l'explosif minier et le jeta directement sur la trajectoire de Zhen.

Il y eut un bruit énorme.

Il n'y eut rien du tout.

Puis il y eut de la pluie.

Des mottes de terre pleuvaient, éparses et dures. De la fumée et des débris. Le recul l'avait projeté sur le dos et lui avait arraché son souffle, malgré sa combinaison. Vu l'effet que cela avait eu sur lui, ça avait forcément pulvérisé Zhen.

« Où est le corps ? dit-il. Je veux voir le corps. »

21

N'étant dotés ni de griffes pointues, ni de fourrure chaude, ni de dents acérées, ni d'une rapidité phénoménale, nous avons un cerveau

Les jambes, les bras, certains endroits du torse.

Dans la fumée et le bruit, la combinaison de Zhen gagna en rampant et boitillant sur une jambe et demie la jungle où l'attendait Zhen.

C'était cette partie-là qui devait être exécutée vite et bien. On ne pouvait prédire que certaines choses. Il fallait que la combinaison soit intacte quand Lenk l'endommagerait, mais pas après. Impossible de simuler ça. Les plaies devaient être fraîches. La combinaison mutilée ouvrit en grinçant ses charnières à moitié déchirées. Zhen y entra. La visière ayant été arrachée, son visage était à découvert. Là où la combinaison avait disparu, le bas de sa jambe gauche était froid.

« La jambe, hein ? fit Zhen.

— Voulez-vous que je vous administre un sédatif ? s'enquit la combinaison.

— Hors de question. On en a déjà parlé. Un antidouleur, oui. Mais je dois rester aux aguets.

— Il reprendra connaissance d'ici trois minutes, l'informa la combinaison. Il est possible que ma structure ait encaissé le choc de l'explosion.

— Oui, dit Zhen, mais ma jambe va être salement amochée, n'est-ce pas ? »

Le bras droit de la combinaison tenait un bris de métal. Si

AUGR ne m'avait pas sauvée dans le centre commercial, j'aurais perdu bien plus, songea Zhen, alors prends sur toi, poulette.

« Il est propre, assura la combinaison. Quand ce sera fini – j'ai appliqué de l'anesthésiant –, je pourrai suturer…

— Fais-le, coupa Zhen. Que ça ait l'air authentique. »

La combinaison leva la lame étincelante et l'enfonça dans la chair de sa cuisse, éraflant l'os.

Malgré l'anesthésiant, la douleur aveugla Zhen momentanément, des éclairs noirs et éblouissants brouillant sa vue, son estomac se tordant. La plaie aspirait le métal, cherchant à le maintenir en place tandis que la combinaison tirait dessus, vers le haut et vers l'arrière comme une terrible et insurmontable blessure à l'artère fémorale. Ne réfléchis pas, ne sois pas là, pense à n'importe quoi d'autre, pense aux fragments de vernis au bord de tes ongles et aux fêtes qu'il y a eu, aux corps qui se mouvaient à travers l'espace, lentement et rapidement, puant la sueur et la vie. La douleur était plus cuisante qu'elle ne l'aurait cru. L'anesthésiant n'avait pas eu le temps d'agir. Des lignes crantées entaillaient l'intérieur de son corps comme les dents d'une fourchette. On la vidait à la louche, et elle étouffa un cri et vomit un peu de bile dans sa bouche, puis la douleur ferma son esprit et elle s'évanouit.

Incroyablement, il faisait jour.

La combinaison de Zhen bourdonna. Sa visière était baissée et ses oreillettes étaient en place, mais la combinaison communiquait désormais avec elle en faisant vibrer les os de son crâne. Personne d'autre ne pouvait l'entendre.

D'une voix très douce et très lointaine, la combinaison dit : « Faites le mort. »

La combinaison n'était plus aussi innocente qu'elle l'avait été.

La combinaison dit : « Ne bougez pas, putain, ne bougez pas. »

Zhen se concentra sur son souffle superficiel et douloureux. De minuscules gorgées d'air. Respirer à peine.

La combinaison dit : « Bougez moins que ça. »

Le soleil se retourna, béant. Une bouche brûlante pleine d'épines. Lenk Sketlish la regardait.

La combinaison répandit un flot de sang épais – provenant d'une StowtBox de congélation, du sang artificiel, à n'utiliser qu'en cas d'urgence, or ne s'agissait-il pas d'une urgence ? – sur la cuisse de Zhen. Comme si son artère fémorale était sectionnée. La combinaison lui avait sans doute donné quelque chose pour la calmer. Sinon pourquoi ne tremblait-elle pas de douleur et de terreur ?

Elle garda les yeux vitreux, dans le vide. De petites gorgées d'air. Sa tête tambourinait.

« Putain, lâcha Lenk. Elle est morte. »

La combinaison de Zhen communiqua avec celle de Lenk, comptant à rebours ses chances de survie. Dix-sept pour cent. Quinze pour cent. Douze pour cent. La combinaison de Zhen feignit d'essayer de lui sauver la vie. Injectant des gels dans les plaies. S'efforçant de cautériser l'hémorragie. Zhen pivota imperceptiblement et la combinaison fit palpiter la plaie plus fort, le filet paresseux laissant momentanément place à un jet puissant pareil à une éjaculation. Neuf pour cent. Quatre pour cent. Deux pour cent. Zéro pour cent. Zéro pour cent.

Il dévisagea Zhen. Bien que son visage soit caché derrière sa visière, elle sentit ses yeux rivés sur les siens.

« Espèce d'idiote, dit-il, on aurait pu résoudre cette histoire ensemble. »

Il poussa son corps de l'orteil, renversant sa combinaison sur le dos. Zhen resta parfaitement immobile.

Enfin, Lenk Sketlish tourna ses larges épaules et repartit en direction de sa montagne, laissant Zhen derrière lui.

Zhen et sa combinaison attendirent que la nuit soit tombée sur la jungle, épaisse et obscure et bruissante et retentissante de cris perçants, la nuit aussi pleine de vie que le jour. Dans le noir, la combinaison cautérisa sa plaie et y apposa un pansement MembraSkin. Elle en garderait une cicatrice. Sa jambe ne serait plus jamais aussi forte que l'autre. La combinaison la ramena au campement, marchant devant elle comme une sœur, sa paume contre la paume de Zhen.

Dans une des StowtBoxes, la combinaison trouva des pièces de rechange pour sa propre restauration et les mit en place. Elle ressemblait davantage à une combinaison érotique à présent – une des jambes avait la peau mate et une allure humaine. Une partie de l'intérieur était doublée d'une série de tissus tactiles en imprimé léopard chatoyant qui ne paraissaient pas conçus pour la survie. Il manquait quelques éléments – la main gauche fut remplacée par un gantelet d'escalade. La combinaison se réassembla puis s'ouvrit afin de laisser Zhen s'installer. L'intérieur était chaud et apaisant pour sa plaie. Elle avait l'impression qu'elles étaient devenues amies.

« Qu'est-ce qui va se passer, maintenant ? demanda-t-elle.

— Lenk ne va sans doute pas revenir ici avant quelques jours, répondit la combinaison. Nous emporterons le nécessaire cette nuit et nous établirons un nouveau campement au sud. Loin de cette montagne. »

Elles travaillèrent jusqu'à l'aube, attachant des provisions sur un chariot, se dirigeant vers le sud. Elles marchèrent jusqu'à ce que Zhen s'endorme, bercée par le mouvement, et s'éveille, toujours en chemin. Elles atteignirent une rivière en fin d'après-midi. La combinaison l'informa qu'elles avaient parcouru plus de quarante kilomètres et qu'elles se trouvaient dans une zone d'environ deux cent soixante kilomètres carrés où elles ne seraient pas observables de la montagne ni des environs de celle-ci. Zhen lui demanda des rediffusions de *Poker Face*, ainsi que des jeux de Sudoku et d'Animal Crossing. Elle se faufila à l'intérieur d'une tente igloo renforcée et s'imagina qu'elle était loin. Elle mangea du riz au lait autochauffant.

Cette nuit-là, elle dormit et rêva de l'époque révolue, et de sa mère. Sa mère glissant à travers la jungle sur un nuage doré, regardant tout ce qui s'était passé là et riant tout haut comme le font les enfants quand les adultes se ridiculisent. Bien sûr, songea Zhen en se réveillant, bien sûr.

« Est-ce que tu as proposé la même chose aux autres ? demanda-t-elle. Ce qu'on vient de manigancer. Faire semblant d'être morte ? »

Silence.

« Ne me mens pas, bordel. Est-ce que tu as proposé aux autres de simuler leur propre mort ?

— Oui, admit la combinaison.

— Est-ce qu'ils ont accepté ?

— Ça, je ne peux pas vous le dire. »

Zhen se mit à rire. Elle rit en songeant que ce qu'elle venait de faire à Lenk s'était peut-être déjà produit à plusieurs reprises. Ellen laissant sa combinaison derrière elle pour feindre d'avoir été réduite en miettes puis s'extirpant de la paroi rocheuse dans le noir, se dirigeant au nord ou à l'ouest ou à l'est de l'île. Zimri utilisant un essaim de nanorobots dans le but de simuler sa disparition, exactement comme l'avait supposé Ellen. Tous quatre en splendide et total isolement sur cette île riche, bien approvisionnée, presque luxueuse, incapables de se faire assez confiance pour admettre qu'ils étaient encore en vie.

Quelque chose lui traversa l'esprit, une chose qu'elle avait lue des années plus tôt en parcourant le site de NTD. Au sujet de gens qui se réfugiaient dans une caverne après la destruction de la civilisation. Qui se disaient qu'il ne restait plus âme qui vive dans les villes. Si incapables de faire confiance à autrui que cet isolement leur paraissait la solution la plus sûre.

« Vous allez peut-être devoir passer un long moment ici, annonça la combinaison.

— Toute seule ?

— Plus ou moins. Je serai là.

— Je n'étais pas censée venir ici, dit Zhen.

— Mais une fois au courant, vous n'auriez jamais pu vous tenir à l'écart », rétorqua la combinaison.

22

Rien n'est jamais terminé

Au dernier étage d'une grande tour de verre, où le mot FANTAIL et son symbole d'oiseau stylisé avaient été gravés sur la bordure des fenêtres de sorte à refléter la lumière de l'aube, il y avait un bureau immaculé tout en acier et silicone. La longue table de travail était en verre bleu taillé, savamment lézardé et figé par une fine couche de polymère. Trois des côtés de la pièce bénéficiaient d'une vue panoramique, car l'ensemble était une boîte en porte-à-faux, décalée par rapport au reste du bâtiment et surplombant la ville de San Francisco comme si elle flottait dans les airs. Elle était censée suggérer la branche de séquoia, qui revêtait une signification symbolique particulière aux yeux de cette organisation et de son fondateur. La moquette du bureau était si épaisse et profonde que lorsque Martha Einkorn y enfonçait ses pieds nus, elle avait l'impression de sentir la forêt bouger sous ses orteils.

Martha Einkorn arrivait dans ce bureau tous les matins à l'aube, ou peu après. Elle arrivait toujours entre 5 h 00 et 5 h 30. C'était son moment de réflexion matinale en solitaire. Il avait été d'une importance cruciale pour l'entreprise au cours de la période exceptionnellement difficile et turbulente où Martha Einkorn s'était révélée être son improbable sauveur. Elle travaillait sans relâche, non seulement pour garantir la valeur actionnariale et une croissance constante dans ce marché des plus épineux, mais aussi pour concrétiser un changement axé sur ses valeurs à l'échelle de l'entreprise, du pays et du monde. Chose qu'elle faisait, avait-elle expliqué dans d'innombrables interviews, dans le but de préserver la contribution de Lenk. De maintenir en vie les idéaux et la vision de l'homme qu'elle connaissait sans doute mieux que n'importe qui d'autre. De faire pousser, à partir des graines qu'il avait plantées, un arbre encore plus majestueux. Lenk Sketlish, fondateur et PDG de Fantail, avait disparu – bien sûr – dans la Tragédie du jet des cerveaux de la tech un peu plus de trois ans plus tôt.

Le laps de temps entre 5 h 00 et 5 h 30 du matin lui était précieux, disait-elle en interview. C'était là qu'elle sentait l'esprit de Lenk si proche qu'elle pouvait presque entendre sa voix. Il ne fallait jamais interrompre ce moment. Elle le passait en réflexion silencieuse, en méditation, en communion quasi physique avec tout ce que Lenk lui avait enseigné. C'était là qu'elle apprenait ce que Lenk voulait qu'elle fasse de son entreprise et qu'elle y répondait.

À 5 h 30 ce jour-là, comme tous les matins, elle était assise à la table de travail en verre brisé dans la boîte en porte-à-faux surplombant la ville. Elle songeait à la journée qui l'attendait. Elle gardait près d'elle un des vieux ordinateurs portables de Lenk. Un rappel constant de sa présence, disait-elle. Comme s'il était toujours avec elle.

Ce jour-là, comme tous les matins, à 5 h 30 précises, une petite alarme se mit à sonner sur l'ordinateur portable de Lenk. Elle aurait sonné sur tous les autres ordinateurs portables qu'il avait jamais eus en sa possession si Martha Einkorn n'avait pas méticuleusement supprimé le logiciel en question de l'ensemble des appareils électroniques de Lenk, y compris ceux qui avaient déjà été mis de côté pour le musée de la Créativité Lenk Sketlish, dont le chantier commençait déjà sur une île de la Baie.

Si Martha Einkorn n'avait pas utilisé les mots de passe de Lenk – auxquels elle seule avait accès – afin de retirer ce logiciel, l'alarme aurait sonné sur chaque ordinateur portable, FantailTab, smartphone et FantailWatch de Lenk. Mais si l'alarme était retirée de tous les appareils, elle ne pouvait être détectée, or si elle n'était pas détectée et annulée dans les quinze minutes, elle provoquerait une réaction en chaîne : de nouvelles alertes, des demandes de confirmation par une tierce personne et, si celle-ci ne fournissait pas de compte rendu satisfaisant, un déploiement automatique de drones et de notifications adressées aux organismes de recherche et sauvetage.

Autoriser l'utilisation d'un traceur de géolocalisation incrusté dans le corps d'une personne était une affaire très sérieuse. Lenk Sketlish avait mis en place ses systèmes avec beaucoup de soin et de réflexion. Il ne voulait pas être localisé n'importe quand par n'importe qui. Il avait installé un dispositif de veille automatique. S'il ne se connectait pas à ses appareils habituels au bout de vingt-quatre heures, une alarme se mettrait à sonner. Et s'il ne l'éteignait pas lui-même, ce dispositif serait autorisé à transmettre les informations de son traceur GPS aux autorités compétentes.

Dans le bureau en porte-à-faux surplombant la ville, Martha Einkorn composa un certain numéro dans le coffre-fort encastré dans le sol en acier de la pièce. Elle sortit l'ordinateur portable, qui émettait un discret tintement métallique. Elle l'ouvrit, le brancha. Regarda l'écran.

« Confirmez, disait l'écran. L'alarme personnelle de Lenk Sketlish a été activée. Confirmez que vous êtes en sécurité, Lenk. »

Elle entra le mot de passe de Lenk.

Elle écouta le tintement discret comme s'il s'agissait de la voix lancinante de Lenk.

Ce jour-là, comme tous les matins, Martha Einkorn éteignit l'alarme.

SIXIÈME PARTIE

COMMENT EN AVOIR LE CŒUR NET

Extrait du forum survivaliste Name The Day

sous-forum : ntd/foxandrabbit

>> *OneCorn – statut* **Préparation maximale.**

Il existe un prélude à l'histoire de Loth et de Sodome.

Avant de s'installer à Sodome, Loth avait voyagé avec son oncle Abraham, ils étaient bons amis. Au cours de leurs pérégrinations, Abraham et Loth avaient trouvé des terres riches où faire paître leurs troupeaux, des forêts d'arbres majestueux, et des endroits où ils sentaient la présence sacrée de Dieu dans la courbe du terrain. Au fil du temps, Abraham et Loth étaient devenus riches – leurs moutons avaient eu des agneaux, comme c'est généralement le cas avec les moutons. Ils s'en occupaient bien. Ils troquaient la laine. Ils avaient fini par gagner de l'argent et de l'or.

Mais ils se disputaient. La Genèse n'en parle pas. Alors disons que cette partie-là n'est pas importante – quand les gens vivent et travaillent ensemble, ils se disputent pour des conneries. Comme toujours.

Admettons qu'Abraham ait dit à Loth : « Je ne

peux plus te supporter et tu ne peux plus me voir en peinture. Alors, partageons-nous les terres. Devant nous s'étendent d'un côté les plaines de Tsoar et de l'autre, les plaines de Canaan. Si tu vas à gauche, j'irai à droite. Si tu vas à droite, j'irai à gauche. Je ne veux pas que tu te plaignes un jour que ce n'était pas juste. »
Les plaines de la région de Tsoar étaient fertiles et celles de Canaan étaient sèches. Donc Loth trouvait la décision plutôt facile à prendre.
Ils auraient pu proposer : Partageons toutes ces terres en commun. Comme ça, si certaines subissent la sécheresse ou sont frappées par une énorme boule de feu venue du ciel ou que sais-je, on ne perdra pas tout. Mais Loth était un homme craintif et il voulait pouvoir se raccrocher à quelque chose, avoir une certitude.
Écoutez : rien dans ce monde ne nous appartient vraiment. Aucun arbre, lopin de terre ou animal ni aucune montagne ou rivière ne fait pousser une étiquette au nom de son propriétaire sur son écorce, sur sa chair, ou sur les strates de ses pierres. Jadis, « posséder » signifiait « avoir le devoir de prendre soin » de quelque chose. Ça ne voulait pas dire que vous pouviez le garder et l'utiliser rien que pour vous. « Posséder » est un terme inventé, c'est un comportement symbolique. Et en inventant la propriété, nous avons inventé Lapin. C'est ainsi que Lapin est venu au monde. Quand on se dit : Ne t'approche pas de moi, prends ton territoire et restes-y pour que je n'aie plus jamais à revoir ta tête de con.
Loth était parti vivre dans les plaines près de Sodome et Abraham avait rejoint les grands

---

>> *HatOnBack – statut*
Beans en boîte

Qu'est-ce que c'est que ces conneries ? Je croyais que ça parlait de survie ?

---

arbres de Mamré. Loth se réjouissait de son choix parce qu'il possédait une terre fertile. Le monde était encore assez vaste, juste assez, pour s'y perdre. D'ailleurs, les troupeaux de Loth s'en étaient mis plein la panse et lui-même avait prospéré.

Mais bien sûr, qui dit propriété dit vol.

Le roi d'Élam avait déclaré la guerre à Sodome – eh bien, on parle de guerre, mais à l'époque, les villes ne comptaient que quelques milliers d'habitants, donc il serait plus juste d'appeler ça une « descente ». Cette bande de pillards, menée par leur chef de guerre, avait envahi la ville, enlevé les membres de la maisonnée de Loth, emporté ses moutons et volé son or et son argent et tous les biens qu'il avait en réserve. Après tout, ce genre de chose arrive encore aujourd'hui.

Abraham a fini par apprendre ce qui était arrivé à son neveu. Il détestait sa tête de con, mais c'était son *neveu*. Alors Abraham a pris trois cents de ces Bédouins élancés qui l'adulaient et ils sont allés attaquer les Élamites. Il a divisé ses disciples en six phalanges : à l'est et au sud, au nord, à l'ouest, au nord-ouest et au sud-est. Ils sont partis furtivement, sans lumière, mais ils avaient l'habitude de défendre les troupeaux la nuit face aux loups gris. Ils ont encerclé le camp. Ils ont attendu un signe. Abraham a soufflé dans une corne de bélier et tous les hommes ont déferlé sur le campement et l'ont rapidement pris d'assaut.

Au camp, Abraham a trouvé Loth ligoté, et il a coupé les cordes. Alors qu'a éprouvé Loth à ce

---

>> *FoxInTheHenHouse – statut* Kit d'urgence apprêté

Exactement. Ça parle d'être le genre de personne qui survit. Si tu veux être le genre de personne qui survit.

>> *HatOnBack*

C'est une MENACE ?

>> *FoxInTheHenHouse*

Pas du tout. Reste un peu, tu apprendras peut-être quelque chose.

>> *DanSatDan – statut* GardeMangerRempli

Ou pas. Personne ne t'y oblige.

---

moment-là ? Je dirais : un sentiment *complexe*. Il s'est senti humilié, humble, effrayé, reconnaissant – et sans doute aussi rancunier, fâché, rempli de jalousie car bien qu'Abraham ait accepté les terres les moins fertiles, c'était lui qui venait au secours de Loth et pas l'inverse. Loth était un homme cupide, qui voyait le monde à travers la cupidité.

Le chef de Sodome a accueilli Abraham et ses disciples à bras ouverts. Ils avaient libéré les femmes, les enfants et les jeunes hommes enlevés par les Élamites pour servir d'esclaves. C'est pourquoi le chef de Sodome a donné un festin en l'honneur d'Abraham, lors duquel ils ont mangé du délicieux fromage de chèvre et du bon pain et ont chanté ensemble.

Après quoi le chef de Sodome a replié ses jambes et a déclaré : « Abraham. Conformément aux lois que nous observons ici, puisque tu nous as sauvés, toutes mes richesses et mes femmes, tous mes biens et mes enfants t'appartiennent désormais. S'il te plaît, je t'en supplie, rends-moi les gens et garde les richesses. »

Abraham avait des doutes sur la valeur de ce nouveau concept de propriété. Alors il a bu son lait de chèvre et a réfléchi longuement. Loth avait pris les terres fertiles à l'ouest du fleuve, mais qu'en avait-il retiré ? Abraham avait surtout l'impression qu'accumuler les biens n'était pas une fin en soi. Que sa force et son sentiment de sécurité venaient non pas d'objets précis gardés dans une place forte ou enfouis dans un bunker en prévision du Jugement dernier. Il sentait

que sa capacité à sauver Loth venait de ces trois cents hommes qui lui faisaient confiance et le respectaient. Une communauté et une réputation sont plus puissantes que des lingots d'or, des jarres de céréales, de vin et d'huile. Le seul avenir que nous possédons réside dans notre confiance en l'autre, dans sa confiance en nous.
Alors Abraham a répondu : « Je ne veux pas un seul fil de tes tissus ni une seule lanière de tes sandales. »
Ce n'était pas la vertu qui poussait Abraham à dire ça, c'était la sagesse. Il aimait les richesses – pour l'époque, c'était un homme fortuné, avec des troupeaux de moutons, des habits raffinés, des bijoux et des réserves de nourriture.
Voici ce qu'il savait : la richesse engendre la cupidité, plus que la cupidité n'engendre la richesse. Plus vous êtes riche, plus vous devez faire attention à ça.
Loth avait des oreilles, mais il n'entendit pas. Il pensait au jour où ils avaient crié : « Va te faire foutre, alors ! » et : « Non, toi, va te faire foutre ! », et étaient partis chacun de leur côté. Puis Abraham et lui s'étaient partagé des biens, à peu près à parts égales. Comment s'était-il retrouvé dans un merdier pareil ?
Le temps que la foule déchaînée arrive à sa porte, Loth était un homme brisé. La seule langue qui lui restait était celle du troc. Prends ce que tu peux, possède-le et utilise-le. Prends et donne, troque et marchande.
Il a répondu : « Laissez les invités tranquilles mais prenez mes filles. »

>> *RiasMom – statut*
PlanteUnVerger

Ou va et viens un peu avant de te décider, comme l'a fait DanSatDan.

>> *FoxInTheHenHouse*

Exact. Vois ce que tu penses de ces paroles. On a le temps.

Et à partir de là, impossible de regarder en arrière.
Abraham et Loth nous mettent en garde concernant ce que nous avons déjà fait. Abraham et Loth nous mettent en garde et nous recommandent de ne pas le faire *davantage*. Abraham et Loth nous disent qu'on aura souvent le choix entre accumuler de l'or ou des objets et créer plus de confiance. Choisissez la confiance.
La ruine est pavée de certitudes. La fin du monde est exclusivement précipitée par ceux qui se croient capables de protéger les leurs de la tempête à venir.

1

La solution la plus économique

Il n'était pas nécessaire que ce soient des milliardaires de la tech. Il existait bien d'autres impitoyables vecteurs de capital et de pouvoir dans le monde. Il s'avérait simplement que c'était à ceux-ci que Martha avait accès. C'étaient ceux-ci qui se focalisaient tellement sur l'avenir qu'ils pouvaient se laisser éblouir par une vision de l'avènement de toutes leurs craintes. C'étaient ceux-ci qu'elle pouvait convaincre d'acheter AUGR et de s'imaginer qu'un ensemble de boîtes d'allumettes et de perles était capable d'apprendre à transcender le temps, qui croyaient si fort aux promesses de l'intelligence artificielle qu'ils prenaient ses paroles plus au sérieux que leurs propres sens et raisonnement. Pour que cela fonctionne, il fallait juste qu'ils acceptent que les ordinateurs en sachent plus qu'eux, et qu'ils veuillent – en leur for intérieur – que le monde prenne fin. La vie tout entière est fortuite, et si Martha s'était retrouvée au beau milieu d'une révolution d'un nouveau genre, elle aurait néanmoins nagé à contre-courant.

Ça n'avait pas été facile. Décider d'agir ne suffit jamais. Avoir l'idée ne suffit jamais. Faire bouger le monde requiert mille milliers de morceaux minuscules.

Le plus simple, évidemment, aurait été de les tuer. De les inciter à monter ensemble dans l'avion. De placer un explosif à bord, de le faire détoner quand ils seraient au-dessus de la mer, les débris tombant dans l'océan, personne ne retrouverait l'avion, personne ne saurait où l'avion était allé, de désactiver la boîte noire avant de décoller, quelle terrible tragédie.

Mais tuer ne ferait pas l'affaire. Ils en avaient discuté au cours d'un vertigineux après-midi dans l'une de leurs suites anonymes d'hôtels loin de tout. Même Badger avait sérieusement soulevé la question de savoir si assassiner sa mère serait la solution la plus simple et la plus économe. Ou si, d'ailleurs, ils en étaient capables.

« Je crois que je pourrais tuer Zimri, déclara Selah.

— C'est ce que se disent beaucoup de gens après dix ans de mariage, fit Albert.

— Je ne pourrais pas, confia Badger. Pas parce que je crois que c'est la mauvaise solution. Je sais que j'en suis incapable.

— Le truc, nota Martha, même si on décide de le faire, c'est que l'un de nous changera d'avis la veille et ira voir le FBI. Ne pas les tuer augmente les chances que ça arrive vraiment.

— Tu es dure », dit Albert en même temps que Selah disait : « Tu es réaliste. »

Badger baissa les yeux sur ses mains et eut soudain l'impression que ce n'étaient pas ses mains du tout, qu'elles appartenaient à quelqu'un d'autre et s'agitaient de leur propre chef d'une manière étrange et laide. L'idée de tuer, de se faire accuser de meurtre, de comparaître au tribunal – Badger avait la certitude que ça ne pouvait pas être sa vie.

« Si on leur sauvait la vie et qu'on les gardait à l'abri quelque part, fit remarquer Badger, on ne serait pas coupables de meurtre. »

Et c'est ainsi qu'ils parvinrent à cette solution. Un terrible accident imprévisible. Provoqué par leur propre technologie. Il serait toujours possible de les retrouver.

« C'est compliqué, objecta Selah. S'ils sont encore en vie, ils unissent leurs forces, ils trouvent une idée, ils marchent jusqu'à la civilisation, ils fabriquent une antenne avec des boîtes de conserve et un émetteur avec leurs plombages. Il y a toujours un risque qu'ils se la jouent Iron Man, débarquent ici dans trois mois et qu'on finisse tous en prison.

— Alors on leur facilite la tâche, suggéra Badger. Assez pour qu'ils ne désespèrent pas. Ma mère s'imagine déjà que ce sera des vacances de luxe. »

Tel est l'éternel secret ; c'est ainsi que ces fortunes technologiques s'étaient bâties – rendez les choses si faciles, agréables et fluides que vous ne cherchez jamais à vous poser les questions importantes, à savoir : est-ce vraiment comme ça que vous voulez passer votre vie ?

Plus le nombre de personnes au courant du projet serait grand, plus il y aurait de risque que cela s'ébruite. Selah proposa d'adopter la méthode de Zimri : diviser et conquérir. Trouver des gens qui avaient de bonnes raisons de ne raconter à personne ce qui se passait.

Le contremaître corrompu de Shenzhen n'avait pas besoin de savoir ce qu'il fabriquait. S'il faisait ce qu'on lui demandait, Martha ne se verrait pas obligée d'informer M. Sketlish des « erreurs » à la suite desquelles un peu moins d'un centième de pour cent des produits de l'usine avait été vendu à des tiers, l'argent finissant dans la poche du contremaître. Voilà qui lui avait donné de belles sueurs froides. Martha avait donc une chaîne de production invisible.

Ils fabriquaient de petits émetteurs banals, les faisaient emballer dans les mêmes cartons que les autres pièces de rechange de jet privé parfaitement légitimes et les expédiaient à l'aide des codes-barres que seule Martha pourrait identifier, et les stockaient dans les conteneurs de pièces de rechange de plusieurs aérodromes d'urgence dans divers lieux pittoresques des États-Unis et du Canada. Le moment voulu, un carton de leurs propres émetteurs serait là où ils en avaient besoin, ayant attendu là pendant des mois ou même des années. Et quand l'émetteur serait branché, les smartphones et autres appareils s'y connecteraient préférentiellement. Quiconque serait connecté à un de ces émetteurs penserait être en train de regarder Internet alors qu'il verrait le monde à travers un filtre invisible. Bywater, Nommik et Sketlish verraient quelque chose qui les encouragerait à se tenir à l'écart du monde extérieur.

Selah effectua elle-même la majeure partie du codage du filtre, avec l'aide de cinq équipes différentes, chacune pensant plancher sur des projets qui ne verraient jamais le jour. Les membres d'une équipe qui travaillait sur « la création de fake news » furent informés qu'ils joueraient le rôle du hackeur – ils devaient créer une apocalypse aussi authentique, convaincante et difficile à détecter que possible pour que le travail d'une autre équipe chargée de « la détection de deepfakes » puisse être testé. Ils ne sauraient jamais qui était cette autre équipe ; ils n'apprendraient jamais les résultats des tests.

Il s'agissait de vingt étudiants de troisième cycle à MIT et Stanford, illuminés de l'intérieur par l'éclat de la vertu et de la justice, bûchant des heures entières devant leur écran pendant deux ans, créant un programme qui prendrait n'importe quelle vidéo ou n'importe quelle photo de n'importe quelle ville du monde, en transformerait le contenu de sorte à montrer une épouvantable pandémie en cours. Ils utilisèrent des programmes d'intelligence artificielle pour écrire des posts, modifier des posts, insérer de nouveaux éléments dans des photographies, remanier le monde à petite et à grande échelle.

« Putain, j'adore », fit Selah, debout devant un écran où une banale photo d'un couple de touristes devant la pyramide du Louvre se transformait imperceptiblement en une image terrifiante de la police en train d'attaquer des pigeons au lance-flammes.

« C'est *28 jours plus tard* qui nous a inspirés, évidemment, dit le chef d'équipe, un jeune homme sérieux de vingt-sept ans prénommé Bradley. On a décidé qu'on obtiendrait des visuels géniaux si la prochaine grande épidémie venait d'animaux. Comme la peste ! »

Il lui montra sa modélisation. À quelle vitesse une épidémie pareille se propagerait. Ce qui devrait se passer pour qu'elle éclate sur plusieurs continents presque simultanément. Le nouveau coronavirus de 2020 leur avait donné beaucoup de matière mais ils l'avaient rendu bien pire de douzaines de manières différentes.

Selah voyait bien que Bradley tirait une certaine satisfaction à imaginer cette épidémie. Zimri était pareil. Imaginer la destruction de l'humanité, l'horrible fin des choses, les flammes et le sang et la douleur et la mort… était-ce ça, la satisfaction ? Une sorte de sadisme ? Ou un masochisme ? La conscience agissant sur le moi, disant : « Voici ce que tu mérites, voici ce que tu as gagné. » Peut-être. Un homme poussé à s'engager puis à tromper encore et encore est un homme qui ne croit pas qu'il mérite d'être connu.

« Mon vieux, c'est parfait, dit Selah. Ils n'y verront que du feu. »

Bradley fronça les sourcils. « J'espère que si. Sinon… vous savez… on est tous foutus ? »

Plus que tu ne le crois, mon ami. Tes propres filtres ne te permettent pas de voir à quel point on est foutus.

Albert avait travaillé, des années plus tôt, sur un projet désormais mort et enterré de création d'une combinaison de gaming virtuel.

« Une combinaison de sexe virtuel, oui », fit remarquer Selah, et Albert dut admettre que le marché du gaming pornographique avait constitué une grande part de leur business plan. L'intérieur de la combinaison comportait des éléments qui… enflaient et d'autres qui… devenaient mous, et d'autres encore qui grandissaient et s'enfonçaient et vibraient et…

« Oui, oui, dit Selah, tu fabriquais une combinaison pour des grands garçons voulant littéralement retourner à l'intérieur du vagin de leur maman. Autrement dit tous les hommes. Sauf les gays, désolée.

— Y a pas de quoi », répondit Albert.

Le projet s'était heurté à des questions de coût. Le produit reviendrait toujours plus cher à produire que d'embaucher un nombre pratiquement infini de vraies femmes pour accomplir toutes les choses que la combinaison serait susceptible de faire à votre place, ou de vous faire à vous.

« Et du point de vue du gaming, Albert ? railla Selah.

— Il se trouve que rares sont les gens qui tiennent vraiment à ressentir ce que ça fait qu'être dans la peau d'un soldat, j'imagine ? » répondit-il.

La capacité de « réalité mélangée » existait déjà dans les prototypes de la combinaison. Si vous regardiez à travers la visière, vous aviez l'impression de voir le monde réel, mais en réalité vous voyiez ce que la combinaison voulait bien vous montrer.

« Alors on ajoute, genre… un logiciel de reconnaissance de la faune et de la flore de la région ? On sait déjà dans quelle région ils vont aller, du coup ce ne sera pas trop difficile. Des consignes sur la façon de survivre sur place, idem. On télécharge un tas de divertissements. On utilise une personnalité de service standard d'Anvil avec reconnaissance vocale. » Selah hochait la tête, cochant une liste dans sa tête. « Ouais. » Elle sourit. « Ouais, c'est faisable. Il nous faudra plus d'agents, mais c'est faisable. En théorie, ça semble devoir fonctionner dans n'importe quelle situation, mais en fait ça n'a besoin de fonctionner que dans cette situation parfaitement contrôlée. Alors on peut y arriver. Et si on veut la bricoler pendant qu'ils sont là-bas, rien ne nous empêche de faire une mise à jour par satellite dans la nuit ou même de l'augmenter ou d'interagir avec elle en temps réel. Ce n'est pas plus difficile que les mises à jour de drones en temps réel, et les équipes de Zimri le font tous les putains de jours. »

Il ne fut pas difficile de choisir le lieu. Les zones FutureSafe étaient des espaces d'exclusion aérienne ; ils ne verraient pas d'avions dans le ciel et n'essaieraient donc pas de leur envoyer des signaux. L'île de l'amiral Huntsy était la zone FutureSafe la plus isolée de toutes.

« On programmera les drones vidéo pour qu'ils évitent les endroits où ils sont passés. Ce sera assez simple, poursuivit Selah. De toute façon, on coupe toujours ces conneries au montage. Zimri m'a emmenée visiter deux ou trois zones FutureSafe ; il s'en sert pour divertir ses collaborateurs. Les utilisateurs en ligne croient toujours que rien ne leur échappe – il faudrait avoir un système de sécurité ultrapointu pour remarquer que les drones évitent certaines régions ou montrent parfois les images de la veille.

— Je peux y remédier, affirma Martha. Il n'y aura que moi. J'ai déjà aménagé l'île pour… la survie de longue durée. »

Martha attendit que les autres percutent.

« Tu plaisantes, dit Badger. Vous avez transformé une *réserve naturelle* en bunker ?

— Ce n'est pas pour rien qu'on fait ça. »

Badger sortit une carotte d'une boîte au fond de son sac et se mit à mastiquer furieusement.

« Les salopards. Si on n'agit pas maintenant, ils seront détruits par une révolution sanglante dans dix ans.

— Très juste. En fait, on leur rend service », dit Selah.

Organiser la disparition d'un avion n'était pas une mince affaire. Albert était pilote – il pouvait emmener l'avion jusqu'au bon endroit, éteindre le transpondeur, sauter en parachute, laisser le logiciel de pilotage à distance conduire l'appareil quelques centaines de kilomètres plus loin puis virer brutalement.

« Tu es sûr de vouloir faire ça ? s'étonna Badger.

— Je joue déjà les prolongations, de toute façon, rétorqua Albert. Autant m'amuser un peu. »

Des explosifs ciblés donneraient l'impression que l'avion était attaqué de l'extérieur tout en laissant amplement aux passagers le temps de s'échapper. L'opération était délicate – quelqu'un risquait de se blesser ou même de mourir –, mais assez sûre pour qu'ils se persuadent que tous s'en sortiraient indemnes.

AUGR fut la dernière pièce à être mise en place. Cela faisait un moment qu'ils cherchaient quelque chose de similaire – capable de convaincre ces personnes de monter dans un avion, sans bruit et en secret, d'effacer leurs propres pistes. Martha l'avait déniché dans un incubateur technologique. Son inventeur, Si Packship, tentait de concevoir un logiciel de prédiction de tactiques militaires – mais l'armée créait ses propres logiciels, et lui ne cherchait qu'à être racheté. Martha l'avait réorienté : et si, au lieu d'essayer de prédire les mouvements ennemis, le logiciel analysait la situation tactique actuelle en détail, proposant des options de combat qui auraient pu échapper à un opérateur ? Et si l'aspect prédictif pouvait être orienté dans une autre direction ? Vers le marché de la consommation, vers des gens qui désiraient savoir quand un danger approchait ?

Si Packship avait dit : « Je ne crois pas qu'AUGR soit capable d'accomplir ce que vous aimeriez qu'il accomplisse. »

Et Martha avait dit : « Ne vous inquiétez pas pour ça. Je vous assure. Tout ce qu'il nous faut, c'est une “preuve de concept”. Vous voyez ? Comme quand vous avez envie de montrer ce que fera votre logiciel, mais qu'il ne le fait pas encore, alors vous commandez une petite animation pour montrer son fonctionnement ?

— Vous voulez que je vous présente une… animation ?

— Lenk Sketlish s'y intéresse personnellement. Je veux quelque chose que je puisse lui montrer pour qu'il investisse dans ce projet, après quoi on s'occupera de le développer.

— Ce n'est pas comme ça qu'Elizabeth Holmes a… euh… eu des ennuis avec Theranos ? En affirmant que son produit pouvait faire une chose alors qu'il ne le pouvait pas ?

— Croyez-moi, inutile de vous inquiéter. Lenk a une mémoire kinesthésique et tactile. Cela l'aidera à se projeter. »

Pauvre jeune homme riche ; Si Packship s'était vraiment donné beaucoup de mal pour faire d'AUGR ce que Martha en attendait. La fonction analyse tactique se fondait sur le mécanisme de jeu itératif, un milliard de perles dans un million de boîtes d'allumettes : comment échapper au danger dans cette voiture fermée à clé ? Dans ce garage ? Dans cette supérette ? Dans cette aire de jeux ? Utilisateurs et testeurs informant sans relâche la machine si elle avait réussi, si elle avait repéré des éléments qui pouvaient être utilisés pour vaincre un assaillant, pour se cacher, pour s'échapper plus vite. Ce serait ça, la partie la plus impressionnante et convaincante : installez-le sur le téléphone de quelqu'un, attendez que cette personne soit en danger.

« Mais ma mère ne sera jamais vraiment en danger ? avait demandé Badger. C'est bien le but, non ?

— Ce sera Lenk, avait assuré Martha. Il s'est un jour fait enlever par un gang de huit motards juste parce qu'il voulait voir comment il se débrouillerait. Il leur a donné un créneau de six mois pour le faire à n'importe quel moment, quand il serait seul.

— Putain. Qu'est-ce qui s'est passé ? »

Martha avait secoué la tête. « Il a craqué au bout de deux heures. Pour arriver à l'heure à une vidéoconférence. »

Selah avait laissé échapper son rire guttural. « Quel abruti. »

Tel était donc le plan. Ils leur donneraient AUGR ; que Lenk réussisse à échapper à un faux enlèvement les convaincrait. Et puisque la première partie avait fonctionné, ils croiraient que la deuxième fonctionnerait aussi.

Mais au bout du compte, avoir recours à un faux enlèvement s'était avéré inutile car ils avaient eu un vrai assassin.

Martha Einkorn avait donné AUGR à son amante, puis une personne motivée par des théories du complot sur Internet avait suivi Lai Zhen dans un centre commercial bondé de Singapour et ouvert le feu. AUGR avait réussi à faire sortir Lai Zhen, l'avait protégée. Et lorsque Lenk Sketlish, Ellen Bywater et Zimri Nommik avaient examiné les photos et les fichiers vidéo et vu ce qu'AUGR avait fait, ils crurent en AUGR. Ils lui accordèrent non seulement leur argent, dont il avait été relativement facile de les délester, mais aussi la plus rare des denrées : leur confiance.

L'argent n'avait jamais été le but. Trouver Si Packship, peaufiner sa présentation, décrocher l'investissement, rien de tout cela n'avait été nécessaire au plan de Martha, Badger, Selah et Albert. Ç'avait simplement été de la poudre aux yeux, un artifice servant à rendre l'idée convaincante. Le plus important avait été de savoir qu'Ellen, Lenk et Zimri monteraient bel et bien à bord de l'avion quand l'alerte d'AUGR se déclencherait. Les images du Seasons Time leur avaient montré ce dont AUGR était capable et le genre de situation dont il pouvait les dépêtrer. Ils avaient confiance en AUGR. Sans doute plus qu'en n'importe quel être vivant. Dès lors, tout était prêt.

Après quoi il ne manquait plus que Le Futur. C'était comme ça qu'ils l'appelaient entre eux – « Le Futur » –, bien qu'il ne s'agisse pas exactement d'un « avenir » à proprement parler et qu'il soit composé de plus de mille sept cents paris et d'investissements personnels à court terme. C'était un pari semblable à une prophétie, fondé sur le fait de savoir précisément ce qui allait se passer. Et il fallait donner l'impression que ça ne venait pas d'eux.

Placer Le Futur avait été long et difficile ; Selah et Albert l'avaient installé par le biais de cent vingt-sept holdings et sociétés-écrans, investissant leurs fortunes considérables dans des fonds spéculatifs et des associations de capital-risque, acquérant certaines actions et – surtout – vendant certaines autres actions à découvert. Le Futur qu'ils avaient créé s'en sortirait extrêmement bien si, dans une brève fenêtre de tir, les actions de Fantail, Medlar et Anvil s'effondraient de façon aussi dramatique que soudaine.

Vous ne pouvez véritablement contrôler l'avenir que si c'est vous qui le concrétisez. Tandis que circulait la terrible nouvelle de la disparition d'un avion, dans chaque marché boursier de la planète certaines perles sortaient de certaines boîtes d'allumettes et les messages qu'elles représentaient déplaçaient un certain nombre d'actions et certains montants d'argent. Tout ce qu'on avait pu dire après coup était que des personnes étaient devenues très riches ce jour-là, mais qu'on ne savait pas vraiment de qui il s'agissait.

2

On ne connaîtra jamais toute la vérité

« Le monde d'aujourd'hui est différent de ce qu'il était il y a trois ans, dit la journaliste. D'après vous, quelle est votre part de responsabilité là-dedans ? »

Martha apparaissait par liaison vidéo holographique scintillante au Seasons Time à Singapour. Le centre commercial avait transformé son toit en béton et acier en espace vert destiné aux oiseaux nicheurs et autres animaux sauvages. De nombreuses villes entreprenaient ce genre de projet, maintenant que les subventions Fantail étaient disponibles. Ce n'était pas un de ces gros projets d'infrastructure – ce qui avait un véritable impact sur la faune et la flore et l'extension de l'habitat était l'énorme réseau croissant de zones FutureSafe. Mais il délivrait un message : la plus grande galerie marchande au monde faisait désormais de son parc immobilier un des plus grands sanctuaires animaliers en rooftop au monde. Chacun de ces projets s'additionnait aux autres, chacun changeait un peu l'humeur publique, chacun montrait plus clairement ce à quoi les villes auraient toujours dû ressembler.

« Je crois que rien de tout ça ne m'incombe, répondit Martha. À dire vrai, Fantail s'est laissé guider par l'humeur publique. Je crois que parfois, quand des choses terribles se produisent, cela nous incite à leur donner un sens. Je suis fière de faire partie de ce processus. »

La situation s'était améliorée. Après la disparition de l'avion, les choses s'étaient arrangées, d'abord lentement, morceau par morceau, puis rapidement et à l'unisson. Un réalignement des priorités avait eu lieu chez Fantail, chez Medlar et chez Anvil. À la suite de quoi, un réalignement des priorités avait eu lieu dans le monde. Les gens montraient un intérêt croissant – un plaisir, même – à faire des choses radicales et rapides pour résoudre les crises écologiques dans le monde. On encourageait l'expansion des zones FutureSafe par le rattachement de vastes étendues de terrain et on incitait les habitants de ces zones – si habitants il y avait – à donner la priorité aux animaux et à l'équilibre du monde naturel. Si vous vouliez vivre en ville, disait-on, très bien. Mais les villes ne sont pas sauvages. La nature a besoin de notre respect. De plus en plus de gens estimaient que posséder les choses signifiait autant avoir une responsabilité envers elles qu'y avoir accès. On s'éloignait des débats conflictuels et on se rapprochait de l'idée que tout le monde allait devoir apprendre à se faire un peu de place. C'était arrivé étrangement vite, finalement. Comme si le crash de cet avion avait mis fin à une certaine façon de raisonner et que les gens étaient soudain devenus sains d'esprit.

La veuve de Zimri Nommik, Selah Nommik, avait aussitôt pris les rênes de l'entreprise – de toute façon, Zimri et elle en possédaient à eux deux plus de quatre-vingts pour cent. Et les actions d'Anvil étaient en chute libre après la disparition des trois milliardaires. Selah Nommik avait stabilisé les prises de décision quotidiennes, et six mois après que les trois s'étaient envolés dans la nature, quand le FBI avait conclu son enquête par l'hypothèse que l'avion avait sombré au fond de l'océan, elle avait amorcé la procédure pour déclarer officiellement la mort de Zimri. Pour le bien de l'entreprise et pour le bien de l'économie mondiale, sa demande avait été acceptée en moins d'un an. Ils avaient voyagé à bord d'un avion privé suivant un plan de vol déposé qu'ils n'avaient apparemment pas suivi. Des recherches approfondies avaient couvert de vastes zones, sur un rayon de centaines de kilomètres à partir de leur dernière position connue. Aucun débris n'avait été retrouvé ;

aucun signe de vie n'avait été découvert. Si ces trois personnes étaient encore en vie, l'une d'elles aurait trouvé le moyen d'avertir quelqu'un. Elles étaient mortes.

Selah Nommik n'était pas Zimri. Contrairement à lui, elle voulait engager diverses batailles juridiques dans le monde entier pour empêcher les autorités de concurrence et de monopole de faire ce que leur dictait la loi. Elle accepta de diviser Anvil en dix-huit composants distincts – certains en concurrence directe les uns avec les autres et certains laissant la place à d'autres concurrents sur le marché. Dans une magnifique déclaration aux médias, elle expliqua que la principale leçon qu'elle avait tirée de la Tragédie du jet des cerveaux de la tech était que le monde ne pouvait pas se permettre de garder tous ses œufs dans le même panier. Elle divisa la compagnie puis entreprit de la distribuer. Elle fit d'énormes dons d'argent à des bonnes œuvres, petites et grandes – mais elle offrit également en gros des morceaux de l'entreprise en elle-même. La branche Web services fut remise à une association caritative, dont tous les profits iraient à la préservation de lieux naturels aux quatre coins de la planète. Le département de livraison de denrées périssables et non périssables devint à but non lucratif, prenant l'argent des gens riches qui achetaient du yaourt artisanal et l'injectant dans des repas sains à prix coûtant, entièrement à base de plantes. Elle acheta du terrain et le préserva sous forme de sanctuaires animaliers de plus en plus grands. Avec l'accord des gouvernements du Népal, du Bhoutan, de la Thaïlande et de l'Indonésie, elle installa des drones Anvil pour protéger les derniers tigres au cœur des vastes étendues sauvages qu'elle avait achetées. Les drones jouaient du Taser sans pitié et traînaient les braconniers hors des réserves par les pieds. La population de tigres sauvages commença à augmenter. Avec les nouvelles technologies, l'idée que les humains aient besoin de fouler de leurs propres pieds ces zones FutureSafe perdit tout intérêt. Laissez aux tigres les territoires des tigres.

Fantail était rapidement passé par trois PDG provisoires, chacun adroitement assisté de Martha Einkorn, le bras droit de Lenk Sketlish qui, après la disparition de ce dernier, avait acquis une place de premier plan en un temps record grâce à sa pondération. Grâce aussi au nombre étonnamment élevé d'actions que lui avait laissées Lenk – plus élevé que la part qu'il avait léguée à ses enfants – et parce qu'il lui avait confié la gestion du fonds fiduciaire de ses enfants jusqu'à leurs trente-cinq ans. Ses ex-femmes ne reçurent rien. C'était en Martha Einkorn, manifestement, qu'il avait eu confiance. Et après avoir donné leur chance à un directeur des opérations, un directeur financier et un ancien directeur financier d'Anvil qui tint moins d'un mois, le conseil d'administration décida lui aussi de faire confiance à Martha.

Elle avait suivi l'exemple de Selah Nommik, orientant la contribution de Lenk vers le bien universel. Elle parla de l'idée des « clôtures » évoquée par Badger Bywater, selon laquelle cet argent provenait de la propriété publique et devrait donc profiter aux générations futures.

Contrairement à Anvil, Fantail n'était pas une entreprise entièrement contrôlée. Mais en même temps, le changement de direction d'Anvil avait modifié l'atmosphère dans laquelle évoluaient les mégaconglomérats technologiques. Les autorités de concurrence s'en trouvèrent enhardies ; les gouvernements avaient constaté les avantages fiscaux et économiques de la division. L'opinion publique avait changé une fois que les gens avaient compris que découper Anvil en dix-huit entreprises différentes ne signifiait pas qu'ils ne pourraient plus se faire livrer leur lessive à domicile. Lentement mais sûrement, les électeurs du monde entier commençaient à voter pour des politiques de protection environnementale plus radicales. Une analyse de commentaires sur divers réseaux sociaux montra même qu'il y avait eu un changement de ton subtil mais presque instantané après la Tragédie du jet des cerveaux de la tech. Personne n'aurait su dire exactement comment c'était arrivé. Le vent avait tourné, tout simplement.

Fantail parvint à éviter le morcellement en créant ses propres filiales et en collaborant avec des communautés locales. Il y avait le LenkBolide – Lenk s'était toujours intéressé aux voitures, aux nouvelles technologies, et cette voiture électrique autonome et rapide était un magnifique hommage à sa contribution. Fantail travaillait avec des gouvernements du monde entier sur le mois du Bolide – au cours duquel les rues des villes étaient fermées pendant qu'une gigantesque équipe d'ouvriers installaient l'infrastructure pour les nouvelles voitures électriques. Ils présentèrent la chose comme un confinement, mais avec un merveilleux objectif en vue. Les propriétaires de voitures se virent offrir un marché : rendez votre vieux véhicule à essence ou diesel en échange d'un accès à vie au système LenkBolide via l'application de votre choix.

Vous vous confiniez chez vous entre une semaine et un mois, et quand vous sortiez, les rues étaient calmes, l'air était propre, les enfants pouvaient jouer sans danger. Avec le système de covoiturage, seul un quart du nombre de véhicules était nécessaire. Les rues n'étaient pas embouteillées. Vélos et tricycles avaient la place de pédaler dans les rues paisibles. Ville par ville, quartier par quartier et État par État, ils transformèrent la majorité des infrastructures mondiales en dix-neuf mois. Chaque année, 1,3 million de personnes ne succombaient pas à des accidents de la circulation. Chaque année, sept millions de personnes ne succombaient pas à la pollution atmosphérique. Une fois que ce fut fait, il était difficile de croire que nous avions jamais été disposés à sacrifier tant de gens pour un moteur à essence.

Medlar avait suivi plus lentement. Son conseil d'administration avait confié le poste de PDG d'Ellen Bywater à un homme qui ressemblait *beaucoup* à Ellen Bywater et qui avait – afin de se mettre Anvil et Fantail et leur bonté d'âme dans la poche – donné une grande somme d'argent à la fondation Bywater pour les arts. Ils avaient investi dans l'art indigène et une série de concerts diffusés en ligne. Mais au fil du temps, Badger Bywater, l'enfant d'Ellen, avait pris une place de leader parmi les actionnaires, encourageant les clients et les investisseurs de Medlar à exiger un geste plus conséquent de la part de l'entreprise. Soutenu par trois mystérieux fonds d'investissement qui détenaient désormais environ dix-sept pour cent de Medlar, le conseil d'administration fut poussé à guider le monde vers la technologie réparable et recyclable. Albert Dabrowski prit en main le projet avec joie, ce que tous considérèrent comme un beau geste d'unité.

Cela s'était passé ainsi, par petites étapes progressives. Une multitude d'entreprises technologiques mondiales avaient viré de bord – au lieu de s'empresser sans réfléchir d'engranger encore davantage de bénéfices, elles décidèrent de penser d'abord au monde qu'elles laisseraient derrière elles. D'autres sociétés suivirent leur exemple. La mort d'Ellen Bywater, Lenk Sketlish et Zimri Nommik finit par représenter l'essor de la responsabilité sociale des entreprises. Le rhinocéros blanc, l'éléphant et le léopard des neiges furent sauvés. Les forêts tropicales empiétaient sur les terres stériles, progressant de deux mille mètres par an dans toutes les directions. Attrapant le sol sec et le rendant riche et noir, déployant des arbres immenses dans la canopée, aspirant le carbone de l'atmosphère et le retenant sous terre. Une algue spongieuse développée par Lenk Sketlish pendant son temps libre poussait sous forme de gigantesques masses dévoreuses de plastique, absorbant les poisons présents dans les eaux et restituant les nutriments au système. Le corail reprenait vie, les nouvelles colonies encerclant les squelettes morts et blanchis des anciennes. Les choses n'étaient pas parfaites mais, fondamentalement, il y avait un peu moins de désespoir et un peu plus d'espoir.

« Non, dit Martha Einkorn. Je ne peux pas m'en attribuer le mérite. Nous l'avons tous fait, tous ensemble. »

La journaliste – une jeune Botswanaise – sourit chaleureusement.

« Si je peux me permettre, que pensez-vous des théories du complot sur Internet ? Est-ce que vous vous y intéressez ?

— Des théories du complot ? fit Martha.

— Vous savez. Une théorie d'UrbanDox affirme qu'un groupe

de puissants “marxistes culturels” se sont rassemblés pour… faire disparaître délibérément le jet des cerveaux de la tech ? »

Martha secoua la tête et continua à sourire. « Certaines personnes n’accepteront jamais la vérité. Il y a parfois des accidents. Quand des personnes comme Zimri, Ellen ou Lenk accomplissent tant de choses, on peut croire qu’elles sont ou devraient être immortelles. Mais aucun d’entre nous n’est immortel. Personne n’aurait pu les faire monter dans cet avion contre leur gré. Il y a eu un accident. Nous ne connaîtrons jamais toute la vérité. Mais je crois que Lenk serait fier de ce que nous avons accompli en son nom et en sa mémoire. »

C’était là ce que Martha avait appris bien des années plus tôt : que la disparition d’une personne peut être un déclencheur. La disparition d’une seule personne suffit parfois à remettre en question un projet tout entier. Il faut juste que ce soit la bonne personne au bon moment. Et l’effet final d’une force destructrice est précisément mesuré par ce qu’elle détruit.

« À votre avis, que dirait-il aujourd’hui s’il était là ?

— Vous savez, répondit Martha, j’ai grandi dans un environnement très religieux. Je n’aimais pas en parler, mais cela fait autant partie de mon passé que le reste. Mon père était un homme profondément religieux. Il avait l’habitude de dire qu’aucun d’entre nous ne disparaît vraiment. La terre ne cesse de trouver une utilité à notre chair et à nos os. Notre passé et nos qualités sont récupérés par d’autres. Alors je ne crois pas qu’il ait vraiment disparu. Quant à ce que Lenk dirait ? Ce qu’il disait toujours : “Qu’est-ce qu’on fait après, Martha ? Qu’est-ce qui se mijote ?” »

Cela provoqua un petit rire. Martha en profita pour annoncer l’acquisition de sept nouvelles zones FutureSafe en Asie, d’une superficie de plus de sept cent quatre-vingts kilomètres carrés chacune. Les applaudissements crépitèrent comme des gouttes de pluie.

Une fois l’interview terminée, Martha retira son casque audio et s’étira. Derrière la fenêtre dans la fraîcheur matinale, une troupe de bernaches du Canada volait en V autour du bloc de verre, cacardant face au jour. Elles en firent trois fois le tour, leurs ailes pareilles à des flèches indiquant le chemin de l'avenir. Sur la rive opposée du lac, les érables déployaient leurs feuilles rouges, comme si la couleur de celles-ci était leur vie, jaillissant avec tant d'exubérance qu'elles éclataient. Dans le lac nageaient des poissons dorés et sombres enroulés comme des points d'interrogation, s'aventurant et claquant des mâchoires dans la lumière et dans l'ombre. Derrière la fenêtre, le monde était en marche. À l'intérieur de la pièce, l'air était aussi immobile que l'aube et aussi débordant de possibilités.

Que penserait Lenk ? Il s'était cru si intelligent, Lenk, et il avait compris tant de choses. En effet, Martha avait fait croire qu'un distributeur de sous-munitions inertes avait abattu son avion. En effet, ç'avait été prévu, et bien sûr c'était elle qui l'avait prévu. En effet, le fait qu'ils aient atterri sur l'île de l'amiral Huntsy, une île inhabitée équipée pour la survie, n'avait rien d'une coïncidence. Mais Lenk n'avait jamais pris assez de recul pour poser la grande question : l'apocalypse avait-elle vraiment eu lieu ?

3

Un centaure mécanique

Martha avait tant appris d'Hénoch, et une des leçons les plus importantes était la suivante : ne regarde pas en arrière, regarde en avant. Et pourtant. Ils ne risquaient plus rien, maintenant, si ?

Des nuées de drones moucherons de l'île de l'amiral Huntsy tournaient autour de la jungle en formations convenues à l'avance, heure après heure, plongeant et tourbillonnant, photographiant et enregistrant. Ils filmaient la sous-face de chaque feuille, le mouvement des insectes sur l'écorce mouchetée, la texture du sol qui s'effritait sous les pieds. Par le biais de la plate-forme Fantail et d'un casque de réalité virtuelle, les utilisateurs Fantail pouvaient explorer la richesse de cet environnement des heures durant. Hormis certains coins où il serait trop délicat d'envoyer les drones en raison des habitudes de reproduction et de nidification d'espèces rares d'oiseaux et de l'écosystème fragile des plantes et de la vie microscopique.

Une fois par semaine, Fantail offrait une nouvelle version de l'île à explorer – il y avait là-bas trop de choses à observer pour un seul utilisateur, même si celui-ci passait toutes ses journées sur l'île, ce qui était parfois le cas. Les utilisateurs Fantail regardaient les saisons passer dans cet environnement fabuleusement riche. Ils n'avaient aucun moyen d'accéder aux parties cachées de la carte et ne se plaignaient pas que l'île ne soit mise à jour que de façon hebdomadaire.

Martha franchit les brèches dans l'espace et le temps, déverrouillant les portions de carte que Selah Nommik avait soigneusement cloisonnées des années plus tôt. Elle ne l'avait encore jamais fait. Elle avait été bien trop occupée, et elle s'était demandé si voir Lenk déclencherait en elle quelque sentiment – de pitié, de compassion, de culpabilité – qui s'avérerait trop douloureux à gérer. Dans le silence de sa maison, tard dans la nuit, Martha Einkorn tapa les codes spéciaux, montra son visage et ses empreintes digitales à son appareil, et entra dans les coins de la jungle qu'aucun utilisateur Fantail ne verrait jamais. Les endroits où vivait Lenk Sketlish.

Dans le monde d'illusions, Martha arpenta la jungle.

Jadis, bien des années plus tôt, Martha avait arpenté une forêt comme celle-ci. Son père l'avait abandonnée dans la forêt et elle avait tué un ours pour survivre. Elle avait compris alors que la nature fait parfois apparaître une force parfaitement destructrice : un ours qui risque de vous tuer sans pour autant en tirer de quoi se nourrir. Lenk et les autres auraient continué à ronger le monde jusqu'à ce qu'il noircisse et se fendille, sans qu'eux-mêmes en retirent une goutte de nourriture ou de joie. Il avait fallu assommer l'ours d'un seul coup de branche et le laisser dans les bois.

Bien entendu, demander aux drones de trouver Lenk Sketlish en temps réel et le suivre était un jeu d'enfant. Dans la jungle imaginaire, Martha avançait sans bruit, s'apercevant qu'elle retenait son souffle comme si Lenk était quelque dangereux animal exotique, facile à surprendre et difficile à semer. La jungle n'avait pas d'odeur mais il y avait des bruits – les oiseaux sautaient d'un arbre à l'autre en poussant des cris stridents ; le bourdonnement et le tambourinement des vies trépidantes dans chaque tronc d'arbre. Pendant plusieurs longs moments, Martha Einkorn fut si captivée qu'elle oublia presque pourquoi elle était venue.

Il était là. Lenk Sketlish, grand et moins fin qu'il ne l'était autrefois. Il avait acquis un ventre légèrement rebondi, signe d'une vie paisible et d'un corps qui faisait quelques réserves par précaution. Il portait les jambes de sa combinaison de survie comme des peaux de chèvre, la partie supérieure pliée en arrière et les bras rallongés jusqu'au sol, formant une seconde paire de jambes derrière lui pour plus de stabilité. Il ressemblait à un dieu étrange, un centaure mécanique qui tendait la main vers un arbre, cueillait un fruit mûr, brun et talé, le faisait tourner dans sa main et le goûtait.

Martha sourit en le voyant. Si elle avait pu choisir n'importe quel dénouement pour Hénoch, elle aurait opté pour celui-là. Au moment où elle se fit cette réflexion, elle comprit pourquoi elle avait tant tardé à venir. Elle avait craint de voir le destin d'Hénoch – la fumée, les cendres, les flammes qui tombaient et s'élevaient du et vers le ciel. Mais Lenk était heureux. En bonne santé et libre, comme toute créature relâchée dans la nature après une longue captivité.

Elle le suivit à travers son paradis. C'était la saison d'un certain type de noix et il avait attaché de grandes toiles cirées entre les arbres, de sorte à les recueillir plus facilement quand elles tombaient – chassant les écureuils et les rongeurs qui s'attaquaient à sa récolte. Il paraissait plus jeune, plus jeune même que lorsqu'elle l'avait rencontré, en un sens. Elle songea que certains d'entre nous ressentaient toujours l'envie et le besoin d'être Renard ; des gens qui cherchaient la nouveauté sans arrêt, des gens qui ne pouvaient se satisfaire que d'une vie où ils étaient constamment en mouvement. Est-ce parce que nous n'arpentons plus le monde que nous nous dirigeons sans relâche vers l'avenir ? Elle voulait lui poser cette question, lui demander : « Est-ce que tu sais combien tu es heureux et à quel point ça te va bien ? » Elle fut donc surprise quand il dit soudain : « Oui. »

« Oui, dit Lenk Sketlish. Oui, une bonne récolte. Pas mauvaise du tout. Qu'est-ce que tu en penses ? »

Et la combinaison, la seconde tête qui pendillait près du sol, répondit : « Pas mal, mon vieux, emmagasine-les bien.

— Tu crois qu'on pourrait nourrir combien de personnes avec la récolte, cette année ? demanda Lenk.

— Avec ce que tu as cueilli ? Trente ou quarante personnes sans problème.

— Alors si elles viennent cet hiver, on aura largement de quoi les nourrir ?

— Oh oui, affirma la combinaison. Si elles viennent cet hiver, elles mangeront très bien. »

Lenk hocha la tête et Martha voulut lui demander : « Qui va venir, à ton avis ? »

Mais elle connaissait la réponse. Il y avait eu une apocalypse et il était prêt à attendre. Il pensait que quelqu'un finirait bien par arriver. Des gens viendraient et il pourrait leur montrer ses réserves et ils lui diraient qu'il était courageux et brillant. Il avait attendu ce moment toute sa vie.

Elle continua à lui emboîter le pas. Vers le sud et vers l'est, en suivant le tracé de la rivière. Il avait tendu des morceaux de corde faits de lianes torsadées dans les hauts-fonds, et les écheveaux noirâtres étaient grêlés d'une sorte de palourde à coquille blanche, à l'intérieur de laquelle on apercevait tout juste la chair orange. Il hissa certaines cordes et ne récolta que ce dont il avait besoin – quinze palourdes, de quoi dîner ce soir-là –, puis se retourna pour regagner son campement d'automne à travers les bois sombres.

Martha marcha à côté de lui, se calant sur ses grandes enjambées tranquilles.

« Tu te débrouilles bien, dit-elle à voix haute. Tu as toujours su que tu te débrouillerais. »

Lenk regarda à sa droite, et pendant une fraction de seconde, elle crut qu'il se montrait pudique, qu'il se détournait du compliment. Puis il fit un pas à droite et disparut.

Martha s'immobilisa. La jungle continuait à bouger autour d'elle, vert et or, roussâtre et auburn. Les oiseaux sautaient d'arbre en arbre. Les noix tombaient telles des gouttes d'eau scintillantes. Pas de Lenk.

« Actualise, ordonna-t-elle. Fantail, actualise la simulation. »

Le monde clignota autour d'elle et reparut. Pas de Lenk.

« Fantail, dit-elle, où est Lenk Sketlish ?

— Lenk Sketlish n'est pas sur la carte, répondit l'assistante d'un ton chaleureux et amical.

— Il était sur la carte il y a un instant. Où est Lenk Sketlish ?

— Je n'ai pas cette information, je suis désolée. »

Il avait tourné à droite. Il avait fait un pas à droite. Martha tourna à droite. Elle fit un pas à droite. Une légère ondulation ridait le monde. Les arbres continuaient à se balancer dans la brise douce. Une araignée grimpait d'un pas régulier le long de l'écorce bosselée.

« Fantail, reprit Martha, je suis dans quelle version de l'île de l'amiral Huntsy ?

— Vous avez sous les yeux l'archive publique de l'amiral Huntsy qui a été mise à jour pour la dernière fois il y a trois jours, six heures et vingt-deux minutes.

— Mais j'étais tout juste dans la version sécurisée de l'île de l'amiral Huntsy. »

Fantail ne la comprenait pas. Elle dut remonter sa visière et forcer l'actualisation manuellement. Toujours rien. Le pas à gauche la ramenait dans la version sécurisée. Le pas à droite l'emmenait dans la version de l'île disponible au public.

Soudain, un peu plus loin sur le sentier, Lenk Sketlish réapparut. Il avait fait un bref détour par les bois à sa droite et avait disparu dans une partie invisible de l'île. À présent il était de retour, sifflant tout en se dirigeant vers son camp de sa démarche équine avec à l'épaule un plein sac de noix mûres qui s'entrechoquaient.

Au bout d'une demi-heure de travail méticuleux, Martha put voir très clairement quelle partie de l'île avait été retirée de sa vue. Elle n'aurait rien remarqué si Lenk n'avait pas disparu de la sorte – c'était presque imperceptible. Si elle avait juste été en train de flâner, s'il avait pris un autre chemin, elle aurait marché de la version publique à la version sécurisée de l'île sans jamais voir les raccords. Mais à présent qu'elle la cherchait, elle la voyait. Une zone d'environ deux cent soixante kilomètres carrés dans le sud de l'île – à peu près treize kilomètres de long sur vingt de large – ne se mettait pas à jour en temps réel comme le reste de l'île. Il y avait les images des drones, soigneusement retouchées et actualisées chaque semaine, bien sûr, programmées comme ailleurs sur l'île pour effacer tout signe de peuplement humain. Donc les drones sillonnaient encore cette zone en nuées somnolentes pour les enregistrer.

Martha s'adressa comme elle le put au système Fantail. Elle lui donna ses clés et ses codes – les phrases secrètes qui déverrouillaient le reste de l'île, qui lui permettaient de suivre Lenk Sketlish. Fantail accepta les codes d'accès mais ne déverrouilla rien. Martha n'était pas experte en technologie, mais elle lança les diagnostics qu'elle comprenait. Rien. Elle se mordit la lèvre inférieure.

Une heure plus tard, dans son jardin, les fauvettes et les carouges à épaulettes se pressèrent autour de sa mangeoire à oiseaux, chacun aussi reconnaissable que s'il arborait un logo créé par un spécialiste de l'image de marque. Martha regarda leurs têtes attentives se pencher d'un côté puis de l'autre. Guettant le chat du quartier et les baies de couleur vive dans le buisson.

J'ai été dupée par le monde des symboles, songea-t-elle. J'ai pris la carte pour le territoire. Moi qui aurais dû être bien placée pour savoir.

Elle réfléchit un moment puis appela Badger.

« Un coin de l'île ne répond pas correctement à mes codes de sécurité, expliqua-t-elle. Est-ce que tu as une idée de ce qui se passe ?

— Ah », fit Badger, avant de s'interrompre. Badger ne savait pas mentir.

Martha dit : « Est-ce que tu as quelque chose à m'avouer ? »

Badger dit : « Écoute, à l'époque je leur ai bien fait comprendre que si tu me posais directement la question, je te dirais la vérité, OK ? Alors est-ce que tu me poses directement la question ? »

Martha dit : « Je crois que oui. »

Badger dit : « Alors d'accord. »

4

Ce n'était pas censé arriver

Juste après la disparition du jet des cerveaux de la tech, le téléphone d'Albert Dabrowski avait sonné à 5 heures du matin. Quelqu'un avait activé AUGR.

Ce n'était pas censé arriver. Il dormait profondément et dut essorer les rêves de son esprit comme les dernières gouttes d'une serviette mouillée.

Il se retourna dans le grand lit où l'absence de Mike se faisait sentir – sauf ces derniers temps. Il attrapa son téléphone, consulta l'alerte, et dit tout haut : « Merde. »

C'était une période difficile. Albert avait rejoint son yacht puis sa maison de vacances à Hawaï sans attirer l'attention sur lui. Malgré les meilleurs équipements technologiques à sa disposition, ça n'avait pas été facile. L'avion avait disparu un peu plus de soixante-douze heures plus tôt et la presse avait inévitablement eu vent de l'incident. Le laps de silence était arrivé à expiration ; l'assistante de Zimri, les ex-femmes de Lenk et l'équipe administrative d'Ellen avaient attendu de leurs nouvelles. Martha devait désormais s'efforcer de stabiliser Fantail en même temps qu'elle travaillait avec les responsables des équipes de sauvetage. Selah jouait l'épouse terrifiée et désespérée – tout en rachetant les actions en chute libre de Fantail, Anvil et Medlar à travers plusieurs strates de sociétés-écrans. Le groupe sur l'île avait besoin d'un baby-sitter, quelqu'un qui s'assurerait qu'ils ne couraient aucun danger immédiat, que la technologie ne buggait pas. Ce qui, évidemment, incombait en partie à Badger et en particulier à Albert, le seul qui ne soit pas sous les projecteurs actuellement.

Le baby-sitting avait jusque-là consisté surtout à administrer des somnifères par le biais des combinaisons, veiller à ce que les machines paraissent réconfortantes et humaines, vérifier que le baratin que leur servaient les combinaisons était convaincant et fluide. Tout s'était à peu près passé comme prévu.

- trois milliardaires sur une île isolée convaincus que l'apocalypse avait eu lieu
- trois milliardaires dont la vie n'était pas en danger immédiat, disposés à accepter qu'on leur injecte des médicaments pour les aider à dormir et à guérir, perdant peu à peu la notion du temps
- trois milliardaires ne tenant pas vraiment pour l'instant à contacter le monde extérieur ni à y retourner
- le monde cherchant trois milliardaires exactement au mauvais endroit

Fait, fait, fait et fait.

Et maintenant, ça. Une alerte sur le téléphone d'Albert lui signalant qu'une instance logicielle d'AUGR avait été activée à… il dut faire une recherche sur Internet pour savoir où se trouvait Prince Rupert. Dans le trou du cul du monde, sur la côte ouest du Canada. C'était certainement un bug. Qui dans le trou du cul du monde avait une copie du logiciel le plus cher et le plus secret à l'heure actuelle ? L'endroit ne lui disait rien. Envoi de notification préliminaire par le biais d'AUGR : restez où vous êtes.

Il vérifia les autorisations. Les noms et identifiants transmis du téléphone au logiciel et du logiciel à lui. Une équipe externe à Bucarest avait déclaré que cette instance AUGR avait été détruite. Et voilà qu'elle était réactivée par… Lai Zhen. La femme que fréquentait Martha.

« Oh putain, lâcha Albert. Oh putain putain putain. »

Il contacta Badger, qui était d'accord avec lui.

« On ne peut pas en informer Martha, dit Badger.

— C'est Martha qui le lui a donné.

— On le sait, que Martha le lui a donné, *Albert*. Lai Zhen est la femme sur les images de la gaine de clim. La preuve que ça fonctionne. Je l'ai rencontrée. Elle est cool, d'ailleurs. Elle n'est *plus censée l'avoir*.

— Peut-être qu'elle l'a récupéré sans que Martha le sache, suggéra Albert.

— Peut-être que Martha l'a laissée le réactiver.

— Putain.

— Je suis d'accord avec toi.

— Tu crois sérieusement que Martha aurait pu faire ça délibérément ?

— Pas exactement. Peut-être qu'elle était juste contente que Lai Zhen ait de quoi se protéger.

— Putain. »

Albert et Badger appelèrent Selah.

« Putain. Merde, chiotte, bordel de merde. Martha est tombée amoureuse d'elle.

— Au point de lui parler du plan ? demanda Badger.

— Elle ne ferait pas ça. Jamais elle n'aurait parlé du plan à une journaliste, répondit Selah.

— L'amour est l'assassin de l'esprit, fit remarquer Albert. Surtout au début. J'ai raconté à Mike un tas de trucs que personne d'autre ne savait.

— AUGR croit qu'il se passe quoi, exactement ? s'enquit Selah.

— AUGR ne sait que ce qu'on lui dit, expliqua Badger. Il croit que c'est la fin du monde et qu'elle fait partie du programme. Il veut l'évacuer.

— Alors c'est ce qu'on va faire, proposa Selah. Elle fait partie du programme AUGR, comme moi, comme toi, Badger. Elle va être évacuée, exactement comme nous, non ?

— Mais… le protocole AUGR n'existe pas. »

Au beau milieu de cette conversation, le téléphone d'Albert tinta. Martha lui avait donné les identifiants de son compte Fantail personnel pendant la durée des événements – pour qu'il puisse gérer les relations publiques, se charger des choses dont elle n'avait pas le temps de s'occuper. Là, sur le compte de Martha, il y avait un message de Lai Zhen.

Est-ce que c'est vrai ? J'ai reçu une activation AUGR.

« Je fais quoi, avec ça, bordel ? s'écria Albert.
— Il faut qu'on s'en serve, répondit Selah. Albert, tu es le seul que personne n'examine à la loupe. Tu dois te débrouiller pour la sortir de là. Si besoin, fais-lui croire qu'elle est vraiment en train d'être évacuée par le programme. Ça pourrait tout foutre en l'air.
— Nom de Dieu, tu veux dire quoi, l'envoyer sur l'île ?
— C'est peut-être bien, dit Badger. Ça peut paraître plus vrai ? »
Je l'ai bien cherché, songea Albert. Et puis d'ailleurs, va te faire foutre, Martha, tu l'as bien cherché aussi. Voilà ce qui se passe quand la vie vous rattrape. La vie est un putain de foutoir.

Oui, c'est vrai, répondit-il du compte de Martha. Je ne savais pas qu'il te pinguerait.

Albert assura à Badger et Selah qu'il s'en chargerait. Qu'il avait une idée. Il appela l'équipe qui s'occupait du jet de Medlar à Honolulu. Il devait partir, sur-le-champ.

5

Un congé sabbatique prolongé

Dans des moments pareils, Martha avait tendance à devenir plutôt calme en apparence. Elle aurait toujours le temps de hurler plus tard. Pour l'heure, il y avait un ours dans la forêt.

« Alors tu es en train de me dire que vous avez envoyé Zhen sur l'île ? interrogea-t-elle.

— On l'a protégée, assura Badger. On a veillé sur elle. Quand elle avait besoin de médicaments, on a organisé une livraison d'antibiotiques pendant la nuit et on l'a envoyée les chercher comme s'il s'agissait d'une cachette de produits de ravitaillement. C'était juste une infection urinaire, tu vois, et on l'a soignée.

— Vous l'avez envoyée sur l'île et vous m'avez caché ce secret pendant *trois ans* ? »

Martha avait cherché Zhen après que la Tragédie du jet des cerveaux de la tech s'était calmée – évidemment. Mais plus d'une année s'était écoulée et Marius, l'ami de Zhen, avait annoncé sur les sites de celle-ci qu'elle prenait un « congé sabbatique prolongé ». Ce qui avait empli Martha de la tristesse froide et tenace à laquelle elle était habituée. C'était le genre de chose qui arrivait, bien sûr. Les gens passaient à autre chose si vous les délaissiez trop. Elle s'était sans doute trouvé une nouvelle petite amie. Martha lui avait envoyé quelques messages hésitants puis avait renoncé. Certaines formes de bonheur ne feraient pas partie de la vie de Martha, et bien qu'elle n'ait pas tout à fait accepté cette idée, au moins elle en avait l'habitude. Maintenant qu'elle savait que Zhen ne l'avait finalement pas ghostée, ses sentiments étaient complexes. Comme un format de texte enrichi.

Selah Nommik inaugurait une zone FutureSafe d'Anvil à la frontière française, suisse et italienne, rassemblant plusieurs petits parcs nationaux afin de former une partie du grand corridor de circulation animalière qu'ils bâtissaient morceau par morceau partout en Europe. Elle était dans un écolodge à la Vanoise, les pins comme des épées tranchantes se découpant sur le ciel derrière elle.

« Ma vieille, dit Selah, cette fille était ton talon d'Achille. Tu es tombée amoureuse d'elle. Si tu avais su qu'on l'avait envoyée là-bas, tu aurais tout annulé. On ne pouvait pas prendre le risque.

— Est-ce que vous… aviez l'intention de me le dire un jour ? »

Selah lui décocha son large sourire désarmant.

« On voulait mettre au point une stratégie de sortie qui soit plausible. Tu sais. Attendre quelques années et puis la laisser croire qu'elle avait découvert un moyen de quitter l'île.

— En sachant ce qu'elle avait vu là-bas ? Arrête.

— On n'avait pas encore trouvé de solution. Mais sérieux, on y travaillait activement. »

Albert Dabrowski était chez lui quand Martha Einkorn tambourina à sa porte puis entra sans y être invitée, comme elle l'avait fait jadis pour l'inciter à réintégrer le monde.

« J'ai entendu, affirma-t-il.

— Tu le savais. Tu le savais, bon sang, et tu me l'as caché.

— Toute cette situation est tordue et c'est une façon tordue de la gérer et je suis désolé, mais il ne s'agit que d'une personne. »

C'était ce qu'ils s'étaient dit quand ils avaient commencé. Dans l'optique de sauver la planète, quel est le plus petit nombre de gens dont vous devrez vous débarrasser pour avoir un impact ? Quel est le plus petit nombre de mensonges ? Si vous preniez une gomme et que vous effaciez trois ou quatre personnes, cela arrangerait-il tout ? Quand ils en avaient parlé à l'époque, ç'avait été à peu près la même chose – trois ou quatre personnes.

Ils avaient réussi à dénicher une autre CrashVest et à assembler une autre combinaison de survie. Moins parfaite que les autres – une partie de la structure de sa fonction antérieure était encore visible à l'intérieur. Ils avaient drogué Zhen, l'avaient équipée de la technologie la plus sûre dont ils disposaient et l'avaient lâchée au-dessus de l'île.

« Mais tu sais que ce n'était pas bien, n'est-ce pas ? demanda Martha.

— Oui, admit Albert, mais le monde était mourant et on ne savait pas quoi faire d'autre.

— Laisse-moi la voir. »

6

S'il y a un juste à Sodome

Sur l'île virtuelle, Martha observait Zhen. Le monde avait été mourant et ils l'avaient sauvé, et le prix à payer était – quoi ? – quelques personnes vivant dans un luxe relatif sur une île paradisiaque. S'il y avait eu un autre moyen plus rapide d'y parvenir, quelqu'un d'autre l'aurait découvert. Parfois ça se résume à vous, à une branche, à vos réflexes rapides.

A priori, Zhen semblait plutôt heureuse. Aussi heureuse qu'une personne pouvait l'être quand elle croyait que le monde avait pris fin – en l'occurrence, Zhen l'était beaucoup moins que Lenk. Zhen allait d'un endroit à l'autre, marmonnant dans sa barbe. Elle parlait à la combinaison, qui avait parfois été Selah ou Badger ou Albert. Presque un être humain, donc. Zhen paraissait seule – ça, c'était vrai.

Sur l'île, Zhen contenait son feu dans l'âtre sans émanations de fumée et était en train de faire griller un poisson à la peau croustillante au-dessus des bûches rougeoyantes. Manifestement, elle trouvait particulièrement délicieuse un type de larve qui vivait dans l'écorce d'un arbre à feuilles jaunes. Martha regarda, fascinée, Zhen déloger plusieurs larves de leurs membranes durcies et rosies par la chaleur et les avaler tout rond. Puis Martha se sentit sale et éteignit. Ce n'était pas comme ça qu'elle allait découvrir ce qu'elle voulait savoir.

Martha réécouta le DaySave de sa première rencontre avec

Zhen. Leurs conversations, le moment où Zhen avait dit : « Je suis vraiment désolée d'être en retard, c'était juste… c'était juste inévitable. » Celui où elle-même avait dit : « Vous allez devoir trouver un moyen de vous faire pardonner. » Comment avait-elle osé parler de la sorte ? Elle n'avait jamais agi ainsi, ni avant ni depuis. Elle se demanda si Zhen avait déjà réécouté cette conversation.

La question est de savoir ce qu'on est prêt à accepter. La question est de savoir s'il y a une limite au nombre de victimes non intentionnelles qu'on est disposé à tolérer. La question est de savoir s'il y a un juste à Sodome.

7

Souviens-toi juste que tu en es capable

Un jour, Zhen se réveilla avant l'aube. La combinaison, détectant le changement de souffle et de mouvement, afficha des données lumineuses dans la visière sur la température, les prévisions météorologiques, la vitesse du vent, le nombre de kilomètres parcourus la veille. Elle marmonna les commandes vocales qui redonnaient sa transparence à la visière. Elle regarda la jungle obscure à travers son propre reflet.

La lune était si éclatante qu'elle projetait des ombres nettes de la canopée sur le tapis forestier. La bavure aqueuse de la Voie lactée était parfaitement visible. Si Zhen allumait ses phares, elle verrait un millier d'yeux d'insectes scintillants. Mais elle ne les alluma pas. Au loin, elle entendit les cris et le raffut des singes. Parfois, quand elle dormait accrochée à une branche, ces singes la piétinaient quand ils passaient en courant, prenant sa silhouette allongée pour une excroissance de la jungle.

D'une certaine manière, c'est ce qu'elle était. Elle avait juste fait un très long détour. Elle n'avait jamais cru qu'elle se sentirait en sécurité dans cette jungle. Mais la jungle pouvait être connue. Elle était digne de confiance, contrairement à Lenk, Ellen et Zimri. Il y avait eu une grande tempête, mais la tempête avait cessé.

Depuis que Lenk l'avait laissée trois ans plus tôt, elle avait découvert le potentiel de son empire. Elle avait appris à reconnaître les oiseaux qui migrent la saison venue et les oiseaux qui s'approchent de la berge en temps voulu. Elle avait remarqué qu'année après année, il y avait plus d'oiseaux et plus de poissons. La combinaison avait confirmé ses observations. L'air était plus propre. Moins de débris de plastique et de métal s'échouaient sur la plage. Quelque chose avait donc bien tourné.

La combinaison lui avait conseillé de s'en tenir au sud et à l'est de l'île.

« Pour que je puisse éviter les autres ? interrogea Zhen.

— Cette partie de l'île est la meilleure, répondit la combinaison. La pêche y est plus abondante. Il y a de bons endroits où chasser et dormir. »

Parfois, à l'horizon, elle distinguait ce qui aurait pu être la fumée noire d'un feu dissimulé à la hâte, avant que le convertisseur d'émanations du réchaud StowtBox ne fasse effet. Un jour, par une journée sans vent, elle avait cru entendre le bruit d'un instrument de musique – à cordes pincées – provenant d'une rive éloignée. Mais ç'aurait été au moins à quarante kilomètres de là. Ce qui paraissait improbable.

Cela l'inspira néanmoins et elle demanda à la combinaison de l'aider à fabriquer une sorte de guitare à partir de bois soigneusement scié et aplani et, pour les cordes, des intestins de l'un des plus grands animaux de l'île, une espèce d'antilope. Entre la chasse à l'antilope, la construction d'un four pour sécher le bois et le vernissage de l'instrument finalisé, le projet entier prit presque un an. Bien qu'elle connaisse désormais ces centaines de kilomètres carrés, il y avait encore tant à apprendre. Elle avait une résidence d'été et une résidence d'hiver, un terrain de chasse printanier et un secteur de cueillette automnal. De son poste d'observation elle pouvait voir les forêts et les rivières, les falaises rougies et le rivage moucheté ; un endroit qu'elle avait fait sien en le connaissant et en s'en occupant. Il y avait un temps pour tout, mais on pouvait toujours en faire plus.

Elle s'aperçut qu'elle pourrait vivre là jusqu'à la fin de ses jours s'il le fallait. À manger des racines, des tubercules et de petits animaux grillés. Elle pourrait apprendre et développer de nouvelles aptitudes physiques. Elle pourrait devenir une grimpeuse, une pêcheuse au harpon. Elle pourrait étudier des langues et des techniques artistiques – la combinaison proposait des cours pour tous les projets de développement personnel possibles et imaginables. Elle pourrait se plonger dans l'astronomie, la zoologie, la botanique et les sciences de la Terre. Peut-être même ferait-elle des découvertes, ici, au milieu de cette biodiversité. Elle avait accès à tout l'art, la musique, la littérature, les spectacles qu'elle désirait. La combinaison avait téléchargé des dizaines de millions de pages venant de grands sites Internet. Wikipédia. Divers sites de guides pratiques. D'histoire et de débat. Même de potins et de disputes. Toutes les idioties de cette vie d'avant.

Zhen avait lu – depuis le temps – l'intégralité de Name The Day. Elle avait trouvé les posts de OneCorn. Elle n'avait eu aucun mal à deviner l'identité de OneCorn, et elle comprenait ce que ces posts faisaient là. Elle discuta plusieurs fois de l'idée de Renard et Lapin avec la combinaison – elle lui avait même demandé de dissocier une partie de son programme de conversation artificielle pour en débattre avec elle.

Ce matin-là, elle y réfléchit de nouveau. À l'intérêt de la civilisation, le concept des villes, les raisons qui avaient mené à l'agriculture. Tout cela. À quoi bon savoir que nous avions été Renard, étant donné qu'à présent, hormis certains petits groupes isolés comme les habitants de la taïga, les Sentinelles, le peuple du Nunatsiavut, tout le monde était Lapin ? Regarder en arrière était-il toujours une mauvaise idée, comme pour Édo et Orphée ? Quel intérêt de se reprocher de n'être plus des chasseurs-cueilleurs ? D'aimer les comportements symboliques comme la musique, le dessin, les films et les jeux ?

Dans le calme des premières lueurs de l'aube, Zhen leva sa visière. Plus aucun nom vert éclatant ne suivait les chenilles, les fourmis, les fleurs en bouton, les myxomycètes. Le monde était là. Tel qu'il est.

Et en cet instant, les mots étaient inutiles. Il n'existait plus de noms pour quoi que ce soit. Elle était là comme n'importe qui.

Où qu'on se trouve, la richesse, la complexité et l'inépuisable et insondable présence de l'ensemble se précipitent en nous par nos yeux, nos oreilles, notre nez et le long de notre peau. Chaque chose autour de nous est juste là et nous aussi. Le monde fourmillant est juste là, et tout cela n'est ni bon ni mauvais, tout cela est, purement et simplement.

Il n'est pas possible d'exprimer cela avec des symboles. Les symboles ne seront jamais rien d'autre qu'un drapeau dans le sable nous indiquant où creuser. Nous avons trouvé le trésor. C'est le monde tel qu'il est.

Chaque partie du monde enveloppait Zhen, aussi présente et certaine que lui semblait autrefois l'avenir. La vue de bêtes rampantes et de créatures volantes, les odeurs suaves et les odeurs âcres, le vague goût de cerise sur sa langue, les harmonies atonales des cris perçants et gutturaux de la jungle, la sensation intense et belle de douce doublure de la combinaison sur sa peau, trop puissants, trop réels et trop présents pour les décrire avec des mots.

Tous les mots avaient disparu.

Mais ce qu'éprouva Zhen en cet instant, cette sensation du monde entier autour d'elle, dépourvu de noms, ne peut être nommé. Lorsqu'elle chercha à lui attribuer un mot, lorsqu'elle pensa « drapeau » et « sable », elle bascula hors du monde et retomba dans les symboles. Là était la seule échappatoire. Le grand avantage de l'évolution de l'humanité est que ce cerveau divise, trie et nomme le monde. Il ne faut pas s'attendre à y échapper trop souvent. Il faut juste se souvenir qu'on le peut.

Lai Zhen avait un jour réalisé une vidéo qui expliquait comment survivre pendant des années au fond des bois, et 8,2 millions de personnes l'avaient regardée. Elle avait dit :

– préparez-vous à vivre inconfortablement
– veillez à avoir une bonne tente
– posez des pièges et chassez à l'arbalète
– les gens seront vite prêts à tout
– essayez d'être sensibles au monde naturel qui vous entoure

Mais la Lai Zhen qui avait fait ces choses n'était plus.

Elle désactiva un par un certains paramètres de la visière. Elle n'avait plus besoin de voir le nom des bêtes et des plantes. Elle savait quelles tiges étaient bonnes à manger et lesquelles étaient amères, quelles feuilles basses signalaient la présence d'un délicieux tubercule sous terre, quelles larves deviendraient croquantes et prendraient un goût de noisette après avoir été cuites au-dessus d'un feu. Elle connaissait les oiseaux et les insectes, les pierres douces et dures, les arbres dont le bois était bon à brûler et les arbres dont le bois convenait mieux à la construction. Elle s'était entraînée à chasser, à poser des pièges et à bâtir un fumoir, à abréger la vie de quelques animaux plus lents et plus vieux, de la même façon qu'un renard préserve la rapidité et l'intelligence des lapins. Elle avait confectionné des bougies parfumées en cire d'abeille et des pots crayeux en faïence. Elle savait quelles boues donneraient des poteries dures mais fragiles après cuisson et lesquelles seraient épaisses mais résistantes. Elle se souvenait comme d'une autre personne de la fillette qui avait craint que la boue ne l'engloutisse.

La combinaison lui avait appris, ainsi que l'aurait fait un parent à un enfant, à considérer cet endroit non pas comme un abri d'urgence en cas de catastrophe, un lieu où se réfugier par peur, mais comme son chez-elle. À voir le monde comme son chez-elle, de la même manière que nos ancêtres étaient jadis chez eux dans le monde. Il n'avait fallu qu'une apocalypse planétaire, un éventail de produits technologiques, et trois ans de sa vie.

Cette nuit-là, debout sur le promontoire, elle regarda le coucher du soleil de l'autre côté de la jungle. Les moutons rouge et or au-dessus de la canopée, puis les braises ternes dans le ciel, puis le noir complet. Le monde sans noms était désormais toujours là. Elle n'avait qu'à y puiser et à étancher sa soif.

Il n'y avait plus d'avenir ; le temps n'était pas une flèche indiquant une direction mais une spirale, tournant autour des saisons perpétuellement jusqu'à ce qu'un jour ses os sombrent dans la terre et que sa chair aille recommencer une autre vie. Bien. Parfait.

8

Une dernière bonne chose

Aux premières lueurs de l'aube, un skiff en polymère avec voile solaire flexible rasait l'eau en direction de l'île de l'amiral Huntsy.

Aucun bateau n'était autorisé à naviguer et aucun avion ne volait là-haut, mais certaines perles avaient été placées dans certaines boîtes d'allumettes, et pendant un bref intervalle de temps, la navigatrice pouvait traverser la zone tampon sans être vue.

Les eaux étaient aussi limpides que le ciel, d'un bleu vif, illuminées de l'intérieur, éblouissantes et vivantes. Les immenses arbres sous-marins poussaient vers la lumière et, entre leurs branches, des bancs de minuscules poissons argentés regardaient de-ci de-là, à la fois prédateurs et proies. Ni équilibrés ni déséquilibrés mais constamment en marche vers la multiplication ou le néant.

L'embarcation en polymère s'échoua sur le rivage doré et la navigatrice plongea le grappin au fond du sable. Il s'enfonça dans la vase et déploya ses crochets loin sous ses pieds dans une succession d'agréables claquements sourds.

Si la navigatrice se faisait repérer, des alarmes s'activeraient dans des stations de drones voisines. En moins de huit minutes, elle serait entourée de modules de combat volants et armés autorisés à la neutraliser à l'aide d'un étourdisseur électrique et à la sortir de l'île par la force. Et ce ne serait rien comparé au merdier monstrueux qui l'attendrait si Lenk Sketlish la trouvait ici. Néanmoins, la question ne se posait pas pour l'instant ; elle allait essayer de faire une dernière bonne chose.

Martha s'assit sur le rivage, les talons enfoncés dans le sable doux, pour regarder le soleil se lever. Tous les risques pris ne signifiaient rien si elle ne prenait pas ce risque-là, finalement.

9

Ça paraissait dangereux mais elle savait que ça ne la tuerait pas

« Quelqu'un attend sur la plage, annonça la combinaison.

— Est-ce que c'est Lenk ? demanda Zhen. Il m'a trouvée ?

— Non, répondit la combinaison. Écoutez, je ne peux pas vous dire quoi faire. Mais je crois que vous devriez descendre à la plage et voir de qui il s'agit. »

Zhen se souvint du sentiment qui l'habitait en permanence qu'il y avait tant de dangers dans le monde et qu'elle ne parviendrait jamais à tous leur échapper. Elle se souvint que lorsqu'elle avait fui l'hénochite dans le mall du Seasons Time, elle avait éprouvé une sensation de familiarité et de soulagement à l'idée que le monde correspondait enfin à ce à quoi elle s'était toujours attendue.

Elle songea à courir, se cacher, attendre, espionner, attaquer. Et elle se dit : Non. Ce monde est mon chez-moi à présent. Puis elle descendit à la plage.

Il y avait une femme assise, qui contemplait la marée, les couleurs torsadées de bleu foncé et bleu éclatant, lavis noir d'encre sur ombre translucide. La femme était corpulente, ses cheveux effleuraient tout juste ses épaules. Zhen n'avait pas vu Martha depuis si longtemps qu'elle avait oublié cette sensation, une source apparemment inépuisable d'excitation, malgré tout ce qui s'était passé. Malgré tout ça, son cœur à la con tambourinait en voyant Martha.

Zhen regarda Martha et Martha regarda Zhen. Elles avaient

vieilli, et chacune avait appris plus qu'elle ne l'aurait imaginé trois ans plus tôt. Zhen sentait sa peau chamboulée par l'idée du contact humain, pourtant elle eut l'impression que le gouffre qui la séparait de ce contact était trop vaste pour être de nouveau franchi un jour.

Il y a entre un humain et un autre un vide que nous désirons constamment enjamber. C'est ce qui rend nos décisions différentes de celles des boîtes d'allumettes et des perles. Nous voulons nous lier les uns aux autres ; nous ne pouvons pas nous en empêcher. Nous ne pouvons pas vivre tous les jours de notre vie sans faire confiance à une autre personne. Nous devons sauter, même si nous tombons. Nous le devons.

Martha dit : « Je suis vraiment contente de te voir. »

Zhen dit : « Ouais. »

Martha dit : « Il faut que je te raconte ce que j'ai fait. »

Et Zhen dit : « Sans blague. »

Mais elle l'écouta quand même.

Dans le dernier endroit sur Terre, Martha montra à Zhen des preuves. Ce qui était arrivé au monde et ce qu'elle avait fait. Elle avait un dossier étiqueté – une version papier dans une chemise imperméable et une version électronique – documentant tout du début à la fin. Elle prit la main de Zhen dans la sienne, et ce geste fut comme un circuit complété reliant de nouveau Zhen à l'espèce humaine. Ce simple contact était si bouleversant qu'il en était douloureux.

Martha lui montra le téléphone satellite et la connexion Internet reliée au skiff. Elle ouvrit une plaque de la combinaison de survie de Zhen et la connecta au vaste monde des humains volubiles. Un déluge d'images franchit sa visière, plus vite que la pensée. Le monde était encore là, le même monde, le monde changé.

Zhen regarda et écouta jusqu'à ce que le soleil soit haut dans le ciel.

Puis elle dit : « Alors vous l'avez fait ? »

Martha dit : « On a accompli quelque chose. Oui.

— Mais tu savais que j'étais ici ? »

Martha secoua la tête.

« C'est drôle, poursuivit Zhen, parce que je savais que le monde n'avait pas pris fin. »

Et elle poussa Martha dans la mer.

L'océan était froid comme une ombre, Martha en eut le souffle coupé et sa tête s'immergea et remonta à la surface. Le sel lui piqua les yeux et une coupure sur le pli entre le pouce et l'index. Ses cheveux étaient épais et raidis par le sel et son corps porté par l'eau, et lorsqu'elle essaya de se lever, une vague la renversa, aussi froide ou plus froide que la première. Elle songea soudain au liquide amniotique et au goût salé-sucré d'une femme et à sa mère renversée par un camion de chips Lay's et à ce que signifiait le fait d'être transformé en sel. Elle essaya de se lever encore une fois et l'eau la renversa encore une fois et elle essaya encore et fut renversée encore. Elle se mit à rire car ça paraissait dangereux mais elle savait que ça ne la tuerait pas, et c'était la chose la plus drôle au monde, et elle trouvait drôle que pour échapper aux vagues déferlantes, elle dût ramper comme un bébé du sel vers le sable. Et sans doute son rire était-il aussi un pleur car le goût de l'eau salée-sucrée est le premier qui emplisse notre bouche à tous.

« Comment ça, putain, dit-elle, tu le *savais* ? »

10

Tout devra être incroyablement réel

Les rues étaient brillantes et silencieuses quand Zhen avait quitté l'hôtel sur le siège arrière de la limousine. Ils avaient traversé la ville à vive allure, vers le nord et l'est, banlieue, campagne. À une heure de la ville, sur une route déserte, la voiture s'arrêta. La vitre de séparation descendit.

« Le protocole exige d'attendre ici », dit le conducteur. Il retira son masque. « Et il faut qu'on discute. »

Le conducteur était Albert Dabrowski.

« Écoutez, poursuivit-il, je vais être honnête avec vous. Vous vous retrouvez mêlée à une très grosse affaire. Criminelle, financière, du genre braquage. Vous n'étiez pas censée être là. Mais j'y ai réfléchi et on pourrait avoir besoin de vous. Si vous êtes d'accord. »

Il lui avait parlé du plan depuis le début. Comment ils avaient utilisé le prophète artificiel AUGR pour faire monter trois milliardaires à bord de l'avion. Comment l'avion se trouvait à un endroit où personne n'irait jamais le chercher. Et à présent, ils allaient essayer de faire quelque chose d'honorable de ces entreprises.

« Voilà, on a un problème, maintenant, expliqua Albert. On pense qu'ils ont assez de matos de communication sur place pour entrer en contact avec le monde extérieur. Selah s'en est rendu compte l'autre nuit. En utilisant les combinaisons comme source d'énergie. Ça leur prendrait un moment, mais ils pourraient y arriver.

— Alors vous voulez que j'aille sur cette île et que je fracasse le matériel de communication ?

— En gros, oui.

— Et ensuite… »

Albert grimaça et aspira l'air entre ses dents.

« Et ensuite je suppose qu'il faudra que vous attendiez là-bas… quelque temps ?

— Combien de temps ?

— Écoutez, je ne sais pas quand on pourra vous sortir de l'île, voilà la vérité. Je ne peux pas vous dire ce qui va se passer, combien de temps mettront les entreprises et le monde à se stabiliser.

— Trois mois ? »

Albert leva sa paume au ciel, et la secoua vivement vers le haut pour signifier « plus ».

« Six mois ? »

Nouvelle grimace. Même geste.

Ils avaient discuté des endroits de l'île où Zhen pourrait trouver toute la technologie que les milliardaires seraient susceptibles d'utiliser pour communiquer. Ils s'étaient dit que – si nécessaire – Zhen pourrait faire en sorte de les diviser, les cacher les uns des autres, les embrouiller. Au bout du compte, presque rien de tout cela n'avait été nécessaire. Il s'était avéré que Zimri Nommik ne voyageait jamais sans une boîte de Pringles remplie de son essaim de drones, qu'il avait utilisés pour être emporté loin des autres. Ellen Bywater avait elle-même eu l'idée de laisser Lenk croire qu'il l'avait détruite à l'intérieur de sa combinaison qui – après toutes les détonations – s'était relevée et avait filé en rattachant ses propres membres. Mais ça, c'était l'avenir. Au moment où Zhen et Albert discutaient, ils pensaient que ces personnes auraient peut-être besoin d'être encouragées à s'autodétruire.

« Vous n'avez pas peur que j'aille voir la police avec toutes ces infos ? demanda Zhen.

— Vous voulez rire ? Vous n'avez rien d'autre qu'un téléphone que vous avez sans doute bricolé vous-même et l'équivalent d'environ quinze millions de dollars de dégradation matérielle infligée au bunker de Zimri, soit dit en passant. Si vous allez voir la police, ils vous prendront pour une cinglée et ils vous poursuivront en justice. Mais de toute façon, vous ne pouvez pas aller voir la police. Vous ne pouvez aller nulle part. Vous êtes dans ma voiture au milieu de nulle part et vous avez le choix entre ça ou passer un an en lieu sûr jusqu'à ce qu'on estime que vous laisser sortir ne présente aucun risque.

— Drôle de choix.

— Je ne sais pas. Vous êtes une survivaliste. Vous aideriez à sauver le monde ? Et le climat sur cette île est incroyable. »

Zhen réfléchit à ce qu'elle voulait faire de sa vie et – si tout ça était effectivement terminé – à ce qu'elle pouvait faire qui en vaille la peine.

« Ah, reprit Albert, je dois ajouter qu'il faudra qu'on vous drogue, bien sûr. Ils seront équipés pour mesurer vos taux sanguins, donc tout devra être incroyablement réel. Si je vous parle par le biais des combinaisons, il faudra que ce soit en tant que combinaison, d'accord ?

— Euh.

— Honnêtement, c'est vous qui décidez. On ne peut pas vous laisser partir pour l'instant, mais on veillera à ce qu'il ne vous arrive rien de mal. Et je crois que ça va vraiment en valoir la peine. À l'échelle mondiale.

— Est-ce que je peux appeler Marius ? Sinon il va continuer à me chercher partout. Ce qui risque aussi de vous mettre dans l'embarras.

— Très bien, répondit Albert. Ne lui en dites pas plus que nécessaire.

— D'accord. J'accepte le rôle d'agent provocateur sur l'île tropicale avec les milliardaires.

— Un choix incroyablement intelligent, si vous voulez mon avis. Je crois que vous allez vous éclater. »

Enfin, Zhen entendit le bruit lointain d'un hélicoptère ; au même moment, Albert Dabrowski l'attrapa par le poignet et elle sentit une griffure douloureuse sur le dos de sa main.

« Ne vous inquiétez pas, dit-il. Là où vous allez, il y a un million de choses magnifiques. »

11

On doit y arriver aussi vite que possible

Martha s'assit au bord de l'océan, pantelante, épuisée, jambes écartées, aux pieds de Zhen. Elle ne chercha pas à se lever.

Elle dit : « Écoute, Albert est un con. Tu peux prendre tout ce que je t'ai donné et aller voir la police. C'est pour ça que je suis venue. Je suis venue te demander pardon et te donner tout ça. »

Zhen dit : « Tu ne vas pas essayer de me convaincre de ne pas le faire ?

— Je vais essayer. Mais je crois que ce n'est pas grave si je n'y arrive pas.

— Tu… tes putains de potes m'ont enlevée, emmenée ici et laissée là contre mon gré. » Elle avait retiré sa combinaison, qui se tenait à côté d'elle, cette amie et protectrice étrangement rafistolée. « Regarde ma jambe. » Elle lui montra la longue cicatrice incurvée. « C'est toi qui m'as fait ça.

— Je suis désolée, assura Martha. Je ne savais pas, mais j'aurais dû et je suis désolée. »

Zhen s'assit brusquement sur le sable.

« Dis-moi la vérité. Est-ce que tu m'as obligée à transformer une femme en statue de sel à cause de conneries religieuses ?

— Ah, dit Martha.

— Oui, j'ai lu ce que tu as écrit sur la statue de sel et la survie et, tu vois, je n'avais pas toutes les pièces du puzzle, mais je le *savais*, je savais qu'il y avait quelque chose de louche.

— Ça n'avait rien d'intentionnel, affirma Martha. Tu sais, je n'ai pas envoyé les hénochites à tes trousses mais je me sentais responsable, bien sûr, alors j'ai installé AUGR sur ton téléphone, et il surveille… la tension artérielle, le rythme cardiaque, un tas d'autres trucs. Comme ça, j'aurais su si tu avais des ennuis et AUGR pouvait t'aider. Je voulais t'aider si tu étais en danger.

— Donc la statue de sel était… une coïncidence ? »

Martha repensa à l'alerte provenant du téléphone de Zhen. Aux différentes tactiques proposées par AUGR pour sortir Zhen de cette situation. À l'immense culpabilité qu'elle avait alors ressentie à l'idée que ses actions, les conséquences de sa décision de quitter son père, avaient mené à cette personne déséquilibrée poursuivant Zhen dans une gaine de climatisation d'un centre commercial de Singapour.

« AUGR m'a suggéré quelques solutions pour te sortir de là. Je suppose que le sel… Je n'y ai pensé que plus tard. L'idée me paraissait bonne, voilà tout. Tu sais que j'ai été élevée de façon très bizarre et que mes os sont imprégnés de ces histoires. Je ne sais pas, j'imagine que cette solution m'était… familière.

— AUGR t'a donné plusieurs options ? Il n'agissait pas seul ? »

Martha avait oublié que Zhen n'était pas au courant de cette partie-là.

« Ah, non, AUGR n'a jamais vraiment fonctionné. Il ne peut pas faire ce dont on l'a prétendu capable. Il ne voit pas l'avenir. C'est juste un outil, comme un GPS ou un traducteur, tu vois ? Il peut regarder autour de lui, analyser ce que peuvent faire différents objets, ce qui peut servir d'arme. Il peut présenter des options.

— Il n'a jamais fonctionné ?

— Non. Enfin. On a beau essayer de se préparer, on ne sait jamais ce qui va arriver. Le système est trop complexe. Ces gadgets d'intelligence artificielle, on les traite comme des dieux mais ils ne sont pas réels. Il n'y a aucun moyen de savoir véritablement ce qui va se passer.

— Il n'a jamais… fonctionné ? » Zhen se mit soudain à suffoquer, prise de ce rire véritable qui n'éclate que lorsqu'on est en compagnie de quelqu'un dans la confiance la plus totale. « Il n'a jamais *fonctionné* ? Tu les as fait venir ici, tu as convaincu trois des plus riches personnes au monde, tu *m'as* fait venir ici et il n'a jamais fonctionné ? »

Et Zhen rit, comme Martha, d'un rire qui ressemblait à un pleur.

« Il a fallu agir vite, lui confia Martha par la suite. Crever l'abcès. Tu sais, tous ces problèmes auraient été résolus ou l'espèce humaine se serait complètement effondrée et la planète se serait remise d'aplomb d'une façon ou d'une autre. Mais s'y prendre lentement aurait été horrible à vivre. Des centaines d'années de souffrance : l'élévation du niveau de la mer, la famine et la sécheresse, les réfugiés d'une guerre exerçant une telle pression sur un autre pays que ça créerait d'autres guerres. La civilisation se réduisant à des enclaves. De nouvelles maladies véhiculées par les chauves-souris et les insectes déplacés quand on coupe de plus en plus d'arbres. On était au bord du gouffre. Des centaines d'années d'horreur avant qu'on puisse recommencer.

— Je croyais qu'on n'avait aucun moyen de savoir ce qui allait arriver, fit remarquer Zhen.

— Oui, eh bien on n'avait aucun moyen de savoir exactement lesquelles de ces choses allaient se passer ni dans quel ordre, c'est sûr. Mais la majorité d'entre elles allaient se produire, et Lenk et ses amis allaient faire en sorte de s'en tirer indemnes alors que le reste d'entre nous allait devoir les surmonter et souffrir. Et ça, c'était juste… c'était un raccourci. Je ne peux pas tout contrôler pour toujours…

— Ah oui ? Vraiment ? C'est bien que tu le saches. Ouais, c'est bon à savoir.

— Je me suis dit que si on pouvait boucler cette phase aussi vite que possible, si on pouvait avancer très vite, alors on parviendrait à la phase suivante, où c'est réellement agréable et où il y a des transports en commun électriques et de la nourriture bon marché et où les oiseaux reviennent et on répare nos appareils électroniques plutôt que de les jeter, et où les villes sont plus vivables et les rivières sont propres et saines et l'air est plus respirable… On y parviendrait vite. L'avenir arrive. Le vent nous pousse vers lui. Il peut réellement y avoir un monde magnifique sur l'autre rive, j'en suis persuadée. Mais il faut y parvenir dès que possible.

— Et maintenant ? »

Martha se mordit la lèvre inférieure.

« J'en ai peut-être fait assez. On ne peut pas tout réparer pour toujours, mais on peut essayer de faire pencher les choses dans la bonne direction. Quelle que soit ta décision, ça ira. »

Zhen soupesa les dossiers que lui avait donnés Martha.

« Rien ne m'empêche de les apporter au FBI, alors, remarqua-t-elle. Le FBI et la BBC, la CIA et les services secrets australiens, français et allemands, tout ça – je… rien ne m'empêche de les apporter à tout le monde et tu serais arrêtée et envoyée en prison jusqu'à la fin de tes jours.

— Probablement. Je crois que… je crois que si tu fais ça, il est possible que les gens tentent de remettre certaines choses comme elles étaient avant. Par colère. Parce qu'ils se sentiraient manipulés. Mais ce n'est pas grave. Quand j'ai pris la décision de venir te chercher, je savais qu'aucun mensonge ne t'empêcherait de découvrir la vérité. Alors j'ai décidé de tout te dire.

— Et moi, je peux faire ce qui me chante. Aller voir les médias et le gouvernement. Te foutre dans la merde la plus noire qui soit.

— Je ne te demande rien. C'est ta décision. Je m'en remets à toi. »

Elle leva les mains et capitula.

Plus tard, bien plus tard, Martha dit : « En réalité, tu as attendu tout ce temps parce que tu savais que je viendrais.

— Je savais que quelqu'un viendrait. Et j'espérais que ce serait toi. »

Martha sourit. « Alors, en attendant, est-ce que tu as rencontré quelqu'un d'autre ?

— Oui, bien sûr, sur une île déserte. J'ai eu une longue histoire d'amour avec… Ellen Bywater. Personne ne t'en a parlé ?

— Ils m'ont dit que c'était avec Zimri.

— Ah oui, lui c'est tout à fait mon genre. »

Leurs doigts se rencontrèrent et se touchèrent. Parfois, cela va de soi. Régler tous les détails peut être difficile. Mais parfois, cette partie-là va de soi.

Zhen dit : « Trois années de ma vie. Et ma jambe. Trois années et une jambe. Enfin. Pas toute la jambe. Mais quand même. »

Martha dit : « Je suis vraiment désolée. C'était inévitable. »

Et Zhen dit : « Tu vas devoir trouver un moyen de te faire pardonner, alors. »

Elles rirent comme le font les enfants quand on les jette très haut dans les airs. Nous tombons tous, tout le temps, du passé à moitié compris à l'avenir impossible à connaître. Tomber sans peur s'appelle aussi voler.

REMERCIEMENTS

« Viens en Arctique, m'a dit Margaret Atwood, tu en repartiras changée.

— Peut-être bien que je n'ai pas envie de changer, Margaret », ai-je répondu.

Et pourtant, j'en avais envie, et j'en suis repartie changée. Merci, Margaret. Tu avais raison. Encore une fois.

Ce livre doit énormément à ce voyage en Arctique en compagnie de l'extraordinaire équipe d'Adventure Canada. Merci à Rolex, qui m'a permis d'y participer.

Je sais gré des conversations que j'ai eues dans une salle d'école à Rigolet, aussi connue sous le nom de Tikigâksuagusik dans le Nunatsiavut, bourgade au bord d'une mer gelée. Aux habitants de Rigolet qui m'ont patiemment expliqué comment « vivre de la terre » pendant que je me rendais peu à peu compte que, bien que je sois née et que j'aie grandi en ville, je trouverais cela profondément satisfaisant. Et merci à Lena Onalik et Derrick Pottle, ainsi qu'à Ishmael Hope, mon collaborateur sur Zombies, Run !*, d'avoir discuté avec moi du savoir et des idées des autochtones et Premières Nations. Toute erreur de compréhension dans ce livre est bien sûr de mon fait.*

Si, en tant que lecteur, vous vous êtes demandé comment nous autres Lapins sédentarisés en sommes arrivés à haïr aussi viscéralement les gens qui mènent ne serait-ce qu'une fraction de la vie de chasseurs-cueilleurs qu'au fond nous menions tous il y a à peine mille ans, je vous invite à vous pencher sur le travail de ces enseignants et écrivains des peuples autochtones, des Premières Nations, et d'autres encore. J'ai le sentiment que même la haine envers les Juifs (nous qui sommes considérés comme un peuple « errant ») vient en partie de ce dégoût à l'égard de nos origines humaines et, par-dessus tout, de qui nous sommes encore véritablement. Une fois que vous saurez ce qu'il faut chercher, vous le verrez partout.

Un grand nombre d'idées dans ce roman, et en particulier celle selon laquelle il est risible de chercher des signes de vie intelligente au fin fond de l'espace ou au cœur d'algorithmes informatiques alors que nous ignorons, torturons, méprisons ou détruisons tant de vie animale intelligente sur Terre, découlent de conversations avec le très apprécié et très regretté feu Graeme Gibson.

Merci, Adam Curtis, pour nos discussions et surtout pour la notion que, plutôt que de pousser les machines à être aussi sagaces que nous, nous apprenons à nous rabaisser à leur niveau.

Merci à mes collègues et amis dans l'industrie des jeux et de la tech qui comme moi adorent la technologie et s'évertuent par ailleurs à rendre le secteur moins... semblable à ce qu'il est actuellement. Pour leurs idées et/ou leur colère bouillonnante, un grand merci à Adrian Hon, Holly Gramazio, Meghna Jayanth, Alex Macmillan, Rachel Coldicutt et Anna Pickard. J'encourage les lecteurs qui s'intéressent aux questions sur la technologie soulevées dans ce livre à se tourner vers le travail de Jaron Lanier, Timnit Gebru, Douglas Rushkoff et Paris Marx. Et vers l'excellente série télé Halt and Catch Fire.

Merci à Adam Tandy de m'avoir aidée à donner forme à ce roman, qui sans lui m'aurait probablement terrassée. Merci à Annette Mees, qui m'a aidée à trouver la fin. Et le milieu. Merci à Francesca Segal, qui m'a encouragée à le terminer. Merci à Gillian Crawford, dont le cottage de Ballymultimber est l'endroit idéal pour les écrivains. Et à Tom Sutcliffe, qui ne supporte pas les longs volets de remerciements.

Merci à Tim O'Connell, mon merveilleux éditeur, à mes agents Veronique Baxter et Simon Lipskar, à Helen Garnons-Williams, à Di Speirs, pour son amitié et son soutien constants. Aux autres chez S&S, y compris

Jon Karp, Irene Kheradi, Maria Mendez, Danielle Prielipp, Maggie Southard, Shannon Hennessey, Amanda Mulholland, Yvette Grant, Lewelin Polanco et Jackie Seow, qui m'ont aidée à donner naissance à ce livre, votre travail et votre soutien m'ont été précieux. Merci à Victoria Chaiben et Niamh Cumming. Merci à Maz Hamilton, Metis Hon, Dr Benjamin Ellis et Helena Lee pour leur lecture attentive et leurs suggestions. Merci à mes parents, Marion et Geoffrey, à Rebecca Levene, à Esther, Russell, Daniella, Benjy et Zara Donoff, à David et aux « Excellent Women ».

Et merci aux lecteurs qui sont arrivés jusqu'ici et ne craignent pas un peu d'espièglerie. Ceux qui savent que rien n'est jamais vraiment terminé obtiendront leur récompense à la page suivante.

BIEN, BIEN DES ANNÉES PLUS TARD

Tout est toujours en mouvement. Rien ne reste immobile. Malgré tout ce qu'on peut dire, l'histoire ne se termine jamais en réalité.

Très peu de choses restent secrètes après cent ans. Les origines de l'enclave sur l'île de l'amiral Huntsy – rebaptisée depuis en l'honneur des peuples indigènes qui y ont vécu et y sont morts – sont désormais de notoriété publique. Il y avait eu un accident ridicule, le genre d'événement qui se produisait en ces temps anciens quand les gens avaient une drôle de croyance religieuse dans la protection de leurs technologies omniscientes. Un système d'alerte précoce s'était déclenché bien trop tôt et avait envoyé trois personnes très puissantes dans cet endroit magnifique, les coupant du monde. Ils n'avaient pas su comment se faire retrouver et personne n'avait su comment les chercher. Après une période de chagrin et de recherches, le monde avait haussé les épaules et avait continué sans eux.

Certains historiens suggèrent que les nouveaux mouvements, le changement des tendances de pensée, même la croissance des puissances quasi gouvernementales des zones FutureSafe découlent directement de cette catastrophe. Le fait est que lorsque le monde découvrit enfin la vérité – quand FutureSafe envoya le premier groupe de gardiens vivre de façon permanente sur l'île quarante et un ans après l'accident –, la plupart des gens considéraient déjà le mystère comme un événement historique sans importance.

Des trois, un seul était encore en vie. Lenk Sketlish était vieux et décontenancé. Il demanda aux nouveaux colons si le monde extérieur avait connu un grand cataclysme. Ils lui répondirent par l'affirmative et il les accueillit sur son île. Ils mirent quelques mois pour comprendre qui il était. Il mourut trois ans plus tard, et avec lui, la mémoire vivante des événements de l'île. Lenk Sketlish fut enterré à une place d'honneur sous un cairn de pierres visible des fenêtres orientales de sa montagne à l'aube. Il fallut attendre encore trente-huit ans avant que la génération suivante de gardiens de l'île ne découvre, grâce à des enregistrements en décomposition et des appareils technologiques rouillés, ce qui s'était passé là.

Ellen Bywater était morte deux ans après le crash. Sa combinaison de secours contenait des enregistrements dans lesquels elle se parlait à elle-même ou s'adressait parfois à feu son époux, Will. Elle était devenue particulièrement désorientée, puis particulièrement déprimée. La combinaison l'avait suppliée d'essayer de s'enfuir, de demander de l'aide aux autres habitants de l'île. Ellen avait désactivé les fonctions de communication de la combinaison, faisant d'elle un témoin muet de son sort. Elle l'avait emmenée à la plage tout au nord de l'île. Elle l'avait laissée assise là, les genoux remontés contre la poitrine, contemplant l'océan. La combinaison l'avait regardée mettre des pierres dans les nombreuses poches de sa tenue légère et s'enfoncer dans la mer. Plus tard, elle avait enregistré – sous forme d'images floues et partielles, avec quarante-huit pour cent d'exactitude en matière de reconnaissance faciale – le retour, pendant quelques jours, du corps d'Ellen Bywater sur le rivage, ainsi que les crabes pressés, les scarabées, les oiseaux marins et les scolopendres d'un vert éclatant aux rostres agités, qui avaient aidé la chair de ce qu'elle avait été à regagner, sublimée, le monde du vivant.

En explorant une crique lointaine accessible seulement en descendant une falaise friable, les gardiens trouvèrent la combinaison assise là, genoux relevés et entourés des bras, visière baissée enregistrant les innombrables composants du monde vivant qui passaient devant elle. De petits oiseaux picoraient ses pieds ainsi que les minuscules crustacés qui s'étaient accrochés à ses talons enfoncés dans le sable. Un rongeur qui ressemblait un peu à un écureuil avait pris l'habitude de glisser des graines tendres sous son cul, en lieu sûr. Elle attendait ainsi, ses cellules solaires déclinant peu à peu, sa charge résiduelle suffisant tout juste aux fonctions de surveillance les plus minimales.

Zimri Nommik était mort encore plus tôt mais fut retrouvé beaucoup plus tard. Il avait marché pendant trois jours jusqu'au point le plus reculé de l'île qu'il croyait être le plus proche du continent. Il était malade, mais il refusait de reprendre contact avec son groupe, comme le lui avait suggéré sa combinaison, afin d'avoir accès à leurs médicaments et à leur aide. La combinaison lui avait dit qu'elle pourrait trouver d'autres réserves de médicaments, mais il ne la croyait pas. Il avait découvert une grotte et s'était muré à l'intérieur d'une cellule alvéolaire à l'aide de blocs de pierre transportés par son essaim de drones, afin de se protéger des prédateurs. La combinaison avait fait ce qu'elle avait pu avec la plus grande loyauté. Elle lui avait administré tous les médicaments utiles ; elle avait surveillé sa fièvre qui grimpait. Quand son cœur s'était mis à faiblir, elle l'avait ranimé à coups d'électrochocs. Elle lui avait donné de la morphine pour que la fin soit moins douloureuse.

Quand il avait enfin rendu l'âme, sa combinaison, comme celle d'Ellen, ne reçut plus d'instructions. Elle avait continué à tenir le corps de Zimri au creux de son cocon, allongé sur le flanc dans une grotte sombre et cachée. La grotte était chaude et sèche, les parois surtout composées de sel. Le soleil brillait des mois entiers. Un glissement des pierres avait permis à l'air brûlant de circuler. Tandis que le corps se décomposait en anaérobie, consommé par les bactéries que Zimri portait autrefois sur sa peau et dans son ventre, la combinaison avait pris la décision d'évacuer les gaz toxiques dans la grotte. Le cadavre ainsi ventilé par l'air salin s'était mis à sécher plus vite qu'il ne pourrissait. Les vêtements de sport antitranspirants hi-tech de Zimri absorbaient l'humidité de son corps. Au bout de huit à dix ans, l'odeur s'était dissipée complètement ; la chair qui avait séché sur les os formait un enchevêtrement déshydraté de tendons et de ligaments tendus sur le squelette. Lorsque les gardiens avaient précautionneusement fait rouler la pierre qui bouchait l'entrée de la grotte, ils avaient découvert le visage mort de Zimri Nommik contemplant tranquillement le sol sablonneux à travers sa visière.

Les historiens s'interrogent encore sur les circonstances exactes de l'accident. Vers la fin de la vie d'Ellen Bywater, la combinaison avait enregistré plusieurs tentatives de communication directe de la part de son enfant, Badger, qui la suppliait de ne pas se faire de mal. Quand ces enregistrements furent trouvés, ils occasionnèrent beaucoup de débats. Se pouvait-il qu'ils soient authentiques ou s'agissait-il d'un deepfake très complexe élaboré par Ellen en personne afin d'extérioriser ses hésitations à mettre fin à sa vie ? S'ils étaient authentiques, en quoi cela remettait-il en cause ce que l'on connaissait de l'accident ? Est-ce que Badger savait où était sa mère ? Et si tel était le cas, pourquoi n'en avoir jamais rien dit ?

Au moment où les enregistrements furent découverts, Badger avait quatre-vingt-quinze ans et avait trois enfants avec sa partenaire de longue date – l'artiste Gracie McCall –, des petits-enfants et des arrière-petits-enfants. De tous les créateurs et premiers membres du conseil de FutureSafe – Martha Einkorn, Selah Nommik, Albert Dabrowski et Lai Zhen –, Badger Bywater était la dernière personne encore en vie. Iel avait, depuis le temps, chapeauté le transfert d'énormes actifs de ce qui était autrefois Medlar, Anvil et Fantail vers cinquante-huit territoires FutureSafe indépendants. Le processus d'alliance de ces territoires pour former les RAU – les Régions Autonomes Unies – avait déjà bien avancé. La création de cet État décentralisé avait été rendue possible par la technologie et l'argent rapporté par la technologie, une union de zones qui avaient été vouées – ou s'étaient vouées – à la préservation du monde naturel au profit de toute l'humanité, notamment grâce aux moyens technologiques créés par leurs fondateurs pour tenir à l'écart une grande partie de l'humanité une grande partie du temps.

La seule chose que Badger Bywater ait jamais dite au sujet des enregistrements présumés était qu'iel ne voulait pas voir les derniers jours de sa mère. Et qu'il était évident que s'iel avait pu sauver la vie de sa mère, iel l'aurait fait.

« C'était une période étrange et bouleversante, affirma Badger. On sait tous que le monde était au bord de la catastrophe, l'espèce humaine au bord de l'extinction. J'ai lu les théories selon lesquelles ma mère aurait pu avoir créé elle-même ces images, et ça me paraît tout à fait logique. Elle avait vécu une épreuve terriblement difficile. Elle était désorientée. J'aurais aimé que ça se passe différemment. J'aurais aimé qu'elle puisse rentrer à la maison. J'aurais aimé qu'elle rencontre mes enfants. Je ne vois pas l'intérêt de ressasser le passé. L'important, c'est l'avenir. »

Rien ne peut être réglé de façon permanente. Aucun État n'est parfait ; une utopie n'existe que si elle exclut quelqu'un. Nous ne pouvons qu'être à l'affût, comme Renard, des vents changeants. Nous demander dans chaque nouvelle situation : Que n'aimerions-nous pas qu'on nous fasse ? Et : Qui avons-nous oublié ? Exister en mouvement, tombant vers l'avant, cherchant à infléchir nos propres histoires vers ce qui est juste et charitable, ce qui est raisonnable et bon. Nous continuerons à échouer, mais la réussite finale n'a jamais été le but.

Au nord de Seattle, une femme foule à toute vitesse le sol de la forêt. Parcourant les kilomètres jalonnés d'arbres, un document et un transmetteur laser rangés dans la poche de sa chemise. Les lièvres et les cerfs à queue noire traversent la route en bondissant, avec la grâce des êtres sauvages. Sa moto tout-terrain est tombée en rade un peu plus bas. S'ils ne sont pas à ses trousses maintenant, ils le seront bientôt. Les États-Unis d'Amérique n'apprécient pas que les Régions Autonomes Unies se mêlent de leurs affaires et, s'ils lui mettaient la main dessus, ils la captureraient en tant qu'espionne et la jugeraient en tant que traîtresse.

La présidente nouvellement élue des États-Unis est une hénochite – feignant d'être un membre relativement modéré du mouvement Renard et Lapin, elle appartient en réalité à l'une des branches les plus extrêmes de l'Église. Sa faction croit que la prévention des « morceaux » est le devoir moral de chacune des créations de Dieu et qu'elle se doit d'unir le monde sous un ordre mondial unique. À commencer par les prétendues Régions Autonomes dont la protection militariste et absolutiste des habitats sauvages et l'extrémisme écologique menacent l'ordre mondial. Il vaudrait mieux, a-t-elle déclaré par transmetteur laser, que les 1,2 milliard de citoyens des Régions Impies meurent plutôt que de les laisser continuer à tenir le monde en otage avec leurs combinaisons mécaniques vides et leurs essaims de drones moucherons. Les Régions Sécessionnistes doivent être réunies à leurs mères patries. La Réserve Basque doit revenir à l'Espagne. La Zone Cornique doit revenir à l'Angleterre. Les Kootenai et les Flathead doivent réintégrer la grande Amérique, bordel.

Vingt-cinq kilomètres plus loin, il y a une combinaison de survie blindée qui s'est enfouie à plat ventre dans la terre autour d'un arbre creux. Si elle parvient à l'atteindre avant le lever du soleil, elle pourra franchir la frontière de Haida Gwaii ce soir avec l'information dans sa poche. Il n'y a pas d'autre moyen de les prévenir ; toute communication trahirait sa position. Elle court dans la nuit, se sentant plus chez elle dans la forêt qu'elle ne l'a été en ville ces dernières longues années. Croyant en une chose assez puissante pour la propulser. Le travail n'est jamais terminé, il n'y a pas d'ultime bataille ; la lutte est la destination, l'équilibre tendu constant entre le présent et le futur.

Zhen, je l'ai trouvé. Je sais tu es planquée dans grotte de cul secrète ou truc comme ça, l'amour c'est super. Quand tu veux connaître vérité, envoie-moi e-mail.
mariuszugravescufr@gmail.com

Composition : Nord Compo
Achevé d'imprimer
par CPI Firmin-Didot
à Mesnil-sur-l'Estrée, en février 2024
Dépôt légal : février 2024
Numéro d'imprimeur : 178742

ISBN : 978-2-07-302292-9/Imprimé en France

594149